Fiona McIntosh
Der Duft der verlorenen Träume

Buch

Provence, 2. Weltkrieg. Luc Bonets Herz gehört seiner Heimat; sein Lebensmittelpunkt ist die Lavendelfarm seiner Familie. Doch dann werden seine Eltern und Geschwister gefangen genommen und verschleppt, und Luc weiß, dass er sie niemals wiedersehen wird. Übermannt von Trauer und Wut schließt er sich der Résistance an. London. Lisette Forestier erträgt es nicht, die Gräuel des Krieges untätig mit anzusehen. Mutig beschließt die junge Frau, ihre Heimat zu verlassen, um in Paris für den englischen Geheimdienst zu arbeiten: Sie muss das Herz eines deutschen Offiziers gewinnen – und alles dafür tun, um den Feind zu Fall zu bringen. Paris. In den Wirren des Krieges lernen sich Luc und Lisette kennen – und lieben. Doch ihre Gefühle füreinander drohen ihre Missionen zu verraten und bringen ihrer beider Leben bald schon in größte Gefahr …

Autorin

Fiona McIntosh wuchs in England auf, verbrachte aber viele Jahre ihrer Kindheit in Westafrika. Sie gab ihren Beruf als PR-Managerin auf, um zu reisen, und entschloss sich 1980, in Australien zu bleiben. Sie hat weltweit bereits zahlreiche Romane und Kinderbücher veröffentlicht und gilt als eine der beliebtesten australischen Autorinnen. Wenn sie nicht auf der Suche nach neuen Ideen ihrer Reiselust folgt, lebt Fiona McIntosh mit ihrer Familie in Adelaide.

Fiona McIntosh

Der Duft der verlorenen Träume

Roman

Aus dem Englischen
von Theda Krohm-Linke

blanvalet

Die Originalausgabe erschien 2012 unter dem Titel
The Lavender Keeper bei Michael Joseph, Penguin Group (Australia)

MIX
Papier aus verantwortungsvollen Quellen
FSC® C014496

Verlagsgruppe Random House FSC® N001967
Das für dieses Buch verwendete FSC®-zertifizierte
Papier *Holmen Book Cream* liefert
Holmen Paper, Hallstavik, Schweden.

1. Auflage
Deutsche Erstausgabe April 2014
bei Blanvalet, einem Unternehmen der
Verlagsgruppe Random House GmbH, München

Umschlaggestaltung und -motiv: www.buerosued.de
Redaktion: Angela Troni
Herstellung: sam
Satz: KompetenzCenter, Mönchengladbach
Druck und Bindung: GGP Media GmbH, Pößneck
Printed in Germany
ISBN: 978-3-442-37712-1

www.blanvalet.de

Gewidmet der Familie Crotet:
Marcel, Francoise, Laurent, Severine und vor allem Louis,
der mit sechzehn Jahren schon ein Maquisard war.
Wir haben an einem Sommernachmittag in der Provence mit
ihm gegessen und Freundschaft geschlossen.

Teil I

I

12. Juli 1942

Luc liebte dieses Licht auf dem Lavendel, im Sommer, kurz vor Sonnenuntergang. Die Hecke am Feld leuchtete smaragdgrün, wurde schließlich zu einem dunklen Wachtposten, und die Kieswege zwischen den violetten Flächen waren nur noch Schattenflecken. Die hoch aufragenden Lavendelblüten faszinierten ihn immer noch. Sein Blick fiel auf eine wilde Mohnblume. Kein Wunder, dass die Künstler im Sommer in Scharen in diese Gegend einfallen, dachte er … oder es früher zumindest getan haben, bevor die Welt verrückt geworden und in Bombenhagel und Geschützfeuer explodiert ist.

Die junge Frau neben ihm machte den obersten Knopf ihrer fadenscheinigen Sommerbluse zu. Einige Strähnen ihrer langen roten Haare fielen ihr übers Gesicht und verdeckten ihre graugrünen Augen, aus denen sie ihn gereizt musterte. »Du bist sehr still«, sagte Catherine.

Luc fuhr blinzelnd aus seiner Träumerei auf und schaute sie schuldbewusst an. Für einen kurzen Moment hatte er vergessen, dass sie überhaupt da war. »Ich bewundere nur die Landschaft«, sagte er leise.

Betrübt verzog sie das Gesicht und strich sich die Kleidung glatt. »Ich wünschte, du würdest mich und nicht deine Lavendelfelder meinen.«

Er grinste, aber es schien sie nur wütend zu machen. Es war

offensichtlich, dass Catherine unbedingt heiraten und Kinder haben wollte – das wollten alle Mädchen aus dem Dorf. Catherine ist hübsch und viel zu nett, dachte Luc zerknirscht. Nicht alle Frauen in seinem Leben waren so großzügig gewesen, doch Catherine sah ihm alles nach, weil sie mehr wollte. Sie hatte es verdient – oder zumindest hatte sie etwas Besseres verdient. Sie wusste, dass er sich auch mit anderen Frauen traf, aber sie schien die bewundernswerte Fähigkeit zu besitzen, ihre Eifersucht zu unterdrücken. Das hatte er noch bei keiner Frau erlebt.

Er strich ihr ein paar violette Blüten aus dem Haar und küsste sie auf den Nacken. »Hmm«, sagte er, »du riechst nach Lavendel.«

»Es überrascht mich, dass mich keine Biene gestochen hat. Vielleicht sollten wir mal überlegen, ob ein Bett nicht besser wäre?«

Er spürte, worauf ihre Frage abzielte. Es war Zeit zu gehen. Mit einer fließenden Bewegung erhob er sich und reichte ihr die Hand. »Ich habe dir doch gesagt, dass die Bienen kein Interesse an dir haben. Frag Laurent. Sie sind nur gierig nach Pollen.« Er machte eine ausholende Armbewegung. »Das hier ist ihr jährliches Festmahl, außerdem müssen sie einer Königin dienen, ihre Brut großziehen und Honig machen.«

Sie blickte ihn nicht an, sondern schnallte ihren Gürtel um die schmale Taille. »Es ist sowieso nicht dein Lavendel, Luc. Er gehört deinem Vater«, sagte sie mürrisch.

Luc seufzte innerlich. Er überlegte, ob er ihr die Wahrheit sagen sollte. Bald würden es sowieso alle wissen. »Mein Vater hat mir alle Felder geschenkt, Catherine.«

»Was?« Ihr Kopf fuhr hoch. Stirnrunzelnd blickte sie ihn an.

Luc zuckte mit den Schultern. Er konnte noch nicht einmal genau sagen, ob seine Schwestern es schon wussten – allerdings wäre es ihnen sowieso egal –, aber Catherines feindseliger Ton machte ihn wütend. »Als mein Vater das letzte Mal zu Hause war, hat er sie mir vermacht.« Es war nicht richtig, dass er sich so über ihre offensichtliche Verwirrung freute.

»Alle?«, wiederholte sie ungläubig.

Er setzte ein hilfloses Grinsen auf. »Es war seine Entscheidung, nicht meine.«

»Damit bist du einer der größten Landbesitzer im Luberon. Wahrscheinlich sogar der größte.« Es klang anklagend.

»Ja, vermutlich«, erwiderte er. »Ich soll die volle Verantwortung für den Lavendelanbau übernehmen. Er muss geschützt werden, gerade jetzt.« Luc wandte sich zum Gehen, damit auch sie mit nach Hause kam. »Mein Vater verbringt mehr Zeit in Paris mit seinen anderen Geschäften als hier … außerdem bin ich in Saignon aufgewachsen. Er nicht. Mir steckt der Ort im Blut. Und der Lavendel war immer schon meine Leidenschaft. Er dagegen hat nichts dafür übrig.«

Sie betrachtete ihn hungrig. Jetzt hatte sie noch einen weiteren Grund, ihn festzuhalten. Aber je mehr sie auf der Verbindung bestand, desto mehr wich er zurück. Es war nicht so, dass er Catherine nicht mochte, immerhin war sie witzig, sinnlich und anmutig. Bestimmte Aspekte ihres Charakters dagegen schätzte er gar nicht, vor allem missfielen ihm ihr Zynismus und ihr Mangel an Empathie. Er konnte sich noch gut daran erinnern, wie sie als Jugendliche einen stotternden Jungen aus dem Dorf ausgelacht hatte, und er wusste, dass sie die Gerüchte über die arme Hélène aus dem nächsten Weiler in die Welt gesetzt hatte. Nicht zuletzt hatte er beobachtet, wie sie sich von der schlimmen Lage der Franzosen unter dem deutschen Regime distanziert hatte. Ihr war bisher nichts passiert, und Luc fand ihre Ansichten borniert. Sie redete nie von Träumen, immer nur von praktischen Dingen – Ehe, Sicherheit, Geld. Catherine kreiste ausschließlich um sich selbst.

»Ich kann an nichts anderes mehr denken als daran, wie sich diese Felder so produktiv wie möglich machen lassen. In diesen Zeiten darf man nicht allzu weit vorausplanen«, erklärte er diplomatisch. »Zieh nicht so ein Gesicht.« Zärtlich strich er ihr über die Wange.

Kalt schlug sie seine Hand weg. »Luc, Saignon mag in deiner Seele sein, aber du hast es ganz sicher nicht im Blut.«

Wenn die Dinge nicht so liefen, wie Catherine es wollte, dann teilte sie kräftig aus. Ihre Anspielung war zwar grausam, doch Luc kannte sie zur Genüge. Er war ein Waisenkind, und die meisten Dorfbewohner wussten, dass er keiner von ihnen war. Allerdings hätte er genauso gut in der Familie Bonet zur Welt kommen können – sie hatten ihn im Alter von wenigen Wochen zu sich genommen, ihm ihren Namen gegeben und das große rosafarbene Haus am Dorfplatz zu seinem Zuhause gemacht.

Er war hellhäutiger als der Rest der Familie, außerdem größer und breitschultriger als jeder andere Mann im Apt. Über seine Herkunft wusste er jedoch nur, dass er als Säugling ausgesetzt und von seinem alten Sprachlehrer gefunden worden war. Dieser Mann hatte ihn nach Saignon gebracht, wo Golda Bonet, die erst kürzlich ein Kind bei der Geburt verloren hatte, seinen winzigen Körper an ihrer Brust und in ihrer Familie willkommen geheißen hatte.

Niemand wusste, wo er hergekommen war, und ihm selbst war es egal. Er liebte seinen Vater Jacob, seine Mutter Golda und seine Großmutter Ida ebenso sehr wie seine dunkelhaarigen Schwestern. Sarah, Rachel und Gitel waren alle drei zierlich und ebenso attraktiv wie ihre Mutter. Luc, mit dem ausgeprägten Kinn, dem symmetrischen, kantigen Gesicht und den durchdringenden blauen Augen stand wie ein goldener Riese zwischen ihnen.

»Warum bist du so wütend, Catherine?«, fragte er und versuchte, ihren Angriff abzuwehren.

»Du hast versprochen, wir würden verlobt sein bis …«

»Das habe ich nie versprochen.« Er beobachtete, wie sie ihre ganze Willenskraft aufbrachte, um sich zu beherrschen, und unwillkürlich bewunderte er sie.

»Aber du hast gesagt, wir würden eines Tages vielleicht heiraten.«

»Ich habe als Antwort auf *deinen* Heiratsantrag ›vielleicht eines Tages‹ gesagt. Das ist keine Zusage. Du warst damals auf Streit aus, genau wie jetzt.«

Ihre großen Augen funkelten vor Wut, doch sie nahm sich zusammen. »Lass uns nicht streiten, Liebster«, sagte sie zärtlich und begann, sein Hemd zuzuknöpfen. Ihre Finger streiften über seine Haut.

Luc liebte Catherine nicht … und er wollte in dieser chaotischen Welt, in der sie lebten, auch keine Ehefrau haben. Wenn nicht mit Catherine, dann konnte er sich genauso gut mit Sophie oder Aurelie aus den Dörfern in der Umgebung im Heu – oder im Lavendel – wälzen oder vielleicht sogar mit der sanften Marguerite aus Apt.

»Warum lächelst du?«, fragte Catherine.

Er konnte ihr schlecht sagen, wie sehr ihn ihre manipulative Natur amüsierte. »Deine Wangen sind gerötet. Du bist immer am hübschesten nach …«

Sie legte ihm die Hand auf den Mund. »Bitte, mach eine ehrbare Frau aus mir.« Sie strich ihren Rock glatt. »Wir brauchen noch nicht mal eine Verlobung, lass uns einfach heiraten, dann können wir uns als *monsieur* und *madame* im Ehebett lieben …«

»Catherine, hör auf. Ich habe im Moment nicht die Absicht, irgendjemanden zu heiraten. Wenn dir das so viel Kummer bereitet, dann müssen wir eben aufhören, uns zu sehen.«

Ihr Gesichtsausdruck war jetzt nicht mehr verträumt, sondern sie kniff die Augen zusammen und presste die Lippen in stummer Wut aufeinander.

»Wir befinden uns im Krieg«, erinnerte er sie. »Frankreich ist von den Deutschen besetzt.«

Sie blickte sich um und heuchelte Erstaunen. »Wo?«

Ihre oberflächliche Sicht der Dinge versetzte Luc einen Stich der Enttäuschung. Hier oben blieben sie von den deutschen Soldaten relativ verschont, aber die Briefe seines Vaters aus Paris klangen immer besorgter. Die Leute im Norden – in den besetzten Gebieten – litten unter großem ökonomischen und sozialen Druck, was sich auch auf die Einwohner der Hauptstadt auswirkte.

»Viele von denen, die während der Invasion hierher geflohen sind, sind längst nach Norden zurückgekehrt«, sagte Catherine höhnisch. »Alle Pariser sind wiedergekommen. Das weißt du doch! Die Leute haben keine Angst.« Sie zuckte mit den Schultern. »Uns hier geht das nichts an. Warum sollten wir uns Gedanken machen?«

»Sie sind zurückgegangen«, erwiderte er, »weil sich alles so hoffnungslos anfühlt. Ihr Zuhause, ihre Freunde, ihre Existenz ist in der besetzten Zone. Sie sind aus Angst um ihr Leben in den Süden geflohen, aber dann wollten sie sich lieber damit arrangieren, unter den Boches zu leben.« Er spuckte aus, als er die Deutschen erwähnte. »Die Leute aus dem Norden haben keine Chance. Das heißt noch lange nicht, dass es ihnen gefällt oder dass wir die Deutschen unterstützen müssen.«

»Du solltest aufpassen, dass dich Gendarme Landry nicht bei solchen Reden erwischt.«

»Ich habe keine Angst vor Pierre Landry.«

Erschreckt blickte sie ihn an. »Sei vorsichtig, Luc. Er ist gefährlich.«

»Du solltest lieber vorsichtig sein, wenn du alle seine Forderungen erfüllst. Ich weiß, dass deine Familie ihm jeden Monat ein Huhn gibt, damit er euch gewogen bleibt.«

Catherine blickte sich nervös um. »Du kriegst noch Probleme, wenn du weiter so redest. Ich will nicht erschossen werden, weil ich den Marschall denunziert habe.«

»Marschall Petain war ein Held im Großen Krieg, aber der Aufgabe, unsere Nation zu führen, war er nicht gewachsen. Vichy ist ein Witz, und jetzt werden wir von einer Nazi-Marionette regiert. Laval tanzt doch nach Hitlers Pfeife, er zerstört unsere großartige Demokratie und übernimmt die totalitären …«

Catherine hielt sich die Ohren zu. Da sie aufrichtig besorgt wirkte, hörte Luc auf. Sie war ein einfaches Mädchen vom Land, das glaubte, für Frankreich sei es am besten, der Miliz der Vichy-Regierung zu gehorchen. In gewisser Hinsicht hatte sie vielleicht sogar recht – jedoch nur, wenn man sich damit zufriedengab, einer Bande gieriger, rassistischer Tyrannen zu gehorchen, die Frankreich seiner souveränen Rechte beraubten. Ein Kollaborateur! Allein bei dem Wort drehte sich ihm der Magen um. Er hatte nicht gewusst, wie stark sein politisches Empfinden war, bis sein Vater ihm erzählte, wie es war, als Paris – Paris! – von deutschen Soldaten eingenommen worden war. Dass seine geliebte Hauptstadt die Türen geöffnet hatte und wie ein geprügelter Hund vor Hitlers plündernden Truppen zurückgewichen war, hatte ihn desillusioniert, wie so viele junge Franzosen. Nach all den bisherigen Heldentaten war es ihm undenkbar vorgekommen, dass Frankreich jemals kapitulieren könnte.

Seine Bitterkeit war in Hass auf die Deutschen umgeschlagen, und immer wenn deutsche Soldaten seinem Zuhause nahe gekommen waren, hatte Luc gehandelt.

Es war seine Idee gewesen, die Quelle zu blockieren, die angeblich auf die Römer zurückging und den berühmten Brunnen im Ort speiste. Als die deutschen Soldaten, erschöpft und durstig von dem steilen Aufstieg, nach Saignon kamen, war die Quelle versiegt. Alle Dorfbewohner beobachteten, wie sich die

Soldaten mit dem stehenden Wasser am Grunde des Brunnens begnügen mussten, das für die Pferde und Esel im Dorf reserviert war. Bei einer anderen Gelegenheit hatten er und Laurent die Deutschen auf ihren Motorrädern an der Weiterfahrt gehindert, indem sie einen Baum so fällten, dass er quer über die Straße stürzte. Ein kleiner Sieg nur, aber Luc freute sich, als die Soldaten sich ratlos die Köpfe kratzten und umdrehten.

»Eines Tages bringe ich einen Deutschen für dich um, Catherine«, versprach Luc, der das Feuer, das in ihm zu lodern begann, nicht ersticken konnte.

»Ich hasse es, wenn du so etwas sagst. Es macht mir Angst.«

Er fuhr sich mit der Hand durch die Haare. Sie verstand nicht das Geringste von Politik, und er benahm sich wie ein Kraftprotz. Wenn das Luberon sich zurückhielt und die deutschen Truppen weiterhin mit Lebensmitteln versorgte, dann konnte dieser ländliche Teil der Provence den Krieg vielleicht unbeschadet überstehen.

»Es tut mir leid, dass ich dich aufgeregt habe«, sagte er sanfter. »Sollen wir nicht …« Weiter kam er nicht, weil eine vertraute Stimme nach ihm rief.

Laurent tauchte auf, atemlos und erhitzt. Keuchend beugte er sich vor. »Wusst ich doch, wo ich dich finde«, japste er. Catherine bedachte er mit einem schüchternen Blick. Lucs Erfolg bei den Mädchen beeindruckte ihn sehr.

»Was ist los?«, fragte Luc.

»Deine Eltern.«

»Was ist mit ihnen?« Luc zog sich sofort der Magen zusammen. Seit einiger Zeit verfolgte ihn der Alptraum, dass seine gesamte Familie getötet wurde, sozusagen als Strafe der Deutschen für seine schlimmen Gedanken.

»Sie sind wieder zu Hause!«, sagte Laurent aufgeregt. »Ich soll dich holen kommen.«

»Wie bitte?« Luc konnte es nicht glauben. »Sie sind in Saignon?«

Laurent blickte ihn an, als wäre er blöde. »Wo denn sonst? Sie sind gerade im Dorf und umarmen und küssen alle. Nur du fehlst noch.«

Jetzt zog sich Lucs Magen aus anderen Gründen zusammen. Er küsste Catherine leidenschaftlicher als sonst. »Wir sehen uns bald, ja?«

»Wann?«, fragte sie.

»Am Samstag.«

»Heute ist Samstag!«, fuhr sie ihn an.

»Dann am Montag, versprochen.« Er griff nach ihr, aber sie schlug seine Hand weg.

Sie warf Laurent, der rasch ein paar Schritte zurückwich, einen wütenden Blick zu. »Luc, sag mir eines: Liebst du mich?«

»Liebe? In diesen ungewissen Zeiten?«

Catherine stieß einen verzweifelten Laut aus. »Ich war geduldig, denn ich dachte, wenn du mich liebst, wirst du mich auch heiraten, früher oder später. Ich muss doch an eine Zukunft glauben. Liebst du mich?«, stieß sie hervor.

Sein langes Schweigen sagte alles. »Nein, Catherine.« Er wandte sich ab.

Sie blieb wie erstarrt stehen. Zorn schoss in ihr hoch. »Das Geld deiner Familie mag dich stolz und arrogant machen, Luc, aber du bist genauso verletzlich wie wir anderen«, warnte sie ihn.

Laurent verzog besorgt das Gesicht bei ihren Worten. Verzweifelt blickte er Luc nach, dann wandte er sich an Catherine. »Soll ich dich nach Hause bringen?«

»Ich finde den Weg alleine, Monsieur Martin«, sagte sie in schneidendem Tonfall.

Laurent errötete.

Sie zuckte mit den Schultern. »Na gut, wenn du willst.«

Laurent schwieg, als sie den Hügel hinaufstiegen. Er blickte sich nicht einmal um, als sein Hemd an einem Ast hängen blieb. Er hörte zwar, dass es zerriss, doch im Moment spielte nichts eine Rolle. Wichtig war nur, dass er neben der Frau ging, die er seit seiner Kindheit geliebt hatte.

Die Szene mit Catherine war schnell vergessen. Das rasche Gehen hatte Luc einen klaren Kopf beschert, und als er oben auf dem Hügel ankam, war er froh, dass er endlich reinen Tisch gemacht hatte.

Die kleine Gitel sah ihn zuerst. »Luc!«, jauchzte sie, rannte auf ihn zu und warf sich in seine Arme.

Er grunzte laut. »Was geben sie dir in Paris bloß zu essen? Wie groß du geworden bist!«, sagte er, wobei er sich in Wahrheit Gedanken darüber machte, wie schmächtig sie war. Er wirbelte sie herum. Die Neunjährige war ein fröhliches Mädchen, allerdings sehr klein für ihr Alter, und ihre Augen lagen tief in den Höhlen. Luc verwöhnte sie nach Kräften, obwohl seine älteren Schwestern ihn immer warnten, er würde damit ihre Einstellung zum Leben ruinieren. Ach was, dachte er, seit 1939 konnte sowieso kein Kind mehr unbeschadet in Paris aufwachsen. Am liebsten wäre ihm gewesen, ihre Eltern hätten sie in Saignon gelassen. Gitel war intelligent und wollte unbedingt in ihrem preisgekrönten Lycée in Paris bleiben. Sie hatte ein gutes Gehör für Musik, eine süße Stimme und liebte das Theater. Ihr Traum war es, einmal einen großen Roman zu verfassen, doch Luc war der Einzige, der sie ermunterte, ihre Geschichten aufzuschreiben. Ihr Vater bestand darauf, dass sie sich mit Naturwissenschaften beschäftigte, ihre Mutter brachte ihr Nähen bei, und ihre Schwestern machten sich über ihre Verträumtheit lustig.

»Hast du Englisch geübt?«, wollte Luc wissen. »Die Welt wird dich auf Englisch lesen wollen.«

»Natürlich«, erwiderte sie in perfektem Englisch. »Was ist mit deinem Deutsch?«

Sein Vater hatte darauf bestanden, dass er Deutsch lernte. Er glaubte, die Sprache helfe seinem Sohn im Lavendelgeschäft. Luc stellte die Weisheit seines Vaters gar nicht in Frage, aber er hatte seine Deutschkenntnisse im Dorf geheim gehalten.

»Natürlich«, murmelte er. Er küsste seine Schwester auf den Scheitel. »Glaubst du etwa, der alte Wolf ist müde geworden? Deine Miss Bonbon lässt ihren Schülern wahrscheinlich wesentlich mehr durchgehen.«

Gitel kicherte. »Bourbon«, korrigierte sie ihn.

Er zupfte sie am Zopf und zwinkerte ihr zu.

Gitels Miene wurde ernst. »Papa ist nicht glücklich. Wir mussten überstürzt in Paris aufbrechen. Er hat uns kaum schlafen lassen, und wir durften nicht im Hotel übernachten. Wir haben im Auto geschlafen, Luc! Mama ist völlig erschöpft.«

Luc warf seinem Vater einen Blick zu. Er sah ihm die Anspannung an, obwohl die harte Linie um seinen Mund unter dem buschigen grauen Bart kaum zu erkennen war. Gerade gab Jacob Bonet der Haushälterin Anweisungen und unterhielt sich gleichzeitig freundlich mit einem der Nachbarn. Luc kannte ihn jedoch viel zu gut. Er merkte ihm die tiefe Besorgnis an.

Erneut krampfte sich sein Magen zusammen. Er spürte förmlich, dass schlechte Nachrichten bevorstanden. Es lag in der Luft, genauso wie der richtige Zeitpunkt für die Lavendelernte, den ihm der Wind ins Ohr flüsterte. Seine geliebte Saba beharrte darauf, dass der Lavendel mit ihm – und nur mit ihm – sprach. Für sie besaßen die kostbaren Pflanzen magische Eigenschaften. Luc amüsierte sich zwar über ihre fantastischen Vorstellungen, hatte jedoch nicht das Herz, ihr zu widersprechen.

Er beobachtete, wie sie aus dem Haus gehumpelt kam, um beim Gepäck zu helfen, das die Familie mit nach Süden gebracht hatte, vom Lieblingsstuhl seiner Mutter bis hin zu Kisten voller Bücher. Saba murmelte leise vor sich hin wegen der unerwarteten Störung, aber sie freute sich bestimmt, dass nun alle zu Hause waren. Zwei Jahre waren sie und Luc jetzt allein gewesen.

Die Hände seiner Großmutter waren groß für ihre zierliche Gestalt, die jetzt, mit siebenundachtzig, sogar noch mehr geschrumpft war. Zwar waren sie verkrümmt und knotig von der Arthritis, aber sie waren liebevoll, immer bereit, ihrem Enkel über die Wange zu streicheln oder ihm zärtlich zu drohen, wenn er sie neckte. Trotz der Schmerzen in ihren Gelenken tanzte sie noch für ihr Leben gern. Manchmal nahm Luc sie vorsichtig wie ein Vögelchen in die Arme und drehte sich mit ihr im Takt der Musik. Sie wussten beide, wie sehr sie es liebte.

»Nur beim Walzer konnte ein junges Paar sich berühren, und selbst durch die Handschuhe fühlte ich, wie die Finger deines Großvaters glühten«, sagte sie immer zu Luc und funkelte ihn verschmitzt an.

Ihre einst schwarzen Haare waren jetzt grau, und sie trug sie immer zu einem festen Knoten geschlungen. Er konnte sich nicht erinnern, seine Großmutter jemals mit offenen Haaren gesehen zu haben.

Gitel ließ eine Kiste fallen, und Luc sah, wie die winzige Frau, die er so sehr liebte, entsetzt die Hände rang.

»Nicht so schlimm, Saba. Es sind doch nur Bücher!« Luc trat hinter seine Großmutter und umarmte sie. »Jetzt musst du noch mehr hungrige Mäuler stopfen«, sagte er und bückte sich, um sie auf die Wange zu küssen. »Soll ich ein paar Kaninchen fangen?«

Sie tätschelte ihm die Wange. »Nein, wir haben genügend Hühner, die wir rupfen können. Aber ich könnte ein wenig frischen Lavendel gebrauchen«, flüsterte sie. Er grinste sie an. Er mochte es, wenn Saba ihre Gerichte mit Lavendel würzte.

»Ich bringe dir welchen«, versprach er und drückte einen weiteren Kuss auf ihren Scheitel.

Seine älteren Schwestern umarmten ihn fest. Schockiert stellte er fest, wie dünn sie waren. Zu seinem Entsetzen begann seine Mutter zu weinen, als sie ihn sah. Sie war fast gar nicht mehr vorhanden – so hinfällig und zerbrechlich wirkte sie.

»Mein Junge, mein Junge«, sagte sie klagend.

Auf ein solches Wiedersehen war er nicht vorbereitet gewesen. »Warum weinst du?« Er lächelte seine Mutter an. »Wir sind doch alle zusammen und in Sicherheit.«

Sie winkte ab, als könne sie nicht sprechen.

»Geh hinein, meine Liebe«, sagte Jacob mit der zärtlichen Stimme, die seiner Frau vorbehalten war. »Wir schaffen das schon alleine. Mädchen, helft eurer Mutter. Ich muss mit eurem Bruder sprechen.«

»Lass mich …«, begann Luc, aber sein Vater legte ihm die Hand auf den Arm.

»Komm, gehen wir ein Stück.« So ernst hatte Luc seinen jovialen Vater noch nie erlebt.

»Wohin geht ihr denn?«, beklagte sich Sarah leise. »Wir sind doch gerade erst angekommen.«

Luc lächelte seine älteste Schwester an. Er versuchte, sich sein Erschrecken über ihr Aussehen nicht anmerken zu lassen. »Ich bin gleich wieder da«, flüsterte er ihr zu. »Ich will alles über Paris wissen.«

»Sei vorsichtig mit deinen Wünschen«, warnte Sarah, und ihre traurige Stimme schnitt Luc ins Herz.

2

Luc ging neben seinem Vater her. Auch er wirkte so dünn, als könnte er jeden Moment zerbrechen. »Es ist schön, dass ihr alle wieder da seid, aber wenn wir es vorher gewusst hätten, hätten wir etwas vorbereiten können.« Er legte dem älteren Mann den Arm um die Schultern, und noch nicht einmal die Kleider konnten die spitzen Knochen verbergen.

»Keine Zeit«, erwiderte Jacob brüsk. »Wo ist Wolf? Ich habe ihm eine Nachricht geschickt.«

»Wir wollten heute Abend gemeinsam essen. Saba kocht sein Lieblingsgericht.«

»Gut. Ich muss mit ihm reden.« Seufzend blickte sein Vater auf. »Früher bin ich diesen Hügel hinaufgerannt.«

Auch Luc war der langsame Schritt seines Vaters schon aufgefallen. »Geht es dir gut, Papa?«

Erstaunt stellte er fest, dass die Lippen seines Gegenübers bebten. »Ich weiß nicht, mein Sohn. Auf jeden Fall freue ich mich, dich zu sehen.« Er hängte sich bei Luc ein. »Und jetzt hilf mir diesen verfluchten Hügel hinauf. Ich möchte von unserem Ausguck auf mein Lieblingstal schauen.«

Schweigend gingen sie weiter. Luc führte seinen Vater durch die kleinen Gassen des Dorfes. Es roch nach Essen, und durch die offenen Fenster drang das Geplauder der Anwohner. Langsam bewältigten die beiden Männer den stetigen Anstieg. Als sie oben ankamen, war die Sonne bereits untergegangen, aber die Abende in der Provence waren hell. Es würde noch lange nicht dunkel werden. Luc half seinem Vater, sich hinzusetzen, und versuchte, seine Verwirrung zu verbergen, während er es ihm zwischen den Felsen bequem machte.

Jacob Bonet schwieg lange. Er war noch nicht ganz siebzig und den größten Teil seines Lebens Geschäftsmann gewesen, auch wenn er einst als Lavendelbauer angefangen hatte. Jacob war mit dem Land nicht so verwachsen wie Luc. Der Reichtum der Familie gründete zwar auf Lavendel, aber er hatte sein Erbe und seine Ersparnisse mit Geschick und Bedacht eingesetzt. In Lucs Alter hatte er bereits Verwalter eingestellt. Er hätte den Hof verkaufen können, doch er war sentimental und behielt ihn. Luc war glücklich darüber, zumal Lavendel immer profitabler wurde, je mehr die Parfümindustrie wuchs. Jacob dagegen lag die harte Arbeit auf den Feldern nicht, er beschäftigte sich lieber mit Investitionen und Zahlen. Eigentlich dürfte er in dem Alter körperlich noch nicht so geschwächt sein, dachte Luc verzweifelt.

Erst jetzt, da sie von hier oben über das Land seiner Vorfahren blickten, merkte Luc, wie traumatisiert sein Vater wirkte. Seine Haut war leichenblass und spannte sich dünn über den abgemagerten Körper.

Luc fühlte sich beinahe schuldig, dass er stark und muskulös – und gebräunt war. »Das Leben in Paris bekommt unserer Familie nicht«, bemerkte er.

»Ich muss an die Ausbildung deiner Schwestern denken, Luc. Hier in Saignon gibt es nichts für sie. Kannst du dir vorstellen, dass Sarah oder Rachel ihre Intelligenz nicht nutzen kann? Und Gitel? Sie braucht das große Angebot in Paris.« Sein Vater schaute ihn an. »Wir alle brauchen es. Dort mache ich meine Geschäfte.« Er senkte den Kopf. »Habe ich meine Geschäfte gemacht.« Jacob schloss die Augen und atmete tief ein. »Was riechst du?«

Diese Frage hatte er in Lucs Kindheit ständig gestellt, aber

Luc konnte nie genug davon bekommen. Er dachte an die glücklicheren Zeiten, in denen sie über ihr malerisches Tal geschaut hatten, über die Felder und Obstgärten, die Olivenhaine und Zypressen, die tiefblau in die Dämmerung emporragten.

Er räusperte sich. »Lavendel natürlich«, antwortete er. »Und heute Abend duftet der Thymian besonders stark. Aber ich rieche auch Rosmarin, Minze und einen Hauch von Salbei. Oh, und Madame Blanc hat ihren Eintopf schon in den Ofen geschoben.«

»Mmm.« Sein Vater nickte. »Sie hat diesmal besonders viel Majoran hineingetan.«

Luc lächelte. »Du bist bestimmt nicht mit mir hierhergegangen, um über Kräuter zu reden.«

»Nein. Ich wollte mich nur einen Moment lang der Illusion hingeben, dass sich nichts geändert hat, dass das Leben immer noch einfach und sicher ist.«

»Papa, sag es mir. Warum seid ihr so überstürzt nach Hause gekommen?«

In der Ferne läutete die Glocke von Sainte Marie. Die romanische Kirche begrüßte seit dem Mittelalter die Pilger nach Italien und Spanien und verlieh ihrem winzigen Dorf einen gewissen Glanz.

Jacob zog eine Pfeife aus der Tasche und klopfte die Asche auf einem Stein aus. Erst jetzt bemerkte Luc das Stück gelben Stoff, das in Form eines Sterns auf das Jackett seines Vaters genäht war. Erschreckt sah er, dass das Wort »Jude« mit Tinte darauf geschrieben war.

»Was zum Teufel ist das?«, fragte er.

»Wir haben das jetzt schon seit etwa einem Monat an, mein Sohn.« Sein Vater zuckte mit den Schultern. »Der Erlass ist Anfang Juni in Kraft getreten. Wo immer wir sind, müssen wir es tragen.«

Wütend sprang Luc auf. »Sie haben unser Volk doch schon aus jeder zivilen Stellung entfernt, aus der Industrie, dem Handel …«

Sein Vater beendete die Aufzählung für ihn. »Aus der Rechtsprechung, der Medizin, den Banken, den Hotels, dem Baugewerbe und sogar der Bildung. Benjamin Meyer hat sich bis heute nicht davon erholt, dass er seinen Lehrstuhl an der Universität verloren hat. Aber es wird ständig schlimmer. Mehr und mehr Besitz wird konfisziert, und die Demütigungen nehmen zu. Bisher ist es mir gelungen, unsere Mädchen vor dem Schlimmsten zu bewahren, doch selbst ich kann sie nicht mehr schützen.«

»Dann bist du also für immer nach Hause gekommen? Hier ist die Familie in Sicherheit.«

Sein Vater lächelte traurig. »Da bin ich mir nicht so sicher, mein Sohn. Nicht, seit die neue Schutzhaft in Kraft getreten ist.«

Luc starrte ihn an. Er hatte plötzlich das Gefühl, jemand schnüre ihm die Luft ab. »Schutzhaft?« Er wusste genau, was das Wort bedeutete, aber es ergab keinen Sinn.

»Das ist die großzügige Methode der Gestapo, um uns Juden zu beschützen. Allerdings verbirgt sich hinter dem Wort Schutzhaft nur die Tatsache, dass wir alle in Haft verschleppt werden.«

»Verschleppung?«

»Es sind nicht allein die Nazis. Auch unsere französischen Verwalter sind schuld.«

»Das Generalkommissariat für Jüdische Angelegenheiten war immer …«

Sein Vater spie auf den Boden, und Luc schwieg schockiert.

»Sie sind korrupt und geldgierig!«, stieß Jacob hervor. »Vichy führt freudig antijüdische Verordnungen aus und achtet so sorgfältig darauf, dass nichts von den konfiszierten Gütern in deutsche Hände fällt, dass die meisten unserer Freunde aus den besetzten Gebieten mittlerweile entweder mittellos oder bereits in Vernichtungslager abtransportiert worden sind.« Sein Vater stieß ein trauriges Lachen aus. »Wir haben es ihnen viel zu leicht gemacht. Wie gehorsame Schafe haben wir alles getan, was sie von uns verlangt haben. Sogar zur Stadtverwaltung sind wir gegangen und haben bereitwillig unsere eigenen, die Namen unserer Eltern, unserer Kinder und unsere Adressen angegeben. Sie haben vollständige Listen von allen Juden in Paris. Wahrscheinlich sogar von allen Juden in ganz Frankreich.«

»Das ist doch nur eine Liste«, sagte Luc.

Jacob packte ihn am Ärmel. »Das ist nicht nur eine Liste, mein Sohn. Es sind Informationen. Und die bedeuten Macht. Seit ich neunzehn bin, habe ich mein eigenes Unternehmen gehabt, und ich habe gelernt, dass Informationen alles sind. Deshalb habe ich dir auch die Lavendelfelder übertragen. Du solltest von Anfang an lernen, wie es ist, Verantwortung zu übernehmen. Geld gibt dir das Gefühl, unbesiegbar zu sein, aber es ist ein brüchiger Schild, wie du jetzt sehen kannst. Mein ganzes Geld schützt mich nicht wirklich, wenn ich es brauche. Information, das ist die wahre Macht. Die Behörden haben alle Macht, weil wir ihnen gesagt haben, wie sie uns finden können, wie viele Kinder wir haben. Sogar ihre Fotografien haben wir ihnen gegeben. Sie haben unseren Besitz konfisziert, unsere Gemälde, unser Silber, die Stühle, auf denen wir saßen, die Tische, an denen wir gegessen haben. Niemand unternimmt etwas dagegen!«

Luc wartete. Sein Atem ging stoßweise, als Jacob fortfuhr: »Dank Information sind wir am Leben geblieben. Ich wusste, wie wichtig es war, aus Paris herauszukommen, weil ich die richtigen Leute dafür bezahlt habe, mich zu informieren. Ich habe auch andere gewarnt, aber nicht alle glaubten mir, und sie werden einen schrecklichen Preis dafür bezahlen. Trotzdem können sie uns immer noch verfolgen. Sie können Jagd auf uns machen, als wären wir tatsächlich das Ungeziefer, für das sie uns halten.« Die Stimme des alten Mannes brach, und er schlug die Hände vors Gesicht.

Luc schluckte. Es war alles noch viel schlimmer, als er befürchtet hatte.

»Kannst du es glauben?«, fragte sein Vater. »Gefangenenlager für aufrechte, gottesfürchtige Patrioten, die für Frankreich gekämpft haben. Sie werden jetzt in Scheißlöchern wie Drancy eingesperrt!«

So hatte Luc seinen Vater noch nie reden hören. Doch es war keine Wut mehr in Jacobs Stimme, und Luc wurde klar, dass er nur seinem Kummer Ausdruck verlieh.

»Alles begann im elften Arrondissement. Sie haben Tausende von Juden zusammengetrieben und sie nach Drancy gebracht. Das war im letzten Jahr die offizielle Eröffnung, könnte man sagen. Aber es kommt noch schlimmer. Denk an meine Worte!«

»Warum hast du mir nichts gesagt?«, fragte Luc schockiert.

Sein Vater zuckte mit den Schultern. »Was hättest du denn tun sollen? Ich brauche dich hier, damit du dich um den Hof kümmerst. Viele Menschen hängen mit ihrem Einkommen von uns ab.«

Die Worte waren zwar wahr, dennoch klangen sie hohl in Lucs Ohren. »Die Mädchen, sie …«

»Sarah will Kunstgeschichte studieren. Sie möchte einmal unterrichten.« Er gab einen kleinen, erstickten Laut von sich. »Sie lassen überhaupt keine Juden mehr an der Universität zu! Rachel weiß, was los ist, aber sie will vor deiner Mutter nicht darüber reden und weigert sich, ihre Musik zu spielen. Gitel …« Er lächelte unendlich traurig. »Sie darf so lange wie möglich nichts erfahren. Es wird immer schlimmer werden.«

»Hör auf, so zu reden, Papa. Die Familie ist hier in Sicherheit, das verspreche ich dir.«

Jacob stieß einen verzweifelten Laut aus. »Hör auf zu träumen!«

Luc wusste nicht, wie er reagieren sollte, aber es bestand kein Zweifel daran, dass Jacob Bonets Informationen korrekt waren. Der Glaube seiner Familie machte das Alltagsleben im besetzten Paris mittlerweile so hart, dass sie unmöglich dort bleiben konnten.

Sein Vater zog an seiner Pfeife und schloss die Augen, um den kurzen Trost zu genießen.

»Dann ist die Wohnung in Saint-Germain also …«

»Beschlagnahmt«, erwiderte sein Vater düster, ohne die Augen zu öffnen. »Den Deutschen gefällt das linke Seine-Ufer sehr gut. Wir haben in den letzten Monaten bei Freunden gewohnt.«

»Was?«

»Ich wollte dich nicht unnötig beunruhigen, bevor ich nicht mehr wusste.«

Sein Vater, normalerweise ein äußerst optimistischer Mann, klang so niedergeschlagen, dass Angst in Luc aufstieg.

»Was für ein Tag ist heute?«, fragte Jacob.

»Samstag.«

»Dann ist es jetzt genau vierzehn Tage her.«

Luc runzelte die Stirn. »Was ist denn vor zwei Wochen passiert?«

»Du weißt sicher, dass die Kommission für Jüdische Angelegenheiten alle deutschen Regelungen anstandslos genehmigt hat?«

Luc nickte. Dass sie jedoch ebenso entschlossen wie Hitler waren, das jüdische Volk zu vernichten, hatte er nicht begriffen. So kritisch Luc den Deutschen gegenüberstand, sein Hass war in zunehmendem Maße auf die französische Miliz in der Region gerichtet. Sie waren sichtbarer und verlangten den Menschen in den Provinzen mehr ab als jeder Soldat. Die deutschen Soldaten, die er gesehen hatte, waren meistens Jungen mit rosigen Gesichtern, glatt rasiert und freundlich. Sie waren genauso wenig aufs Töten aus wie er.

Sein Vater fuhr fort: »In den Geschäften müssen Schilder stehen, dass sie von Juden geführt werden, das Reich hat den Juden hohe Steuern auferlegt. Wir dürfen nicht mehr überall einkaufen. Die Parks sind für uns tabu, und für Gitels Freundinnen ist es gefährlich, mit ihr zu spielen. Solange wir alle Gesetze befolgt haben und nicht zu sehr in Erscheinung getreten sind, konnten wir bisher jedoch relativ sicher leben.«

»Und jetzt?«

»Inzwischen wird jüdischer Besitz grundsätzlich konfisziert. Familien werden vertrieben. Es ist unvorstellbar, obwohl ich nicht so überrascht sein sollte, wenn man bedenkt, welche Gerüchte wir aus Polen gehört haben.«

Luc runzelte die Stirn. »Vertrieben, und dann?«

»Sie werden eingepfercht, Luc. Viele unserer Männer, die zu Beginn des Krieges noch in der Fremdenlegion gekämpft haben, sind deportiert worden, um die Eisenbahn in der Sahara zu bauen. Wir hätten besser zuhören sollen, als sie letztes Jahr verkündet haben, dass Juden nicht mehr auswandern dürfen.«

»Aber Vater, wohin denn? Warum solltest du denn auswandern wollen?«

Jacob Bonet lächelte seinen Sohn liebevoll an. »Ich habe euch alle im Stich gelassen. Ich hätte wenigstens die Mädchen wegschicken sollen, als ich 1939 noch die Möglichkeit dazu hatte. Aber ihr wart noch so jung, und wenn ich deine Mutter auch fortgeschickt hätte, hätte es ihr das Herz gebrochen. Ich hätte sie vielleicht alle mit einem Schiff nach Amerika reisen lassen sollen. Jetzt kommen sie möglicherweise an einen Ort wie Drancy.«

»Drancy hat kein Interesse an unserer Familie«, grollte Luc.

»Glaubst du wirklich, dass die Gestapo mit den Juden schon fertig ist? Drancy ist von Stacheldraht umgeben. Um Paris herum gibt es allein fünf neue Lager. Letztes Jahr haben sie dort vierzig Insassen abgeschlachtet, um sich für einen Aufstand zu rächen. Sie verachten uns, wollen uns loswerden. Und mit loswerden meine ich nicht, dass wir aus Paris oder der Provence verschwinden sollen. Sie wollen uns auslöschen.« Die Stimme seines Vaters bebte. »Sie werden uns jagen, und wir können nirgendwohin fliehen. Ich habe es versucht, mein Junge, glaub mir. Ich, Jacob Bonnet, bin noch nicht mal in der Lage, für meine Töchter eine sichere Passage zu organisieren, um sie aus Europa wegzubringen. Frankreichs Türen sind verschlossen, und unsere sogenannte Regierung hat den Schlüssel weggeworfen. Laval ist entschlossen, dem totalitären Nazi-Regime zu folgen und alle Juden in Lager zu sperren. Angeblich sind Lager wie Drancy und Austerlitz nur Übergangsgefängnisse.«

Lucs Nackenhaare richteten sich auf. Er wollte die Frage eigentlich nicht stellen, aber sie drängte sich über seine Lippen. »Wofür?«

»Für die Endlösung«, murmelte sein Vater und packte seine Pfeife fester. »Ich habe gehört, dass schon nächste Woche zahlreiche Verhaftungen in Paris stattfinden sollen. Niemand ist sicher, kein Jude wird verschont werden. Zuerst haben sie nur Zigeunerinnen verhaftet, dann Ausländer – doch das war nichts als eine Vernebelungstaktik. Frankreich hat begonnen, seine Juden in Arbeitslager im Osten des Landes zu deportieren, allerdings geht das Gerücht, dass jene, die für die deutsche Kriegsmaschinerie nicht von Nutzen sind, einfach getötet werden.« Er blickte Luc in die Augen. »Bis auf dich.«

»Ich?«, fragte Luc überrascht. »Ja, als Landwirt kann ich ihnen natürlich von Nutzen sein …«

Jacob schnaubte. »Ich meinte nicht …« Seufzend brach er ab.

Luc schaute ihn frustriert an. »Papa, das sind doch alles nur Gerüchte. Was für einen Sinn würde es denn ergeben, ein ganzes Volk auszulöschen?«

Jacob blickte seinen Sohn an, als zweifle er an seinem Verstand. »Europa soll von der jüdischen Bevölkerung befreit werden. Ich weiß, dass einige Leute von Drancy schon an einen Ort namens Auschwitz-Birkenau in Polen gebracht worden sind.«

»Ein neues Arbeitslager?«

»Möglicherweise ist es ein Arbeitslager, ganz sicher ist es jedoch ein Ort des Todes …« Jacob hob die Hand, damit Luc ihn nicht unterbrach. »Erst vor vierzehn Tagen habe ich einen Artikel gelesen, den jemand nach Paris geschmuggelt hat. Er ist in *The Telegraph* erschienen. Darin ist von Massenermordungen an Juden in Auschwitz die Rede. Das Blatt ist eine angesehene britische Zeitung, und die Nachrichten sind aus dem polnischen Untergrund zur Exilregierung in London gelangt. Die Nazis töten Juden systematisch zu Zehntausenden. Sie beginnen mit den Alten, Kranken, ganz Kleinen und Hilflosen – die Starken und Belastbaren lassen sie für sich arbeiten, bis sie nicht mehr können, und dann werden auch sie umgebracht.«

Luc wurde es übel. »Hör auf, Papa!«

»Hör mir zu! Das ist kein Gerücht. Das ist eine Tatsache. Wir reden hier von Völkermord.«

Sie blickten einander an. Jacob zornig in seiner Verzweiflung, Luc außer sich vor Wut über das Schicksal, das seinem Volk drohte.

»Jacob?«, rief jemand.

»Ah, Wolf.« Jacob drehte sich lächelnd um, um seinen alten Freund zu begrüßen, der gerade den Hügel erklommen hatte.

Wolf hatte ein kürzeres Bein, aber er war groß und kräftig gebaut. Eine Strickjacke spannte sich über seinen runden Bauch. Er war das genaue Gegenteil von Jacob Bonet, mit dünnen, früher einmal rötlichen Haarsträhnen, die unter seinem Strohhut hervorlugten. Wie Jacob hatte auch Wolf die Krawatte gelockert und trug ein gebügeltes Hemd mit offenem Kragen, das vom Aufstieg ein wenig verschwitzt war. Sein Atem ging schnell von der Anstrengung, dennoch grinste er breit.

»Himmel, Jacob. Bist du es wirklich?«, keuchte er, als er auf sie zuhumpelte.

»Ja, ich bin es«, erwiderte Jacob und erhob sich mühsam. »Komm, lass dich richtig begrüßen.«

Die beiden Männer umarmten einander und traten dann jeder einen Schritt zurück, um den anderen anzusehen.

»Die Jahre sind nicht spurlos an dir vorübergegangen, mein Freund«, sagte Wolf sichtlich erschreckt. »Pass bloß auf, dass dich der Abendwind nicht umbläst!«

»Pass du lieber auf dich auf, alter Mann!«, brummte Jacob liebevoll.

Wolf küsste Jacob auf beide Wangen. »Es macht mich glücklich, dich zu sehen.«

»Ich hatte ernsthafte Bedenken, ob wir es heil bis hierher schaffen.«

»Geht es den Frauen gut?«

Jacob nickte. »Noch ja, Wolf, noch ja.«

Luc half ihnen, sich hinzusetzen.

Wolf blickte ihn an. »Wie geht es dir, mein Junge?«, sagte er und fügte auf Deutsch hinzu: »Ist alles gut?«

»Ich will jetzt nicht Deutsch sprechen!«, erwiderte Luc heftig. »Ich will es nie wieder sprechen.«

»Hör mir zu«, grollte Jacob. »Es könnte dir das Leben retten, wenn du Deutsch sprichst.« Er wandte sich an Wolf. »Hat er geübt?«

»Geübt? Luc kann fluchen wie ein Einheimischer.«

Sein Vater runzelte die Stirn. »Wieso?«

»Er treibt sich ständig in Apt herum.«

»Ich habe dort keine Soldaten gesehen.«

»Sie kommen und gehen«, sagte Wolf. »Sie ziehen die L'Isle-sur-la-Sorgue vor. Warum, liegt auf der Hand.«

Luc war erst kurz vor Kriegsausbruch das erste Mal in L'Isle-sur-la-Sorgue gewesen, aber er wusste, wie schön die Stadt war. Sie hatte ihren Namen von dem Flüsschen Sorgue, dessen kaltes, schnell dahinfließendes Wasser eine Quelle speiste, die schon immer die reichen Leute in den Ferien angezogen hatte. Jetzt war der Ort voll mit lauten, trinkfesten Deutschen, die Urlaub hatten.

Der Himmel allein wusste, wie es Jacob gelungen war, seine Familie nach Süden zu bringen, ohne Schwierigkeiten mit den Soldaten zu bekommen. Auch wie er an genügend Benzin gekommen war, war Luc ein Rätsel, aber er wagte nicht, danach zu fragen. Selbst hier, so weit entfernt von Paris, wusste jeder, wie schwer es war, aus der deutschen Besatzungszone nach Vichy-Frankreich zu fahren. Wahrscheinlich spielte Geld doch noch eine große Rolle.

»Hast du direkt mit deutschen Soldaten gesprochen?«, fragte Wolf.

Luc zuckte mit den Schultern. »Ich höre ihnen einfach zu. Wenn ich mit ihnen spreche, mische ich französische Wörter in meine Sätze, damit es sich ungeschickter anhört. Dann klinge ich so wie jeder hier.«

»Gut«, erwiderte sein Vater. »Du hast dich nie vorgestellt, oder? Keiner von ihnen kennt deinen Namen?«

Luc blickte ihn verwirrt an. »Nein, natürlich nicht. Ich habe nicht die Absicht, mich mit den Deutschen anzufreunden. Warum fragst du?«

»Ich versuche nur, dir das Leben zu retten«, erwiderte Jacob.

Luc schlug die Augen nieder. Mittlerweile war es dunkel geworden, und im Dorf gingen die Lichter an. In der Ferne leuchteten die Lichter des größeren Ortes Apt wie glitzernde Punkte auf einem schwarzen Samtteppich. Er mochte diese Landschaft sehr und war nur zum Militärdienst vor sechs Jahren einmal länger weg gewesen. Im Gegensatz zu vielen anderen jungen Männern hatte die Zeit fern von zu Hause in ihm keine Wanderlust geweckt, sondern höchstens seine Leidenschaft für den Lavendelanbau verstärkt.

»Mach dir keine Sorgen um mich, Papa. Wir müssen uns eher Gedanken um Maman, Saba und die Mädchen machen.«

Die nächsten Worte seines Vaters waren so furchtbar, dass Luc sie kaum begreifen konnte.

»Ich fürchte, für sie ... für uns ist es zu spät«, erwiderte Jacob leise. »Das gilt nicht für dich, Luc.«

Luc schaute die älteren Männer an. Sein Vater hatte im Großen Krieg in der französischen Legion gekämpft, und Wolf hatte, trotz seines verkrüppelten Körpers, auf der anderen Seite gestanden. Nach dem Krieg hatte er die deutsche Staatsbürgerschaft aufgegeben und war nach Frankreich geflohen. Beide waren sie Überlebende. Wie konnten sie sich nur jetzt schon geschlagen geben?

»Zu spät?«, wiederholte Luc schließlich? »Wir können uns verstecken, wir können ...«

»Das können wir versuchen, aber bei dir wird es anders sein. Die Zeit ist gekommen«, sagte Jacob. »Ich ... ich muss dir etwas gestehen.«

Luc blinzelte. Damit hatte er nicht gerechnet.

Jacob stellte fest, dass seine Pfeife ausgegangen war. Leise fluchend zündete er sie von Neuem an. Die drei Männer schwiegen, und man hörte nur das saugende Schmatzen, mit dem Jacob an seiner Pfeife zog. Schließlich erfüllte das milde, tröstliche Aroma des Tabaks die Luft und mischte sich mit den Essensdüften aus dem Dorf. Es war so friedlich.

Luc griff in die Tasche und zog den Kerzenstummel heraus, den er fast immer bei sich trug. Jacob warf ihm Streichhölzer zu, und bald schon fiel der Schein der flackernden Flamme auf ihre Gesichter. Die beiden älteren Männer wirkten zögerlich … nein, eher ängstlich.

»Was ist los?«, fragte Luc.

Sie seufzten.

»Was ist?«, wiederholte Luc. Eine seltsame Angst schnürte ihm den Brustkorb zu.

»Luc«, sagte sein Vater schließlich. »Mein geliebter, einziger Sohn.« Spannung hing schwer in der Luft, und in der Nähe schrie klagend eine Eule. »Wir haben dich angelogen.«

3

Die beiden alten Männer redeten stockend, und wenn einer schwieg oder zögerte, fiel der andere ein. Sie erzählten ihm lange gehütete Geheimnisse von 1918, einem Jahr, wie Jacob ihm zärtlich versicherte, in dem zwei wundervolle Ereignisse eingetreten waren – der Krieg war zu Ende, und Luc war in ihr Leben getreten.

Sie redeten, bis die Glocke vom Kirchturm erneut zur vollen Stunde schlug. Lucs Gedanken überschlugen sich, sein ganzes Leben war auf einmal ein einziges Chaos. Zwar hörte er die Worte, die die vertrauten Stimmen aussprachen, aber er konnte sie nicht wirklich fassen.

»Luc?«, fragte Jacob.

Die Glocke schlug acht Mal. Saba wartete sicher schon ungeduldig mit dem Essen auf sie.

»Luc?«, sagte sein Vater noch einmal. Er klang besorgt.

Seine Schläfen begannen zu pochen. Er presste die Lippen zusammen, weil er sich vor der Frage fürchtete. Aber er musste sie stellen. »Wie heiße ich wirklich?«

Jacob zögerte, und Wolf antwortete für ihn. »Lukas.«

Luc verzog das Gesicht und schloss die Augen. Wie konnten drei simple Buchstaben die Welt auf den Kopf stellen? Und wie konnten die gleichen drei Buchstaben aus einem einfachen Namen, den er bisher gemocht hatte, den Inbegriff des Bösen machen?

Er holte tief Luft. »Und mein richtiger Familienname?«

Wolf räusperte sich. »Ravensburg.«

Abrupt stand Luc auf und wandte sich ab. Wenn ihm jemand ein Messer in die Brust gestoßen hätte, hätte es nicht mehr schmerzen können.

Er war Deutscher.

Ergab nicht auf einmal alles einen Sinn? Seine helleren Haare, die kräftiger gebaute Gestalt? War das der Grund, warum sein Vater stets darauf bestanden hatte, dass er Deutsch lernte, bis er manchmal sogar nachts in dieser Sprache träumte?

»Wer weiß davon?«

Jacob hüstelte. »Deine Mutter, deine Großmutter und Wolf natürlich. Deine Schwestern wissen nur, dass du adoptiert bist. Das kann ich vor niemandem verbergen.«

Wolf sprang ihm bei. »Deine leiblichen Eltern waren gute Menschen. Dein Vater hieß Dieter. Er war jünger, als du heute bist, als er 1918 an der Front umgekommen ist. Deine Mutter Klara war sogar noch jünger, aber sie liebte ihn sehr. Ich habe sie kurz kennen gelernt – sie war schön und zerbrechlich. Bei deiner Geburt war sie schrecklich schwach und hat nur noch wenige Tage gelebt – lange genug, um sich in dich zu verlieben.«

»Der Himmel amüsiert sich anscheinend blendend auf meine Kosten«, sagte Luc düster.

»Rede nicht so, mein Sohn«, sagte Jacob.

»Mein Sohn? Ich bin nicht dein Sohn«, sagte er und schwenkte die große, vergilbte Geburtsurkunde, die Wolf mitgebracht hatte. »Ich war mein ganzes Leben lang ein Betrüger.«

Luc hatte den beiden Männern den Rücken zugewandt. Er starrte über das Tal nach Westen, nach Avignon, wo die meisten Deutschen waren. Er dachte an ihre kräftigen Körper, an ihr Gefühl von Unverwundbarkeit, ihre goldenen Haare und weißen Zähne, die schicken Uniformen und polierten Stiefel. Er dachte daran, wie eines der Mädchen aus Apt, das mit seinen

Eltern nach Avignon gefahren war, von den Männern in Schwarz gesprochen hatte: paramilitärische Soldaten der Schutzstaffel, stramme deutsche SS-Männer, deren Uniformen die unverkennbaren Insignien auf Aufschlägen, Manschetten und Schultern aufwiesen.

Langsam wich der Schock der Wut, und vor seinem inneren Auge sah er, wie er lachende Männer in Uniform tötete. Er konnte nicht sagen, ob es Soldaten oder lokale *milice* waren – für ihn waren sie alle Feinde, alle waren sie für diesen Schmerz verantwortlich.

Wolf verstand ihn anscheinend. Er war für Luc ebenso eine Vaterfigur wie Jacob, und er hatte schon immer in Lucs Herz lesen können. Der alte Mann streckte die Hand aus, um ihn am Arm zu berühren.

»Es gibt Mittel und Wege, um sie zu bekämpfen.« Er wies auf das Dokument in Lucs Hand. »Du siehst deutsch aus, du redest und fluchst wie ein Deutscher, du *bist* Deutscher«, betonte er und tippte auf die Geburtsurkunde. »Nutze das, um dir zu helfen … um Frankreich zu helfen.«

Verwirrt blickte Luc ihn an. »Wovon redest du?«

Jacob ergriff das Wort. »Hör mir zu, Luc. Sieh mich an!«

Unglücklich blickte Luc seinem Vater in die Augen.

»Ich versuche zu verstehen, wie du dich fühlst. Wenn wir es dir hätten ersparen können, hätten wir es getan. Was spielt es für eine Rolle, wo du herkommst? Im Herzen bist du Franzose, im Geist bist du Jude und …«

Luc unterbrach seinen Vater. »Und ich besitze die mörderische Seele meiner Landsleute!«

Ein Schlag hallte von den Wänden des winzigen Amphitheaters wider, das die Felsen hier oben bildeten. Erst als er den Schmerz an seiner Wange spürte, wurde Luc klar, dass Wolf ihn geohrfeigt hatte.

»Wag es nicht! Glaubst du, dein leiblicher Vater hatte eine böse Seele? Ich habe seine Briefe gelesen – er war ein junger, verliebter Mann, der seinen Militärdienst geleistet, Befehle befolgt hat und für sein Vaterland gestorben ist. Er wollte nicht töten. Das wollen die wenigsten Soldaten. Dieter wollte bei seiner Frau und seinem Sohn sein. Und die Frau, die dich zur Welt gebracht hat? Gott möge dir vergeben, dass du Klaras Andenken beschmutzt hast. Sie war jung und verängstigt, und sie flehte mich an, dafür zu sorgen, dass du liebend an sie denkst. Du solltest wissen, dass sie dich mehr geliebt hat als ihr Leben. Sie war achtzehn, Luc! Sie wusste, dass sie im Sterben lag, aber ich habe nie gehört, dass sie sich beklagt hätte. Ihre Gedanken und Gebete galten nur dir und Dieters Seele.«

Luc schluckte und blickte zu Boden. Er ertrug die Enttäuschung nicht, die in Wolfs Augen stand. Doch er wollte sich auch nicht vorstellen, dass diese jungen Fremden seine Eltern waren, die ihn geliebt hatten und mit dem Gedanken an ihn gestorben waren.

Wolfs Zorn war noch nicht verraucht. »Glaubst du etwa, ich hätte eine mörderische Seele, Luc? Auch ich bin Deutscher. Oder hast du das vergessen?«

Beschämt senkte Luc den Blick.

»Deine Arroganz erstaunt mich. In diesem dreckigen, hässlichen Krieg geht es nicht um dich!«, fuhr Wolf fort. »Überall in Europa sterben Menschen. Deine Geschichte ist nur eine unter Millionen. Aber du bist einer unter Millionen, der diesen Krieg vielleicht überlebt, wegen seiner Herkunft, wegen der Familie Bonet, die dich aufgezogen, geliebt und dir ihren Namen gegeben hat. Wag es nicht, ihnen jetzt ins Gesicht zu spucken! Sie haben dir das nicht zu ihrem Vergnügen erzählt, sondern um dich zu schützen!«

Wolf wandte sich ab und wischte sich mit zitternder Hand

den Mund ab. Sein Handrücken war bedeckt von Leberflecken, und Luc nahm ihn, vielleicht zum ersten Mal, als den sechsundsiebzigjährigen Mann wahr, der er war.

Luc blickte zu seinem Vater. »Es tut mir leid.«

»Was?«, fragte Jacob überrascht.

»Dass ich nicht wirklich dein Sohn bin.«

Jacobs Augen trübten sich, und Luc hatte das Gefühl, das Herz müsse ihm brechen, als sein Vater sich mühsam erhob. Wolf wollte ihm helfen, aber er wehrte ihn ab. Er humpelte zu Luc und blickte ihm in die Augen.

»Du *bist* mein Sohn – für deine Mutter und mich bist du ein wahrer Sohn, für deine Saba ein Enkel und ein Bruder für deine Schwestern.« Er breitete die Arme aus, und Luc ließ sich weinend von seinem Vater umarmen.

Während Wolf und Jacob schon nach Hause gingen, machte Luc noch einen Umweg. Er hatte seiner Großmutter Lavendel versprochen, deshalb lief er zu einem nahegelegenen Feld, um ein paar Blütenköpfe abzubrechen. Die Nacht war mild, und der Lavendel duftete. Luc wusste, dass es bis zur Ernte nur noch wenige Tage hin war.

Dieses Jahr würde es weit weniger Erntehelfer geben als sonst. Luc hatte gehört, dass die Deutschen auch französische Männer an die Front holen wollten. Er verzog das Gesicht, als er daran dachte.

Im Geiste ging er noch einmal durch, was die beiden alten Männer ihm gerade enthüllt hatten. Fast ein Vierteljahrhundert lang hatten sie es geheim gehalten. Während des Krieges hatten Wolf und seine Frau Solange im elsässischen Straßburg gelebt, nahe der deutschen Grenze. Von dem kürzeren Bein mal abgesehen, war Wolf zu alt gewesen, um an der Front zu kämpfen. Er war Professor für Linguistik an der Universität in Straßburg, wo er unter anderem Altnorwegisch lehrte. Wolf konnte im Alltag die Sprache so schnell wechseln wie andere Leute die Kleider.

Trotz seiner Position wollte Wolf sich von Deutschland distanzieren, deshalb beschloss er nach Ende des Krieges, Straßburg zu verlassen. Kurz vor seiner Abreise waren Solange und er auf die hochschwangere Klara Ravensburg gestoßen, die mutterseelenallein in den Wehen lag. Sie hatte versucht, von ihrem kleinen Dorf im Schwarzwald nach Frankreich zu gelangen. Auch sie wollte Deutschland verlassen, jenes Land, dem sie die Schuld am Tod ihres geliebten Mannes gab. Am Tag nach Kriegsende hatte Klara die Nachricht erhalten, dass Dieter gefallen war. Er war ein paar Stunden nach dem Waffenstillstand aus Versehen erschossen worden. »Ihre Trauer begann, während auf den Straßen die Menschen ausgelassen feierten«, hatte Wolf mit seiner sanften Stimme gesagt.

Klaras Mutter war schon lange tot, und ihr Vater und ihre Brüder waren alle im Krieg gefallen. Den erneuten Verlust verkraftete sie nicht – ihr Herz war gebrochen. Wie erstarrt verließ sie ohne jegliches Gepäck ihr Heimatdorf und wanderte einfach immer weiter.

Es war Zufall und Glück gewesen, dass sie direkt vor den Augen von Wolfs Frau zusammengebrochen war. »Solange nahm sie mit zu uns nach Hause, badete und fütterte sie, denn sie war nicht mehr in der Lage, auch nur einen Handgriff selbst zu tun. Dann kämmte sie ihr die Haare und sang sie in den Schlaf«, hatte Wolf Luc erzählt.

Mitten in der berauschten, chaotischen Atmosphäre des Waffenstillstands gebar sie einen Jungen. Es war ein kalter, regnerischer Tag Ende November 1918, als Luc auf die Welt kam. Europa begann gerade erst zu begreifen, dass der Weltkrieg vorbei war. Kurz darauf starb Klara.

Wolf und Solange verließen Straßburg drei Tage vor Weihnachten. Sie wollten mit dem Baby in das wärmere Klima in Frankreichs Süden. Rückblickend empfand Luc ihren Plan als Wahnsinn. Ein nicht mehr ganz junges Paar, Winter, ein Neugeborenes? Was hatten sie sich nur dabei gedacht? Aber der Waffenstillstand machte die Menschen wagemutiger als sonst, erfüllte sie mit Hoffnung auf eine hellere Zukunft.

»Ich habe instinktiv gehandelt«, hatte Wolf zugegeben. »Du warst nicht unser Kind, aber damals kümmerte sich niemand darum. Niemand wollte ein fremdes Neugeborenes haben, und es wurden kaum Fragen gestellt. Jeder nahm an, du seiest unser Enkel. Ich musste Solange und dich fortbringen. Du solltest als Franzose aufwachsen, ohne jede Verbindung zu Deutschland.« Wolf zuckte mit den Schultern. »Es hat ja auch gut funktioniert – zumindest fünfundzwanzig Jahre lang. Und jetzt rettet dich dein deutsches Erbe vielleicht sogar.«

Kurz nach der Abreise aus Straßburg war eine Tragödie über die kleine Familie hereingebrochen. Eine Woche nach ihrer Flucht wurde Solange von einem Bus überfahren. Jetzt war auch sie tot, und Luc war erst wenige Wochen alt.

Bis zum heutigen Abend hatte Luc geglaubt, Wolf habe ihn in einer Scheune in Ostfrankreich gefunden. Dass seine Mutter ihn offensichtlich verlassen hatte, hatte es für ihn leichter gemacht, die Adoption zu akzeptieren. Trotzdem hatte er sich in so manchem stillen Moment gefragt, wie wohl die genaueren Umstände ausgesehen haben mochten. Schon als Jugendlicher hatte er jedoch aufgehört, Fragen zu stellen, weil ihm klar wurde, dass er keine anderen Antworten bekommen würde als jene, die er bereits kannte.

Jetzt hatte Luc erfahren, dass der alte Mann seine Position an der angesehenen Universität aufgegeben hatte und mit einem Baby nach Süden gezogen war. Voller Trauer um seine Frau und

Lucs Mutter hatte er so viel Distanz wie nur möglich zu seinem alten Leben aufbauen wollen.

Das Schicksal hatte Wolf mit Jacob und Golda Bonet zusammengebracht, wohlhabenden Franzosen, die in tiefer Trauer um ihre als Säugling verstorbene Tochter mitten im Januar 1919 in die Provence zurückreisten. Voller Mitgefühl und Freundlichkeit hatten sie sich des Großvaters mit seinem Enkel angenommen, und in ihrem Eisenbahnabteil hatte Wolf dem jüdischen Paar schließlich die Wahrheit gestanden. Sie schlossen einen Pakt, und so kam ein neues Baby in die Familie Bonet. Lucs wahre Herkunft verschwiegen sie, stattdessen erfanden sie einen anderen Hintergrund.

Wolf war zu dem Schluss gekommen, dass Luc in einer jüngeren Familie bessere Chancen auf ein normales Leben haben würde, aber er konnte es nicht ertragen, sich von dem kleinen Jungen zu trennen. Also blieb er in der Provence, wo er eine Stelle an der Universität in Avignon fand und in einem kleinen Dorf lebte, nicht weit von Saignon entfernt. Es hatte nie eine Zeit gegeben, in der Luc von seinem geliebten Wolf getrennt war.

Wie konnte Luc seiner Familie böse sein, jenen Menschen, die ihm so viel Liebe geschenkt hatten? Sie brauchten ihn doch jetzt. Luc blickte auf den Lavendel in seiner Hand, seine Saba wartete sicher schon. Die Familie musste zusammenstehen. Er war der einzige Sohn, er musste sie verteidigen. »*Warian*«, murmelte er – »beschützen« in Altfranzösisch. Er blickte zum Himmel. Wolf hatte ihn gut unterrichtet – er dachte sogar schon in verschiedenen Sprachen.

Deutschland hatte seine wahren Eltern getötet. Jene Eltern, die er liebte, würde es nicht auch noch bekommen. Nur über meine Leiche, dachte er.

4

Lucs Schritte hallten auf dem Pflaster von Saignon wider. Er winkte dem Priester zu, der gerade aus der Kirche kam. Direkt hinter dem Brunnen am Marktplatz lag das imposante dreistöckige Haus der Bonets.

Inzwischen war es dunkel, aber in der Nachmittagssonne glühte das Haus stets blass ockerfarben, und die blaugrauen Fensterrahmen bildeten den für die Provence typisch kühnen Kontrast dazu. Vielleicht sah er ja die schlichte und dennoch außerordentliche Schönheit als zu selbstverständlich an. Bei seinen seltenen Besuchen in Paris hatte er sich mit eigenen Augen davon überzeugen können, in welchem Maße es den großen Städten an Farbe fehlte. Im Gegensatz zur Provence fand man dort weder Violett noch Rosa, auch kein Grün und Gelb, kein Orange und Blau.

Für Luc war das Luberon wie ein lachendes, nach Garten duftendes Landmädchen in einem bunten Kleid, mit breiten Hüften, wehenden Haaren und rosigen Wangen. Paris hingegen war eine elegante Frau mit einem leicht nachdenklichen Gesichtsausdruck, schmalhüftig, mit perfekt geschnittenen Kleidern in konservativem Dunkelgrau. Aber sie war kokett – ihre prächtigen Boulevards mit den Platanen, die berühmten Parks und mächtigen Monumente, die romantischen Straßenlaternen. Oh ja, Paris konnte durchaus verspielt sein, doch es blieb immer anmutig dabei. Er mochte beide Orte sehr, und es tat ihm weh zu hören, dass jetzt überall in der Hauptstadt

Hakenkreuzfahnen hingen, dass die romantischen Straßenlaternen erloschen waren und dass Adolf Hitler die elegante Frau in furchteinflößendes Rot und Schwarz kleidete – die Farben des Fegefeuers.

Luc war so in Gedanken versunken, dass er beinahe in den Bäcker hineingerannt wäre. »*Pardon*, Monsieur Fougasse. Verzeihen Sie. Ich habe geträumt.«

Der grauhaarige Mann, der einen Sack Mehl über der Schulter trug, erwiderte achselzuckend: »Wir brauchen alle Träume, Bonet.« Seine Stimme war überraschend freundlich.

Fougasse war ein Eigenbrötler. Seine Frau war schon früh gestorben, und die Ehe war kinderlos gewesen. Einige Frauen aus dem Dorf hatten ein Auge auf den Witwer geworfen, aber Fougasse war lieber allein. Er arbeitete viel und backte auch für die Dörfer, in denen es keine Bäckerei gab.

»Sie arbeiten spät, *monsieur*«, bemerkte Luc.

»Es gibt immer jemanden, für den man backen muss.« Fougasse zuckte mit den Schultern. »Irgendwer muss ja dafür sorgen, dass die Kinder ihre *tartines* zum Frühstück bekommen.«

»Sie können mir gerne welche reservieren für morgen … Meine Schwestern sind wieder zu Hause und müssen dringend ein bisschen was auf die Rippen bekommen.«

»Das ist mir auch schon aufgefallen. Die Mädchen werden mehr als Kuchen brauchen, um mit dem fertigzuwerden, was sie gesehen haben. Aus Paris kommen schlimme Berichte.«

»Berichte?«

Fougasse blickte ihn freimütig an.

Woher wusste ein Bäcker in einem abgelegenen Dorf im Süden Frankreichs, was in der Hauptstadt vor sich ging?

Fougasse wandte sich zu seinem Laden. »*Bonne nuit*, Bonet. Beste Grüße an Ihre Familie. Ich werde extra für Ihre Schwestern etwas backen. Passen Sie auf sich auf.«

Luc war verwirrt. »*Bonne nuit*, Monsieur Fougasse.« Lächelnd nickte er, aber der Bäcker war bereits verschwunden.

Er ging weiter die Straße entlang. Heute war der unangenehmste Tag in seinem Leben, aber sein Vater war offensichtlich davon überzeugt, dass er schon damit fertigwurde. Vor sich sah er Jacob und Wolf.

Die Fensterläden der Häuser an der Straße waren weit geöffnet, weil die Bewohner hofften, der Abendwind möge ihnen ein wenig Kühlung bringen, aber bald mussten sie geschlossen werden. Nach zehn Uhr durfte kein Licht mehr nach draußen dringen. Im Vorbeigehen schnappte Luc Gesprächsfetzen auf, Lachen, Murren, Kinderstimmen und das Weinen von Madame Therouxs Neugeborenem. Vor ein paar Monaten war die *milice* hier gewesen und hatte sämtliche Transistorradios konfisziert, weshalb man nur noch selten die vertrauten Klänge aus den Rundfunkgeräten hörte. Luc hatte noch auf dem Feld gearbeitet, als die *milice* eingefallen war. Es fiel ihm schwer, die Bedrohung ernst zu nehmen. Schließlich waren die Männer Franzosen wie er, und wer fürchtete sich schon vor dem eigenen Volk?

Allerdings hatten sich diese Franzosen mit den Nazis im Land verbündet. Sie schwenkten Regierungspapiere und bedrängten die Dorfbewohner, damit alle ihre Transistorradios herausrückten. Die Leute händigten ihnen bereitwillig ihre Geräte aus, um Problemen aus dem Weg zu gehen.

Wie einige andere listige Familien hatte auch Lucs Großmutter ihr gutes Gerät im Keller versteckt und nur ihr altes Radio in der Schubkarre zu den Polizisten gefahren, um es ihnen mit ihren gichtverkrümmten Fingern zu übergeben. Seit dieser Zeit hörten Luc und seine Großmutter regelmäßig BBC. Das Luberon lag so hoch, dass sie den englischen Sender, den nur Luc verstand, klar und deutlich empfangen konnten. Er sprach Englisch zwar nicht so fließend wie Deutsch, verstand jedoch alles.

Flüsternd fasste er für Saba, die an seinen Lippen hing, das Gehörte zusammen. Luc saß dann meist auf dem Boden und sog tief den erdigen Geruch des Kellers ein, in dem sie ihre Vorräte sowie Obst und Gemüse lagerten. Saba legte ihm die Hand auf die Schulter, und so miteinander verbunden harrten sie aus, um den merkwürdigen *messages personnels* zu lauschen, die ganz offensichtlich Code-Botschaften waren.

Gemeinsam hatten sie die Rede von Charles de Gaulle gehört. Der frühere französische Kriegsminister, der in London im Exil lebte, beschwor die Franzosen, stark zu bleiben und den Deutschen in jeder Hinsicht zu widerstehen. »Frankreich ist nicht allein«, hatte er erklärt, und der abschließende Ruf »*Vive la France!*« hatte noch lange in Lucs Ohren geklungen.

Bis zum heutigen Tag war Saignon weitestgehend von der *milice* und den Deutschen verschont geblieben. Ihr Leben hatte sich kaum geändert, da die Bauern ihr Land weiter bearbeiten durften, um die Deutschen im Krieg zu unterstützen.

Saignon hatte zudem Glück mit seinen Produkten: Kirschen im Frühjahr, die in ganz Frankreich verkauft wurden, Lavendel im Sommer, von dem Europas Parfümeure nicht genug bekommen konnten, Trauben im Herbst für den Wein, den die Deutschen so gern tranken, und im Winter … wahres Gold in Form von Oliven, aus denen das berühmte Öl der Region gepresst wurde. Die meisten Familien hätten den Deutschen jedoch eher ihren Wein überlassen als ihr Olivenöl.

Die Schwalben schliefen in ihren Nestern, das hektische Treiben des Tages war der Musik eines provenzalischen Sommerabends gewichen – dem Zirpen der Grillen. Seufzend schaute Luc zum Mond, der am dunkelvioletten Himmel stand. Wenn man es nicht besser wüsste, hätte man meinen können, dass alles auf der Welt in schönster Ordnung war.

Als Luc den Platz überquerte, sah er zu seiner Beruhigung,

dass in der Bar ein paar Männer standen und nach der harten Feldarbeit etwas tranken. Seit Kriegsausbruch ging das Leben in Saignon zwar an der Oberfläche weiter wie immer, aber traurigerweise waren die Hälfte der Männer im Dorf inzwischen Kriegsgefangene. Als die deutsche Kriegsmaschinerie die Maginot-Linie durchbrochen und 1940 die Niederlande eingenommen hatte, war die Niederlage für Frankreich so plötzlich gekommen, dass Hunderttausende französische Soldaten in Gefangenschaft geraten waren.

Im Chaos der Besatzung war es einigen der Männer gelungen, zu entkommen und zu ihren Familien zurückzukehren. Sie arbeiteten wieder auf ihren Höfen und standen um fünf, im Sommer sogar noch früher auf, um die Kühe zu melken. Allerdings hieß es, sie würden alle wieder zum Wehrdienst eingezogen, weshalb ihre Freiheit möglicherweise nur von kurzer Dauer war. Die Vichy-Regierung würde bald *la relève* einführen und die Männer in der Freizone auffordern, in die Deutsche Wehrmacht einzutreten. Angeblich war es ein freiwilliger Dienst, doch niemand zweifelte daran, dass es bald schon ein Zwang werden würde. Für jeden gesunden Franzosen, der sich freiwillig meldete, sollten drei französische Kriegsgefangene entlassen werden. Laval verkaufte sein Konzept, indem er den Männern ein schlechtes Gewissen machte, wenn sie nicht für ihre Landsleute eintraten.

Luc wusste, dass durch Lavals Plan ganze Familien auseinandergerissen würden, und er hasste die französische Polizei ebenso wie die *milice* dafür, dass sie sich an der Erpressung beteiligten. Sie hätten genauso gut Hakenkreuze auf der Uniform haben können. Nein, er würde nicht zu den Kriegsbemühungen der Deutschen beitragen – auch wenn er wusste, dass einige Dorfbewohner hinter seinem Rücken über ihn redeten, schließlich war er jung, gesund und unverheiratet. Er hätte sich perfekt für die

Arbeit in Deutschland geeignet, aber er begann zu begreifen, dass die Deutschen niemanden mit einem jüdischen Nachnamen in ihrem Land haben wollten.

Nach den zwei Jahren Militärdienst war er der Armee entgangen, weil er zu den wichtigsten Produzenten einer Pflanze gehörte, die Frankreich reich machte.

Lavendel war die Hauptzutat für den florierenden Parfümmarkt. Amerika hätte Luc nur zu gerne die gesamte Ernte abgenommen, aber er verkaufte sie im Wesentlichen an die Parfümeure in Grasse im Nordwesten der Provence. Sie zahlten Höchstpreise für den echten Lavendel *fin*, der nur wenige Wochen im Jahr von Hand geerntet werden konnte. Er entwickelte einen Duft, der die anderen Blumenöle umso besser zur Geltung brachte.

Nicht nur die Franzosen brauchten Luc, auch die Deutschen schätzten den Lavendel, vor allem wegen seiner antiseptischen Eigenschaften. Sie brauchten Lavendelöl dringend für die vielen verletzten Soldaten an der Front.

Luc nickte den Männern in der Bar zu. Einige riefen ihm zu, er solle seinen Eltern Grüße ausrichten. Im Dorf hatte es also bereits die Runde gemacht, dass die Bonets zurückgekehrt waren.

Marcel trat auf ihn zu, ein schlaksiger, dunkelhaariger Mann mit ernstem Gesicht. »Ich habe gehört, Rachel ist wieder da … und die gesamte Familie«, sagte er.

Luc tippte ihm mit seinem Lavendelbüschel auf die Schulter. »Ich sage ihr, dass du nach ihr gefragt hast.«

Marcel wäre eine gute Partie für Rachel. Sie würde nicht arbeiten müssen, denn er würde gut für sie sorgen, und wenn der Krieg es zuließ, konnte sie ihre Träume in die Tat umsetzen und schreiben und musizieren, vielleicht sogar unterrichten.

Marcel schlug Luc auf den Rücken. »Das ist nett von dir, Bonet.«

Luc hob die Hand. Als er am Haus ankam, waren Jacob und Wolf schon hineingegangen. Er war immer noch ganz durcheinander und daher froh, dass er ein bisschen Zeit gehabt hatte, um sich zu beruhigen. Das Geheimnis seiner Geburt hatte ihn völlig überwältigt. Jetzt musste er sich zusammennehmen. Um seines Vaters willen.

Drinnen roch es köstlich nach Hühnchen, und der Duft hüllte Luc ein wie eine warme Decke, als er durch die Hintertür direkt ins Esszimmer trat. Saba hatte es gern, wenn sich die gesamte Familie um den blank geschrubbten Pinienholztisch versammelte, auf dem oft nur eine Vase mit Blumen stand. Heute war er mit ihrer guten Tischwäsche und dem feinen Porzellan gedeckt.

Golda wirkte klein und erschöpft. Er küsste und umarmte sie. Seinen beiden älteren Schwestern zwinkerte er zu, aber sie reagierten nicht. Sie wirkten beide niedergeschlagen, und er fragte sich, was sie wohl in Paris gesehen hatten. Als er die gelben Sterne auf den Ärmeln der Jacken bemerkte, die an den Wandhaken hingen, zuckte er zusammen.

Sarah, die gerade Wein einschenkte, war seinem Blick gefolgt. Die beiden schauten sich an. Sie schüttelte unmerklich den Kopf, als wollte sie ihn davor warnen, die gelben Sterne zu erwähnen.

»Ich dachte, du würdest nie kommen!«, rief Gitel. »Es ist so schön, wieder zu Hause zu sein.« Sie warf sich in seine Arme und drückte ihn fest.

»Hast du Hunger?«, fragte er sie grinsend.

»Ja, großen Hunger«, gab sie zu.

Kein Wunder, dachte er. Eine Neunjährige sollte sich nicht anfühlen wie Haut und Knochen.

»Das Essen ist gleich fertig«, sagte ihre Großmutter aus der Küche. »Hilf deinen Schwestern, Gitel. Dein Vater möchte noch ein Glas Wasser haben.«

Luc ging in die Küche. Am Herd sah seine Großmutter noch kleiner aus als sonst.

»Ah, der Lavendel. Danke. Wir brauchen seinen Zauber, um deine Eltern aufzuheitern. Ich werde heute Nacht ein wenig Lavendel verbrennen, um das Böse abzuwehren.«

»Zauber«, wiederholte er spöttisch. »Reichen Gebete nicht mehr?«

»Mach dich nicht lustig, Kind.« Sie schüttelte die Rispen. »Wenn der Lavendel nicht wäre, hätten sie dich und die anderen Kerle längst nach Deutschland geschickt.«

»Den anderen Kerlen bliebe ja auch nichts anderes übrig. Wenn ich dagegen gehen müsste, hätte ich ein ganzes Land voller neuer blonder Frauen, um …«

Mit einem finsteren Blick brachte sie ihn zum Schweigen. Tief atmete sie den Duft der Lavendelrispen ein, bevor sie sie abzog und ins Essen gab. »Ich bete für alle jungen Männer aus unserem Land, glaub mir. Ah, riechst du das?«

Luc beugte sich vor und roch an dem Dampf, der aus dem Topf aufstieg. »Wundervoll.« Es war ihr reichhaltiges Hühnerfrikassee – das Lieblingsessen der ganzen Familie –, gewürzt mit Knoblauch und Kräutern aus dem Garten, ihrem selbstgemachten Senf, verfeinert mit ein paar Tropfen Sahne von Monsieur Benoits Kuh. Er kannte niemanden sonst, der mit Lavendel kochte.

»Wenn du den Lavendel beschützt, so beschützt er dich, mein geliebter Junge«, murmelte sie.

Luc lächelte über ihren Glauben an seine Pflanzen. Dann drehte er sich um und ging ins Esszimmer.

»Marcel hat mich gebeten, dir schöne Grüße auszurichten«, flüsterte er Rachel zu. »Du weißt, dass er in dich verliebt ist.«

Sie versetzte ihm einen zärtlichen Stoß, aber er sah ihr an, dass sie sich freute. Angesichts der Situation fiel es allen schwer, den glücklichen Augenblick zu genießen. Luc blickte in die niedergeschlagenen Gesichter der anderen und trat an das alte Grammophon. Bei einer seiner seltenen Reisen nach Marseille im vergangenen Winter hatte er auf dem Schwarzmarkt ein kleines Vermögen dafür ausgegeben, doch er bereute keinen Franc. Zwar wusste er nicht, was »Begin the Beguine« bedeutete, aber das war ihm egal. Die Musik ging ihm ins Blut.

»Tanz mit mir, Rachel«, forderte er seine Schwester auf.

»Was?«, erwiderte sie erschreckt.

Sie war die hübscheste der drei Mädchen, und normalerweise steckte sie mit ihrem Lachen alle an. Rachel sah immer nur das Gute in den Menschen, weshalb ihre trübe Stimmung für Luc umso unerträglicher war. Heute Abend würde er keine Traurigkeit dulden, auch nicht bei sich selbst – er würde sie alle aufheitern.

Luc senkte die Nadel auf die Schallplatte, und der samtige Klang einer Klarinette ertönte. Er schnippte mit den Fingern und ruckte im Takt zu den weichen Basstönen mit dem Kopf. Dann blickte er Rachel auffordernd an.

»Luc«, warnte seine Schwester ihn, doch er tanzte bereits auf sie zu.

Gitel klatschte in die Hände und kicherte, während Ida, die immer noch am Herd stand, mitsummte und sich im Takt wiegte. Jacob schaute ihnen aufmerksam zu.

Luc breitete die Arme aus und ließ sich von den fröhlichen Klängen der Musik davontragen. Im Moment zählten nur noch Artie Shaws Swing, das Lachen seiner Schwester und das Leuchten in Sarahs großen, dunklen Augen. Selbst Golda schien aus ihrer Erstarrung zu erwachen, als ob die Musik sie endlich wieder ins Leben zurückgerufen hätte. Sie lächelte zittrig, als Rachel lachte.

»Luc!«, rief Rachel noch einmal, aber er hob sie einfach hoch und wirbelte sie so heftig herum, dass ihre dunklen Haare flogen.

»Still!«, sagte er. »Denk dir einfach, ich sei Marcel, und tanz mit mir.« Er spürte, wie sie sich in seinen Armen entspannte, während er sie durch den Raum führte.

Luc blickte Sarah an, die fröhlich kicherte, und Rachel kreischte auf, als er sie in einem weiten Bogen herumwirbelte, sie nach hinten drückte und wieder in seine starken Arme riss.

Gitel hüpfte aufgeregt herum. »Ich bin dran! Bitte! Oh, seht nur, Papa und Maman tanzen auch!«

Die Freude schnürte Luc beinahe den Atem ab. Sein Vater führte seine Mutter um den Tisch herum, und dann drehte er sich langsam mit ihr im Tanz, Wange an Wange, wie ein junges Liebespaar. Sie waren in ihrer eigenen kleinen Welt. Ida sah ihnen von der Tür aus mit Tränen in den Augen zu.

Gitel sprang um ihre Eltern herum und versuchte mitzutanzen.

»Wartet«, sagte Luc. »Ich spiele die Platte noch einmal ab.« Er wollte nicht, dass die Magie schon vorbei war.

»Ida«, sagte Wolf zur ältesten Frau im Raum, »wenn es dir nichts ausmacht, dass dein Partner humpelt, dann würde ich gerne mit dir das Tanzbein schwingen.«

Unter dem Applaus und dem Jubel ihrer Enkel legte Ida ihre Schürze ab, und dann tanzten sie alle acht. Die Musik hatte den düsteren Bann gebrochen. Alles war von Lachen und Liebe erfüllt, wenn auch nur für den heutigen Abend.

Sie wechselten die Partner, und Luc beugte sich tief zu seiner Mutter hinab.

»Seit wann bist du eigentlich so groß, mein Sohn?«, fragte sie mit tränenerstickter Stimme.

Er wollte sie nicht darauf hinweisen, dass sie kleiner geworden war. »Seit dem Krieg, Maman. Gott hat mir lange Arme geschenkt … damit ich dich beschützen kann«, erwiderte er.

»Wir müssen Gitel beschützen«, flüsterte Golda.

»Du brauchst keine Angst zu haben.«

Eine Träne rollte ihr über die Wange. »Papa sagte, er und Wolf hätten dir erzählt …«

Luc schüttelte den Kopf. »Nicht, Maman. Es hat sich nichts geändert. Ihr seid meine Familie.« Schweigend tanzte er mit ihr, bis das Lied vorüber war.

Als die Nadel nur noch stumm über die Platte kratzte, sagte Jacob: »Lasst uns das Brot brechen und Dank sagen, dass unsere Familie wieder zusammen ist.«

Unter den wachsamen Blicken Idas stellte Luc den Topf auf den Tisch. Er war erleichtert, dass sich die Stimmung gehoben hatte. Jacob füllte die Teller, und beim Essen wandte sich das Gespräch schnell der Ernte zu, die unmittelbar bevorstand.

»Donnerstag, denke ich«, schlug Luc vor. »Das wird das Beste sein.«

»Auf Donnerstag«, sagte sein Vater. Strahlend hob er sein Glas. »Und auf dich, mein Sohn, den Bewahrer unseres Lavendels.«

»*Jeudi!*«, echoten alle. Eine neue Saison, eine neue Ernte … mehr als alles andere feierten sie die Hoffnung.

Nur Golda lächelte nicht. Ihr Blick glitt von einem zum anderen, als könne sie es nicht glauben, dass sie alle um den Tisch saßen.

Gitel ergriff die Hand ihrer Mutter. »Du kannst jetzt aufhören, dir Sorgen zu machen, Maman. Wir sind wieder in der Provence, außerdem hat meine Freundin Miriam gesagt, die Deutschen sind nur an den Juden interessiert, die im Ausland geboren wurden. Uns wird also nichts passieren«, versicherte sie ihr.

Angesichts der Naivität der Neunjährigen zerplatzte alle Hoffnung, die zaghaft entstanden war.

»Ich habe meine Meinung geändert«, verkündete Luc plötzlich. Er war entschlossen, seine Familie von allen Bedrohungen wegzubringen, und er kannte keinen sichereren Ort als seine Lavendelfelder. »Wir beginnen schon am Montag mit der Ernte. Alle müssen mithelfen. Maman, Saba, ich hoffe, ihr kocht für uns. Wir stellen dieses Jahr keine zusätzlichen Erntehelfer ein. Wir werden alles alleine machen. Ich sage den anderen Bescheid. Und dann müssen wir als Erstes den Cygnet warmlaufen lassen.«

5

Die Aufregung über den ersten Erntetag breitete sich im ganzen Dorf aus. Die Felder brauchten wenig Pflege – der Lavendel wuchs ohne Bewässerung, nur die Ernte machte Arbeit. Dann jedoch herrschte gewaltiger Druck. Die Imker im Ort baten immer darum, den Termin der Ernte hinauszuzögern, während die Parfümeure begierig auf das Öl warteten.

Lucs Kindheitsfreund Laurent Martin stammte aus einer Familie, die seit Generationen Imker war. Die Familien hingen voneinander ab. Ohne Bienen wurde der Lavendel nicht befruchtet, und ohne Lavendel konnten die Imker nicht überleben.

Laurent vertrat die Theorie, dass glückliche Bienen Lucs Ertrag um mindestens zehn Prozent steigerten. Luc verdrehte nur die Augen, wenn er das hörte, trotzdem verschob er jedes Mal den Beginn der Ernte um ein paar Tage, um Laurent eine Freude zu machen. Dieses Jahr allerdings nicht.

Laurent traf sich mit Luc in den Lavendelfeldern, noch bevor die Vögel in der Morgendämmerung zu zwitschern begannen.

»Stimmt das? Du willst heute schon ernten?«

»Über so eine wichtige Sache mache ich wohl kaum Witze.«

»Meine Bienen sind noch nicht so weit.«

Luc, der seinen Freund um einen ganzen Kopf überragte, lachte. »Das sind sie nie.«

Sie waren so unterschiedlich, wie zwei Männer nur sein konnten. Luc war groß, mit dicken, kurz geschnittenen Haaren und einem breiten, offenen Lächeln im Gesicht, während sein bester Freund ihm nur bis zur Schulter reichte. Laurents schwarze, glänzende Haare waren mit Öl zurückgekämmt, und er hatte einen Schnurrbart, weil er fand, dass dieser ihm ein charmanteres Aussehen verlieh. Neben Luc hatte Laurent stets jünger gewirkt, und auch jetzt noch, mit Mitte zwanzig, hatte er bei den Frauen nicht so viel Erfolg.

Es ist eine Schande, dachte Luc, denn Laurent konnte Gedichtzeilen auswendig hersagen, bei denen das Herz jeder Frau dahinschmelzen musste. Doch trotz seiner leidenschaftlichen Natur war er schüchtern und besaß nicht annähernd Lucs Ausstrahlung.

»Du beginnst dieses Mal elf Tage früher als letztes Jahr«, stöhnte Laurent.

»Ich weiß, aber es muss heute sein«, erwiderte Luc.

Laurent riss eine Lavendelrispe ab. »Selbst ich kann sehen, dass er noch nicht in voller Blüte steht.«

»Wir leben in ungewöhnlichen Zeiten.«

»Ungewöhnlicher als letztes Jahr? Was hat sich denn geändert? Wir sind immer noch im Krieg, Frankreich ist immer noch besetzt. Die Menschen sterben immer noch.«

»Umso mehr Grund, das Öl jetzt zu produzieren.«

»Damit die Deutschen ihre Verwundeten behandeln können?«

Luc seufzte und verzog bekümmert das Gesicht. »Es ist wegen meiner Familie, Laurent. Wenn du meine Schwestern siehst, verstehst du es vielleicht. Die Ernte schützt sie vor der Polizei, und hier oben auf den duftenden Feldern wird es ihnen besser gehen.« Seine Gesichtszüge wurden weich. »Ich helfe dir gern, deine Bienenkörbe auf ein anderes Feld zu schaffen.«

Laurent gab einen abwehrenden Laut von sich.

»Bitte, lass es zu – nur dieses Jahr.« Luc hätte seinem Freund am liebsten erzählt, was er über sich erfahren hatte. Aber dazu war jetzt nicht der richtige Zeitpunkt.

»Schon gut, schon gut«, sagte Laurent. »Unter einer Bedingung.«

»Nenn sie mir«, erwiderte Laurent. Mit zusammengekniffenen Augen blickte er über sein Feld und versuchte, den besten Punkt auszumachen, an dem er das Feuer entzünden konnte, um das Wasser für den Cygnet zu erhitzen.

»Willst du Catherine bitten, dich zu heiraten?«

Luc lachte. »Nein. Ist das die Bedingung?«

Laurent warf ihm einen bösen Blick zu. »Die Bedingung ist, dass du dich nicht mehr mit ihr triffst.« Als Luc ihn verwirrt anschaute, fügte er hinzu: »Sie wird meinen Antrag nicht annehmen, solange du noch auf der Bildfläche bist.«

»Ich bin draußen«, versicherte Luc ihm und hob abwehrend die Hände.

»Du musst mir dein Wort geben. Du darfst nicht mehr mit ihr … du weißt schon … zusammen sein.«

Überrascht und ein wenig schuldbewusst blickte Luc seinen Freund an. Er hatte nicht gemerkt, dass Laurent in Catherine verliebt war. »Du hättest schon früher etwas sagen sollen.«

»Hätte dich das aufgehalten?«

»Ja. Ich bin doch nicht herzlos.«

»Catherine sieht das vielleicht anders. Ich könnte sogar eine ganze Reihe von Mädchen nennen, die es nicht so sehen.«

»Ich bin immer ehrlich. Ich mache keiner was vor.«

»Das mag ja stimmen, aber glaubst du nicht, dass Frauen manchmal lieber eine Lüge hören möchten?«

»Nein. Catherine ist wütend auf mich, weil sie nicht bekommt, was sie will.«

»Das liegt daran, dass sie bisher nur Augen für dich hatte. Aber wenn du sie ignorierst, wird sie mich vielleicht bemerken.«

Luc legte seinem Freund die Hand auf die Schulter. »Hör mal … es tut mir leid. Ich gebe dir mein Wort. Ich werde sie nie wieder anfassen, und einen Kuss werde ich ihr nur geben, um sie am Tag eurer Hochzeit zu beglückwünschen.«

Laurents Miene hellte sich auf. »Ich werde sie heute Abend besuchen. Ich … ich glaube, ich habe mich verliebt …«

Luc lächelte. »Ich liebe sie nicht so wie du. Nein, ich will aufrichtig sein – ich liebe sie überhaupt nicht.«

»Warum eigentlich nicht?«

»Es liegt nicht an Catherine.« Luc fuhr sich mit der Hand durch die Haare. »Ich glaube, ich kann es einfach nicht.«

»Was … jemanden lieben?«

»Nein, ich liebe meine Familie. Ich liebe ja sogar dich! Aber eine Frau so zu lieben wie du …« Er schüttelte den Kopf. »Du hast auf sie gewartet. Die Tatsache, dass du so lange gewartet hast und sie immer noch liebst … das ist so … so selbstlos«, sagte er. »Ich glaube, wenn ich eine Frau lieben würde, könnte ich es nicht ertragen, dass sie einen anderen Mann anschaut.«

»Dann kann ich nur hoffen, dass deine Liebe nie so auf die Probe gestellt wird.«

»Entschuldigung«, erwiderte Luc.

»Du bist manchmal wirklich ein unsensibler, arroganter Bastard«, sagte Laurent. »Trotzdem bist du der einzige Mensch, dem ich absolut vertraue.«

»Heutzutage ist Vertrauen das Allerwichtigste.«

»Vertraust du Fougasse?«, fragte Laurent plötzlich.

»Dem Bäcker? Warum nicht?«

»Ich weiß nicht. Aber ich habe gemerkt, dass er mich in der letzten Zeit beobachtet.«

»Wie beobachtet?«

»Heimlich.«

»Schuldest du ihm etwa Geld? Oder deine Familie?«

»Nein«, erwiderte Laurent empört.

»Vielleicht ist er der Meinung, du hättest dich freiwillig melden sollen.«

Laurent schnaubte. »Er sollte Verständnis dafür haben, dass wir die Bienenstöcke brauchen.«

»Hast du hinter seinem Rücken über ihn geredet?«

»Ich kenne ihn doch kaum.«

»Vielleicht will er ja auch was von Catherine«, erklärte Luc theatralisch.

»Sei nicht so blöd. Jeder weiß, dass Fougasse immer noch jeden Abend an das Grab seiner Frau geht.«

Luc blickte zu Boden. »Ja, und genau diese Art von Liebe meine ich. Ich kann mir nicht vorstellen, dass ich eines Tages jemanden so lieben könnte. Sieh doch nur, was es mit Fougasse gemacht hat. Sein ganzes Leben dreht sich ausschließlich darum, das Grab zu besuchen und es zu pflegen. So darfst du nicht werden, Laurent. Versprich es mir.«

»Du darfst keine Angst vor der Liebe haben, Luc. Sie ist das Einzige, worauf wir uns im Leben freuen können, vor allem jetzt. Wenn du die Liebe hast, dann hast du alles.«

»Woher willst du wissen, dass sie alles ist?«

»Ich kenne mein Herz … und es ist voll.«

Luc verzog das Gesicht. »Leben wir nicht in den denkbar schlechtesten Zeiten, um verliebt zu sein? Denk nur mal an Marcel, der nach Rachel schmachtet, dabei wird er ganz bestimmt eingezogen werden. Er ist der dritte Sohn, er hat überhaupt keine Chance.«

Laurent blickte ihn kläglich an. »Dann werden sie mich wohl auch an die Front holen. Mein Vater ist auch noch nicht so alt wie deiner. Nur du kommst bestimmt davon, Bonet. Sie werden den französischen Parfümmarkt nicht im Stich lassen wollen.«

»Ohne deine Bienen wächst unser Lavendel nicht, Laurent.

Am besten, du läufst einfach weg, wenn sie dich holen wollen. Wir wollen uns gegenseitig versprechen, dass keiner von uns jemals für Hitler kämpfen wird.«

Laurent seufzte. »Sie werden mich wahrscheinlich erschießen. Die *milice* schwirrt doch überall hier herum und sucht nach einem Vorwand, um die Muskeln spielen zu lassen. Hast du nicht gesehen, wie Gendarme Landry mit seiner neuen Pistole herumstolziert ist?«

»Der Bastard! Ich höre seinen Namen viel zu oft.«

»Halt dich fern von ihm, Luc.«

»Du bist schon der Zweite, der mich vor ihm warnt. Vielleicht sollte ich mal auf ihn zugehen.«

Laurent packte ihn am Hemd. »Sei kein Narr. Ich habe gehört, was in Paris passiert ist. Und wenn es nur wegen deiner Familie ist, verhalte dich ruhig und geh diesem Drecksack aus dem Weg.«

»Mach dir keine Sorgen um mich«, erklärte Luc.

»Du hältst dich für unbesiegbar. Aber die Deutschen können dich jederzeit erschießen.«

»Irgendwann muss sich ihnen doch mal jemand entgegenstellen«, sagte Luc und wandte sich ab.

»Wohin gehst du?«, fragte Laurent.

»Ich hole den Cygnet. Hilfst du beim Schneiden?«

»Das tue ich doch immer. Meine Familie kommt auch. Wir bringen die Bienenstöcke weg.«

»Danke. Ich habe Monsieur Fougasse gebeten, Frühstück für die Arbeiter vorbeizubringen. Wenn es hell wird, sollten alle da sein. Wartest du hier auf ihn?«

»Ja. Das wird ein heißer Tag heute. Je früher wir anfangen …«

»Ach, nach dem letzten Winter sollten wir uns über die Hitze freuen.«

»Ja, so etwas möchte ich nie mehr erleben.«

»Ich hoffe, der nächste wird noch härter«, erklärte Luc. »Je härter der Winter, desto sicherer sind wir in Saignon. Wenn es schneit, kommt niemand hier herauf … sofern es nach dem russischen Winter überhaupt noch deutsche Soldaten gibt.«

»Hör auf, vom Winter zu reden! Jetzt will ich erst mal den Sommer, meine Bienen, deine Lavendelfelder und meine süße Catherine genießen.«

Die Lavendelfelder der Bonets waren wild, und obwohl Luc es sich nicht eingestehen wollte, wusste er, dass Kultivierung die Zukunft war. Kultivierter Lavendel war jedoch qualitativ schlechter, und der wilde Lavendel aus den Bergen war der Grund für den guten Ruf der französischen Parfümindustrie. Einige Züchter hatten schon damit begonnen, Hybrid-Lavendel anzupflanzen, der auch in geringerer Höhe gedieh und fast den doppelten Ertrag brachte – aber dessen Öl war wesentlich schärfer. Man konnte es zur Herstellung von antiseptischen Lotionen, Seifen und Waschmittel verwenden, aber Luc wusste, dass seine *Lavandula angustifolia* – der reinste Wildlavendel, der erst ab achthundert Metern im Luberon gedieh – immer die magische Essenz sein würde, die die Parfümeure so schätzten.

Der frühe Erntebeginn hatte die Dorfbewohner überrascht, aber das Geld der Bonets wollte keiner zurückweisen. Neben den Pflückern aus dem Ort arbeitete auch die gesamte Familie mit, und es rührte Luc, als er sah, wie die Frauen in dem Eselskarren, mit dem das Essen transportiert wurde, den Berg hinaufkamen. Gitel hüpfte nebenher, ein Strahlen im Gesicht. Ida und Golda waren in ein Gespräch vertieft, nur seine beiden älteren Schwestern saßen stumm und hohlwangig daneben. Im Gegensatz zu ihnen wirkten die Mädchen des Südens gesund und gebräunt.

Heute Morgen hatte Golda zum ersten Mal seit langem wieder richtigen Bohnenkaffee getrunken, und prompt war sie in Tränen ausgebrochen, da sie so lange Zichorie hatte trinken müssen.

»Alles ist rationiert, aber die Rationen der Juden sind noch wesentlich geringer«, hatte Jacob Luc erklärt. »Gitel ist seit einem Jahr nicht mehr gewachsen. Sie bekommt nicht genug Fleisch oder Milch. Ich muss sämtliche Lebensmittel auf dem Schwarzmarkt kaufen.« Er zuckte mit den Schultern. »Für Geld bekommt man alles, sogar guten Kaffee, aber deine Mutter besteht darauf, dass wir uns einschränken wie alle anderen.«

Jacob wirkte heute kräftiger. Er wirkte größer und aufrechter, und Luc empfand geradezu nostalgische Freude, als er sah, dass sein Vater den weißen Strohhut mit dem roten Band aufgesetzt hatte. Während Lucs Kindheit hatte er ihn immer bei der Feldarbeit getragen.

Jetzt war der Lehrling bereit, seinem Lehrmeister zu zeigen, was er alles gelernt hatte. Luc begrüßte die fünf Männer, die zur Ernte gekommen waren, und musste an die Jahre vor dem Krieg denken, als die Felder voll von Erntehelfern waren. Auch ein paar Frauen waren gekommen – sie wollten zeigen, dass sie genauso gut arbeiten konnten wie die Männer. Die Vichy-Regierung hatte die Arbeitgeber angewiesen, weibliche Arbeitnehmer zu entlassen, damit sie zu Hause bleiben und Kinder bekommen konnten, aber diese Frauen umgingen die Anordnungen mutig.

Luc verteilte die Ausrüstung, unter anderem die kleinen Sicheln, mit denen die Blütenköpfe geschnitten wurden, und die Männer bekamen zusätzlich eine Trousse. Der Segeltuchsack war auf ihrem Rücken befestigt, damit sie die abgeschnittenen Blüten einfach nur nach hinten zu werfen brauchten.

Eine sanfte Brise wehte, aber Luc wusste, dass heute ein heißer, trockener Tag bevorstand und in ein oder zwei Stunden die Sonne erbarmungslos vom Himmel brennen würde. Es wurde rasch heller, und bald spannte sich der Himmel tiefblau über ihnen. Der Wind ging durch den Lavendel, und die Luft war von Duft erfüllt. Luc konnte sich beinahe einreden, dass in seiner Welt alles in Ordnung war. Beinahe.

»Ich erwarte zweihundertfünfzig Kilogramm pro Mann und Tag«, begann Luc. »Jeder, der dreihundert erntet, bekommt den doppelten Lohn sowie einen zusätzlichen Bonus, wenn er das jeden Tag erreicht.« Zustimmendes Gemurmel ertönte. »Aber jetzt esst erst einmal! Es gibt frische Brioche. Und fast hätte ich es vergessen, der erste Mann mit einem vollen Sack bekommt eine Flasche Cognac.«

Die Arbeiter jubelten, und seine Familie applaudierte lachend. Selbst Golda lächelte leise, als Sarah ihr vom Karren herunterhalf.

Er blickte zu seinem Vater. War es wirklich erst zwei Jahre her, seit Jacob über diese Felder gegangen war? Die Familie war im Sommer 1940, beim Einmarsch der Deutschen, aus Paris in den Süden geflohen, aber sie waren bald schon zurückgekehrt, ebenso wie die meisten anderen Einwohner. Was hätten sie auch machen sollen? Die Kinder mussten zur Schule gehen, Prüfungen ablegen, und sein Vater konnte seine Geschäfte nur von der Stadt aus tätigen.

»Ihr seht alle sehr hübsch aus«, sagte Luc grinsend zu seinen Schwestern. Sie trugen Stoffhauben, ihre weißen Schürzen waren gestärkt, und ihre hochgeschlossenen Blusen und langen Röcke dienten zum Schutz vor der Sonne.

»Gib mir eine *faucille*«, sagte Sarah und zeigte auf die kleineren Sicheln. »Diese Aufgabe kann nur eine Frau richtig erledigen.«

Luc grinste. »Ach ja?«

»So war es jedenfalls immer. Ich wette mit dir, dass ich in meiner Schürze mehr Lavendel sammeln kann als du in deinem Sack.«

»Die Wette würde ich gerne annehmen – aber ich muss das Feuer anzünden.«

»Du hast doch bloß Angst«, warf Rachel ein.

Lucs Grinsen wurde breiter. »Ihr bekommt eine Stunde Vorsprung«, sagte er und schwenkte seine Sichel. »Ich entzünde jetzt erst einmal das Feuer, und wenn ich fertig bin, dann hole ich euch alle beide ein.«

»Na, dann mal los, kleiner Bruder«, neckte Sarah ihn. »Da sind wir aber gespannt. Bis gleich.«

Während Luc beobachtete, wie seine Arbeiter die Blütenköpfe abschnitten, stellte er sich vor, wie Frankreich eines Tages die Fesseln durchtrennen würde, die das Land an das Nazi-Reich banden.

Lucs Vater besaß nach wie vor den besten Kupferkessel der Region. Der Cygnet, wie Jacob ihn vor zwanzig Jahren getauft hatte, weil er einen zarten, gebogenen Schwanenhals hatte, würde ununterbrochen für die Familie Bonet arbeiten, bis alle Felder abgeerntet waren. Luc mochte es, wenn er glänzend auf dem Feld stand, und darum, dass man den Kessel transportieren konnte, beneideten ihn alle anderen Lavendelbauern.

Als die erste Tonne Wasser anfing zu kochen, merkte Luc, dass Gitel ihn aufmerksam beobachtete. »Verstehst du eigentlich, wie der Kessel funktioniert, Gitel?«

Seine Schwester grinste verlegen. »Nein. Aber du kannst es mir bestimmt erklären.«

»Dieses Gerät zieht die Wirkstoffe aus der Pflanze«, sagte Luc. »Wenn sich in der oberen Hälfte, wo die Pflanzen jetzt im Dampf liegen, der Druck aufbaut, geben sie ihr kostbares Öl in den Dampf ab.«

Auch ein paar Arbeiter in der Nähe hielten inne, um ihm zuzuhören.

»Der Dampf steigt hier in dieses Rohr«, sagte Luc und tippte auf den Kessel, »wo das Wasser kälter ist. Dort kühlt der Dampf ab und wird wieder flüssig. Gleich wird etwas davon durch den Ausguss im Kondensator unten in diesen kleinen Topf tropfen, als eine Mischung aus Wasser und Öl.«

Gitels Augen funkelten vor Vergnügen, und genau in diesem Moment – wie auf ein Stichwort – fielen die ersten Tropfen der kostbaren Flüssigkeit in den Topf.

Die Arbeiter machten eine Pause, tranken Wasser und beobachteten, wie sich das erste Öl der Saison sammelte. Luc tippte mit dem Zeigefinger hinein und rieb mit der Kuppe seines Daumens darüber. Er schloss die Augen und atmete den Duft ein – schwer, samtig, intensiv.

Als Luc gegen Mittag eine Pause anordnete, ließen sich alle unter den Bäumen am Rand des Feldes nieder. Die Kronen boten willkommenen Schatten, um das Essen zu genießen – Schinken, Pâté, Omelettes mit Ziegenkäse und frisches Brot, das sie mit Wein oder Cidre herunterspülten. Zum Nachtisch gab es Erdbeeren aus Idas Garten. Eine Zeit lang schien sich sogar Jacob zu entspannen, und Luc dachte, dass die Provence mit ihren Farben und ihrer Fülle seinem Vater Hoffnung für die Zukunft geben könnte.

6

Es war ein langer Tag gewesen, mehr als zwölf Stunden auf dem Feld, als Luc schließlich verkündete, für heute sei das Tagwerk getan. Die Arbeiter streckten sich ein letztes Mal und massierten ihre müden Muskeln.

»Das obere Feld machen wir morgen.« Sein Vater nahm die letzten Eintragungen im Rechnungsbuch vor, und die gesamte Familie blickte den Arbeitern nach, die über den felsigen Weg ins Dorf hinuntergingen.

Der Vater zog an seiner Pfeife. »Ein sehr guter Tag. Ich bin beeindruckt, Luc.«

Luc nickte. »Ja. Ich kenne zwar den Ertrag noch nicht, aber ich kann es sehen. Bei diesen Mengen können wir vier Kessel füllen, und Saba wird so viel von ihrem kostbaren Duftwasser haben, um alle Menschen und Tiere im Dorf damit zu besprühen.«

Wolf lächelte. »Ich muss zugeben, dass Idas Lavendelöl letzten Winter meinem Rheumatismus sehr gutgetan hat, und bei dem Pferd des alten Philippe hat sie damit eine seltsame Schwellung am Bein kuriert.«

»Na, sie bekommt ja jetzt Nachschub. Sie nimmt es wirklich für alles, von Verstopfung bis hin zu Energiemangel.«

»Der kleine Junge von den Rouens … seine Krampfanfälle sind auch seltener geworden.«

»Vielleicht ist er einfach herausgewachsen …«

»Oder das Lavendelwasser hilft. Sei nicht so skeptisch.«

Luc hob in gespielter Abwehr die Hände. »Das bin ich doch gar nicht, Wolf. Die Heilkraft des Lavendels ist mir von klein auf eingebläut worden.«

Da rief Laurent ihnen zu: »Meine Herren, die Damen wären dann bereit.« Er wies auf den Karren, der für die Heimfahrt beladen worden war.

»Danke, Laurent«, sagte Jacob und ergriff seine Schreibutensilien. »Wir sehen uns dann zu Hause«, sagte er zu Luc, hakte sich bei Wolf unter und ging mit ihm zum Wagen.

»Ich kann dir bei der Ausrüstung helfen, wenn du willst. Was soll ich tun?«, bot Laurent an.

»Halt ihn bitte da fest«, sagte Luc und wies auf den Schwanenhals des Kessels. »Wir müssen erst die Verkleidung abnehmen.«

Sie waren so vertieft in ihre Aufgabe, dass sie es gar nicht bemerkten, als Fougasse zehn Minuten später mit Caesar wieder auftauchte.

»Hallo, Bonet, Martin.«

Die jungen Männer blickten auf. Luc wischte sich mit dem Handrücken über den Mund. »Fougasse.« Er nickte. »Danke, dass Sie den Esel zurückbringen, wir hätten ihn auch holen können.«

»Ich weiß«, erwiderte der Bäcker. Er gab dem Esel ein Stück Apfel. »Ein guter Tag?«

Luc nickte. »Ausgezeichneter Ertrag.«

Fougasse blickte über das Tal. »An einem solchen Tag könnte man beinahe glauben, dass man nicht mitten im Wahnsinn lebt.«

»Den Erzählungen meines Vaters nach zu urteilen, leben wir hier auch gar nicht im Wahnsinn. In Paris geht es verrückt zu.«

»Ja, da haben Sie recht.«

Luc schwieg. Dann sagte er: »Wollten Sie mit mir reden, Monsieur Fougasse? Ich …«

»Eigentlich mit Ihnen beiden.« Der Bäcker seufzte leise. »Es ist eine heikle Angelegenheit, Bonet.«

In Luc stieg leise Nervosität auf. Irgendetwas in dem dunklen, eindringlichen Blick des Bäckers machte ihn unsicher.

»Können wir uns setzen, Monsieur Bonet?«, fragte Fougasse und wies auf eine felsige Anhöhe in der Nähe. »Es ist besser, wenn man uns nicht sieht«, sagte er und blickte zum Dorf hinunter.

Laurent setzte sich sogleich, Luc dagegen blieb unschlüssig stehen. »Worum geht es denn, Fougasse? Wie Sie sehen können, bin ich wirklich …«

»Setzen Sie sich, Bonet«, sagte der ältere Mann. Es war keine Bitte.

Luc ließ sich langsam nieder. »Wir sind mitten in der Ernte, Fougasse. Jede Minute zählt.«

»Verstehe.« Der Bäcker schien nicht an Laurent interessiert zu sein. Er blickte nur Luc an. »Ich werde Ihre Zeit nicht lange beanspruchen. Ich hoffe, ich irre mich nicht, aber ich spüre Wut und Patriotismus bei Ihnen.«

»Für Frankreich, meinen Sie?«, erwiderte Laurent.

Luc blickte den Bäcker erstaunt an. Seine Bemerkung kam unerwartet.

»Natürlich«, erwiderte Fougasse. Er rieb sich über die dunklen Bartstoppeln an seinem unrasierten Kinn, ließ Luc dabei jedoch nicht aus den Augen.

»Monsieur Fougasse, wir sind Franzosen! Wir sind Patrioten! Wir hassen die Boches.« Laurent verstummte. Die Umstände hatten ihn gelehrt, diese Worte nie laut auszusprechen, sondern nur zu denken, und jetzt hatte er es doch getan.

Luc warf ihm einen missbilligenden Blick zu. »Was wollen Sie?«, fragte er Fougasse.

Der Bäcker blinzelte. »Ich bin beim Maquis.«

Luc war zwar überrascht, aber nicht so schockiert wie Laurent. Wenn man das Leben dieses Mannes betrachtete, war es kein Wunder, dass er Widerstandskämpfer war. Er lebte allein und zurückgezogen, er redete nicht viel, er war zwar freundlich zu allen im Dorf, aber er war keine Plaudertasche, im Gegenteil, er galt als verschwiegen. Der Bäcker war ein kräftig gebauter Mann mit einer leisen Stimme und einem sanften, nachgiebigen Wesen. Als Luc ihn jetzt anschaute, konnte er jedoch nichts Sanftes mehr an ihm entdecken.

Es war ein großes Risiko für Fougasse, sich ihnen zu offenbaren. Auf dem Land, wo jeder jeden kannte, war es für Widerstandskämpfer besonders gefährlich. Sie taten besser daran, auf scheinbar freundlichem Fuß mit Kollaborateuren zu stehen und ihre Überzeugung nicht laut zu äußern.

Offensichtlich hatte Lucs und Laurents Bereitschaft, die Deutschen und die französische Polizei mit ihren Aktionen zu behindern, die Aufmerksamkeit der Männer im Maquis auf sich gezogen. Im Luberon konnte man sich gut verstecken, wenn man sich in den Hügeln auskannte, und die Einheimischen fanden sich auf den Trampelpfaden besser zurecht als auf den Hauptstraßen in den Dörfern. Viele Widerstandskämpfer wurden zu Geistern – man sah sie kaum in den Dörfern und hörte auch nichts von ihnen.

Überall in Frankreich gingen Männer in den Untergrund, um sich dem Widerstand anzuschließen, den man im Südosten des Landes Maquis nannte. Die Gruppe hatte zunächst aus ein paar Einzelkämpfern in den Hügeln bestanden, aber mittlerweile war sie deutlich besser organisiert. Luc freute sich jedes Mal, wenn er von einem weiteren gelungenen Sabotageakt gegen die Deutschen hörte. Manchmal waren es nur Kleinigkeiten, durch welche die Vorgänge um ein paar Stunden aufgehalten wurden, aber ab und zu nahmen sie den Deutschen auch jede Möglichkeit, ihre Befehle auszuführen. Getötet wurde bei den Aktionen nur selten jemand, allerdings kam es durchaus vor.

Ein Gedanke zuckte durch Lucs Kopf. »Die Nachricht war von Ihnen!«

»Welche Nachricht?«, wiederholte Laurent.

Der Bäcker nickte. »Ich hätte sie mir sparen sollen, aber ich war so stolz, als der Brunnen versiegte. Mein Herz jubelte vor Freude bei dem Gedanken, dass die Deutschen dasselbe Wasser wie unsere Pferde und unser Vieh trinken mussten.«

»Es war eigentlich eher ein Streich«, gestand Luc.

»Trotzdem war es clever.«

Luc zuckte mit den Schultern. »Ich hatte mitbekommen, wie kokett unsere Mädchen lächeln, wenn die deutschen Soldaten zu ihnen herüberschauen … und das tun sie ständig«, sagte er angewidert.

Fougasse lachte freudlos. »Mir hat der Streich gefallen. Genauso wie das zweite Mal, als sie nicht weiterkamen und umdrehen mussten.«

Laurent grinste. »Ich wollte eigentlich etwas viel Dramatischeres machen, aber Luc meinte, es müsste schnell gehen und einfach sein, nicht?«

Luc nickte stumm, während Laurent fortfuhr: »Luc kannte einen morschen Baum, und er sagte, wenn wir ihn umstoßen würden, dann sähe es ganz echt aus, als ob er einfach umgefallen wäre. Wir waren zu dritt, um es rechtzeitig zu schaffen.«

»Effektiv«, sagte Fougasse. »Und sauber. Niemand hat Verdacht geschöpft.«

»Sie passen gut auf, Monsieur Fougasse«, bemerkte Luc. »Aber ich habe Sie nie gesehen.«

»Manchmal sind wir so sichtbar, dass wir unsichtbar sind«, erwiderte der Bäcker kryptisch.

»Mitten im Geschehen, oder?«

»Genau. Bei mir funktioniert es.«

»Sie trauen niemandem«, sagte Luc.

»Niemandem würde ich nicht sagen. Euch beiden vertraue ich immerhin so sehr, dass ich mich zu erkennen gegeben habe.«

»Warum?«

»Warum ich Ihnen vertraue? Oder warum ich mich offenbare?«

Luc kniff die Augen zusammen. »Beides.«

»Ich kenne Ihre Familien gut, und der Apfel fällt meistens nicht weit vom Stamm.« Er nickte. »Ich habe im Krieg neben Jacob Bonet im Schützengraben gelegen. Er war ein guter und tapferer Mann, der sich um uns junge Leute gekümmert hat.«

Wir oft schon hatte Luc ähnliche Geschichten gehört?

»Er hat mir einmal das Leben gerettet. Ich habe es ihm nie vergessen, obwohl wir nicht darüber sprechen. Also habe ich jetzt die Verpflichtung, Ihnen das Leben zu retten.«

»Mir das Leben zu retten?«, fragte Luc amüsiert.

Fougasse antwortete nicht. An seinem Kinn zuckte ein Muskel.

Luc holte tief Luft. »Warum haben Sie mir Ihr Geheimnis offenbart?«

»Das habe ich Ihnen doch gerade gesagt: um Ihnen das Leben zu retten. Oder es wenigstens zu versuchen. Ich kann Sie auf jeden Fall besser beschützen als Ihr Vater.«

»Was reden Sie da?« Nach dem langen Tag war Luc erschöpft und wollte nichts weiter, als einen friedlichen Abend mit seiner Familie zu genießen.

»Ihr solltet beide Maquisards werden«, sagte Fougasse unverblümt. »Wir brauchen kräftige junge Männer, die sich weder den Deutschen noch den neuen Gesetzen und Verordnungen der Vichy-Regierung beugen wollen.«

»Wir?«, fragte Laurent. »Was können wir denn schon tun?«

»Euch gegen jene erheben, die uns unterdrücken wollen.

Wenn wir schwach sind, brauchen unsere Feinde uns noch nicht einmal zu töten, damit machen wir uns selber schon zu Sklaven. Habt ihr eine Ahnung, was die Deutschen alles requirieren? Das sind nicht nur Nahrungsmittel. Sie nehmen uns unsere Fahrzeuge, und die Pferde werden als Nächstes an der Reihe sein. Womit sollen die Bauern dann ihre Äcker pflügen? In Paris herrscht Hunger, aber fast alles, was wir anbauen, wird nach Deutschland geschickt. In der Zwischenzeit sterben die französischen Kinder.«

Der Bäcker seufzte. »Verzeiht mir. Ich wollte euch keinen Vortrag halten. Aber diese Sache ist wichtig, vor allem für dich, Luc.«

»Warum gerade für Luc?«, fragte Laurent.

Fougasse zog eine Augenbraue hoch. »Wegen seines Aussehens. Du weißt wahrscheinlich, dass er Deutsch spricht.«

Laurent warf ihm einen misstrauischen Blick zu. »Ja, natürlich weiß ich das. Wir sind alte Freunde. Aber mich würde interessieren, woher Sie das wissen.«

Fougasse wandte sich an Luc. »Dein Vater hat mir alles erzählt.«

Luc blickte ihn drohend an. »Was wissen Sie?«, grollte er.

»Ich weiß alles von dir.«

»Wovon redet er, Luc?«, fragte Laurent verwirrt.

Luc zeigte auf den Bäcker. »Monsieur Fougasse, Ihr Geheimnis ist bei mir so sicher wie meins hoffentlich bei Ihnen. Aber ich brauche nicht gerettet zu werden. Ich kann auf mich selbst aufpassen, außerdem habe ich eine Familie, um die ich mich kümmern muss.«

»Für sie ist es zu spät, Bonet.«

»Was?« Luc sprang auf. »Zu spät? Was soll das heißen?« Plötzlich merkte er, dass drei Fremde hinter ihm aufgetaucht waren. Sie trugen Imkerhauben, damit man ihre Gesichter nicht erkennen konnte. »Wer seid ihr?«

Fougasse nickte unglücklich, und auf sein Signal hin stürzten sich die Fremden auf Luc und Laurent. Die beiden Freunde hatte noch nicht einmal Zeit zu schreien. Harte Hände drückten sich auf ihre Münder, und sie wurden zu Boden geworfen.

»Ich bitte dich um Verzeihung, Bonet. So wollte ich dich eigentlich nicht werben«, sagte Fougasse. »Aber ich habe keine Wahl, wenn ich dir das Leben retten will, wie ich es deinem Vater versprochen habe.« Er zog Lucs Geburtsurkunde aus der Tasche. »Mehr brauchst du nicht von zu Hause. Ich bedauere zutiefst, dass ich deiner Familie nicht helfen kann, doch ich handle auf Befehl deines Vaters. Wir halten dir deine Vorfahren nicht vor, nichtsdestotrotz ist jetzt ein ausgezeichneter Zeitpunkt, um deinen Patriotismus für Frankreich zu beweisen.«

Luc brüllte vor Wut, aber die Hand auf seinem Mund erstickte jedes Geräusch.

Die Kirchenglocke schlug acht Uhr. Die Grillen begannen zu zirpen, und Luc hörte die Stimmen der spielenden Kinder aus dem Dorf. Über die Schotterstraße fuhr ein Auto.

Luc hörte auf, sich zu wehren. Ein Auto?

»Sei still, Bonet. Deine Augen können dir alles sagen, was du wissen musst.«

Unten fuhr ein kleiner Lastwagen ins Dorf.

Er drehte sich zu Fougasse um und warf ihm einen bösen Blick zu.

»Das sind Landry und wahrscheinlich jemand von der SS«, sagte der Bäcker mitfühlend. »Sie sind gekommen, um deine Eltern, deine Schwestern und deine Mutter festzunehmen.«

Die schwielige Hand drückte sich fest auf Lucs Mund.

Fougasse fuhr fort: »Jemand aus dem Dorf war bei der Polizei in Apt und hat sie daran erinnert, dass letzte Woche eine jüdische Familie aus Paris geflohen und nach Saignon zurückgekehrt ist. Der Spitzel hat sogar behauptet, die Familie schüre Hass gegen die Deutschen.«

Laurent schüttelte die Hand ab und zischte: »Blödsinn! Die Bonets sind wichtig für Saignon. Kein Mann würde so etwas behaupten.«

Fougasse zuckte mit den Schultern. »Ein Mann vielleicht nicht, aber eine Frau«, erwiderte er. »Catherine Girard war bei der Polizei.«

Luc biss seinem Peiniger in die Hand, woraufhin dieser losließ. »Beweise es!«, knurrte er.

»Bringt den anderen weg«, sagte Fougasse knapp und nickte seinen Gefährten zu.

Laurent wehrte sich zwar, aber er wurde fortgeschleppt. Ein Mann blieb da. Entsetzt sah Luc, dass er einen Revolver hatte.

»Ich bedauere das alles sehr«, sagte Fougasse. »Ich tue es nur, weil dein Vater mich darum gebeten hat. Komm, du musst es mit eigenen Augen sehen. Kann ich mich darauf verlassen, dass du still bist?«

Luc nickte.

»Wenn du uns verrätst, sind wir alle tot, Bonet, auch dein Freund. Du willst doch nicht unser Blut an deinen Händen haben?«

Luc starrte Fougasse grimmig an.

Schnell und leise huschten sie zu einer Stelle, von wo aus sie klare Sicht auf Lucs Haus hatten.

Mehrere Männer waren aus dem Lastwagen ausgestiegen. Unter den Uniformen der französischen Polizei bemerkte Luc eine andere Uniform. Sie war taubengrau, und der Mann hatte beeindruckend hohe und glänzende Stiefel an.

»Gestapo?«, fragte Luc.

»Schlimmer, SS«, bestätigte Fougasse. Er wies auf die Dächer.

Luc runzelte die Stirn. »Folge mir. Nur so kommen wir näher heran. Bist du sicher, dass du das kannst, Bonet?«

Luc starrte ihn bloß an.

»Ich muss mich darauf verlassen können, dass du keinen Laut von dir gibst. Wir werden erschossen, wenn du uns verrätst.«

»Das ist meine Familie!«

Fougasse warf ihm einen mitfühlenden Blick zu. »Für sie ist es zu spät.«

Luc konnte nicht antworten. Tränen traten ihm in die Augen. Er stand da wie erstarrt.

»Du kannst sie rächen«, erklärte Fougasse.

Luc wurden die Knie weich. Er hockte sich hin. Er musste nachdenken, brauchte einen Plan. Nein, er brauchte ein Gewehr, verdammt noch mal! Doch der Bäcker durchschaute ihn sofort.

»Denk gar nicht erst darüber nach«, warnte er ihn. »Ich verspreche dir, ich hätte deine Familie gewarnt, aber es ging alles viel zu schnell. Eher würde ich dich eigenhändig töten, als meinen Schwur gegenüber deinem Vater zu brechen. Ich weiß, das ist eine Tragödie, aber es ist die Realität. Sie werden deine Familie wegbringen, und du kannst nichts dagegen tun. Du und wahrscheinlich auch wir würden höchstens getötet, wenn wir es versuchen würden. Glaub mir … du kannst sie nicht retten. Du kannst sie bloß rächen.«

Luc wollte es nicht hören, wollte es nicht akzeptieren.

»Warum tun sie das?«, krächzte er.

»Es gibt keinen Grund. Deine Familie ist jüdisch, das ist alles.«

»Geben Sie mir ein Gewehr. Sie müssen nicht …«

»Hör auf.«

»Ich werde niemand anders in die Sache hineinziehen«, stieß Luc hervor. »Ich muss einfach … meine Schwester ist erst neun, das Herz meiner Mutter … Rachel ist verliebt. Fougasse. Sarah will Ärztin werden, um den Menschen hier zu helfen. Warum verstehen Sie denn nicht? Meine Großmutter ist siebenundachtzig!« Verzweifelt klammerte er sich an den Bäcker. Tränen liefen ihm über die Wangen.

»Luc«, sagte Fougasse sanft. »Du musst mir versprechen, dass du verstehst, warum weder du noch einer von uns auch nur das Geringste tun kann, um zu verhindern, dass sie deine Familie abholen. Die SS hat die Macht und die Autorität dazu. Wenn du versuchst, sie zu bekämpfen, werden sie noch mehr Männer herschicken und am ganzen Ort Rache nehmen. Ich habe gehört, wozu sie fähig sind, und es ist noch hässlicher als in deinen schlimmsten Alpträumen. Sie werden nicht nur deine Familie vor deinen Augen erschießen, sondern auch viele andere Frauen und Kinder umbringen, wie es ihnen gefällt.«

Luc hob die Hände. »Ich soll also zusehen, wie meine Familie weggebracht wird, und nichts tun?«

»Ja, denn alles, was du tust, wird für sie, für dich und für viele andere mit dem Tod enden. Das kann ich dir versprechen.«

Luc schüttelte den Kopf. Sein Gesicht war tränenüberströmt. »Mein Leben bedeutet mir nichts.«

»Aber deinem Vater bedeutet es etwas. Er will, dass du überlebst. Ich verspreche dir Rache, Luc. Kann ich dir vertrauen?«

Luc nickte. Er fühlte sich in der Falle.

Benommen folgte er Fougasse durch die Gassen der Stadt, bis sie am Hintereingang der Bäckerei ankamen. Sie stiegen auf den Speicher des kleinen Hauses und kletterten aus einem der Fenster aufs Dach. Fougasse machte Luc auf einige Stellen aufmerksam, an denen möglicherweise die Dachziegel lose waren. Sie schreckten ein paar Tauben auf, aber das war ein vertrautes Geräusch. Niemand würde deshalb nach oben schauen. Schließlich drehte Fougasse sich um und legte den Zeigefinger an die Lippen. Er winkte Luc nach vorne. Luc rutschte bis zur Kante und stützte sich auf die Ellbogen. Er hätte sich beinahe übergeben, als er sah, was da unten vor sich ging.

Gitel weinte und klammerte sich an Sarah, die ihre Arme um Gitel und Rachel gelegt hatte. Jacob hielt Golda, deren Augen geschlossen waren. Sie betete und weinte zugleich. Kein anderer als Gendarm Landry trieb sie vor sich her. Jacob versuchte mit ihm zu reden, aber Landry stieß ihn einfach beiseite. Dann wurde Lucs winzige Großmutter aus dem Haus geschleppt. Sie wehrte sich und schrie. Mit schrillen Worten verfluchte sie die Männer.

Landry brachte sie mit einem Fausthieb in den Bauch zum Schweigen. Luc keuchte, als er zusah, wie seine geliebte Saba sich krümmte. In der Hand hielt sie ein Büschel Lavendel, mit dem sie den Polizisten verfluchte. Die Blüten fielen ihr aus der Hand, als sie taumelte und zusammenbrach. Die Mädchen schrien, Gitel machte in die Hose, und die Dorfbewohner, die der alten Frau zu Hilfe eilen wollten, wurden von Landry bedroht.

Luc war so entsetzt, dass er keinen Ton herausbrachte.

Landry zeigte auf Jacob, der seiner Schwiegermutter helfen durfte. Er hob sie sanft auf, und Ida legte sich neben ihre betende Tochter auf die Seite.

Es war so still, dass man Landrys Worte deutlich hören konnte.

»Es gibt noch einen Sohn. Wo ist er?«

Einer der deutschen Offiziere wandte sich an Catherine, die in der Nähe stand. Erst jetzt erblickte Luc die rothaarige Verräterin. Hatte sie das getan, weil er sie abgewiesen hatte? Ihrem Gesicht sah er an, dass sie genauso schockiert war wie die anderen Dorfbewohner, aber das half ihm nicht. Luc beobachtete, wie sie den Kopf schüttelte und ein paar Worte murmelte. Er konnte es nicht fassen, dass sie seiner Familie das angetan hatte.

»Wo ist Luc Bonet?«, fragte Landry mit lauter Stimme.

Catherine begann zu weinen. Zitternd zeigte sie zu dem Hügel, in Richtung seiner Felder.

Luc war so benommen, dass er kaum sprechen konnte. »Was passiert mit ihnen?«, flüsterte er Fougasse zu.

»Die Juden werden jetzt überall abgeholt.«

»Mir hat man gesagt, nur die nicht französischen«, sagte Luc.

Der Bäcker schüttelte traurig den Kopf. »Nein, alle.«

Luc ließ die Schultern sinken. Lass es ein Alptraum sein, betete er. Lass mich aufwachen. »Wohin werden sie gebracht?«

»Ins Camp des Milles, ein Durchgangslager für Juden.«

»Durchgang wohin?« Er packte Fougasse an den Aufschlägen.

»Nach Drancy höchstwahrscheinlich. Außerhalb von Paris.«

»Dann kann ich ja dorthin fahren und eine Petition einreichen. Mein Vater ist ein wichtiger …«

Fougasse gab einen zischenden Laut von sich. »Verstehst du es denn immer noch nicht, Bonet?« Niemand kann dorthin. Dort kommst du nicht wieder heraus. Es gibt keine Privilegien, egal wie bedeutend du bist. Geld, Besitz – alles wird konfisziert. Bankkonten werden eingefroren. Sie gehören jetzt Deutschland. Du kannst nichts anderes tun für deine Familie, als für sie zu beten.«

»Es gibt immer einen Weg«, sagte Luc leise. »Lass mich gehen.«

Plötzlich war da ein Strick um seinen Hals. Fougasses Gefährte war geräuschlos hinter ihn geklettert und hatte ihm die Schlinge um den Hals gelegt.

»Er wird dich eher erwürgen, als zuzulassen, dass du uns verrätst.«

Luc spürte, wie ihm die Augen aus den Höhlen traten, als der Mann ihm die Luft abschnürte. Dann lockerte sich der Strick ein wenig, und er atmete keuchend ein. Ihm wurde klar, dass ihm gar nichts anderes übrigblieb, als sich dem Maquis anzuschließen.

»Sie werden sie zuerst nach Apt bringen«, flüsterte er erstickt. »Ich will sie sehen.«

»Unmöglich«, erwiderte Fougasse und schüttelte den Kopf.

»Dann werde ich nicht ruhig mit euch gehen«, sagte Luc. »Dann soll dein Freund mich jetzt erwürgen.«

Sie starrten einander an. Schließlich gab Fougasse nach. »Komm, wir müssen den Berg hinunter, bevor sie losfahren«, flüsterte er.

Luc legte die Wange an die warmen Terrakottaziegel, in denen seine Tränen versickerten. Ein zarter Duft umwehte ihn, als er kurz die Augen schloss und stumm betete. Der Abendwind brachte einen Hauch von Lavendel mit sich … und das erfüllte ihn mit Hoffnung.

Er betete, dass seine Großmutter es auch riechen konnte.

Der Anblick seiner Familie, die gerade verschleppt wurde, brannte sich in Lucs Gedächtnis ein. Er hoffte nur, dass auch Catherine von dieser Szene ihr ganzes Leben lang verfolgt und gequält werden würde.

Er musste seine Familie finden. Er musste etwas tun, ganz gleich, was Fougasse sagte. Er würde eher sterben, als sie im Stich zu lassen. Was machte er nur hier? Fougasse hatte ihn gezwungen, in einem kleinen Café in einer Seitengasse in Apt zu warten. Der stumme Gefährte, dessen Namen er bisher nicht erfahren hatte, blieb bei ihm. Er musste sich mit einem schwachen, bitteren Gerstenkaffee begnügen. Sie hatten darauf bestanden, dass er sich eine Baskenmütze tief ins Gesicht zog, während Fougasse bei der Gendarmerie im Ort vorbeischaute.

Der Bäcker kehrte zurück, als Luc glaubte, es keine Minute länger aushalten zu können. Er fühlte sich so hilflos, dass er am liebsten die Tische und Stühle durch das Lokal geschleudert hätte.

»Sie bleiben noch nicht einmal kurz hier«, sagte Fougasse leise.

»Was?« Luc wollte aufstehen.

Beide Männer fuhren ihn an. »Keine Szenen, Bonet«, warnte Fougasse ihn. »Ich habe den Gendarmen gegenüber behauptet, dein Vater würde mir Geld schulden und ich sei hinter ihm her. Sie konnten mir nur sagen, dass die SS-Offiziere mit deiner Familie ins Internierungslager in Aix gefahren sind.«

Luc starrte ihn fassungslos an. *Aix-en-Provence!* Plötzlich kam es ihm so vor, als wäre seine Familie außerhalb seiner Reichweite.

»Noch etwas«, sagte der Bäcker und blickte zu Boden. »Ich erzähle es dir am besten gleich.« Luc vermochte sich nicht vorzustellen, dass es noch schlimmer kommen konnte. »Mein aufrichtiges Beileid. Deine Großmutter ist auf dem Weg vom Berg herunter gestorben.«

Luc starrte Fougasse verständnislos an. Er fragte sich, ob er richtig gehört hatte. Auf einmal bekam er keine Luft mehr. Ihm fiel der Schlag in die Magengrube ein, den Landry Saba versetzt hatte, und er begann unkontrolliert zu zittern. Er stützte sich mit den Ellbogen am Tisch ab und ließ den Kopf in die Hände sinken.

Seine Gefährten wechselten unbehagliche Blicke.

»Atme tief durch, Luc. Wir müssen vorsichtig sein. Hier in der Stadt wimmelt es von Soldaten, Gestapo und SS. Es ist nicht klug, wenn wir hier gesehen werden.« Fougasse berührte Luc an der Schulter, aber der schüttelte seine Hand ab. »Die Gendarmerie kennt deine Familie und war entsetzt, aber sie können nichts tun.«

Luc stöhnte, als er an seine Großmutter dachte. Er hatte sich nicht einmal mehr von ihr verabschieden können. Ihr Leben war ihr durch die Faust eines Franzosen genommen worden.

»Mir wird schlecht.« Er riss sich los, als die beiden ihn festhalten wollten, und rannte um die Ecke.

Er wusste nicht, wie lange er dort gestanden und wie ein Ertrinkender um Luft gerungen hatte, aber bald schon trat jemand hinter ihn.

»Wir müssen los«, sagte der Bäcker sanft und reichte ihm ein Taschentuch. »Hier, wisch dir den Mund ab. Und reiß dich zusammen.«

»Ich kann nicht«, stöhnte Luc.

»Schscht, wir dürfen keine Aufmerksamkeit erregen.«

»Dann geht doch«, grollte Luc.

»Ich habe deinem Vater mein Wort gegeben, dass ich dich beschützen werde, und dazu stehe ich. Steh jetzt auf und komm.« Fougasse wartete.

Lucs Wangen brannten vor Wut. Für Fougasse war das in Ordnung, denn er liebte niemanden und wurde auch nicht geliebt.

»Es ist leicht, mir das vorzuwerfen«, sagte Fougasse, und Luc merkte, dass er laut gesprochen hatte. »Aber es ändert nichts an der Tatsache, dass du nicht der Erste bist, der in diesem Krieg einen geliebten Menschen verliert. Es tut mir leid für dich, ehrlich, doch du hast nur zwei Möglichkeiten: Entweder kotzt du weiter in diesen Abfluss, oder du fasst Mut und kämpfst gegen sie, wie dein Vater es gehofft hat.« Fougasse brach plötzlich ab, einen alarmierten Ausdruck im Gesicht.

Luc hörte das Geräusch von Stiefeln auf dem Pflaster. Instinktiv richtete er sich auf. Soldaten. Sie lachten, als sie vorbeigingen, und riefen ihnen in schlechtem Französisch ein paar Bemerkungen zu.

Luc starrte den jungen, breitschultrigen Männern in ihren grünen Uniformen nach. »Ist sie hier?«, fragte er.

»Sie wird heute Abend beerdigt.«

»Kann ich sie mit nach Hause nehmen und in Saignon beerdigen?«

»*Nein!*« Fougasse blickte ihn zornig an. »Ganz sicher nicht.«

Luc schluckte. »Dann will ich sie sehen.«

»Du kannst nicht …«

»Ich will mich von meiner Großmutter verabschieden.« Finster erwiderte er Fougasses Blick.

Der Bäcker gab nach. »Gut. Folge mir.«

Ida lag in einer alten Scheune am Rand von Apt. Momentan war sie leer, erst im Herbst nach der Ernte würde sie mit Äpfeln, Birnen und Pflaumen gefüllt sein. Luc hätte so gerne mehr für Ida getan, aber zum ersten Mal in seinem Leben fühlte er sich völlig hilflos. Sein Vater hatte recht gehabt. Ihr Geld, ihr Status, die Achtung, die man seiner Familie entgegenbrachte – in dieser Stunde der Not konnte ihnen nichts helfen.

Seine Großmutter lag auf dem Rücken. Ihr Knoten hatte sich gelöst, und ihre schönen silbernen Haare lagen in Strähnen um ihr Gesicht. Er wünschte, er hätte einen Kamm dabei, um sie glätten zu können. Fougasse hatte ihn mit ihr allein gelassen und passte auf, dass niemand der Scheune zu nahe kam. Er kniete sich neben sie und merkte gar nicht, wie ihm die Tränen über die Wangen liefen. Er wusste, dass der Schock heilsam war; die Trauer über seine tote Großmutter verdrängte den Schmerz über den Verlust seiner gesamten Familie. Er wollte nicht daran denken, wo sie jetzt wohl waren oder wie viel Angst sie hatten. Er wollte nicht die Verzweiflung seines Vaters sehen, sein Entsetzen über die Behandlung seiner Kinder und seiner Frau.

Ida verkörperte sein ganzes Leid. Seine Tränen tropften auf ihre Hand, als er die steifen, verkrümmten Finger an seine Wange drückte. Ihre Ohrringe und ihre Kette hatte man ihr weggenommen, ihre Ringe dagegen trug sie noch, vermutlich weil sie nicht über die geschwollenen Knöchel gegangen waren. Ihr Ehering war ihre kostbarste Erinnerung an ihren Ehemann, und sie küsste ihn jeden Abend, bevor sie zu Bett ging. Erleichtert dachte Luc, dass sie auch im Tod nicht von ihrem geliebten Mann getrennt war.

Er griff in seine Hemdtasche und zog ein Sträußchen Lavendel hervor, das er eingesteckt hatte.

»Hier, Saba. Nimm das mit«, flüsterte er und drückte es ihr in die Hand. Er legte ihre Finger darum und küsste sie. Dann beugte er sich über seine Großmutter und drückte seine Lippen auf ihre Wange.

Als er sich aufrichtete und sanft seine Hand an ihre Seite legte, spürte er eine Ausbuchtung in der Tasche ihrer Strickjacke. Er wusste, was das war: ihre kostbaren Lavendelsamen.

Vorsichtig zog er den kleinen Seidenbeutel heraus, den sie immer mit sich herumgetragen hatte. Er enthielt Lavendelblüten und Samen, die sie von Zeit zu Zeit einfach ausstreute. Der Beutel war prall gefüllt. Luc steckte ihn in die Tasche und gelobte, ihn stets bei sich zu tragen. Er würde für sie den Lavendel bewahren.

Er warf einen letzten Blick auf seine tote Großmutter, strich ihr die Haare aus dem Gesicht. All seine Wut über den Krieg und die Not – die Demütigung seiner Familie – schien sich mit dem Schmerz über ihren Tod in seiner Brust zu ballen. Die Schläge folgten zu rasch aufeinander. Gestern die Enthüllung seiner Herkunft, heute seine Familie. Die Hakenkreuze, das *Sieg Heil*, das arrogante Lächeln der Deutschen, die vielen Franzosen, die anscheinend fanden, dass es besser war, mit den Deutschen zusammenzuarbeiten, um Frankreich zu schützen … all das baute sich zu einer neuen, wilden Wut auf, die in ihm zu brodeln begann.

Luc dachte daran, wie die Augen seiner Großmutter vor spitzbübischem Vergnügen gefunkelt hatten, als De Gaulles Worte durch den Äther gedrungen waren. Genau das wollte sie sicher –

dass Luc sich als stolzer, mutiger Franzose weigerte, Hitler und seinen Schergen zu dienen.

Schließlich dachte Luc an den Lavendel. Er fragte sich, ob seine Felder jemals wieder blühen würden.

Alle diese Gedanken vermischten sich, als er auf Ida blickte. Sein Herz wurde hart, füllte sich mit den dunklen Steinen des Hasses. Luc wusste, dass er diesen Ort als ein anderer verlassen würde.

Draußen war es gerade noch so hell, dass sie sich ein Versteck in den Bergen suchen konnten.

»Kannst du uns im Dunkeln führen?«, fragte Fougasse.

»Ich kenne den Weg mit verbundenen Augen«, erwiderte Luc. »Bist du bereit, Bonet?«

»Ja, ich bin bereit«, erwiderte er und wandte sich zu Fougasse. »Und ab jetzt bin ich ein Maquisard.«

Teil II

7

London, Juli 1943

Für gewöhnlich genoss Lisette Forester den fünfzehnminütigen Spaziergang von ihrer Arbeitsstelle am Trafalgar Square zu ihrer winzigen Wohnung nicht weit von der Victoria Station. Sie empfand es als Bonus, wenn sie nach Hause gelangte, ohne in den Bahnhöfen der Londoner U-Bahn Schutz vor Luftangriffen suchen zu müssen. Aber selbst wenn es nötig war, regte sie sich nicht auf. Sie vertrat vielmehr die Ansicht, dass die Bombardierungen so weit außerhalb ihrer Kontrolle lagen, dass es sich nicht lohnte, darüber nachzudenken. Immer wieder sah sie Menschen, die panisch auf der Suche nach relativer Sicherheit nach unten rannten, während manche wie erstarrt stehen blieben. Eigentlich hatte sie mehr Sympathie für Letztere – meistens hingen andere von ihnen ab, und die Angst, die sich auf ihren Gesichtern abzeichnete, galt nicht ihnen, sondern ihrer Familie. Auf Lisette jedoch wartete niemand zu Hause, und wenn sie sterben würde, würden die wenigsten trauern. Sie war sehr introvertiert, und ihre Distanziertheit verwechselten manche mit Kühle.

Dabei war sie eine leidenschaftliche Frau, voller Energie, aber ohne ein Ziel, das sie ansteuern konnte. Sie war Kellnerin, wobei sie einen Tag pro Woche in der French Canteen bediente, die von De Gaulles Anhängern besucht wurde. Meistens jedoch arbeitete sie im Lyons Corner House an der Ecke von The Strand und Trafalgar. Sie hatte mit dem Gedanken gespielt, einen Job bei Fortnum & Mason anzunehmen, aber ins Lyons kamen interessantere Leute, von Filmstars bis hin zu Regierungsangestellten. So wurde Lisette eine »Nippy«, wie die Kellnerinnen im Lyons Corner House genannt wurden, weil sie so flink zwischen den Tischen umherhuschten.

Sie mochte ihre schicke Uniform, die aus einem losen, plissierten Kleid und einer gestärkten weißen Schürze bestand. Komplettiert wurde das Ganze von einem weißen Peter-Pan-Kragen, abnehmbaren Manschetten und einem steifen weißen Häubchen. Das Kleid war besetzt mit dreißig Reihen dekorativer Perlenknöpfe vom Hals bis zur Taille. Im Gegensatz zu den meisten jungen Frauen, die Absätze bevorzugten, wählte Lisette bequeme flache Schnürschuhe, und da es keine Nylonstrümpfe gab, trug sie Söckchen.

Es war ihr peinlich, als die Geschäftsleitung sie für Werbebroschüren fotografieren ließ. Lisette fand, es gab keinen Grund zum Lächeln, solange sich England im Krieg befand, doch der Fotograf bestand darauf, dass sie ein fröhliches Gesicht machte, wenn sie für das Foto ein Tablett mit Teekanne und Teetasse in der einen und ihr Bestellbuch in der anderen Hand hielt. Die Geschäftsleitung war äußerst zufrieden mit dem Ergebnis und zahlte ihr sogar eine Prämie für ihre Mithilfe.

Ihr Nachhauseweg führte Lisette an den Admiralitätsgebäuden und den Kasernen vorbei, wenn sie durch den St James's Park um den Buckingham Palace herum zur Eccleston Bridge Road ging, wo ihre Wohnung lag. Die Lage war perfekt. Sie mochte die Atmosphäre um Victoria sehr, wo immer etwas los war. Wenn sie den Vorplatz überquerte, dachte sie oft, wie schade es war, dass die Geländer von den Blumenbeeten und Parks entfernt worden waren, aber sie wusste natürlich, dass das Metall gebraucht wurde, um daraus Patronen und Bombenhüllen zu machen.

Seit neuestem wurden Teile der Parks umgegraben, um Gemüse für die Londoner Bürger anzubauen. In den Kensington Gardens wuchs Kohl, während der Hyde Park sogar über eigene Schweineställe verfügte. Überall hingen Plakate mit dem Slogan *Grabt um für den Sieg!*, und die Leute waren dazu aufgerufen, aus den mageren Vorräten das Beste zu machen.

Mit typisch britischem Durchhaltevermögen verwandelten die Menschen ihre Gärten in Äcker. Lisette versuchte ebenfalls, ein paar Tomatenpflanzen auf der Fensterbank zu züchten, aber bis jetzt hatte sie nur wenig Erfolg gehabt. Heute früh hatte sie sogar vergessen, die Tomaten zu gießen, deshalb war es vielleicht gar nicht verkehrt, dass sie heute früher nach Hause gehen musste. Trotzdem runzelte sie erneut irritiert die Stirn.

Was war eigentlich los? Ihre Chefin, Miss Mappleton, hatte erklärt, es sei alles ganz legal. Sie hatte Lisette die Visitenkarte des Herrn hingehalten und darauf bestanden, dass sie sofort nach Hause ging, um sich zur verabredeten Zeit mit ihm treffen zu können.

Wohnung Nummer neun war ganz oben unter dem Dach und nur durch ein offenes Steintreppenhaus zu erreichen, doch Lisette hatte der romantische Blick über die Dächer des West End so gut gefallen, dass sie sofort eingezogen war. Sie teilte sich die Wohnung mit ihrer Freundin Harriet, deren Vater sie ihnen besorgt hatte. Er arbeitete für die Eisenbahn und hatte Zugang zu Wohnungen der British Rail. Da Harriet Hitlers Bombenangriffen zum Opfer gefallen war, lebte Lisette nun alleine hier, und bisher hatte die Eisenbahngesellschaft die Wohnung nicht zurückverlangt.

Lisettes Erbe ermöglichte ihr ein angenehmes Leben, aber sie sprach nie darüber und hatte das Geld bisher auch kaum angerührt. Sie wollte nicht in dem geerbten leeren Haus in Sussex wohnen, und bei ihren Großeltern in Hampshire wollte sie auch nicht leben. Das ständige Mitleid, weil sie so früh beide Eltern verloren hatte, war ihr bald zu viel geworden. Sie hatte das Gefühl, es würde sie stärker machen, wenn sie in der Hauptstadt lebte, sich Arbeit suchte und allein zurechtkommen musste. Sie war gerne allein, und jetzt, da sie eine feste Anstellung und ein regelmäßiges Einkommen hatte, genoss sie ihr Leben. Außerdem gab es da noch einen netten Piloten namens Jack, der sie bereits zweimal gebeten hatte, mit ihm auszugehen. Bisher hatte sie immer abgelehnt, aber wenn er sie ein drittes Mal fragen würde, würde sie zusagen.

Lisette hatte erst neun Monate mit Harriet zusammengewohnt, als der Krieg ausbrach. Bald schon mussten sie die Fenster mit schwarzer Farbe anstreichen, weil sie befürchteten, ihr Haus könne den Luftangriffen zum Opfer fallen. Noch war das zum Glück nicht der Fall gewesen, denn die Luftwaffe hatte sich hauptsächlich auf die Bombardierung der Docklands und des East Ends beschränkt.

Die Londoner hielten den ständigen Luftangriffen stand, auch wenn es nach siebenundfünfzig Tagen unablässiger Bombardierung fast sechstausend Tote gab. Die Briten machten weiter, schnallten den Gürtel enger und glaubten mehr denn je daran, dass man mit einer guten Tasse Tee alle Probleme lösen könne. Empörung wurde nur laut, als die Regierung die Produktion von Eiscreme verbieten ließ. Als der Buckingham Palace bombardiert wurde, seufzte Lisette erleichtert auf, weil jetzt endlich auch das West End seinen Teil von der Zerstörung abbekam. Die Königsfamilie zeigte ebenfalls Stärke und Durchhaltevermögen.

Lisette lächelte schwach, während sie ihren Besucher betrachtete. Er hatte sich als Mr Collins vorgestellt und sich in den einzigen Sessel in ihrer Wohnung gesetzt. Sie hockte auf dem kleinen kirschroten Lederhocker, den sie in der King's Road ergattert hatte. Hinter ihrem Gast sahen die geschwärzten Fenster aus wie zwei dunkle Augen, aber sie hatte den schwarzen Vorhang am Fenster zum Hof zurückgezogen, so dass wenigstens ein bisschen Tageslicht ins Zimmer fiel. Ihr Gast trank seinen Tee aus einer vergoldeten Tasse aus Limoges-Porzellan, deren Griff aus einer Rosengirlande bestand. Sie entsprach in keiner Weise dem heutigen konservativen Geschmack, doch Lisette mochte ihr fast durchscheinendes Porzellan über alles. Die Kunst der englischen Teezubereitung hatte sie noch nicht ganz verinnerlicht, aber insgeheim verstand sie sowieso nicht, warum die Briten so an ihrem Tee hingen. Wenn ihr Gast um Kaffee gebeten hätte, dann hätte sie vielleicht sogar ihre mageren Vorräte angegriffen und ihm gezeigt, dass ein guter französischer Kaffee seine leicht säuerliche Miene aus seinem Gesicht weggezaubert hätte.

Er stellte die Porzellantasse wieder auf den Unterteller, hatte kaum daraus getrunken. »Miss Forestier …«

»Ich ziehe Forester vor, wenn es Ihnen nichts ausmacht. Ich versuche, mich in England so weit wie möglich anzupassen.«

»Natürlich, verzeihen Sie.« Der Mann räusperte sich höflich.

Sie fand, er sah aus wie ein dickes Amselküken in seiner braunen Kleidung.

»Es ist jedoch Ihr französischer Anteil, der mich hierhergeführt hat. Ich würde mich freuen, wenn Sie sich einverstanden erklären würden, einen Kollegen von mir zu treffen. Ich kann Ihnen seinen Namen nicht sagen, weil … nun ja, weil er ein Geheimnis ist.« Er lächelte ein wenig. »Miss Forester, es ist uns nicht entgangen, dass Sie mehrere Sprachen sprechen … und zwar fließend.«

Sie errötete. »Woher wissen Sie das?«

Er seufzte. »Sie stehen seit einigen Monaten unter Beobachtung.«

Lisette blinzelte verwirrt. »Unter Beobachtung?«

Er nickte und besaß wenigstens so viel Anstand, verlegen zu wirken.

»Wieso verdächtigen Sie mich denn?« Der Schock verschlug ihr beinahe die Sprache.

»Oh, nein, nein … du liebe Güte, nein, Miss Forester. Nichts dergleichen! Ganz im Gegenteil. Ich wollte sagen, wie sehr ich Ihr Talent bewundere. Sie sind großartig.«

Lisette wusste nicht, ob sie sich geschmeichelt oder einfach nur erleichtert fühlen sollte. Fragend runzelte sie die Stirn. »Warum beobachten Sie mich?«

»Es ist zufällig passiert, wirklich. Sie haben eine Kollegin von mir im Joe Lyons bedient. Ihr ist aufgefallen, dass Sie an einem anderen Tisch, an dem Französisch gesprochen wurde, offenbar alles verstanden haben.«

»Wie kommt sie darauf?«

Ihr Besucher holte tief Luft. »Sie beobachtet gerne Menschen, Miss Forester, und hat gesehen, dass Sie über eine Bemerkung lächelten. Ein paar Tage später bedienten Sie einen weiteren Kollegen von mir, einen Engländer. Bei dieser Gelegenheit sprach er übrigens Französisch mit Ihnen.«

»Ich verstehe.«

»Er hatte einen Kollegen dabei, den er als Schweizer vorstellte, woraufhin Sie mit diesem Mann leise Deutsch geredet haben. Ich muss Ihnen gestehen, dass der Schweizer in Wirklichkeit Engländer war, aber Ihr Deutsch war hervorragend. Zudem haben Sie sich in der Mundart ganz offensichtlich zu Hause gefühlt.«

»Mr Collins, es stimmt, dass ich einige Sprachen spreche, ich beherrsche zudem mehrere französische Dialekte. Sprache ist meine Spezialität. Deshalb arbeite ich auch in der French Canteen und bei Lyons, obwohl ich es aus offensichtlichen Gründen vermeide, Deutsch zu sprechen. Ich kann mich an diesen Schweizer erinnern. Er war sehr höflich. Worum geht es denn überhaupt?«

»Miss Forester, wir könnten Ihre Dienste sehr gut gebrauchen. Das äh … Kriegsministerium benötigt so viele Informationen wie nur möglich. Jemand mit Ihren sprachlichen Fähigkeiten ist ein seltener Glücksfall, den wir nicht ignorieren können.«

Endlich dämmerte es Lisette, dass die Behörden hofften, sie möge Funkkontakt lernen oder so etwas in der Art. Der Gedanke, etwas zu Großbritanniens Kriegsbemühungen beitragen zu können, elektrisierte sie. Wenn sie schon ihr Leben in London riskierte, dann wenigstens für eine gute Sache.

»Was meinen Sie dazu?«, fragte er und beugte sich vor.

»Wie meine Großmutter immer sagt, wir müssen alle unseren Teil beitragen, Mr Collins.«

»Oh, in der Tat.« Er nickte. »Darf ich Ihnen einen Termin vorschlagen, damit wir uns über das weitere Vorgehen unterhalten können?«

»Ja … aber ich muss zuerst mit …«

»Miss Mappleton sprechen? Darum haben wir uns bereits gekümmert. Sagen wir morgen, um vier Uhr nachmittags?«

»So schnell?«

Er nickte. »Jetzt ist der richtige Zeitpunkt, Miss Forester. Kennen Sie das Hotel Victoria? Es ist ganz in der Nähe.«

»Ja, in der Northumberland Avenue, nicht wahr?«, sagte sie.

»Sehr gut. Zimmer zweihundertachtunddreißig. Könnten Sie bitte ein bisschen früher dort sein?«

»Selbstverständlich, wenn Sie dafür sorgen, dass auf meiner Arbeitsstelle alles geklärt ist.«

»Machen Sie sich deswegen keine Gedanken«, sagte Collins. Er erhob sich und deutete eine kleine Verbeugung an. »Danke für den Tee«, fügte er hinzu, vermied es jedoch, seine fast noch volle Tasse anzublicken. »Ich freue mich darauf, Sie morgen wiederzusehen.«

Lisette brachte ihn zur Tür, dann rannte sie durch die Wohnung, badete, zog sich um, frisierte sich und wurde immer aufgeregter bei dem Gedanken, Menschen zu helfen, die in den Verlauf des Krieges tatsächlich eingreifen konnten. Sie hoffte von ganzem Herzen, dass sie eines Tages eine Nachricht entziffern würde, die einer der Spione mutig aus Frankreich gesendet hatte. Ob sie sie wohl dazu brauchen würden? Um Nachrichten von Franzosen zu übersetzen, die im Feindesland arbeiteten?

Am nächsten Tag um drei ging Lisette langsam zur Northumberland Avenue. Sie wusste, dass sie viel zu früh dran war, konnte aber nicht mehr still sitzen. Sie trug ihre cremefarbene Bluse und den neuen schokoladenbraunen Cardigan, für den sie zehn kostbare Kleidermarken geopfert hatte. Geschminkt hatte sie sich nicht, doch in letzter Minute hatte sie noch rasch rosafarbenen Lippenstift aufgetragen – ein Geschenk ihres Vaters vor seinem Tod. Als sie jetzt ihr Spiegelbild betrachtete, hatte sie das Gefühl, er würde ihr Glück wünschen.

Als sie um zwanzig vor vier im Hotel ankam, wartete in der Lobby eine Frau auf sie. »Miss Forester?«

»Ja«, erwiderte sie. Bewundernd betrachtete sie die dicken, dunklen Haare und fein gezeichneten Züge der Frau. Dem Aussehen nach hätte sie Französin sein können.

»Sie sind früh, das gefällt uns. Ich bin übrigens Vera Atkins.« Sie schüttelten sich die Hände. »Hier entlang«, sagte Vera und ging mit Lisette über zwei Treppen und durch mehrere Flure bis zu einer Zimmertür. Sie klopfte leise an und führte Lisette hinein. »Setzen Sie sich. Captain Jepson kommt sofort.«

Der Raum wirkte eher wie ein Wohnzimmer. Eine weitere Tür ging auf, und ein schlanker Mann Anfang vierzig trat ein. Er hatte ein ovales Gesicht und freundliche Augen. Seine Mundwinkel zuckten amüsiert.

»Das ist Captain Selwyn Jepson«, sagte Miss Atkins.

Lisette schüttelte ihm die Hand. Sie war dankbar dafür, dass er keinen so festen Händedruck wie die meisten Männer in Uniform hatte.

»Guten Tag, Miss Forestier«, sagte er.

»Forester«, korrigierte sie ihn.

»Ah, Collins hat das bereits erwähnt. Danke, dass Sie unserer Aufforderung gefolgt sind«, sagte er und verfiel in schnelles Französisch. »Sie leben allein?«

Sie antwortete in der gleichen Sprache. »Ja.«

»Warum?«

»Warum nicht?«

Er unterdrückte ein Lächeln. »Keine Freunde?«

»Viele.«

»Ist das wahr?«

Lisette hielt seinem Blick stand, merkte aber schnell, dass sie ihn nicht niederstarren konnte. »Ich ziehe es vor, wenige gute Freunde zu haben.«

»Warum?«

»Ich bin erst seit 1938 in England und hatte nicht viel Gelegenheit, Freunde zu finden, seit … nun ja, seit ich hier bin.«

»Keine männlichen Freunde?«

»Niemand im Besonderen.«

»Leben Sie gerne allein?«

»Captain Jepson, spielt das wirklich eine Rolle?« Erst jetzt merkte sie, dass Vera Atkins den Raum verlassen hatte.

»Darf ich Sie Lisette nennen?«

Sie nickte. Sie konnte es ihm kaum verwehren.

»Lisette, Mr Collins hat vermutlich bereits erwähnt, dass wir Sie gerne rekrutieren möchten.«

»Ja, aber ich verstehe nicht, warum meine Lebensumstände …«

»Wir befinden uns mitten im Krieg, und wir müssen alles wissen – wir geben einander einen großen Vertrauensvorschuss.«

»Verstehe. Also, ich habe nur wenige Freunde. Es gibt derzeit keinen Mann in meinem Leben, und ja, ich lebe gern allein, weil ich den Lärm und die Unordnung anderer Menschen nicht ertragen kann.«

»Sind Sie eine Ordnungsfanatikerin?«

»Nein, aber ich kann am besten mit meiner eigenen Unordnung umgehen.«

»Sie sind also unordentlich?«

»Keineswegs. Ich lebe zur Miete, und ich kann es mir nicht leisten, unordentlich zu sein, falls die Eisenbahngesellschaft die Wohnung überprüfen sollte.«

»Sie leben in der Wohnung Ihrer Freundin, nicht wahr?«

Lisette war überrascht. »Ja, Harriet Lonsdale.«

Er nickte, als ob er es bereits wüsste. Jetzt redete er auf Italienisch weiter. »Erzählen Sie mir von Ihren Eltern.«

»Ihr Akzent ist grauenhaft«, sagte sie in derselben Sprache zu ihm.

Er lachte und sah auf einmal ganz anders aus. »Ich weiß. Deshalb könnte ich auch nie Spion sein.« Dann kniff er die Augen zusammen, und sie kam sich auf einmal vor wie aufgespießt.

Seine Worte gingen ihr nicht mehr aus dem Kopf. *Spion?* Was?

»Sie wollen mich als Spionin anwerben?«

»Was für ein Gefühl löst das bei Ihnen aus?«, fragte er, nun wieder auf Französisch.

»Nervosität.«

»Das ist gut. Wenn Sie Erregung oder Glück gesagt hätten, hätte ich mir Sorgen gemacht. Was hielten Sie davon, nach Frankreich zurückzukehren?«

Sie schaute ihn sprachlos an.

Als Nächstes wechselte Jepson wieder zum Englischen. »Ich weiß, dass Sie sich mit der Zeit hier ein Leben aufgebaut haben. Ich weiß eine ganze Menge über Sie, Lisette. Sie arbeiten im Lyons Corner House und bedienen einmal in der Woche freiwillig in der French Canteen. Warum?«

»Ich bekomme dort eine ausgezeichnete Mahlzeit umsonst«, sagte sie. »Ein richtiges französisches Essen.«

»Wahrscheinlich können Sie auch Ihr Französisch trainieren. Das ist klug. Ihr Vater war Deutscher, wurde im Krieg verwundet und zog 1918 nach Frankreich, wo er Ihre Mutter kennen lernte, die halb Französin, halb Engländerin war. Beide zwanzig, ließen sie sich in Lille nieder, wo Sie zwei Jahre nach Kriegsende geboren wurden. Ihr Familienname lautet eigentlich Förster, aber Ihre Eltern verwandelten ihn in Forestier – Deutschland war 1918 nicht gerade beliebt.«

Er bemerkte, dass ihr Tränen in die Augen traten.

»Verzeihen Sie mir. Ich wollte Sie nicht kränken.«

»Ist schon in Ordnung. Mein Vater hat immer gesagt, er fühle sich eher französisch als deutsch.«

»Hat er sein Volk gehasst?«

Gekränkt blickte sie ihn an. »Er war kein Feigling, Captain Jepson.«

»Das habe ich auch nicht gesagt, aber andere haben ihr Vaterland gehasst.«

»Mein Vater war ein Gelehrter, ein kluger, sanfter Mann. Er hat es gehasst, dass Deutschland so viele junge Männer in einem Krieg verbrannte. Er war vierzehn, als der Krieg ausbrach, und am ersten Tag seines aktiven Militärdienstes wurde er mit siebzehn verwundet. Er verlor eine Hand – ich nehme an, das wissen Sie auch alles.«

Jepson nickte.

»Er bedauerte, dass er mich als Säugling nicht einfach so auf den Arm nehmen konnte. Auch konnte er nie das Gesicht meiner Mutter mit beiden Händen umfassen, und er musste mit links schreiben lernen. Aber weil sie ihn so früh nach Hause schickten, wurde er als Feigling bezeichnet. Dafür hat er Deutschland gehasst. Ebenso dafür, dass seine Freunde umgekommen sind. Er hat drei seiner besten Freunde in den Schützengräben verloren.« Sie hatte gar nicht gemerkt, dass ihr eine Träne über die Wange rollte, und sie wischte sie hastig weg.

Jepson fuhr fort: »Als Sie drei waren, zogen Ihre Eltern nach Straßburg. Ihre Mutter war depressiv geworden, nachdem Ihr Bruder als Säugling während der Grippeepidemie kurz nach Ende des Kriegs gestorben ist. Es freut mich, dass sich der Gesundheitszustand Ihrer Mutter in der Folgezeit gebessert hat, obwohl sie keine weiteren Kinder bekam. Sie blieben ein Einzelkind.«

Lisette hörte zu, wie er ihr Leben vor ihr ausbreitete. Wie leicht sich ihre Geschichte auf Fakten reduzieren ließ. Sie grub die Nägel in die Handflächen und wünschte, er würde aufhören, obwohl sie wusste, dass er ihr nichts Böses wollte. Also zwang sie sich, zuzuhören und sich zu entspannen.

»Ihre Großmutter väterlicherseits war Deutsche und Ihr Großvater väterlicherseits Franzose?«

Sie nickte. Er kannte wirklich jedes Detail.

»Ihre Mutter arbeitete als Privatsekretärin für einen Bankier in Straßburg, Monsieur Eichel. Er war ein guter Freund der Familie und hat Ihren Eltern bis zu ihrem Tod geholfen, ihre Angelegenheiten zu regeln. Ihre Großeltern mütterlicherseits – Ihre einzigen lebenden Verwandten – leben in New Hampshire, in Farnborough, um genau zu sein, und Ihre Großmutter ist Französin, während Ihr Großvater Engländer ist. Kein Wunder, dass Sie so sprachbegabt sind.« Er lächelte sie freundlich an. »Es ist unsere Aufgabe, solche Dinge in Erfahrung zu bringen. Neunzehnhundertsiebenunddreißig beschlossen Ihre Eltern, nach England zu kommen, weil die Entwicklung in Europa sie nervös machte. Sie kauften ein Haus in Sussex und schickten Sie schon einmal vor nach Roedean, wo Sie die Schule beendeten.«

Lisette senkte den Blick. Sie wollte nicht, dass er es sagte, aber sie konnte ihn nicht daran hindern.

»Ihre Eltern starben bei einem Autounfall am Abend, bevor sie endgültig nach England übersiedeln wollten. Das muss ein schwerer Schlag für Sie gewesen sein, obwohl ich feststellen muss, dass Sie Ihre Abschlussprüfungen trotzdem mit Auszeichnung abgelegt haben.«

»Ich war achtzehn«, sagte sie. »Ich konnte nicht aufgeben, deshalb habe ich einfach weitergemacht.«

Jepson lehnte sich zurück und betrachtete sie. »Sie haben Geld. Warum leben Sie so bescheiden?«

Sie warf ihm einen ärgerlichen Blick zu. »Ich will das Geld meiner Eltern nicht. Ich bin froh, dass ich meinen eigenen Weg gehen kann.«

»Sie wollen eine normale Dreiundzwanzigjährige sein?«

»Ja, vermutlich«, erwiderte sie, froh darüber, dass ihre Stimme nicht zitterte. Er hatte eine Wunde aufgerissen, deren Heilung sie viel Kraft und Zeit gekostet hatte. »Wenn jemand in meinem Alter in einem zugigen alten Haus auf dem Land wohnt, in dem es hinter den geschwärzten Fenstern nichts zu tun gibt, wäre das nicht sehr normal.«

»Finden Sie London gefährlich?«

»Ja.«

»Ich vermute, Harriet Lonsdale ist bei einem Luftangriff ums Leben gekommen?«

Lisette holte tief Luft. Bitte frag nicht weiter, flehte sie insgeheim. Alle, die ich liebe, sterben jung. Auf mir lastet ein Fluch. »Ja.«

»Standen Sie ihr nahe?«

Jepson hatte nicht die Absicht, auch nur irgendeinen Aspekt ihres Lebens unberührt zu lassen. Aber sie wollte sein Angebot – was immer es sein mochte – unbedingt annehmen. Es würde ihr Leben ändern und ihm einen neuen Sinn geben. Captain Jepson wartete.

»Ich war eng befreundet mit Harriet. Ich habe sie bei meinem ersten Besuch in London kennen gelernt – sie war sehr nett, lustig, voller …« Sie schüttelte den Kopf und dachte an Harriets Lachen, das so bezeichnend für ihre großzügige Persönlichkeit war. Sie wollte sich lieber an eine Harriet mit glänzenden blonden Haaren und blauen Augen voller Leben erinnern, nicht so, wie sie ihre Freundin zuletzt gesehen hatte. »Sie war voller Träume«, beendete sie ihren Satz.

»Ich weiß, dass es schmerzlich für Sie ist, aber Sie waren dabei, als Harriet getötet wurde, nicht wahr?«

Lisette hatte die Erinnerung daran ganz weit weggeschoben. Es war der letzte Tag, an dem sie jemals glücklich gewesen war. Als Harriet noch lebte, war ihr der Krieg vorgekommen wie etwas, das anderen passierte. Sie hatten Pläne für die Zukunft geschmiedet. Harriet wollte von ihrem langweiligen Schreibtischjob als Stenotypistin in der City wegkommen und hatte vorgeschlagen, gemeinsam ein Reiseunternehmen zu eröffnen. »Geführte Touren auf dem Festland, Lissy«, hatte sie mit leuchtenden Augen gesagt. »Überleg doch mal! Da kann kein Reisender widerstehen.« Harriet hatte bisher nur wenig von Europa gesehen, und ihre Reisen nach Frankreich und in die Schweiz hatten in ihr den Wunsch geweckt, auch den Rest der Welt kennen zu lernen.

»Wir heiraten furchtbar reiche Europäer. Ich angele mir einen Baron – ›Baroness Harriet‹ klingt irgendwie gut –, aber du musst einen Grafen heiraten, weil einem ›Gräfin Lisette‹ ganz leicht über die Zunge geht«, hatte sie lachend gesagt.

Lisette hatte nur die Augen verdreht. Zwei Tage später lag Harriet im Leichenschauhaus, und Lisette musste sie identifizieren. Man hatte allen Schmutz und alles Blut abgewaschen, und ihr Gesicht – das Gott sei Dank bis auf eine winzige Schramme an der Augenbraue unverletzt geblieben war – sah friedlich aus. Aber sie lächelte nicht mehr.

Lisette räusperte sich. »Ich war mit Harriet nach der Arbeit verabredet. Wir wollten uns vor dem Bahnhof treffen. Sie war zu früh da, gerade als der Bahnhof von einer deutschen Bombe getroffen wurde. Ich … Sie lebte noch, als ich sie fand.« Die Erinnerung war mit einem Schlag wieder da. Sie konnte sogar den starken metallischen Geruch von Harriets Blut riechen. Dabei wollte sie sich nicht daran erinnern, wie es war, als sie den Kopf der Verwundeten im Schoß gehalten hatte. Es hatte Monate gedauert, bis sie diese Erinnerung überwunden hatte, bis sie nicht mehr jede Nacht aufs Neue den Alptraum erlebte, hilflos mit ansehen zu müssen, wie ihre Freundin starb. Sie hatte gelernt, sich als Zuschauerin zu sehen, als reine Beobachterin des Todes, nicht als trauernde Freundin, deren Hände nass vom Blut waren und die Harriets letzte Worte hören musste.

»Sag Mum und Dad, es tut mir leid, Lissy.«

Lisette konnte sich an jede Nuance, an jedes Detail erinnern, in jenen Minuten, bevor die Freundin in ihren Armen schlaff wurde. Harriet hatte gesagt: »Sie wollten immer, dass ich früh genug zu Verabredungen komme, aber einmal in meinem Leben hätte ich nicht auf sie hören sollen. Dann müsste ich jetzt nicht sterben.«

Lisette hatte gelogen. »Du stirbst nicht, Hat, du bist nur verletzt. Wir müssen dich ins Krankenhaus bringen. Hörst du den Krankenwagen? Sie kommen schon, um dich abzuholen.«

»Dann geht es wenigstens einmal nur um mich«, sagte Harriet und streichelte mit ihrer blutigen Hand über Lisettes Kinn.

Das sagte sie ohne jede Bosheit. Sosehr Lisette sich auch dagegen wehrte, immer als die Hübschere, Intelligentere, Erfolgreichere bezeichnet zu werden, ihre Freundin ließ sich nicht davon abbringen. Es hatte dazu geführt, dass Lisette sich in Gesellschaft noch mehr zurückhielt als sonst, trotzdem suchten die Männer ihre Nähe und forderten sie auf, bevor sie mit Harriet tanzten.

Harriet blickte Lisette aus ihren hellblauen Augen an. »Du bist eine gute Lügnerin – das warst du schon immer.«

»Hör auf zu reden«, erwiderte sie ängstlich. Ihr Kleid war schon von Blut durchtränkt. Der Krankenwagen kam ganz sicher nicht wegen Harriet.

»Lenk mich ab, Lisette«, bat Harriet. »Du kannst so gut Geschichten erzählen.«

»Na gut. Komm, stell dir einen Weinberg in Frankreich vor.«

»Nein, ein Lavendelfeld. Wir wollten doch mal im Sommer zu den Lavendelfeldern fahren.«

»Ja, das stimmt. Kannst du den Lavendel riechen?«

»Ich versuche es.«

»Stell dir vor, du stehst bis zu den Knien im Lavendel. Was hörst du?«

»Vögel«, antwortete Harriet. »Das Summen von Bienen.«

»Gut. Das höre ich auch. Was riechst du?«

»Den Duft von Lavendel, wenn ich ihn zwischen meinen Fingern reibe.«

»Sprich weiter.«

»Sommer. Ich rieche trockene Erde.«

Lisette blickte auf, als endlich ein Sanitäter kam. Er beugte sich über Harriet und untersuchte sie. Dann schüttelte er traurig den Kopf.

»Es dauert nicht mehr lange«, flüsterte er.

Das war vielleicht der schlimmste Moment von allen gewesen – dass ein freundlicher Fremder bestätigte, Harriet würde nicht mehr lange leben. Die Freundin war eine weitere Person, die Lisette nicht beschützen und festhalten konnte. Wieder war sie allein und trauerte um einen geliebten Menschen.

Als Harriet die Augen schloss, bedeutete Lisette dem Sanitäter, er solle sich um ein anderes Opfer kümmern. Er sollte nicht dabei sein, wenn Harriet starb. Sie wollte nicht von ihm getröstet werden, wollte nichts hören, was ihren Schmerz lindern sollte. Diese Gesten waren alle so hohl und bedeutungslos – sie wusste, dass nichts half. Gar nichts! Nur mit der Zeit heilten die Wunden.

»Miss Forester?«, sagte Jepson.

»Entschuldigung.«

»Was empfinden Sie, wenn Sie an jenen Tag denken?«

Sie blickte ihn böse an. Wie sollte sie das denn in Worte fassen? »Wut, Mr Jepson. Bitterkeit. Es war eine Vergeudung von unschuldigem Leben. Aber das war der Verlust meiner Eltern auch. Ich bin mit diesen Gefühlen vertraut, habe gelernt, sie zu verbergen, weil niemand sonst von diesem Schmerz zu wissen braucht. Jeder trägt sein eigenes Bündel. Harriet war die Einzige, die bei dem Bombenangriff umkam.«

»Es könnte Sie in den Wahnsinn treiben, wenn Sie zu viel darüber nachdenken«, warnte Jepson.

»Genau. Deshalb tue ich es auch nicht. Ich ziehe es vor, nicht daran zu denken.«

»Ich habe ähnliche Sätze von Kriegsveteranen gehört. Es ist die einzige Möglichkeit, sich vor dem unablässigen Schmerz zu schützen.« Er fuhr fort: »Trotz allem, was Sie gesehen und erlebt haben, überrascht es mich, dass Sie immer noch den gleichen Weg gehen und sich nach wie vor mit Leuten an der Victoria Station verabreden …«

Lisette zuckte mit den Schultern. »Der Blitz schlägt nie zweimal an derselben Stelle ein.«

»Erregt Sie die potentielle Todesbedrohung?«, fragte er.

Darüber hatte sie noch nie nachgedacht. »Nein, das erregt mich nicht.«

»Aber Sie schrecken nicht vor der Möglichkeit zurück. Ist das Ihre Art, mit dem Unfall Ihrer Eltern und Harriets sinnlosem Tod umzugehen?«

»Das passiert auf beiden Seiten des Kanals, Captain Jepson. Deutsche, Franzosen, Polen, Russen ... sie alle sterben, alle jung, alle mit verlorenen Träumen. Es sind nicht nur die Briten.«

»In der Tat«, sagte er leise.

»Ich habe keine Angst vor dem Tod, wenn Sie das meinen.«

»Wovor haben Sie denn dann Angst, Lisette?«

»Davor, gewöhnlich zu sein«, erwiderte sie.

»Oh, ich kann Ihnen versichern, an Ihnen ist nichts Gewöhnliches.«

Sie senkte den Blick.

»Sie sind zwar nicht eitel, trotzdem würden die meisten Frauen einen Mord begehen, um so auszusehen wie Sie. Es mag sein, dass Sie das nicht gerne hören, Miss Forester, aber gutes Aussehen ist ein Pluspunkt. Man muss nur wissen, wie und wann man es einsetzt.«

»Das klingt sehr zynisch«, sagte sie.

»Warum? Sie haben eine Begabung für Sprachen, und Sie sind attraktiv. Das muss Ihnen doch nicht peinlich sein. In Kriegszeiten ist beides viel wert. Dennoch tun Sie alles, um Ihr gutes Aussehen zu verbergen.«

»Dies ist nicht die Zeit, um ...«

»Es ist sehr wohl die Zeit. Sie können tagtäglich von einer Bombe getroffen werden. Das Leben ist kurz. Die Menschen leben umso intensiver, als ihre Tage gezählt sein könnten. Nur Sie nicht. Sie arbeiten in Cafés, um Menschen zu bedienen, obwohl Sie eigentlich ein Leben in Reichtum führen könnten. Mit

Ihrem Aussehen und Ihrer Figur tragen Sie weite, unauffällige Kleider, die wenig Aufmerksamkeit auf Sie lenken. Und obwohl Sie sich ein sicheres Leben auf dem Land leisten könnten, leben Sie lieber an einem der gefährlichsten Orte der Welt … mitten in London, jener Stadt, der Hitlers ganzer Hass gilt.«

»Ich will kein Feigling sein.«

»Dazu besteht auch nicht die leiseste Chance.« Jepson seufzte. »Sie besitzen alle Eigenschaften, die ich mir für einen unserer Spezialagenten in Frankreich vorstelle.«

Lisette starrte ihn ungläubig an. Zurück nach Frankreich? Ihre Gedanken überschlugen sich. Konnte sie das? *Wollte* sie es überhaupt?

»Was Ihre Stärke angeht, mache ich mir überhaupt keine Sorgen«, sagte Jepson. »Denken Sie daran, wir haben Sie beobachtet. Wenn die Sirenen losgehen, reagieren Sie absolut ungerührt. Wir haben gesehen, wie Sie andere Menschen zu den Luftschutzbunkern geleitet haben, wie Sie unter Einsatz Ihres Lebens Mütter mit Kindern betreut haben. Sie kümmern sich um die Opfer, ohne mit der Wimper zu zucken. Und wenn Sie es wollen, können Sie sogar flirten, Miss Forester.«

»Wie bitte?«

»Oh ja. Unsere Leute waren dabei, als Sie nicht genug Geld im Portemonnaie hatten und den Schaffner im Bus überreden konnten, Sie für einen Kuss mitfahren zu lassen. Die anderen Fahrgäste haben applaudiert, als Sie ein paar Stationen später ausgestiegen sind und ihm einen Luftkuss zugeblasen haben. Sie sind kreativ und spontan, benehmen sich tadellos und beherrscht. Die Lehrer im Roedean erinnern sich an Sie als eine untadelige junge Dame. Sie haben Ihre Trauer mit großer Stärke getragen. Sie haben gesunden Menschenverstand und gehen Risiken ein. Das sind bewundernswerte Eigenschaften.«

Sie hatten sie wirklich gründlich beobachtet.

»Erzählen Sie mir von Miss Atkins.«

»Wie bitte?«

»Erzählen Sie mir, was Ihnen von der Frau, die Sie hier hereingeführt hat, im Gedächtnis geblieben ist.«

Lisette blickte stirnrunzelnd zu Boden. »Äh, sie ist recht groß. Hat sehr schöne Haare – dick und dunkel. Ihre Frisur passt zu ihrem Uniformhut.«

»Weiter.«

»Ihre Gesichtszüge sind gleichmäßig. Hohe Wangenknochen, gerade Nase, gerades Kinn, recht schmale Lippen, hübsch geformte Ohrläppchen. Tiefliegende Augen, aber ihr Blick ist direkt. Sie hat einen wundervollen Teint. Miss Atkins ist nüchtern und sachlich und gibt keine Informationen weiter, während ich geredet habe, um die Stille auszufüllen, als wir die Treppe hinaufgegangen sind. Ich würde ihr bestimmt vertrauen.«

Er grinste. »Ihre Intuition trügt Sie nicht – sie ist die zuverlässigste Person, die ich kenne. Ja, das trifft alles hundertprozentig auf Vera zu. Gut gemacht. Jetzt wird es etwas schwieriger. Erzählen Sie mir etwas über die Frau am Empfangstresen unten in der Lobby.«

Lisette blinzelte und überlegte. »Sehr dünn, allerdings nicht, weil sie nicht genug zu essen bekommt. Ich glaube, es gefällt ihr, so schlank zu sein.«

»Wie kommen Sie darauf?«

»Sie kann sich qualitativ hochwertige Kleidung leisten, was bedeutet, dass sie sich auch gutes Essen leisten könnte. Trotzdem fällt sie auf den ersten Blick durch ihre hagere Erscheinung auf und weniger durch ihre wunderschönen graugrünen Augen.«

»Weiter.«

»Äh, dunkle Haare, die an den Schläfen bereits grau werden, aber sie trägt ihr Alter mit Eleganz und Schick.«

»Wie alt ist sie?«

»Auf den ersten Blick könnte man sich von ihrer gepflegten Erscheinung täuschen lassen. Ich vermute, sie ist Mitte vierzig.«

»Schmuck?«

»Kleine Perlenohrringe, dazu passend eine Perlenkette. Kein Ehering, soweit ich mich erinnere, dafür an der rechten Hand ein Smaragd.« Sie dachte schon, mehr fiele ihr nicht ein, dann fügte sie hinzu: »Sie hat sich mir gegenüber merkwürdig benommen – irgendwie herablassend, doch es passte nicht zu ihr. Es kam mir aufgesetzt vor.«

»Bravo, Lisette. Bravo. Und das alles auf einen Blick. Es sind sogar weit mehr Informationen, als Sie bei Vera gesammelt haben.«

Lisette atmete aus. Sie war sich nicht ganz sicher, was da gerade genau auf die Probe gestellt worden war. »Ich habe nicht alles erwähnt, was mir bei Miss Atkins aufgefallen ist, aber beim zweiten Versuch wusste ich, worauf es Ihnen ankommt.«

»Sie machen das sehr gut.«

»Es freut mich, dass ich Ihren Test bestanden habe.«

»Mit Bravour. Wenn Sie einverstanden sind, werden wir Sie ausbilden. Wir versichern Ihnen, dass Sie nicht alleine sind, auch wenn Sie vielleicht manchmal das Gefühl haben werden. Ich kann nicht so tun, als ob das, was wir Ihnen anbieten, ungefährlich sei. Ihr Leben wird davon abhängen, dass Sie Ihren Alltag möglichst ruhig bewältigen. Sie haben zwar erklärt, mein Vorschlag mache Sie nervös, Miss Forester, aber ich glaube, in Wirklichkeit sind Sie erregt.«

»Ein Mann würde doch bestimmt besser …«

»Ich weiß, dass Sie das nicht wirklich glauben. Ehrlich gesagt sind Frauen verdammt gut in heimlichen Aktivitäten. Sie haben einen angeborenen Hang zu Listen. Und das meine ich mit allem Respekt. Frauen können mehrere Aufgaben gleichzeitig erledigen und dabei ruhig bleiben, Sie beobachten im Allgemeinen besser, sind weniger skrupellos, und allein die Tatsache, dass sie Frauen sind, weckt weniger Verdacht. Und Sie, Lisette, sind noch dazu so jung und so schön, dass Sie sowieso alle ablenken.« Er hob die Hand. »Sie brauchen gar nicht zusammenzuzucken. Das sind kostbare Attribute, die Sie voll ausspielen müssen – genauso wie bei dem Busschaffner. Ihr Aussehen könnte Ihnen – oder jemand anderem – das Leben retten. Es gehört ebenso zu Ihren Waffen wie Ihr hervorragendes Gedächtnis und Ihre Fähigkeit, Umstände auf einen Blick zu erfassen. Dass Sie gut allein sein können, ist ein weiteres Attribut, ebenso wie die Tatsache, dass Sie gern gefährlich leben. Ich könnte noch einiges mehr aufzählen …«

»Nicht nötig, Captain Jepson. Dann soll ich also Spionin in Frankreich werden?«

»Im Wesentlichen ja. Wie Ihre eigentliche Rolle aussehen wird, kann ich Ihnen jetzt noch nicht sagen, das werden wir entscheiden, wenn Sie Ihre Ausbildung abgeschlossen haben.«

»In Ordnung.«

Er streckte die Hand aus. »Ist das ein Ja, Miss *Forestier*?«, fragte er auf Französisch.

Lisette lächelte. *»Oui, monsieur. Absolument!«*

8

Lisette erhielt die Anweisung, zu ihrer Arbeit zurückzukehren. In der Zwischenzeit werde die Abteilung für Sonderoperationen des Kriegsministeriums, das SOE, dafür sorgen, dass sie acht Wochen freibekam, damit sie ausgebildet werden konnte. Anschließend falle die Entscheidung, ob sie »das Zeug« dazu habe, als Agentin nach Frankreich geschickt zu werden.

Daher machte sie sich am nächsten Morgen wieder auf den Weg zur Arbeit im Café. Als um fünf vor halb neun die Sirenen heulten, suchte sie mit Dutzenden von anderen Menschen Zuflucht in der nächsten U-Bahn-Station. Dadurch kam sie zu spät zur Arbeit, und während die Gäste schon durch die Drehtüren strömten, banden sich die Kellnerinnen noch die Schürzen um.

Miss Mappleton kam auf sie zu. »Ah, da sind Sie ja, Lisette. Haben Sie sich mit diesem Gentleman, Mr Collins, getroffen?«

»Ja, Miss Mappleton.«

»Und?«

Captain Jepson wollte sicher nicht, dass sie mehr als nötig von dem Treffen preisgab. »Mr Collins glaubt, meine sprachlichen Fähigkeiten könnten besser eingesetzt werden als bisher. Natürlich habe ich ihm gesagt, dass ich meinen Job im Lyons liebe«, erwiderte sie vorsichtig.

»Mr Collins hat mir zwar gesagt, er sei vom Kriegsministerium, aber ich fand ihn nicht besonders mitteilsam.«

Lisette schwieg, obwohl ihre Chefin sie fragend ansah.

Miss Mappleton presste die Lippen zusammen. »Darf ich daraus schließen, dass Sie uns bald verlassen?«

»Zunächst muss ich ein Training durchlaufen – wahrscheinlich werde ich als Sekretärin eingesetzt, da es zu wenige Angestellte gibt, die andere Sprachen sprechen.« Lisette versuchte, eingeschüchtert zu klingen, obwohl sie sich nicht so fühlte.

»Mr Collins hat gesagt, er würde mich wieder kontaktieren. Machen Sie weiter.« Miss Mappleton wedelte mit der Hand.

Lisettes erster Gast des Tages war Jack, der attraktive Pilot. Er hatte herausgefunden, an welchen Tischen sie normalerweise bediente, und hatte sich an einen davon gesetzt. Er sah blendend aus in seiner Uniform, die welligen Haare noch feucht und sorgfältig gekämmt. Sie hatten die Farbe des dunklen Sandes am Strand von Brighton, wo der Kies endete und die Wellen an die Küste schäumten. Seine Augen waren blau wie das Meer an einem sonnigen Tag. Lisette konnte beinahe das Salz riechen, wenn sie in seine lächelnden Augen blickte, die wie die Sonne funkelten.

»Guten Morgen, Sir.«

»Sie erinnern sich doch an mich, Lisette, nicht wahr?«, fragte er und blickte auf ihr Namensschildchen.

»Wie geht es Ihnen?«

»Ausgezeichnet, danke. Ich wurde letzte Nacht nicht abgeschossen, daher bin ich jetzt hier und schaue Sie an. Kann der Tag perfekter sein?«

Lisette lächelte ihn an. »Was kann ich Ihnen heute bringen, Sir?«

»Oh, würden Sie mich bitte Jack nennen? Dieser französische Akzent ist großartig. Ich liebe es, wenn Sie meinen Namen aussprechen.«

»Das dürfen wir nicht«, sagte sie und blickte zu Miss Mappleton, die einen eingebauten Radar für Kellnerinnen besaß, die mit den Gästen flirteten.

»Selbstverständlich. Ich muss in meinem Leben auch Regeln beachten. Also, Lisette, ich hätte gerne eine Kanne Tee und ein Stück Kuchen. Welchen können Sie mir denn empfehlen?«

Sie wusste, dass er das absichtlich machte, um sie noch länger am Tisch festzuhalten, doch sie tat ihm den Gefallen und spielte mit. »Ich glaube, die Victoria-Torte kommt frisch aus dem Eisfach. Wir haben zwar keine Sahne, aber Erdbeermarmelade und Buttercreme schmecken hervorragend. Vielleicht reicht Ihnen ein Stück nicht.«

Er grinste. »Dann nehme ich gleich ein Viertel davon.«

»Kann ich sonst noch etwas für Sie tun, Sir?«

»Das können Sie.« Er beugte sich vor. »Darf ich Sie heute Abend ausführen?«

Sie richtete sich auf und blickte zu Miss Mappleton. »Ich, äh, nein. Das geht nicht. Tut mir leid.«

»Sind Sie mit jemand anders zusammen?«, fragte er niedergeschlagen.

»Nein.«

»Dann gehen Sie mit mir tanzen, bitte. Ich will sehen, wie Ihre schönen Haare auf Ihre Schultern fallen. Sagen Sie bitte ja. Morgen Abend bin ich wieder im Einsatz.«

»Sie haben mich jetzt dreimal gefragt. Werden Sie es nicht leid, immer abgewiesen zu werden?« Ihre Stimme klang nicht unfreundlich.

»Nein«, erwiderte er lachend. »Niemals, Lisette. Ich stelle Ihnen einfach immer wieder die gleiche Frage. Ich habe mich bestimmt verliebt. Merken Sie das nicht?«

»Sie kennen mich doch gar nicht.«

»Spielt das eine Rolle? Morgen können wir alle tot sein.« Er schaute sie betrübt an. »Es tut mir leid, ich bereite Ihnen Unbehagen. Lassen Sie uns ausgehen. Machen Sie einen überglücklichen Piloten aus mir.« Er blickte über ihre Schulter. »Ah, vom

Wasserkessel gerettet. Sie sollten jetzt besser die Tasse Tee holen, denn da kommt Ihre Chefin.«

Als Lisette ein paar Minuten später mit dem Tee und dem Kuchen zurückkam, stellte sie fest, dass sich die Stimmung des Piloten geändert hatte. Trübe, mit zusammengesunkenen Schultern saß er am Tisch. Er wirkte ganz verloren. Er hat recht, dachte sie, als sie näher kam. Was haben wir schon zu verlieren in diesen seltsamen Zeiten?

»Man hat mir versichert, der Kuchen sei köstlich«, sagte sie lächelnd.

»Danke«, erwiderte er.

»Es tut mir leid, wenn ich Ihnen unhöflich vorkomme«, begann sie.

»Nein … Sie brauchen sich nicht zu entschuldigen. Ich habe mich schlecht benommen. Ich verspreche, Sie nicht mehr zu belästigen.«

»Das ist aber schade. Ich wollte Ihnen gerade sagen, dass ich Ihre Einladung heute Abend nicht annehmen kann, später in der Woche sage ich jedoch gerne ja.«

Überrascht öffnete er den Mund. »Wirklich?«

Sie lachte. »Ja, *bien sûr*«, sagte sie mit ihrem stärksten Akzent.

Er grinste. »Sie machen einen glücklichen Mann aus mir. Am Donnerstag also?«

»*À bientôt,* Jack«, sagte sie, und er legte eine Hand auf sein Herz. Überrascht stellte sie fest, dass sich auch ihr Herz auf einmal ganz leicht fühlte. Wie lange war es her, seit sie zum letzten Mal geküsst worden war? Viel zu lange.

Am nächsten Tag stattete Mr Collins dem Lyons Corner House einen Besuch ab, und kurz darauf wurde Lisette in Miss Mappletons Büro gerufen. Sie erfuhr, dass am Freitag ihr letzter Tag im Lyons sein würde, anschließend sollte sie acht Wochen beim SOE ausgebildet werden, zu Anfang in Surrey. Sie sollte nur leichtes Gepäck mitnehmen, wenn sie am Samstagmorgen um neun Uhr ein Fahrer in ihrer Wohnung abholte.

Die Woche zog sich, und ihre Erregung wuchs, wobei auch die Tatsache eine Rolle spielte, dass sie am Donnerstagabend mit dem Piloten tanzen ging. Schon am Mittwoch packte sie ihre kleine Reisetasche und stellte sie neben die Tür. Die Arbeit ging in der Zwischenzeit weiter wie immer, obwohl das neue Leben sie erwartete.

Auch am Donnerstagmorgen ging Lisette zur Arbeit. Sie zog ihre Uniform an und hängte das gute Kleid, das sie für den Abend bereits trug, sorgfältig in ihren Spind. Sie hatte sogar überlegt, ob sie hochhackige Schuhe mitnehmen sollte, aber es war einfach zu viel zu tragen, und dem Piloten würde sie sicher auch in flachen Schuhen gefallen. Es kam ihr passend vor, dass sie gerade heute Abend mit Jack ausging, fast wie eine Feier, bevor sie in ihr neues Leben aufbrach. Sie hatte nicht die Absicht, beim Training zu versagen und sich als ungeeignet für die Agentenlaufbahn zu erweisen.

Als die Türen geöffnet und die Kuchen in die Vitrinen gestellt wurden, betrat sie das Lokal. In London war es an diesem Morgen zum Glück still, ohne den gefürchteten Lärm der Sirenen.

Jack war nicht unter den ersten Gästen, aber sie hatte so viel zu tun, dass ihr seine Abwesenheit gar nicht auffiel. Sie lächelte, als sie kurz nach elf eine blaue Uniform erblickte, aber dann merkte sie, dass es nicht Jack, sondern ein anderer Mann war, der sie aufmerksam beobachtete. Sie trat an seinen Tisch.

»Hallo«, sagte sie. »Sie sind ein Freund von Jack, nicht wahr? Ich erkenne Sie.«

Er nickte und lächelte verhalten. »Ja, das stimmt. Ich bin Flight Lieutenant Andrew Phelps«, sagte er und streckte die Hand aus. »Jack hat so viel von Ihnen erzählt, dass ich beinahe das Gefühl habe, Sie zu kennen.«

Lisette schüttelte den Kopf. »Er kennt mich kaum«, sagte sie hastig und spürte, wie ihr die Röte in die Wangen stieg.

»Er war in Sie verliebt«, sagte Phelps, dann verzog er das Gesicht. »Entschuldigung. Verzeihen Sie mir, dass ich das gesagt habe.«

Lisette wusste nicht, was sie erwidern sollte – der Mann wirkte so unglücklich. »Kann ich Ihnen einen Tee bringen?«

»Äh, nein, danke.« Er leckte sich über die Lippen. »Ich wollte Ihnen nur etwas mitteilen.«

Sie wartete. »Meinen Sie, weil Jack und ich heute Abend ausgehen wollen? Es ist in Ordnung, wenn er nicht …«

»Es fällt mir nicht leicht, das zu sagen. Jack wurde gestern über Deutschland abgeschossen.«

Abgeschossen. Sie schluckte. »Ist er heil davongekommen?« War das überhaupt der richtige Ausdruck? Sie stellte ihn sich schon als Kriegsgefangenen in Deutschland vor. Es hätte schlimmer kommen können.

Phelps schüttelte den Kopf. »Es war ein großer Angriff, mehr als sechzig Bomber. Jack und ich sind Zielbeleuchter. Wir fliegen ein Stück vor den Lancasters und erhellen die Ziele mit Leuchtgeschossen. Sie haben das wahrscheinlich schon einmal in der Wochenschau gesehen.«

»Ja«, erwiderte sie. In Gedanken war sie bei dem jungen Mann mit dem sonnigen Lächeln und den meerblauen Augen. »Ihr seid alle so tapfer«, fügte sie leise hinzu.

»Es gab viel Flak. Seine Mosquito hat einen Treffer abbekommen. Ich sah, wie sie in Flammen aufging und vom Himmel stürzte. Fallschirme habe ich keine gesehen. Jack hatte keine Chance.«

Lisette keuchte. Ihr wurden die Knie weich, und sie blieb nur mit Mühe stehen. In ihren Ohren rauschte es. Die Empfindungen waren ihr vertraut, sie hatte solche Nachrichten schon öfter bekommen.

»Er war ein guter Mann … der beste«, fuhr der Flight Lieutenant fort und lächelte traurig. »In diesen Zeiten ist es sehr gefährlich, sich mit jemandem anzufreunden.«

Aus irgendeinem unerklärlichen Grund kam Lisette Captain Jepson in den Sinn, und ihr fiel ein, dass das SOE nicht nur an ihren sprachlichen Fähigkeiten interessiert war, sondern sie vor allem deshalb ausgewählt hatte, weil sie stets Ruhe bewahrte und praktisch dachte. Sie holte tief Luft. »Das tut mir sehr leid für Sie.«

Er nickte, dann stand er abrupt auf. »Ich wollte, dass Sie es wissen. Er hat seit Tagen von heute Abend geredet, und von Ihnen spricht er seit Wochen … Ich wollte nicht, dass Sie schlecht von ihm denken.«

»Das würde ich auf keinen Fall, Andrew. Ich kannte noch nicht einmal seinen vollen Namen.«

»Flight Lieutenant Jack Caddy. Er fehlt uns allen.« Er zuckte mit den Schultern. »Auf Wiedersehen.«

»Danke, dass Sie gekommen sind«, erwiderte Lisette und riss sich zusammen. »Passen Sie auf sich auf.« So leere Worte, sie hasste sich dafür, dass sie so etwas sagte.

Ihr Herz verhärtete sich, als sie Jack zu der Liste ihrer Opfer hinzufügte. Noch einer mehr, der sterben musste, weil er sie geliebt hatte. Lisette verließ den Verkaufsraum und murmelte, sie fühle sich nicht gut. Sie zog ihre Schürze und ihre Uniform aus, hängte beides an den Haken und legte ihre Alltagskleidung wieder an. Miss Mappleton würde nach ihr suchen, aber das war ihr egal.

Auf einmal bedauerte sie zutiefst, Jacks Einladung nicht schon früher angenommen zu haben. Jetzt war er tot. Wut stieg in ihr auf. Jeder, den sie in ihr Leben ließ, wurde ihr genommen. Egal, sie würde sich von nun an mit aller Kraft ihrer neuen Rolle widmen. Sie würde ihren Teil dazu beitragen, um den Feind zu bekämpfen, der ihrer Generation das Leben nahm.

Lisette Forester verließ das Lyons Corner House durch die Hintertür. Als sie den Trafalgar Square überquerte, sah sie Phelps, der alleine dastand und die Tauben fütterte, die in großen Scharen um ihn herumflatterten. Wahrscheinlich war er schon morgen wieder im Einsatz. Mit diesem Gedanken eilte sie weiter. Hoffentlich hatte er sie nicht gesehen.

Sie ließ das Lyons Corner House hinter sich und wusste, sie würde nie mehr zurückkehren. Ein neuer und einsamerer Weg lag vor ihr, und sie eilte darauf zu.

9

Lisettes Leben wurde völlig auf den Kopf gestellt. An einem Tag war sie noch eine Kellnerin mit gestärkter Schürze, am nächsten war sie schon Mitglied der Women's Auxiliary Air Force, trug schwarze Schnürschuhe, graue Strümpfe, einen blaugrauen Rock und dazu passend eine Tunika mit Gürtel sowie eine hohe Kappe. Man hatte sie mit einem Mantel, Unterwäsche und der obligatorischen Gasmaske ausgestattet. Captain Jepson hatte sie hinter sich gelassen, um eine Reihe von Landhäusern zu durchlaufen, wo sie sich mit großem Eifer ihrer Ausbildung unterzogen hatte. Als Beweis dienten eine beeindruckende Sammlung blauer Flecken und ein leicht verstauchter Knöchel.

Alles begann in Wanborough Manor in der Nähe von Guildford, einem prachtvollen, weitläufigen alten Landhaus, das auf elisabethanische Zeiten zurückging. Hier wurden die potentiellen Spione auf Herz und Nieren geprüft und für die nächsten Phasen ihrer Ausbildung vorbereitet. Es waren alle Altersstufen vertreten, von Zwanzigjährigen bis hin zu Leuten mittleren Alters, mit jedem nur erdenklichen Hintergrund. Die meisten waren Zivilisten, weil das SOE der Ansicht war, dass es dem Spion ein wenig Schutz bot, Zivilist zu sein, sollte er gefasst werden. Durch diese Türen waren sie alle gegangen, vom Busfahrer bis hin zum Strafverteidiger. Es war sogar einmal ein Akrobat unter ihnen gewesen! Männer und Frauen trainierten hier Seite an Seite.

In Wanborough wurde ausschließlich Französisch gesprochen. Für Lisette spielte das keine Rolle, aber sie war beeindruckt, wie gut die anderen ihre Sprache sprachen. Sie merkte jedoch, aus welcher Region deren jeweilige Lehrer stammten, und korrigierte kleinere Fehler im Gespräch.

Es herrschte keine übermäßig strenge Disziplin. Vielmehr wurde Wert auf ausgeprägte soziale Interaktion gelegt, und zwar aus gutem Grund. Den Auszubildenden wurde empfohlen, sich zu entspannen, und um ihre Entschlusskraft zu testen, bekamen sie sogar Alkohol angeboten. Die härteren Lektionen folgten erst später, wenn die Ausbilder wussten, ob die Rekruten über ideale Eigenschaften verfügten. Körperliches Training wurde ihnen dennoch nicht völlig erspart. Lisette gehörte zwar nicht zu den Besten, aber sicher auch nicht zu den Schwächsten in Wanborough, und sie war einigermaßen überrascht von ihrer Kondition.

Nur zu gerne hätte Lisette einen ganzen Monat in Wanborough verbracht, aber der Krieg wartete nicht. Nach zehn Tagen war sie auf dem Weg an die schöne Westküste Schottlands. Die zerklüftete Landschaft war der ideale Ort für generalstabsmäßige Unterweisung. Sie stellte fest, dass an dieser Einheit weniger Rekruten teilnahmen, und freute sich, dass sie für die härtesten körperlichen Anstrengungen ausgesucht worden war. Sie lernte, Klippen hochzuklettern, stundenlang in unwegsamem Gelände zu laufen, bis ihre Beine vor Erschöpfung brannten, wie man sich geräuschlos durch den Wald bewegt und sogar, wie man Wild erlegt. Sie wollte sich mit niemandem anfreunden, weil sie wusste, dass sie später an unterschiedlichen Orten eingesetzt werden würden. Allerdings war es schwer, sich als eine von fünfen abseits zu halten. Die Kameradschaft in ihrem Quintett war ausgeprägt, was bei den anstrengendsten Prüfungen jeden zum Weitermachen animierte.

Das Training war körperlich und geistig erschöpfend, aber es ging in erster Linie ums Überleben. Immer wieder forderten die

Ausbilder die Gruppe bis an ihre Grenzen – und gelegentlich auch darüber hinaus. Lisette ertrug alles, obwohl es manchmal verlockend gewesen wäre, einfach weinend zusammenzubrechen.

Das Einzige, was Lisette keinen Spaß machte, waren Töten und Angriffstaktik. Ihr Ausbilder – ein unermüdlicher Schotte, der niemals lächelte und seine Rekruten gerne anbrüllte – sagte ihnen nie seinen Namen. »Nennt mich Sir«, schlug er vor. An diesem Ausbildungsteil scheiterte Lisette. Sie musste beweisen, dass sie einen Nazi-Posten – in Wirklichkeit ein anderer Rekrut – leise mit ihrem Kampfmesser mit Doppelklinge töten konnte. Da sie sehr zierlich war, war sie schlicht nicht groß genug, um ihm effektiv die Kehle durchzuschneiden.

»Ich komme nicht dran!«, stöhnte sie, nachdem der Posten sie zum x-ten Mal wie eine lästige Fliege abgewehrt hatte.

»Was glauben Sie, wird der Jerry tun, wenn Sie herumblöken wie ein verirrtes Lämmchen? Ganz einfach: Er wird Ihnen die Kehle durchschneiden, Forester!« Der Sir untermalte seine Worte mit einer Geste. »Schlimmer noch, er wird Ihr Klappergestell zur Gestapo oder gar zu diesen reizenden Kerlen bei der SS zur Nazifolter schleppen. Die Kerle dort sind ziemlich kreativ, wissen Sie. Ich habe gehört, mit Spioninnen machen sie besonders gern …«

»Sir!«, sagte einer der anderen. Sein Name war Paul. Lisette hatte nicht viel mit ihm zu tun, aber es ging das Gerücht, er habe bisher in einer Bank gearbeitet.

»Was ist, Lucas?«

»Sie sollten nicht so mit ihr reden«, sagte Paul und putzte seine Brillengläser, die vom Nebel beschlagen waren.

»Ich rede mit ihr, wie es mir passt«, sagte der Sir und stach mit dem Finger Millimeter vor Pauls Brust in die Luft.

Lisette war schon aufgefallen, dass der Sir niemals einen von ihnen berührte, es sei denn, er zog sie über eine Klippe hoch oder korrigierte ihre Armstellung, wenn sie eine Waffe hielten. Ansonsten verließ er sich auf die Schärfe seiner Zunge. Sie war seine beste Waffe.

»Paul!«, sagte Lisette und warf ihm einen ärgerlichen Blick zu. »Lass das.« Dann wandte sie sich an ihren Peiniger. »Sir, ich kann es.«

»Das werden Sie auch müssen, Forester, sonst gehen Sie nämlich nirgendwohin. Töten Sie diesen Mann jetzt, oder nicht?«

»Ja, Sir.«

»Aber leise, Forester«, warnte er sie.

Auf sein Zeichen begab sie sich wieder zu ihrem Versteck hinter dem Baum, von wo aus sie angreifen sollte.

Der Sir hatte ihnen eine Methode beigebracht, die absolut narrensicher war, wie er gerne betonte. Bei diesem letzten Versuch beschloss Lisette jedoch, es auf eine andere Art zu probieren. Statt sich anzuschleichen, rannte sie auf den Wachtposten zu, sprang ihm auf den Rücken, hielt ihm den Mund zu und schnitt ihm die Kehle durch. Natürlich musste das alles in Bruchteilen von Sekunden geschehen und so fließend, dass der Posten kaum etwas davon mitbekam. Der Sir lachte über den Wachtposten, der jetzt nicht mehr grinste, sondern sich den Hals rieb.

»In Ordnung, Forester. Das war zwar chaotisch, aber schnell, das muss ich Ihnen lassen.«

»Sie haben doch gesagt, wir sollen kreativ sein, Sir.«

»Ja«, erwiderte er und nickte.

»Habe ich bestanden?«

Er sagte nichts, aber die Männer in der Gruppe zwinkerten ihr zu. Ihre Geschlechtsgenossin unter den Auszubildenden – eine große Bäuerin – klopfte ihr auf den Rücken und flüsterte: »Gut gemacht.«

So ging es immer weiter. Stunden um Stunden übten sie, den Feind zu töten. Am Ende der ersten Woche war Lisette insgeheim unglücklich, dass sie jetzt unzählige Methoden beherrschte, um zu töten, sowohl mit bloßen Händen als auch mit einer Vielzahl von Waffen. Mit Sprengstoff konnte sie besonders gut umgehen, allerdings hoffte sie, niemals etwas in die Luft sprengen zu müssen. Dabei konnte sie sich das schwarze Ausrufezeichen hinter ihrem Namen wegen eines solchen Kommentars lebhaft vorstellen.

Eine weitere Woche lang lernten sie bei schönstem Wetter in Thame Park in Oxfordshire, Signale zu geben. Lisette saugte die Unmengen von Informationen wie ein Schwamm auf. Für sie war die Unterbrechung der körperlichen Aktivitäten eine Erleichterung, die größte Herausforderung stand ihr jedoch noch bevor, die Fallschirmausbildung. Lisette sollte es als Erste lernen. Mittlerweile hatte sie das Gefühl, dass sie ungewöhnlich schnell durch die Trainingseinheiten getrieben wurde. Hatten sie etwa schon einen Auftrag für sie im Sinn?

Die Fallschirmausbildung fand in Dunham House in Cheshire statt. Hier gab es alle Arten von Geräten, an denen Rekruten üben mussten, damit sie in der Nacht aus einem Flugzeug aussteigen und unter jeder Wetterbedingung sicher landen konnten. Ein alter Flugzeugrumpf stand ebenso zur Verfügung wie Seile und Schaukeln, die beim Erlernen der korrekten Technik halfen. Lisette spürte, dass einer der Ausbilder nicht an ihre Fähigkeiten glaubte. Das spornte sie nur noch mehr an. Ihr Enthusiasmus und ihre Entschlossenheit brachten ihr einen verstauchten Knöchel ein, aber obwohl sie vor Schmerzen das Gesicht verzog, ließ sie sich nicht anmerken, wie weh es wirklich tat. Sie bandagierte ihr Bein, sprang noch dreimal aus dem Übungsflugzeug und machte schließlich einen letzten Sprung bei Nacht aus einem Ballon.

Als sie in der Dunkelheit wie ein Stein vom Himmel fiel und darauf wartete, dass ihr Fallschirm aufging, hatte Lisette das Gefühl, ihren Eltern nahe zu sein. Sie konnte beinahe hören, wie ihr Vater sie auf Deutsch ermutigte. Er hatte ein sanftes Wesen gehabt, Kunst, Geschichte und Sprachen geliebt. Ihre elfenhaft schöne, in Paris geborene Mutter hatte er geradezu angebetet und so gar nicht in das Klischee des lärmenden, naturverbundenen, Bier trinkenden Deutschen gepasst.

Maximilian war der Sensible in dieser Ehe gewesen, während Sylvie gerne gelacht hatte. Ihre Lebenslust hatte sich auf den stillen Vater übertragen. Es war Sylvie gewesen, die am Steuer gesessen hatte, als sie starben. Ihre Eltern waren ausgegangen, vielleicht hatten sie auch ein bisschen zu viel Champagner getrunken, da sie sich von ihrem geliebten Frankreich verabschieden mussten, aber Lisette war froh, dass sie zusammen gestorben waren. Der eine wäre ohne den anderen völlig hilflos gewesen. Ihre Eltern hatten sich geliebt – wirklich geliebt –, und sie war tieftraurig, ihnen nie mehr zuschauen zu können, wie sie lachten, sich neckten und einander berührten mit diesen verstohlenen Zeichen der Zuneigung: ein leises Lächeln, eine Hand auf einer Schulter, die Art, wie ihr Vater ihre Mutter von hinten umarmte, wenn Sylvie kochte. Es fehlte Lisette, dass sie nicht mehr von der Liebe ihrer Eltern eingehüllt wurde.

Lisette wurde für eine zusätzliche Nachtlandeübung ausgewählt, während die anderen alles Wissenswerte über Funkkontakt und Kurierdienste lernten. Die Vielzahl der Aktivitäten ging unvermindert weiter, wobei am wichtigsten persönliche Sicherheit und unauffälliges Leben waren. In einer Woche lernte sie, wie man auch in einer belebten Gegend mit neugierigen Mitmenschen unbemerkt verschwinden konnte. Alles wurde diskutiert und geprobt – wie sie sprechen und sich anziehen musste oder wie sie einkaufen sollte. Dahinter stand die Idee, sich möglichst schnell und nahtlos zu integrieren, indem sie sich so normal wie möglich verhielt.

Lisette hatte bereits wertvolle Erfahrungen darin gesammelt, einfach, still und alleine zu leben. Sie hatte einen beachtlichen Teil des Geldes ihrer Eltern in Frankreich gelassen, und ihre Anwälte in England hatten das Haus ihrer Eltern verkauft und verwahrten die Einnahmen für sie. Das Geld in Frankreich war unter ihrem Geburtsnamen Lisette Förster auf einem ähnlichen Konto angelegt. Auch davon hatte sie bisher keinen Centime angerührt.

Trotz all dieser Privilegien würde das Alltagsleben in Frankreich eine Herausforderung darstellen. Es war eine Sache, Französin zu sein, wie eine Französin zu klingen und sich sogar so zu benehmen, aber es war etwas ganz anderes, nicht als Eindringling entdeckt zu werden, vor allem in einem Land, in dem es von Informanten, Kollaborateuren und angsterfüllten Menschen nur so wimmelte. Zwar war es erst sieben Jahre her, seit Lisette Frankreich verlassen hatte, doch das waren prägende Jahre für sie gewesen, in denen sie sich an das englische Schulsystem gewöhnen musste. Als Französin hatte sie sich klaglos einfügen müssen, vor allem hatte sie gelernt, sich nicht über das fade Essen oder das prüde Verhalten der Briten zu beschweren.

Im Speisesaal von Dunham Hall blickte Lisette auf ihren Frühstücksteller und lächelte über die zwei Scheiben Toast, die dünn mit schwarzem, klebrigem Marmite bestrichen waren. Als sie das schwarze Glas mit dem leuchtend gelben Deckel zum ersten Mal gesehen hatte, hatte sie nicht gewusst, was sie damit anfangen sollte. Die anderen Mädchen in ihrem Internat hatten sich über ihre Verwirrung amüsiert.

»Es ist köstlich. Probier es ruhig mal«, hatte ihre beste Freundin vorgeschlagen.

Lisette strich die Masse auf eine Scheibe Toast, bis jemand schrie: »Nicht so dick!«

Es sah schrecklich aus, und es schmeckte Lisette überhaupt nicht. »Igitt!«, sagte sie und zuckte zusammen.

»Du wirst dich schon noch daran gewöhnen.«

Das hatte sie auch. Sie hatte sich ihre Vorliebe für süßes Brot und Marmelade zum Frühstück mit einer großen Schale Milchkaffee abgewöhnt und gelernt, Porridge zu essen, Tee zu trinken und so lange Marmite zu essen, bis sie sich an den Geschmack gewöhnt hatte und aufrichtig sagen konnte, dass sie ihn gern mochte.

Jetzt musste sie alles wieder umkehren. Sie durfte noch nicht einmal mehr an Marmite denken … und vor allem nicht an Tee. Sie musste wieder wie eine Französin denken.

Schließlich war Lisette bereit, den wichtigsten Aspekt ihres Trainings – Sicherheit – abzuschließen. Sie wurde auf eine fiktive Mission geschickt, bei der sie ihre Bereitschaft, ins Feld zu gehen, unter Beweis stellen musste. Lisettes erste Aufgabe war, einen Weg von unter 240 Kilometern von Lincoln nach London zu finden, ohne öffentliche Verkehrsmittel zu benutzen. In London bestand ihre zweite Aufgabe darin, eine falsche Bombe in drei vorgegebenen Bahnhöfen zu deponieren, die, wenn sie echt wäre, den Schienenverkehr ausschalten könnte.

Nach London zu gelangen, war leicht. Lisette fuhr einfach per Anhalter, unter anderem in einem Lastwagen voller Soldaten auf dem Weg zum Fronteinsatz. Die Männer setzten sie in Twickenham ab, einem Vorort von London. Hier kaufte sie einem Jugendlichen sein Fahrrad ab, wobei sie ihm deutlich mehr bezahlte, als nötig gewesen wäre. Damit fuhr sie die vierzehn Kilometer bis in die Innenstadt von London. Ihr Gepäck bestand aus einem kleinen Rucksack.

Lisette sollte sich ein Zimmer in einem Hotel nehmen, also

suchte sie sich ein Hotel aus, das nicht so billig war, dass sie auffiel, aber auch nicht so prunkvoll, dass sie Aufmerksamkeit erregt hätte. Sie entschied sich für die Victoria Station als Ziel, weil sie sich dort gut auskannte, deshalb war der ideale Ort zum Wohnen für sie das Imperial Guesthouse gleich nebenan. Dort stiegen vor allem Reisende ab, wenn sie mit einem frühen Zug fahren mussten oder abends spät ankamen. Viele unterschiedliche Gäste waren schon durch die Drehtüren gekommen, daher würde dem müden Portier eine allein reisende Frau bestimmt nicht auffallen.

Lisette sollte als Sarah Baudrier auftreten, eine Schriftstellerin, die Interviews mit Londonern führte, um eine Serie für die BBC zu schreiben. Harriet hatte für die BBC gearbeitet, und Lisette besaß immer noch ihren alten BBC-Ausweis. Sie hatte ihn geschickt retuschiert, bis er aussah wie ihrer, und sie hoffte, er möge ihr ein bisschen mehr Freiheit in der gut bewachten Victoria Station geben. Als sie den Vorplatz des Bahnhofs betrat, kam Lisette jedoch auf einmal eine ganz neue Idee. Sie hatte neben der Telefonzelle gestanden – als ob sie auf jemanden wartete –, sich umgeschaut und die praktischen Aspekte ihre Plans bedacht, als sie zufällig das Gespräch eines Bahnhofsangestellten mit dem Zeitungsverkäufer mitbekam. Anscheinend gab es erhebliche Verspätungen sowohl bei der Abfahrt als auch bei der Ankunft der Züge.

»Liegt so viel Laub auf den Gleisen, was?«, hatte der Zeitungsverkäufer scherzhaft gesagt, als er dem Angestellten eine Zeitung gereicht hatte.

»Wenn es nur das wäre«, erwiderte der Bahnhofsangestellte. »Nein, in Clapham Junction ist die gesamte Signalanlage ausgefallen. Und ehe sie nicht repariert ist, geht nichts weiter.«

Während der Mann in Uniform seine Zeitung unter den Arm schob, die Asche von seiner Zigarette schnippte und sich zum

Gehen wandte, nahm ihr neuer Plan Formen an. Warum sollte sie sich mit einem einzelnen Gleis zufriedengeben? Wenn sie ihre Bombe in die Signalbox von Clapham Junction legte, konnte sie theoretisch den gesamten Zugverkehr aus allen Himmelsrichtungen zum Erliegen bringen. Damit war das Chaos garantiert.

Die Idee prickelte wie Champagner in ihrem Kopf, und ihr wurde schwindlig vor Erregung. Es lag auf der Hand, und dennoch hatte sie sich bisher so streng auf den Wortlaut des Befehls konzentriert – *Wähle einen von drei Bahnhöfen* –, dass sie nicht groß genug gedacht hatte. Hatten die Ausbilder ihr das während des Trainings mit Sprengstoffen nicht immer wieder gesagt? Denk groß! Sei kreativ! Sieh über das Offensichtliche hinaus!

Sie hatte gelernt, dass Agenten stets Wege suchen sollten, um die Wirkung ihrer Sprengsätze zu maximieren. Es muss sich lohnen! Die Aktion soll die Abläufe nicht nur unterbrechen, sondern paralysieren! Diese Sätze waren ihr eingetrichtert worden, während sie den Umgang mit Zündschnüren und den neuen Plastiksprengstoffen übte.

Der Plan begann konkreter zu werden. Sie konnte ja so tun, als wäre sie eine Angestellte der British Rail. Dazu brauchte sie noch nicht einmal eine Uniform. Schließlich konnte sie eine Spezialistin von außen sein. Nur wofür? Lisette kaufte sich einen kleinen Kuchen bei einem Café in der Nähe und ging damit in den Bahnhof. So weit sie konnte, schlenderte sie einen der Bahnsteige entlang und setzte sich dort auf eine Bank, während sie über ihren neuen Angriffsplan nachdachte. Über ihr auf den eisernen Dachstreben gurrten Tauben, und ihr Flattern mahnte sie daran, dass kostbare Zeit verstrich. Sie hatten ihr drei Tage gegeben, um die Aufgabe durchzuführen. Inzwischen war Tag zwei, und es war schon nach elf.

Die ersten drei Gleise des Bahnhofs waren leer, und als der

Himmel aufriss, fielen Sonnenstrahlen darauf. Unwillkürlich musste Lisette lächeln. Wenn die Sonne schien, hatten die Engländer gleich bessere Laune. Sie redeten viel über das Wetter, sehnten sich immerzu nach dem Sommer und konnten ganze Gespräche mit Bemerkungen über einen trüben Tag füllen.

Plötzlich bewegte sich etwas auf den Gleisen. Sie beobachtete, wie erst eine Ratte und dann zwei die Gleise auf und ab huschten. Sofort war ihr Interesse geweckt. Wie wäre es denn, wenn sie behauptete, sie solle einen Bericht über die Ratten schreiben, die die elektrischen Leitungen anknabberten und so die Signale an der Weiche in Clapham außer Kraft setzten? Sie konnte ja behaupten, sie komme vom Gesundheitsministerium, oder besser noch, von der britischen Eisenbahngesellschaft und müsse in den Signalraum, um sich das Ausmaß des Schadens ansehen zu können.

Lisette hatte schon von erfolgreichen Missionen gehört, die unter schlechteren Bedingungen durchgeführt worden waren. Ihr größter Feind war die Zeit. Wieder einmal griff sie auf die arme Harriet zurück. Ihre Freundin hatte ein spezielles Saisonticket für die Eisenbahn, das ihr dank der Arbeit ihres Vaters freie Fahrt ermöglichte. Alle Dokumente von Harriet befanden sich noch in der Wohnung an der Eccleston Bridge Road. Wenn sie dieses Ticket in der Hand hielt, kam sie vielleicht mit ihrer Geschichte durch.

Sie warf den Rest des Kuchens den Ratten vor – sie hatten ihn sich verdient – und eilte zu ihrer Wohnung. Ihr Herz hämmerte vor Angst und Aufregung, aber sie mahnte sich im Stillen, dass das Gelingen einer Mission zu neunzig Prozent von Selbstvertrauen abhing. Ihre Hände zitterten, als sie fand, wonach sie suchte, und zum Hotel zurücklief. Dort tat sie, was jeder gute Brite in Zeiten äußerster Nervosität tat: sie bereitete Tee zu. Es hatte etwas Beruhigendes, den Wasserkessel aufzustellen, die

Kanne vorzuwärmen, die Teeblätter hineinzugeben, das Gurgeln des kochenden Wassers zu hören, als sie es in die Kanne goss, und schließlich geduldig zu warten, während der Tee drei Minuten lang ziehen musste. Dann goss sie die bernsteinfarbene Flüssigkeit in eine Tasse, gab Zucker und Milch dazu und rührte um. Der ganze Vorgang dauerte mindestens zehn Minuten und wurde zu einem beruhigenden Ritual.

Als Lisette schließlich die dampfende Tasse Tee in der Hand hielt, ohne dass sie die Absicht hatte, ihn zu trinken, stellte sie fest, dass ihr Puls wesentlich langsamer schlug. Sie war zwar immer noch nervös, lief aber nicht mehr Gefahr, in Panik zu verfallen. Sie wiederholte das Trainingsmantra: Spiel deine Rolle und glaube daran. Blicke den Menschen direkt in die Augen. Sprich schnell und selbstsicher, mit fester Stimme. Gehe ganz in deiner Mission auf und sieh nicht zurück.

Sie konnte es schaffen.

Nein, sie *würde* es schaffen.

Selbstbewusst verließ Lisette das Hotel und suchte sich einen Bus, der sie so nahe wie möglich an Clapham Junction heranbrachte.

10

Maurice Buckmaster saß an seinem Schreibtisch in der Baker Street und seufzte leise, als er die Akte vor sich betrachtete. Die Bürde seiner Rolle als Direktor der französischen Sektion des SOE lastete schwer auf seinen Schultern. Er blickte auf die Fotografie einer jungen Frau, deren ernster Gesichtsausdruck ihre brünette Schönheit nicht verbergen konnte. Die meisten Rekruten lächelten leicht auf den Fotos in ihren Akten, aber diese hier nicht. Ihr Blick schien zu tief zu gehen, und das machte ihn ein bisschen nervös.

Es war, als wollte sie ihn herausfordern, damit er es wagte, ja zu sagen zu einer lächerlich gefährlichen Mission – für jeden, ganz zu schweigen von einer so zierlichen junge Frau … einer ehemaligen Kellnerin. Er rief sich ins Gedächtnis, dass alle seine Agentinnen großartig waren, ganz gleich, welchen Hintergrund sie hatten. In dieser Hinsicht musste er seinen Hut vor Jepson ziehen. Der Mann hatte ein Händchen dafür, Frauen mit außergewöhnlichem Mut und Kreativität herauszupicken. Den meisten gelang es, der Gestapo, Informanten, der französischen Miliz, Kollaborateuren, Hunger, Verwundungen, Unfällen und Krankheiten immer wieder ein Schnippchen zu schlagen.

Er holte tief Luft. Konnte er dieses zarte Geschöpf wirklich auf die einsamste, kühnste Mission schicken, die das SOE sich bisher ausgedacht hatte?

Sie hatte ihre Probemission so wagemutig und grandios ausgeführt, dass es Vera und ihm die Sprache verschlagen hatte. Die beiden hatten sich durch den Test vergewissern wollen, dass sie sich in einer Stadt sicher bewegte und ihren gesunden Menschenverstand einsetzte. Sie sollte den Fahrbetrieb der Bahn auf einem Gleis unterbrechen, aber Lisette Forester hatte die gesamte Signalstation in Clapham Junction lahmgelegt – wesentlich kühner, aber unendlich viel effektiver. Sie hätte damit sämtliche Zugverbindungen nach und von Süden ins Chaos stürzen können.

Lisette hatte ihre Aufgabe brillant bewältigt. Sie hatte den Stationsvorsteher in Clapham Junction beschwatzt, sie auf die Gleise zu lassen. Dort hatte sie zwei Stunden lang angeblich elektrische Leitungen auf ihre Funktionsfähigkeit überprüft, bevor sie sich dem Signalkasten näherte. Aber da hatten die Männer längst das Interesse an ihr verloren und achteten nicht mehr auf sie, so dass sie unbemerkt ihre falsche Bombe deponieren konnte. Den Angestellten hatte sie versichert, sie habe keinen Schaden feststellen können, und ihnen für ihre Mitarbeit gedankt. Sie hatte Battersea zu Fuß verlassen, den Fluss überquert und war unauffällig im lebhaften Treiben der Londoner Innenstadt verschwunden. Ihre Befähigung zur Agentin war nicht zu leugnen.

Beinahe beneidete Buckmaster die junge Frau um ihren Wagemut und ihre Stärke. Er wünschte sich oft, er könnte in den aktiven Dienst zurückkehren, doch es war ihm verwehrt. Seit dem Frühjahr 1941 war er in England als Leiter der französischen Sektion des SOE stationiert. Er hatte den Auftrag, eine Organisation aufzubauen, die Sabotageakte ausführte, eng mit der französischen Résistance zusammenarbeitete und ein Informationsnetzwerk aufbaute, das die heimliche Kommunikation zwischen London und Frankreich ermöglichte. Seine Erfahrung qualifizierte ihn für diese Tätigkeit, aber nichts hatte ihn darauf vorbereiten können, dass er Dutzende tapferer Menschen alleine in Feindesgebiet schicken musste, in dem Wissen, dass die Hälfte wahrscheinlich nie mehr zurückkam.

Dieses Jahr war besonders hart für das SOE gewesen. Auf jede gute Information folgte mindestens eine schlechte Nachricht. Sie hatten zahlreiche Agenten verloren, die von der Abwehr oder der Gestapo entdeckt worden waren. Diese Agenten – seine Leute, seine Verantwortung – darbten in deutschen Gefängnissen, wurden gefoltert, verhungerten oder kamen auf andere schlimme Weisen zu Tode. Er musste an die deutschen Generäle denken, die sie im Laufe des Krieges gefangen genommen hatten. Sie führten ein luxuriöses Leben in Trent Park in England – wohnten in einer angenehmen Umgebung, hatten Personal, anständiges Essen … ja sogar heißen Tee. Er blickte auf die Tasse, die Vera Atkins ihm auf den Schreibtisch gestellt hatte.

Buckmaster lehnte sich im Stuhl zurück und betrachtete die anderen Männer in seinem Büro. Boddington musste sein Unbehagen gespürt haben, denn er sah, wie sich sein Stellvertreter die runde Brille höher auf die Nase schob. Er räusperte sich und warf Captain Jepson einen Blick zu.

»Sie ist sehr jung für eine derart schwierige Aufgabe«, bemerkte Boddington.

Offenbar dachten sie alle das Gleiche.

»Die meisten Agentinnen sind jung«, sagte Jepson. »Aber Sie können nicht leugnen, dass die junge Dame uns einfach auffallen musste. Ich kann Ihnen versichern, dass sie eine hervorragende Agentin sein wird. Sie hat alles, was dazu nötig ist. Mental ist sie eine der stärksten Rekrutinnen, die ich je erlebt habe, und die Ausbilder bescheinigen ihr, dass sie sogar unter Schmerzen zuverlässig agiert. Bei der Mission, die Sie für sie im Sinn haben, braucht sie nur wenige dieser neuen Fähigkeiten. Viel wichtiger ist etwas ganz anderes, etwas, das die wenigsten Agenten besitzen.«

»Ihre französische Natur«, ergänzte Buckmaster.

»Ja, Sir«, stimmte Jepson zu. »Sie hat die ersten siebzehn Jahre ihres Lebens in Frankreich verbracht. Was soll ich sagen? Sie ist bis auf den Grund ihrer Seele Französin, auch wenn sie sich noch so sehr bemüht, das zu verbergen.«

Buckmaster nickte. »Und jetzt wollen Sie mir erzählen, dass es eigentlich ihre deutsche Seite ist, die sie für uns so wertvoll macht.« Er konnte seinen Sarkasmus nicht ganz verbergen.

Jepson lächelte trocken. Nein, Colonel. Ich will Ihnen sagen, dass ihre halb deutsche Abstammung, ihre deutsche Geburtsurkunde und ihre fließenden Sprachkenntnisse diesen wahnsinnigen Plan so … nun ja, durchführbar erscheinen lassen.«

»Wir dürfen niemanden den Gefahren einer solchen Situation aussetzen«, warf Boddington ein.

»Sie kann sich auf ihren absolut wahren Hintergrund verlassen«, drängte Jepson. »Ich unterstütze diese Mission nicht. Sie auszuarbeiten überlasse ich Bourne-Patterson.« Er warf einen Blick auf den Planungsleiter, der schweigend zuhörte. »Aber ich glaube, es ist eine einzigartige Gelegenheit. Sie kann dem Feind ganz nahe kommen.«

»Danke, Captain Jepson. Wir denken darüber nach.«

»Sir«, sagte Jepson. Er erhob sich und nickte Boddington und Bourne-Patterson zu. Bei Buckmaster zögerte er, als wollte er noch etwas hinzufügen, doch dann drehte er sich um und verließ den Raum.

Buckmaster schwieg einen Moment lang. Nachdenklich presste er die Fingerspitzen aneinander und überlegte, was Jepson gesagt hatte. Dann blickte er Boddington an. »Fassen Sie bitte für mich zusammen, was wir wissen.«

Boddington blickte in seine Unterlagen. »Die Aufnahmen aus Trent Park hören sich interessant an – die Generäle sind bemerkenswert freimütig in ihren Bemerkungen. Es ist ihnen anscheinend noch nicht in den Sinn gekommen, dass wir sie belauschen könnten. Vor ein paar Wochen haben sie angefangen, sich über Markus Kilian zu unterhalten. Bisher haben wir nur spärliche Details, aber sein Vater war ein preußischer Kriegsheld. Er kommt aus einer reichen, angesehenen Familie in Bayern. Er hat blaues Blut in den Adern und ist durch und durch arisch.«

»Alter?«, fragte Buckmaster.

Boddington blätterte um. »Wir wissen es nicht genau, aber er müsste etwa Anfang vierzig sein – recht jung für einen Oberst.«

»Ich verstehe nicht, warum der Mann so interessant ist«, sagte Buckmaster. »Erklären Sie es mir.«

»Oberst Kilian hat anscheinend deshalb so viel Erfolg in der Wehrmacht, weil er die Aufmerksamkeit Hitlers erregt hat.«

»Wahrscheinlich weil er all das repräsentiert, was Hitler nicht ist«, sagte Buckmaster spöttisch.

»Vermutlich«, stimmte Boddington zu. »Kilians früher Mentor war von Tresckow. Er hatte einen ähnlichen Hintergrund und diente unter ihm – so wurde Hitler auf ihn aufmerksam. Wir haben herausgefunden, dass Kilian große Bedenken wegen des Krieges hatte. Er glaubte ursprünglich, dass die Deutschen niemals siegen könnten, vor allem nicht, wenn sich die Amerikaner den Alliierten anschließen würden. Wir wissen jetzt, dass von Choltitz so weit ging, den politischen Widerstand in Deutschland vor dem Vorstoß nach Frankreich zu warnen, aber erst kürzlich haben wir erfahren, dass es höchstwahrscheinlich Kilian war, der die Verbindung zwischen von Choltitz und der Widerstandsbewegung hergestellt hat. Trotz seines großbürgerlichen Hintergrundes hat er Qualitäten, Sir.«

»Welche?«

»Er kann gut mit einfachen Menschen umgehen. Die Soldaten unter seinem Kommando hatten großen Erfolg, als die anderen Einheiten längst der Roten Armee unterlagen.«

»Und jetzt wollen Sie mir erzählen, dass dieser galante Kriegsheld der Deutschen Wehrmacht in Ungnade gefallen ist?«

»In der Tat, Sir. Er gehörte zu jenen, die letztes Jahr Hitlers Kommissarbefehl, nach dem alle Regierungsmitglieder in der Roten Armee sofort zu erschießen waren, missachtet haben. Das ist natürlich gegen das Kriegsgefangenenrecht, aber die meisten befolgten den Befehl, weil sie nicht des Hochverrats angeklagt werden wollten. Einige wenige, darunter von Tresckow und Kilian, weigerten sich.« Boddington blickte von seinen Unterlagen auf. »Anscheinend hat er sich auch in anderer Hinsicht als störrisch erwiesen. Zum Beispiel hat er sich rundheraus geweigert, seinen Leuten den Befehl zu geben, Frauen und Kinder zu erschießen, ganz gleich in welchem Kontext. Offensichtlich hat er starke Beschützer in Tresckow, Canaris und sogar von Choltitz. Aber aufgrund seiner Weigerung ist er nach Deutschland zurückbeordert worden, und man hat ihm in der Abwehr einen Schreibtischposten gegeben. Für einen bewunderten Soldaten wie Kilian muss das ein harter Schlag gewesen sein.«

Boddington seufzte. »Auf jeden Fall arbeitet er jetzt beim Geheimdienst – und auch darin scheint er verdammt gut zu sein, den Berichten nach zu urteilen. Allem Anschein nach verrottet er auf einem Außenposten, weit von Berlin und allen Aktionen entfernt …«

»Na gut«, sagte Buckmaster und legte die Hände auf den Tisch. »Wie kommt es, dass er für Frankreich zuständig ist?«

»Ganz einfach, Sir«, erwiderte Boddington, »Kilian ist der Schützling von Admiral Canaris, der, wie wir wissen, insgeheim vom Nazi-Regime und seinen Methoden entsetzt ist. Auch unsere Abteilung hat schon von Informationen profitiert, die er hat ›durchschlüpfen‹ lassen.«

»Dann hat Kilian also eine verwandte Seele gefunden?«

»Natürlich gibt es viele Männer, die insgeheim glauben, dass Hitler Deutschland zu einem Land macht, in dem keiner von ihnen leben will. Kilian ist zwar nicht gegen den Krieg – er ist ein loyaler Soldat –, aber wir nehmen an, dass er für die Nazis nichts übrig hat. Vielleicht gehört er ja sogar zu denen, die uns dabei helfen, sie von innen her zu vernichten.«

Buckmaster fiel ein, dass er um elf Uhr einen Termin hatte. Bis dahin waren es noch zehn Minuten. »Wissen wir mit Sicherheit, dass Canaris Kilian aus seinem Exil herausholt und nach Paris bringt?«

»Unser Agent in Paris, Prosper, hat das bestätigt, Sir.«

Buckmaster wandte sich an Bourne-Patterson, den Architekten seines kühnen Plans. »Wir wollen also diese junge Frau auf Kilian loslassen … und dann? Abwarten, was passiert?«

Der Planungsleiter blinzelte. »Es ist waghalsig und entspricht gewiss nicht unseren üblichen verdeckten Operationen, dennoch ist es einen Versuch wert. Außerdem finden in Paris keine Kämpfe statt, damit hat er Zeit genug. Und er ist alleinstehend.« Bourne-Patterson zuckte mit den Schultern. »Vielleicht bekommen wir durch ihn Zugang zu Canaris, zu von Tresckow … möglicherweise sogar zur Gestapo durch die Abwehr. Die Lerche hat die Möglichkeit, nahe genug an die Architekten heranzukommen, um uns auf dem Laufenden zu halten. Wenn es außergewöhnlich gut läuft, kann sie sogar eine Leitung zwischen Berlin und London herstellen.«

»Wenn, wenn, wenn …«, sagte Buckmaster. »Boddington?«

»Ich stimme Captain Jepson zu. Die Lerche ist Deutsche, aber sie ist auch Französin, und sie hat die beste Tarnung von all unseren Agenten. Wir können sie nur in eine Situation bringen, in der sie etwas lernen kann.«

»Wer wird sie unterstützen? Wer kann nahe genug an ihr dranbleiben, um von ihr Informationen zu bekommen? Sagen

Sie mir jetzt bitte nicht, dass sie ein Funkgerät in das französische Hauptquartier des Deutschen Reichs schmuggeln soll.«

Bourne-Patterson lächelte ein wenig gequält. »Nein, Sir. Aber Roger hatte ein paar Ideen dazu.«

Roger war der Codename für Francis Cammaerts, einer ihrer erfolgreichsten Agenten, der im Süden Frankreichs von Grenoble bis Nizza einen großartigen Ring von Widerstandskämpfern aufgebaut hatte. Sein aktives Netzwerk arbeitete unter dem Namen Jockey, und wenn Roger Ideen hatte, dann hörte London zu.

Buckmaster kniff die Augen zusammen.

»Der erste Schritt ist, dass die Lerche Prospers Funkanlage benutzen soll. Das ist riskant, doch es könnte funktionieren. Zur zweiten Idee gehört einer der Maquisards, der unter dem Namen Faucille arbeitet. Er würde die Lerche aus dem Süden begleiten, damit sie ohne Aufsehen nach Paris gelangt und sich dort integrieren kann.«

»Ah ja«, erwiderte Buckmaster. La Faucille – die Sichel. Über diesen furchtlosen französischen Widerstandskämpfer hatte er bisher nur Gutes gehört.

»Den Berichten zufolge ist er eine harte Nuss«, fuhr Bourne-Patterson fort, »aber er macht seine Sache brillant. Er geht sehr hohe Risiken ein, sorgt jedoch dafür, dass er so wenig Aufsehen wie möglich erregt. Er wäre die beste Wahl für unser Mädchen. Nur ob er einverstanden ist? Immerhin müsste er den Süden verlassen und mit ihr nach Paris gehen.«

Buckmaster blickte ihn zweifelnd an. »Er ist einer der besten Schmuggler in der Résistance, und wenn einer die Lerche von Süden nach Norden bringen kann, dann er. Roger soll die beiden zusammenbringen. Ist er bereit, die Lerche kennen zu lernen?« Es klang schon so, als wäre alles abgemacht.

»Ja, Sir. Roger ist derzeit im Luberon. Sie muss über der Provence abspringen. Sie fliegt in drei Tagen. Die Vorhersage verspricht ruhiges Wetter und Vollmond, deshalb sind die Bedingungen ideal. Am Abend darauf trifft sie auf Roger, bei dem Faucille sie abholen wird. In der Nähe von Paris kommt sie mit Prosper zusammen. Dann müssen wir abwarten, wie sie es anstellen will, Kontakt zu Kilian zu bekommen.«

»Der Rest liegt in der Hand der Götter«, sagte Buckmaster. Er holte tief Luft, blickte erst in die erwartungsvollen Gesichter seiner Kollegen, dann auf die Uhr und seufzte. »Ich bin einverstanden. Wir müssen es versuchen. Unsere kleine Lerche verlässt also am Ende der Woche das Nest. Sorgt dafür, dass sie Gelegenheit hat, ihre Verwandten in Farnborough zu besuchen«, fügte er hinzu. »Ihr müsst darauf bestehen.«

Lisette wärmte die Finger an der Porzellantasse, die mit starkem, gesüßtem Milchkaffee gefüllt war. Ihre Großmutter – die darauf bestand, Granny genannt zu werden – redete unablässig: Lisette sei zu dünn, sie solle nicht allein leben, sie sei für dieses elende, feuchte Wetter in England viel zu dünn angezogen.

Die Enkelin lächelte und küsste sie auf die Wange. »Ich habe doch dich, um mich verwöhnen zu lassen.«

»Wir befinden uns in Farnborough, falls das noch keiner gemerkt hat«, brummelte ihr Großvater. Er saß bei ihnen an dem kleinen Küchentisch und tunkte einen Verdauungskeks in seinen Tee. Er hatte seine Liebste geheiratet, als sie beide zwanzig waren und sie in England als französische Gouvernante für eine reiche Familie gearbeitet hatte. Granny hatte sich schnell an das Leben in England gewöhnt. Jetzt war sie manchmal britischer als ihr Ehemann, jedenfalls dachte Lisette das oft. Sie mochte sogar Tee.

»Redet bitte Englisch«, ermahnte der Großvater sie.

Sie saßen in der Küche ihrer Großeltern in dem kleinen, malerischen Cottage in Hampshire, und Lisette spürte, wie die Erinnerungen sie zu überwältigen drohten. In diesem Raum hatte sie die Nachricht vom Tod ihrer Eltern erhalten. Sie hatte das Wochenende bei ihren Großeltern verbracht, und sie waren alle früh aufgestanden, weil sie in Frensham Pond picknicken wollten. Im Morgengrauen tranken sie ihren Kaffee und ihren Tee, und ihr Großvater erzählte eine der vielen amüsanten Geschichten aus seiner Kindheit. Er hatte einen besonders trockenen Humor, und Granny verpasste häufig die Pointe.

Als Paar nörgelten und zankten sie ständig, dennoch konnte der eine ohne den anderen nicht leben. Wenn ihre Granny auch nur länger als zehn Minuten abwesend war, machte ihr Großvater sich auf die Suche nach ihr, und seine Frau traf nie eine Entscheidung, ohne sich vorher mit ihm zu beraten. Sie waren völlig unterschiedlich, von ihrer Kleidung – Granny war immer noch sehr elegant – bis hin zu ihrem Geschmack in Musik und Essen. Ihr Großvater versuchte nach wie vor, seiner Frau die Kricket-Regeln beizubringen, und dass man sich entschuldigte, wenn jemand anders einem auf den Fuß trat. Ihre Liebe währte jetzt schon sechzig Jahre.

Wenn sie in ihrem winzigen Schlafzimmer unter dem Dach im Bett lag, hörte Lisette die beiden oft noch bis spät in die Nacht leise reden, und sie freute sich über das tiefe, grollende Lachen ihres Großvaters und das niedliche Kichern ihrer Großmutter. Sie war überzeugt davon, dass all die Streitereien nur Schau waren, und fragte sich, ob sie wohl auch jemanden finden würde, mit dem sie ihr ganzes Leben verbringen konnte.

An dem Morgen, als die Polizei zum Cottage kam, hatte niemand gelacht. Mit fast achtzehn Jahren war Lisette alt genug gewesen, um die Nachricht direkt zu erfahren, obwohl der erste Impuls ihrer Großeltern gewesen war, sie davor zu beschützen.

Ihr Großvater hatte den Polizisten in Pyjama und Morgenmantel die Tür geöffnet und den Inspektor und seinen uniformierten Begleiter in die Küche gebeten. Noch bevor der Inspektor den Mund geöffnet hatte, hatten Lisette und ihre Großmutter sich in den Arm genommen. Um diese Uhrzeit konnten es nur schlimme Nachrichten sein.

Und es waren die schlimmsten.

Obwohl es Jahre her war, hörte Lisette noch immer den ungläubigen Aufschrei ihrer Großmutter, auf den ein verzweifelter Wortschwall auf Französisch folgte. Sie fühlte noch heute, wie ihre Großeltern sie in den Arm genommen hatten, während die Polizisten stockend vom Autounfall ihrer Eltern berichteten.

Es waren noch keine genauen Details bekannt, da der Unfall erst vor ein paar Stunden passiert war, doch sie wollten auch gar nicht mehr wissen. Die Fragen, die Wut und die Verzweiflung … das alles kam erst später. Granny und ihr Großvater verwanden den Schicksalsschlag nie. Ihr einziges Kind war tot. Ihre Tochter war gestorben, als sie gerade als Familie wiedervereint werden sollten. Ein paar Monate lang war Granny in eine Melancholie versunken, die an geistige Umnachtung grenzte, während ihr Großvater versuchte, den Alltag aufrechtzuerhalten. Er hatte im Garten gearbeitet und gekocht, saubergemacht und war jeden Tag einkaufen gegangen. Er hatte einfach alles gemacht, um seinen »zwei Mädchen«, wie er sie nannte, das Leben zu erleichtern. Lisette war einen Monat lang von der Schule beurlaubt worden, und in dieser Zeit waren die Haare ihres Großvaters weiß geworden.

In diesen furchtbaren Wochen voller Trauer hatten sie sich gegenseitig gestützt, und Lisette war klar geworden, dass es nie wieder so sein würde wie vorher. Inzwischen waren acht Jahre vergangen, und in gewissem Maß war wieder Normalität eingekehrt. Sie konnten sogar über ihre Eltern lachen, ohne gleich in Tränen auszubrechen.

Deshalb tat es Lisette auch besonders leid, dass sie ihren Großeltern erneut Kummer bereiten musste.

»Warum kannst du es uns nicht erzählen?«, fragte ihr Großvater. Er klang besorgt.

»Ich arbeite für das Kriegsministerium, und sie achten streng auf Geheimhaltung. Ich habe einen Vertrag unterschrieben, und wenn ich die Vereinbarung nicht einhalte, können sie mich ins Gefängnis werfen.«

Ihr Großvater grollte empört. »Wahrscheinlich glauben sie, wir erzählen es den Nazis.«

Sie seufzte. »Nein, es ist nur eine generelle Vorsichtsmaßnahme. Es hat nichts mit euch persönlich zu tun.«

»Du gehst also weg, sagst du?« Grannys französischer Akzent war ausgeprägter, wenn sie aufgeregt war.

»Schottland ist nicht so weit«, erwiderte Lisette, die zu dieser Lüge gegriffen hatte.

»Warum gerade Schottland?«, fragte ihr Großvater und trank seinen Tee aus.

»In den entlegenen Teilen Großbritanniens gibt es einiges zu tun, von dem wir keine Ahnung haben. Ich weiß noch nicht, was meine Aufgabe dort sein wird, aber sie haben mich in allen möglichen Aktivitäten ausgebildet. Ich glaube, wir machen irgendwas mit Funkkontakt. Darin war ich besonders gut«, erwiderte Lisette.

»John«, mahnte Granny. Bei ihr klang der Name eher wie das französische Jean. »Sei froh, dass sie aus London und damit von den Bombenangriffen weg ist.« Sie streichelte Lisette über die Wange. »Ich bin erleichtert, dass du so weit weggehst, Liebling. Dort bist du zumindest in Sicherheit.«

Lisette lächelte kläglich. Der Kaffee schmeckte auf einmal sauer.

»Ja, das ist wahrscheinlich ein Glück«, sagte ihr Großvater.

»Du kannst mir eine schöne Flasche Malt Whisky mitbringen, wenn du Urlaub bekommst.«

Lisette nickte. Sie hasste sich. »Natürlich. Schreib mir den Namen auf, dann besorge ich dir eine Flasche.«

Granny räumte die leere Tasse ab. »Komm, Liebling. Ich habe ein paar Kleider deiner Mutter gefunden und möchte, dass du sie mit mir durchsiehst.«

Lisette runzelte die Stirn.

»Verzieh nicht so das Gesicht. Davon bekommst du bloß Falten. Na los, dein Großvater hat auf dem Speicher eine alte Truhe entdeckt. Sie ist voller Tagebücher und alter Fotos. Außerdem sind noch ein paar von Sylvies Puppen und anderes Kinderspielzeug darin. Ich hatte ganz vergessen, dass wir das alles noch haben.«

Lisette blickte auf die Uhr. »Ich fahre mit dem Zug um neun nach vier zurück.«

»Da haben wir ja noch genug Zeit«, sagte Granny.

Die kostbaren Stunden vergingen wie im Flug, und auf einmal stand Lisette wieder auf dem Bahnsteig in Farnborough. Ihr Großvater drückte ihr einen Riegel Schokolade und einen Umschlag in die Hand. »Das ist für den Whisky«, sagte er. »Natürlich nur, wenn du ihn bekommen kannst.«

Sie nahm den Umschlag. Hoffentlich sah er ihr nicht an, wie sehr sie sich schämte.

»Hält der Zug bis Waterloo eigentlich oft?«, fragte er.

Lisette wusste, dass er Konversation machte, um sie vom Abschied abzulenken. »Nein, ich glaube, nur in Woking und in Clapham Junction. Um Viertel nach fünf etwa müsste ich zu Hause sein.«

»Reist du dann sofort nach Schottland weiter?«, fragte Granny.

»Nein, erst morgen«, erwiderte Lisette. Der nächtliche Fallschirmsprung über Frankreich beschäftigte sie sehr.

»Kannst du uns denn wenigstens sagen, wo in Schottland?«, fragte ihr Großvater. »Was ist, wenn wir dich erreichen müssen?«

»Nein, ich darf es euch nicht sagen. Ich lasse euch durchgeben, wo ihr anrufen könnt, und wenn ihr mich braucht, dann können sie mir Bescheid sagen«, erwiderte sie. Sie hörte bereits das Stampfen der Dampflok. Hastig redete sie weiter, um die letzten Minuten zu füllen – aber hauptsächlich, damit ihre Großeltern nicht weinten. »Ich glaube, ich muss noch weiter ausgebildet werden. Ich bin schließlich eine Amateurin.«

»Es ist gut, wenn man helfen kann«, sagte ihr Großvater, und seine Stimme klang sehnsüchtig.

»Wir müssen alle unseren Teil beitragen«, echote Granny. »Wir sind stolz auf dich, Liebling. Und wenn das vorbei ist, kommst du zu uns und erholst dich hier. Dann können wir endlich einmal am Frensham Pond picknicken.«

Lisette wünschte, ihre Großmutter hätte das Picknick nicht erwähnt, und wenn nicht der Zug bei der Einfahrt gepfiffen hätte, wäre sie bestimmt in Tränen ausgebrochen.

»Da kommt der Zug«, sagte sie aufgesetzt fröhlich.

»Leb wohl, mein schönes Mädchen«, sagte Granny und nahm sie in die Arme.

Lisette musste all ihre Kraft zusammennehmen, um sich nichts anmerken zu lassen. Sie umarmte ihre Großmutter ein wenig fester und ein wenig länger, als sie es eigentlich vorgehabt hatte, was prompt ihrem Großvater auffiel.

»Du kannst mich gerne auch so lange umarmen«, sagte er. So wie er sie ansah, wusste er, dass sie etwas vor ihnen verbarg. »Komm her«, sagte er und schlang seine langen Arme um sie. Er zog sie an sich. »Pass gut auf dich auf, ja?« Seine Stimme zitterte unmerklich. »Und komm bald wieder zu uns nach Hause.«

Lisette konnte nicht antworten, weil sie einen Kloß im Hals hatte. Er schien sie zu verstehen. Stumm drückte sie seine Hand.

»Passt gut aufeinander auf«, sagte sie. Geschäftig kramte sie in ihrer Handtasche nach der Fahrkarte, obwohl sie ganz genau wusste, dass sie das Billett in der Jackentasche hatte.

Als der Zug hielt, öffnete ihr Großvater eine der Türen für sie. Hastig stieg sie ein. Das SOE hatte ihr eine Fahrkarte erster Klasse spendiert, und sie freute sich auf ein ruhiges Abteil. Dort angekommen, wischte sie sich verstohlen über die Augen, warf ihren Mantel auf den Sitz und holte tief Luft, um sich noch einmal aus dem Fenster zu beugen.

»Ich liebe euch«, rief sie ihren Großeltern zu. In diesem Moment knallten die Türen zu, und der Pfiff zur Abfahrt ertönte, so dass ihre Antwort in dem allgemeinen Lärm unterging.

Quietschend und rumpelnd setzte sich der Zug in Bewegung. Sie hielt ihren Großeltern die Hände hin, und beide griffen noch einmal danach.

»*Au revoir*«, rief ihre Granny.

»*Au revoir*«, erwiderte sie und blies ihnen Luftküsse zu. Ob sie die beiden jemals wiedersehen würde?

Als sie später den Briefumschlag von ihrem Großvater öffnete, stand nichts über Whisky darin, und er enthielt auch kein Geld. Stattdessen hatte er geschrieben, er werde höchstpersönlich nach Frankreich kommen und nach ihr suchen, wenn ihr etwas zustoßen sollte. Sie glaubte ihm jedes Wort.

11

In London ging Lisette zuerst in ihrer Wohnung vorbei, ehe sie mit einem kleinen Koffer voller Kleider, die noch in französisches Papier eingepackt waren, zum Trainingsort zurückkehrte. Sie hatte die Sachen nie getragen – ihre Mutter hatte sie ihr ein paar Tage vor dem Unfall geschickt. Die Kleidung war elegant und von namhaften Schneidern, es waren sogar ein Paar flache Pumps von Charles Jourdan dabei. Ihre Ausbilder waren entzückt. Die Agenten wurden vor ihren Einsätzen mit größter Sorgfalt eingekleidet. Die Schnitte wurden präzise kopiert, bis hin zu den Knöpfen, die auf französische Weise angenäht wurden. Niemand würde modische Kleider tragen, und ihre Ausbilder waren erfreut, weil Lisettes Sachen umso authentischer aussahen, da sie ein bisschen altmodisch waren. Allerdings musste sie die Schuhe erst einlaufen und die Blusen waschen, damit die Farbe verblich.

Da ihre Ausbildung beendet war, traf Lisette sich mit Jepson in Whitehall. Sie fand es sehr aufregend, endlich im Kriegsministerium zu sein.

»Sie haben abgenommen«, bemerkte er.

»Nein, eigentlich nicht, Sir. Ich habe nur mehr Muskeln.«

Er lächelte. »Fühlen Sie sich gut?«

»Ich bin bereit, Sir. Für den Einsatz habe ich übrigens den Namen Angeline angenommen.«

»Er passt zu Ihnen. Genau wie Ihr Codename.«

»Lerche?« Ihre Mundwinkel zuckten. »Man hat unserer Gruppe gesagt, wir sollten uns Vogelnamen aussuchen. Es klingt so schön.

Die Lerchenjagd ist in Deutschland verboten, und die Leipziger Bäcker, die früher für ihre Kreationen berühmt waren, haben deshalb meine Lieblingspastete erfunden, die Leipziger Lerche.«

Jepson, der normalerweise eher reserviert war, lachte.

»Es freut mich, dass meine erfundene Vita sich eng an mein wirkliches Leben hält.«

»Ihr Hintergrund ist viel zu authentisch, um ihn zu ignorieren. Er gewährt Ihnen Sicherheit.«

»Wir müssen nur noch einige Details über meine Schulzeit in Lille besprechen, dann dürfte alles wasserdicht sein.«

»Hat man Ihnen schon etwas über Ihre Mission gesagt?«

»Noch nicht, Sir.«

»Wo sind Sie untergebracht?«

»In einer Wohnung in Knightsbridge, sehr luxuriös. Ich teile sie mir mit einer anderen Agentin. Wir warten beide auf unsere Befehle, Sir. Im Moment dürfen wir uns noch entspannen.«

»Entspannen Sie sich nicht zu sehr. Sie kommen in ein hartes Netzwerk mit französischen Widerstandskämpfern.«

»Absolut, Sir.« Lisette konnte extrem englisch klingen, wenn sie wollte.

»Nun gut. Ich weiß, dass wir bald stolz auf Sie sein können, Lisette.«

»Danke, Sir. Ich hoffe es.«

»Besuchen Sie mich, wenn Sie zurück sind.«

Beide wussten, dass die Chancen für eine Rückkehr schlecht standen.

Sie schüttelten sich die Hände, dann stand sie wieder im wässerigen Sonnenschein auf der Baker Street und wartete auf weitere Instruktionen.

Sie kamen bald.

Während andere junge Frauen Wochen, manchmal sogar Monate

auf einen Einsatz warteten, erhielt Lisette noch am selben Abend einen Anruf. Sie sollte sich im neuen Hauptquartier in der Wimpole Street melden, um in der Nacht darauf aufzubrechen.

Ihr stockte der Atem, weil sie kaum Zeit gehabt hatte, sich an ihrer neuen Wohnung zu freuen, aber nachdem die erste Überraschung nachgelassen hatte, war sie froh. Zu packen brauchte sie nichts. Die Kleider, sogar die Armbanduhr, die sie trug, würde sie in der Wimpole Street zurücklassen. Alles andere wartete dort auf sie in einem kleinen Rucksack in einem weitläufigen Raum im Erdgeschoss. Darin gab es für die Agenten zahlreiche Abholfächer, die groß genug waren, um alle Gegenstände aufzunehmen, die sie bei ihrem Einsatz brauchten.

Lisette kam in der Wimpole Street an, fand ihr Fach – es war lediglich mit einer Nummer versehen, um die Anonymität zu wahren – und nahm ihre Reisekleidung heraus. Sie hatte Schmetterlinge im Bauch, aber sie war bereits eine andere Frau. Sie war wieder Lisette Forestier, Feldname Angeline, Codename Lerche, und das Flattern in Bauch war reine Erregung.

Acht Wochen waren nicht sehr lang für die Ausbildung zum Spezialagenten, doch Lisette wusste, dass sie körperlich härter geworden war und mit Schmerzen jetzt ganz anders umgehen konnte. Auch mental war sie stärker geworden, da sie die psychologischen Tests während der Ausbildung alle bestanden hatte. Sie konnte sich zwingen, ruhig zu bleiben und klar zu denken, wenn um sie herum Chaos ausbrach, und wenn ihr jemand ins Gesicht brüllte, konnte sie sich auf ihre Selbstbeherrschung verlassen. Selbst wenn sie bedroht wurde, merkte man ihrer Stimme oder ihrem Verhalten keine Angst an.

So war es in gewisser Weise eine Erleichterung, als sie endlich mit der Halifax abhob. Verwirrt schaute sie den Piloten an, als er sie aufforderte, ihre Taschen zu leeren, bevor sie den Fallschirm anlegte.

»Warum?«, fragte sie, während sie tat, was er von ihr verlangte.

»Befehl, Miss. Wir müssen sichergehen, dass Sie nicht zufällig etwas Belastendes von zu Hause mitnehmen. Selbst ein Bonbonpapier könnte Ihre Deckung auffliegen lassen. Was denken die sich eigentlich dabei, so ein hübsches Persönchen wie Sie mitten in die Gefahr zu schicken?«

Lisette grinste. »Passen Sie auf, was Sie sagen, Lieutenant. Ich kann Sie mit bloßen Händen töten.«

»Das mag ich kaum glauben«, sagte er.

Wenn du wüsstest, dachte sie.

»Sieht so aus, als ob Sie bereit wären. Waren Sie schon einmal in Frankreich?«

»Ich bin dort geboren. Allerdings war ich schon lange nicht mehr da.«

Er wirkte beeindruckt. »Normalerweise fliegen wir nicht so weit in den Süden. Sie scheinen etwas Besonderes zu sein.« Er zwinkerte ihr zu. »Dann schnallen Sie sich mal an.«

Die Zeit verging wie in einem Wimpernschlag, und plötzlich fiel Lisette im freien Fall durch die Nacht über ihrem Heimatland. Es war großartig und gefährlich zugleich, weil der Mond hell schien. Lisette zählte herunter und zog die Reißleine. Der Schirm öffnete sich, sie hörte das Rauschen der Seide über sich und spürte das vertraute Ziehen an ihrem Rücken, das sie hochriss. Dann schwebte sie hinunter. Nur wenige Augenblicke später rollte sie sich auf dem Boden ab, wie sie es gelernt hatte.

Der Duft des Ackers und der Obstplantagen, von denen er umgeben war, versetzte sie in dieser kühlen Novembernacht sofort zurück in die Zeit, die sie in Lille verbracht hatte. Es war nicht mehr das Frankreich, das sie verlassen hatte, aber beinahe konnte sie sich einreden, dass es so war.

»Alles in Ordnung?«, flüsterte jemand auf Französisch und half ihr beim Aufstehen.

Sie hatte im Flugzeug eine Gedichtzeile von Baudelaire geübt, die sie jetzt auf Französisch aufsagte: »Ein Windhauch.«

»Von den Flügeln des Wahnsinns«, erwiderte der Mann und blickte dem Flugzeug nach, das sich dröhnend entfernte.

»Ich bin Angeline«, sagte sie und begann rasch, ihren Fallschirm zusammenzupacken.

»Willkommen in der Provence.«

Sie lächelte im Dunkeln. »Wie heißen Sie?«

»Frelon«, erwiderte er. *Hornisse.* »Verzeihen Sie den Codenamen. Faucille ist es lieber so.«

Faucille, *Sichel.* Sie hatte im Hauptquartier von ihm gehört – er war ihr *passeur* von Süden nach Norden. Aber zuerst musste sie ihre Mission mit dem Anführer des Jockey-Netzwerks abstimmen. Sein Codename war Roger, und er war eine Berühmtheit in Südfrankreich. Zudem würde sie mit Arzt in Verbindung kommen, dem größten Geheimbund in Frankreich. Der Kontaktmann hieß Prosper. All diese Codenamen hätten sie vor ein paar Monaten noch verblüfft, doch jetzt waren sie ihr vertraut.

»Ich soll Roger treffen.«

»Ja, im nächsten Dorf.«

»Kennen Sie ihn?«

»Sehr gut«, antwortete Frelon und half ihr, den Fallschirm abzuschnallen.

»Und Faucille?«, fragte sie, wobei sie sich der Gummistiefel und des Overalls entledigte. Es sah bestimmt seltsam aus, dass sie auf einmal einen Wollmantel und Lederpumps trug, nachdem sie gerade erst vom Himmel gefallen war.

Er zog sie tiefer in den Schatten der Obstbäume. »Ja, ihn werden Sie ebenfalls kennen lernen.«

Das Dröhnen des Flugzeugs, das zurück nach Tempsford Airfield flog, entfernte sich und wurde immer leiser – ihre letzte Verbindung mit England.

»Wir müssen uns beeilen, *mademoiselle*«, drängte ihr Begleiter.

Lisette hatte gar nicht gemerkt, dass sie stehen geblieben war. Streng sagte sie sich, dass sie jetzt wieder Französin war, sie musste französisch denken, sich französisch benehmen. Wie es ging, wusste sie. Sie würde sich nichts anmerken lassen.

»*Allez, monsieur.* Ich bin direkt hinter Ihnen.«

Sie fanden eine gute Stelle, wo sie den Fallschirm und die Stiefel vergraben konnten, was Frelon rasch und gewissenhaft erledigte. Danach ging sie mit ihm etwa fünfzehn Minuten durch die Dunkelheit, bis sie den Rand eines Dorfes erreichten.

»Das ist Saignon«, sagte er leise. »Heute Nacht können Sie noch ein paar Stunden im Haus von Madame Pascal schlafen. Ihr Mann ist vor zwei Jahren von den Deutschen ermordet worden. Sie sympathisiert mit dem Maquis und hilft uns, wo sie nur kann.«

Lisette nickte. »Und Sie?«

»Alles in Ordnung. Ich hole Sie vor Morgengrauen ab.«

Lisette blickte auf. Vom Dorfplatz her hörte sie Stimmen.

»Wir gehen um den Platz herum«, sagte Frelon. »Heute Abend feiert einer der ältesten Dorfbewohner Geburtstag. Alle nehmen an dem Fest teil.« Er blickte auf seine Uhr.

»Worauf warten wir?«

»Um Punkt halb zehn werden sie anfangen zu singen. Es dauert höchstens noch eine Minute.«

Im selben Augenblick setzte ein Chor aus vielen Stimmen ein.

»Jetzt«, drängte Frelon und ergriff ihre Hand.

»Woher wissen Sie, dass es gefahrlos ist?«

»Niemand aus dem Dorf würde es wagen, Madame Bernards Fest zu verpassen. Madame Pascal hat Kopfschmerzen vorgeschützt.«

Durch eine Seitenstraße erhaschte Lisette einen Blick auf die Dorfbewohner, dann öffnete Frelon ein Seitentor und schob sie hindurch.

»Beeilen Sie sich«, flüsterte er und wies auf die Hintertür, wo jemand stand und wartete. »Madame Pascal.«

Lisette wurde ins Wohnzimmer geführt, das lediglich von einer einzelnen Kerze erhellt war.

»Danke«, sagte sie zu ihrer Gastgeberin. »Ich bin Ihnen äußerst dankbar dafür, dass Sie solche Risiken auf sich nehmen.«

Die kleine, unscheinbare Frau zuckte mit den Schultern. »Das ist doch das Mindeste, was wir tun können«, erwiderte sie leise.

»Ich komme Sie um fünf abholen, Angeline«, sagte Frelon.

»Ich werde bereit sein.«

Er grinste sie an. Sie schätzte, dass sie ungefähr im gleichen Alter waren.

Die Tür schloss sich hinter ihm, und sie wandte sich ihrer Gastgeberin zu, die an einem langen Kirschholztisch stand. Der Fußboden mit den unebenen roten Fliesen war im Laufe der Jahre abgetreten worden. Auf einem Holzofen köchelte etwas in einem Topf.

»Danke. Haben Sie Kinder?«, fragte Lisette.

Madame Pascal nickte. »Unser ältester Sohn ist an der Front gefallen. Sein Bruder ist im Arbeitsdienst in Deutschland. Er hat noch acht Monate vor sich, und wir hoffen, dass er heil wiederkommt.«

Le Service du travail obligatoire oder STO, wie der verhasste Arbeitsdienst hieß, war Anfang des Jahres eingeführt worden und hatte die freiwillige Arbeit in Deutschland ersetzt. Der STO war dafür verantwortlich, dass Hunderte von Franzosen für das Reich schuften mussten. Sie hatten keine Wahl.

»Wir haben auch eine Tochter«, fuhr Madame Pascal fort. »Sie lebt in Marseille. Ihr Mann ist ebenfalls im Arbeitsdienst, deshalb zieht sie unsere Enkeltochter alleine groß. Ich sage ihr immer, sie soll nach Hause kommen.« Sie seufzte. »Kann ich Ihnen etwas anbieten? Kaffee vielleicht? Oder haben Sie Hunger?«

»Hunger habe ich keinen, danke, aber einen Kaffee trinke ich gerne.« Lisette dachte daran, dass hier in Frankreich Lebensmittel rationiert waren.

»Bitte, nehmen Sie Platz«, sagte ihre Gastgeberin. Ich habe diese Woche einen Kuchen gebacken. Ein kleines Stück bekommen Sie doch bestimmt herunter, oder?« Sie setzte Kaffee auf und schnitt ein Stück Früchtekuchen ab.

Es war schön, Französisch zu hören, auch wenn es sich um provenzalischen Dialekt handelte.

»Diese geheime Arbeit, die Sie da tun … haben Sie keine Angst, entdeckt zu werden?«

Madame Pascal schnaubte. »Sollen sie mich doch erschießen.« Sie lächelte Lisette erschöpft an. »Ich bin sehr vorsichtig, und ich weiß, das sind Sie auch, deshalb bleiben wir alle am Leben. Sein Freund ist der Beste in der ganzen Region«, sagte sie und nickte zur Tür.

»Der, den sie Faucille nennen?«

»Ja. Ich habe ihn noch nie zu Gesicht bekommen, und außer Frelon und Roger kenne ich auch niemanden, der ihn je gesehen hat. Aber er ist gut. Er wird Sie sicher dorthin bringen, wo Sie hinmüssen.« Madame Pascal stellte eine kleine Tasse mit einer schwarzen Flüssigkeit vor Lisette hin, die überhaupt nicht nach Kaffee roch. »Hören Sie auf ihn und erzählen Sie niemandem etwas, Mademoiselle Angeline. Dann kann Ihnen niemand etwas tun«, sagte sie.

Das Getränk war heiß und stark. Es würde Lisette wach halten. Dankbar trank sie einen Schluck und wärmte ihre Finger an der Tasse. Was immer es sein mochte, es schmeckte abscheulich.

Madame Pascal lächelte, was sie in dem schwachen Schein der Kerze noch trauriger aussehen ließ. »Sie müssen entschuldigen … wir haben keinen Kaffee mehr im Süden. Wir müssen mit gerösteter Gerste vorliebnehmen.«

»Ist schon in Ordnung«, log Lisette.

»Manchmal können wir Kaffee gegen unsere Kaninchen und ein oder zwei Hühner tauschen, wenn jemand aus Marseille vorbeikommt, aber ich glaube, mittlerweile gibt es auch dort keinen Kaffee mehr. Manchmal schmecke ich ihn in meinen Träumen.«

»Die Rationierung ist hart«, stimmte Lisette ihr zu.

»Die Deutschen nehmen uns alles, und unsere *milice* ist genauso schlimm. Aber unseren Mut können sie uns nicht nehmen, *eh*?«

Lisette hob ihre Tasse. »*Santé!*«

Schweigend tranken sie.

»Im Salon steht ein altes Sofa«, sagte Madame Pascal. »Ich habe Ihnen eine Decke hingelegt – bitte verzeihen Sie, dass ich kein Feuer gemacht habe. Wenn etwas passiert, gibt es eine kleine Tür, die aus dem Raum führt. Hinter dem Sofa ist eine Falltür versteckt. Von dort gelangen Sie in einen Schuppen. Aber verlassen Sie ihn nicht durch den Eingang. Klettern Sie die Leiter hinauf auf den Heuboden und weiter aufs Dach. Halten Sie sich rechts zum offenen Land hin. Frelon wird Sie schon finden.«

»Ich hoffe nicht, dass es dazu kommt.«

»Wir müssen für alles gewappnet sein. Das hat Faucille so angeordnet. Die *milice* kann jederzeit zuschlagen, und es könnte durchaus sein, dass sie uns an Madame Bernards Festabend überraschen wollen.«

»Es tut mir leid, dass Sie wegen mir dort nicht hingehen können.«

»Es ist mir ein Vergnügen, *mademoiselle.* Ich bin Gaullistin und betrachte es als meine Pflicht, meinen Teil beizutragen, so klein er auch sein mag.« Dann reckte sie die Faust und fügte leise hinzu: »*France libre!*«

Eine Minute vor fünf am nächsten Morgen küsste Lisette Madame Pascal auf beide Wangen und trat in den kalten, klaren Morgen hinaus. In Saignon war alles still. Ihre Gastgeberin hatte dafür gesorgt, dass Lisette eine Tasse heißen Gerstenkaffee getrunken hatte, und hatte ihr Brot und Ziegenkäse in eine Serviette eingewickelt. In Lisettes Manteltasche steckte sie nun noch eine Birne und einen Apfel. Frelon wartete bereits.

»Schon gut«, flüsterte Madame Pascal, als ihr Gast sich überschwänglich bedankte.

Lisette umarmte sie und wandte sich zum Gehen. Draußen war es noch dunkel.

»Wir müssen hier entlang über die Hügel.« Frelon zeigte ihr den Weg. »Am Rand der nächsten Ortschaft warten Pferd und Wagen auf uns.«

»Was ist da unten?« Lisette sah in der Ferne zahlreiche Lichter blinken.

»Das ist Apt. Im Moment kein so guter Ort. Dort wimmelt es von Deutschen. Lassen Sie uns gehen. Faucille wartet, und ich will nicht, dass uns jemand hier sieht.«

Sie verließen das hübsche Örtchen und begannen mit dem langen Aufstieg.

In offener Landschaft entspannte sich Frelon. »Konnten Sie etwas schlafen, *mademoiselle?*«

»Bitte, nennen Sie mich Angeline. Ja, ich habe zwei Stunden gedöst.«

»Gut. Heute soll es milder werden. Ich bin froh, dass wir so früh weggekommen sind. Warten Sie, ich trage Ihnen die Tasche.«

»Nein, bitte.«

»Ich bin dazu erzogen worden, höflich zu sein, Angeline. Außerdem wird der Weg noch steiler, und spätestens dann werden Sie mir dankbar sein.«

»Wenn Sie darauf bestehen.«

»Als sie ihm ihren kleinen Rucksack reichte, überflutete sie

Lavendelduft, und sie keuchte leise. »Oh, dieser Geruch ist wundervoll.«

Frelon nickte. »Er wird noch intensiver, wenn die Sonne die Felder erwärmt. Am besten ist er jedoch abends.«

»Ich komme aus einer Großstadt, dort riecht es nie so.«

»Sie kommen also aus der Großstadt. Wir versuchen, nicht zu viel zu fragen, aber es ist schrecklich, so stumm nebeneinander herzulaufen.«

Sie stimmte ihm zu. »Sind Sie von hier?«

»Ja. Ich kenne die Gegend gut. Die Lavendelfelder haben einer Familie aus diesem Dorf gehört.«

»Nicht mehr?« Sie runzelte die Stirn.

Er schüttelte traurig den Kopf. »Sie waren Juden. Letztes Jahr sind sie weggebracht worden. Es war schrecklich. Es war eine gute Familie, sie haben ihr ganzes Leben lang hier gewohnt. Wahrscheinlich sind sie jetzt in Gefangenenlagern.«

»Das tut mir leid. In London hat man uns nichts davon erzählt.«

»Vielleicht sagt Ihre Regierung den Leuten lieber nichts davon.«

Schockiert schüttelte sie den Kopf. »Wie furchtbar.«

»Wir haben durch unser Netzwerk erfahren, dass mehr als zehntausend Juden – ganze Familien, einschließlich Neugeborener – von der *milice*, die hier die Nazi-Befehle ausführt, verschleppt worden sind. Sie wurden im Vélodrome d'Hiver zusammengepfercht.«

»Ja, das kenne ich«, sagte sie traurig.

Er nickte. »Letztes Jahr haben sie daraus ein Gefängnis gemacht.«

»Ich kann mich an ein Glasdach erinnern. Es war sehr prachtvoll.«

»Sie haben es übermalt, damit die alliierten Bomber es nicht sehen können.«

Lisette wünschte plötzlich, sie hätte den Lavendel nie erwähnt. »Hoffentlich kann diese jüdische Familie eines Tages zu ihren Lavendelfeldern zurückkehren«, sagte sie.

Er warf ihr einen düsteren Blick zu. »Ich glaube nicht. Wenn die Gerüchte stimmen, kommt aus diesen Lagern niemand mehr raus.«

Lisette wollte nicht länger darüber reden. »Sind Sie verheiratet?«, fragte sie, um das Thema zu wechseln.

»Es gab jemanden, aber momentan ist nicht die richtige Zeit, um allzu weit im Voraus zu denken. Vielleicht sollte ich Sie bitten, meine Frau zu werden, wenn das alles vorbei ist. Immerhin sind Sie der erste Besucher, der tatsächlich französischer Herkunft zu sein scheint.«

Lisette grinste. »Sind Sie sicher, dass wir so reden sollten?« Sie blickte sich um und stellte überrascht fest, wie hoch sie bereits waren.

Saignon lag tief unter ihnen, und Apt konnte sie gar nicht mehr sehen. Sie befanden sich kurz vor einem Grat, auf dem mehrere Ansiedlungen lagen.

»Hier sind wir in Sicherheit. Das ist Maquis-Territorium. Dort drüben ist Bonnieux. Da unten Lourmarin.« Frelon rasselte einige weitere Namen herunter. Vielleicht würde sie sich eines Tages diese Orte ansehen. »Aber wir müssen diesem Weg folgen. Haben Sie Hunger?«

Sie log. »Nein, es geht mir gut.«

»Gut, dann können Sie ja warten, bis wir in Bonnieux sind.«

Neben dem Pferd und dem Wagen, die Frelon in Aussicht gestellt hatte, wartete ein Mann, der sie unter halb geschlossenen Lidern musterte.

»Die meisten unserer Pferde haben wir den Deutschen weggenommen«, erklärte Frelon, als sie sich neben ihn in den Karren setzte. »Danke«, rief er dem Mann zu.

Wortlos nickte dieser und fuhr los.

»Verzeihen Sie seine Manieren. Er ist ein glühender Gaullist. Ohne Menschen wie ihn könnte das Maquis nicht überleben.«

Während der Wagen dahinrumpelte, kramte Lisette in ihrer Tasche nach Madame Pascals Essen.

»Diese Bauern sind sehr mutig, wissen Sie«, fuhr Frelon fort. »Wir verstecken uns, wir laufen im Dunkeln herum, wir machen alles nur im Geheimen und benutzen Codenamen. Menschen wie er oder Madame Pascal dagegen leben ungeschützt. Sie treten der *milice* oder den Deutschen entgegen, wenn sie an ihre Tür hämmern, und lügen ihnen ins Gesicht, obwohl sie wissen, dass sie womöglich mit ihrem Leben dafür bezahlen müssen.«

»Mit ihrem Leben?«

»Ja, erst letzte Woche ist in einem Weiler ganz in der Nähe ein Mann vor den Augen seiner Familie erschossen worden, weil er unter dem Verdacht stand, Widerstandskämpfern zur Flucht verholfen zu haben.«

»Gibt es auch Massenexekutionen?«

»Wir hören alle möglichen unglaublichen Geschichten. Die Deutschen rächen sich an ganzen Dörfern, wenn sich auch nur einer der Bewohner ihnen widersetzt. Deshalb verlassen wir unsere Familien und verstecken uns, damit unsere Angehörigen und Nachbarn nicht den Preis für unseren Patriotismus bezahlen müssen.«

Auf einmal kamen Lisette alle Gefahren, für die das SOE sie ausgebildet hatte, schrecklich nahe vor. Als Frelon schwieg, hatte sie über vieles nachzudenken, und die Stille wurde nur von den klappernden Hufen des Pferdes durchbrochen.

12

Endlich konnte Lisette den Kirchturm von Bonnieux sehen, das sich über den Hügel bis zur Ebene hin ausbreitete. Ihr Herz sagte ihr, dass sie zu Hause war … obwohl sie nie südlicher als Paris gekommen war. Das war das ländliche Frankreich aus Erzählungen und Gemälden: Steinhäuser, die aussahen, als wären sie aus dem Fels geschnitten, lebhafte Farben, steinige Hügel, Nadelwälder und weite Ebenen. Aus dieser Entfernung wirkte das Leben friedlich und malerisch, aber Frelon erzählte ihr eine andere Geschichte.

»Von hier an müssen wir zu Fuß weiter«, sagte er warnend, »und wir müssen vorsichtig sein. Wir dürfen niemandem trauen.«

»Was ist mit dem Pferd?«

Er sprang vom Karren. »Unseren vierbeinigen Freund wird jemand abholen. Wir sollten lieber über den Hügel gehen, als den Weg zu benutzen.«

»Gibt es hier Deutsche?«

»Nein, aber manchmal kann ich mich nicht entscheiden, was schlimmer ist. Deutsche Soldaten oder *milice*. Sie wollen beide am liebsten alle Maquisards töten. Aber im Dorf wissen wir nicht, wer Freund oder Feind ist.«

»Warum kommen wir dann hierher?«

»Die Entscheidung hat Roger getroffen.«

»Wie lange bleiben wir?«

»Nur für eine Nacht. Roger wird auch hier sein. Er bleibt nie länger als eine Nacht irgendwo. Doch ein Bett hat er noch nie abgelehnt.«

»Wirklich?«

Frelon zwinkerte ihr zu. »Sie werden schon verstehen, warum.«

Überrascht über seine Andeutung lachte sie.

»Roger wird von den Maquisards sehr bewundert. Sie werden ihn mögen. Wenn wir angehalten werden, sind wir Bruder und Schwester. Mein Name ist Alain, und Sie sind Angeline. Ich bin fünfundzwanzig. Und Sie …?«

»Vierundzwanzig.«

»Ich komme aus Apt, Sie haben im Norden studiert.«

»In Lille«, sagte sie sofort.

»Kennen Sie die Stadt?«

Sie nickte.

»Was haben Sie in Lille gemacht?«

»Ich habe dort an der Universität studiert und in Straßburg gearbeitet. Ich bin hier im Süden für einen kurzen Besuch, bevor ich in Paris eine neue Arbeit anfange, für die gleiche Firma wie in Straßburg.«

»Haben Sie alle Papiere? Einen Passierschein für die freie Zone, alle Ausweise …?«

»Ja.«

»Dann lassen Sie uns losgehen.«

Sie liefen etwa eine Stunde um das Dorf herum, bevor Frelon sie zu einer niedrigen Mauer am Rand eines kleinen Steinhauses führte. Der Duft nach Gebackenem zog durch den Garten. An der Hintertür wuchsen Kräuter. Frelon klopfte.

»Wer ist da?«

»Alain, *madame*. Wir sind endlich da.«

Er klang völlig harmlos und lässig. Eine kleine, rundliche Frau öffnete ihnen die Tür. »Ah, Alain. Willkommen, willkommen. Das ist also Ihre Schwester. Hallo, ich habe schon viel von

Ihnen gehört.« Sie bat die beiden hinein, doch sobald die Tür hinter ihnen ins Schloss gefallen war, veränderte sich ihr Tonfall. »Keine Probleme?«

»Nein«, erwiderte Frelon.

»Ich bin Angeline«, sagte Lisette. »Es ist sehr nett von Ihnen, dass ich hier sein darf.«

Ihre stämmige Gastgeberin tänzelte leichtfüßig durchs Zimmer. »Ich tue alles, um denen die Stirn zu bieten«, sagte sie. »Ich bin Madame Marchand. Sie sind so jung, meine Liebe, und so dünn.« Sie kniff in Lisettes Oberarm. »Oh! Aber stark, was? Gut, dass ich gebacken habe, obwohl die Kekse eigentlich nur neugierige Nachbarn davon abhalten sollen zu fragen …«

»Sie duften köstlich«, gestand Lisette.

»Kommen Sie«, sagte die Frau und führte die beiden in ihre Küche. »Setzen Sie sich«, sagte sie und stellte den Wasserkessel auf. »Was ist mit Ihnen, junger Mann? Bleiben Sie hier?«

»Nein, ich kann nicht bleiben.« Frelon lächelte. »Passen Sie gut auf Angeline auf.«

»Mit meinem ganzen Herzen«, erwiderte Madame Marchand.

Spätabends, Lisette war in einem Sessel eingeschlummert, hörte sie auf einmal das Geräusch eines Motorrads. Sie blickte auf ihre Armbanduhr – es war die ihrer Mutter. Sie stammte aus Frankreich, ein weiteres Accessoire ihrer perfekten Tarnung. Es war kurz vor der Sperrstunde um zweiundzwanzig Uhr. Sie reckte sich und gähnte. Nur zu gern hätte sie sich die Zähne geputzt und das Gesicht gewaschen, aber sie hatte keine Toilettenartikel mitbringen dürfen. Madame Marchand begrüßte die Neuankömmlinge flüsternd an der Hintertür. Alle Lichter waren ausgeschaltet, nur zwei Kerzen brannten, die in der Zugluft flackerten.

Lisette stand auf, als zwei Männer die Küche betraten. Beide waren sehr groß und mussten sich herunterbeugen, um Madame

Marchand auf die Wangen zu küssen. Der größere von ihnen betrachtete Lisette mit einem Grinsen. Trotz der schlechten Beleuchtung sah sie, dass er blendend aussah, wie ein Filmstar. Das musste Roger sein.

»Angeline?«

»Ja«, erwiderte sie, unsicher, ob sie die Fremden mit Handschlag begrüßen sollte. Sie war erleichtert, als Roger den ersten Schritt machte.

»Wir sind hier in Frankreich«, sagte er liebenswürdig und küsste sie wie Madame Marchand auf beide Wangen. »Ich bin Roger.«

Er ist mindestens eins neunzig, dachte sie, als er sich tief zu ihr herunterbeugte. Sein Schnurrbart kratzte über ihr Kinn.

»Willkommen in der Provence«, sagte Roger. »Wir sind hier im Luberon, einem Gebirge, das von Osten nach Westen geht und durch eine Schlucht in zwei Teile gespalten ist. Auf beiden Seiten liegen zwei Täler und ihre Flüsse. Ich sage Ihnen das aus zwei Gründen – zum einen sind wir hier oben relativ sicher, zum anderen müssen Sie sich darauf einstellen, dass eine anstrengende Reise vor Ihnen liegt. Ich hoffe, Sie sind in der Lage, durch raues Gelände zu marschieren.« Er lächelte freundlich. »Von hier ist es weit nach Paris.«

»Haben Sie in Belgien Französisch gelernt, Roger?«, fragte Lisette.

Er grinste. »Mein Großvater ist Belgier, aber ich habe eigentlich viel Zeit in Frankreich verbracht. Sie müssen mir erzählen, was mich verraten hat. Zunächst möchte ich Ihnen aber meinen Freund vorstellen. Er zieht es vor, Faucille genannt zu werden.«

Sichel, dachte Lisette. Der Name passte zu ihm. Er musterte sie scharf. »*Monsieur*«, sagte sie. »Angeline.«

Er küsste sie nicht, sondern nickte ihr nur zu. »Angeline«, wiederholte er.

Seine Stimme war leise, wenngleich viel weicher, als Lisette angesichts seines finsteren Blicks erwartet hatte. Als er einen Schritt auf sie zutrat und direkt vor ihr stand, stellte sie fest, wie gut er aussah. Seine blonden Haare und die durchdringenden hellen Augen waren ungewöhnlich in diesem Teil der Welt.

»Ich hoffe, Sie haben noch andere Kleidung dabei«, sagte er.

»Unverblümt wie immer«, warf Roger ein.

Lisette versteifte sich. Faucilles Französisch war perfekt, allerdings hörte man ihm den Süden gar nicht so sehr an. Sein Akzent hätte ohne Weiteres als pariserisch durchgehen können. »Meine Kleider?«

»Sie sind nicht geeignet«, sagte er zu Roger, ohne auf ihren Einwurf zu achten.

»Die Sachen sind alle aus Frankreich«, widersprach sie entsetzt.

Ungerührt blickte er sie an. Lisette war irritiert, trotzdem fiel ihr auf, wie stark er war. Die Fältchen um seine Mundwinkel deuteten darauf hin, dass er gerne lachte. »Sie sind viel zu teuer«, erklärte er abfällig. »Sie können gerne Ihr Leben riskieren, *mademoiselle*, aber nicht meins.«

Das sollte der Mann sein, von dem Madame Pascal in den höchsten Tönen geschwärmt hatte? Wie ungehobelt! »Sie sind mehrere Jahre alt«, erwiderte sie.

Er schüttelte den Kopf und kniff die Augen zusammen. »Sie sehen neu und viel zu chic aus für diesen Teil von Frankreich. In Paris würden Sie damit wahrscheinlich nicht auffallen, hier erregen Sie damit ganz sicher Aufmerksamkeit. Außerdem müssen wir über die Berge, und da nützen die Sachen Ihnen nichts, vor allem nicht diese Schuhe. Das Mädchen vom Land wird Ihnen niemand abnehmen, außerdem ist Ihre Kleidung nicht warm genug.«

Diese Arroganz! »Ich weiß es zu schätzen, Faucille, dass Sie um mein Wohlergehen besorgt sind, nur …«

»Um Ihr Wohlergehen bin ich weniger besorgt. Ich möchte Sie nur nicht über den Berg tragen müssen, weil Sie Frostbeulen an den Füßen haben. Ich möchte auch keine Kugel in den Kopf bekommen, weil Ihre Kleider uns verraten haben.« Er zuckte mit den Schultern. »Ziehen Sie sich etwas anderes an, oder suchen Sie sich einen neuen *passeur*.«

Mit offenem Mund blickte sie zu Roger, der ihren Blick amüsiert erwiderte. »Er ist immer wieder zum Schreien komisch, nicht wahr?«

Lisette beobachtete, wie Madame Marchand sanft Rogers Arm berührte. »Roger, Sie können gerne so viele Nächte hier bleiben, wie Sie wollen. Sie sind jederzeit willkommen, das wissen Sie.«

»Ich weiß, *madame*, aber eine Nacht ist mehr als genug.«

Madame Marchand warf Lisette einen Blick zu. »Wir nennen ihn Großfuß – seine Füße hängen aus dem Bett heraus.«

Lisette lächelte die Frau, die solche Risiken auf sich nahm, freundlich an, während sie innerlich vor Wut über Faucille schäumte, jenen Mann, mit dem sie von morgen an unterwegs sein würde. Sie blickte ihn zwar nicht an, aber alle ihre Sinne waren auf ihn gerichtet. Der Duft nach Lavendel, den er mit hereingebracht hatte, seine Bartstoppeln, seine Stimme. Ohne ihn direkt anzusehen, wusste sie, dass er entspannt dastand, die großen Hände in den Taschen vergraben, und sie offen anstarrte. Ihre Wangen brannten, und sie war dankbar für die schwache Beleuchtung.

»Sie müssen völlig erschöpft sein, Roger«, sagte Madame Marchand. »Kommt, Männer, ihr müsst etwas essen.« Sie stieß Faucille an. »Setzen Sie sich.«

»Nein, *madame*. Mit so vielen Fremden im Haus gehen Sie ein zu großes Risiko ein.«

Sie gab einen ungeduldigen Laut von sich. »Ich könnte Ihre

Mutter sein. Sie brauchen mir nicht zu sagen, was ich tun oder lassen soll.«

Lisette merkte, dass Faucille ihr erneut einen verstohlenen Blick zuwarf, doch sie sah weg.

»Kommen Sie, Angeline«, sagte Madame Marchand. »Ich bestehe darauf, dass Sie etwas essen.«

Die alte Frau deckte den Tisch für sie mit, aber Lisette aß nur wenig, weil die Anwesenheit der beiden Männer, die über ihre Zukunft bestimmten, sie lähmte.

Roger sah nicht nur blendend aus, er besaß auch Ausstrahlung und war zudem intelligent. Sie unterhielten sich über ihre Ausbildung in Schottland, und Lisette stellte fest, dass er keine einzige Frage zu ihrem Privatleben, zu ihrer Mission oder den Details ihrer Tarnung stellte. Sofort begriff sie, dass auch er nicht gefragt werden wollte.

»Wir leben im Hier und Jetzt, Angeline«, sagte er ruhig. »Meine Aufgabe ist es, dafür zu sorgen, dass Sie sicher von Bonnieux nach Norden kommen.«

Die Gastgeberin schenkte ihnen zum Gerstenkaffee kleine Gläser Schnaps ein, der wahrscheinlich aus Kartoffelschalen gebrannt war.

»Verstehe.«

»Dafür müssen Sie mir versprechen, dass Sie Faucille vertrauen. Er kennt die Region hier wie seine Westentasche, mit ihm wird Ihnen nichts passieren.«

Lisette musterte ihren Begleiter. Wenn er nicht so einen finsteren Gesichtsausdruck machen würde, könnte er bestimmt alle Frauenherzen in der Provence brechen. Wahrscheinlich machte ihn sein Schweigen so interessant – bis jetzt hatte er noch kein Wort über sich gesagt. Er wirkte sehr zurückgezogen. Ab und zu spürte sie, wie er sie anschaute, und dann blitzte in seinen blauen Augen etwas auf. Aber sie stellte auch fest, wie viel Respekt er

Madame Marchand entgegenbrachte, und unwillkürlich fragte sie sich, ob hinter seiner schroffen Fassade ein sanftes Herz wohnte.

»Wenn Faucille eine bestimmte Route vorgibt, stellen Sie das besser nicht in Frage«, sagte Roger. »Hören Sie einfach auf ihn.«

»Natürlich. Wohin wird Faucille mich bringen?«

»Wenn Sie etwas von mir wissen wollen, können Sie mich auch direkt fragen«, warf Faucille ein.

Endlich hatte Lisette eine Reaktion provoziert. Gut. Er hatte also auch Emotionen. Sein Akzent klang definitiv nach Marseille, aber es waren auch noch andere Einflüsse zu hören. Erst jetzt, als sie ihn genauer betrachtete, wurde ihr klar, was sie seit seiner Ankunft gestört hatte. Sein honigfarbener Teint deutete darauf hin, dass er schnell braun wurde, doch seine Augen waren hellblau, und er hatte blonde Haare. Er hatte bestimmt angelsächsisches Blut.

»Sind Sie deutscher Herkunft?«, fragte sie leise auf Deutsch.

Es wurde kalt im Zimmer. Roger und *madame* wechselten einen besorgten Blick.

»Ja, ich bin Deutscher«, erwiderte Faucille auf Französisch. Er erwiderte ihren Blick, ohne zu blinzeln.

»Verzeihen Sie mir, *monsieur*«, sagte Lisette.

Roger legte ihr die Hand auf den Arm. »Von Faucille haben Sie nichts zu befürchten. Taten sprechen lauter als Worte, und er hat bereits bewiesen, dass er ein französischer Patriot ist.«

»Wie gut sprechen Sie Deutsch?«, fragte Faucille.

»Fließend.«

»Das könnte nützlich sein«, sagte er leise zu sich selbst. Dann wandte er sich wieder an sie. Anscheinend hatte sie ihn endlich geknackt. »Ursprünglich hatte London mich gebeten, Sie bis nach Paris zu bringen. Das kann ich zwar tun, *mademoiselle*, aber im Süden wird es zunehmend ungemütlich. Die Gestapo ist auf einmal viel aktiver hier, und wenn Sie erst im Zug nach Norden sitzen, bin ich Ihnen nur eine Last. Alleine sind Sie sicherer, doch diese Entscheidung können wir treffen, wenn es so weit ist.«

»Genau!«, sagte Roger. »ich lasse Sie in Faucilles Obhut zurück, Angeline. Ihnen beiden allen erdenklichen Erfolg. Passen Sie auf sich auf. Ich breche schon vor Tagesanbruch wieder auf.«

»Wir auch«, sagte Faucille.

Sie sprachen noch ein bisschen über die Reise, aber dann wurde Lisette müde. Die langen Tage in der Gesellschaft dieses stacheligen Maquisards, die vor ihr lagen, lasteten auf ihrer Seele.

»Durch Gordes?«, fragte Roger gerade.

»In der Abtei werden wir auf mitfühlende Ohren stoßen.«

Die leisen Männerstimmen und die körperlichen Anstrengungen der letzten Tage begannen sich bemerkbar zu machen. Lisette schüttelte den Kopf, um ihn wieder frei zu bekommen. Ihr war auf einmal schwindlig. Sie stand auf und räumte den Tisch ab. Madame Marchand wehrte ab, doch Lisette wollte sich bewegen. Einmal beugte sie sich zu Faucille herüber, um sein Glas zu ergreifen. Er ließ sie kaum an sich herankommen. Als sie die Krümel abwischte, standen die Männer auf. Faucille küsste Madame Marchand und entschuldigte sich.

Roger sagte zu Lisette: »Er muss noch eine Besorgung machen.«

»Oh«, sagte Lisette, »ich dachte, wir blieben heute Abend alle hier.«

»Das war auch so geplant, *mademoiselle*, bis ich Ihre Kleider gesehen habe«, sagte Faucille. »Ich kenne jemanden, der mir welche für Sie leihen kann.«

Gekränkt erwiderte Lisette: »Dann können Sie ja dort übernachten.«

Er betrachtete sie mit spöttischer Miene, und seine Verachtung war deutlich zu spüren. Sie war erst knapp vierundzwanzig

Stunden in Frankreich, und schon zankte sie sich mit der einzigen Person, die ihre Sicherheit gewährleisten konnte.

»Danke, Faucille«, sagte Roger und klopfte ihm auf den Rücken. »Falls wir uns morgen nicht mehr sehen, wünsche ich dir viel Glück. Pass auf dich auf!«

Faucille nickte Roger zu. »Unsere Pfade werden sich sicher bald schon wieder kreuzen. Pass auch du auf dich auf, und fahr nicht zu schnell mit dem Motorrad die Hügel herunter, *eh*?«

Sie grinsten beide. Lisette wurde klar, dass jeder Abschied der letzte sein konnte.

»*Bonne nuit, mademoiselle*«, sagte Faucille zu ihr, ohne sie zu küssen oder ihr die Hand zu schütteln. »Ich komme im Morgengrauen wieder. Danke für das Essen«, sagte er zu Madame Marchand, und mit einem letzten Nicken zu Roger verschwand er leise in der Nacht.

Roger blickte ihm nach, dann wandte er sich an Lisette. »Ich würde jeden Tag ohne Bedenken mein Leben in seine Hände legen. Bitte denken Sie daran, wenn Sie mit ihm unterwegs sind. Es führt zu nichts, jenen Menschen, die ihr Leben und ihre Familien aufs Spiel setzen, um uns in Sicherheit zu bringen, hochmütig entgegenzutreten.«

Sie senkte beschämt den Kopf. »Hat er Familie?«

»Seine Familie wurde von der Polizei getötet. Er hat gute Gründe, dem Maquis anzugehören.«

Sie blickte stirnrunzelnd auf. »Warum haben sie denn eine französische Familie getötet?«

»Das soll er Ihnen selbst erzählen, wenn er will. Er führt einen Privatkrieg. Bleiben Sie so unpersönlich und distanziert wie möglich.«

Als sie nickte, fuhr er fort: »Denken Sie daran, wenn Sie Fahrrad fahren – das häufigste Transportmittel hier –, dass Sie die Verkehrsregeln einhalten. Wenn Sie den Deutschen einen Vorwand geben, um Ihre Papiere zu kontrollieren, und sie entdecken eine Nummer, die es nicht gibt, dann ist alles vorbei. Und jetzt ruhen Sie sich aus, Angeline.«

»Ja, Sir«, flüsterte sie.

Er grinste. »So hat mich seit meiner Zeit als Ausbilder keiner mehr genannt«, sagte er. »Gute Nacht. Machen Sie uns stolz.«

13

Es war noch dunkel, als Madame Marchand Lisette weckte. Rasch setzte sie sich auf. Einen Moment lang war sie desorientiert, dann wusste sie wieder, wo sie war. »Ist Faucille da?«

»Ja. Er hat Ihnen das hier mitgebracht. Sie sollten die Sachen anprobieren.«

Lisette schaute das Bündel Kleider an, das ihre Gastgeberin in der Hand hielt. »Danke.«

»In der Schüssel ist Wasser – auch ein bisschen Seife. Und ich habe Ihnen eine Bürste hingelegt. Passen Sie auf, dass niemand Sie sieht, wenn Sie nach draußen auf die Toilette gehen.«

Sie nickte. »Ist Roger schon wach?«

Madame Marchand lächelte. »Er ist vor zwei Stunden aufgebrochen. Er bleibt nie lange.«

Lisette fühlte sich auf einmal seltsam allein. »Ich habe sein Motorrad gar nicht gehört.«

»Er hat es aus dem Dorf geschoben. Ich soll Ihnen alles Gute von ihm wünschen. Sie sollen daran denken, dass Sie nicht hier wären, wenn gewisse Leute nicht dächten, dass Sie das Zeug dazu haben.« Liebevoll drückte sie Lisette die Schulter. »Er sagte, Sie sollen auf Ihren Instinkt vertrauen. Seine Intuition hat ihn mehr als einmal vor einer Kugel bewahrt.«

Lisette lächelte, als die freundliche Frau ging. Sie starrte auf die gespendeten Kleider und zog sich seufzend um. Das schlichte Kleid passte ihr ganz gut. Es war streng in Schnitt und Form, mit einem Gürtel und dreiviertellangen Ärmeln, die schon ein wenig fadenscheinig waren. Aber es war warm, und dazu hatte Faucille eine hellblaue Strickjacke mitgebracht, die am Ellbogen gestopft war. Sie trug jetzt braune Schnürschuhe, ältere, dickere Strümpfe ersetzten ihre feinen neuen. Als Lisette sich im Spiegel betrachtete, dachte sie, dass gerade die Strümpfe sie hässlicher machten als das ganze verschlissene Ensemble.

Sie schüttelte den Kopf. Eitelkeit war bisher kein Problem für sie gewesen, allerdings hatte sie sich auch noch nie den Kopf darüber zerbrechen müssen, ob Männer sie attraktiv fanden.

Als sie in die Küche kam, saß Faucille bereits am Tisch und frühstückte. Sie wollte ganz von vorn mit ihm anfangen – das *musste* sie.

»Danke für die Kleider«, sagte sie und schloss die Tür.

Er blickte auf. »Jetzt sehen Sie aus, als ob Sie aus der Provence kämen. Und das bedeutet, dass Sie nicht auffallen werden.«

»Soll ich meine Sachen einpacken oder …«

Er biss in ein Stück und musterte sie. »Nein, nicht nötig. Ich habe bereits Verwendung dafür.«

Lisette schenkte sich Kaffee ein. Langsam gewöhnte sie sich an das Gerstengebräu. »Was heißt das?«

»Sie haben ein neues Zuhause gefunden. Ein fairer Tausch.«

Ihre Mutter hatte ihr diese Kleider geschickt. Das letzte Geschenk von Sylvie, bevor … Oje, sie sollte besser nicht so denken.

»Gibt es ein Problem?«, fragte er.

»Nein. Ich hoffe, Ihre Freunde können sie gut gebrauchen.«

Faucille betrachtete sie eingehend, und ihr wurde unbehaglich unter seinem Blick.

»In der Öffentlichkeit kann ich Sie wohl kaum Faucille nennen«, sagte sie. »Welchen Namen soll ich benutzen?«

»Wir sollten einen nehmen, den Sie nicht vergessen. Wie wäre es mit dem Namen Ihres Vaters?«

Sie zögerte. »Er hieß Max. Maximilian.«

»Das ist nicht sehr französisch.«

»Er war Deutscher«, sagte sie.

»Das erklärt einiges«, sagte er und blickte sie noch aufmerksamer an.

»Meine Mutter war Französin. Sie sind allerdings beide tot.«

»Wir könnten den Namen Ihres ersten Freundes nehmen.«

Den Namen Jack brachte sie nicht über die Lippen. Stattdessen dachte sie an den ersten Jungen, der sie geküsst hatte. »Olivier«, antwortete sie.

»Dann bin ich Olivier.«

»Aber Ihre Papiere?«

»Das ist etwas anderes«, erwiderte er fast fröhlich. »Wir können später über eine Tarnung reden. Es ist Zeit aufzubrechen. Sind Sie bereit?«

Sie hatte sich noch nicht einmal etwas zu essen genommen. »Beinahe.«

»Beeilen Sie sich bitte, *mademoiselle*. Wenn es hell wird, müssen wir möglichst weit vom Dorf entfernt sein.«

So höflich war er die ganze Zeit über nicht gewesen.

Nach Lisettes Schätzung legten sie eine Strecke von etwa fünfzehn Kilometern zurück. Sie war erschöpft, weil es die ganze Zeit bergauf gegangen war, aber sie wollte sich vor Faucille nichts anmerken lassen. Als ob er ihre Gedanken lesen könnte, drehte er sich zu ihr um.

»Sie sollten sich ausruhen.«

»Nur wenn Sie …«, begann sie. Hoffentlich keuchte sie nicht zu sehr.

»Das ist einer meiner Lieblingsaussichtspunkte«, unterbrach er sie. »Sehen Sie, da unten liegt Bonnieux. Rechts davon Lacoste.«

»Und in der Ferne?«, fragte sie und hielt den Atem an. Die

Landschaft war wundervoll. Über dem Tal verschwammen die Herbstfarben und ließen die zerklüfteten Felsen der Hügel weicher erscheinen.

»Wenn Sie die Augen zusammenkneifen, können Sie dort hinten Avignon sehen«, sagte er und zeigte in die Richtung.

»Ich vertraue Ihnen«, sagte sie und freute sich, als er lächelte.

Sein Gesicht wurde dadurch noch attraktiver. Und seine Augen … sie waren nicht mehr nur blau, sondern von einem tiefen Aquamarin. Jetzt, da er entspannter war, klang auch seine Stimme weicher – und sie fühlte sich in seiner Gegenwart gut aufgehoben und sicher. Geschmeidig und leichtfüßig bewegte er sich mit seinem muskulösen Körper über den steinigen Pfad, während Lisette oft stolperte und aus dem Tritt kam. Seine Selbstbeherrschung verlieh ihm eine selbstbewusste Ausstrahlung, die unleugbar attraktiv war.

»Wohin gehen wir eigentlich?«

»Nach Gordes und morgen weiter nach Cavaillon. Von dort aus fährt der Zug nach Norden.«

Sie nickte. Für sie war es bedeutungslos, er allein kannte den Weg über die Berge.

»Essen Sie das Obst, das Sie mitgebracht haben, dann passt Ihnen das Kleid vielleicht besser.«

»Hosen wären wahrscheinlich vernünftiger gewesen.«

»Vielleicht. Aber dann hätte uns bestimmt eine deutsche Patrouille – oder, schlimmer noch, die *milice* – angehalten, weil Sie dann ausgesehen hätten wie ein Maquisard.« Er bedeutete ihr, sich neben ihn auf einen Felsen zu setzen. »Wir können ein paar Minuten Pause machen.«

Es war offensichtlich, dass er sich draußen wesentlich wohler fühlte. Er wirkte viel offener und gelassener.

»Erzählen Sie mir von Ihrem Leben als Maquisard«, bat Lisette. Nach seinem Leben vor dem Krieg fragte sie lieber nicht.

Er zuckte mit den Schultern. »Da gibt es nicht viel zu erzählen. Wir leben spartanisch und sabotieren so viel wie nur möglich, um den Boches das Leben schwer zu machen, und wir sterben … regelmäßig.«

»Töten Sie auch?«

»Oh ja. Wenn wir können, töten wir auch, aber das kommt eher selten vor«, erwiderte er, und bei seinem sachlichen Tonfall lief es ihr kalt über den Rücken. »In der Hauptsache schneiden wir Telefonleitungen durch, jagen Eisenbahnschienen in die Luft, zerstören Brücken und Straßen, blockieren Zugänge und leiten Lieferungen um. Wir sind wie Bienen und stechen zu, sooft wir können. Den Todesstoß können wir dem Monster zwar nicht versetzen, doch wir können es schwächen.«

»Wovon leben Sie, wenn Sie sich ständig verstecken müssen?«

»Es gibt überall Sympathisanten, die stolz auf das sind, was wir tun. Die Dorfbewohner versorgen uns mit Lebensmitteln, die uns ihre Kinder in Spielkarren bringen. Kinder verdächtigt nie jemand.«

»Sehen denn die Kinder die Maquisards?«

»Nein, nie. Wir halten uns so sehr im Verborgenen, dass noch nicht einmal ich Ihnen sagen könnte, wer aus dem Dorf ein Kollaborateur und wer ein Maquisard ist.«

»Wirklich?«

»So können wir einander nicht verraten.«

»Was für eine Art zu leben.«

»So ist es nun mal. Wir arbeiten zu zweit, höchstens zu dritt.«

»Sie und Frelon?«

»Und noch einer. Sie werden ihn oben in Gordes kennen lernen.«

»Wird dort Lavendel angebaut?«

»Warum fragen Sie?« Er wirkte fast melancholisch.

»Ich habe Lavendel an Ihnen gerochen, als Sie kamen.« Er

nickte, beantwortete ihre Frage jedoch nicht. »Es war schön in Saignon, mit all dem Lavendel.«

Er nickte traurig. »Ich komme von dort.«

Ihr stockte der Atem, weil seine Stimme so gebrochen klang. Sie musste daran denken, was Roger ihr über Faucilles Familie erzählt hatte.

»Das hätte ich Ihnen nicht sagen dürfen«, sagte er. »Jetzt muss ich Sie natürlich töten.« Er lächelte, und für einen Moment veränderte sich sein gesamtes Verhalten, als ob die Novembersonne hinter den Wolken hervorgekommen wäre, um sie zu wärmen.

Lisette war sich seiner Anwesenheit sehr bewusst. Wenn ihre Hände sich beim Gehen zufällig berührt hatten oder sie mit den Hüften aneinandergestoßen waren, hatte sie sich immer rasch entschuldigt. Ihr war aufgefallen, dass er auf sie genauso reagierte. Ob sie wohl jemals seinen wirklichen Namen erfahren würde?

»Bitte erst nach meiner Mission«, bat Lisette und erwiderte sein Lächeln.

»Wenn man die seltsame Route bedenkt, die Sie nach Paris nehmen, und die Arrangements, die wir für Sie treffen mussten, schließe ich daraus, dass Sie für die Briten sehr wichtig sind, Angeline … und dass Ihre Mission äußerst gefährlich ist.«

Die Mission. Sie hatte versucht, nicht zu oft daran zu denken. Es war ein fließendes Konzept, das sich nach ihrer Intuition richtete, und sie konnte selbst entscheiden, wie sie vorgehen wollte. Bis jetzt wusste sie noch nicht, ob sie ihr Opfer einfach nur verführen oder zum Überlaufen bringen würde. Man warf sie einfach in den Löwenkäfig und erwartete von ihr, dass sie das Raubtier zähmte.

»Ja, das stimmt. Ich hoffe, ich enttäusche meine Auftraggeber nicht.«

»Wie alt sind Sie?«

»Vierundzwanzig.«

»Haben Sie Familie?«

»Nur noch meine Großeltern. Da wir schon einmal so aufrichtig sind, was ist mit Ihnen?«

Er zog scharf die Luft ein. »Ich glaube, wir sollten weitergehen.« Er stand auf, und die vertraute Stimmung löste sich in nichts auf.

Gekränkt sprang sie auf. »Ich wollte nicht indiskret sein.«

Er drehte sich zu ihr um. »Familie ist ein schwieriges Thema. Vielleicht …«

»Ist schon in Ordnung. Erzählen Sie mir von Gordes. Wo liegt es?«

»Da oben.«

Wieso hatte sie den Ort nicht gesehen? Auf den letzten Kilometern hatte sie beständig zu Boden geschaut und ihre Schritte denen von Faucilles angepasst. So konnte sie ihre Gedanken schweifen lassen. Das half, die stillen Stunden, den Hunger und die Einsamkeit zu überwinden. Und dabei ragte genau über ihr ein unglaublicher Ort empor, dessen Häuser in die Felsen gebaut waren. Die Sonne hatte ihren Höhepunkt bereits überschritten und tauchte das Gestein in goldenes Licht. Sie waren jetzt seit etwa sieben Stunden unterwegs.

»Eine Ansiedlung aus römischer Zeit, seit jeher eine Festung und nun ein Stützpunkt der Résistance«, sagte Faucille und grinste, weil sie mit offenem Mund nach oben starrte.

»Es ist atemberaubend«, murmelte sie.

»Ja, aber die *milice* weiß, dass wir uns hier aufhalten. Wir müssen sehr vorsichtig sein. Sie können hier nicht patrouillieren wie wir, doch sie überfallen uns regelmäßig, seit die Deutschen in Frankreich einmarschiert sind.«

»Warum riskieren Sie es dann hierherzukommen?«

»Es ist immer noch sicherer, als in Cavaillon zu übernachten.

Könnten wir bitte ein bisschen schneller gehen? Wir müssen vor Einbruch der Dunkelheit im Kloster sein.«

Sie brauchten noch eine Dreiviertelstunde, bis sie endlich in Gordes ankamen. Lisettes Freude war jedoch nur von kurzer Dauer. Kurz nachdem sie in die gewundenen Gässchen des Ortes eingetaucht waren, verwandelte sich ihr Entzücken in heftige Angst. Das Herz schlug ihr bis zum Hals. Vom Dorfplatz her näherte sich das Geräusch marschierender Stiefel und von Fahrzeugen – das konnten nur Deutsche sein.

»Ich hätte Sie warnen sollen«, sagte Faucille, der ihre Unruhe spürte.

»Ich muss mich erst daran gewöhnen.«

»Ja, stimmt. In Paris wird es schlimmer sein.«

»Was bedeuten all diese Anschläge?«, fragte sie und wies mit dem Kinn auf die Mauern, an denen zahlreiche Plakate hingen.

»Die sind neu«, bemerkte Faucille.

DES LIBERATEURS stand in Großbuchstaben darauf, und darunter waren etwa ein Dutzend Fotos von Männern abgedruckt. Sie wurden beschrieben als Teil einer Armee des Verbrechens. Es sei die Pflicht aller Dorfbewohner in der Region, der Polizei zu melden, wenn sie etwas von diesen Männern hörten.

Es war unzweifelhaft Frelon, der ihnen zwischen all den anderen Gesichtern von dem Plakat entgegengrinste. Lisette erstarrte und suchte unwillkürlich nach Faucilles Gesicht. Er war jedoch nicht darunter. Auch er wirkte erschrocken.

»Wir dürfen hier nicht stehen bleiben«, sagte er und ergriff ihre Hand. Es war das erste Mal, dass er sie berührte. Seine Hand war groß und trocken, die Hand eines Bauern. Seine Wärme beruhigte sie. »Geh mit mir, als ob wir Freunde wären«, drängte er.

Sie holte tief Luft und schmiegte sich ein wenig enger an ihn, damit er den Arm um ihre Schultern legen konnte, ohne dass es steif wirkte. Es war keinen Moment zu früh. Soldaten bogen in die Gasse ein, machten ihr Angst. Trotzdem konnte sie nur an den Lavendelduft denken, der sie einhüllte.

»Sprich mit mir«, flüsterte sie flehend. »Über irgendetwas.«

Er reagierte sofort. »Und da habe ich ihm gesagt, er soll abhauen.« Faucille machte eine ausholende Armbewegung. »Er hält sich für besonders klug, aber ich sage dir, meine Pflanzen sind viel besser. Ich lasse sie einfach noch ein bisschen länger stehen, damit die Bienen …« Fassungslos sah Lisette zu, wie er absichtlich gegen den Arm eines der Soldaten schlug, die sich an ihnen vorbeidrängten. »*Pardon, monsieur*«, sagte er höflich.

Der Soldat verzog das Gesicht, und sein Blick glitt zu Lisette, die Faucille fest im Arm hielt.

»Papiere!«, befahl er. »Leben Sie hier?«, fragte er in schrecklichem Französisch. Er war jünger als sie, mit rosigen Wangen und so kurz geschnittenen Haaren, dass sein Schädel beinahe rasiert wirkte.

Sie kramten ihre Papiere hervor. Lisette war vor Angst fast wie gelähmt, weil sie dem Feind so dicht gegenüberstand.

Überraschenderweise war Faucille weder angespannt noch nervös. »Nein, ich besuche nur eine alte Flamme«, erwiderte er auf Deutsch.

»Sie sprechen Deutsch?«, rief der junge Soldat aus. Sein Benehmen wurde sofort freundlicher.

»Ich *bin* Deutscher«, erwiderte Faucille, der immer noch nach seinen Papieren kramte. »Allerdings wohne ich in Frankreich. Verzeihen Sie mir, dass ich eine so ausholende Geste gemacht habe. Ich habe mich so gefreut, sie wiederzusehen.«

»Ach, das macht nichts«, sagte der Soldat. Er grinste sie an und schien die Papiere bereits vergessen zu haben. Er winkte seinen Gefährten zu. »Wir haben heute Abend frei und wollen ein Bier trinken.«

»Versuchen Sie es mal in Monsieur Grigons Bar«, sagte Faucille in verschwörerischem Tonfall. »Er hat deutsches Bier. Unter der Theke. Lassen Sie sich nicht mit Ausreden abspeisen.« Faucille grinste. »Sagen Sie ihm, Lukas habe Sie geschickt. Aber erzählen Sie den anderen besser nichts davon, ja?«

»Leben Sie hier in der Gegend?«, fragte der Soldat.

Faucille wies mit dem Kinn in eine Richtung. »Im Norden, in Sault.«

»Machen Sie keinen Arbeitsdienst?«

»Ich bin Bauer«, erklärte Faucille.

»Ein deutscher Bauer in Frankreich?«

Faucilles Lächeln wurde breiter, aber es erreichte seine Augen nicht. »Klingt verrückt, was? Ich bin in Bayern geboren, und meine Mutter ist mit mir nach Südfrankreich gezogen. Für die Behörden bin ich französischer Staatsangehöriger.« Er legte die Hand auf sein Herz. »Hier drin bin ich jedoch Deutscher.«

Der junge Soldat grinste. »Passen Sie auf, dass Sie nicht eingezogen werden.«

»Ich würde gerne, aber sie brauchen meine Pflanzen. Ich darf meinen Hof nicht verlassen.«

»Haben Sie ein Glück.« Der Blick des Soldaten glitt zu Lisette. »Die Dame hat nicht zufällig eine Schwester?«

Bevor Lisette etwas sagen konnte, antwortete Faucille: »Nein, aber ich kann Sie mit ihrer Freundin zusammenbringen.« Er zwinkerte. »Hey, diese Hunde vom Maquis«, sagte er und wies auf das Plakat. »Habt ihr schon welche geschnappt?«

»Vier bis jetzt. Und der da«, sagte er und zeigte auf Frelon, »wird uns vermutlich bald in die Falle gehen. Heute Abend können Sie sich die Exekutionen anschauen.« Er grinste.

»Also, bis dann«, erwiderte Faucille gespielt fröhlich.

Der Soldat ging weiter, und Faucille packte Lisette fest um die Taille, ohne jedoch seine Schritte zu beschleunigen. »Wir müssen hier raus.«

»Das ist mir klar. Stimmt das Gerede über die Bar?«

»Das Wenigste. Monsieur Grignon wird eine schöne Überraschung erleben.«

»Wird er dich anzeigen?«

»Er wird noch nicht einmal ahnen, wer die Soldaten zu ihm geschickt hat. Ich weiß, dass er ein Kollaborateur ist. Aber er gibt es nicht zu.«

»Wohin gehen wir jetzt?«

»Zum Kloster Sénanque. Ich muss Laurent eine Nachricht schicken.«

»Laurent?«

»Frelon. Vergiss, dass du den Namen gehört hast. Es ist nur eine Belastung, ihn zu kennen.«

»Ich passe schon auf. Sagst du mir auch deinen Namen?«

Statt zu antworten, blickte er die Straße entlang, die zum Marktplatz führte.

Kurz darauf saßen Lisette und Faucille in einem Karren, den ein schweigsamer Mönch lenkte, und fuhren zum Kloster.

»Der Mönch ist stocktaub«, versicherte Faucille ihr. »Mit ihm bin ich schon einmal gefahren. Wir können also offen reden, weil wir unsere Tarnung besprechen müssen. Das Plakat ändert alles. Wenn sie über Laurent Bescheid wissen, kommen sie bald auch auf mich.«

»Was bedeutet das?«

»Es bedeutet, dass ich dich nicht alleine mit dem Zug nach Paris fahren lassen werde.«

»Du kommst mit?«

»Ich bin mir nicht sicher, aber unter Umständen ist es zu

schwierig, im Süden zu bleiben. Vielleicht sollte ich wenigstens eine Zeit lang verschwinden. Für die Résistance kann ich von überall arbeiten.«

Wie so viele Pilger vor ihr bewunderte Lisette das schmale, bewaldete Tal, das sie durchquerten. Vor ihnen, am Fuß eines steilen Hangs, lag auf einer kleinen Lichtung der schlichte Steinbau des Zisterzienserklosters.

»Du wärest Prosper bestimmt willkommen«, sagte Lisette, insgeheim froh, dass sie nicht alleine reisen musste.

»Wir werden sehen.« Faucille schwieg kurz, ehe er fortfuhr: »Ausnahmsweise muss ich meine eigenen Regeln brechen, Angeline. Erzähl mir von dir – ich muss meine Geschichte um deine herumbauen, falls wir aus irgendeinem Grund angehalten werden. Du kannst mich Luc nennen, aber mein wahrer Name ist Lukas.«

Der Name passt zu ihm, dachte sie. Lucs Pläne allerdings machten alles überflüssig, was sie im Training über die Bedeutung von Geheimhaltung gelernt hatte. Sie wusste, dass auch er seinen Geheimhaltungscode brach. Das SOE hatte ihr beigebracht, sich im Feld nur auf sich selbst und ihre Instinkte zu verlassen. Luc war ihre einzige Hoffnung, aus dem Süden wegzukommen. Würde er, auch unter Folter, ihre Geheimnisse bewahren? Das vermochte sie für sich selbst nicht mit letzter Gewissheit zu sagen. Sie holte tief Luft und begann.

»Mein Name ist Lisette. Ich bin in Lille geboren. Mein deutscher Vater Maximilian Förster wurde im Großen Krieg verwundet – ein Arm blieb steif – und war seitdem von seinem Geburtsland völlig enttäuscht. Als er meine Mutter heiratete, eine Französin namens Sylvie, zog er mit ihr nach Frankreich, wo sie unter dem französischen Namen Forestier lebten.«

»Warte mal«, sagte Luc, »ist das deine Tarnung?«

»Nein, die Wahrheit … sie ist die beste Tarnung für mich, weil ich alles nachweisen kann.«

Besorgt verzog er das Gesicht. »Erzähl weiter.«

»Nach meiner Geburt zogen wir nach Straßburg, und meine Tarnung besagt, dass ich bis heute im Osten von Frankreich gelebt habe. Ich gehe nach Paris, weil ich für einen Freund der Familie dort in einer deutschen Bank arbeiten werde.«

Er blickte sie prüfend an, und sie spürte, dass er über ihre Worte nachdachte.

»Und die wahre Lisette?«

Sie zögerte. Aber dieser intime Moment erschien ihr wichtiger als die Regeln, nach denen sie leben sollten. Sie wollte es ihm erzählen. Sie wollte diesem Mann die Wahrheit erzählen. Auch er hatte seine Familie verloren, und sie spürte, dass er den Schmerz genauso intensiv empfand wie sie. Das verband sie miteinander. Ohne nachzudenken, begann sie zu reden, und es kam ihr vor, als wäre ein Damm gebrochen. Es war eine Erlösung, von ihrem Leben sprechen zu können.

»Ich war siebzehn, und meine Eltern wurden nervös, als in Deutschland die Nazis an die Macht kamen. Sie schickten mich nach England und wollten eigentlich nachziehen, aber dann kamen sie kurz vor ihrer Abreise bei einem Autounfall ums Leben.« Sie hielt ihre Stimme bewusst ganz sachlich, denn er sollte ihr möglichst keine Fragen stellen. »In meiner Tarnungsgeschichte bin ich allerdings zu einer befreundeten Familie in Dunkerque gegangen, nachdem ich die Schule in Straßburg beendet hatte.«

»Dort werden sie nicht weiterforschen können, weil die Bomben alles vernichtet haben. Clever.«

»Auf jeden Fall sind nur noch schwer Spuren zu finden.«

»Hast du sonst noch Familie in Frankreich?«

Sie schüttelte den Kopf. »Die Eltern meines Vaters sind tot. Laut meinen Papieren sind auch meine Großeltern mütterlicherseits tot, aber in Wahrheit leben sie in England.«

»Was hast du laut deiner Tarnung seitdem gemacht?«

»Ich bin bis zum Kriegsausbruch in Dunkerque geblieben, dann bin ich nach Straßburg zurückgekehrt. Dort arbeitete ich für einen Bankier – einen alten Freund der Familie«, sagte sie. »Ihn gibt es tatsächlich. Zum Glück war er einverstanden, diese Version zu stützen, obwohl er nichts davon ahnt, dass ich fürs SOE arbeite. Er weiß nur, dass ich unbedingt nach Frankreich zurückkehren wollte.«

»Wo ist er?«

»Walter? Er ist jetzt in Paris.«

»Das steht alles in deinen Papieren?«, fragte er.

Lisette nickte. »Aus gesundheitlichen Gründen habe ich im Süden Urlaub gemacht, und jetzt will ich in Paris in Walters Bank arbeiten, die er dorthin verlegt hat. Was ist mit dir?«

Ihr fiel auf, dass er zögerte. Seine Miene verfinsterte sich. Offensichtlich fiel es ihm schwer, und sie konnte es ihm nicht verdenken. Die Maquisards arbeiteten so verdeckt, dass es ihren Tod bedeuten konnte, wenn man irgendjemandem auch nur ihren erfundenen Lebenslauf anvertraute.

»Mein Name ist Lukas Ravensburg. Ich bin in Deutschland geboren. Mein Vater Dieter wurde einen Tag vor dem Waffenstillstand getötet. Meine Mutter war schwanger, und sie gelangte auf Umwegen nach Straßburg, wo sie Wolfgang Eichel, ein Universitätsprofessor, und seine Frau entdeckt haben. Kurz nachdem ich im Haus der beiden geboren wurde, starb meine Mutter. Wie dein Vater, wollten auch die Eichels aus Deutschland weg. Als seine Frau ebenfalls starb, brachte Wolf mich in die Provence. Wir haben uns mein ganzes Leben lang sehr nahegestanden.« Luc schwieg und blickte in die Ferne. Lange Zeit sagte er nichts.

»Stimmt etwas nicht?«

Er seufzte tief. »Ja. Eine liebevolle Familie hat mich aufgenommen und großgezogen wie ihr eigenes Kind. Sie kannten meine Geschichte, verschwiegen sie mir aber. Die Wahrheit habe ich erst letztes Jahr erfahren.«

Lisette wagte nicht, ihn zu unterbrechen. Seine Geschichte klang noch schrecklicher als ihre.

»Warum bist du so wütend?«, fragte sie schließlich.

»Weil meine Familie, die jüdisch ist, wahrscheinlich in ein Todeslager verschleppt worden ist. Meine Großmutter hat den Stoß, den ihr ein Polizist beim Abtransport versetzt hat, nicht überlebt. Sie war schon tot, als ich sie zum Abschied küsste, während die Schreie meiner geliebten Schwestern noch in meinen Ohren gellten.«

Lisette hörte den Schmerz in seiner Stimme.

»Jeder hier hat jemanden verloren, und Geschichten wie meine kannst du in ganz Frankreich hören. Aber ich würde mich eher erschießen lassen, als auch nur einen Finger für deutsche Kriegsbemühungen krumm zu machen.«

»Wo ist dein Freund Wolf jetzt?«

»Keine Ahnung. Das letzte Mal habe ich ihn an dem Tag gesehen, als sie meine Familie abgeholt haben. Danach bin ich in die Berge geflohen und habe mich dem Maquis angeschlossen. Erst nach mehreren Monaten bin ich in die Gegend zurückgekommen, aber in meinem Dorf war ich seitdem nicht mehr.« Er zuckte mit den Schultern. »Wohin Wolf gegangen ist, konnte mir keiner sagen.« Nach einer kurzen Pause fuhr er fort: »Lass uns so dicht an der Wahrheit bleiben, wie ich es wage. Ich bin Lukas Ravensburg. Ich war eine Waise und wuchs bei einer Familie im Süden auf. Ich bin Lavendelbauer in der Gebirgsregion von Sault, was weit genug von meinem Heimatdorf entfernt ist, um keinen Verdacht zu erregen.«

»Warum sprichst du so gut Deutsch?«, fragte Lisette.

»Ich bin stolz auf mein deutsches Erbe. Ich habe mir die Sprache selbst beigebracht.«

»Dann achte darauf, dass du Fehler machst, wenn du kontrolliert wirst.«

»Mach dir über mich keine Sorgen. Ich habe Roger gesagt, dass ich dich unversehrt in den Zug nach Paris setze. Was darüber hinaus passiert, ist irrelevant.«

»Bitte, sag das nicht.«

»Wir sind alle zu ersetzen, Lisette«, sagte er und wandte den Blick ab.

Sie hatten keine Zeit mehr, um weiterzureden. Der Karren näherte sich dem Innenhof des Klosters und fuhr auf dem Kies langsamer. Sie nickten dem Fahrer dankend zu, als er vom Bock sprang und Lisette aus dem Wagen half. Die Sonne ging schon unter, und je tiefer sie sank, desto kälter wurde es. Das Kloster wirkte in der zunehmenden Dunkelheit noch imposanter.

»Sind Besucher erlaubt?«, flüsterte Lisette.

»Sie werden zwar nicht gerade ermutigt, aber auch nie abgewiesen. Père Auguste ist ein Mönch, dem ich vertrauen kann. Wartest du hier auf mich? Es dauert nicht lange, doch ich muss mich erst vergewissern, dass alles in Ordnung ist.«

Als Luc mit dem Mönch wegging, blieb Lisette stehen. Tief atmete sie den Duft des Waldes ein und genoss die Stille. Sie blickte ins Tal und stellte sich vor, wie es wohl bedeckt von blühenden Feldern aussehen mochte. Faucille – nein, Luc – konnte ihr bestimmt erzählen, wie der Lavendel hier wachsen würde.

Plötzlich kamen hastige Schritte näher, und Luc tauchte aus der Dunkelheit auf. »Los, in den Wagen«, sagte er. »Beeil dich!«

»Was ist?«

»Für Fragen ist jetzt keine Zeit. Tu, was ich dir sage.«

Rasch sprang sie in den Wagen, und er band die Zügel los. »Luc?«, fragte sie, aber er hatte die Zähne zusammengebissen. Sie nahmen die gleiche Strecke, die sie gekommen waren, und obwohl sie auf dem Hinweg niemanden gesehen hatte, fühlte sie sich beobachtet, als sie den Hügel wieder hinauffuhren.

Als das Pferd stetig den Pfad entlangtrottete, drehte Luc sich um. Seine Miene war wild.

»Was ist?«, fragte sie drängend.

»Sie haben Laurent geschnappt. Er wird erschossen.«

14

Etwa fünfhundert Meter vom Dorf entfernt waren sie vom Karren gesprungen und den Rest des Weges gelaufen. Lisette keuchte leise, als Luc langsamer wurde.

Luc mahnte sich, dass es eigentlich seine Aufgabe war, sie in einen Zug nach Norden zu setzen – alles andere war sekundär. Aber das war es nicht. Père Augustes Neuigkeiten hatten ihn völlig aus dem Gleichgewicht gebracht. Der Mönch hatte berichtet, dass Laurent zum Kloster gekommen war. Er sollte vor Lisette und Luc in Gordes eintreffen, um eine sichere Unterkunft für sie zu besorgen. Niemand konnte allerdings wissen, dass die *milice* gerade an diesem Tag eine Razzia durchführte. Laurent hatte gerade noch rechtzeitig das Kloster erreicht, um die Papiere bei Père Auguste zu deponieren. Dann war die *milice* gekommen, und einer der Mönche hatte Laurent unwissentlich verraten.

»Du musst dem alten Claude verzeihen. Er ist nicht mehr recht bei Sinnen und begreift nicht wirklich, was das Maquis macht. Er wollte bloß der Polizei helfen«, hatte Père Auguste zu erklären versucht. Das Schlimmste war jedoch, dass auch jemand in Gordes bestätigt hatte, dass Laurent der Mann war, den die Nazis suchten. Luc wusste nicht, wer das gewesen war.

Alle Maquisards wussten, dass sie jederzeit umkommen konnten, aber Laurent und Luc waren beide noch so jung, dass sie gehofft hatten, den Krieg zu überleben. Sie hatten es für ausgemacht gehalten, dass sie einmal auf den Gräbern ihrer Verfolger tanzen würden und eines Tages ihre Gläser im Gedenken an ihre toten Lieben erheben könnten. Er durfte einfach nicht zulassen, dass Laurent starb. Luc wollte Père Augustes Rat, Gordes sofort zu verlassen, nicht hören.

In der cremefarbenen Kutte der Zisterziensermönche führte Luc Lisette durch die gepflasterten Gassen, bis sie in der Nähe des Marktplatzes waren.

»Bist du wahnsinnig?«, zischte Lisette.

»Ich muss dabei sein.« Er sah, wie sie schluckte. Offensichtlich kämpfte sie mit sich, wusste jedoch, dass sie nicht die Möglichkeit hatte, ihn zu verlassen.

»Du bist verrückt. Hier ist es viel zu gefährlich für dich. Luc, wir dürfen die Mission nicht riskieren – und ich will der Exekution nicht zusehen.«

»Wir setzen die Mission nicht aufs Spiel, das verspreche ich dir«, sagte er fest. »Und du kannst es nicht vermeiden, dabei zu sein. Wo willst du dich verstecken? Auf dem Platz ist es am sichersten.«

Sie nickte, als ob sie die Situation akzeptierte, riss sich jedoch los. Er hatte gar nicht gemerkt, dass er ihren Arm gedrückt hatte. »Lass mich los. Du bist ein Mönch, denk dran!«

Mit Hilfe der deutschen Soldaten trieb die *milice* einige Leute auf den Platz. Die Situation wurde gefährlicher. Es gefiel Lisette nicht, mitten in der Menge zu stehen, aber so würde sie am wenigsten auffallen. Ihre Kleidung war perfekt, ihre Sprache auch. Niemand würde auf sie achten. Sie setzte die Wollmütze auf, die Luc ihr gegeben hatte.

Luc verschwand in einem Hauseingang und huschte unter die Treppe. Dort riss er sich die Kutte vom Leib. Das war viel zu offensichtlich – was hatte er sich nur dabei gedacht? Um diese Uhrzeit war Vesperandacht, kein Mönch aus Sénanque würde auf dem Marktplatz sein. In Zivil trat er aus dem Hausflur und ließ sich von der Menge treiben. Dabei achtete er darauf, ganz hinten zu bleiben, und ging sogar ein bisschen in die Knie, damit er wegen seiner Größe nicht auffiel. Lisette sah er in einer Gruppe von Frauen stehen.

Lucs Blick fiel auf den ersten Gefangenen, der herausgeführt wurde. Er hatte schon häufiger Exekutionen erlebt – die Opfer brauchten keine Fesseln. Sie schritten tapfer in den Tod, stolz darauf, Franzosen zu sein.

Plötzlich weiteten sich Lucs Augen. Das war gar nicht Laurent, das war Fougasse! Der Mann trug ein Plakat um den Hals, das ihn als Verräter, Verbrecher und Mörder brandmarkte. Seine Hände bluteten, und Luc sah, dass ihm mehrere Finger fehlten. Aber der Bäcker von Saignon grinste so triumphierend, dass Luc Stolz für ihn empfand. Da entdeckte Fougasse ihn in der Menge. Ihre Blicke trafen sich für eine Sekunde, dann schien Fougasse zu stolpern. Luc war sich sicher, dass er das absichtlich machte.

Die Exekutionen wurden anscheinend von den Deutschen überwacht, nicht von der Miliz. Luc erkannte die verhasste graue Uniform der Gestapo, als zwei Offiziere vortraten. Er verachtete die *milice* viel mehr, jene Franzosen, die aus welchen Gründen auch immer – sei es Arbeit, Bezahlung, Rationen oder Rache – die blaue Jacke, das braune Hemd und das dunkelblaue Barett trugen, das Petains Spezialtruppe vorbehalten war. Sie stellten sich über das Gesetz und bekämpften alle Formen des Widerstands.

Lucs Wut verrauchte rasch, stattdessen stieg Verzweiflung in ihm auf, als sein lieber alter Freund Laurent auf den Platz gezerrt wurde. Er war so schlimm zusammengeschlagen worden, dass er aus zahlreichen Wunden blutete. Die Augen hatte er geschlossen. Sein Hemd war blutverschmiert, und Luc fühlte sich so hilflos, dass er kaum Luft bekam. Händeringend suchte er nach einem Weg, um die Exekutionen zu verhindern. Aber sie waren Maquis. Wenn einer von ihnen dem Feind ins Netz ging, verbot ihr Pakt es den anderen, ihr Leben zu riskieren, um ihn zu retten.

Dennoch war die Versuchung überwältigend groß. Luc machte sich gar nicht erst die Mühe zu lesen, was auf den Schildern stand, die Laurent um den Hals hängen hatte. Er sah, dass Fougasse seinem jungen Mitstreiter etwas zuflüsterte und dass er dafür einen Gewehrkolben mitten ins Gesicht bekam. Die Menge keuchte entsetzt auf. Der Bäcker fiel hin, gab jedoch keinen Laut von sich. Seine Hände waren auf dem Rücken gefesselt, so dass er sich das Blut, das ihm über das Gesicht lief, nicht abwischen konnte. Wütend ballte Luc die Fäuste, als er erkannte, wer den Mann so zugerichtet hatte. Es war Pierre Landry, der so gewalttätig vorging – er trug jetzt nicht mehr die Uniform eines Gendarmen, sondern gehörte zur *milice.*

Alle alten Gefühle stiegen in Luc auf, als er Landry sah. Sein Blut rauschte. Er wusste es – er würde etwas sehr Unkluges tun.

Lass es!, drängte ihn die Stimme der Vernunft. Es war, als ob Fougasse und Roger zusammen auf ihn einwirkten. Wenn Luc überlebte, entkam und weitermachte, dann hatte sich der Tod seiner Freunde gelohnt. Blinzelnd spähte er zu Lisette hinüber. Sie war leichenblass. Ihr Anblick erinnerte ihn an die Aufgabe, mit der Roger ihn betraut hatte.

»Kleine Dinge«, hatte Roger oft zu ihm gesagt. »Gerade die kleinen Dinge, die wir jeden Tag tun, können den Verlauf dieses Krieges ändern.« Lisette gehört zu diesen kleinen Dingen, dachte er. Er beschloss, nichts zu tun. Fougasse würde es auch so wollen.

Während sich das vierköpfige Erschießungskommando aufstellte, bemerkte Luc rote Haare, die in der Nachmittagssonne schimmerten. Nicht weit von den SS-Offizieren entfernt stand eine Frau, die er nur zu gut kannte. Lachend plauderte sie mit ein paar Männern der *milice.*

Das konnte nicht sein. Er hielt den Atem an. *Catherine?* Er hatte sie nicht mehr gesehen seit jenem schrecklichen Tag, als seine Familie aus Saignon verschleppt worden war. Er hatte auch nicht nach ihr gefragt, und Laurent hatte sie nie wieder erwähnt. Kalt starrte Luc sie jetzt an: Diese Frau war nicht nur eine Kollaborateurin, sie hatte Laurent und Fougasse wahrscheinlich auch an Landry verraten.

Wenn sie schon Laurent auslieferte, dann hielt sie bestimmt auch Ausschau nach ihm. Als sie den Kopf in seine Richtung drehte, duckte Luc sich. Ihre lächelnden roten Lippen sahen aus wie Blut.

Er hockte sich hin und presste die Handgelenke gegen seine Augen. *Denk nach.* Dabei hörte er die Anklagen gegen seine Freunde, die auch unter der Folter geschwiegen hatten. Er konnte seine Trauer riechen – seine Trauer um Laurent. Laurent, der so oft über die gute alte Zeit geredet und geglaubt hatte, die alten Tage kämen wieder, und dann hätten sie beide ihren Lavendel und ihren Honig zurück.

Luc hörte, wie die Soldaten die Gewehre entsicherten. Sie zielten. Noch ein oder zwei Sekunden. Er konnte nicht hinschauen. Er wollte Laurent so in Erinnerung behalten, wie er ihn gekannt hatte, ein optimistischer, lächelnder junger Mann, der an seiner Seite gewesen war, solange er denken konnte.

»Ihr könnt mich töten, aber ihr könnt uns nicht alle umbringen!«, hörte er Laurent rufen.

Mit gelangweilter Stimme erteilte Landry den Befehl zum Schießen.

Schüsse knallten. Eine Frau in Lucs Nähe schrie auf und schlug sich die Hand vor den Mund. Männer bissen die Zähne zusammen, traten angewidert ihre Zigarettenkippen aus. Als er hörte, wie die Körper zu Boden fielen, richtete Luc sich auf. Er musste sich mit eigenen Augen überzeugen.

Landry stand über Laurent, der stöhnend am Boden lag. Luc beobachtete, wie der brutale Kollaborateur seinem Freund höchstpersönlich den Gnadenschuss in den Hinterkopf gab. Der Körper zuckte einmal und lag dann so still da wie Fougasse. Landry bellte den Befehl, die Leichen in der Stadt aufzuknüpfen.

Die Leute begannen sich zu zerstreuen, nur Luc blieb wie erstarrt stehen. Am liebsten wäre er Landry hinterhergerannt und hätte ihm sein schwarzes Herz aus dem Leib gerissen. Stattdessen sah er zu, wie die *milice* seine Freunde an den Füßen vom Platz zogen. Ihr brutaler Tod verlangte, dass Luc sie so rächte, wie es nur ein Widerstandskämpfer konnte. Er musste die Deutschen und jene, die sie unterstützten, verletzen.

Als er zu Lisette hinüberblickte, sah er, dass sie sich von der Menge auf ihn zutreiben ließ. Sie sah ihn an, die Augen immer noch feucht von Tränen.

»Wir müssen hier weg«, sagte sie.

»Noch nicht«, erwiderte er und packte sie am Arm, um sie zur Mauer zu ziehen.

»Was ist?«

»Nimm diese gepflasterte Gasse zum Café. Hast du ein Buch dabei?«

Sie nickte.

»Bestell dir einen Kaffee und warte auf mich.«

»Die Leute werden …«

»Nein. Es dauert nicht lange.«

»Was hast du vor?«

»Was ich tun muss. Warte auf mich. In einer Stunde bin ich wieder da.«

Sie riss sich los und stampfte wütend die Gasse entlang. Luc verschwand in der Menge, die den Platz verließ. Er machte sich auf die Suche nach seiner Beute.

15

Es war leicht, Catherine zu folgen. Sie fühlte sich sicher bei Landry und seinen Kumpanen.

Luc kannte Gordes, im Gegensatz zu ihr. Bis letztes Jahr war Catherine schließlich kaum über Apt hinausgekommen. Offensichtlich hatte sich ihr Leben jedoch drastisch verändert.

Er war sich mittlerweile sicher, dass Catherine Laurent und Fougasse verraten hatte. Zweifellos hatte sie der *milice* auch von ihm erzählt. Während er lief, überlegte er angespannt. Hatte sie ein Foto von ihm? Nein, sonst wäre es sicher längst veröffentlicht worden. Nachdem Lucs Familie verschleppt worden war, hatte sich Fougasse noch einmal in das Haus der Bonets geschlichen, um sämtliche Fotos der Familie herauszuholen. Verbrenn sie, hatte er ihm geraten, sie können dich in Gefahr bringen. Aber Luc hatte sich geweigert. Sie waren alles, was ihm von seiner Familie geblieben war. Stattdessen hatte er sie in den Bergen vergraben.

Luc blinzelte, als er Catherine so sorglos und selbstbewusst in ihrem hübschen neuen Mantel dahinschlendern sah. Er hasste sie so sehr, dass er über sich selbst entsetzt war. Bisher hatte er noch nie in Erwägung gezogen, eine Frau zu töten, aber Catherine war nicht anders als jeder andere Kollaborateur. Eigentlich war sie sogar noch schlimmer, denn sie hatte keinen Grund, die Deutschen zu unterstützen – sie hatte keine Kinder, die sie schützen musste, brauchte keinen Arbeitsdienst zu fürchten und lebte in einem ruhigen Dorf. Wenn sie sich ruhig verhalten hätte, wäre sie wahrscheinlich ohne Leiden durch den Krieg gekommen. Trotzdem arbeitete sie mit dem Feind zusammen und schickte mit ihrem Verrat Menschen, die sie gekannt hatte, in den sicheren Tod.

So jemand verdiente keine Gnade. Sie befanden sich im Krieg, und Catherine hatte ihre Seite gewählt. Früher einmal hatte sie seiner kleinen Schwester die Zöpfe geflochten – trotzdem hatte sie ungerührt zugesehen, wie das kleine, vor Angst schreiende Mädchen auf den Lastwagen geworfen worden war. Catherine musste gewusst haben, dass Laurent sie immer schon geliebt hatte, und doch hatte sie ihn Landry kaltblütig ausgeliefert. Das machte ihren Verrat noch schlimmer. Diese Frau hatte kein Herz … und eine Seele, die keinen Gott fürchtete.

Aus sicherer Distanz beobachtete Luc, wie sie in eine Bar ging und sich an einen großen Tisch setzte. Ihre Locken wippten. Sie bestellte etwas beim Kellner und erhob sich noch einmal, sicher um zur Toilette weiter hinten im Lokal zu gehen. Sie stieg eine kleine Treppe hinauf. Das war seine Chance. Er blickte auf die Uhr. Lisette wartete jetzt seit einer Viertelstunde.

Bevor Luc sich in Bewegung setzen konnte, tauchte allerdings Landry auf. Luc zog scharf den Atem ein und trat in den Schatten einer Türöffnung. Der Kellner begrüßte Landry und führte ihn zu Catherines Tisch. Als sie von der Toilette zurückkam, drückte sie ihm drei Küsse auf die feiste Wange, setzte sich neben ihn und kicherte, als er sie berührte.

Der Anblick der beiden bereitete Luc Übelkeit. Catherine war nicht nur eine Kollaborateurin, sie war offensichtlich mit Landry zusammen. Der *milicien* war anscheinend in Eile, denn er kippte seinen Pernod in zwei Schlucken herunter. Als Landry sich erhob, hatte Catherine ihr Getränk kaum angerührt. Lächelnd folgte sie ihm. Auch Luc verfolgte die beiden bis zu einer Pension am Stadtrand. Es war still hier über dem Tal. Das Paar ging hinein, ohne ihn zu bemerken. Er wartete kurz und blickte auf die Uhr – siebenundzwanzig Minuten waren mittlerweile vergangen.

Sollte er es tun? War es klug? Roger würde ganz klar nein sagen, und auch sein eigener gesunder Menschenverstand warnte ihn. Aber sein Herz – der unzuverlässigste Richter von allen – konnte es nicht ertragen, wenn er es nicht wenigstens versuchte.

Luc schlich um das Gebäude herum und näherte sich durch den Garten. Einen Plan hatte er nicht. Eine ältere Frau hängte gerade Wäsche ab. Sie hätte eigentlich gar nicht mehr draußen sein dürfen, aber er hätte vorsichtiger sein müssen. Jetzt war er gesehen worden.

»Was wollen Sie?«, fragte sie. »Wir haben nichts zu essen.«

»Pardon, *madame*«, sagte er und schlug den Jackenkragen hoch, als wolle er sich gegen die Kälte schützen. Hastig wandte er sich zum Gehen.

»Kommen Sie später wieder«, bot sie ihm an. »Wenn die Gäste gegessen haben, ist vielleicht noch Brot übrig und möglicherweise sogar etwas Suppe.«

»Danke«, erwiderte er. »Haben Sie viele Gäste?«

Sie musterte ihn aus harten Augen, dann schüttelte sie den Kopf und faltete einen Kopfkissenbezug. »Nur das Schwein von *milicien* mit seiner Hure«, sagte sie voller Verachtung.

Offenbar hatte er Glück. »Welches Zimmer, *madame*?«, fragte er leise und trat zurück in die Schatten.

Das Herz schlug ihm bis zum Hals, als sie ihn fixierte. »Vier«, erwiderte sie ebenso leise. »Erster Stock. Warten Sie, bis die beiden fertig sind. Er ist betrunken, es dauert nicht länger als fünf Minuten.« Sie blickte nach oben zu einem Fenster, aus dem ein schwacher Lichtschein drang. Dann drehte sie sich um, als wäre er gar nicht da.

Er wartete zehn Minuten, dann kletterte er leise über das vorspringende Dach und sprang durch das offene Fenster. Lauschend blieb er stehen. Nichts. Auf Zehenspitzen schlich er den Flur entlang bis zu Zimmer vier. Er glaubte, einen Wasserhahn zu vernehmen, dabei hatte er sich vorgestellt, Lachen und das Ächzen der Bettfedern zu hören.

Unwillkürlich fasste er nach dem Klappmesser in seiner Tasche. Das war purer Wahnsinn. Dann befingerte er den Lavendelbeutel, den er um den Hals trug. Er dachte an seine Großmutter und daran, wie brutal Landry sie geschlagen hatte. In seinem Kopf hallten die schrillen Schreie seiner kleinen Schwester wider. Er dachte daran, wie Catherine die geschminkten Lippen zu einem breiten Lächeln verzogen hatte, an Laurents Kopf, der nach Landrys letztem Schuss geplatzt war, an die Blutflecken auf dem Marktplatz, wo Laurent nach der Exekution gelegen hatte.

Dann drehte er den Türknopf. Eigentlich hatte er erwartet, dass die Tür abgeschlossen war. Vielleicht hatte er es sogar gehofft, aber sie ging leise auf. Drinnen war es dunkel, und er hörte jemanden schnarchen. Landry. Hinter einer anderen Tür lief Wasser: Catherine ließ sich ein Bad ein.

Er hockte sich neben das Bett und studierte das Gesicht des Mannes, den er mehr als alles auf der Welt hasste. Er roch seinen schalen Atem – eine Mischung aus Knoblauch und Fisch, vermischt mit dem Anissamen des Pernods. Luc zog eine Grimasse. Was fand Catherine nur an diesem widerlichen Kerl? Das ist für dich, Saba, sagte er zu sich. Für dich, Fougasse … und für dich, Laurent.

Bei dem plötzlichen Schmerz riss Landry die Augen auf, aber Luc hatte ihm bereits die Hand auf den Mund gepresst. Er wehrte sich, aber Luc war zu stark.

»Hör mir zu, Landry«, flüsterte er, als die Augen des *milicien* sich vor Panik weiteten. »Es hat keinen Zweck. Ich habe bereits dein Herz durchbohrt … du lebst nur noch wenige Sekunden. Die Bonets, die Martins und Fougasse aus Saignon sagen dir Adieu … auf deinem Weg in die Hölle.« Mit wilder Befriedigung verfolgte Luc, wie das Licht in Landrys Augen erstarb.

Er sah nicht zum ersten Mal jemanden sterben. Zahlreiche Nazi-Soldaten waren bereits den Bomben des Maquis zum Opfer gefallen. Wenn er lediglich die Zündschnur entzündete, dann war die Verantwortung für die Tode weit weg. Nur einmal hatte er bisher aus nächster Nähe jemanden umbringen müssen – einen älteren deutschen Soldaten, der schon tödlich getroffen war, aber einen französischen Widerstandskämpfer mit in den Tod nehmen wollte. Ihm war schlecht gewesen, als er den Soldaten erschossen hatte, und Fougasse hatte sein Unbehagen gespürt. »Der Nächste fällt dir leichter«, hatte er ihm versichert.

So war es dann auch gewesen. Landry zu töten war nicht nur leicht, sondern auch befriedigend. Was war nur aus Luc geworden? Ein Mann, der den Tod eines anderen genoss. War der Krieg daran schuld? Es ging ums Überleben. Selbst hier in der Provence, fern vom Schrecken der Schlachten, ging es mit jedem Tag aufs Neue darum, die nächsten vierundzwanzig Stunden zu überleben, ohne jemanden zu verlieren, den man kannte oder liebte … oder selbst zu sterben. Es machte einen wütend und vor allem rachsüchtig. Selbst die großzügigste Seele konnte im Krieg lernen, wie man hasste. Selbst der friedliebendste Mensch konnte töten, wenn er zwischen sich und dem Feind wählen musste.

Catherine hatte sich für die Seite des Feindes entschieden.

Wie in Trance öffnete Luc die Badezimmertür. Catherine lag in der Wanne, die Haare in ein Handtuch gewickelt, damit sie trocken blieben. Sie hatte sich ein feuchtes Tuch über die Augen gelegt. Der Dampf, der aus dem heißen Wasser aufstieg, duftete nach Lavendel. Auf diesen Geruch war er nicht vorbereitet gewesen. Unwillkürlich musste er daran denken, wie sie in den Feldern beieinandergelegen hatten. Er blickte auf ihre milchweiße Haut, sah die Sommersprossen auf ihren Schultern. Er hatte sie oft genug geküsst.

Bei diesem Gedanken stieg Panik in ihm auf. Er konnte es nicht tun. Zwar verabscheute er die Luft, die Catherine atmete, aber er konnte sie nicht töten. Nein. Sollte Gott sie bestrafen. Luc wusste, dass er jetzt am besten schnell verschwinden sollte. Wenn sie das Tuch von den Augen nahm und ihn sah, war er verloren.

Doch das tat sie nicht. Catherine lächelte träge. »Du warst so schnell fertig, dass ich geglaubt habe, du wolltest nicht mehr, vor allem, weil deine Freunde von der Gestapo unten warten.«

Gestapo!

Luc holte tief Luft. Instinktiv trat er zurück ins Schlafzimmer und schloss leise die Badezimmertür. Er blickte Landrys Leiche nicht an, stellte jedoch fest, dass das Blut des Verräters auf sein Hemd gespritzt war. Das Hemd des *milicien* lag neben dem Bett, Luc ergriff es und zog seines rasch aus. Plötzlich hörte er, wie die Badezimmertür aufging. Catherine wollte vermutlich nachsehen, warum ihr Liebhaber nicht geantwortet hatte. Sekundenlang stand sie nackt in der Tür und starrte Luc ungläubig an.

Dann schoss ihr Blick zum Bett, aber in dem kurzen Zeitraum, bis ihr klar wurde, was passiert war, war Luc schon bei ihr, und als sie Luft holte, um zu schreien, schlug er ihr mit dem Handrücken fest ins Gesicht. Es war das erste Mal in seinem Leben, dass er eine Frau schlug, und er hoffte, dass es das letzte war. Ihr Schrei erstarb noch in der Kehle.

Dann ging alles blitzschnell. Catherine taumelte zurück. Sie versuchte vergeblich, sich festzuhalten, als sie auf dem nassen Fußboden ausrutschte und mit dem Kopf auf den Rand der Eisenwanne aufschlug.

Sie lag ganz still da, mit gespreizten Beinen, die Haare auf dem Fußboden ausgebreitet wie ein Heiligenschein. Wie erstarrt stand Luc in der Tür und lauschte auf ein Geräusch, das darauf hindeutete, dass ihn jemand gehört hatte. Er holte tief Luft, um sich zu beruhigen, dann fuhr er sich mit der Hand durch die Haare und knöpfte das Hemd zu. Draußen fuhr ein Auto vor. Auf Zehenspitzen huschte er ans Fenster. Gestapo. Catherine bewegte sich nicht. Er hätte sich gerne davon überzeugt, ob sie noch atmete, traute sich jedoch nicht, noch mehr Zeit zu verlieren. Hastig überzeugte er sich, dass er sein Messer wieder eingesteckt hatte, dann verließ er das Zimmer, schloss es von außen ab und nahm den Schlüssel mit.

Er kletterte wieder durch das Fenster am Ende des Flurs, kroch über das Dach und war bereits den halben Hügel herunter, bevor jemand an die Tür klopfte. Einige weitere Minuten Vorsprung würde es ihm einbringen, ehe ein Ersatzschlüssel gefunden war, und bis dahin wäre er längst in der Stadt zurück.

Er versteckte den Schlüssel in einem Felsspalt, den er zusätzlich mit ein paar Steinen verdeckte. Dann sah er zu, dass er innerhalb der angekündigten Stunde zu Lisette kam. Allein die Sorge, ob Catherine sich so weit erholen würde, dass sie seinen Namen nennen konnte, quälte ihn. Er hätte sie töten sollen. Es wäre ein Leichtes gewesen, sie zu ertränken. Im Geiste sah er Fougasse vor sich, wie er den Kopf schüttelte über sein unkluges Vorgehen.

Dann musste er es eben mit Geschwindigkeit wettmachen. Wenn er Cavaillon erreichte und Lisette in den Zug setzen konnte, bevor die Polizei über Gordes hinaus Nachforschungen anstellte, hatte er eine reelle Chance, sich im Luberon zu verstecken. Dort würden sie ihn nie finden.

Lisette hatte dieselbe Zeile in ihrem Buch nun schon zum siebten Mal gelesen. Im Geiste hörte sie immer noch die Schüsse bei der Exekution. Selbst jetzt, eine Stunde danach, zitterte sie noch am ganzen Leib. Kein Training der Welt hatte sie auf das Grauen dieses kaltblütigen Mordes vorbereiten können, den sie heute mit angesehen hatte.

Sie ergriff ihr Glas, wobei sie insgeheim betete, dass ihre Finger nicht zitterten. Sie konnte zwar keinen Schluck von dem *pastis* trinken, aber es beruhigte sie, das Glas festzuhalten. Sie durfte keinen Verdacht erwecken.

Am meisten hatte sie die stoische Haltung der Menschen um sie herum schockiert, wahrscheinlich hatten sie solche Hinrichtungen schon oft erlebt. Nur wenige weinten oder schrien, die meisten sagten gar nichts und sahen einfach nur zu, vielleicht sogar aus einem seltsamen Respekt heraus.

Indem sie ihr Buch zuklappte und einen Schluck von dem milchigen Getränk nahm, versuchte Lisette, die Erinnerung zurückzudrängen. Bis jetzt hatte sie noch nicht auf die Uhr geschaut, sie schätzte, dass ungefähr fünfzig Minuten vergangen waren, seit Luc sie zum Café geschoben hatte. Eine Stunde, hatte er gesagt. Und dann? Was sie dann tun sollte, hatte er ihr nicht gesagt.

Sie würde zehn Minuten länger warten, dann würde sie sich alleine auf den Weg nach Cavaillon machen. Gerade als sie sich dazu entschlossen hatte, sah sie Luc endlich kommen. Ihr Herz machte einen Satz, als er auf sie zugelaufen kam und sie auf den Mund küsste. Sie wusste, dass es nur Schau war, aber sie erbebte trotzdem.

»Bereit aufzubrechen?«, fragte er dicht an ihrem Ohr.

Sie kicherte, um die Rolle aufrechtzuerhalten. »Willst du nicht etwas bestellen?«

»Wir müssen gehen«, sagte er, warf ein paar Münzen auf den Tisch und führte sie aus dem Café.

»Du hast dir ein anderes Hemd angezogen«, sagte sie, als er in Laufschritt verfiel.

»Gut beobachtet. Wir müssen den letzten Bus nach Cavaillon erwischen. Er fährt in neun Minuten. Ich hoffe, du kannst schnell laufen.«

Der Busfahrer hatte bereits den Motor angelassen. Im letzten Moment erreichte Luc ihn und hämmerte gegen die Tür. Seufzend ließ der Mann sie einsteigen.

Luc dirigierte Lisette ganz nach hinten und setzte sich ans Fenster. Es waren nur wenige Fahrgäste an Bord, daher waren sie ungestört. Die Strecke führte durch das Durance-Tal am Fuß des Saint-Jacques. Cavaillon, früher einmal ein wichtiger Handelsposten, war ein belebter kleiner Marktflecken, der in ganz Frankreich für seine Melonen berühmt war.

Luc gähnte. »Weck mich auf, wenn die Gestapo eine Razzia macht«, sagte er.

Lisette stieß ihm in die Rippen. Er wusste, was jetzt kam – sie war schließlich nicht dumm. Er sah in ihr ernstes Gesicht. Sie sah ihn mit ihren großen, dunklen Augen fragend an.

»Was hast du getan?«

Er erwiderte ihren Blick ausdruckslos.

»Sag es mir.«

»Lass es«, erwiderte er.

»Hast du ihn getötet?«, flüsterte sie. »Den Mann, der Laurent erschossen hat?«

Er holte tief Luft und schloss die Augen, als ihm durch den Kopf ging, wie kurz er davor gewesen war, auch Catherine zu töten. Im Geiste sah er das enttäuschte Gesicht seines Vaters vor sich, die ungläubigen Blicke seiner Schwestern. Wurde er genauso ehrlos wie die Männer, die er verachtete?

»Ja«, antwortete er. »Er war von Grund auf böse, Lisette. Laurent ist ein hohes Risiko eingegangen. Er wusste, welchen Preis er dafür bezahlen musste, aber Landry hat so viele Unschuldige gemordet.«

Ihre Augen funkelten wütend. »Und du bist sein Richter?«

»Er hat zu viele Morde auf dem Gewissen.« Luc hätte sich am liebsten abgewandt. Ihr eindringlicher Blick quälte ihn. »Er hat Kinder getötet – Kleinkinder und Säuglinge – mit der gleichen Leichtigkeit wie Erwachsene.«

»Wird sich die *milice* an den Menschen in Gordes rächen?«

Diese Angst hatte auch an ihm genagt. »Wahrscheinlich.«

»Dann hast du ihm geholfen, noch mehr Kinder zu töten«, erwiderte sie eisig. »Kannst du das mit deinem Gewissen vereinbaren?«

»Nein.« Unbehaglich wand er sich auf seinem Sitz.

»Noch dazu hast du mein Leben für deine Racheaktion aufs Spiel gesetzt. Wie heißt er?«

»Was spielt das für eine Rolle?« Sein Unbehagen wurde immer größer. »*Milicien* Pierre Landry.«

»Hat *milicien* Landry deine Familie getötet?«

Er atmete tief ein. Sein Gesichtsausdruck verriet ihr die Antwort. »Du stellst zu viele Fragen. Du solltest es besser wissen.«

»Ich will wissen, was mich erwartet. Dein Handeln könnte meine Lage gefährden.«

»Das lass mal meine Sorge sein.«

»Nein. Du bist vielleicht mein Führer, aber über meine Mission bestimme immer noch ich. Ich treffe meine eigenen Entscheidungen – und in Paris werde ich mich ohne deine Hilfe bewegen.«

»Roger hat das anders gesehen«, sagte er.

»Dass du jemanden ermordest, war auch nicht vorgesehen, was dich jedoch nicht davon abgehalten hat«, zischte Lisette. »Nein, Luc. Du gefährdest meinen Auftrag. Von Cavaillon aus fahre ich alleine weiter.«

Er presste die Lippen zusammen. Sie hatte natürlich recht.

Lisette packte ihn am Hemd. »Wird dich das nicht verraten, wenn wir angehalten werden?« Dann blinzelte sie. »Was ist das?«, fragte sie und blickte auf seine Brust.

»Nichts«, erwiderte er und schob ihre Finger weg.

»Was ist das?«, wiederholte Lisette. Sie griff in sein Hemd und zog einen Beutel hervor.

Er hielt sie nicht auf, sondern legte lediglich seine Hand über ihre. Keiner von beiden bewegte sich.

»Nur Lavendelsamen«, sagte er und zuckte verlegen mit den Schultern. »Und ein paar Blüten.«

Ihr Gesichtsausdruck veränderte sich. Ihre Wut löste sich auf, und sie blickte ihn voller Mitgefühl an.

»Erzähl mir von diesem Lavendel und von Landry.«

Bevor er wusste, wie ihm geschah, redete Luc. Es war gefährlich, das wusste er. Er hatte noch nie über sein früheres Leben gesprochen. Mit niemandem. Selbst mit Laurent hatte er nie über Saignon oder ihre Familien gesprochen. Ob sein Freund gewusst hatte, dass Catherine ihn verraten hatte? Vielleicht lag es ja an Laurents Tod, dass er reden wollte, dass er seine Erinnerungen vor dieser hübschen britischen Agentin mit ihrer schönen französischen Stimme und ihrem bezaubernden Lächeln ausbreiten wollte. Er erzählte ihr seine Geschichte. Sie stellte keine Fragen, hörte nur zu. Er sah Tränen in ihren Augen schimmern, und auch ihm traten immer wieder Tränen in die Augen. »Sie beschützen mich. Eines Tages werde ich sie einpflanzen.«

Als er fertig war, blickte sie ihn verständnisvoll an. »Es ist mutig von dir, mir so viel erzählen. Ich habe das Gefühl, dich viel besser zu kennen als jeden, den ich bisher einen Freund genannt habe.« Sie schüttelte den Kopf. »Vor kurzem ist jemand gestorben, den ich sehr geliebt habe. Ich verstehe deinen Schmerz besser, als du denkst. Du kannst mir vertrauen, Luc. Ich werde dich nie verraten. Wenn das alles vorbei ist, werde ich dir helfen, deine Lavendelsamen auszusäen. Eines Tages wirst du wieder duftende Lavendelfelder besitzen, das verspreche ich dir.« Lisette lächelte ihn an. »Ich glaube nicht, dass du in Wirklichkeit so hart bist, wie du dich gibst«, fuhr sie fort. »Und ich hoffe, ich sehe dich eines Tages herzhaft lachen. Dieses Lachen möchte ich unbedingt hören. Danke, dass du dich um mich kümmerst und …« Erneut traten ihr Tränen in die Augen. »Es tut mir leid, dass du deine Freunde verloren hast, während du bei mir warst. Ohne mich wäre Laurent vielleicht …«

»Nein! Das war nicht deine Schuld!« Mit ihrer ernsthaften Art berührte sie ihn wie noch niemand zuvor. Er drückte ihre Hände, dann küsste er sie sanft. Er wollte es eigentlich nicht, aber Lisette entzog sich ihm auch nicht. Im Gegenteil, sie gab sich ihm hin.

Als der Bus hielt, fuhren sie erschreckt auseinander. Lisette blickte ihn verlegen an.

»Du musst dein Hemd wechseln«, murmelte sie und griff unter dem Sitz nach ihrem kleinen Rucksack. »Wann geht der Zug?«

Luc räusperte sich. »Du musst noch vierzig Minuten warten.« Er hatte das Gefühl, das Herz schlüge ihm bis zum Hals.

»Gut. Vielleicht können wir uns ja etwas zu essen besorgen.« Lisette stand auf und ging den Gang im Bus entlang, ohne sich umzublicken. Ihr Atem kam stoßweise. Was tat sie da? Sie hatte sich von Luc küssen lassen, und sie war völlig hilflos gewesen. Und sein Kuss – so zärtlich. Sie hatte all seine Verletzlichkeit und seinen Kummer in dieser sinnlichen Berührung gespürt. *Hör auf damit!* Erneut klopfte ihr Herz schneller. Wenn sie sich jetzt nach ihm umdrehte, dann wäre sie wieder verloren. Das konnte sie sich nicht leisten – nicht mit ihrer Mission.

Während er ihr seine traurige Geschichte erzählt hatte, hatte sie geistesabwesend auf seine großen Hände gestarrt, mit denen er sich immer wieder durch die blonden Haare fuhr. Er hatte die Augen niedergeschlagen, und sie konnte den Blick nicht von seinen langen Wimpern abwenden. Am meisten faszinierte sie seine Stimme, die für einen so großen Mann überraschend sanft und weich war.

Vielleicht, wenn sie die hässliche Arbeit getan hatten und diesen Krieg beiden überlebten, dann … Was dachte sie da? Geh weiter, Lisette, mahnte sie sich, und dreh dich nicht um.

16

Auf der Place Gambetta zeigte Luc zur Avenue Garibaldi. »Da ist die Eisenbahnbrücke, unter der wir hergefahren sind«, sagte er. »Dort drüben ist der Bahnhof.«

Lisette konnte den Bahnhof sehen. Er war etwa dreihundert Meter entfernt.

Rasch einigten sie sich auf eine neue Tarnung: Sie waren heute in Gordes gewesen, jedoch vor vier Uhr nachmittags wieder aufgebrochen. Père François aus dem Kloster Sénanque hatte sie mitgenommen, als er Honig ausgeliefert hatte.

»Lass mich reden, wenn wir gefragt werden«, erklärte Luc, als sie die Hauptstraße entlanggingen. »Wir warten besser nicht am Bahnhof. Dort ist es für die *milice* viel zu einladend, die Papiere der Reisenden zu kontrollieren. Lass uns lieber ein bisschen herumlaufen, um die Zeit totzuschlagen. Außerdem müssen wir uns etwas zu essen besorgen. Vielleicht sollten wir uns auch unterhalten? Es sieht immer natürlicher aus, wenn ein Paar miteinander redet«, fügte er trocken hinzu.

Der Kuss ging Lisette nicht aus dem Kopf, und sie hatte gar nicht gemerkt, wie schweigsam sie geworden war. »Wo sitzen die Deutschen hier?«, fragte sie.

»Sie haben zwei Schulen im Zentrum übernommen. Ihre Mahlzeiten werden jeden Tag frisch im Krankenhaus zubereitet, und eine Patrouille holt sie ab.«

»Gerät das Maquis denn nicht in Versuchung, das Essen zu vergiften?«

»Ja, ständig. Aber mit Sabotage können wir viel mehr bewirken. Dadurch gewinnen die Alliierten Zeit, und die Boches werden zurückgeworfen. Außerdem geht es schneller, denn man braucht höchstens zwei Männer dazu, und es ist weniger gefährlich für unsere Leute.«

»Ich glaube auch, dass sie sich für die Vergiftungen grausam rächen würden.«

»Undenkbar. Außerdem wäre nur wenig dadurch gewonnen.«

Sie schlenderten den Boulevard Gambetta entlang, eine der beiden Hauptstraßen. Der breite Boulevard war von riesigen Platanen gesäumt, deren Äste jetzt im Winter kahl in die kalte Luft ragten. Lisette stellte sich vor, wie schön es hier im Sommer aussah. Ihr Magen knurrte, als sie die Essensdüfte aus den Bars roch.

Luc führte sie am Café Riche an der Hauptstraße und einem weiteren Lokal vorbei, dem Café de l'Orient. Beide sahen einladend aus, aber es hielten sich zu viele deutsche Soldaten dort auf. Schließlich betraten sie in der Nähe des Bahnhofs ein winziges Café, in dem es nach alter Bouillabaisse und Tabak roch. Die Frau, die ihnen das Essen servierte, fügte noch die säuerliche Note von altem Schweiß hinzu.

Lisette hatte auf einmal keinen Appetit mehr – alleine die schmierige Schürze des Kochs stieß sie ab –, aber sie wusste, dass sie etwas zu sich nehmen musste. Die langen Märsche bergauf, die ständige Bewegung und das wenige Essen in den letzten Tagen hatten zu einem Gewichtsverlust geführt. Sie war immer schon schlank gewesen, doch jetzt wurde sie knochig. Durch das intensive Training während der Ausbildung hatte sie zwar Muskeln aufgebaut, dennoch konnte sie durch die Kleidung ihre Rippen spüren. Und trotz des Mantels, den Luc ihr zum Glück besorgt hatte, war ihr ständig kalt.

Sie bestellte eine Pilzomelette und stocherte darin herum. Insgeheim betete sie, dass Luc nichts mehr sagen mochte. Noch vor einer Stunde war er ein Fremder für sie gewesen, und jetzt fühlte sie sich ihm näher als jedem anderen Menschen. Sie konnte ihn kaum ansehen, war sich unsicher über ihre Gefühle und fürchtete sich davor zuzugeben, dass ihre kurze Intimität sie geschwächt hatte, obwohl sie besonders stark hätte sein müssen. Ihr schwirrte noch immer der Kopf von seinem Kuss, seiner zärtlichen Berührung.

Allein aus diesem Grund war es eine Erleichterung, dass sie sich hier trennen würden. Sie hatte ihre Fahrkarte bereits gelöst, jetzt brauchte sie nicht mehr lange zu warten. Sie zwang sich, einen Bissen von der geschmacklosen Omelette zu essen.

Luc berührte ihre Hand. »Lisette … es tut mir leid. Es war falsch.«

Sie nickte, sah ihn jedoch nicht an. »Einen Menschen so kaltblütig zu töten, kann nie …«

»Nein. Ich meinte, dich zu küssen.«

Ihr Blick verriet sie. »Es heißt, Zeiten wie diese machen uns wagemutig«, erwiderte sie.

»Ja?«

Sie wusste nicht, was sie sagen sollte. Sie hatte einfach nicht genug Erfahrung mit Männern wie ihm. »Wie lange dauert es noch bis zur Abfahrt des Zuges?«

Er seufzte. »Wir können langsam auf den Bahnsteig gehen.« Er kramte in seiner Hosentasche, doch Lisette war schneller und warf ein paar Münzen aus ihrer Geldbörse auf den Tisch.

»Wohin gehst du jetzt?«, fragte sie, wobei sie absichtlich Blickkontakt vermied.

»Ich weiß nicht genau. Ich muss für eine Weile untertauchen. Wahrscheinlich irgendwo in den Bergen.«

Nun sah sie ihn doch an. »Den Winter über?«

Seine Augen waren so grau wie der Himmel über Brighton an

einem stürmischen Tag, und Lisette fragte sich unwillkürlich, ob jemals wieder die Sonne darin scheinen würde.

»Der Winter beschützt uns«, erwiderte er.

Sie nickte. Dann erhob sie sich. Es gab nichts mehr zu sagen.

Sie traten hinaus in den kühlen Abend und liefen beinahe in eine Gruppe deutscher Soldaten hinein.

»*Pardon, messieurs*«, sagte Luc liebenswürdig und legte den Arm um Lisette.

Trotz der Kälte schienen viele Soldaten unterwegs zu sein. Sie saßen vor den Cafés und plauderten mit frierenden Mädchen. Lisette warf Luc einen fragenden Blick zu.

»Wir sind nur knapp acht Kilometer von Avignon entfernt«, erklärte Luc. »Dort befindet sich das Hauptquartier für den Süden, die Gestapo hat sogar einen Stützpunkt im Hotel Splendide.«

Lisette wünschte sich, er hätte es nicht erwähnt. Ihr wurde übel, und sie wäre am liebsten so schnell wie möglich in den Bahnhof hineingerannt. Es war ein hübsches, zweistöckiges Gebäude mit hohen, zugenagelten Fenstern und schweren Doppeltüren. Stattdessen ging sie langsam an Lucs Arm weiter. Er plauderte noch immer mit ihr, zeigte auf wichtige Bauwerke wie die Kathedrale und erzählte ihr von dem verfallenen römischen Triumphbogen, an dem einige Soldaten lehnten.

Nebeneinander gingen sie auf den Bahnsteig. Der Zug wartete bereits, aber die Fahrgäste durften noch nicht einsteigen.

Lisette wandte sich zu ihm. »Danke, dass du mich hierhergebracht hast.«

Er betrachtete sie forschend, und gerade als sie dachte, sein Schweigen nicht länger aushalten zu können, räusperte er sich. »Pass auf dich auf, Lisette.«

Sie nickte, zögerte und blickte sich um, um sich zu vergewissern, dass niemand in der Nähe war. »Ich habe meine beste

Freundin bei einem Bombenangriff verloren. Das ist einer der Gründe, warum ich das hier tue, aber ich hoffe nicht, dass ich aus Wut unvorsichtig handele. Das Gleiche hoffe ich für dich. Pass bitte auf dich auf.« Sie berührte seine Brust und spürte den kleinen Beutel mit den Lavendelsamen. »Wer soll sonst die Lavendelfelder wieder bepflanzen?«

Sein Lächeln war kurz, doch es erreichte seine Augen. Er beugte sich vor und küsste sie sanft auf beide Wangen. »Vergiss dein Versprechen nicht«, erwiderte er. »Eines Tages werden wir die Lavendelfelder gemeinsam bepflanzen.«

Luc wirkte so zärtlich und verletzlich, dass sie sich abwenden musste. Er begleitete sie noch in den Zug und trug ihren Rucksack. Als sie sich auf ihrem Platz eingerichtet hatte, stieg er wieder aus, und sie folgte ihm bis zur Tür, um ihm zu winken. Es war wichtig, dass sie den Schein wahrten. In wenigen Minuten würde der Zug abfahren.

»Ich warte noch, bis du weg bist«, sagte er.

Die Soldaten im Zug bemerkten sie beide nicht, bis einer von ihnen sich hinter Lisette räusperte.

»Entschuldigung!«

Der Mann war von der Gestapo. Höflich lächelnd drängte er sich an Lisette vorbei und stieg mit seinem Begleiter aus dem Zug. »Dürfte ich bitte Ihre Papiere sehen, *mademoiselle?* Auch Ihre, *monsieur,* wenn Sie so freundlich wären.«

Bleib ruhig, mahnte sich Lisette. »Stimmt etwas nicht?«, fragte sie auf Deutsch, wobei sie erleichtert feststellte, dass ihre Stimme nicht bebte.

Der Mann warf ihr einen beeindruckten Blick zu. »Routinekontrolle. Allerdings haben wir Grund zu der Annahme, dass jemand, dessen Beschreibung auf Sie passt, Monsieur ...?«

»Ravensburg«, stellte Luc sich vor.

»Ravensburg?« Der Offizier war sichtlich verwirrt von dem

deutschen Namen. »Wie bereits erwähnt wird jemand, dessen Beschreibung auf Sie passt, mit den Verbrechern in Verbindung gebracht, die sich Maquis nennen.«

Luc schnaubte. »Ich bezweifle, dass ich mit meinem Namen auch nur bis auf hundert Meter an einen Widerstandskämpfer herankäme, Herr …?«

»Kriminalsekretär von Schleigel.«

»Ich kann hinzufügen, dass ich auch nicht das geringste Verlangen danach hätte«, fuhr Luc in akzentfreiem Deutsch fort. »Wenn ich dürfte, würde ich für mein Land kämpfen.«

Lisette fiel auf, dass Luc sehr aufrecht dastand, er spielte seine Rolle hervorragend. Auch sie durfte sich nicht gehenlassen, mahnte sie sich. Ihr wurde klar, dass sie sich stärker an diesen Mann gebunden fühlte als angenommen.

Sie holte tief Luft und begann zu schauspielern, wie man es ihr beigebracht hatte.

17

Lucs Papiere waren eine brillante Fälschung, allerdings machte er sich Sorgen, ob Lisettes Dokumente einer Überprüfung standhalten würden.

»Sie sind Deutscher?« Der Gestapo-Mann starrte die Dokumente an. »Und leben in Frankreich?« Er sprach Französisch, und Luc war sich sicher, dass er mit seinen Sprachkenntnissen angeben wollte.

»Ja«, erwiderte Luc. Er klang beinahe gelangweilt. »Ich bin aus Sault.«

»Ah, es ist sehr schön dort … die Berge, der Schnee, die Rehe. Sehr pittoresk. Wohin fahren Sie?« Der Mann griff nach Lisettes Papieren.

»Ich fahre nirgendwohin, Sir. Ich habe nur meine Freundin, Mademoiselle Forestier, nach Cavaillon begleitet, weil sie von hier nach Paris will. Sie war in der Provence zu Besuch.«

»Nach Paris, *mademoiselle?*«, sagte er. »Ah, wie ich sehe, haben Sie ebenfalls einen deutschen Hintergrund. Wie interessant.«

»Ja«, erwiderte Lisette auf Deutsch. »Und ich weiß leider schon, dass es im Norden viel kälter sein wird als hier. Ich wünschte, ich könnte länger bleiben.«

Er schenkte ihr ein verkniffenes Lächeln. »Sind Sie miteinander verbandelt?«

Luc wartete erst gar nicht auf Lisettes Antwort. »Wir möchten uns verloben, Herr von Schleigel. Nur jetzt noch nicht, Sie wissen ja, wie es ist, mit dem Krieg …«

»Ja, in der Tat, Herr Ravensburg. Leben Sie in Paris, Fräulein Förster?«, fragte er.

Lisettes Gesicht hellte sich auf. »Ja, von morgen an«, sagte sie. »Ich ziehe in die Hauptstadt.«

»Wegen der Arbeit?«

Luc musterte den Mann verstohlen. Sie mussten extrem vorsichtig sein. Der Offizier war vielleicht Anfang vierzig, klein, schlank und makellos gepflegt. Mit unverkennbarer Arroganz trug er die graue Uniform. In seinem rechten Auge klemmte ein Monokel, mit dem er die Dokumente las. Das Leder seiner Stiefel ächzte, als er auf den Fersen wippte. Seine schwarzen Lederhandschuhe wirkten weich und warm. Kriminalsekretär. Das war keine hohe Position, und Luc fragte sich, ob man den Mann vielleicht übersehen hatte. Oder er hatte sich Feinde gemacht. Auf jeden Fall war er ein Fanatiker. Das merkte man ihm an.

Im Moment jedoch war das verschlagene Funkeln in seinen Augen das Wichtigste. Er spielte damit. Lisette beantwortete alle seine Fragen, ohne zu zögern. Sie klang auch nicht verängstigt, und sie flirtete ganz leicht mit ihm. Luc begann zu verstehen, warum man gerade sie für diese Mission ausgewählt hatte. Sie wirkte sehr selbstbewusst und intelligent.

Der Stationsvorsteher gab das Signal zur Abfahrt des Zuges, und die Schaffner schlugen die Türen zu.

Von Schleigel konnte anscheinend Gedanken lesen. »Mademoiselle Forestier«, sagte er, »bitte, es steht Ihnen frei zu fahren.« Er verbeugte sich. »Entschuldigen Sie, dass ich Sie aufgehalten habe – reine Routine. Monsieur Ravensburg, ich muss Sie leider bitten, uns zu begleiten«, fügte er hinzu. »Ich habe noch ein paar Fragen an Sie.«

»Lukas?« Lisette blickte ihn fragend an.

»Kein Grund zur Beunruhigung«, sagte von Schleigel. »Reines Protokoll, *mademoiselle. Bon voyage.*«

Der Zug pfiff, und der Schaffner trat an ihre Tür.

Luc küsste Lisette noch einmal auf beide Wangen und drückte ihre Hände. »Beste Grüße an Walter und viel Glück bei der neuen Aufgabe. Denk oft an mich«, sagte er und berührte den Lavendelbeutel unter seinem Hemd. »Mach es gut«, fügte er grinsend hinzu. Er schloss selbst die Tür und warf ihr einen mahnenden Blick zu, weil sie ihn so besorgt anschaute. Tu nichts Dummes, Lisette, flehte er stumm. Dann trat er einen Schritt zurück und winkte ihr ein letztes Mal.

Noch ein Pfiff und sie würde ihre Reise nach Norden antreten. Er hatte seine Aufgabe erfüllt. Ein weiterer Schlag der französischen Patrioten gegen die Deutschen.

»Warte!«, rief Lisette.

Er fasste es nicht. Sie öffnete die Tür und warf den Rucksack heraus. Zum dritten Mal ertönte der Pfiff.

»Was machst du da, Liebling?«, fragte er fassungslos.

»Mademoiselle Forestier? Stimmt etwas nicht?«, fragte von Schleigel.

»Verzeihen Sie mir, aber ich kann meinen Geliebten nicht so zurücklassen. Was wäre ich denn für eine Verlobte, wenn ich einfach abreisen würde, während er von der Polizei verhört wird?« Sie seufzte leise. »Morgen fährt auch noch ein Zug. Wenn wir Ihnen bei Ihren Untersuchungen helfen können, dann tun wir das als pflichtbewusste Deutsche natürlich.«

Luc schlug das Herz bis zum Hals. Was dachte sie sich eigentlich? Wollte sie ihn etwa retten? Er war so wütend, dass er sie kaum ansehen konnte.

»Das ist sehr umsichtig von Ihnen. Ich bin sicher, dass wir Sie nicht allzu lange aufhalten werden.« Von Schleigel wies ihnen den Weg vom Bahnsteig herunter. »Dieser Tage kann man nicht vorsichtig genug sein – das verstehen Sie sicher –, und wir überprüfen alle Züge, die den Süden verlassen.«

»Warum?«, fragte Luc und schüttelte Lisettes Arm ab, als sie versuchte, sich bei ihm einzuhängen.

»Neue Befehle. Heute ist in Gordes etwas Hässliches passiert, und wir können nicht vorsichtig genug sein.«

»Meinen Sie die Exekutionen?«, fragte Luc.

»Sie wissen davon?«

»Ja, wir haben es in einem der Cafés gehört«, sagte Lisette.

»Diese Männer waren Verbrecher, und wir mussten ein Exempel statuieren, um andere abzuschrecken«, sagte von Schleigel und führte sie zu einem großen schwarzen Auto.

Luc schwieg. Sie konnten unmöglich hinter ihm her sein … warum gingen sie nicht ins Hotel Splendide? »Darf ich fragen, wohin Sie uns bringen? Wir haben nichts zu tun mit den Ereignissen in Gordes«, sagte er.

»Nein, Monsieur Ravensburg, verzeihen Sie. Unser Interesse an Ihnen ist davon unabhängig. Bitte«, sagte von Schleigel höflich. »Nur ein paar Fragen.«

In angespanntem Schweigen fuhren sie aus Cavaillon heraus. Von Schleigel saß vorne neben dem Fahrer, während Luc und Lisette von einem *milicien* mit steinerner Miene bewacht wurden.

»Waren Sie schon einmal in L'Isle-sur-la-Sorgue?«, fragte von Schleigel.

Lisette schüttelte wortlos den Kopf. Luc merkte, dass selbst ihre vorgetäuschte Lebhaftigkeit verschwunden war. Sie war so weit wie möglich von dem *milicien* weggerutscht und drängte sich an ihn. Zwar war er wütend auf sie, aber er wollte sie auch gerne beruhigend berühren. Wegen der anderen Männer im Wagen ließ er es jedoch sein.

»Ich war schon einmal da«, sagte er.

»Es ist ein entzückender Ort. Ihr Franzosen – äh, ich darf Sie doch so nennen? Ihr habt es so gut hier unten im Süden. Hier ahnt man nichts von einem Krieg. Ihr könnt durch die breiten Straßen schlendern und an diesem prachtvollen Fluss entlang. Und erst Fontaine de Vaucluse. Ich habe mich noch nie an einem Ort im Sommer so wohlgefühlt …«

Von Schleigel hatte doch etwas vor. Warum plauderte er so freundlich? Und wieso ausgerechnet von L'Isle-sur-la Sorgue?

Luc starrte düster aus dem Fenster. Einen ähnlichen Wagen hatte sein Vater in Paris gefahren. Er blinzelte und versuchte, alle Gedanken an die Vergangenheit zurückzudrängen. Wichtig war jetzt nur, dass sie beide von diesem öligen von Schleigel wegkamen.

Lange Reihen von Weintrauben erstreckten sich in der Dunkelheit. Sie fuhren an dem Weinbaugebiet vorbei, das die Päpste von Avignon im elften und zwölften Jahrhundert angelegt hatten.

»Ha! Die Päpste wussten, wie man es sich gutgehen lässt, was, Ravensburg? Ich muss zugeben, ich habe schon ein oder zwei Flaschen Châteauneuf du Pape gekostet, seit ich hier bin. Bis dahin hatte ich noch nie Burgunder getrunken.«

Luc rang sich ein Lächeln ab. »Wir Bauern haben davon keine Ahnung, Herr von Schleigel, obwohl ich das Glück hatte, einmal einen süßen Riesling vom Rhein probieren zu dürfen«, log er, »und ich kann mir nicht vorstellen, dass irgendein anderer Wein köstlicher sein könnte.«

»Ah, Sie meinen einen Dessertwein, Ravensburg, Edles Gewächs«, sagte der Gestapo-Mann mit ausholender Geste. »Wie kommen Sie denn in Frankreich an eine solche Traube?«

Schon wieder ein Fehler. Warum schmückte er seine Antworten derart aus? Er brach seine eigenen Regeln, während Lisette klugerweise schwieg.

Luc zuckte mit den Schultern. »Ich war noch ein Kind. Ich kann mich nur noch an die Süße erinnern.«

»Hm, interessant«, erwiderte von Schleigel.

Zum Glück erreichten sie gerade L'Isle-sur-la-Sorgue. Der älteste Teil der Stadt ging, wie Jakob Bonet seinem Sohn einmal erklärt hatte, auf ein römisches Fischerdorf zurück. Im vierzehnten Jahrhundert wurde der Ort eine Zuflucht für die Juden, die aus den meisten Teilen Frankreichs vertrieben wurden und auf päpstliches Gebiet fliehen mussten. Luc blinzelte, als er an die schreckliche Ironie dachte. Um den belebten Marktplatz mit der prächtigen Kirche, Notre Dame des Anges, floss auf beiden Seiten die Sorgue.

Von Schleigel rühmte die Kathedrale mit lyrischen Worten. Luc nickte, als hörte er ihm zu, während seine Gedanken sich überschlugen. Der schwarze Wagen fuhr an der Altstadt vorbei. Der Platz, den die Einheimischen zu Fuß oder mit dem Fahrrad querten, lag unheimlich ruhig da. Die Sperrstunde rückte näher.

Dann bog das Auto nach links auf das Grundstück eines großen Anwesens ein. Die beiden steinernen Säulen am Eingang zierten Hakenkreuzfahnen, und Luc fand, dass es aussah, als ob Blut von den Säulen tropfte. Soldaten bewachten das Tor, und als von Schleigel seinen Namen nannte, warf Lisette Luc verstohlen einen Blick zu.

In ihren großen Augen stand die Bitte um Verzeihung, und er nickte ihr beruhigend zu.

»Da wären wir«, sagte von Schleigel. »Im Hauptquartier.«

Der *milicien* bedeutete Luc und Lisette, aus dem Auto auszusteigen. Luc leistete ihm als Erster Folge und ergriff Lisettes Hand.

»Mach dir keine Sorgen, Liebste«, sagte er und fügte flüsternd hinzu: »Keine heroischen Taten. Kümmere dich nur um dich.«

Lisette ging dicht neben ihm und erlaubte, dass er ihren Arm nahm. Es gelang ihr, eine Mischung aus Angst und Ehrfurcht zu vermitteln.

Zwei Männer kamen von Schleigel entgegen. Einer war so jung, dass er sogar noch Pickel hatte.

»Mademoiselle Forestier, dürfte ich Sie bitten, mit unserem Assistenten mitzugehen«, sagte von Schleigel. »Er wird es Ihnen bequem machen. Dürfen wir Ihnen vielleicht einen Kaffee anbieten? Einen richtigen Bohnenkaffee?«

Sie nickte und warf Luc einen Blick zu. »Und …«

»Bitte zerbrechen Sie sich nicht Ihren hübschen Kopf wegen Lukas. Wir möchten nur ein wenig mit ihm plaudern. Schon bald werden Sie wieder mit ihm vereint sein.«

Luc schubste sie. »Na los, Lisette. Ich will gerne helfen.« Dann grinste er. »Echter Kaffee … bestell mir auch einen.«

Sie lächelte schwach und ließ sich wegführen.

Von Schleigel wandte sich Luc zu. »Hier entlang.«

Dieser bewegte sich nicht, sondern blieb stirnrunzelnd stehen.

Von Schleigel drehte sich zu ihm um. »Na los, kommen Sie schon«, sagte er auf Deutsch.

»Was wollen Sie von mir?«

»Nur ein paar Fragen über einen Mann, den wir jagen. Aber das hat Zeit, bis wir uns unter vier Augen unterhalten können, *monsieur.*«

18

Luc schüttelte den Kopf. »Sie verwechseln mich, mein Herr.«

»Vielleicht. Folgen Sie mir.«

Luc hatte keine Wahl. Er konnte nicht einfach gehen. Innerhalb von Sekunden hätte er eine Kugel im Rücken, er war sicher, dass von Schleigel nur auf einen Vorwand wartete.

Der Deutsche führte ihn durch ein sehr geschmackvoll eingerichtetes Zimmer, in dem es leicht nach Leder und Tabak roch. Danach kamen sie in einen anderen Raum – wesentlich kleiner und fensterlos, möbliert nur mit einem Tisch mit zwei Stühlen. Es schien ein ehemaliger Lagerraum zu sein, der jetzt bestimmt als Verhörzimmer diente.

Einen kurzen Moment lang fragte sich Luc, ob er besser die Zyankalitablette eingesteckt hätte, die Fougasse ihm gezeigt hatte. Eine jüdische Widerstandskämpferin hatte die Selbstmordtablette hergestellt, war aber leider in die Hände der Nazis geraten, ohne sie dabeizuhaben. Seine Gedanken schweiften ab. Er musste sich konzentrieren. Wichtig ist nur unsere Tarnung, mahnte er sich im Stillen.

»Bitte«, sagte von Schleigel und wies auf einen der Stühle.

Luc setzte sich und erwiderte den kalten Blick des Mannes. »Wen auch immer Sie suchen, ich bin es nicht.«

»Ah, ich mag Männer, die direkt auf den Punkt kommen. Allerdings habe ich nie behauptet, dass *Sie* es sind.« Von Schleigel zog seine Lederhandschuhe aus und legte sie auf den Tisch neben eine Akte. »Deutsch oder Französisch?«, fragte er.

Der Gefragte zuckte mit den Schultern. »Wie Sie wollen. Für Sie ist es auf Deutsch sicher leichter.«

»Erzählen Sie mir von sich.«

Luc seufzte nicht. Er rollte auch nicht mit den Augen oder klang frustriert, weil er wiederholen musste, was er bereits gesagt hatte. In absichtlich nicht ganz einwandfreiem Deutsch erzählte er von Schleigel alles, was er ihm bereits am Bahnhof gesagt hatte, und dazu noch einiges, was sich nahe genug an der Wahrheit bewegte.

»Ihr Deutsch ist wirklich bewundernswert, wenn man bedenkt, dass Sie in Südfrankreich aufgewachsen sind.«

Luc freute sich, dass seine kleinen Fehler aufgefallen waren. »Ich war wild entschlossen, meine Muttersprache zu lernen. Ich hoffe, eines Tages nach Deutschland zurückkehren und meine Aussprache verbessern zu können.«

»Sie bauen also Lavendel in Sault an?«

»Aus wilden Samen. Es handelt sich um beste *Lavendula angustifolia*. Mein Öl ist die Grundlage für die meisten Parfüms, die viele Offiziere ihren Frauen und Geliebten dieses Jahr zu Weihnachten schenken«, bemerkte er fröhlich. »Natürlich sind einige Felder für antiseptische Mittel reserviert, die im Moment stark nachgefragt werden.«

»Was ist mit den Lavendelfeldern um Apt herum?«

»Wo?«, fragte Luc, um Zeit zu schinden. Er wusste, was gleich kam.

»In Saignon, zum Beispiel.«

»Was soll damit sein? Auf den Feldern in Saignon wird hauptsächlich adstringierendes Öl produziert«, log er. »Für Seife und Desinfektionsmittel.«

»Sie bauen nicht viel Lavendel für Desinfektionsmittel an?«

»Doch, *monsieur*. Männer sterben an der Front, und wenn ich mit meinen Feldern dazu beitragen kann, Leben zu retten, dann tue ich das. Geht es darum, dass ich nicht an der Front bin? Weil …«

»Nein. Ich kann Ihnen sagen, worum es geht.« Von Schleigel lächelte. Genauso hatte Landry gelächelt, kurz bevor er Lucs Großmutter niedergeschlagen und seine Familie auf den Lastwagen gejagt hatte. »Ich bin abgestellt, um die Bekämpfung der Widerstandsbewegung im Vaucluse zu überwachen. Diese Leute sind Verbrecher – es sind nicht wenige Mörder darunter. Die gesamte Region ist ein Unterschlupf für die feigen Partisanen, die leider von den Einheimischen unterstützt werden. Wir haben jedoch erste Erfolge zu verzeichnen.« Das Leder seiner Stiefel knarrte, als er sich zurücklehnte. »In Gordes ist heute ein besonders übles Paar hingerichtet worden. Meine Männer haben mir gesagt, dass dies eine gute Abschreckung sein wird. Sie werden den Rest des Winters am Galgen baumeln.« Er verzog das Gesicht zu einem höhnischen Grinsen. »Ich hoffe, der Frost macht aus ihnen ein Monument für Feigheit.«

Luc blickte ihn leicht verblüfft an. »Was hat das mit mir zu tun, Herr von Schleigel?«

Es klopfte an der Tür. Ein Gehilfe erschien, flüsterte seinem Vorgesetzten etwas ins Ohr und verschwand leise wieder.

Von Schleigel nickte nachdenklich. »Ich habe Erkundigungen über Sie einziehen lassen, Ravensburg.«

»Und?« Luc verzog empört das Gesicht.

»Es scheint, Sie sind tatsächlich Deutscher. Ihr Vater ist wohl gegen Ende des Großen Krieges gestorben.«

»Genau an dem Tag, als der Waffenstillstand erklärt wurde.«

»Es geht das Gerücht, dass ein Mann, auf den Ihre Beschreibung passt, mit den beiden exekutierten Maquisards befreundet war.«

»Das allein ist ein Verbrechen?«

Von Schleigel musterte ihn kühl. »Wir glauben, dass auch er ein Maquisard ist.«

»Und Sie halten mich für diesen Mann?«, fragte Luc ungläubig.

Von Schleigel zuckte mit den Schultern. »Die Beschreibung trifft in vielen Punkten auf Sie zu. Ich bin mir nicht ganz sicher, wie sich ein in Deutschland geborener Mann, der in Frankreich aufgewachsen ist, mit der Besatzung seiner Wahlheimat abfindet, wenn seine Freunde verschwinden und sein Leben unterbrochen wird. Ich muss mich fragen, ob er eher französisch oder deutsch fühlen würde.«

»Wir sprechen doch gerade deutsch. Außerdem befindet sich in einem Nebenzimmer meine deutsche Verlobte, und meine Ernte ist für die deutschen Soldaten bestimmt. Ich weiß nicht, wie viele Beweise Sie noch brauchen, Herr von Schleigel. Sie sollten auch nicht die Tatsache ignorieren, dass die Widerstandskämpfer keine Deutschen in ihre Reihen aufnehmen.«

Der Gestapo-Offizier hob einen Finger. »Sehr gute Einwände. Das alles ist auch für mich ein Rätsel. Sind Sie nun Deutscher oder Franzose? Arbeiten Sie für oder gegen Deutschland? Erzählen Sie mir die Wahrheit, oder sind Sie nur ein guter Lügner?«

»Ich bin ein Lavendelbauer aus Sault. Bis vor ein paar Jahren wusste ich vom Krieg nur, dass er für den Tod meiner Eltern verantwortlich war. Ich bin in der Lage, essentielle Öle aus meinem Lavendel zu ziehen. Ich denke wie ein Franzose, aber im Herzen bin ich Deutscher. Und Sie wollen mit mir über Politik reden, Herr von Schleigel? Davon verstehe ich nichts. Ich versuche einen Spagat zwischen zwei Nationen. Ich möchte meinen Betrieb ausbauen, ich möchte heiraten …« Er hob die Hände. »Warum sollte ich das alles gefährden wollen?«

Von Schleigel nickte. »Waren Sie heute in Gordes?«

Luc wagte es nicht zu lügen. »Ja.«

»Haben Sie die Exekutionen gesehen?«

Er musste es riskieren. »Nein. Wir waren schon auf dem Weg

ins Kloster. Ich wollte Lisette das schöne Tal zeigen und wo im Sommer der Lavendel wächst. Als wir zurückkamen, hörten wir im Café von der Exekution.« Père Auguste würde diese Geschichte bestimmt bestätigen. »Ich weiß nicht, worauf Sie hinauswollen.«

Von Schleigels Augen funkelten bösartig. »Ich beschuldige Sie, ein Maquisard zu sein, der heute *milicien* Landry die Kehle durchgeschnitten hat, aus Rache für den Tod von zwei Partisanen.« Sein Tonfall war gleichmütig.

Luc blickte ihn schockiert und ungläubig an. Wütend sprang er auf. »Mit allem gebotenen Respekt, Herr von Schleigel, das ist eine unerhörte Anschuldigung.«

»Setzen Sie sich bitte wieder«, sagte der Gestapo-Mann ruhig. »Ich sage das nicht zweimal.«

Luc fuhr sich mit der Hand durch die Haare und ließ sich auf den Stuhl sinken.

»Es gibt einen Mann aus Saignon, auf den Ihre Beschreibung zutrifft. Sein Name ist Bonet.«

Luc blieb beinahe das Herz stehen.

»Haben Sie den Namen schon einmal gehört?«

»Ich kenne Saignon. Das heißt, ich bin einmal durchgefahren. Bonet?« Er zuckte mit den Schultern. »Nie gehört.«

»Wir wissen nicht viel über ihn. Möglicherweise war er Bauer. Obstbauer vielleicht.«

Erleichterung stieg in Luc auf. »Ist das die Verbindung? Dass wir beide Bauern in der Provence sind?«

»Er ist recht groß, und seine Haare sind nicht dunkel, hat man uns gesagt.« Von Schleigel lachte ein wenig und blickte auf Lucs blonde Haare, die im Schein der Lampe schimmerten.

»Ich weiß nicht, was Sie mir damit sagen wollen. Das könnte auf mehrere Bauern im Luberon zutreffen. Spricht er Deutsch?«

»Ich weiß es nicht … Tut er das?«

»Herr von Schleigel, wie kann ich dieser Bonet sein? Mein Name ist Lukas Ravensburg. Es gibt viele Männer von meiner Größe und meinem Gewicht. Sie haben meine Angaben überprüft, das haben Sie selbst gesagt. Warum überzeugt Sie das nicht?«

Jetzt stand von Schleigel auf. »Ihr Deutsch ist viel zu gut für das, was Sie vorgeben zu sein. Ihre Papiere allerdings sind in Ordnung.«

»Ich bin Lukas Ravensburg aus Sault, geboren in Straßburg.« Luc ließ Frustration durchklingen. »Haben die Leute von Saignon mich etwa angezeigt?«

»Keineswegs. Ich bin lediglich der Spur aller Maquisards aus der Gegend gefolgt. Dieser Bonet ist verdächtig, aber nicht bestätigt. Die Gendarmen von Apt vermuten, dass Bonet die Region verlassen hat, als seine Familie weggebracht wurde. Wahrscheinlich ist er tot. Seit jenem Tag ist er jedenfalls nie wieder gesehen worden.«

»Seine Familie wurde weggebracht?«

»Ungeziefer«, sagte von Schleigel gepresst. »Ein alter Jude und seine Schlampen.«

»Soll das ein Witz sein?«, sagte Luc hitzig. Seine Wangen brannten vor Wut. »Sehen Sie mich an, mein Herr. Sehe ich jüdisch aus?«

»Absolut nicht. Im Gegenteil, Sie verkörpern exakt die arische Rasse. Allerdings gibt es Gerüchte, dass dieser Bonet kein Blutsverwandter der Familie gewesen sein soll. Zu viele Zufälle?«

»So könnte man es sehen. Man könnte aber auch sagen, dass da jemand Informationen absichtlich zu seinem eigenen Vorteil verdreht. Wer hat Ihnen diese Informationen gegeben?«

Von Schleigel seufzte. »*Milicien* Landry wurde heute ermordet. Kannten Sie ihn?«

»Nein«, erwiderte Luc fest.

»Landrys Verlobte war eine junge Frau aus einem Dorf in der Nähe.«

Verlobte! Es war zwecklos, weiter zu leugnen oder überhaupt etwas zu sagen. Catherine hatte geredet. Luc würde diesem von Schleigel jedoch nicht die Genugtuung geben, sich etwas anmerken zu lassen. Sollte er seine Anschuldigungen machen. Ausdruckslos blickte er den Deutschen an und wartete darauf, dass das Schwert niedersauste.

»Diese Frau, Catherine Girard, wurde ebenfalls getötet.«

Ihm wurde übel. Catherine war tot? Seine Miene verriet nichts.

»Praktisch, nicht wahr?«

»Ich habe keine Ahnung.«

»Vielleicht hat sie den Mörder auf frischer Tat ertappt.«

»Was haben dieser *milicien* und seine Verlobte mit mir zu tun?«

In gespielter Verzweiflung hob von Schleigel die Hände. »Genau. Catherine Girard hat uns den Hinweis auf diesen Bonet gegeben. Bis gestern hielten wir sie für eine unzuverlässige Quelle, aber als sie zwei bekannte Maquisards ans Messer lieferte, wuchs mein Interesse für ihr Wissen. Ich schickte einen Wagen los, um sie abzuholen. An diesem Punkt kommen weibliche Ränke ins Spiel. Sie sagte Landry, wenn die *milice* jemanden schnappen würde, auf den Bonets Beschreibung passte, wolle sie seine Identität selbst bestätigen. Eine Schande, dass sie tot ist. Sehen Sie, Ravensburg, Mademoiselle Girard hätte mir alles sagen können, was ich wissen muss, doch jetzt habe ich keine richtige Beschreibung des Mannes, den sie uns ausliefern wollte, noch nicht einmal seinen vollen Namen. Sie nannte ihn einfach nur Bonet.«

Luc war fassungslos. Catherine hatte ihn nicht nur treffen wollen, sie wollte sogar dabei sein, wenn er den letzten Schlag erhielt. Sie wollte ihm in die Augen sehen, wenn sie ihn verriet.

»Dann stoße ich auf Sie, genau an dem Tag, an dem Landry

und seine Verlobte ermordet werden. Sie waren unterwegs von Gordes nach Cavaillon, und meine Beschreibung passt ziemlich genau auf Sie.« Von Schleigel blinzelte hinter seinem Monokel.

»Genau das ist das Wesen des Zufalls, Herr von Schleigel … ein unglaubliches Zusammentreffen zweier Ereignisse.«

Der Kriminalsekretär lachte trocken. Es klang eher wie ein Husten. »Warten Sie bitte hier, Ravensburg.«

Luc, dessen Selbstvertrauen wuchs, fragte: »Wohin wollen Sie? Versuchen Sie einen weiteren Zeugen aufzutreiben, der Ihnen eindeutig sagen kann, dass ich nicht Lukas Ravensburg bin?«

»Nein, *monsieur*. Ich werde nun ein wenig mit Mademoiselle Forestier plaudern. Machen Sie es sich bequem.«

Luc lehnte sich auf seinem Stuhl zurück. Unwillkürlich griff er mit der Hand nach seinem kostbaren Lavendelbeutel.

19

Lisette wartete in einem kleinen, gemütlichen Zimmer, in dem sie sich trotz der weichen Lehnsessel und der warmen Beleuchtung vorkam wie eine Gefangene der Gestapo. Sie hatte dieses Ereignis während des Trainings geübt, und es gelang ihr, sorglos, fast schon gelangweilt zu wirken, weil sie wusste, dass sie beobachtet wurde.

Seufzend ging sie auf und ab, betrachtete eingehend die Bücher auf den Regalen und blickte aus dem Fenster. Ihre Miene spiegelte ihre zunehmende Ungeduld wider.

Nach etwa einer Stunde ging die Tür auf, und von Schleigel trat ins Zimmer.

»Bitte verzeihen Sie, dass ich Sic so lange warten ließ, Mademoiselle Forestier. Ich hoffe, Sie hatten es bequem?«

Sie folgte ihrem Instinkt und ging sofort zum Angriff über. »Nein, Herr von Schleigel, als Deutsche finde ich es höchst unbequem, Häftling der Gestapo zu sein.« Sie warf ihm einen eisigen Blick zu.

»Wir tun nur unsere Arbeit, *mademoiselle*«, erwiderte er mahnend.

Lisette sah ihm an, dass er solche Auseinandersetzungen liebte. »Steht die Gestapo etwa über dem Gesetz, Herr Kriminalsekretär?«

Diese Frage hatte er nicht erwartet, und seine Stimme bebte ein wenig, als er antwortete. »Nein, aber unsere Aufgabe ist es, diejenigen zu entlarven, die gegen das Regime arbeiten.«

»Inwiefern haben Sie meinen Verlobten entlarvt?«

»Etwas an ihm erregt meinen Verdacht, und mein Instinkt sagt mir, ich muss tiefer gehen.«

Sie seufzte leise und beschloss, ihre einzige Trumpfkarte auszuspielen. So eine Gelegenheit kam wahrscheinlich so schnell nicht wieder. »Herr von Schleigel, sagt Ihnen der Name Walter Eichel etwas?«

Er blinzelte hinter seinem Monokel. »Selbstverständlich.«

»Als ich Ihnen sagte, dass ich in Paris eine Stelle in einem deutschen Unternehmen antreten werde, vergaß ich zu erwähnen, dass es sich dabei um Walter Eichels Bank handelt … Zudem werde ich direkt für Walter arbeiten. Er ist nicht nur ein enger Freund meiner Familie, sondern derjenige, den Sie warten lassen, weil Sie mich hier ohne ersichtlichen Grund festhalten. Er kennt Lukas sehr gut. Herr Eichel kann sich persönlich für Lukas Ravensburg verbürgen, und er wird es auch tun, allerdings kann ich mir nicht vorstellen, dass er gerne hören wird, dass seine Patentochter und ihr Verlobter in einem verschlafenen Ort in der Provence aus einer Laune heraus verhaftet worden sind.«

Sie begeisterte sich zunehmend für ihre Rolle.

»Wir haben uns ausgewiesen, und wir haben allen Ihren Wünschen und Fragen entsprochen. Ihre Leute haben in der Zwischenzeit sicher sämtliche Angaben überprüft. Wenn Herr Eichel seine Regierungskontakte in Berlin anruft, wird er sie sicher daran erinnern, dass mein Vater für Deutschland einen Arm verloren hat und der von Lukas für sein Vaterland gestorben ist. Und Sie überhäufen uns, die Kinder dieser Männer und loyale deutsche Bürger, mit Schmähungen! Was werfen Sie Lukas eigentlich vor, Herr von Schleigel? Ist er womöglich ein Spion der Alliierten oder einer dieser französischen Partisanen, die kaum mehr sind als Diebe und Mörder? Sieht er aus wie einer, redet er wie einer, benimmt er sich wie einer? Er mag vielleicht als *lavandier* leben, aber er ist sehr gebildet und wahrscheinlich nur deshalb kein Offizier in der Wehrmacht, weil er unsere Truppen mit wichtigen Desinfektionsmitteln versorgt.«

Sie war immer lauter geworden und atmete schwer. Finster musterte sie den schrecklichen kleinen Mann, der vor ihr stand, ehe sie die Schlinge endgültig zuzog.

»Herr von Schleigel, ich dulde ihr kleinliches Gehabe nicht länger. Zwar haben Sie mit großer Geste so getan, als ob ich gehen könne, aber wir wissen beide, dass ich meinen Verlobten nie im Stich gelassen hätte. Sie haben meine Geduld wahrlich überstrapaziert, und ich erwarte, dass ich mit Herrn Eichel telefonieren darf. Vielleicht möchten Sie ihm ja persönlich die Gründe für meine Verhaftung, meine verspätete Ankunft in Paris und meine schlechte Laune heute Abend erklären.«

»Das wird nicht nötig sein«, erwiderte von Schleigel spröde.

»Ach, nein?«, fragte sie unschuldig.

»Nein. Sie sind beide frei zu gehen. Ich entschuldige mich in aller Form für die Unannehmlichkeiten.«

Lisette schenkte ihm ein kurzes, strahlendes Lächeln. »Ich danke Ihnen, Herr von Schleigel. Dann gibt es für uns also nichts mehr zu besprechen.«

»Vielleicht richten Sie Herrn Eichel meine besten Grüße aus?«, fragte er.

Lisette war sich nicht sicher, was sie mehr bewundern sollte: ihre Kühnheit oder seine.

»Wenn Sie uns behilflich sein könnten, nach Lyon zu gelangen, damit wir dort den Zug noch erreichen, den ich verpasst habe, wird Onkel Walter Ihnen sicher sehr dankbar sein, Herr von Schleigel.«

Der Mann neigte den Kopf, und sie lächelte innerlich bei dem Gedanken, wie schwer es ihm fallen musste, ihr Respekt zu zollen.

»Wo ist Lukas?«

»Folgen Sie mir, *mademoiselle*«, sagte er und wies auf die Tür.

Luc ließ sich zwar nichts anmerken, aber er war erstaunt und amüsiert, als von Schleigel nur wenig später mit Lisette im Schlepptau zurückkam.

Sie stürzte auf ihn zu und schlang die Arme um ihn. »Oh, mein Liebling. Alles ist geklärt, aber das wusste ich ja von Anfang an.« Sie strahlte ihn an. »Komm, wir können jetzt gehen. Herr von Schleigel hat mir sogar angeboten, mich nach Lyon zu bringen, damit ich den Frühzug nach Paris noch erreiche.« Lisette umarmte ihn. »Onkel Walter wird sich freuen – und er wird Herrn von Schleigel dankbar sein, dass ich nun doch noch rechtzeitig ankomme. Weißt du, Liebling, du solltest wirklich mitkommen. Er wird dich auch sehen wollen. In Sault schneit es sowieso bald. Komm einfach für ein paar Tage mit, wie du es mir versprochen hast.«

Einen Moment später waren sie aus dem Raum heraus und gingen auf die Flügeltüren zu, durch die sie entkommen konnten.

Lisette hatte großartig geschauspielert. Luc hörte, wie von Schleigel murmelte, sie würden nach Lyon gefahren. Es war absurd. Vor wenigen Minuten waren sie noch Gefangene und wurden verhört, und nun bekamen sie sogar ein Auto mit Chauffeur. Luc war völlig benommen und ließ sich von Lisette mitziehen, die unentwegt plapperte.

Von Schleigel streckte die Hand aus. »Sie nehmen mir die Sache doch wohl nicht übel, Ravensburg? Ich hoffe, Sie verstehen, dass ich meine Arbeit tun muss, damit alle Deutschen in Sicherheit sind.« Er lächelte Luc gezwungen an und drückte ihm die Hand.

»Natürlich«, erwiderte Luc, wobei er versuchte, besänftigt zu klingen.

»Der Fahrer steht für Sie bereit, aber dürfen wir Ihnen noch etwas anbieten, bevor Sie aufbrechen? Einen guten französischen Cognac vielleicht, in dieser kalten Nacht?«

»Nein, danke«, sagte Lisette mit entwaffnender Freundlichkeit und ergriff Lucs Hand. »Bist du so weit, Lukas?«

Er nickte bloß, weil er seiner Stimme nicht traute, und lächelte sie an. Als sie zur offenen Eingangstür gingen und er bereits den Wagen sowie einen Mann in dunklem Anzug sehen konnte, erregte eine Bewegung seine Aufmerksamkeit.

Am anderen Ende der riesigen Empfangshalle sah er zwei SS-Männer in Uniform, die einen älteren Herrn zwischen sich mitschleiften. Der Herr, der ihnen den Rücken zuwandte, war auf die Knie gesunken, und sie zerrten ihn unsanft hoch.

Lucs Herz machte einen Satz. War es Einbildung, oder kam ihm tatsächlich etwas an dem alten Mann vertraut vor? Innerlich flehte Luc, dass er sich irren möge … Das konnte nicht sein.

»Herr Ravensburg, stimmt etwas nicht?«, fragte von Schleigel und blickte Luc an.

Er fühlte sich, als müsse er Glasscherben schlucken.

»Lukas, komm«, sagte Lisette und trat nach draußen. »Der Fahrer wartet.«

Sie blickte ihn eindringlich an und wartete darauf, dass er ihr folgte. Natürlich hatte von Schleigel sofort gemerkt, dass seine Aufmerksamkeit dem älteren Herrn galt, und er musterte Luc mit schräg gelegtem Kopf wie ein Hund, der Witterung aufnimmt. Luc schlug das Herz bis zum Hals.

Geh! Im Geiste hörte er, wie Fougasse, Laurent und sogar Roger ihn anschrien. *Ne fais pas ca!*, sagte sein Vater so laut und deutlich zu ihm, als stünde er neben ihm. Tu es nicht!

Hastig machte er einen Schritt vorwärts, und Lisette blickte ihn erleichtert an. Erneut wandte sie sich zum Gehen.

»Herr von Schleigel?« Luc räusperte sich.

»Herr Ravensburg?«, sagte der Mann liebenswürdig und blickte ihn an wie eine Katze, die am Sahnetopf geschleckt hat.

»Wer ist dieser Mann?«

Von Schleigel blinzelte. »Der alte Kerl da? Er heißt Dressler.«

Luc erstarrte. »Was haben Sie mit ihm vor?«

Lisette blieb erneut stehen. Er brauchte sie nicht anzusehen, um zu wissen, dass sie wütend war.

»Was bedeutet Ihnen dieser Dressler, Ravensburg?«

Die gewundene Höflichkeit war auf einmal verschwunden, stellte Luc fest. »Nichts Besonderes. Er hat in unserer Gegend gewohnt. Ich kann mich erinnern, dass ich ihm einmal begegnet bin«, erwiderte er.

»Er ist also kein Fremder für Sie?«

Luc ignorierte die Frage. »Warum wird er so behandelt? Er ist Deutscher.«

»Das stimmt. Aber er ist ein Judenfreund. Er hat einigen Juden im Süden geholfen, nach Spanien zu gelangen. Und wir haben Beweise, dass er Geld aus der Schweiz nach Frankreich geschmuggelt hat, um jüdische Partisanen zu unterstützen. Nicht besonders patriotisch für einen Deutschen.«

Luc runzelte die Stirn. »Der Mann ist Deutscher, Herr von Schleigel, und er ist alt. Er verdient Respekt.«

»Vielleicht möchten Sie mit ihm reden?«, bot von Schleigel an. Sein Tonfall war unschuldig, aber Luc sah ihm die Selbstgefälligkeit an.

»Warte im Auto auf mich, Lisette.«

»Lukas …«

»Bitte«, grollte Luc. »Es dauert nicht lange.«

Sie schäumte vor Wut. Er verhielt sich genauso wie vor ein paar Stunden in Gordes. Zornig drehte sie sich auf dem Absatz um. »Schönen Abend noch, Herr von Schleigel«, sagte sie, dann stieg sie ins Auto, ohne sich umzudrehen.

»Hier entlang«, bedeutete ihm der Gestapo-Mann.

Luc folgte ihm in die Höhle des Löwen, um zu dem gebrechlichen alten Mann zu gelangen, der ihn noch vor seiner Mutter im Arm gehalten und das Geheimnis seiner Nationalität gewahrt hatte. *Wolf.*

Von Schleigel warf Luc einen Seitenblick zu. »Ihr Interesse fasziniert mich, Ravensburg.« Auf sein Signal hin schlossen sich ihnen zwei seiner Gefolgsleute an. Nun konnte Luc seine Meinung nicht mehr ändern. Nein, dazu war es zu spät. Hoffentlich war Lisette geistesgegenwärtig genug, um dem Fahrer zu sagen, er solle sie sofort nach Lyon bringen. Langsam begann Luc zu bezweifeln, dass er aus dieser prächtigen Villa noch einmal lebend herauskommen würde.

Dieses Mal gab es kein Vorzimmer. Jeder wusste, warum er hier war. Es war ein Lagerraum, in dem alles von Farbe bis hin zu Papier aufbewahrt wurde. Eine nackte Glühbirne hing von der Decke, gefährlich schaukelnd im Wind, der durch eine zerbrochene Fensterscheibe drang. Es war eiskalt, trotzdem hatten sie Wolf bis auf die Unterwäsche entkleidet. Nun saß er zitternd auf einem Eisenstuhl und starrte zu Boden. Er war zusammengeschlagen worden, und sein ganzer Körper war mit blutenden Wunden bedeckt. Seine Zehen waren verdreht. Sie hatten sie ihm gebrochen.

Luc wagte es kaum zu sprechen. Der Anblick von Wolf drohte ihn, mehr noch als der von Fougasse oder Laurent, völlig zu überwältigen. Hier saß ein Mann des Friedens. Wolf würde einem Deutschen ebenso bedenkenlos helfen wie einem Juden.

»*Salauds!*«, flüsterte Luc. Schweinehunde.

»Ravensburg, sehe ich da Entsetzen auf Ihrem Gesicht? Spüre ich etwa Anteilnahme für das Schwein?«, fragte von Schleigel lächelnd.

»Anteilnahme? Ich würde nicht mal einen Hund so behandeln.«

»Der Kerl ist weniger wert als ein Hund, Ravensburg. Dieser Mann ist es nicht mal wert, den Staub von meinen Stiefeln zu lecken.«

Lucs Kopf pochte. Es kam ihm vor, als beobachtete er die Szene durch strahlend hellen Nebel. Er befand sich in einem Zustand, den seine Großmutter einmal mit »weißglühende Wut« bezeichnet hatte. Jetzt verstand er endlich, was sie damit gemeint hatte. Trotz seiner Wut wurde er seltsam ruhig, als er an seine Großmutter dachte. Er berührte seinen Lavendelbeutel, der Nebel lichtete sich, und sein Kopf wurde wieder klar.

»Ich dachte, Sie wollten mit dem Mann reden«, bemerkte von Schleigel. »Sie sollten sich besser beeilen.«

»Wo hat man ihn verhaftet?«, fragte Luc. Er hatte im letzten Jahr versucht, Kontakt mit Wolf aufzunehmen, aber nachdem die Bonets von der *milice* abgeholt worden waren, war der Deutsche wie vom Erdboden verschluckt gewesen.

»Er hat in Marseille gelebt. Aufgegriffen haben wir ihn jedoch vor drei Wochen in Lourmarin. Er hat jüdische Waisenkinder in Sicherheit gebracht. Glücklicherweise sind die Kinder bereits nach Drancy transportiert worden.« Von Schleigels widerlich befriedigter Gesichtsausdruck bereitete Luc Übelkeit. »Dressler ist jetzt mein Problem. Oder vielleicht Ihres?«

Luc wusste, dass er im Trüben fischte. Wolfs Leben war an die Gestapo verloren, ebenso wie das der Bonets an die deutschen Konzentrationslager.

Er drehte sich zu von Schleigel um. »Dieser alte Mann hat für das deutsche Vaterland im Großen Krieg gekämpft. Demütigt der Gedanke Sie nicht, dass dieser Veteran einst gekämpft hat, damit Sie jetzt in Ihrer schicken Uniform herumstolzieren können? Haben Sie überhaupt jemals im aktiven Dienst gestanden, Herr von Schleigel?«

Der Kriminaldirektor verzog höhnisch das Gesicht. »Sie sollten vorsichtiger sein mit dem, was Sie sagen, Ravensburg. Die Gestapo braucht sich vor Ihnen nicht zu rechtfertigen … wir unterstehen nur Reichsführer Himmler und unserem Führer.« Er trat dicht an Luc heran. »Und ich verhafte Sie einzig und allein wegen Herrn Eichel nicht.«

»Es handelt sich wohl eher um eine erneute Verhaftung«, korrigierte Luc ihn in schneidendem Tonfall.

»Nein, Ravensburg. Ich habe Sie auch auf dem Bahnhof nicht verhaftet, ich habe Sie lediglich gebeten, mir bei meinen Untersuchungen behilflich zu sein. Wenn ich Sie festnehmen würde, müsste die hübsche junge Frau, die Sie heiraten wollen, möglicherweise lange warten, bis sie einen Ring am Finger hat.«

Das war eine unverhüllte Drohung. Sie wussten beide, dass von Schleigel die Macht hatte, Luc ewig festzuhalten.

Der Wahnsinn des Ganzen trat klar zutage. Luc glaubte nicht einen Moment lang, dass Wolf überleben würde, denn der alte Mann starb bereits einen qualvollen Tod. Und draußen wartete Lisette auf ihn, eine britische Agentin, deren Tarnung noch intakt war. Sie konnte dem Regime, das jeden tötete, den Luc einmal geliebt hatte, ernsthaften Schaden zufügen. Er musste am Leben bleiben, um sie dabei zu unterstützen.

Dennoch war es undenkbar für ihn, Wolf diesen Tieren zu überlassen. Er dachte an seinen Vater. Jacob hatte ihn gebeten, seine deutsche Herkunft zu benutzen, um sich zu retten. Sollte er diese Möglichkeit jetzt einfach wegwerfen? Als Luc Wolf das letzte Mal gesehen hatte, hatte dieser ihn angefleht, auf seinen Vater zu hören und das Notwendige zu tun, auch wenn es ihm noch so schwerfiel.

Luc rieb sich übers Gesicht. Er brauchte die Müdigkeit gar nicht vorzutäuschen, nur die Zerknirschung, die er nun zur Schau stellte. »Verzeihen Sie, Herr von Schleigel. Es war ein langer und anstrengender Tag.« Das Gesicht seines Feindes entspannte sich leicht. »Es erschreckt mich nun mal, Deutschland darauf reduziert zu sehen«, sagte er. »Alte Männer zusammenzuschlagen … noch dazu Landsleute.«

»Nein!«, brüllte von Schleigel. Es war das erste Mal, dass er die Stimme erhob. »Das hier ist kein Landsmann. Er verdient es nicht, sich Deutscher zu nennen. Ich sollte ihm einen Gefallen tun und ihn zu seinen jüdischen Freunden in den Zug setzen.«

Wolf begann zu sprechen. Die Laute klangen guttural, kamen ihm mühsam über die Lippen, und nur wenige hätten die Sätze verstanden, die er auf Altnorwegisch sagte.

»Was hofften Sie denn von ihm zu erfahren?«, fragte Luc. Das Herz tat ihm weh.

»Wir glauben, dass er die Familie Bonet kannte. Er müsste eigentlich wissen, wo sich dieser Verräter, den wir suchen, aufhält … diese jüdische Kakerlake, die uns durchs Netz geschlüpft ist. Ich wollte, dass er ihn uns ausliefert.«

Sie hatten also wirklich keine Ahnung, weder wer Luc Bonet war noch wie er aussah oder dass er Deutsch sprach. Luc stellte fest, dass er unwillkürlich nach seinem Lavendelbeutel griff. Sofort ließ er die Hand wieder sinken. »Offensichtlich kennt er diesen Mann nicht.«

»Oh doch, ich bin sicher, dass er ihn kennt. Schließlich hat er im Nachbardorf gewohnt. Hören Sie diesen Unsinn, den er da von sich gibt? Mehr bekommen wir nicht aus ihm heraus.«

»Warum sind Sie überhaupt so besessen von diesem Bonet?«

»Das ist keine Besessenheit, Ravensburg. Ich jage alle Widerstandskämpfer, von denen wir wissen.« Er zuckte mit den Schultern. »Ich liebe eben meine Arbeit. Na los, reden Sie mit Dressler«, fügte er verschlagen hinzu.

Luc merkte, dass er sich selbst in die Falle gelockt hatte. Wolf brauchte ihn jetzt nur zu erkennen. Das wäre Beweis genug für von Schleigel.

Luc starrte in die kalten, blauen Augen des Mannes, den er inzwischen sogar noch mehr verabscheute als Landry.

Es ging ihm gar nicht mehr um sich selbst. Nein. Aber er trug die Verantwortung für Lisette. In ihrer kurzen gemeinsamen Zeit hatte sie den Weg in sein Herz gefunden. Für ihn war sie mittlerweile mehr als eine Verpflichtung. Er fühlte sich an sie gebunden, um sie zu unterstützen … obwohl sie wahrscheinlich auch ohne ihn zurechtkam. Abgesehen von Lisette gab es nur noch einen anderen Menschen auf der ganzen Welt, dem er sich verpflichtet fühlte … und dieser Mensch saß gebrochen und sterbend vor ihm.

Wolf hatte sein Ende offensichtlich akzeptiert. Dass er Gebete in der geheimnisvollen, fast vergessenen Sprache rezitierte, die er so sehr mochte, war ein Zeichen dafür, dass er einen Zufluchtsort gefunden hatte, dass er sich von dieser Welt verabschiedete, ganz gleich, was sie mit ihm machten.

»Herr Dressler«, flüsterte Luc. »Ich bin Lukas Ravensburg.«

Er vergaß von Schleigel und seine Gefolgsleute. Er ignorierte den Krieg und das schreckliche Leid, das er hervorgerufen hatte. Einen Moment lang verdrängte er sogar die Frau, die auf ihn wartete, und die Kämpfe, die das Maquis von ihm verlangte. Einen Herzschlag lang war er Luc Bonet, der seinem geliebten Freund und Lehrer gegenüberstand.

Tränen traten ihm in die Augen, als Wolf langsam den Kopf hob und die blutunterlaufenen Augen öffnete, die nichts von ihrer wachen Intelligenz verloren hatten. Luc alleine bemerkte den Funken des Wiedererkennens in Wolfs Blick. Lukas Ravensburg war auch sein Sohn, denn er hatte ihn vom ersten Atemzug an geliebt, und auch jetzt war in seinen Augen nur Liebe zu lesen.

»Die *kráka* muss fliegen. Bleib *útlagi*«, sagte Wolf in der vergessenen Sprache, und ein Lächeln huschte über sein geschundenes Gesicht. Bleib ein Gesetzloser, übersetzte Luc für sich. »Es ist Zeit für mich zu sterben«, flüsterte Wolf.

»Was sagt er?«, wollte von Schleigel wissen.

»Ich weiß noch nicht einmal, was für eine Sprache er spricht. Halb Deutsch, halb Unsinn.«

»Na ja, es ist noch genug von ihm übrig, dass wir es ein weiteres Mal versuchen können.«

Langsam wandte Luc sich zu ihm um. »Was soll das heißen?«

»Es soll heißen, Ravensburg, dass Sie jetzt gehen müssen. Wir wollen mit Herrn Dressler weiterarbeiten.«

»Was haben Sie denn mit ihm vor?«

»Warum interessiert Sie das so sehr? Wenn ich der Meinung bin, dass wir aus dem alten Judenfreund nichts mehr herausholen können, werden wir ihn von seinem Elend erlösen.«

»Wenn er Ihnen bisher nichts gesagt hat, werden Sie auch mit weiterer Folter nichts aus ihm herausbekommen.«

»Glauben Sie?« Von Schleigel seufzte. »Man kann immer noch etwas dazulernen. Auf jeden Fall ist es offensichtlich, dass er Sie nicht erkennt.«

»Haben Sie etwa gehofft, es wäre anders?«

»Ja.« Der Gestapo-Mann lachte. »Das habe ich tatsächlich gehofft.«

»Lassen Sie den Mann in Ruhe sterben. Er ist Deutscher, verdammt noch mal.«

»Soll ich ihm vielleicht noch ein schönes, warmes Bettchen geben?« Von Schleigel und seine Henkersknechte lachten. Dann wurde sein Gesicht wieder ernst. »Ich glaube nicht, Ravensburg. Aber wie wäre es damit?« Er zog seine Pistole aus dem Gürtel und hielt sie Luc hin. »Wenn Sie Dressler von seinen Qualen erlösen wollen, dann nur zu. Ich nehme an, Sie wissen, wie man mit einer Pistole umgeht? Erschießen Sie diesen Mann, wenn es Ihr Gewissen als guter Deutscher beruhigt.«

Noch nicht einmal in seinen schlimmsten Alpträumen hätte Luc sich etwas so Bösartiges und Schreckliches ausmalen können wie die Situation, der er sich jetzt gegenübersah.

»*Nein!*«

Von Schleigel warf ihm einen mahnenden Blick zu. »Trotzdem behaupten Sie, ein patriotischer Deutscher zu sein, der bereit ist, für sein Land zu kämpfen.«

»Ich *bin* ein Patriot, und ich kämpfe für mein Land«, sagte Luc aufrichtiger, als der Kriminaldirektor ahnen konnte.

»Dann erschießen Sie diesen Mann. Er arbeitet gegen die Nationalsozialisten und alle unsere Überzeugungen.«

»Der Führer will sich doch der Juden entledigen. Herr Dressler hilft Ihnen dabei.«

Der Gestapo-Mann lächelte. »Wir wollen sie tot, nicht versteckt wie Ratten in Spanien oder Dänemark, von wo sie jederzeit zurückkehren können. Als guter Deutscher wollen Sie das doch sicher auch.«

»Ich werde keinen Zivilisten kaltblütig töten«, sagte Luc mit gepresster Stimme.

»Wie Sie wünschen.« Von Schleigel blickte zu seinen Leuten. »Bringen Sie Herrn Ravensburg hinaus.« Dann drehte er sich um und sah Luc erwartungsvoll an. »Ihrer Freundin ist es sicher schon schrecklich kalt im Wagen.«

»Das ist barbarisch!«, zischte Luc.

Von Schleigel zuckte ungerührt mit den Schultern. Erneut streckte er ihm die Pistole hin. »Ersparen Sie ihm die Schmerzen, Ravensburg. Strecken Sie ihn nieder. Dann können Sie gehen und sich obendrein sagen, dass Sie heute Abend eine gute Tat für das Deutsche Reich getan haben.«

Luc starrte ihn finster an. Die unausgesprochene Botschaft

dahinter war klar: Durch diesen Akt wäre jede Frage im Hinblick auf Lucs Identität ein für alle Mal geklärt. Ihm fehlten die Worte. Schweigend standen sie einander gegenüber und maßen sich mit Blicken. Ihr Atem stieg weiß in die eiskalte Luft. Die Zeit schien schmerzhaft langsam zu verrinnen.

Von Schleigel blinzelte zuerst. »Beweisen Sie sich.«

Luc spürte das kalte Gewicht der Pistole in seiner Hand. Während seines Trainings in den Bergen hatte er mit einer Walter P38 geschossen, die sie einem toten deutschen Soldaten abgenommen hatten. Er blickte auf die Waffe. Er hatte keine Wahl. Sie würden Wolf so oder so töten und mit Sicherheit schmerzhafter, als wenn er ihn erschoss. Aber ganz gleich, welche Entscheidung er traf, wie würde er damit weiterleben können?

Dann hörte er Wolfs vertraute, raue Stimme. Er rezitierte Psalm 23, jene Worte, die Luc schon viele Male gehört hatte. Der Text war für den jüdischen Glauben ebenso wichtig wie für die Christen. Jeden Samstag war dieser Psalm bei den Bonets gelesen worden, und am Sonntag hatte Wolf die Worte gesprochen. Das war sein Signal, und Luc wusste, dass er es tun durfte.

»Und ob ich auch wandere im finsteren Tal, ich fürchte das Böse nicht!«, murmelte Wolf auf Altnorwegisch.

»Um Himmels willen, bringen Sie den Kerl endlich zum Schweigen, Ravensburg!«, sagte von Schleigel wütend.

Luc ignorierte die Gestapo-Männer und beugte sich zu dem alten Mann herunter, um ihn auf jede Wange zu küssen. »Flieg davon, *kráka.*«

Wolf nickte und senkte den Kopf. Luc zielte, schloss die Augen und zog den Hahn.

Die Pistole klickte in eine leere Kammer. Alle lachten, vor allem von Schleigel, der sich vor Begeisterung über seinen Trick gar nicht mehr beruhigen konnte. Luc hätte sich am liebsten übergeben.

»Sie haben es geschafft, Ravensburg«, gratulierte der Kriminaldirektor Luc und schlug ihm auf den Rücken. »Ich habe nicht geglaubt, dass Sie es fertigbringen.«

Luc blickte ihn an, und etwas in seiner Miene erschreckte den Gestapo-Mann so sehr, dass er zurückwich.

»So«, sagte er und straffte die Schultern, »dann wollen wir es mal richtig machen.« Sorgfältig lud er die Waffe und drückte sie Luc erneut in die Hand. »Eine Kugel. Schicken Sie den alten Mann auf seine letzte Reise.« Er grinste maliziös. »Ich warte draußen, aber meine Soldaten haben die Waffen auf Sie gerichtet«, warnte er.

Dieses Mal war der Schuss tödlich, und damit war die letzte Verbindung zu Lucs Familie abgerissen. Luc warf von Schleigels Leuten einen derart wilden Blick zu, dass sie sich nicht trauten vorzutreten, als er Wolfs Leiche auf den Boden legte, ihm die Hände auf der Brust faltete und ihn trotz der Kälte mit seinem Mantel bedeckte. Ohne einen Blick zurückzuwerfen, marschierte er aus dem Schuppen. Er musste gleichmütig wirken, obwohl sein Herz in Aufruhr war.

Von Schleigel begleitete ihn zum Wagen, wo Lisette bleich und angespannt auf dem Rücksitz saß.

Sie sprang heraus, als sie die beiden sah. »Was ist los?«

»Wir fahren jetzt«, grollte Luc. Sie sah ihm an, dass er sich kaum noch beherrschen konnte, und reagierte sofort.

»In Ordnung. Auf Wiedersehen, Herr von Schleigel«, sagte sie und stieg wieder ein.

»*Mademoiselle*«, erwiderte der Kriminaldirektor. »Leben Sie wohl, Ravensburg. Ich bezweifle, dass sich unsere Wege jemals wieder kreuzen werden.«

Luc wandte sich ein letztes Mal zu dem verachteten Gestapo-Offizier um. »Sie werden die Zeche dafür bezahlen, von Schleigel. Auch im Krieg gibt es Regeln, vor allem für einen Mann in Uniform.«

»Ist das eine Drohung?«

»Nein, aber vielleicht sollten Sie tatsächlich hoffen, dass wir uns nie wieder begegnen.«

»Sie machen mir keine Angst, Ravensburg. Sie sind am besten auf Ihren Lavendelfeldern aufgehoben, um Ihr Öl zu pressen. Männer wie Sie sollten den Krieg besser Männern wie mir überlassen.«

»Ist das der Grund, warum man Sie auf diesem verschlafenen Außenposten eingesetzt hat?«

Von Schleigel lachte. »Gerade bin ich befördert worden. Ich gehe in das Konzentrationslager Auschwitz. Schon mal davon gehört?«

Luc schüttelte den Kopf.

»Dorthin wurden vermutlich auch die Bonets geschickt. Berlin ist offensichtlich der Meinung, dass ich für die Vernichtung der Juden gut geeignet bin.« Er grinste boshaft.

Luc war froh, dass der Gestapo-Mann nicht sehen konnte, wie er die Fäuste ballte. Ohne ein weiteres Wort schlüpfte er neben Lisette auf den Rücksitz.

»Auf Wiedersehen!« Von Schleigel winkte ihnen nach, als der Fahrer den Motor anließ und der Wagen aus der Einfahrt rollte.

Schweigend fuhren sie die Hauptstraße von L'Isle-sur-la-Sorgue entlang. Bis auf einige Deutsche in Uniform waren die Straßen menschenleer.

Luc spürte, dass Lisette ihn verstohlen betrachtete, aber er hatte nichts zu sagen. Er war wie betäubt und zitterte am ganzen Leib.

Lisette legte ihm zögernd die Hand auf den Rücken. In Gedanken hörte er immer noch den ohrenbetäubenden Knall des Schusses, sah das Blut, die Entschlossenheit eines alten und den Hass eines jüngeren Mannes. Während salzige Tränen über seine Wangen liefen, spürte er ihre Arme, die sich um ihn legten und ihn hielten. Sie stellte ihm keine Fragen, sie sagte gar nichts, sie hielt ihn einfach nur fest. Mit ihrer Berührung sagte sie ihm, dass es noch einen Menschen auf dieser Welt gab, dem er etwas bedeutete. Letztlich zählten nur ihre Mission und ihr Überleben. Er ließ den Kopf auf ihre Schulter sinken, und sie küsste ihn sanft auf die Schläfe.

»Was auch immer dort drinnen passiert ist, es tut mir schrecklich leid«, flüsterte sie schließlich.

Ihre sanfte Stimme und ihre Berührung spendeten ihm Trost. Es gab immer noch Liebe in der Welt, trotz aller Hässlichkeit. Er dachte, er würde seine Großmutter seufzen hören, aber es war nur Lisette, die nach dem Lavendelbeutel auf seiner Brust griff. Ein leiser Hauch von Lavendel drang ihm in die Nase und hüllte ihn für einen Herzschlag lang ein.

Teil III

20

Paris, 3. Mai 1944

Markus Kilian seufzte. Die junge Frau gestand, sie habe ihre Papiere vergessen, und stammelte in stockendem Deutsch eine Entschuldigung, als sie das Zimmer verließ. Erneut fragte er sich, warum gerade er als erfolgreicher Hauptmann diese Aufgabe zugewiesen bekommen hatte. Andererseits war er natürlich auch dankbar, dass er sich in seiner Lieblingsstadt aufhalten konnte und nicht irgendwo in der deutschen Provinz versauerte. Hier konnte er sich viel besser einreden, dass Hitlers Zorn sich abgekühlt hatte, obwohl er genau wusste, dass der Führer mit seiner Bestrafung noch nicht fertig war.

Bis zum Herbst 1942 war Kilian der Hoffnungsträger der deutschen Generäle gewesen. Er stammte aus einer stolzen und reichen Familie, sein Vater war ein Held im berühmten Königlich-bayerischen Jägerbataillon im Großen Krieg gewesen, und der Sohn hatte bewiesen, dass der Apfel nicht weit vom Stamm fiel. Seine Vorgesetzten hatten ihn vor allem für seinen wagemutigen Vorstoß nach Russland gelobt.

Der Haken an der Sache war, dass Kilian zwar ein glühender Patriot war, aber weder von den Nazis noch von Hitler besonders viel hielt. Nach der Niederlage von 1918 hatte er sich jedoch verpflichtet gefühlt, jeden zu unterstützen, der das Vaterland wieder aufbauen konnte. Er hatte im Großen Krieg die blutigste aller Schlachten bei Ypern überlebt und sich damals mit knapp fünfundzwanzig Jahren geschworen, dass er ein für alle Mal die deutsche Kriegsführung verändern wolle.

Er hielt sein Versprechen. Als Deutschland erneut in den Krieg zog, zahlte sich Kilians Glaube an kleine, schnelle, mobile Einheiten aus. In Russland führte er seine Männer von einem Erfolg zum nächsten, im entsetzlichsten Feldzug, der jemals stattgefunden hatte. Seine Fähigkeiten waren den älteren Offizieren in der Wehrmacht natürlich zu Ohren gekommen. Für sie verkörperte er den charismatischen und furchtlosen Kommandeur, dem seine Männer bedenkenlos in die Hölle folgen würden. Vor allem der Führer war beeindruckt.

Kilian war groß und breitschultrig und hatte die ebenmäßigen Züge seiner nordischen Vorfahren, damit war er der perfekte Arier. Obwohl er ein strenges Regiment führte, war er bei seinen Soldaten beliebt. Das kam daher, dass er stets mit gutem Beispiel voranging. Im Gegensatz zu anderen Vorgesetzten machte er alles mit seinen Männern gemeinsam und lehnte die Privilegien anderer Offiziere ab. Es kam häufig vor, dass Markus Kilian eine Zigarette mit gewöhnlichen Gefreiten teilte. Außerdem hielt er nicht viel von disziplinarischen Maßnahmen. Während andere Vorgesetzte ihre Männer schon dafür bestraften, dass sie die Arme nicht schnell genug zum Hitlergruß erhoben, sah er darin lediglich den Ausdruck totaler Erschöpfung und Hungers.

Insgeheim war Kilian wütend darüber, dass Deutschland sich schon wieder im Krieg befand. Wenn der Führer von diesem Verrat gewusst hätte, hätte Kilian das Frühjahr 1940 sicher nicht überlebt. Damals hatte er mit dem Generalstabschef Ludwig Beck aktiv dazu beigetragen, dass dem Widerstandskämpfer Carl Goerdeler wichtige Informationen zugespielt wurden. Goerdeler stand in Kontakt mit London und dem damaligen britischen Premierminister Neville Chamberlain. Aber trotz all ihrer Bemühungen marschierte Hitler in Frankreich ein.

Der Russland-Feldzug war für Kilian der absolute Wahnsinn. Während Hitlers Anhänger seine Vision des Vernichtungskrieges begrüßten, dachte Kilian an den russischen Winter und daran, was er für die deutschen Truppen bedeutete, die ohne Nachschub weit von zu Hause entfernt waren. Allein die Größe Russlands hätte Warnung genug sein müssen – das Land war viel zu dünn besiedelt, um die Soldaten am Leben erhalten zu können.

Kilian weigerte sich, seine Männer als Kanonenfutter für das verzerrte Weltbild des Führers zu opfern, trotzdem führte er im Sommer 1942 seine Leute in der als Operation Barbarossa bekannten Offensive zum Sieg. Zahlreiche Soldaten der Roten Armee gerieten durch ihn in deutsche Gefangenschaft.

Genau diese sowjetischen Gefangenen hatten ihn zu Fall gebracht. Der Kommissarbefehl des Führers, der besagte, dass alle Politkommissare der Roten Armee ausgemerzt werden sollten, war Kilian zum Verhängnis geworden. Sie sollten ohne Verhandlung exekutiert werden. Kilian argumentierte, dass ein solches Vorgehen den Kampfwillen der Russen nur stärken würde, weil die hingerichteten Männer leicht zu Märtyrern würden. Er verlangte sogar, dass der Befehl zurückgezogen werden solle. Daraufhin teilte man ihm mit, dass seine »Bedenken der Auffassung vom ritterlichen Krieg entsprächen, es sich hier jedoch um die Vernichtung einer Weltanschauung handele«.

Der Soldat Kilian, der sich dem Ehrenkodex des preußischen Kriegsideals verpflichtet fühlte, war außer sich. Er sagte seinen Offizieren, sie sollten ihrem Gewissen folgen, aber unter seinem Kommando würde nicht auf russische Kriegsgefangene geschossen. Gegenüber den Männern, denen er vertraute, äußerte er die Befürchtung, die Nazis in Berlin wollten eine ganze Generation von deutschen Männern in Russland verrecken lassen.

Sein eigener Tod machte ihm keine Angst. Er glaubte daran, dass man für sein Vaterland kämpfen musste. Aber der Russland-Feldzug war sinnlos, ein Krieg, den sie nie gewinnen konnten. Trotzdem führte er seine Männer an, wie es die Pflicht verlangte, und errang mehrere kleine Siege in russischen Dörfern. Schließlich kam der Moment, in dem Kilian sich offen gegen den Befehl aus dem Nazi-Hauptquartier stellte. Er hatte bemerkt, dass einer der Gefangenen den roten Stern auf dem Ärmel trug, der ihn als Politkommissar auswies. Diesen Mann holte er aus den Reihen seiner ausgemergelten, halb verhungerten Mitgefangenen heraus und ging mit ihm alleine in den Wald.

Während sie liefen, unterhielten sie sich. Der Russe war Bauer. Er glaubte zwar nicht allgemein an Kollektive, war aber der Meinung, dass die Kolchose – jener landwirtschaftliche Betrieb, der der kommunistischen Ideologie entsprang – in praktischer Hinsicht Sinn ergab. Der Politkommissar hatte Familie, eine Frau und drei kleine Kinder.

Zu seinem Erstaunen erzählte Kilian dem Mann von der Zeit kurz vor dem Krieg, als er selbst mit dem Gedanken gespielt hatte, sich zu verloben. Ilse Vogel war Wissenschaftlerin und hatte beinahe schon nicht mehr an die Liebe geglaubt, als sich eines Abends 1936 bei einer Einladung Markus Kilian neben sie setzte. Während sich die übrigen Gäste über die Olympischen Spiele unterhielten, sahen Markus und Ilse sich nur an. Sie wurden Freunde und schließlich auch ein Liebespaar, aber angesichts der politischen Lage konnte Kilian sich nicht dazu durchringen, ihr einen Antrag zu machen.

»Sie hätten die Frau heiraten sollen«, sagte der Kommissar auf Russisch.

Lächelnd bot Kilian dem Mann eine Zigarette an und erwiderte in seiner eigenen Sprache: »Ich glaube, Sie haben recht. Wir haben wirklich gut zueinander gepasst.«

Friedlich standen sie im stillen Wald in der Kälte und rauchten. Dann sagte der Russe: »Lassen Sie es uns hinter uns bringen.

Aber Sie müssen mir in die Augen schauen, wenn Sie mich erschießen. Schießen Sie mir nicht in den Rücken wie einem Verbrecher. Ich bin Soldat. Ich habe für mein Land gekämpft, und jetzt werde ich für es sterben. Bitte nehmen Sie mir nicht meine Würde.«

Der Mann reichte ihm die Hand. Markus war gerührt von dieser schlichten Geste. Sie schüttelten sich die Hände, und dann ging der Russe zu einem Baum, wo er sich umdrehte, um seinem Henker ins Gesicht sehen zu können.

»Machen Sie schnell«, sagte er. »Kopf oder Herz.« Dann grinste er. »Überraschen Sie mich.«

Entschlossen schüttelte Kilian den Kopf. »Gehen Sie. Gehen Sie zurück zu Ihrer Familie. Küssen Sie Ihre Frau, Ihre Kinder.« Er wedelte mit der Hand und bedeutete dem Russen, er solle weglaufen. Dann salutierte er.

Der Mann starrte ihn ungläubig an, rührte sich aber nicht. Also steckte Kilian seine Pistole wieder ins Halfter, um ihm zu zeigen, dass er tatsächlich nicht die Absicht hatte zu schießen.

Der Soldat runzelte die Stirn, aber dann breitete sich ein zögerndes Lächeln auf seinem Gesicht aus. Er legte die Hand auf sein Herz, um seinen Dank auszudrücken, ehe er sich umdrehte und im Wald verschwand.

Diesen schlichten Gnadenakt hatte ein Offizier beobachtet, der zu Besuch war. Kurz darauf wurde Kilian nach Berlin beordert, wo ihn seine Vorgesetzten tüchtig herunterputzten. Allerdings hätte es schlimmer kommen können. Ein paar Monate später wurde der Kommissarbefehl zurückgenommen, doch da war es für Kilian schon zu spät. Man hatte ihm bereits einen Schreibtischposten zugewiesen. Zwei Jahre lang darbte er strafversetzt in der deutschen Provinz, bevor man ihm die Chance gab, sich erneut hochzuarbeiten, zunächst in den Bendlerblock in Berlin. Das war zwar nicht das, was er wollte, aber die Vorgesetzten, die ihn schützten und den Nazis ähnliche Gefühle entgegenbrachten wie er, machten ihm nachdrücklich klar, dass er gut daran täte, sich still zu verhalten und so zu handeln, wie man es von ihm erwartete.

Zwar rebellierte Kilian nicht laut, doch er hatte schon vor langer Zeit beschlossen, dass Hitler ein Monster war. Er hatte in der Ukraine zu viele Gräueltaten gesehen, und obwohl er es Himmlers Todesschwadronen nicht leicht gemacht hatte, ihre teuflischen Pflichten zu erfüllen, hatte er das Gefühl, seine Uniform sei mit dem Blut bespritzt, das sie vergossen hatten.

Hitler ahnte nicht, dass Kilian in Kontakt mit dem Widerstand stand und von zwei geplanten Anschlägen auf das Leben des Führers gewusst hatte. Unter dem Schutz einiger Parteigenossen, die seine Gefühle teilten, wurde Kilian 1943 ohne viel Aufsehen nach Paris versetzt, wo er in einer Stadt untertauchte, die ihre Schönheit auch unter den Hakenkreuzfahnen nicht ganz verbergen konnte. Schon am ersten Tag wurde er wütend, als er zwei *miliciens* sah, die einen alten Mann gnadenlos zusammenschlugen, weil er den gelben Stern falsch an seinen Mantel geheftet hatte.

Er merkte jedoch auch, dass für die meisten Pariser – wenn sie nicht gerade Juden oder Roma waren – das Leben einfach weiterlief. In den Elitefamilien fehlte kaum etwas, und die vermögenden Bürger führten ein sehr behagliches Leben. Überall gab es Privatpartys, Nightclubs hatten geöffnet, und trotz der Sperrstunde herrschte ein reges Nachtleben. Trotzdem war Paris stiller, als er es in Erinnerung hatte – wahrscheinlich, weil es auf einmal eine Stadt der Fahrräder war. Die Einzigen, die an Benzin kamen, waren die Deutschen und die reichen Franzosen.

Kilian mochte die Franzosen. Er schätzte den Mut, mit dem sie die Autorität ihrer Besatzer untergruben. Vor allem im Kino kam das auf komische Weise zum Ausdruck. Sobald die Wochenschau über die Leinwand flackerte, pfiff und stampfte das französische Publikum mit den Füßen, weshalb die Polizei die Zuschauer beobachtete, was nur ging, wenn das Licht an blieb. Dann allerdings sah man von der Wochenschau kaum noch etwas.

Am besten gefiel es Kilian, wenn französische Jugendliche mit ihren Fahrrädern dicht an die deutschen Autos heranfuhren und sie mit Aufklebern versahen, auf denen stand, dass den Boches oder der Vichy-Regierung nicht zu trauen sei. Den anderen Deutschen fehlte jedoch jeder Sinn für Humor, und einmal musste er einen Jugendlichen, der dabei geschnappt worden war, aus den Fängen seiner Landsleute retten.

Besonders viel Mitgefühl hatte er mit den Hungrigen, weil er wusste, dass viele Menschen in Paris nicht wussten, wo sie die nächste Mahlzeit hernehmen sollten. Als es in Europa Winter wurde, konnten sie auch nichts mehr in Blumenkästen anbauen. Wie oft hatte er schon beobachtet, dass die Einheimischen die öffentlichen Plätze nach Nüssen, Zweigen und welken Blättern absuchten, damit sie wenigstens ein bisschen Brennmaterial zu Hause hatten. Traurig sah er zu, wie Männer und Frauen ihren Schmuck verkauften, sogar ihre Eheringe, damit ihre Kinder einen weiteren Monat überleben konnten. Linsen, die er verabscheute, kosteten normalerweise nur ein paar Francs, aber 1944 konnte man dafür auf dem Schwarzmarkt das Sieben- oder Achtfache des ursprünglichen Preises erzielen. Die Leute ernährten sich hauptsächlich von roten Rüben, deren Geruch er nicht ausstehen konnte.

Wenn Kilian nicht eingeladen war, begnügte er sich mit Brot und Käse zum Abendessen. Ab und zu gab es auch mal eine Scheibe kaltes Fleisch. Er konnte die vornehmen Dinner sowieso nicht ertragen, wo es so viel Armut gab. Das hatte dazu geführt, dass er noch schlanker geworden war, was ihm ein jungenhaftes

Aussehen verlieh. Er war glatt rasiert, für gewöhnlich leicht gebräunt – in der letzten Zeit allerdings ein wenig blasser – und trug die blonden Haare kurz geschnitten. Sein Blick war intensiv, und wenn er ärgerlich war, konnten seine grauen Augen auf einmal eisblau werden. Aber Kilian lächelte viel, wie die Fältchen um seine Augen bestätigten. Alles an ihm war ordentlich und geradlinig – bis auf seine Gedanken, doch die teilte er auch selten jemandem mit.

Die anderen Offiziere hielten sich oft und gerne in den belebten Restaurants und Lokalen der Stadt auf, vom berühmten Maxim's auf der Rue Royale bis hin zum Café de l'Opéra an den Grands Boulevards. Dort genossen sie meist üppige Mahlzeiten, bevor sie sich ins Nachtleben stürzten. Während ein Großteil der Einwohner von Paris damit beschäftigt war, einfach nur zu überleben, herrschten andererseits fieberhafte Geschäftigkeit und Ausgelassenheit. Die Kunst-, Musik- und Literaturszene blühten. Die Französinnen waren elegant und modisch wie eh und je, auch wenn sie ihre Hüte aus Resten von altem Tüll und Federn herstellen mussten und sich die Beine braun färbten, damit es aussah, als trügen sie Strümpfe. Ihr Einfallsreichtum war bewundernswert. Kleider wurden mehrfach umgeändert, abgelaufene Pumps bekamen neue Absätze aus Kork oder Holz.

Paris war immer noch Paris, sofern Kilian die Augen zusammenkniff und die Militärstiefel und die Hakenkreuzfahnen ignorierte. Wenn er schon im Exil leben musste, dann lieber hier als irgendwo anders. Er spazierte gerne durch den Jardin des Tuileries mit seinen ordentlichen Gehwegen und den Beeten, in denen jetzt Gemüse wuchs, wo früher wunderschöne Blumen gestanden hatten. Sonntags hörte er sich die Blaskapelle der Wehrmacht an, ansonsten bemühte er sich, das Hôtel de Crillon zu meiden, wo sich das Hauptquartier der deutschen Truppen befand, oder die Rue de Saussaies, wo die verhasste Gestapo residierte.

Manchmal wäre er am liebsten zurück an die Front gegangen, obwohl sich beim Russland-Feldzug die Niederlage bereits abzeichnete. Die Schlacht von Stalingrad, die sich über fünf Monate erstreckte, war eine Katastrophe. Fast einhunderttausend deutsche Soldaten waren in Gefangenschaft geraten, sie waren von über dreihundertdreißigtausend Männern übriggeblieben.

Kilians Sekretärin, die länger weg gewesen war, kam herein und entschuldigte sich wortreich. Sie holte ihn aus seinen trüben Gedanken und reichte ihm einige Dokumente. Sandrine war Französin, aber viel zu unsicher für diese anspruchsvolle Arbeit, außerdem war ihr Deutsch nicht besonders gut. Am Abend zuvor hatte jemand bei einem Abendessen mitgehört, wie Kilian sich über seine Sekretärin beklagte, und daraufhin eingeworfen, dass die Mädchen wahrscheinlich alle viel zu verliebt in ihn seien, um ihre Arbeit ernst zu nehmen.

Kilian hatte innerlich mit den Zähnen geknirscht. Nahmen diese Leute den Krieg nicht ernst? Er war nicht auf der Suche nach einer Romanze. Wie konnten die anderen Offiziere nur so unbeschwert sein, während ganze Kompanien junger Männer ums Leben kamen? Manchmal wäre er wirklich lieber an der Front gefallen, als hier in diesem anmutigen Raum im Palais Bourbon, wo heiße Schokolade in exquisit bemaltem Limoges-Porzellan serviert wurde und Männer Zigarren rauchten und Cognac tranken, vor Scham umzukommen.

»Legen Sie die Unterlagen hierhin, Sandrine«, sagte Kilian auf Französisch. »Ich unterschreibe sie später, danke. Trotz der Kälte ist draußen ein schöner Frühlingstag. Wollen Sie sich nicht den Nachmittag freinehmen?«

Die junge Frau starrte ihn an. »Aber …«

»Nur zu. Machen Sie den Nachmittag frei«, sagte er und erhob sich.

»Wollen Sie mich entlassen, Hauptmann Kilian?« Sie blickte ihn entsetzt an.

»Nein. Ich glaube nur, diese Stellung macht Sie unglücklich. Ständig sind Sie nervös, und es ist vielleicht auch ein bisschen einsam, hier nur mit mir zu arbeiten. Sie kommen doch aus einem Büro mit mehreren Sekretärinnen, oder? Wollen Sie dahin nicht lieber zurückkehren? Würde es die Sache leichter für Sie machen?«

»Nun …« Sie zögerte.

»Ich werde es für Sie arrangieren. Ihr Gehalt bleibt selbstverständlich unverändert. Würde Sie das zufriedenstellen?«

Sie strahlte ihn an. »Oh ja, vielen Dank.«

Lächelnd nickte er. Jetzt hatte er zwar keine Sekretärin mehr, doch das war ihm egal. Dann musste er sich eben eine suchen, die fehlerlos Deutsch und Französisch sprach und sich darum kümmerte, dass seine Abteilung effizienter wurde. Wenn er schon nicht an die Front zurückkehren konnte, musste er den Männern an der Front wenigstens von hier aus helfen können.

In den nächsten Stunden arbeitete er konzentriert und vertiefte sich in die endlosen Papierstapel auf seinem Schreibtisch. Berlin war sehr pedantisch im Hinblick auf die Anfertigung von Kopien aller Briefe. Selbst die kleinste Entscheidung des kleinsten Bürokraten wurde mit einer Sorgfalt aufbewahrt, die an Paranoia grenzte, aber er biss die Zähne zusammen und befolgte die Routine.

Als Kilian das nächste Mal aus dem Fenster blickte, stellte er fest, dass es bereits nach halb fünf und schon dunkel war. Plötzlich spürte er die eisige Kälte, die von draußen in sein großes Büro drang. Ungehalten verzog er das Gesicht. In Russland froren sich seine Männer buchstäblich zu Tode, es kam häufig vor, dass ein Soldat auf Posten erfror.

Er spähte auf seinen Terminkalender, in der Hoffnung, der

darin notierte Termin wäre in den letzten Stunden auf wundersame Weise verschwunden. Doch der Eintrag mit schwarzer Tinte war noch immer da: ein gesellschaftliches Treffen mit einem der deutschen Bankiers in Paris um neunzehn Uhr. Konnte er nicht es absagen? Nein, absolut nicht. Der Mann hatte beste Beziehungen nach Berlin. Vielleicht war der Kontakt ja ganz praktisch. Sie trafen sich sowieso nur, um etwas zu trinken.

Zwar hätte er an diesem kühlen Frühlingsabend lieber ein heißes Bad genommen und wäre früh ins Bett gegangen, aber er würde jetzt nicht in das Hotel Raphaël zurückfahren. Stattdessen würde er sich im Büro frischmachen und dann zu Fuß nach St. Germain ins Les Deux Magots gehen. Noch einmal blickte er auf die Uhr. Wahrscheinlich hatte er sogar noch genügend Zeit, um durch den Jardin du Luxembourg zu schlendern, bevor er hinter Saint Sulpice zum Café abbog. Sofort kam ihm der Abend erträglicher vor. Vielleicht hörte er ja den Chor von Saint Sulpice oder die prächtige Orgel der Kirche.

Markus Kilian erhob sich. Er brauchte eine warme Mahlzeit – und vielleicht würde er heute Abend sogar einen wärmenden Cognac zu sich nehmen, wenn er nett mit seinem neuen Bekannten plauderte. Es könnte durchaus sein, dass seine freundlichen Worte ihren Weg nach Berlin fanden.

21

Lisette konnte es kaum glauben, dass sie nun schon seit sieben Monaten in Paris war. Sie hatte sich dem lokalen Widerstandskreis angeschlossen und eine Wohnung in einer ruhigen Seitenstraße am rechten Seine-Ufer bezogen. Im achtzehnten Arrondissement, in dem sich zahlreiche Cabarets und Bars befanden, wimmelte es nur so von deutschen Soldaten. Lisette war klar, dass sie wahrscheinlich besser umgezogen wäre, aber sie wollte ihr Glück nicht noch mehr herausfordern.

Viele deutsche Angestellte machten ebenfalls Urlaub in Paris und strömten in Scharen zum Place Pigalle. Theater wie das Grand Guignol waren nie leer. Auch das Moulin Rouge war gut besucht, ebenso wie viele Brasserien und Bordelle. Nachts war die Gegend ein erotisches Treibhaus, während sie bei Tag verkatert zu schlafen schien. Es war das Montmartre der Boheme, das Lisette angezogen hatte. In den steilen, schmalen Sträßchen um Sacré Coeur herum, wo sie jetzt lebte, hatten einst Künstler wie Monet, Lautrec und Van Gogh gewohnt. Die Basilika stand auf dem höchsten Punkt von Paris, und manchmal stieg Lisette die Travertinstufen hinauf und setzte sich vor die strahlend weiße Kirche, um über die Stadt zu blicken. Nach der französischen Revolution waren hier zahlreiche Nonnen hingerichtet worden, und Lisette fühlte sich diesen vergessenen Frauen seltsam nahe.

Im Gegensatz zu den meisten anderen Agenten des SOE musste Lisette nicht regelmäßig nach London berichten. Daher war sie sicherer als viele ihrer Kollegen, die in Frankreich operierten. Sie konnte das Leben einer Pariserin führen – man hatte sie sogar dazu ermuntert, sich ins städtische Leben zu stürzen –, ohne ständig umziehen und ein Funkgerät dabeihaben zu müssen. Wenn der richtige Zeitpunkt gekommen war, würde man den Kontakt zu einem jungen Mann aus London herstellen, der in Paris lebte. Sein Codename war Playboy, und er hatte Funkgeräte in mehreren Kontakthäusern installiert. Er tat so, als wäre er ein Student, der fleißig lernte, während er in Wirklichkeit Funkbotschaften nach London verschickte.

Es war ein einsames Leben. Lisette konnte sich nie wirklich entspannen – jedes Mal, wenn sie die Wohnung verließ, probte sie ihre Tarnung, für den Fall, dass sie verhört wurde. Sie schlief unruhig und schreckte manchmal aus dem Schlaf hoch, aber das kleine Zimmer, das sie angemietet hatte, hatte hohe Decken und große Fenster, so dass viel Luft und Licht hereinkamen, was sie beruhigend fand. Den kleinen, wackeligen Kirschholztisch mit den zwei nicht zueinander passenden Stühlen hatte ihr der Vormieter hinterlassen. Neben ihrem Bett, dem Waschbecken und einem winzigen Holzofen waren das die einzigen Möbelstücke.

So gut es ging wärmte Lisette sich an einem Blumentopfofen, den sie mit Papierabfällen vom Seine-Ufer befeuerte. Sie brannten gerade lange genug, um ihre halb erfrorenen Fingerspitzen aufzutauen, bevor sie sich dann früh ins Bett legte. Im Sommer wollte sie sich in den Blumentöpfen auf ihrem kleinen Balkon ein bisschen Gemüse ziehen, und manchmal träumte sie davon, dass mit einem Fallschirm Seife oder Shampoo vom Himmel fiel. Trotz der widrigen Umstände und der ständigen Angst vor Gefahr war sie merkwürdig zufrieden.

Lisette hatte in vieler Hinsicht Glück: Sie hatte nicht nur eine regelmäßige Arbeit bei der Bank, sondern auch ihre Nachbarn hatten sie unter ihre Fittiche genommen. Wenn sie über die Straße ging, grüßte sie nach allen Seiten und blieb von Zeit zu

Zeit stehen, um sich mit jemandem über den absurden Preis von Kartoffeln zu unterhalten oder jemand anders anzubieten, auf dem Weg zur Arbeit Besorgungen für ihn zu machen. Die größte Gefahr allerdings war Wohlbehagen, diesen Luxus konnte sie sich wirklich nicht leisten. Lisette musste jeden Tag so leben, als wäre es der Tag, an dem man sie entdeckte. Sie durfte niemanden hinter ihre Fassade blicken lassen. Das war ihr während ihrer Ausbildung eingetrichtert worden, obwohl es ihr manchmal vorkam, als wäre es schon eine Ewigkeit her. So viel war passiert seit jenem Tag, an dem sie Captain Jepson getroffen hatte!

Zum Beispiel Lukas Ravensburg. Luc hatte sich ihr im letzten Jahr am tiefsten ins Gedächtnis eingeprägt, vor allem der Abend, an dem er in ihren Armen geweint hatte. Eigentlich hätte die Exekution von Laurent und Fougasse sie nachts wach halten müssen, vielleicht auch das Wissen, dass Luc den *milicien* ermordet hatte. Aber nein – in ihren stillen Momenten beschäftigte sie dieser Mann, den sie kaum kannte. Als er in ihren Armen zusammengebrochen war, war das die herzzerreißendste Erfahrung ihres Lebens gewesen. Sein Kuss war so zärtlich gewesen, dass sie ihn unmöglich vergessen konnte. Er war anders als jeder andere Mann, den sie kannte. Luc war ihr ein Rätsel, und wie sie war er voller geheimer Schmerzen. Insgeheim hegte sie die Hoffnung, dass sie zwei Hälften waren, die ein Ganzes bilden konnten. Seit jenem schrecklichen Abend in der Provence war kein Tag vergangen, ohne dass sie an Luc gedacht hatte. Sie sehnte sich nach seinem Kuss, wollte seine Schmerzen teilen und seine Wunden heilen.

Wo war er? War er in Sicherheit? Er hatte sie in Lyon verlassen. Nur zu gern hätte sie Informationen über ihn eingeholt, aber sie wusste, dass sie ihre eigene ebenso wie seine Tarnung gefährden würde, sobald sie in Kontakt mit ihm trat.

»Du kannst schon ins Gefängnis kommen oder hingerichtet

werden, wenn du nur Mitglieder der Résistance kennst«, hatte Playboy ihr gesagt. Sie wusste, dass er recht hatte. Prosper, der ursprünglich ihr Kontaktmann in Paris hatte sein sollen, war im vergangenen Jahr verhaftet worden. Seine Tarnung war aufgeflogen – an seinem Pass hatten die Nieten nicht gestimmt. Londons Fälschungsfehler hatte zu einer Katastrophe geführt. Etwa fünfhundert Résistance-Mitglieder waren daraufhin verhaftet worden, und die meisten hatte man nach Deutschland verschleppt, wo sie verhört, eingesperrt und wahrscheinlich hingerichtet wurden. Playboy hatte ihr daraufhin versichert, es sei am besten und am sichersten, unabhängig zu bleiben.

Ihre erste Aufgabe bestand darin, einen Ort einzurichten, an dem sie und Playboy Botschaften austauschen konnten, ohne sich treffen zu müssen. Alle Agenten hatten einen solchen »toten Briefkasten«.

Sie entschieden sich für ein Café auf der Rue Pergolese, ironischerweise mitten im Deutschen Geschäftsbezirk direkt hinter den Champs-Élysées. Playboy hatte ihr erklärt, dass es auf seltsame Weise sicherer sei, ein von der Gestapo bevorzugtes Etablissement zu nehmen. Das beste Versteck war mitten in der Höhle des Löwen.

Der Besitzer des Cafés war ein gerissener Schwarzmarkthändler, der die Deutschen verachtete. Er wollte sich ein grünes Geschirrtuch über die Schulter werfen, um Lisette zu signalisieren, dass Playboy eine Nachricht für sie hatte. Wollte sie dagegen ihrem Kontaktmann etwas mitteilen, sollte sie es zu Hause auf Zigarettenpapier schreiben und die winzige Notiz mit dem praktischen Klebestreifen innen in eine Zeitung kleben, die sie für ihn auf der Theke liegen lassen sollte. Sie und Playboy vereinbarten, abwechselnd jeden zweiten Tag im Café vorbeizukommen. Bisher hatte sie nur eine Nachricht ans SOE geschickt, vor Monaten schon: *Gut angekommen und eingerichtet in Paris. Lerche.*

Alles in allem war es eine Traumlandung in Paris gewesen, und das Glück wäre für Lisette perfekt gewesen, wenn sie nur gewusst hätte, wo Luc war. Sie war wütend auf sich, weil er ihr so viel bedeutete.

Luc hatte sich geweigert zu erklären, was in jener Nacht zwischen ihm und von Schleigel vorgefallen war. Er sagte ihr auch nicht, was mit dem alten Mann geschehen war, der seine Aufmerksamkeit erregt hatte. In Lyon brachte er sie zum Bahnsteig, setzte sie in den Zug und schloss die Tür. Als sie das Fenster öffnete, um sich von ihm zu verabschieden, schüttelte er nur den Kopf.

»Sag nichts mehr, bitte. Pass auf dich auf, Lisette. Verzeih mir, dass ich dich in solche Gefahr gebracht habe.«

Sie hätte ihm so gerne noch so viel gesagt, aber er nahm einfach ihre Hände und küsste sie. In seinen Augen stand Schmerz. Mit von Schleigel musste etwas wirklich Schreckliches passiert sein.

Als der Zug anfuhr, ließ er ihre Hände los – ließ sie los –, und Lisette hatte das Gefühl, ihr würde das Herz aus dem Leib gerissen. Selbst Frankreich damals zu verlassen, als ihre Eltern sie nach England in die Schule geschickt hatten, war einfacher gewesen. Sie blickte Luc an und konnte es kaum ertragen, ihn verlassen zu müssen. Würde sie ohne ihn überhaupt in Sicherheit sein? Er betrachtete sie traurig und hob die Hand zum Abschied. Mit beiden Händen umklammerte sie den Rand der Scheibe und brach in Tränen aus, als sie ihn so verloren dastehen sah.

Sie fühlte sich unendlich leer, als sie ihn nicht mehr sehen konnte. Sie hatte sich so sehr an den Klang seiner Stimme gewöhnt, leise und ruhig, wenn er Französisch sprach, als ob er Geheimnisse erzählte. Auf Deutsch dagegen klang er wie ein Poet.

Ihre Verbindung war auf dem Bahnsteig in Lyon zerrissen worden, aber die Erinnerung an Luc reiste mit ihr. Immerhin hatte sie ihm ein Versprechen gegeben. Wenn sie diesen Krieg überlebte, würde sie Lukas Ravensburg wiederfinden.

Heute war Lisettes freier Tag. Es war Frühling geworden, dennoch war es am Morgen noch kühl gewesen – einer jener klaren, sonnigen Tage, die einem beinahe vorgaukelten, dass das Leben gar nicht so übel war. Dabei wusste Lisette ganz genau, dass britische Bomber Deutschland jeden Tag angriffen und die Soldaten der Wehrmacht im russischen Winter starben wie die Fliegen. Gestern war eine Fabrik für Flugzeugmotoren in Limoges bombardiert worden. Lisette spürte, dass sich der Krieg verändert hatte. Das letzte Jahr war katastrophal für die Alliierten gewesen, und sie hoffte, sie bildete es sich nicht bloß ein, dass sich das Blatt jetzt wendete. Heute Abend wurde endlich auch ihre winzige Rolle in diesem Krieg Realität.

Sie hatte ein schlechtes Gewissen wegen Walter Eichel. Unwissentlich fungierte er als Teil ihrer Tarnung, und wenn sie aufflog, würde auch Walter darunter leiden. Er hatte sie in seinem plüschigen Büro nahe den Champs-Élysées willkommen geheißen. Dort roch es nach Zigarren und Armagnac, die Ledersessel knarrten, und auf dem Sims über dem Kamin, für den es kein Holz mehr gab, tickte eine Uhr.

Ihr Patenonkel lebte gut, das sah sie an seinem Bauch, aber er hielt sich aufrecht und hatte eine gesunde Gesichtsfarbe. Er war nicht so groß wie in ihrer Erinnerung, doch er lächelte noch genauso herzlich und sprach mit seiner volltönenden Stimme so gemessen, wie sie es als Kind empfunden hatte. Die nach wie vor vollen grauen Haare hatte er streng zurückgekämmt. Er war wirklich sehr altmodisch in seiner Art, aber sie fand es tröstlich, weil es sie an früher erinnerte.

Lisette hatte ihm erzählt, sie sei nach Paris gekommen, weil sie Heimweh nach Frankreich gehabt habe, und er hatte ihre Geschichte ohne weitere Fragen akzeptiert. Er freute sich, ihr eine Stelle anbieten zu können, und stellte sie begeistert überall vor, trotzdem spürte Lisette, dass er ihr die Gründe für ihre Rückkehr nicht ganz abnahm.

»Wann bist du angekommen?«, fragte er.

»Oh, ich bin schon seit einer ganzen Weile wieder in Frankreich. Ich habe es gehasst, in England zu leben«, log sie. »Nach der Schule bin ich als Kindermädchen mit einer englischen Familie eine Zeit lang durchs Land gereist. Als dann der Krieg ausbrach, sind sie hastig nach England zurückgekehrt, und ich habe mich bis nach Lille durchgeschlagen. Dort wurde ich krank. Ich war fast ein Jahr lang krank, Walter, aber du erinnerst dich vielleicht an die Freunde meiner Eltern in Dunquerque?«

Er runzelte die Stirn. »Nein, ich erinnere mich nicht.«

Das überraschte sie nicht – es gab sie nämlich gar nicht. »Die Pernots haben sich um mich gekümmert. Als ich schließlich so weit auf den Beinen war, dass ich alleine zurechtkam, bin ich in den Süden gefahren. Ich brauchte ein bisschen Wärme, um wieder zu Kräften zu kommen. Dort habe ich bei der Familie einer alten Schulfreundin gewohnt und an der Schule unterrichtet. Letztes Jahr habe ich dann beschlossen, dass ich keinen weiteren Winter in den Bergen verbringen will, deshalb habe ich dir geschrieben und bin nach Paris gekommen.«

»Ich habe mich wirklich sehr gefreut, von dir zu hören«, sagte er und fragte nicht weiter. Er hatte ihren Vater sehr gern gehabt und war entschlossen, ihr zu helfen, weiter reichte ihre Beziehung nicht. Lisette wusste, dass sie Walter niemals ins Vertrauen ziehen konnte. Sie wollte ihn nicht zwingen, sich zwischen Freund und Vaterland entscheiden zu müssen.

Er warnte sie, ihre Zeit in England auf keinen Fall zu erwähnen. Was ihn anging, war sie direkt von Straßburg über die Provence zu ihm gekommen.

Seitdem hatte sie bei ihm in der Bank gearbeitet und bei Bedarf als Dolmetscherin zwischen den Franzosen und den Deutschen fungiert. Walter und sie hatten ein paarmal zusammen zu Abend gegessen, und er hatte ihr viele Geschichten von ihren Eltern erzählt. Wenn sie ehrlich war, hatte sie seit langer Zeit die Abende nicht mehr so genossen wie mit Walter – er war ein wunderbarer Unterhalter. Er bestand darauf, in den ersten Wochen ihre Miete zu bezahlen, bis sie ihr Gehalt bekam, und es beeindruckte ihn, dass sie sonst nichts von ihm annehmen wollte. Er ließ sich jedoch nicht davon abbringen, ihr ein paar elegante Kleider zu kaufen.

»Ich habe keine Tochter, Lisette. Lass mich das für dich tun. Du kannst hier nicht herumlaufen wie eine Bäuerin, das wirft kein gutes Licht auf mich.«

So erklärte sie sich einverstanden, mit ihm einkaufen zu gehen, unter den Adleraugen seiner deutschen Sekretärin, die strenge, dunkle Kleidung bevorzugte. Ohne dass sie auch nur eine Kleidermarke brauchte, wurde Lisette mit der passenden Garderobe für den Winter ausgestattet. Sie bekam zwei Röcke, ein dunkles Kostüm, drei Blusen, zwei Strickjacken, ein schlichtes, aber elegantes Kleid für den Abend, einen Mantel, Lederhandschuhe, zwei Schals und zwei Paar Schuhe – ein Paar für die Arbeit, ein weiteres für den Abend –, außerdem Unterwäsche und sogar Seidenstrümpfe. Als man sie ihr überreichte, hatte sie das Gefühl, einen Goldbarren in der Hand zu halten. Seidenstrümpfe bedeuteten bare Münze auf dem Schwarzmarkt. Damit konnte man echte Seife kaufen oder eine komplette Familie wochenlang ernähren.

Lisette brauchte diese hübschen Kleider jetzt mehr als jemals zuvor. Von ihrem ersten Tag in Paris an hatte sie versucht, an

Hauptmann Markus Kilian heranzukommen. Heute Abend war es endlich so weit, sie würde ihn kennen lernen.

Von Anfang an hatte sie Glück gehabt, weil sie schon am ersten Tag feststellte, dass Walter mit Hauptmann Kilian bekannt war. Danach brauchte sie nur noch zu warten, bis sich die perfekte Gelegenheit bot. Monatelang hatte sich nichts getan, aber dann wurde ihre Geduld belohnt. Vor zwei Tagen hatte sie in Walters Terminkalender für diesen Mittwoch um neunzehn Uhr den Eintrag entdeckt: *Les Deux Magots, Markus Kilian.*

Lisettes Finger zitterten, als sie ihre hellgraue Seidenbluse zuknöpfte. Dazu trug sie den dunkelgrauen, engen Rock, der ihre schlanke Figur betonte.

Sie blickte auf die Uhr. Es ging auf fünf zu, und draußen wurde es allmählich dunkel. Wenn sie zu Fuß nach St. Germain wollte, würde sie bald aufbrechen müssen. Es wäre zwar einfacher gewesen, die Métro zu nehmen, aber Lisette lief durch die Stadt, außerdem wurde man zu Fuß seltener kontrolliert.

Prüfend betrachtete sie sich in ihrem kleinen Spiegel, kniff sich in die Wangen und fuhr sich glättend über die Augenbrauen. In dieser kargen Zeit musste sie sich ohne Schminke behelfen, so gut es ging. Eine der älteren Damen aus der Nachbarschaft hatte ihr getrocknete Rosenblätter gegeben und ihr geraten, sie zu zermahlen und mit ein wenig Glyzerin zu vermischen, um so eine Art Lippenstift herzustellen. Jetzt tupfte Lisette sich ein wenig von der rosa Paste mit einem Taschentuch auf die Lippen. Kritisch musterte sie sich und fuhr sich durch die Haare, die sie mit selbstgemachter Seife gewaschen hatte. Im Stillen schickte sie ein Dankgebet an ihre Eltern für ihre hohen Wangenknochen, ihr herzförmiges Gesicht und ihren klaren Teint. Sie hatte noch nie so viele Gedanken an ihr Aussehen verschwendet, aber heute Abend würde es ebenso wichtig sein wie ihre Sprachkenntnisse und ihr Charme.

Zufrieden schlüpfte sie in ihren schweren Mantel, überprüfte noch einmal, ob sie ihre Papiere eingesteckt hatte, tupfte sich ein wenig Lavendelduft auf die Handgelenke und griff nach ihren Handschuhen.

Als Lisette Forester, nun Forestier, sich auf den Weg zu einem eleganten Café in St. Germain machte, hüllte ein leiser Duft von Lavendel sie ein.

22

Kilian lächelte breit. »Herr Eichel, wie schön, Sie zu sehen.« Er streckte die Hand aus, als der Bankier aufstand, um ihn zu begrüßen. »Habe ich Sie warten lassen?«

»Nein, keineswegs«, erwiderte der ältere Mann und schüttelte Kilian die Hand. Dann wies er auf den Stuhl gegenüber. »Mein Chauffeur war nur schneller als gedacht.« Er lächelte freundlich. »Nennen Sie mich doch bitte Walter. Ich freue mich, dass wir uns wieder einmal treffen können.«

Mit Schwung zog Kilian den Mantel aus. Nach der kühlen Abendluft war es im Café stickig warm. »Ja, ich mich auch. Ein prachtvoller Abend, nicht wahr? Ein wenig kühl vielleicht, aber perfekt, um zu Fuß zu gehen.« Er blickte sich in dem Café um, in dem hauptsächlich Literaten und Künstler verkehrten.

»Sie sind hergelaufen? Ich bin beeindruckt.«

Kilian seufzte. »Ich muss gestehen, dass ich hinter dem Schreibtisch nicht sehr glücklich bin.«

Eichel lächelte. »Was möchten Sie bestellen?« Der Kellner stand bereits an ihrem Tisch.

»Einen Cognac, bitte. Und bringen Sie uns bitte auch etwas zu essen. Etwas zum Knabbern, sonst steigt mir der Alkohol sofort in den Kopf.«

»Selbstverständlich, *monsieur*«, erwiderte der Kellner. »Und für Sie, *monsieur*?«

»Das Gleiche bitte«, erwiderte Walter.

Kilian blickte dem Kellner hinterher. »Ganz schön voll hier.«

»Waren Sie schon einmal hier?«

Der Offizier schüttelte den Kopf. »Nein, allerdings hatte ich es immer vor, weil mir mal jemand gesagt hat, ich müsse es unbedingt gesehen haben.«

Walter blickte sich im Lokal um. Im eleganten sechsten Arrondissement gelegen, galt es als eines der besten Cafés in ganz Paris. »Ja, das stimmt wohl, aber vermutlich sind Sie gerade deshalb noch nicht hier gewesen.«

Kilian lächelte, Eichel hatte ihn durchschaut.

»Sie sollten morgens herkommen«, fuhr Eichel fort. »Dann ist es friedlich, weil nur ein paar Schriftsteller zusammensitzen und über ihre Arbeit diskutieren.« Er wies auf die nahe gelegene Kirche. »Saint Germain des Prés sieht gerade in der Morgensonne wunderschön aus. Die Kirche stammt aus dem sechsten Jahrhundert, wissen Sie.«

»Was bedeutet eigentlich ›Les Deux Magots‹?«, fragte Kilian.

Der Bankier zeigte auf die beiden Sitzstatuen chinesischer Händler an der Mittelsäule im Lokal. »Es bedeutet ›Die zwei Händler‹ und geht zurück auf das letzte Jahrhundert, als sich hier eine Handelsniederlassung mit fernöstlichen Waren befand. Heute treffen sich an diesem Ort Gelehrte, Philosophen, Künstler und vor allem Schriftsteller«, sagte er. »Wir Deutschen dürfen uns hier also als Intellektuelle fühlen … und können so tun, als wären wir nicht so unglaublich dumm gewesen, einen Krieg mit der ganzen Welt anzuzetteln.«

Lachend hob Kilian sein Glas. »Worauf trinken wir?«

»Wie wäre es mit dem Überleben der Künstler in diesen finsteren Zeiten?«, erwiderte Walter. »Haben Sie schon einmal Werke dieses Spaniers gesehen, Picasso? Seltsam und eindrucksvoll und stets sehr provokativ. Er ist häufig hier, meistens sitzt er dort drüben an dem Tisch.«

Die beiden stießen an. »Auf die Kunst und alles Schöne.«

Beim Essen unterhielten sie sich über den Fortgang des Krieges, die Geschäfte in diesen schwierigen Zeiten und Hitlers katastrophale Entscheidung, Russland anzugreifen.

»Die Russen brauchen keine Kugeln«, sagte Kilian. »Das Wetter und der Hunger erledigen das ganz allein. Außerdem geht die wahre Bedrohung nicht vom Osten aus, sondern vom Süden. Die Amerikaner sind bereits in Nordafrika. Wenn sie jetzt auch noch Italien einnehmen, öffnet sich eine neue Front, an der uns die Briten und die Amerikaner treffen können.« Er schüttelte den Kopf. »Ich bin nicht der Einzige, der so denkt.« Mehr konnte er dazu nicht sagen. »Ich fühle mich so nutzlos in meiner momentanen Lage.«

»Ja, man fragt sich, wem Sie wohl auf die Füße getreten sind, dass man Sie an den Schreibtisch verbannt hat.« Walter klang beeindruckt.

»Ich fürchte, dem Führer persönlich«, gestand Kilian.

Sie schmunzelten beide und lehnten sich zurück, um ihren Cognac zu genießen. Im Café war es noch voller geworden, trotzdem gefiel Kilian die Atmosphäre. Er blickte durch das Fenster auf die Terrasse, auf der einige Leute der Kälte trotzten, um etwas zu trinken. Da erregte eine junge Frau seine Aufmerksamkeit. Sie stand an der Tür und spähte ins Lokal, als ob sie jemanden suchte. Geistesabwesend betrachtete er sie, bewunderte ihr herzförmiges Gesicht und ihre von der Kälte rosigen Wangen. Plötzlich fiel ihr Blick auf Walter, und es hatte den Anschein, als ob sie ihn kennen würde.

»Walter, erwarten Sie noch jemanden?«

»Nein. Warum?«

Kilian blinzelte. »Ich hatte gerade eine Erscheinung, und die schien in Ihre Richtung zu schauen.« Er blickte über die Schulter seines Gegenübers auf die junge Frau, die mit jedem Schritt, den sie näher kam, schöner wurde.

Eichel drehte sich stirnrunzelnd um. »Ich kann mir nicht vorstellen … Oh ja, das ist Lisette Forestier, meine Patentochter.« Er winkte ihr. »Ich war mit ihren Eltern sehr gut befreundet, leider sind sie beide verstorben. Sie ist seit einigen Monaten in Paris und arbeitet für mich.«

Als die junge Frau ihren Schal abnahm, sah Kilian, dass sie glänzende schwarze, schulterlange Haare hatte. Sie lächelte strahlend und zeigte dabei ihre Grübchen. Und erst ihre Augen! Sie waren von einem unglaublichen Blau. Er konnte sich keine schönere Farbe vorstellen. Noch bezauberter war er, als sie sich von Eichel aus dem Mantel helfen ließ. Sie achtete gar nicht auf ihn, sondern überschüttete den alten Mann mit Küssen und Entschuldigungen. Kilian starrte sie so fasziniert an, dass er kaum mitbekam, wie Walter sie einander vorstellte.

Er stand auf, als sie ihm die Hand hinstreckte. »*Enchanté, mademoiselle.*« Dann küsste er ihr die Hand.

Ihr Lächeln war so wärmend wie der Cognac. »Verzeihen Sie bitte, dass ich Sie einfach so unterbreche, Herr Oberst«, sagte sie in akzentfreiem Deutsch. »Als ich Walter hier sitzen sah, wollte ich nur rasch hallo sagen.«

»Ja«, warf Eichel ein und zog einen freien Stuhl heran. »Bist du gerade auf dem Weg woandershin?«

»Nein, ich wollte mich hier mit einem Freund treffen, aber«, sie zuckte mit den Schultern, »er scheint nicht hier zu sein.«

»Dann leisten Sie uns doch Gesellschaft«, bot Kilian an. »Zumindest bis Ihr Freund kommt.«

»Ich will Sie nicht unterbrechen …«

»Bitte«, beharrte Kilian. »Es wäre uns eine Freude. Walter, wir hatten doch nichts Bestimmtes zu besprechen, oder?«

»Nein, überhaupt nicht.« Er wandte sich an Lisette. »Der Oberst ist noch nicht lange in Paris, deshalb dachte ich, ich sollte ihn willkommen heißen. Das hier ist ein rein gesellschaftliches Treffen.«

»Mademoiselle Forestier, dürfen wir Ihnen einen Aperitif anbieten?«, fragte Kilian.

Ihm entging nicht, wie sie ihren Wohltäter anblickte, fast als frage sie um Erlaubnis. Walter nickte. Bravo! Der Abend versprach äußerst angenehm zu werden. Er war es leid, ständig über Hitler, den Goldpreis und den Winter in Russland zu reden.

»Dürfte ich einen Calvados vorschlagen?«, fragte er.

Ihre Augen weiteten sich. »Ach, wissen Sie, ich wollte Calvados schon immer mal probieren!«

»Und Sie haben es nie getan?«

Verlegen zuckte sie mit den Schultern. »Ich bin nicht sehr weltgewandt, Oberst Kilian.«

»Daran sollten wir arbeiten«, erwiderte er. »Ich persönlich bin ja der Meinung, dass nur wenige französische Getränke so erfrischend schmecken wie ein Calvados mit Eis an einem heißen Sommertag. Außer vielleicht ein vier oder sechs Jahre alter, im Fass gereifter Calvados, der bei Zimmertemperatur an einem frostigen Abend in Paris gereicht wird.« Er blickte ihr tief in die Augen, und Lisette lachte perlend.

»Oberst Kilian, bei Ihnen klingt selbst ein simples Getränk wie Poesie.«

»Calvados ist Kunst«, erwiderte er und winkte dem Kellner.

»Ein Glas Boulard für *mademoiselle*«, sagte er auf Deutsch.

»*Merci*«, sagte Lisette mit einem höflichen Nicken zu dem Kellner, dann wandte sie sich wieder an Kilian. »Danke. Wie freundlich von Ihnen«, sagte sie auf Deutsch.

»Walter, wie kommt es, dass für Sie eine perfekt zweisprachige junge Frau arbeitet, während ich keine Mitarbeiterin finden kann, die Deutsch auch nur annähernd so gut beherrscht wie Französisch?«

Der Bankier zuckte liebenswürdig mit den Schultern. Er hatte sich auf seinem Stuhl zurückgelehnt und beobachtete die beiden.

»Mademoiselle Forestier, hätten Sie nicht Lust, für mich zu arbeiten?«, fragte Kilian unverblümt. »Ich zahle Ihnen doppelt so viel wie Ihr Patenonkel.«

»Oh, aber ich bin sehr teuer«, erwiderte sie genauso leichtherzig.

Unwillkürlich fragte sich Kilian, ob dieses junge Ding gerade mit ihm flirtete. Hoffentlich! Der Kellner brachte ihr Getränk.

»Wirbeln Sie den Calvados im Cognacschwenker herum«, riet er ihr.

Während Lisette zusah, wie sich der bernsteinfarbene Apfel-Branntwein wie flüssiges Gold im Glas bewegte, betrachtete Kilian sie. Eichels Patentochter war wunderschön, er schätzte sie auf Mitte zwanzig, also fast halb so alt wie er. Sie war schlank und langgliedrig, wie er es bei Frauen mochte, und ihr Kleid saß wie bei einem Mannequin.

»*Santé*«, sagte sie. Offenbar bemerkte sie seinen anerkennenden Blick gar nicht. Sie hob ihr Glas. »Danke, dass ihr mir Gesellschaft leistet.«

»Es sieht nicht so aus, als ob dein Freund noch käme«, stellte Walter fest. »Es ist beinahe schon halb acht. Wann wart ihr denn verabredet?«

»Um sieben«, erwiderte Lisette. »Ich war ein bisschen spät dran.«

»Sein Pech«, warf Kilian ein. »Wenn er jetzt hereinkäme, bekäme er von mir eins auf die Nase.«

Seine Worte amüsierten Lisette, und ihre Reaktion erinnerte Kilian daran, dass er fast schon vergessen hatte, wie das fröhliche Lachen einer Frau klang.

Sie knabberten Nüsse und unterhielten sich über die Oper,

über Montmartre, über die Rationierung und das Leben in Straßburg vor dem Krieg. Kilian erzählte ein bisschen von seiner Familie und brachte Lisette und Walter zum Lachen, als er ihnen schilderte, wie oft er schon beinahe geheiratet hatte. Gegen neun Uhr verabredeten die beiden Männer, demnächst einmal zu einem Gesangsabend zu gehen. Sie hatten jeder mehrere Cognacs getrunken, und Walter begann, verstohlen auf die Uhr zu blicken.

»Ich muss langsam nach Hause. Meine Haushälterin hat mir etwas zu essen gemacht, und in diesen Tagen der Knappheit wage ich es nicht, die Mahlzeit zu versäumen. Soll ich dich nach Hause fahren, Lisette?«, sagte Eichel schließlich.

»Das ist lieb von dir, aber ich gehe lieber zu Fuß. Ich war den ganzen Tag drinnen.«

Er schüttelte den Kopf. »Bald ist Sperrstunde – bis elf Uhr schaffst du es niemals.«

»Keine Sorge, ich gehe schnell. Ich muss nach diesem köstlichen Calvados wieder einen klaren Kopf bekommen … Vielen Dank euch beiden für die Freundlichkeit.«

Eichel wirkte nicht überzeugt, und Kilian ergriff seine Chance.

»Mit Ihrer Erlaubnis, Walter, begleite ich Mademoiselle Forestier zum Montmartre. Es wird gewiss niemand wagen, sie anzusprechen, bei mir ist sie sicher.«

Er meinte es aufrichtig, dennoch war die versteckte Anspielung nicht zu überhören. Walter lachte, und Lisette errötete.

Kilian wandte sich an Lisette. »Darf ich Sie zu Ihrer Wohnung begleiten?«

»Das wäre reizend, vielen Dank.«

»Nun denn«, Walter erhob sich. »Das war ein sehr angenehmer Abend. Gute Nacht, meine Liebe«, sagte er und küsste Lisette auf beide Wangen. »Wir sehen uns ja morgen in der

Bank. Kilian, es war schön, Sie wiederzusehen.« Die beiden Männer schüttelten sich die Hand.

»Bitte, lassen Sie mich die Rechnung übernehmen«, sagte Kilian und zog einige Geldscheine heraus. Als Eichel protestieren wollte, wehrte er ab. Walter bedankte sich erneut und ging. »Mademoiselle Forestier, sollen wir ein wenig frische Luft schnappen?«

Bereitwillig ließ sie sich von ihm in den Mantel helfen. Kilian betrachtete ihre schmalen Schultern, und als er ihr mit der Hand unabsichtlich über die Haut strich, durchfuhr es ihn wie ein Stromschlag. Er benahm sich wie ein Halbwüchsiger. Kopfschüttelnd beobachtete er, wie Lisette sich den Schal über die Haare zog. Ob sich sein selbstauferlegter einsamer Lebensstil in den letzten Jahren langsam gegen ihn richtete?

Lisette drehte sich zu ihm um, und beinahe hätte sie ihn dabei ertappt, wie er sie anstarrte. Gerade noch rechtzeitig verzog er das Gesicht zu einem Lächeln und bot ihr seinen Arm, um sie aus dem Café zu führen. Wegen der nahenden Sperrstunde waren nur noch wenige Gäste da. Lediglich Männer in Uniform brauchten sich nicht zu beeilen.

Die kühle Abendluft traf Kilian wie ein Schlag, und er war froh, dass der Cognac ihn von innen wärmte. Er gähnte. »Verzeihen Sie, *mademoiselle.*«

»Ein harter Tag?«, fragte sie.

»Ja, ich musste große Papierstapel auf meinem Schreibtisch hin und her bewegen. Ich bin ein Mann der Tat, und es liegt mir nicht so sehr, herumzusitzen und irgendwelche Dokumente mit meinem Namen zu versehen.«

»Sie sollten Ihrer Sekretärin beibringen, Ihre Unterschrift nachzumachen«, kicherte sie. Sie zitterte sichtlich in der Kälte.

Kilian zögerte. »Soll ich nicht besser meinen Chauffeur rufen?«

Sie gab einen leisen Laut des Protests von sich. »Nein, Herr Oberst, bitte nicht. Mir geht es gut, und ehrlich gesagt ziehe ich es vor, zu Fuß zu gehen. Nach dem harten Winter ist das doch gar nichts. Außerdem ist Paris gerade abends wunderschön, vor allem, wenn es so still ist wie jetzt.«

Er lächelte. »Sie hatten vermutlich noch nie Gelegenheit, durch Paris zu laufen, wenn die Straßen verlassen sind.«

Sie schüttelte den Kopf.

»Ich mache das ständig. Dann tue ich immer so, als ob mir die ganze Stadt gehören würde.«

»Das ist ja ein Traum!«

»Lassen Sie uns ruhig langsam gehen. Bald schon wird außer uns niemand mehr unterwegs sein.«

»Oh, wie romantisch!«, murmelte sie, und wieder war er bezaubert von dem frischen Hauch, der in sein Leben gekommen war.«

»Bitte sagen Sie Markus zu mir«, erklärte er und reichte ihr seinen Arm. Sie hängte sich bereitwillig bei ihm ein. »Haben Sie einen Lieblingsweg?«

»Durch den Park, am Louvre und der Madeleine vorbei zu den Galeries Lafayette und anschließend den Hügel hinauf zum Montmartre. Und bitte sagen Sie Lisette zu mir.«

»Das ist ein ziemlich langer Weg, Lisette.«

»Wenn Paris heute Nacht mir gehören soll, will ich es auch genießen.«

»Da haben Sie recht«, sagte er und führte sie an den Fluss. Er seufzte leise. Wahrscheinlich sahen sie aus wie ein Liebespaar, das sich tiefer in die Schatten zurückzog. Wenn es doch nur so wäre.

Lisette war nicht darauf gefasst gewesen, dass ihr Markus Kilian gefiel. Trotz aller Vorbereitung auf ihre Mission hatte sie ihn in

Gedanken gehasst. Dass er gut erzogen war, hatte sie vorab gewusst, aber sie konnte nicht ahnen, dass sein Charme und sein gutes Aussehen sie komplett entwaffnen würden. Irgendwie hatte sie einen humorlosen, steifen Offizier erwartet, der die Hacken zusammenschlug und sich mit seinen soldatischen Leistungen brüstete. Stattdessen traf sie auf einen charismatischen Mann, der Musik mochte, eifrig wie ein kleiner Junge von seinen Lieblingsfilmen erzählte und Brandy beschrieb wie ein Kunstkritiker. Er mochte Frauen – daran hegte sie keinen Zweifel –, und genau deshalb ging Londons Rechnung auf: Markus Kilian hatte sie sofort wahrgenommen. Es war ihr nicht entgangen, dass er sie bereits durch die Scheibe des Cafés gesehen hatte, und danach hatte er den Blick kaum von ihr abgewandt. Sie hatte dafür gesorgt, dass ihre Vorzüge bestens zur Geltung kamen, und es hatte funktioniert. Kilian war auf ihre sorgfältig inszenierten Flirtversuche eingegangen.

Jetzt musste sie sich möglichst rasch in sein Leben schleichen. Er hatte ihr die Tür schon einen Spalt breit geöffnet, daher musste sie dieses Stellenangebot nur noch wahr werden lassen.

»Der Calvados war köstlich, danke«, sagte sie. »Es war ein wunderschöner Abend.« Lisette achtete sorgfältig darauf, eine gewisse Distanz zu halten, obwohl sie sich bei ihm eingehängt hatte.

»Ich mag Walter«, sagte er. »Zu viele von uns sind in Hitlers Wahnsinn gefangen und halten sich selbst für unbesiegbar. Walter Eichel gehört nicht dazu. Allerdings sollte ich Ihnen für den schönen Abend danken, nicht umgekehrt.«

»Keineswegs«, erwiderte sie. »Ich bin froh, dass Pierre nicht aufgetaucht ist.«

»Wirklich?«, fragte er bedeutungsvoll.

Sie zögerte kurz. »Ja, Herr Oberst, das bin ich.«

»Wollen Sie nicht Markus sagen? Es ist schon so lange her,

dass eine schöne Frau mich bei meinem Vornamen genannt hat.«

Sein Blick war derart intensiv, dass ihr ganz schwindlig wurde. Selbst in ihren kühnsten Träumen war ihre Mission nicht so schnell ins Rollen gekommen, und sie wurde ein wenig nervös.

Als sie das Ausgangstor der Tuilerien erreicht hatten, blieb er stehen. »Sie brauchen keine Angst vor mir zu haben, Lisette. Und machen Sie sich wegen Ihres Patenonkels keine Sorgen.«

Sie wandte den Blick ab. »Es käme mir respektlos vor, wenn ich Sie nicht mit Ihrem Titel anreden würde.«

Sanft ergriff er ihre Arme. »Selbstverständlich. Ihr Zögern ist reizend, aber ich gebe Ihnen ausdrücklich meine Erlaubnis. Falls Sie auf den Altersunterschied anspielen …« Er zuckte mit den Schultern. »Es ist nicht meine Schuld, dass Sie fünfzehn Jahre zu spät zur Welt gekommen sind.«

Ihr Lachen war aufrichtig und spontan. Sie gingen weiter.

»Es gefällt mir, wenn ich Sie zum Lachen bringe. Wie alt sind Sie überhaupt?«

»Vierundzwanzig«, erwiderte sie. »In ein paar Tagen werde ich fünfundzwanzig. Am achten habe ich Geburtstag.« Das hätte sie fast vergessen.

»Ach, am Montag? Haben Sie schon etwas geplant?«

»Nein. Ich lebe von Essensmarken.«

»Was ist mit Walter? Ihren Freunden?«

»Ich glaube, Walter denkt gar nicht daran. Und Pierre ist mein einziger Freund.«

»Ist er Ihr Liebhaber?«

Sie verzog spöttisch das Gesicht. »Nein. Aber er hat mich seit meiner Ankunft immer begleitet.«

»Wo haben Sie sich denn kennen gelernt?«

»Auf dem Bahnsteig in der Gare de l'Est. Er ist über meine

Reisetasche gestolpert und hat mich dabei umgeworfen. Als er mir aufgeholfen hat, haben wir uns sofort angefreundet.«

»Das klingt romantisch.«

»Das war es aber nicht. Mein Ellbogen hat geblutet«, erwiderte sie, um die erfundene Geschichte ein wenig auszuschmücken.

»Ich hätte die Wunde geküsst.«

Das war der richtige Moment, sie spürte es: Jetzt war er verletzlich. »Leider waren Sie nicht da, Markus … ich glaube nämlich, ich hätte es Ihnen sogar erlaubt.« Obwohl es dunkel war, spürte sie, dass Kilians eisblaue Augen auf ihr ruhten.

»Dieser Pierre ist nicht nur ungeschickt, sondern auch ein Idiot. Niemals würde ich zulassen, dass ein anderer Mann mit Ihnen alleine ist, so wie wir jetzt.«

Lisette schluckte. »Das klingt ziemlich besitzergreifend.«

»Wenn etwas tatsächlich mir gehört, dann beschütze ich es auch … wenn nötig sogar mit meinem Leben.«

»Ihre Männer müssen Sie lieben, Markus.«

Damit hatte sie anscheinend den Nagel auf den Kopf getroffen, denn er senkte den Blick. Indem sie seine Avancen abwehrte, zeigte sie, dass sie nicht auf der Suche nach einer Affäre war. Lisette war klar, dass sie Markus Kilian dazu bringen musste, sie zu begehren, und dazu durfte sie ihn erst einmal nicht zu dicht an sich herankommen lassen. Sie musste seine Glut schüren, seine Eifersucht, seine Ungeduld. Im Moment hatte er noch alles unter Kontrolle und spielte mit ihr. Diese Rolle musste sie umkehren … auch wenn sie ihn alarmierend sinnlich fand. Sie musste regelrecht mit sich ringen, um seinem Charme nicht zu erliegen.

Er seufzte. »Und ich liebe meine Männer.« Er gab ein frustriertes Grummeln von sich. »Ich fühle mich so hilflos hier in Paris. Wir wissen, dass die Alliierten im Sommer einen endgültigen Vorstoß planen. Berlin sollte seine besten Leute alle an die Front schicken.«

Lisette schwieg. Es war ein Schock für sie, dass er so beiläufig und vertrauensvoll über die Absichten der Alliierten sprach. Sie musste London unbedingt warnen.

»Heute Abend können Sie sowieso nichts mehr ändern. Vielleicht kommen morgen ja die Nachrichten, die Sie gerne hören möchten«, besänftigte sie ihn.

Sie blieben stehen und starrten geistesabwesend in ein Schaufenster.

Schließlich wandte er sich zu ihr um. »Verzeihen Sie mir, Lisette. Ich sollte nicht über Strategien mit Ihnen sprechen. Es ist nicht richtig von mir.«

»Sie brauchen sich nicht zu entschuldigen. Mein Vater war Soldat im Großen Krieg, ich habe schon als kleines Kind Kriegsgeschichten gehört.«

Sie gingen weiter, und er stöhnte auf. »Ich hoffe, ich erinnere Sie nicht an Ihren Vater?«

»Nein, überhaupt nicht, aber ich muss zugeben, dass ich Männer in Uniform attraktiv finde.«

Er warf ihr einen Blick von der Seite zu, und auf einmal hing etwas Unausgesprochenes in der Luft.

»Kommen Sie, ich bringe Sie nach Hause, bevor Sie sich erkälten.«

Die beiden schritten rasch aus, und die meiste Zeit hörte Lisette ihm zu, während Kilian ihr die Sehenswürdigkeiten von Paris erklärte. Seine Kommentare interessierten sie wirklich. Er kannte die Stadt gut und mochte sie offensichtlich, weil er seine Freude über ihre Schönheit nicht verbergen konnte. Außerdem hatte er recht – in der Dunkelheit bekam Paris eine ganz eigene Atmosphäre.

Der direkte Weg hätte etwa eine Stunde gedauert, mit dem von Lisette gewünschten Umweg waren es noch einmal fünfundzwanzig Minuten mehr. Schließlich erreichten sie die Hauptstraße von Montmartre. Immer noch waren einige Cafés geöffnet, man hörte Gläser klirren und Männer lachen. Die Lichter in den Lokalen waren bereits gedämpft und würden um Mitternacht abgeschaltet.

»Was machen Sie eigentlich?«, fragte Lisette, während sie Kilian zu ihrem Haus dirigierte.

Er stöhnte. »Ich bin Gesprächsvermittler zwischen der Kirche in Frankreich, hauptsächlich in Paris, und der deutschen Besatzungsmacht.«

»Aber Sie sind doch Oberst der Wehrmacht?«, bemerkte sie.

»Die Aufgabe ist meine Strafe, Lisette, weil ich mich gegen den Führer aufgelehnt habe.«

»Wirklich? Glauben Sie denn nicht an das Regime?«

»Ich glaube an Deutschland. Ich glaube, dass es wieder eine Weltmacht sein und sich aus der Asche des Großen Krieges erheben kann. Die politische Vision des Führers teile ich jedoch nicht. So, jetzt müsste ich Sie eigentlich töten, weil Sie diesen Satz aus meinem Mund gehört haben. Wo ist denn nur meine Pistole?«, fragte er und griff nach seinem Gürtel.

Angst stieg in ihr auf.

»Oh, meine liebe Lisette. Das war doch nur ein Scherz. Ich habe Sie geängstigt.« Kilian blieb stehen und ergriff ihre Hand. »Verzeihen Sie mir. Wir Deutschen sind nicht gerade berühmt für unseren Humor.« Er küsste ihr die Hand. »Ich muss mich entschuldigen. Ich sollte auf jeden Fall vor Ihnen getötet werden.«

»Sagen Sie so etwas nicht.«

Er blickte sie an. »Nein, ich sollte nicht so trübe Dinge sagen. Wissen Sie, als Junge, ich war vielleicht vierzehn damals, bin ich einmal bei uns auf dem Jahrmarkt gewesen. Meine Mutter hatte es mir verboten, aber ich kletterte aus dem Fenster und ging mit meinen Freunden spät am Abend hin. Dort gab es eine Wahrsagerin.«

»Und?« Sie waren beinahe an ihrem Haus angekommen.

»Die Frau hat mir gesagt, ich würde einmal auf fremder Erde sterben. Ich bin Soldat – ihre Antwort braucht mich nicht zu überraschen.«

Lisette blickte ihn traurig an. »Markus, ich würde auf solche Jahrmarkt-Prophezeiungen nicht allzu viel geben. In Russland sind Sie schon mal nicht gefallen, und in Paris könnten Sie höchstens in den Räumen eines Priesters sterben, an Langeweile.«

Er lachte. »Ja, Sie haben recht. Wenn die Wahrsagerin ihr Handwerk verstanden hätte, hätte sie mir sicher vorausgesagt, dass ich eines Frühlingsabends in Paris einer schönen jungen Frau begegnen würde, die mich verzaubert.«

Lisette zuckte verlegen mit den Schultern, wobei sie versuchte, nicht kokett oder mädchenhaft zu erscheinen. Sie spürte bereits, dass das bei Kilian nicht funktionieren würde. Er war viel zu trocken und direkt.

»Jetzt habe ich Sie verlegen gemacht.«

Sie erwiderte seinen Blick. »Nein. Ich weiß nur nicht, wie ich reagieren soll. Wir kennen einander ja kaum.«

»In Ordnung. Am achten haben Sie Geburtstag, sagten Sie?«

Sie nickte.

»Ziehen Sie sich etwas Schönes an. Um neunzehn Uhr werden Sie von einem Wagen zum Abendessen abgeholt.«

Lisette blickte ihn fassungslos an. Ihr Schweigen amüsierte ihn sichtlich.

»Sie wollen doch mit mir zu Abend essen, oder?«

»Ich hatte eigentlich vor, mir mit den Mäusen in meinem Zimmer ein Stück Käse zu teilen.«

Er grinste. »Sie hören sich an wie Aschenputtel. Dabei lade ich Sie doch nur zu Ihrem Geburtstag zum Essen ein.«

»Nein, Markus, genau wie Aschenputtel habe ich absolut

nichts Schönes, das ich anziehen könnte. Bitte, Sie brauchen das nicht zu tun.«

»Das weiß ich. Es ist eine rein egoistische Entscheidung: Ich möchte Sie wiedersehen, allerdings nicht in einem überfüllten Lokal oder auf der Straße. Außerdem muss ich Ihnen weitere Dinge über Calvados beibringen, und dort, wo ich mit Ihnen hingehen möchte, gibt es den besten. Das wird mein Geschenk an Sie sein. Ein Glas Calvados im Hotel Ritz.«

»Das Ritz?«, wiederholte sie schockiert. Das Herzstück der deutschen Regierung in Paris! Das SOE würde begeistert sein.

»Ich weiß zwar nicht, ob Sie vor Kälte oder vor Freude zittern, aber ich glaube, Sie müssen jetzt nach Hause«, sagte er freundlich.

»Wir sind ja schon da«, erwiderte Lisette und blickte an dem weiß verputzten dreistöckigen Gebäude hinauf, vor dem sie standen. »Ich wohne ganz oben.« Sie zeigte auf ihre Wohnung. »Das da ist mein Balkon.«

»Sie haben sicher eine fantastische Aussicht über Paris.«

»An manchen Abenden ist es anstrengend, hier heraufzulaufen, doch der Blick belohnt einen für alles. Danke, dass Sie mich nach Hause gebracht haben. Kommen Sie alleine klar?«

Er lachte laut. »Ich bin Soldat und habe Russland überlebt. Ich glaube, ich finde den Weg zurück in mein komfortables Hotel.«

»Ja, Entschuldigung. Sie machen mich nervös.«

Er grinste. »Dann wollen wir Sie mal noch sicher hineinbringen, Mademoiselle Lisette. Danke für den heutigen Abend, und machen Sie sich keine Gedanken wegen Montag. Ich kümmere mich um alles. Sie müssen die Einladung nur annehmen.«

»In Ordnung.«

Er beugte sich vor und küsste sie sanft auf jede Wange, wobei seine Bartstoppeln leicht über ihre Haut kratzten. Es überraschte Lisette, wie verführerisch diese flüchtige Berührung war. Sie spürte, dass er sie lieber richtig geküsst hätte – aber noch musste sie ihn auf Abstand halten.

»Gute Nacht, Markus.«

»*Bonne nuit*, Lisette.«

Sie spürte seine Blicke im Rücken, als sie den kleinen Weg zur Eingangstür entlangging. An der Tür drehte sie sich um und winkte ihm zu, dann rannte sie hastig die Treppe hinauf zu ihrer Wohnung. Als sie aus dem Fenster spähte, stand er immer noch da. Sie sah ein Streichholz aufflammen, kurz darauf glühte die Spitze einer Zigarette hell auf, als er daran zog. Sein markantes, attraktives Gesicht war für einen Moment deutlich zu erkennen.

Schließlich drehte sich Oberst Markus Kilian um und verschwand in der Dunkelheit der nächtlichen Sperrstunde. Zitternd schrieb Lisette ihre Nachricht auf ein Zigarettenpapier. Sie würde es morgen sofort weitergeben, damit London wusste, dass die Mission der Lerche angelaufen war.

23

Walter Eichel wirkte nicht überrascht, als er von Lisettes Geburtstagsverabredung mit dem Oberst erfuhr. »Ich glaube, er war vom ersten Moment an von dir fasziniert«, sagte er.

Lisette errötete. »Ich bedauere auch nicht gerade, dass ich dich mit ihm angetroffen habe. Ich wollte nur sichergehen, dass du nichts dagegen hast.«

»Nein, mein liebes Kind. Ich freue mich. Kilian mag in Ungnade gefallen sein, aber insgeheim bewundere ich ihn. Er hat die Strafe für viele andere auf sich genommen, die den Befehl ebenfalls nicht befolgt haben.«

Sie runzelte die Stirn. »Ich weiß gar nicht, was ich im Ritz anziehen soll.«

Ihr Onkel lächelte. »Du könntest einen Sack tragen, und trotzdem würden dich alle Frauen beneiden. Nimm dir als Geschenk von mir einen Tag frei.«

Freudig küsste sie ihren Patenonkel. »Danke, Walter.«

Am Nachmittag ihres Geburtstags, sie war gerade dabei sich fertigzumachen, klopfte es auf einmal an ihrer Tür. Sie erstarrte, weil sie gerade ihr einziges Kleid vor sich gehalten und sich im Spiegel gemustert hatte.

Sie konnte sich nirgendwo verstecken, aber es gab auch nichts zu verbergen, da war sie sich sicher. Hektisch blickte sie sich um und suchte nach etwas Verräterischem. Am Morgen nach dem Treffen mit Kilian hatte sie es so eilig gehabt, ihre Informationen loszuwerden, dass sie unter den ersten Gästen des Cafés in der

Rue Pergolese war. Sofort hatte sie ihre verschlüsselte Botschaft in die Zeitung geklebt. *Die Lerche hat ihr Nest gebaut.* Jetzt brauchte Playboy die Nachricht nur noch mitzunehmen und nach London zu übermitteln.

Mittlerweile war das SOE sicher schon im Bilde. Erneut klopfte es an der Tür. Nur wenige Personen wussten, wo sie wohnte, deshalb konnte sie sich nicht vorstellen, wer sie um drei Uhr nachmittags besuchen wollte. Vielleicht schickte ihr Walter ein Geburtstagsgeschenk?

Lisette öffnete die Tür, und sofort schnürte panische Angst ihr die Kehle zu. Sie ließ sich jedoch nichts anmerken und lächelte freundlich. Vor ihr stand ein Mann in der vertrauten grünen Uniform der Wehrmacht. Er war jung und trug auf Hochglanz polierte Stiefel, sein sommersprossiges Gesicht war rosig und sauber.

»Ja?« Sie räusperte sich. »Sie wünschen?«

»Ich bin Feldwebel Otto Freyberg vom Ministerium. Ich arbeite für Oberst Kilian.«

»Markus«, flüsterte sie erleichtert.

Er blinzelte verwirrt, als sie seinen Vorgesetzten beim Vornamen nannte. »Sind Sie Mademoiselle Lisette Forestier?«

»Ja. Ist etwas nicht in Ordnung?«

»Oberst Kilian hat mich gebeten, Ihnen dies hier zu bringen, *mademoiselle*«, erwiderte er.

Erst da bemerkte sie die Schachtel und die Tüte, die er in der Hand hielt.

»Oh … was ist das?«

»Ich bin nur der Bote«, erwiderte er ernst.

Sie nickte verwirrt. »Danke, Feldwebel Freyberg.«

Polternd ging er die Treppe wieder hinunter.

Ihre Nachbarin trat aus der Wohnung und blickte zu ihr herüber. »Ist alles in Ordnung, Lisette?«

»Ja, Sylvie. Es tut mir leid, wenn ich dich gestört habe.«

Lisette nahm an, dass ihre neue Nachbarin Schicht arbeitete, da sie einmal erwähnt hatte, dass sie sich bei der Telefonzentrale vorstellen wollte. Sie war eine hübsche Frau mit großzügigem Lächeln und geheimnisvollen, dunklen Augen. Sie verstanden sich gut, aber für Lisettes Geschmack war Sylvie ein wenig zu neugierig.

»Nein, das war ein Glück«, antwortete Sylvie gähnend. »Ich musste sowieso aufstehen.«

Lisette winkte ihr zu und ging wieder hinein. In der Tüte war ein schwerer Gegenstand, und als sie hineinblickte, keuchte sie leise auf. Es war unverkennbar die weiße Schachtel von Chanel No. 5. Eigentlich waren es sogar zwei Chanel-Schachteln, aber sie traute sich nicht, die andere anzufassen, sondern stand nur da und betrachtete fassungslos das Geschenk. Es dauerte eine ganze Weile, bis sie begriff, dass es tatsächlich für sie war.

Schließlich nahm sie beide Schachteln aus der schlichten braunen Papiertüte, als ob sie einen Schatz bergen würde. Die erste enthielt den viereckigen Parfümflakon, der sie an ihre Kindheit erinnerte. Einmal hatte ihre Mutter ihr in einer Parfümerie den Duft gezeigt und ihr erklärt, dass sie ihn nehmen solle, wenn sie erwachsen sei. Sie hatte ihr sogar einen Tropfen aufs Handgelenk getupft. Wie im Traum öffnete Lisette den schwarzen Deckel und inhalierte den Duft der bernsteinfarbenen Flüssigkeit. Er versetzte sie sofort in ihre Kindheit zurück, in glücklichere Zeiten, als das ansteckende Lachen ihrer Mutter noch durchs Haus schallte.

Unwillkürlich musste sie lächeln. Der Inhalt der zweiten Schachtel war sogar noch unglaublicher. Seife! Wachsweiß und so exquisit duftend, dass sie völlig hingerissen daran schnupperte. Sie wagte sich nicht vorzustellen, was Kilian dafür bezahlt hatte.

Ihr Blick wanderte zu der einfachen weißen Schachtel. Sie hatte eine Vermutung, was sie enthielt. Fünf Minuten kämpfte sie mit sich, bis sie endlich den Mut fand, den Deckel anzuheben. Wenn Kilian mich mit Geschenken überschütten will … dann soll er es eben tun, dachte sie. London wollte, dass sie seine Gefährtin wurde, und das bedeutete auch, dass sie seine Geschenke akzeptieren musste, ganz gleich, wie korrupt sie sich vorkam, weil zur gleichen Zeit in Paris Menschen verhungerten.

Natürlich war es kein gewöhnliches Kleid, sondern ein Abendkleid. Es war so unglaublich schön, dass Lisette zunächst einen Schritt zurückwich, weil sie sich nicht überwinden konnte, es zu berühren. Aber dann streckte sie doch die Hand nach dem schwarzen Seidenchiffon aus und nahm das Kleid aus der Schachtel heraus. Das Seidenfutter raschelte, als sich der Stoff entfaltete. Hingerissen betrachtete sie den Schnitt – Coco Chanel hätte es nicht besser machen können: ein breites Nackenband, das ihre Schultern betonte, ein leicht angerüschtes Mieder, das ihre Büste eng umschloss. Ganz schlicht, schwarz wie die Nacht, sehr elegant und zweifellos atemberaubend teuer. Darin werde ich viel Haut zeigen, dachte Lisette. In solchen Kleidern erschienen Filmstars zu einer Premiere. Dazu gehörte eine durchsichtige Stola, die vermutlich ebenfalls ein kleines Vermögen gekostet hatte.

Kilian will, dass ich es für ihn trage, sagte sie sich, doch ihre Gedanken überschlugen sich. Sie legte das Kleid auf ihr Bett und setzte sich benommen auf die Bettkante. Was sollte sie tun? Was würde Buckmaster ihr raten? Was würde Vera sagen? Eigentlich wusste sie es bereits. Lisette nickte. Sie spielte jetzt eine Rolle. Ihre Auftraggeber verließen sich darauf, dass sie die Vorstellung ihres Lebens gab, weil sie damit vielleicht Menschenleben retten konnte.

Also würde sie Kilians Kleid tragen, und sie würde auch sein

Parfüm auflegen – beides fiel ihr nicht schwer. Sie würde ihm erlauben, ihr Liebhaber zu werden, weil das von ihr erwartet wurde. Andere riskierten täglich ihr Leben, indem sie Botschaften morsten oder gemeinsam mit dem Maquis kämpften – andere wie sie mussten eben ihre weiblichen Attribute einsetzen.

Entschlossen ergriff Lisette die Seife und trat in die kleine Kabine, die ihr als Badezimmer diente.

Kilian war den ganzen Montag über unruhig gewesen. Er wusste warum, war jedoch entschlossen, es nicht zuzulassen. Es würde bald genug neunzehn Uhr werden. In der Zwischenzeit hatte er noch einen Termin mit der Kirche wegen der Feierlichkeiten zu Pfingsten. Er versuchte, nicht zu viel über seine frustrierende Tätigkeit nachzudenken. Schließlich hatte er sich das selbst zuzuschreiben. Vielleicht würde er ja bei den Männern der Kirche Antworten auf seine Zweifel über den Krieg finden.

Er wusste, dass zahlreiche Priester nachts nicht schlafen konnten, weil ihr Gewissen sie plagte. Wie er suchten auch sie nach Wegen, um gegen die Grausamkeiten anzukämpfen, die unschuldige Menschen erleiden mussten. Aber auf jeden Mann, der Widerstand leistete, kamen neun andere, die dem Regime treu ergeben waren, und eine überraschend hohe Zahl von Priestern unterstützte die Vernichtung der Juden, der Roma, der Homosexuellen sowie der körperlich und geistig Behinderten.

Kilian schüttelte den Kopf, um auf andere Gedanken zu kommen, und griff nach einem Blatt Papier. Ohne darüber nachzudenken, begann er einen Brief an Ilse zu schreiben, jene Frau, die er vor sechs Jahren in Deutschland zurückgelassen hatte. Nur einmal hatten sie sich seither geschrieben, im ersten Kriegsjahr. Ihr Brief hatte zögerlich geklungen und nur wenig enthüllt. Trotzdem hatte er sich gefreut, von ihr zu hören. Er spürte eine unterschwellige Traurigkeit in ihren Worten, als sie ihm alles Gute wünschte. Wenn er aus dem Krieg zurückkomme, hatte sie vorgeschlagen, solle er sie besuchen.

Mit einem Mal empfand er es als Erleichterung, Ilse zu schreiben. Er teilte ihr alles mit, was ihm auf der Seele lastete. Allerdings fragte er sich unwillkürlich, ob der Brief sie jemals erreichen würde. Seine Post wurde bestimmt gelesen und konnte konfisziert werden. Anfangs dachte er, es würde nur ein kurzer Brief, aber dann füllte er mehrere Seiten in seiner ordentlichen, kleinen Handschrift. Es überraschte ihn nicht, als sich auch Lisette Forestier in seine Zeilen einschlich. Er schrieb Ilse, er glaube, die perfekte Übersetzerin gefunden zu haben, und er hoffe, von jetzt an wesentlich besser und detaillierter mit den Franzosen kommunizieren zu können. Am Ende stellte er fest, dass er einfach nur seine Gedanken in Worte gefasst hatte, und er fragte sich, ob er den Brief überhaupt abschicken sollte. Trotzdem schrieb er die Adresse auf den Umschlag und steckte den Brief hinein, mit der Absicht, ihn irgendwann abzusenden. Wieder wanderten seine Gedanken zu der jungen Frau, die vor zwei Tagen so überraschend in sein Leben getreten war.

Vielleicht hatte es ja an Lisettes Jugend gelegen. Oder an der Tatsache, dass sie ihm gegenüber so seltsam gleichgültig war. Sie hatte sich nicht wie die meisten Frauen sofort darum bemüht, seine Aufmerksamkeit zu erringen, sondern sich wesentlich mehr um ihren Patenonkel gekümmert.

In jener Nacht hatte er nicht gut geschlafen, weil er ständig an die kühle junge Frau mit den dunklen Haaren und den dunkelblauen Augen denken musste. Bestimmte Züge an ihr spiegelten ihre deutsche Herkunft wider, vor allem ihre Zurückhaltung, aber das wurde durch die eher französischen Eigenarten gemildert – etwa eine gewisse romantische Tendenz zum Flirten. Er fand sie einfach nur bezaubernd. Zu lange war es her, dass

Markus Kilian eine Frau geküsst oder die Sicherheit einer echten Umarmung gespürt hatte.

Nachdem er seinen Feldwebel mit den Geschenken zu ihr geschickt hatte, begann er sich zu fragen, ob seine Spontaneität nicht voreilig gewesen war. Würde er sie damit verschrecken? Beleidigen? Hatte er ihren Geschmack nicht richtig getroffen … oder drängte er ihr am Ende seinen eigenen auf? Aufgewühlt ging er durch den Tag, redete mit so wenigen Leuten wie möglich, aß nichts und trank nur ab und zu einen Schluck Wasser. Doch dann ereignete sich etwas so Alarmierendes und Aufregendes, dass er aus seiner Erstarrung gerissen wurde. Als er von dem Termin mit den Klerikern zurückkam, wartete ein Oberstleutnant auf ihn, der sagte, er sei auf der Durchreise und bringe ihm Nachrichten von der Front.

»Entschuldigen Sie, habe ich Sie warten lassen?«, fragte Kilian, der ohne Sekretärin keine Ahnung hatte, wer der Gast war.

»Keineswegs, Herr Oberst. Ich komme unangekündigt und bin froh, Sie überhaupt erwischt zu haben«, erwiderte der Mann namens Meister liebenswürdig.

»Und Sie gehören zu von Tresckow?«

»In der Tat. Kennen Sie ihn?«

»Ich bin ihm bisher zweimal begegnet. Ein guter Mann.«

»Ja, das ist er«, erwiderte Meister.

»Sind Sie auf dem Weg nach Berlin?«, fragte Kilian. »Oder bleiben Sie ein paar Tage in Paris?«

»Ich komme gerade aus Berlin und bin für meine Vorgesetzten in geschäftlichen Angelegenheiten hier unterwegs. Morgen fahre ich zurück in den Osten.«

»Das tut mir leid«, sagte Kilian.

»Und immer noch sagen Sie diese Worte voller Sehnsucht, Oberst Kilian. Ich bin sicher, Sie vermissen Ihre Männer.«

»Selbstverständlich. Darf ich Ihnen etwas anbieten?« Kilian

blickte auf die Uhr. Zu früh für einen Cognac. »Einen Kaffee, vielleicht?«

Meister lächelte. »Danke. Vielleicht können wir ein wenig spazieren gehen, Oberst? Das Wetter ist wunderbar.«

Kilian runzelte die Stirn. Der Mann aus Berlin, der keinen Grund für seinen Besuch hatte, machte ihn neugierig. Vielleicht war Meister ein Spion, der einschätzen sollte, ob man ihm eine verantwortungsvollere Position geben konnte.

Der Gast erhob sich. »Sollen wir?«

Ab da war sich Kilian sicher, dass Meister ungestört mit ihm reden wollte. Als sie vor dem Gebäude standen, änderte sich Meisters Verhalten tatsächlich.

»Verzeihen Sie, Herr Oberst, Sie haben sicher gemerkt, dass ich unter vier Augen mit Ihnen sprechen wollte.«

»Ja.«

Kilian folgte ihm zu den Tuilerien. Es war ein sonniger Tag, und er hoffte, dass das milde Wetter noch bis zum Abend anhielt.

Meister führte ihn zu einer einsamen Bank, und nachdem er sich verstohlen umgeschaut hatte, sagte er leise: »General Friedrich Olbricht und Oberst von Tresckow haben mich zu diesem Besuch veranlasst.«

Damit hatte Kilian überhaupt nicht gerechnet, und der Schock stand ihm ins Gesicht geschrieben.

»Sie sollten jetzt wohl besser lachen, als ob ich einen Witz gemacht hätte, Oberst. Die Gestapo ist überall.«

Kilian tat, als schmunzelte er, und lehnte sich auf der Bank zurück.

Auch Meister lächelte. »Hier, Herr Oberst.« Er legte die Zeitung ab, die er unter dem Arm trug. »Darin befindet sich der Beweis, dass ich die Wahrheit sage. General Olbricht hat die Notiz selbst geschrieben. Er sagte, Sie kennen seine Unterschrift.«

Beiläufig ergriff Kilian die Zeitung und schlug sie auf. Sein

Begleiter deutete auf eine Seite, damit der Eindruck entstand, sie würden sich über einen Artikel unterhalten, aber in Wirklichkeit überflog Kilian die handgeschriebene Notiz im Innern. Danach nahm Meister die Zeitung wieder an sich und faltete sie sorgfältig zusammen.

»Entschuldigen Sie, aber wir können nicht vorsichtig genug sein. Sie werden von höchster Stelle unterstützt, Herr Oberst, und mir wurde versichert, dass auch Sie eine Veränderung wollen.«

Kilian grinste ohne echte Freude.

»War das ein Ja, Oberst?«

»Ja, das war es.« Kilian zog eine Schachtel Zigaretten heraus. Er rauchte nicht oft, meistens um seinen Männern Gesellschaft zu leisten oder wenn er erschüttert war. Er bot seinem Begleiter eine an und gab ihm und sich selbst Feuer.

»Der General bittet Sie darum, mir zu vertrauen. Ich komme direkt von ihm aus Berlin.«

»Reden Sie weiter«, sagte Kilian und zog an seiner Zigarette. Mit gemischten Gefühlen lauschte er Meisters Ausführung zu dem Plan, Hitler zu ermorden. Als der Oberstleutnant fertig war, starrte Kilian ihn an und versuchte, seinen Schock zu verbergen. »Meinen Sie das ernst?«

»Der Plan ist schon recht weit fortgeschritten.«

Es war so wagemutig wie gefährlich. Kilian wünschte fast, er könne die Bombe in der Wolfsschanze selbst zünden.

»Warum erzählen Sie mir das? Ich bin nicht in der Position, Ihnen helfen zu können«, sagte er.

»Weil wir wissen, dass Sie genauso wie wir das Vorgehen des Führers unmoralisch, ungesetzlich und schrecklich finden.« Meisters Stimme wurde noch leiser, und er verbarg seinen Mund hinter der Hand, um an seiner Zigarette zu ziehen.

Kilian nickte stumm.

»Ihn einzusperren reicht nicht aus. Er muss getötet werden, damit wir mit den Alliierten einen Waffenstillstand aushandeln können.«

Kilian verzog keine Miene. »Und?«

»Sind Sie dabei, Herr Oberst?«

»Sie würden gewiss nicht dieses Gespräch mit mir führen, wenn Sie die Antwort nicht längst wüssten.«

Diesmal nickte Meister. »Wir wissen, was Sie aufgegeben haben.«

»Welchen Nutzen habe ich hier in Paris für die Generäle?«

»Wenn die Tat vollbracht ist, brauchen wir an den entscheidenden Stellen treue Anhänger. Die Soldaten werden sich an Sie halten, und wir brauchen einen Mann, der die Sprache der Wehrmacht versteht. Paris muss abgesichert sein.«

Kilian nickte. »Auf wen kann ich sonst noch zählen?«

»Das werden Sie in Kürze erfahren. Zunächst brauchen wir Ihr Einverständnis.«

»Das haben Sie … wenn es sein muss in Blut.«

»Ich hoffe, dazu wird es nicht kommen.« Meister erhob sich. Sie schüttelten sich die Hände wie zwei alte Freunde, die sich verabschieden. »Wann?«

»Bald. Wahrscheinlich im Sommer, nach den gescheiterten Versuchen letzten Winter. Sie werden demnächst Nachricht erhalten. Vertrauen Sie nur jenen, die ich erwähnt habe, sonst niemandem.« Meister lachte, als hätte Kilian gerade etwas Amüsantes gesagt. »Ich würde mich freuen, Oberst Kilian, wenn wir beim nächsten Mal darauf trinken könnten«, sagte er und wandte sich zum Gehen.

»Viel Glück, Meister«, erwiderte Kilian. Dann ging er leichten Schrittes in sein Hotel, um sich für das Abendessen im Ritz zu baden und zu rasieren.

24

Das Auto, das sie abholte, war ziemlich groß, und Lisette war froh, als sie endlich aus der Nachbarschaft heraus waren. Man konnte es nicht gerade als unauffällig bezeichnen, und zahlreiche Bewohner von Montmartre, einschließlich ihrer Nachbarin Sylvie, sahen stirnrunzelnd zu, wie sie in den schwarzen Wagen mit der hässlichen Hakenkreuzfahne am Kühler stieg. Sie war dankbar, dass sie über dem wunderschönen Kleid ihren Alltagsmantel trug.

Das ist keine Verabredung, sondern eine Mission, sagte sie sich in Gedanken immer wieder. Ihre Wangen brannten, als sie den Hügel hinab und durch das erste Arrondissement im Zentrum der Stadt fuhren. Hier stand der Louvre, umgeben von den Tuilerien, hier führte die Champs-Élysées schnurgerade bis zum Arc de Triomphe. Lisettes Ziel, das berühmte Hotel Ritz, stand auf dem größten, prächtigsten Platz der ganzen Stadt – der Place Vendôme.

Eine Minute nach sieben fuhr der Wagen vor, und der Chauffeur stieg aus, um Lisette die Tür zu öffnen.

»Auf in den Kampf«, flüsterte Lisette, als sie vorsichtig in ihren neuen schwarzen Pumps ausstieg. Sie zog die durchsichtige Stola enger um die Schultern und trat auf die Türen des Hotels zu, die ihr der Portier bereits aufhielt.

»Ihr Mantel, *mademoiselle*?«, fragte der Fahrer.

Sie wandte sich zu ihm. »Darf ich ihn im Wagen lassen?«

»Selbstverständlich. Der Fahrer ist möglicherweise ein anderer, aber der Wagen bleibt derselbe.«

»Danke«, hauchte sie. An eine solche Behandlung musste sie sich erst einmal gewöhnen. So anmutig wie möglich schwebte sie ins Foyer, wo Markus Kilian sie auf einem königsblauen Teppich bereits erwartete. Auch die Möbel in der Eingangshalle waren vergoldet. Riesige Spiegel schimmerten im Licht der Lampen, und statt Blumen standen überall große Kübel mit Grünpflanzen. Es war warm hier drinnen, und Kilians Lächeln strahlte zusätzlich Wärme aus.

Lisette holte tief Luft. Er hatte im Les Deux Magots schon gut ausgesehen, aber heute Abend wirkte er irgendwie noch größer und breiter, sein Kinn war entschlossener, und seine Augen funkelten. In wenigen Sekunden nahm sie alles auf, von seiner graugrünen Uniform bis zu der vergoldeten Uhr auf dem Kaminsims hinter ihm. Auch seine Augen hatten sich verändert. Sie waren jetzt nicht mehr hellblau, sondern stahlgrau.

Kilian lächelte immer noch. Er sieht wirklich zu gut aus, dachte sie. Und er wirkte irgendwie nervös. Ihretwegen? Nein, er war es sicher gewöhnt, dass die Frauen ihm zu Füßen lagen. Es musste etwas anderes sein, etwas, das ihm gefiel.

»Lisette …« Er sprach den Satz nicht zu Ende.

»Guten Abend, Markus.« Sein Zögern machte sie nervös, und ihr Lächeln erlosch ein wenig. »Stimmt etwas nicht?«

»Nein, bitte, verzeihen Sie mir.« Er strahlte sie an. »Sie sind wunderschön.«

Verlegen senkte sie den Blick, und das Herz schlug ihr auf einmal bis zum Hals. Heute war ein entscheidender Abend. Wenn er so verlief, wie sie es hoffte, dann hatte sie die wichtigste Phase ihrer Mission eingeläutet.

»Ich fühle mich geehrt, dass Sie das Kleid tragen, ich habe es aus einer Laune heraus gekauft.« Sichtlich beeindruckt blickte er sie an.

»Etwas so Schönes habe ich noch nie besessen. Ich weiß gar

nicht, wie ich Ihnen danken soll. Ich musste es einfach anziehen.«

»Es steht Ihnen ganz wunderbar. Kommen Sie, ich hoffe, Sie haben Hunger.« Er bot ihr seinen Arm.

»Ob ich Hunger habe?«, flüsterte sie. »Ganz Paris hungert, mit Ausnahme der Menschen, die hier sind.«

Er lachte verlegen. »Entschuldigung, das war eine dumme Frage. Sollen wir direkt zu unserem Tisch gehen?«

»Wie Sie wünschen.«

»Ich wünsche mir, Sie ganz für mich zu haben und Sie nicht mit den anderen Offizieren teilen zu müssen, die Sie bereits mit den Augen verschlingen.« Er blickte sich im Foyer um. »Morgen wird die ganze Stadt etwas zu reden haben.«

»Dann wollen wir ihnen mal allen Grund dazu geben«, sagte sie und warf ihm ein gefährliches Lächeln zu.

Die Gäste des L'Espadon waren vor allem deutsche Offiziere, hauptsächlich von der Luftwaffe, und die elegante Elite von Paris. Lisette spürte die Blicke der anderen Frauen auf sich, aber sie widerstand dem Drang, sie dabei zu ertappen. Stattdessen plauderte sie liebenswürdig und geistreich mit ihrem Begleiter. Sie sprachen von ihrer Kindheit, von ihren Eltern und davon, wie unterschiedlich sie aufgewachsen waren.

Lisette staunte über den Fliederbaum, der mitten im Raum stand. Im Frühling musste seine Farbe prächtig sein, sicher erfüllte er dann mit seinem Duft das ganze Lokal. Um den knorrigen Stamm herum waren Nischen gebaut worden, und Lisette fiel bei dem Anblick unwillkürlich das Wort opulent ein.

Einige der anderen Gäste hatten sie während des Essens unterbrochen, und Kilian hatte sie jedes Mal höflich als Walter Eichels Patenkind vorgestellt. Lisette merkte sofort, dass sie daraufhin anders angesehen wurde. Walters Name hatte bei diesen Leuten Gewicht, und sie konnte nur hoffen, dass ihre Mission seinem Ruf nicht schadete. Auch einige Frauen waren am Tisch stehen geblieben, hatten mit ihrem Begleiter geplaudert und ihn zur Begrüßung und zum Abschied geküsst. Machten sie das absichtlich? Ihr war es egal.

Dann jedoch führte der Maître d' unter gemurmelten Entschuldigungen einen Herrn an ihren Tisch, dem sie nicht vorgestellt wurde.

»Oberst Kilian?«, sagte der Uniformierte und verneigte sich respektvoll.

»Ja?« Kilian blickte auf.

»Verzeihen Sie mir, dass ich Sie beim Essen störe. Ich habe mir erlaubt, ein paar Anrufe zu tätigen, um Sie hier zu finden, Oberst. Ich habe eine Nachricht von General Stülpnagel für Sie.« Der Mann öffnete eine kleine Ledermappe und zog einen Umschlag heraus. »Ich bin sein Adjutant.«

General Stülpnagel! Lisette konnte sich nicht vorstellen, in welcher Verbindung der Militärkommandant von Paris zu Kilians Büro stand. Die beiden kannten sich höchstens flüchtig, oder? Dann fiel ihr ein, dass sie beide früher als Offiziere an der Front gewesen waren und jetzt Verwaltungspositionen weit entfernt von Berlin innehatten. Beide Männer stammten aus guten preußischen Familien mit stolzem militärischem Erbe. Vielleicht waren ihre Familien ja befreundet? Sie setzte eine ausdruckslose Miene auf, versuchte aber jedes Detail der Unterhaltung und von Kilians Körpersprache aufzunehmen.

»Könnten Sie die Nachricht bitte an mein Büro schicken? Ich schaue sie mir gleich morgen früh an.«

»Der General bedauert die Unannehmlichkeiten. Ich glaube, es geht um die hohen kirchlichen Feiertage. Er ist zurzeit sehr beschäftigt, aber morgen hat er eine Lücke in seinem Terminplan, und er hofft, dass Sie diese wahrnehmen können. Deshalb hat er mich um diese Uhrzeit hierhergeschickt.«

Es war schwer zu sagen, ob der Mann log, aber es konnte gut sein. Kilian schien sich über die späte Nachricht jedenfalls zu wundern … er wirkte vielleicht sogar ein wenig misstrauisch.

»Ich lese sie später, danke«, sagte er nur.

Der Adjutant nickte und schloss die Mappe. »Der General erwartet Sie dann also morgen früh, Oberst.« Er salutierte, und Kilian erwiderte seinen Gruß lässig, wobei er sich schon wieder seiner Begleiterin zuwandte.

Lisette blickte dem Mann nach. Es schien alles normal zu sein, schließlich war Krieg, aber sie war nicht erfahren genug, um beurteilen zu können, wie ungewöhnlich es war, den Oberst bei einem gesellschaftlichen Anlass zu stören. Kilians Zögern ließ den Schluss zu, dass es durchaus merkwürdig war … vielleicht ein unerwarteter Kontakt?

Kilian schüttelte den Kopf. »Entschuldigung, dass wir schon wieder gestört worden sind.«

»Es klang sehr wichtig«, erwiderte sie.

»Ehrlich gesagt habe ich keine Ahnung, worum es geht. Aber ich werde es ja bald herausfinden.« Er steckte den Umschlag in die Tasche, und sie spürte, dass er log.

»Wie gut kennen Sie General Stülpnagel?«, fragte sie beiläufig.

»Warum um alles in der Welt sollte Sie das interessieren? Liebe Lisette, Sie brauchen kein Interesse an meiner Arbeit zu heucheln.«

»Ich heuchele nichts«, erwiderte sie. »Er ist ein wichtiger Mann in Paris. Außerdem finde ich alles interessant, was Sie sagen. Wissen Sie, ich bin es nicht gewöhnt, in solchen Kreisen zu verkehren.«

Er lächelte. »Ihre Bescheidenheit ist bezaubernd, Lisette, aber ich vermute, Sie sind auf jedem Parkett sicher.«

»Ich hoffe, das soll ein Kompliment sein«, sagte sie und trank einen Schluck Wein.

»Da können Sie sicher sein. Sie würden jede Tafel mit Ihrer Anwesenheit schmücken. Und um Ihre Frage zu beantworten: Ich bin ihm bisher nur ein- oder zweimal bei offiziellen Anlässen begegnet.«

Offensichtlich wollte Kilian nicht über Stülpnagel reden, doch die Versuchung, etwas über die höchste Autorität in Paris zu erfahren, war zu groß. »Wie überschneiden sich Ihre Arbeitsbereiche?«

»Das werde ich zweifellos morgen herausfinden.«

Das Thema schien Kilian zu langweilen, und sie konnte ihm nichts mehr entlocken. Also versuchte Lisette es mit einem anderen Ansatz. »Ich glaube, Walter kennt ihn. Er hat den General einmal als äußerst moralischen Mann beschrieben.«

»Ich hoffe doch, das sind wir alle.«

»In Kriegszeiten steht das bei so manchem Sterblichen in Frage«, erwiderte sie provozierend.

Er riss die Augen auf. »Diskutieren wir jetzt beim Abendessen über Philosophie?«

Ihr Trick hatte nicht funktioniert. Er war entschlossen, nichts preiszugeben.

»Später vielleicht. Ich gebe ja zu, das Thema ist öde. Wir sollten besser darüber reden, wie beliebt Sie sind. Der Herr war bereits der sechste Gast an unserem Tisch … und vier davon waren Frauen.«

Er lachte entzückt. »Sie haben mitgezählt?« Kopfschüttelnd fuhr er fort: »Die Herrschaften sind vermutlich alle nur neugierig. Die Männer wollen wissen, wer Sie sind, und die Frauen sind wahnsinnig eifersüchtig auf Sie.«

»Weil ich Ihre Gesellschaft genieße?«

»Nein, so habe ich das nicht gemeint. Ich glaube, Sie haben

nicht die geringste Ahnung, wie Sie auf andere wirken.« Er legte seine Hand auf ihre, und sie musste sich zusammennehmen, um sie nicht wegzuziehen. Nicht, weil sie sich ihm entziehen wollte, sondern weil sie sich viel zu sehr zu ihm hingezogen fühlte. Auf dem Papier hatte es sich so angehört, als wäre er alt und berechnend, ein viel gerühmter, herzloser Oberst, der die Karriereleiter emporkletterte. Es war eine Überraschung, dass sie seine Gesellschaft so genoss.

»Wie viele romantische Verbindungen hatten Sie schon, Lisette?«, fragte er unvermittelt, als sie auf den Hauptgang warteten.

»Das ist eine ziemlich persönliche Frage. Wie würden Sie sich denn fühlen, wenn ich sie Ihnen gestellt hätte?«, neckte sie ihn.

»Die wenigen, die zählen, kennen Sie bereits.«

»Was ist mit denen, die nicht zählen?«

»Dutzende«, sagte er spitzbübisch.

»Da kann ich nicht mithalten«, erwiderte sie.

Hungrig blickte sie dem zweiten Gang entgegen, den sie ehrfürchtig und schuldbewusst zugleich betrachtete. Sie glaubte zwar nicht, dass etwas noch besser schmecken könnte als das Kaninchen von eben, aber der exquisite, in Butter gekochte Fisch roch himmlisch.

»Wenn es so wäre, dann wäre ich ehrlich gesagt schockiert.«

»Weil nur Männer viele Geliebte haben dürfen?«

»Nein, weil Sie halb so alt sind wie ich.«

Sie lachte.

»Also, sagen Sie es mir«, erklärte er. Er legte seine Serviette erneut auf die Knie und griff zum Fischbesteck. »Wie viele?«

»Jene, die zählen, oder im Allgemeinen?«

»Erstere«, erwiderte er. »*Bon appétit.*«

»Dann gibt es nur einen.«

»Ah, die verlorene Liebe.«

»Ja, so könnte man es sagen.«

»Was hatte er für einen Beruf?«

»Er war Bauer.«

Kilian blickte sie überrascht an. »Sie kommen mir viel zu kultiviert vor, um Interesse an einem Bauern zu haben.«

»Meine Mutter hat mir beigebracht, nie vorhersagbar zu sein. Ich habe viele Facetten.«

Er grinste. »Das glaube ich gerne. Erzählen Sie mir von Ihrem Bauern.«

»Warum?«

»Weil ich eifersüchtig auf ihn bin. Haben Sie ihn geliebt?«

Sie schüttelte den Kopf. Das war gefährlich und überraschend schmerzhaft. »Ich weiß nicht.«

»Warum nicht?«

»Wir hatten nicht genug Zeit.«

»Wenn er in diesem Moment zur Tür hereinkäme, wie würden Sie sich fühlen?«

»Markus …« Sie warf ihm einen mahnenden Blick zu.

»Ach, kommen Sie, Lisette. Das Leben ist zu kurz für belanglose Plaudereien. Ich will provokante Gespräche führen und erfahren, was hinter Ihrer beherrschten Fassade steckt.«

Sie bewunderte seine Energie. »Ich weiß nicht, was ich zu ihm sagen würde, wahrscheinlich würde ich mich verliebt fühlen«, gab sie aufrichtig zu. Sie musste sich besser auf ihre Mission konzentrieren, doch Kilian war viel zu charmant. Luc, an den sie jeden Tag dachte, war auf einmal ganz weit weg.

»Was würden Sie dann zu mir sagen? Schließlich sitze ich Ihnen gegenüber und beobachte Sie.«

Sie lachte. »Na gut. Jetzt necken Sie mich.«

»Ertappt. Was hat er angebaut?«

Sie zögerte. Bleib nahe an der Wahrheit, hatte das SOE ihr beigebracht. »Lavendel … äh, unter anderem.«

»Lavendel? In Straßburg?«

Ihr erster Fehler. »Nein, natürlich nicht. Es war eine Sommerromanze vor dem Krieg. Ich war sechzehn und mit meinen Eltern in der Provence. Ich habe ihn kennen gelernt, und kurz darauf sind wir schon wieder abgereist.«

»Wie lange waren Sie zusammen?«

Sie wollte schon sagen, den Sommer über, aber etwas in ihr zwang sie, aufrichtig zu sein. »Nur einen oder zwei Tage.«

Ihr Gegenüber blickte sie überrascht an. »Das ging aber schnell.«

»Ich glaube, wenn man sich in jemanden verliebt, passiert das von Anfang an.«

Kilian schluckte seinen Bissen herunter. »Lassen Sie den Fisch nicht kalt werden. Sie glauben also nicht daran, dass sich die Liebe zwischen zwei Menschen entwickeln kann?«

»Ich glaube, dass die Liebe wachsen kann, wie es sicher in vielen Ehen der Fall ist. Aber ich will eine Liebe mit Schmetterlingen im Bauch und Feuerwerk im Kopf. So habe ich mich jedenfalls gefühlt, als er mich das erste Mal geküsst hat.« Verlegen stocherte sie in ihrem Essen herum. »Ich habe mich geradezu verloren gefühlt in seinem Kuss ... ich habe mich ...«

»Was?«, drängte er und blickte sie an.

»Verloren und zugleich gefunden«, erwiderte sie.

»Ich hasse diesen Mann«, sagte Kilian. »Nein, eigentlich beneide ich ihn.« Dann fragte er: »Er ist Franzose, oder?«

»Natürlich. Das sind die besten Liebhaber, wussten Sie das denn nicht?«

»Nennen Sie mir seinen Namen. Ich lasse ihn jagen und erschießen.«

Sie lachte nervös. »Dann muss ich seinen Namen erst recht bis zu meinem letzten Atemzug verschweigen.«

»Sind Sie wegen ihm zurück in den Süden gegangen?«

Lisette blickte ihn verwirrt an.

»Sie haben neulich gesagt, Sie seien nach Paris zurückgekommen, nachdem Sie Ferien im Süden gemacht hätten.«

»Oh, ja, aber ich bin nicht seinetwegen hingefahren. Das ist lange her.«

»Vielleicht zieht er Sie ja immer noch dorthin?«

Sollte er das ruhig denken, wenn es ihn eifersüchtig machte. »Da haben Sie wahrscheinlich recht.« Es war an der Zeit, das Thema zu wechseln. Sie legte ihr Besteck ab und lehnte sich zurück. »Ich bin an so reichhaltige Mahlzeiten nicht gewöhnt, Markus.« *Markus*. Der Name kam ihr mühelos über die Lippen.

»Ehrlich gesagt, ich auch nicht.« Er erzählte ihr, dass er normalerweise nur sehr wenig aß.

»Das ist bewundernswert.«

»Mir geht es nicht um Bewunderung. Ich tue es ... aus Respekt vor all jenen, die Hunger leiden. Sehen Sie«, sagte er und machte eine Geste, die die prächtige Einrichtung des Restaurants umfasste, »in der Zeit, in der wir zwei Gänge zu uns genommen haben, sind vielleicht hundert deutsche Soldaten gestorben und die gleiche Anzahl an Russen.«

»Oh, das ist furchtbar traurig.«

»Dabei haben Sie heute Geburtstag. Es tut mir leid.«

»Nein, das braucht es nicht. Ich sollte ebenfalls daran denken. Der Hunger und die Kälte sind dann leichter zu ertragen. Wir leben wenigstens noch und haben diese Empfindungen. Zu viele junge Männer sind gestorben.«

Er stützte das Kinn auf die Hand und blickte sie an. »Betrachten Sie sich eigentlich als Französin oder als Deutsche?«

»Keines von beidem. Ich bin eine Frau, mehr nicht. Und ich denke, wenn Frauen die Welt regieren würden, gäbe es keinen Krieg.«

»Da könnten Sie recht haben.«

Sie lächelte wehmütig. »Was ist mit Ihnen? Sind Sie ein guter Nazi, Markus?«

Offensichtlich hatte er diese Frage nicht erwartet. Stirnrunzelnd blickte er auf das weiße Tischtuch. »Lassen Sie uns bitte nicht von Politik reden.«

Sie schluckte. Der heutige Abend … das Kleid … das Parfüm … seine Aufmerksamkeit … das Flirten – es musste etwas dabei herauskommen, sonst würden ihre Schuldgefühle sie überwältigen.

»Warum nicht?«, beharrte sie. Als er aufblickte, lächelte sie ihn leise an. »Ich bin kein kleines Mädchen, das beschützt werden muss. Wir befinden uns in einem entsetzlichen, scheinbar endlosen Krieg. Hier zu sitzen in diesem wunderschönen Kleid, sechs Jahre alten Calvados und echten Kaffee zu trinken, ein üppiges Mahl zu mir zu nehmen …« Ihre Stimme klang ehrfürchtig. »Das ist …«

»Was?«

»Obszön«, beendete sie den Satz.

»Das tut mir leid«, erwiderte er verletzt.

Instinktiv ergriff Lisette seine Hand. Sie war groß und warm, mit kurz geschnittenen, gepflegten Nägeln. Ihre Berührung war sanft und liebevoll. Überrascht, aber auch erfreut erwiderte Kilian den leichten Druck. Einen Herzschlag lang waren sie innig miteinander verbunden.

»Verzeihen Sie mir. Ich habe mich falsch ausgedrückt.« An den anderen Tischen war die Berührung bereits aufgefallen, und er schien es zu verstehen, als sie ihm ihre Hand entzog. »Ich wollte eigentlich eher sagen, dass wir uns nichts vorzumachen brauchen.«

Erneut trafen sich ihre Blicke, und in diesem Augenblick merkte Lisette, dass sie nicht nur wie eine Schauspielerin in eine Rolle schlüpfte. Sie konnte nicht leugnen, dass ihre Wangen brannten und ihr Herz heftig klopfte, genauso wenig wie sie ignorieren konnte, dass sie auf einmal Schmetterlinge im Bauch hatte. Markus Kilian. Deutscher. Oberst der Wehrmacht. Ihr Feind. Nichtsdestotrotz ein ungemein attraktiver Mann, und zwar nicht nur wegen seines guten Aussehens. Er hatte etwas Anständiges und Feines an sich, und ihr gefiel einfach alles an ihm – vom Klang seiner Stimme bis hin zu der leisen Traurigkeit, die ihn umgab.

»Was machen wir uns denn vor?«, fragte er.

Jetzt konnte sie ihn für sich gewinnen. Keine Andeutungen mehr. Sie würde direkt sein.

»Wir sollten nicht so tun, als ob zwischen uns nichts geschieht. Ich bin jung, nicht dumm. Wir wissen beide, was los ist.«

Auch damit hatte er nicht gerechnet, sie sah es an seinem Gesichtsausdruck, an der Überraschung in seinen Augen. Er blickte sie an, und sie hielt den Atem an. Hatte sie das tatsächlich gerade gesagt? Wusste sie eigentlich, an welchem Abgrund sie stand?

»Was genau ist denn los, Lisette?«

Da die Zeit drängte, konnte sie sich den Luxus, ihn zu necken, nicht leisten. Stumm maßen sie sich mit Blicken, und eine Sekunde lang wusste sie nicht, was sie sagen sollte.

»Oberst Kilian, entschuldigen Sie bitte die Störung.«

Blinzelnd sahen sie beide auf.

»Ja?«, sagte Kilian schließlich und wandte sich dem Maître d' zu, der an ihrem Tisch stand.

»Verzeihen Sie«, sagte der Mann in perfektem Deutsch. »Ihr Fahrer ist hier. Sie haben ihn für neun Uhr bestellt.«

»Sagen Sie ihm, er soll warten«, erwiderte Kilian barsch.

»Ja, Herr Oberst.«

»*Merci*«, fügte Lisette hinzu. Sei zu jedem freundlich, hatte man ihr beigebracht. Man wusste nie, wann es einem nützen konnte, außerdem taten gute Manieren nicht weh. »Das Essen war vorzüglich. Das über dem Heu geräucherte Kaninchen hat geschmeckt wie bei meiner Großmutter«, log sie.

Der Mann nickte, und unter dem höflichen Lächeln sah sie ihm an, dass er sich aufrichtig freute. »Danke, *mademoiselle.* Ich werde es an die Küche weitergeben.«

Als sie sich wieder Kilian zuwandte, war sein Blick milder geworden.

»Es ist wundervoll, Ihnen zuzuhören, wenn Sie so mühelos die Sprache wechseln. Das ist noch ein Grund mehr, warum ich Sie in meinem Leben brauche, Lisette. Sie sprechen die richtige Sprache zum richtigen Zeitpunkt.«

»Noch ein Grund? Was ist denn der erste?«

»Darüber können Sie gerne in Ruhe nachdenken. Ich möchte, dass Sie in Erwägung ziehen, für mich zu arbeiten.«

»Sie kennen mich doch kaum.«

»Ich weiß, dass ich Ihnen vertrauen kann.«

Sie schluckte. »Anderen nicht?«

Er lächelte traurig. »Ich habe ja bereits erwähnt, dass ich zu den Lieblingsoffizieren von Berlin gehöre.«

»Aber Sie sind ein loyaler Deutscher.«

»Genau darin liegt das Problem für mich.« Er senkte die Stimme. »Ich bin in der Tat ein loyaler Deutscher, trotzdem bin ich weit davon entfernt, ein loyaler Nazi zu sein.«

Sie beschloss, sich dumm zu stellen. »Ist das nicht ein und dasselbe?«

Er lachte gepresst und schüttelte den Kopf. »Nein. Dazwischen liegen Welten. Es gibt viele gute deutsche Offiziere, die die Ideologie unseres Führers nicht teilen.«

»Warum …?«

»Wieso ich seine Befehle befolge? Weil auch viele gute Leute an der Macht sind. In der Weimarer Republik hatten sie keine Chance, aber Hitler hat sie befördert und ihnen einen neuen Status gegeben. Es ist ein zweischneidiges Schwert. Die richtigen Männer, an der richtigen Stelle …«

»Unter dem falschen Führer?«, fragte sie leise.

Er runzelte die Stirn. »Ich würde für mein Land sterben, vermutlich werde ich das auch. Die Geschichte wird hoffentlich zeigen, dass die Wehrmacht hauptsächlich aus ehrenhaften Offizieren bestand, die Befehle befolgt haben. Diejenigen unter uns, die Befehle missachten, tun dies aus Respekt vor dem menschlichen Leben.« Mit einem Mal klang er verzweifelt und traurig.

»Markus …«, flüsterte sie.

Er schaute sie an, und seine Augen schimmerten im Kerzenlicht. Langsam schüttelte er den Kopf. »Nicht. Das exzellente Essen, der Wein und die gute Zuhörerin haben meine Zunge gelöst. Ich habe viel zu viel preisgegeben. Kommen Sie«, sagte er und erhob sich. »Dies ist kein Gesprächsthema für eine schöne Frau an ihrem Geburtstag. »Kann ich Ihnen noch etwas anbieten?«

Sie schüttelte den Kopf, war aber insgeheim enttäuscht. So offen sprach er möglicherweise nie wieder mit ihr, dabei war sie sich sicher, dass er noch mehr zu erzählen hatte. Markus konnte möglicherweise zu einem Seitenwechsel überredet werden, und sie konnte das Bindeglied werden, statt ihn selbst auszuspionieren. Sollte sie diese Möglichkeit andeuten? Nein! Zuerst musste sie nach London berichten, die Entscheidung musste von dort kommen. Ihre Gedanken überschlugen sich.

»Ich habe Sie jetzt lange genug in Anspruch genommen. Ich will nicht Walters Zorn erregen.«

Sie stand auf und ließ sich von ihm die Stola um die Schultern legen.

»Sagen Sie dem Fahrer bitte, er solle die Heizung für *made-*

moiselle anstellen«, wies er den Maître d' an, der erneut stumm am Tisch stand.

»Sehr wohl, Herr Oberst.«

Kilian begleitete Lisette aus dem prächtig vergoldeten Raum mit der Trompe-l'œil-Decke in blassem Rosa und weichen Goldtönen.

»Begleiten Sie mich nach Hause?«, fragte Lisette.

»Ich glaube nicht, dass es gut für Sie wäre, wenn Sie in Ihrer Nachbarschaft zu oft mit einem deutschen Offizier gesehen werden.«

»Glauben Sie denn, dass Ihr Wagen am frühen Abend am Montmartre unbemerkt geblieben ist? Oder Feldwebel Freyberg, der Ihre Geschenke am helllichten Tag abgeliefert hat?«

Kilian blieb in der Hotellobby stehen. »Da haben Sie natürlich recht. Nächstes Mal müssen wir uns eben etwas einfallen lassen.«

Nächstes Mal.

»Obwohl, ich hätte da noch einen anderen Vorschlag«, sagte er grinsend. »Wie wäre es, wenn Sie mich erst zu meinem Hotel bringen und anschließend mit dem Wagen weiterfahren? Dann sind wir noch ein bisschen länger zusammen.«

»Das klingt gut«, erwiderte sie.

Hatte sie die Kontrolle über die Situation verloren? Sie hatte gehofft, er würde sie bitten, mit ihm die Nacht zu verbringen. Für eine Frau wie sie schickte es sich eigentlich nicht, dazu ja zu sagen, aber Schicklichkeit war ein Luxus, den sie sich nicht leisten konnte. Sie hatte schlicht keine Zeit, sich Gedanken darüber zu machen, was andere denken könnten. Auf einmal wirkte er jedoch so zurückhaltend.

»Bitte, Sie sollen nicht das Gefühl haben, etwas für mich tun zu müssen. Sie haben schon dafür gesorgt, dass ich den wundervollsten Geburtstag seit Jahren hatte – eigentlich seit meinem fünften Geburtstag, als mein Vater mir ein Pony geschenkt hat«, sagte sie. Dabei hatte sie noch nie in ihrem Leben auf einem Pferd gesessen. »Ich werde den heutigen Abend bestimmt nicht vergessen, Markus.«

Er betrachtete sie forschend. »Das hört sich ja fast so an, als ob Sie sich für immer von mir verabschieden wollten, statt mir nur eine gute Nacht zu wünschen, Lisette.«

»Nein … ich …« Ihr verdammtes Zögern. Jetzt lachte er auch noch. »Grinsen Sie nicht so.«

»Mir gefällt es, wenn Sie verlegen sind. Es steht Ihnen ganz hervorragend.«

Sie richtete sich auf und zwang sich zum Lächeln. »Danke für den wundervollen Abend, Markus.«

Sein Grinsen wurde noch breiter, was sie nur wütend machte. Abrupt wandte sie sich zum Gehen, aber er packte sie am Arm und dirigierte sie um die Ecke aus der Halle heraus zu einer kleinen Telefonzelle. Er schob sie hinein und schloss die Tür. Drinnen war die Luft warm und stickig.

»Das wollte ich schon den ganzen Abend lang tun«, sagte er, als er sich zu ihr herunterbeugte, um sie zu küssen.

Es war genau die Reaktion, die sie hatte provozieren wollen – London erwartete das schließlich von ihr –, nur dass sie so leidenschaftlich auf seinen Kuss reagierte, hatte sie nicht erwartet. Er zog sie so dicht an sich, dass sie jeden Zentimeter seines Körpers spüren konnte. Eine Hand lag auf ihrem Rücken, mit der anderen schob er die Stola von ihren Schultern, damit er ihre Schultern und ihren Hals küssen konnte.

Stöhnend machte er sich wieder über ihre Lippen her.

»Markus, hör auf.«

Schwer atmend löste sich Kilian von ihr. »Es tut mir leid. Verzeih mir. Das war nicht richtig von mir, ich …«

»Bring mich in dein Hotel«, drängte sie leise.

»Was?« Wieder überraschte sie ihn. Er starrte sie an. »Bist du dir sicher?«

Sie nickte. »Ich will bei dir sein.«

»Du bist jung und schön, Lisette. Ich sollte es besser wissen.« Irritiert schüttelte er den Kopf. »Es reicht, dass ich mich schlecht benommen habe, und es wäre nicht in Ordnung …«

»Ich bin kein Kind mehr. Das ist meine Entscheidung. Bitte …« Ihr Blick glitt über seinen Körper. »Ich will dir helfen, auf andere Gedanken zu kommen.«

Wieder wirkte er überrascht. »Du bist hinreißend, weißt du.« Er umfasste ihr Gesicht mit beiden Händen und blickte ihr ein paar Sekunden lang in die Augen, bevor er sie zärtlich küsste.

»Lass uns gehen, bevor uns noch jemand sieht«, bat sie.

Dennoch nahm er sich die Zeit, ihr seinen schweren Militärmantel um die Schultern zu legen. »So. Jetzt kann Walter wenigstens nicht mir allein die Schuld geben, wenn du dich erkältest.«

Der Portier öffnete die Wagentür für sie. Im Auto war es warm, und Lisette entspannte sich. Kilian legte den Arm um sie. »Was würde deine Mutter wohl dazu sagen?«

»Sie würde mich daran erinnern, dass sich die Geschichte wiederholt. Sie war Französin und hat sich in einen Deutschen verliebt.«

Lächelnd ergriff er ihre Hand. »Ins Hotel Raphaël«, rief er.

Der Fahrer blickte starr geradeaus und nickte, trotzdem beugte Kilian sich vor und zog die Glastrennscheibe zu. Die Fahrt verging wie im Flug. Sie erkannte zwar die Straßen, durch die sie fuhren, aber ihre Aufmerksamkeit galt ausschließlich ihrem Begleiter. Auch er achtete nicht auf die Lichter der Stadt.

Er zog sie an sich und küsste sie auf den Scheitel. »Du riechst unglaublich gut«, sagte er und knabberte sanft an ihrem Ohrläppchen.

»Das ist deine Schuld«, flüsterte sie, überrascht darüber, wie erregt sie war.

Sie schloss die Augen, weil der Fahrer sie bestimmt im Rückspiegel beobachtete … doch es war ihr egal.

Kilian küsste sie leidenschaftlich. Unwillkürlich schlang sie die Arme um seinen Nacken und fuhr ihm mit den Händen durch die Haare. In dieser Minute schien nichts anderes eine Rolle zu spielen – nicht einmal, dass er Deutscher war, eine Nazi-Uniform trug und wahrscheinlich schon Dutzende von Menschen im Krieg getötet hatte. Wichtig war nur, dass er ihr Liebhaber war … und hoffentlich einer der wenigen Mutigen, die das deutsche Regime von innen her zu Fall brachten.

Der Wagen hielt abrupt an, was Kilian jedoch nicht zu bemerken schien. Er zog die Trennscheibe auf und redete mit dem Fahrer. »Halten Sie sich bereit, bis ich Sie wieder rufen lasse. Später müssen Sie *mademoiselle* zu einer Adresse in Montmartre bringen. Bleiben Sie so lange vor ihrer Tür stehen, bis sie sicher im Haus ist. Besser noch, begleiten Sie sie bis zu ihrer Wohnungstür. Verstanden?«

Der Mann nickte.

»Lisette.« Kilian seufzte. »Du kannst deine Meinung noch ändern. Ich werde nicht gekränkt sein. Ich habe all das nicht erwartet, aber jetzt, da es eingetreten ist, habe ich das Gefühl, ins Paradies zu blicken. Ich bin mir nicht sicher, ob ich es verdiene.«

»Du bist ein richtiger Romantiker, nicht wahr?«

Er zuckte mit den Schultern.

»Bring mich hinauf.«

Wieder bewegte sie sich wie in Trance, und sie wusste kaum, wie sie in Kilians Hotelzimmer gekommen war. Vage erinnerte sie sich an die plüschige Einrichtung der Lobby – nicht so prächtig wie im Ritz mit all den Spiegeln und Kristalllüstern, dennoch vergoldet und voller uniformierter Deutscher. Kilian hatte sich mit einer Gruppe von Männern unterhalten, und sie war sicher, dass er sie vorgestellt hatte, aber ihre höflichen Erwiderungen waren mechanisch gewesen.

»Lisette? Ist alles in Ordnung?«

Blinzelnd löste sie sich aus ihrer Starre. Sie hatte an Lavendel und Blut gedacht … und an einen anderen Deutschen, den sie kaum kannte. Es war ungerecht, dass er ausgerechnet in dem Moment an ihrem Herzen zupfte, wenn sie es am wenigsten wollte. Kilian blickte sie besorgt an. Im Zimmer war es immer noch dunkel, obwohl Mondschein auf das Bett fiel.

»Geht es dir zu schnell …?«

»Schscht«, flüsterte sie, stellte sich auf die Zehenspitzen und gab ihm einen langen, zärtlichen Kuss. Dann begann sie, seine Jacke aufzuknöpfen.

»Champagner?«, murmelte er.

»Nur dich«, hauchte sie, als er geschickt den Reißverschluss an ihrem schönen neuen Kleid herunterzog und der Seidenchiffon raschelnd zu Boden glitt.

Er betrachtete sie in dem geisterhaften Licht und seufzte. Lisette konnte es kaum fassen, dass sie fast nackt vor einem Mann stand, der sie hungrig dabei beobachtete, wie sie ihre kostbaren Seidenstrümpfe herunterrollte. Schließlich war sie ganz nackt. Ein Alter Ego war erschienen, und diese neue Lisette trug sie durch den Abend.

Markus riss sich die Uniformjacke vom Leib und warf sie nachlässig auf einen Stuhl. Lisette meinte, Stoff reißen zu hören. Kurz darauf fiel auch sein Hemd zu Boden, und sie hielt den Atem an. Silbern schimmernde Narben auf seinem muskulösen Oberkörper kündeten von Wunden und Schlachten, von denen sie keine Ahnung hatte. Aber sie erinnerten sie daran, dass er Soldat war … der Feind.

So verletzlich, wie er dastand, besessen von der gleichen hilflosen Lust wie sie, nahm sie jedoch weder seine Nationalität noch sein Alter wahr. Innerlich musste sie lächeln, als sie die Stimme ihrer Großmutter hörte: »Wähle einen älteren Mann als ersten Liebhaber. Er wird dich so verführen, wie es kein junger jemals könnte.« Markus war zwar nicht ihr erster, aber er würde ihr erster älterer Liebhaber sein. Lisette wusste auf einmal nicht mehr, ob sie das für König und Vaterland oder für sich selbst tat. Es wäre gelogen gewesen, wenn sie in diesem Moment behauptet hätte, sie begehre ihn nicht.

»Halt mich fest«, flüsterte sie.

Dann versanken sie in einem so langsamen, sinnlichen Kuss, dass Lisette jegliches Gefühl für die Zeit verlor. Als er sie zum Bett trug, war sie sich zunächst nicht sicher, ob sie schon bereit war. Kurz darauf gab sie sich ihm ganz hin und genoss das Lachen und die Liebe, die Oberst Markus Kilian ihr schenkte.

25

Lisette erwachte als Erste. Auf ihrer Armbanduhr, dem einzigen Schmuck, den sie trug, sah sie, dass es kurz vor vier war. Noch nicht einmal die Vögel waren wach. Die Stille war tröstlich, und noch wollte sie nicht über die realen Schrecken des Lebens nachdenken. Einige Augenblicke lang wollte sie nur die Erinnerung an ihren Geburtstagsabend genießen.

Sie hatten sich stundenlang geliebt. Markus hatte erklärt, er wolle nicht schlafen, solange er sie im Arm halte, aber natürlich hatte er den Kampf verloren. Lächelnd war er eingeschlafen, nachdem sie ihm versichert hatte, dass er sie im Sturm erobert habe.

Die Erinnerung an diese Nacht würde sie immer begleiten. Markus war zärtlich, großzügig und vor allem lustig gewesen. Sie hatten so viel miteinander gelacht.

Als sie aufs Bett sanken, hatte Lisette zunächst geglaubt, es würde eine leidenschaftliche, kurze Angelegenheit werden. Doch er war langsam und sanft vorgegangen und hatte sich Zeit genommen, ihren Körper zu erforschen.

Obwohl sie auf einer strengen viktorianischen Schule gewesen war, war Lisette alles andere als prüde. Aber unter Kilians intensiven Blicken war sie rot geworden.

Eingehend betrachtete sie ihn. Sein Gesicht schimmerte im Mondlicht. Sie bewunderte sein starkes Kinn, auf dem die Bartstoppeln, die er sich in wenigen Stunden abrasieren würde, dunkel schimmerten. Er hatte ein symmetrisches, ausgewogenes

Gesicht, selbst die grauen Schläfen waren auf beiden Seiten gleich. Vorsichtig strich sie ihm über die blonden Haare. Golden und weich. Ein Adonis, dachte sie. Wie viele Herzen mag er schon gebrochen haben?

Es war Zeit zu gehen, schließlich sollte er sich nach ihr sehnen. Instinktiv wusste sie, dass es so eine Nacht nie wieder geben würde. Sie beugte sich über ihn und küsste ihn leicht auf den Mund. Seine Lider zuckten, und sie bemerkte seinen alarmierten Blick. Dann blinzelte er und lächelte.

»Ist es schon Morgen?«

»Nein, aber ich muss gehen.«

Er seufzte und streckte die Hand nach ihr aus, doch sie war bereits aufgestanden und huschte ins Badezimmer, ihre Kleider unter dem Arm. Kurz darauf fragte er sie im Dämmerschein der Lobby, ob er sie am Abend wiedersehen könne.

Sie schüttelte den Kopf. »Nein, ich muss arbeiten.«

»Das kannst du sicher verschieben.«

»Es geht wirklich nicht.«

»Du sagst mir nicht alles, Lisette.«

Sie riskierte es. »Du hast mir gestern Abend auch nicht alles gesagt. Du hast mir nichts über deine Arbeit und über Stülpnagel erzählt.« Sie versuchte, es beiläufig klingen zu lassen, hatte jedoch Angst, es könne viel zu spezifisch sein.

Zum Glück legte er ihre Worte nicht auf die Goldwaage. »Du brauchst meine Sorgen nicht zu teilen. Keines meiner Geheimnisse wiegt die Freude auf, die ich an dir habe. Noch einmal herzlichen Glückwunsch zum Geburtstag, schöne Lisette«, sagte er und begleitete sie zum Wagen. Er stieg mit ihr ein und küsste sie noch einmal leidenschaftlich. »Die Zeit wird mir lang werden, bis ich dich endlich wiedersehe«, sagte er, als er sich von ihr löste.

»Markus.«

Er lehnte sich zurück und zog die Trennscheibe zu, damit der Fahrer sie nicht hören konnte. »Ja?«

»Bist du …« Sie zögerte. Das ging zu schnell. Aber sie musste doch in London ein Ergebnis vorweisen.

Er grinste. »Ob ich in dich verliebt bin? Frag mich heute Abend noch einmal.«

Sie verbarg ihre Empörung hinter einem vorsichtigen Lächeln. »Mach dich nicht über mich lustig.«

»Ich dachte, du bist diejenige, die an Liebe auf den ersten Blick glaubt.«

Darauf wusste Lisette keine Antwort. »Ich wollte dich eigentlich etwas anderes fragen.«

»Dann tu es.«

»Steckst du in irgendwelchen Schwierigkeiten?«

Er musterte sie aufmerksam. »Nein, auch wenn die Schwierigkeiten den Weg zu mir zu finden scheinen«, erwiderte er kryptisch.

Sie legte ihre Hand auf seine. »Du warst vorhin manchmal so nachdenklich, als ob du die Dinge gerne ändern würdest.«

»Das geht den meisten Soldaten so. Die wenigsten von uns würden den Krieg wählen. Diejenigen, die den Lauf der Dinge beeinflussen können, sollten es tun … sonst bedauern wir irgendwann unsere eigene Feigheit.«

Sie sah ihm an, dass er wesentlich mehr gesagt hatte, als er eigentlich wollte. Weiter konnte sie jetzt nicht in ihn dringen, daher lächelte sie. »Feigheit wäre nun wahrlich das Letzte, was ich mit dir in Verbindung bringen würde«, flüsterte sie und blies ihm einen Luftkuss zu, als er ausstieg.

Sehnsüchtig blickte Kilian sie an, als er die Autotür zuschlug. Der Fahrer fuhr los, und Lisette drehte sich noch einmal nach Markus um. Er ging nicht ins Hotel zurück, sondern wandte sich zum Gehen. Einen Moment lang sah sie seine einsame Gestalt auf der Avenue Kléber stehen, dann hatte ihn die Dunkelheit verschluckt.

Irgendetwas beschäftigte ihn. Er hatte ein paar Anspielungen gemacht, und der Termin mit Stülpnagel hatte ihn sichtlich überrascht. Eigentlich war daran nichts Besonderes, doch Lisette wusste instinktiv, dass Kilian Zweifel hegte. Warum sollte der Militärkommandant von Paris, der mit einem einzigen Befehl sämtliche Soldaten in der ganzen Stadt mobilisieren konnte – in allen französischen Städten, wenn es nötig war –, mit dem Verbindungsoffizier für die Kirche in Paris Sicherheitsvorkehrungen besprechen? Im Grunde kaum zu glauben. Stülpnagel hatte gewiss für alles seine Leute. Er brauchte Kilian nicht extra einzubestellen, da war sie sich sicher. Stirnrunzelnd überlegte sie, ob sie vielleicht zu viel in die Geschichte hineininterpretierte.

In Wahrheit wollte sie Oberst Kilian beschützen. Dass er aber auch so liebenswert war! Und dass ihr Körper auf seine Berührungen so intensiv reagierte! Das war eigentlich nicht vorgesehen. Sie war eine Spionin, sie musste andere Menschen kaltblütig benutzen … Nur warum brannten dann die Wangen, und warum schlug ihr Herz so heftig?

Es war ihr peinlich, dass der Fahrer ihre Liebesbekundungen mitbekommen hatte. Sie erstarrte, als der Mann unvermittelt hinter sich griff und die Trennscheibe zur Seite zog, als ob er ihre Gedanken lesen könnte. Im nächsten Moment hielt er den Wagen an.

Verwirrt blinzelte sie, und leise Furcht stieg in ihr auf.

»Ja?«, fragte sie und strich sich nervös durch die Haare.

»*Bonsoir*, Lisette«, sagte er und drehte sich zu ihr um.

Seine Stimme klang vertraut, und trotz der Dunkelheit erkannte sie das Gesicht von Lukas Ravensburg.

26

Luc hatte keine Ahnung, was Lisette für ihn empfand, seit er sie letzten Herbst im Bus von Gordes nach Cavaillon geküsst hatte. Sieben Monate waren vergangen seit jener Nacht in dem Gestapo-Wagen, nach einem Tag voller Wut und Blut, Mord und Verzweiflung, als er sich an Lisette geklammert hatte wie ein Ertrinkender.

Er wusste nicht, wie er sie hatte gehen lassen können. Keine Frau war ihm jemals so nahe gekommen wie Lisette, aber es hatte ihn auch noch nie eine Frau so aufgewühlt gesehen. Gequält hatte er ihrem Zug nachgeblickt, als dieser aus dem Bahnhof von Lyon ausfuhr, doch ihre Sicherheit war alles, woran er denken konnte.

Wolfs Tod verfolgte ihn in seinen Träumen, aber mit der Zeit wurde Lucs Trauer hart. Er hasste es, wie kalt er geworden war. Wo war der unbekümmerte, sorglose Mann geblieben, der er einmal gewesen war? Jener Mann, für den es nichts Schöneres gab, als wenn seine Lavendelblüten wie blaue Edelsteine in der Sonne glänzten? Der die Magie spürte, wenn das Mondlicht den weißen Berglavendel, dessen Samen er zusammen mit dem blauen an seinem Körper trug, in sein mildes Licht tauchte?

Bei aller Trauer konnte Luc nicht aufhören, an Lisette zu denken. Keiner von ihnen hatte nach Liebe gesucht, und doch war sie zu ihnen gekommen. Zwei willensstarke Menschen waren zusammengeprallt. Dass sie ihm Widerstand leistete, ihm widersprach und ihn herausforderte, hatte den Panzer geknackt, den er um sein Herz gelegt hatte. Er wusste alles über Lisette, was er wissen musste – er liebte sie. Seit ihm das klar geworden war, hatte er sich der Aufgabe verschrieben, sie zu beschützen.

Zu Beginn des Krieges hatte sein Vater ihn aufgefordert, in den Lavendelfeldern in Saignon eine Kiste zu vergraben, die unter anderem Geld enthielt. Luc hatte damals darüber gelacht, aber Jacob hatte sich an die Nasenspitze getippt.

»Vertrau mir, mein Sohn. Dieses Geld könnte dir eines Tages das Leben retten.«

So war es auch. Er schlich sich zum Mont Ventoux zurück, grub die Kiste aus und nutzte einen Teil des Geldes, um nach Paris zu gelangen. Dort schloss er sich der lokalen Résistance-Gruppe an und behielt nebenbei Lisette im Auge. Er begann ihr zu folgen. Natürlich redete er sich ein, er tue das nur, damit ihr nichts passierte, aber in seinem Herzen wusste er, dass er ihr vor allem nahe sein wollte.

Täglich folgte er ihr von ihrer Wohnung zur Bank, beschattete sie bei ihren gelegentlichen Besuchen im Café hinter den Champs-Élysées und beobachtete sie sogar am Wochenende, wenn sie über den Markt schlenderte oder im Park spazieren ging. Abends begleitete er sie mit einigem Abstand zu ihrer Wohnung und blieb frierend in der Kälte stehen, bis bei ihr das Licht ausging. Danach sanken seine Schultern herab, er steckte die behandschuhten Hände tiefer in die Taschen und schlenderte zurück zu seiner bescheidenen Schlafstatt. Ab und zu erledigte er einige Aufträge, die die Résistance ihm gab.

Bei einer Gelegenheit wäre Luc beinahe entdeckt worden. Eines Nachmittags am Wochenende war er durch Montmartre geschlendert, weil er hoffte, Lisette zu begegnen. Er wollte schon die Hoffnung aufgeben, da sah er sie von hinten auf der Straße. Rasch schlich er sich ein wenig näher heran, um sie besser spüren zu können.

An einer Kreuzung war Lisette stehen geblieben, und er hatte ihr Profil gesehen. Eine Welle von Lust und Schmerz stieg in ihm auf. Er war so dicht an sie herangekommen, dass er ihre Stimme hörte, als sie mit der Frau neben ihr sprach, ja, dass er sie hätte berühren können. Sie überquerten die Straße, und auf einmal blickte sie sich um. Sofort bückte er sich, um sich den Schnürsenkel zuzubinden, damit sie ihn nicht bemerkte. Erschüttert bog er anschließend in eine Seitenstraße ein. Seitdem hatte er sich davor gehütet, sie offen zu verfolgen – bis jetzt.

Aufgrund seiner deutschen Herkunft und seines arischen Aussehens hatte Luc vor ein paar Monaten eine Stelle als Fahrer bei der deutschen Kommandantur bekommen. Dies war eine nützliche Position für ein Mitglied der Résistance, und vor einer Woche war sie sogar noch nützlicher geworden. Am ersten Mai hatte sich nämlich alles geändert. London sandte inzwischen *messages personnels* in nie da gewesener Menge und Umfang, und die Flut der verschlüsselten Nachrichten versetzte alle in große Aufregung. Es war das Signal!

Überall im Land hörten die Menschen heimlich BBC, um die täglichen Botschaften zu empfangen. *Es gibt keine Bananen, Yvette hat zehn Finger, der Trojanische Krieg findet nicht statt.* Damit wurden die SOE-Agenten und die französischen Widerstandskämpfer darauf vorbereitet, dass ein Flugzeug einen neuen Agenten brachte, dass Waffen mit dem Fallschirm abgeworfen oder neue Funkgeräte geschickt wurden. Die meisten lauschten den regionalen Sendungen vergeblich und mussten monate-, manchmal sogar jahrelang warten.

Aber nicht am ersten Mai 1944. In jener Nacht wurden die Widerstandskämpfer mit Nachrichten förmlich überschwemmt, die jeden einzelnen SOE-Agenten im Land in Bereitschaft versetzten. Die Invasion sollte in wenigen Wochen stattfinden, und sie mussten sich darauf vorbereiten. Mutige Männer und Frauen, die unabhängig gearbeitet hatten, wurden zu Einheiten zusammengefasst, um dem deutschen Militär nach fünf Jahren der Verzweiflung den letzten, den entscheidenden Stoß zu versetzen.

Luc musste Lisette unbedingt von Kilian und, sofern er dazu in der Lage war, auch aus Paris wegbringen. Er konnte ihre Rolle zwar verstehen, wenn sie etwas wirklich Wichtiges in Erfahrung brachte, aber angesichts der überwältigenden neuen Nachrichten war ihre Mission überflüssig. Nichts von dem, was sie tat, war von Nutzen, und wenn sie hierblieb, brachte sie nur ihr Leben in Gefahr.

Lange hatte er auf den richtigen Moment gewartet, um sich Lisette zu erkennen zu geben und sie zur Flucht zu drängen. Dass er Kilians Fahrer war, bot ihm die perfekte Gelegenheit, obwohl es für ihn die reinste Folter war, sie mit diesem Mann zusammen zu sehen. Es war beinahe über seine Kräfte gegangen zuzuschauen, wie Kilian die Frau berührte, die er liebte … noch einmal würde er gewiss nicht tatenlos zusehen. Er musste Lisette hier herausholen, bevor sie zu tief drinsteckte. Heute Nacht musste es geschehen.

Stumm vor Erstaunen saß Lisette in dem dunklen Wagen. Seit sie sich getrennt hatten, war sie keinen Abend eingeschlafen, ohne an Lukas zu denken. Am Morgen galt ihm stets ihr erster Gedanke. Nur heute war es anders gewesen. Und jetzt war er hier.

»Wo bist du gewesen?«, flüsterte sie schließlich.

»In und um Paris herum.«

Sie blickte ihn stumm an.

»Ich konnte nicht im Süden bleiben«, verteidigte er sich. »Als wir zuletzt miteinander geredet haben …«

»Als wir uns das letzte Mal gesehen haben, war ich diejenige, die geredet hat. Du hast gar nichts gesagt. Nichts!«

Er zögerte. »Es war zu schrecklich, um darüber zu sprechen.«

»Mich zu verlassen ist dir dagegen nicht so schwergefallen?«

»Ich habe dich nie verlassen«, sagte er, und seine Stimme klang so verletzt, dass es ihr das Herz zerriss. »Die meiste Zeit habe ich dich beobachtet, und oft war ich dir so nahe, dass ich dich mit ausgestreckter Hand hätte berühren können. Wenn ich mal nicht auf dich aufpassen konnte, dann habe ich dafür gesorgt, dass es jemand anders übernimmt.«

Lisette schaute ihn fassungslos an.

»Kannst du dich noch daran erinnern, wie du gestolpert bist und dir die Einkaufstasche aus der Hand gefallen ist?« Lisette blinzelte. »Dein Baguette ist zerbrochen.«

»Und ein kostbares Ei, für das ich lange gespart hatte. Ein junger Mann hat mir geholfen.«

Luc nickte. »Sein Name ist Jacques. Bei einer anderen Gelegenheit hat dich jemand gewarnt, dass die Deutschen die Ausweise in der Métro kontrollieren.«

»Ja. Eine junge Frau mit kurzen dunklen Haaren.«

»Ihr Name ist Isabelle. Und deine neue Nachbarin …«

»Sylvie«, fiel sie ihm ungläubig ins Wort. »Nein!«

Er senkte den Blick. »Sie hat für mich auf dich aufgepasst.«

»Warum?«

»Weil sie eine gute Freundin ist.«

»Warum tust du das?«

Er zuckte mit den Schultern. »Ich muss dafür sorgen, dass dir nichts passiert. Du darfst nicht im Dunkeln nach Saint-Germain laufen, wie du es vor ein paar Tagen gemacht hast. Das ist viel zu gefährlich.«

»Du warst die ganze Zeit über in Paris?«

Zerknirscht erwiderte er: »Nicht die ganze Zeit. Ich hatte zwischendurch immer wieder Aufträge zu erledigen. Aber ich bin immer in der Nähe geblieben … in deiner Nähe.«

»Warum konntest du nicht …«

Er wandte den Blick ab. »Lisette, ich verstehe deinen Auftrag. Ich weiß, was du mit Markus Kilian machst.«

»Woher weißt du das?«

»Ich bin nicht blöd. Du bist nicht zum Spaß mit ihm zusammen.«

»Nein, das stimmt«, flüsterte sie.

Luc startete den Wagen wieder. »Deshalb konnte ich mich bisher auch nicht zu erkennen geben. Ich konnte es nicht riskieren, deine Mission zu gefährden.«

Schweigend fuhren sie nach Montmartre. Vor Lisettes Haus hielt er an und öffnete ihr die Tür. »Ich bringe dich hinauf zu deiner Wohnung. Im Haus können wir offener sprechen.«

Er blickte sie nicht an, und sie war froh darüber, denn sie war völlig durcheinander. Es stimmte zwar, dass sie sich nach Luc gesehnt hatte, aber sie war nicht darauf vorbereitet gewesen, dass er ausgerechnet an dem Tag wieder in ihrem Leben auftauchte, an dem es ihr gelungen war, Markus Kilian zu verführen. Vor wenigen Stunden hatte Markus sie gefragt, wie sie sich fühlen würde, wenn ihr Bauer auf einmal wieder vor ihr stünde. Beim Gedanken daran wurde ihr beinahe schwindlig, weil die Frage so nahe an der Realität gewesen war. Luc hatte im Wagen gesessen und sie beide zum Hotel gefahren. Er hatte gewusst, was sie vorhatten, und er hatte mitbekommen, wie lange sie bei Markus gewesen war. Die sorgfältig errichteten Mauern ihrer Fassade bröckelten.

War Luc hier, weil er sie liebte oder weil er im Süden gejagt wurde? Und wenn er sie liebte, wie konnte er es unter diesen Umständen ertragen, in ihrer Nähe zu sein? Sie musste ebenso beherrscht und stark bleiben wie er, aber seine Anwesenheit machte alles nur noch komplizierter.

»Du hast wunderschön ausgesehen heute Abend«, bemerkte

Luc, als sie an ihm vorbeischritt. »Und du riechst sehr teuer. Chanel, wenn meine Erinnerung mich nicht trügt.«

»Bitte nicht«, flehte sie.

»Deine Zuneigung für den Oberst wirkte übrigens äußerst überzeugend.«

»Luc …«

Er überholte sie, um ihr die Haustür aufzuhalten.

Lisette warf ihm einen finsteren Blick zu und ging an ihm vorbei in den Hausflur.

»Ich bin beeindruckt, wie schnell du arbeitest, aber es überrascht mich nicht. Schließlich bin ich deinem Charme ebenso schnell und gründlich erlegen wie der arme Oberst.«

Sie drehte sich zu ihm um. »Wie kannst du es wagen!«, fuhr sie ihn im Flüsterton an.

»Nach Ihnen, Mademoiselle Forestier«, sagte er mit harter Stimme und wies auf die Treppe.

»Ich brauche deine Hilfe nicht.«

»Oh doch.«

Lisette wäre am liebsten wütend die Treppe hinaufgestampft, wollte die Nachbarn jedoch nicht wecken. So schnell sie konnte, lief sie die Stufen hinauf. Luc ließ sich Zeit, nahm allerdings zwei Stufen auf einmal, und so erreichten sie gleichzeitig ihre Wohnungstür.

Sie keuchte, und das nicht nur vor Anstrengung. Seine Anwesenheit raubte ihr schier den Atem.

»Ist … ist alles in Ordnung?« Sie wies auf sein Bein. »Du humpelst.«

»Das ist bloß Tarnung, sonst müsste ich an die Front. Ich muss es ständig beibehalten, sonst laufe ich Gefahr, es zu vergessen.«

»Warum bist du hier?«

Er schwieg.

Lisette wandte sich zur Tür, um aufzuschließen, ließ aber den Schlüssel fallen. Wütend bückte sie sich, um ihn aufzuheben, doch Luc war schneller. Ihre Hand tastete den Boden ab, stieß in der Dunkelheit auf seine. Instinktiv wollte sie die Hand wegziehen, da hielt er sie fest und drückte sie an sein Herz.

»Ich habe jeden Tag an dich gedacht, seit du mit dem Zug weggefahren bist«, flüsterte er rau.

Alle Gefühle, die sie so sorgfältig unter Verschluss gehalten hatte, überwältigten sie aufs Neue: die Verzweiflung über Laurents Tod, das Wissen, dass Luc in jener Nacht wahrscheinlich mindestens einen Menschen getötet hatte, die Hilflosigkeit, ihn nicht trösten zu können, als er trauerte, und dazu der kalte, wortlose Abschied auf dem Bahnhof. Sie war wieder in der Provence, war wütend auf ihn, begehrte ihn mehr als jeden anderen Mann. Allerdings stand jetzt Kilian zwischen ihnen.

»Oh Luc, komm bitte mit hinein.«

Er schüttelte den Kopf und stand auf. »Das ist zu riskant, solange der Wagen vor der Tür steht. Ich muss gehen. Aber wir müssen bald miteinander reden.«

»Dann komm später wieder. Ich werde heute nicht zur Arbeit gehen. Komm einfach vorbei, wann immer es dir möglich ist.«

Er nickte und öffnete die Tür für sie, dann reichte er ihr den Schlüssel. Ohne sie noch einmal zu berühren, ohne ein weiteres Wort ging er. Sie lauschte auf seine Schritte, die sich entfernten. Unten öffnete sich eine Tür, und er blieb kurz stehen. Lisette lauschte angestrengt. Das musste Sylvie sein – spionierte sie ihnen etwa nach? Widerstreitende Gefühle kämpften in ihr. Sie wusste nicht, ob sie die Frau hassen oder umso mehr mögen sollte.

Rasch schlüpfte sie aus ihren Schuhen und schlich auf Zehenspitzen ans Geländer. Sie sah, dass Sylvie Luc am Mantel festhielt und im Flüsterton auf ihn einredete. Es war offensichtlich, dass er wegwollte. Er schüttelte den Kopf und schob Sylvies Hand sanft weg. Lisette wollte gar nicht hören, was die beiden redeten.

Sie ging in ihr Zimmer und eilte ans Fenster. Luc trat aus der Tür, und kurz darauf waren Auto und Fahrer verschwunden. Sie wusste, dass sie wahrscheinlich nur ein paar Stunden Zeit hatte, um die Fassung wiederzugewinnen … und sie musste ins Café, um ihre Botschaft nach London zu schicken.

Lisette konnte nicht schlafen. Sie füllte eine kleine Wanne mit heißem Wasser, zog vorsichtig das schöne Kleid aus und badete. Ihre blasse Haut rötete sich in dem heißen Wasser, während ihre Gedanken zu Markus Kilian wanderten. Sie musste ihre Erinnerungen in eine Schublade packen – das hatte man ihr in der Ausbildung beigebracht. Sie hatte die Nacht mit Markus genossen, etwas anderes zu behaupten wäre eine Lüge. Vor ein paar Monaten noch gab es niemanden in ihrem Leben, und jetzt stand sie auf einmal zwischen zwei Männern. Wie sollte sie das voneinander trennen? Zumal der eine für den anderen arbeitete! Luc trieb ein höchst gefährliches Spiel. Er tut es doch für dich, sagte eine leise Stimme in ihrem Kopf. Um dir nahe zu sein, um dich zu beschützen.

Lisette fuhr sich mit dem Waschlappen übers Gesicht und holte tief Luft. Sie durfte sich ihre Handlungen nicht von ihren Emotionen diktieren lassen. Sie musste mit dem Kopf, nicht mit dem Herzen denken. London erwartete mehr von ihr, erst recht nachdem sie Kilian so schnell kennen gelernt hatte. London brauchte ihr nicht zu sagen, dass die sowjetische Armee bereits bis in die Ukraine vorgedrungen war und die Deutschen sich auf dem Rückzug befanden. Inzwischen war es sogar noch wichtiger, von potentiellen deutschen Gegenschlägen zu erfahren. Seitdem die Amerikaner der Invasion der Alliierten neue Kraft verliehen, stand Berlin mit dem Rücken zur Wand. Und man wusste nie, wie ein verwundetes Tier reagierte.

Rasch trocknete sie sich ab und zog sich an. Noch vor acht Uhr morgens verließ sie ihre Wohnung. Sylvie hatte offensichtlich bereits auf sie gewartet und öffnete ihre, als Lisette vorbeiging. Sie sagte nichts.

»Du weißt alles?«, fragte die Französin.

Lisette kniff die Augen zusammen. »Spionierst du mir nach?«

»Ich habe auf dich aufgepasst … für einen Freund.«

Lisette musterte ihre Nachbarin. Sylvie war attraktiv, und sie verspürte einen eifersüchtigen Stich. »Es wäre einfacher gewesen, wenn du es mir gesagt hättest.«

Sylvie schüttelte den Kopf. »Das hätte bloß deine Mission in Gefahr gebracht. Ich kann gut verstehen, dass du am liebsten alleine arbeitest.«

»Warum ist es auf einmal anders?«, fragte Lisette scharf.

»Weil Luc sich dir gezeigt hat. Er hat seine Gründe – auch dafür, dass er dir von mir erzählt hat.«

Lisette schluckte. War das eine Warnung? Sie hatte schließlich keinen Besitzanspruch auf ihn.

»Lisette …«

»Ich muss los. Ich komme zu spät zur Arbeit.« Sie lief die Treppe hinunter und verdrängte Luc – und seine Freundinnen – aus ihren Gedanken.

Sie nahm den Weg über die Champs-Élysées, um sich ihre Eifersucht und ihre Frustration abzulaufen. Es dauerte länger, als sie erwartet hatte, und als sie ins erste Arrondissement kam, wurde sie obendrein angehalten.

»Papiere«, verlangte ein deutscher Soldat in gelangweiltem Tonfall.

»Selbstverständlich«, sagte sie auf Deutsch.

Er blinzelte. »Wohin gehen Sie?«

»In mein Stammcafé.«

»Wo arbeiten Sie?«

Sie nannte ihm den Namen der Bank. »Ich bin für den Bankdirektor tätig, Walter Eichel.« Es funktionierte. Er sah ihren Ausweis kaum an. Aber er gab ihn ihr auch nicht zurück.

»Wir treffen hier nicht oft deutsche Mädchen.«

Sie lächelte. »Ich hoffe, Sie können bald wieder nach Hause«, erwiderte sie freundlich und griff nach ihrem Ausweis.

Er zog ihn aus ihrer Reichweite. »Wollen Sie sich heute Abend vielleicht mit mir treffen?«

»Das geht leider nicht«, erwiderte sie mit gespielter Enttäuschung. »Ich bin bereits mit Oberst Kilian verabredet – vielleicht kennen Sie ihn?«

Der Soldat blickte sie erstaunt an. »Oberst Kilian«, stotterte er.

Sie grinste. »Walter Eichel ist mein Patenonkel. Oberst Kilian ist ein sehr guter Freund von ihm.«

»Verzeihen Sie mir.«

Sie blickte ihn an. »Da gibt es nichts zu verzeihen. Ich fühle mich geschmeichelt.«

Das Selbstvertrauen, das die Uniform ihm sonst schenkte, war verflogen. Der Soldat wirkte schüchtern und verlegen.

Lisette schenkte ihm ein strahlendes Lächeln und nahm erleichtert ihren Ausweis entgegen. »Danke. Guten Morgen.« Sie war sich eigentlich sicher, dass es an ihren Papieren nichts auszusetzen gab, trotzdem hatte sie es nicht gerne, wenn die Soldaten sie allzu eingehend studierten.

Über den berühmten Boulevard eilte Lisette zum Café. Als sie bestellte, fragte sie den Besitzer beiläufig: »Haben Sie vielleicht noch eine Zeitung hinter der Theke?« Ihr war sofort aufgefallen, dass er sich ein grünes Küchenhandtuch über die Schulter gelegt hatte.

»*Oui, mademoiselle*«, erwiderte er, ohne aufzublicken. Er legte die Zeitung auf die Theke und wandte sich ab, um mit einem anderen Gast zu reden.

Das Café war an diesem Morgen nicht sehr voll, allerdings war es auch noch sehr früh. Die meisten Gäste standen an der Theke und tranken einen kleinen *café* als Start in den Tag. Ein einziger Deutscher war da. Er trug Uniform und hatte ihr den Rücken zugewandt, aber Lisette war trotzdem vorsichtig. Die Gestapo war häufiger hier. Sie setzte sich hinten ins Lokal und begann die Zeitung zu lesen, bis ihr Getränk serviert wurde.

Lisette nahm einen Schluck, und obwohl ihre Augen auf die Zeitung gerichtet waren, behielt sie ihre Umgebung misstrauisch im Blick. Niemand schien an ihr interessiert zu sein. Umständlich kramte sie in ihrer Tasche und zog ein Brillenetui hervor. Die Brille war ein nützliches Utensil, da sie das Zigarettenpapier im Etui aufbewahren konnte. Sie brauchte ihre Notiz nicht noch einmal zu lesen, sie konnte sie auswendig. Darin berichtete sie London von ihrem Wunsch, Kilian auf ihre Seite zu ziehen.

Sie klebte die Notiz auf eine Seite, überprüfte rasch, ob sie auch hielt, und blätterte um. Auf Seite fünf klebte eine Nachricht von Playboy: *Sofort Spiritualist kontaktieren.*

Was war los? Die Nachricht konnte nicht aus London stammen, das hätte Playboy erwähnt. Wenn es kein spezifischer Befehl für sie war, dann musste es noch ein bisschen warten. Immerhin befand sie sich in einer kritischen Phase ihrer Mission und arbeitete zu verdeckt, um Kontakt mit der Résistance-Gruppe aufnehmen zu können. Sie wartete noch fünf Minuten, dann packte sie ihre Sachen zurück in ihre Handtasche, band sich den Schal um und kontrollierte ihre Frisur in einem kleinen Taschenspiegel.

»*Merci, monsieur*«, rief sie dem Café-Besitzer zu, als sie ihm die Zeitung über die Theke reichte und hinausschlenderte. Um die Ausweiskontrollen an beiden Enden des Boulevards zu vermeiden, machte sie einen Umweg.

Dann ging sie zur Bank, wo sie eine handgeschriebene Krankmeldung am Empfang hinterließ. Anschließend schlenderte sie zurück zu ihrer Wohnung. Es war sicher noch viel zu früh für Luc.

Zu Hause legte sie sich ins Bett, konnte jedoch nicht schlafen. Sie war nervös und unruhig, also stand sie wieder auf, packte das Kleid weg, faltete die Stola und versteckte die Chanel-Schachteln. Schließlich nähte sie einen Knopf an und räumte ein bisschen auf. Sie stellte fest, dass sie einem Gast gar nichts anbieten konnte, also nahm sie ihre Essensmarken, eilte in den Lebensmittelladen und kaufte ein Baguette und ein Stück Käse. Sie konnte sogar eine Tasse von diesem grässlichen Kaffeeersatz auftreiben, aber sie war sich nicht sicher, ob Luc ihn trinken würde, zumal sie keinen Honig hatte, um ihn zu süßen. Im letzten Moment ergatterte sie in einem Café noch eine kleine Flasche Wein. Noch vor wenigen Stunden hatte sie Calvados getrunken, von dessen Preis pro Glas sie eine ganze Mahlzeit für heute Abend hätte vorbereiten können.

Hastig lief sie zu ihrer Wohnung zurück, wo Luc bereits vor ihrer Tür stand.

»Luc«, sagte sie nervös. »Wartest du schon lange?«

Es war geradezu unheimlich, wie ähnlich er und Kilian sich bei Tageslicht waren. Seine strohblonden Haare waren länger, als sie sie in Erinnerung hatte, aber die Farbe war genau wie bei Markus. Luc hatte ein volleres Kinn, was vielleicht nur daran lag, dass er jünger war. Beide Männer waren etwa gleich groß, wobei Luc zweifellos breiter und muskulöser war. In den Augen jedoch lag der wahre Unterschied. Wenn die Sonne schien, strahlten Lucs Augen wie Kornblumen … nein, wie der Lapislazuli-Stein, den Lisettes Großmutter als Brosche trug. In dem

Blau leuchtete ein Feuer, das sie wärmte. Markus' Augen waren anders, viel heller, außerdem war sein Blick scharf. Bei Tag hatte Lisette sie noch nicht gesehen, aber sie vermutete, dass sie eisig glitzerten.

Luc schüttelte den Kopf. »Du hast gesagt, ich könne jederzeit kommen.«

»Ja.« Ihre Hand zitterte, als sie den Schlüssel ins Schloss steckte. »Komm rein.«

»Warte, ich helfe dir.« Er griff nach ihren Einkäufen.

Lisette betrat die Wohnung als Erste. »Stell sie dort hinten ab.« Sie wies auf ihren kleinen Tisch.

»Hübsch hier«, sagte er und ging ans Fenster. Dann drehte er sich um. Sein Blick glitt über die spärliche Einrichtung, das winzige Waschbecken und den gleichermaßen winzigen Ofen. Das Bett hatte Lisette mit einer bunten Flickendecke abgedeckt, aber Luc vermied es, auch nur in die Richtung zu sehen.

»Wahrscheinlich sieht es hier genauso aus wie bei Sylvie«, sagte Lisette spröde. Verlegen fügte sie hinzu: »Die Wohnungen haben ja den gleichen Grundriss.«

Entweder hatte er es nicht bemerkt, oder er wollte die Andeutung nicht wahrnehmen. »Hier kommt viel Licht herein«, sagte er und wandte sich wieder zu den hohen, doppelflügeligen Fenstern. »Das ist gut für die Seele.«

Sie nickte, plötzlich überwältigt. Er war immer noch ein Träumer. »Ja, das stimmt.« Sie spürte, dass er seinen Schmerz nach wie vor mit sich herumtrug, als wäre die Wunde noch nicht verheilt. »Geht es dir gut?«

»Wie du siehst«, erwiderte er irritierend ruhig.

Sie sah lediglich den Mann, der ihr Herz gestohlen und ihr den Seelenfrieden geraubt hatte. Sie hätte ihn beinahe dafür hassen können.

Lisette räusperte sich. »Ich freue mich, dass du heil und unversehrt bist.« Sie wandte sich zum Tisch, um die Lebensmittel wegzuräumen, die sie gekauft hatte.

»Ach ja?«

Sie griff nach der Flasche mit dem billigen Wein. »Für Wein ist es noch sehr früh, aber ich kann dir einen Gerstenkaffee anbieten.«

»Ich wette, gestern Abend habt ihr richtigen Kaffee getrunken«, bemerkte Luc.

Sie drehte sich um. »Hör auf«, warnte sie und stellte erstaunt fest, wie verletzt er wirkte. »Ich habe mir den Auftrag nicht selbst ausgesucht.«

»Genießt du ihn wenigstens?« Der Kummer in seinen Augen war unübersehbar. Weiter sagte er nichts. Er nahm ihr den Korkenzieher aus der Hand und griff nach der Weinflasche.

Lisette trat ans Fenster. Sie war wütend. »Oberst Kilian ist eine Überraschung«, gab sie zu und war froh, dass ihre Stimme fest klang.

»Als Nazi oder als Liebhaber?«

Sie schüttelte den Kopf und schloss resigniert die Augen. »Einfach nur als Mann, Luc. Wie gut kennst du ihn?«

»Nicht so gut wie du«, erwiderte er und stellte die Flasche ab.

Dass sie ihm eine Ohrfeige versetzt hatte, merkte sie erst, als der Knall von den Wänden widerhallte. Ihre Hand tat weh. Sein Kopf flog zur Seite, aber er gab keinen Laut von sich, sondern schaute sie nur an. Wütend verzog er das Gesicht. Oder war es Triumph?

Dann passierte etwas, das sie zutiefst schockierte. Luc packte sie bei den Schultern, und einen Moment lang dachte sie voller Panik, er würde sie gleich quer durch den Raum schleudern. Stattdessen zog er sie heftig an sich. Sie kam sich vor wie ein gefangener Vogel, klein und zerbrechlich im starken Käfig seiner Arme. Luc küsste sie. Es war ein ganz anderer Kuss als beim ersten Mal. Seine Lippen waren hungrig und fordernd, und sie bekam kaum noch Luft. Hilflos und wütend erwiderte sie seinen Kuss.

Völlig unvermittelt riss er sich los und wischte sich mit dem Handrücken über den Mund. Keuchend lehnte er sich an den Tisch. Die widerstreitenden Gefühle spiegelten sich auf seinem Gesicht.

»Luc …«, stammelte sie. Das hätte nicht passieren dürfen – nicht jetzt.

Natürlich wusste er das. Er hob die Hand, um sie zum Schweigen zu bringen, schenkte sich ein Glas Wein ein und stürzte es hastig herunter. Dann füllte er beide Gläser und reichte ihr eines. Schweigend tranken sie. Lisette setzte sich auf einen der beiden Stühle, die sie besaß, während Luc sich mit der Hand an der Wand abstützte und aus dem Fenster sah.

Wütend auf sich selbst und aufeinander starrten sie beide vor sich hin. Sie wussten nur zu genau, wie gefährlich die Situation gerade geworden war.

Auf dem Weg zu ihr hatte Luc sich geschworen, Lisette nicht anzurühren. Er musste sie einfach nur aus Kilians Klauen reißen und in Sicherheit bringen. Aber dann sah er ständig vor sich, wie Kilian sie hinten im Wagen auf den Nacken geküsst und ihr etwas ins Ohr geflüstert hatte. Und jetzt hatte er sein Versprechen gebrochen. Liebe hatte viel mit Schmerzen zu tun. Unter gewöhnlichen Umständen wäre der Schmerz süß und willkommen gewesen. In Kriegszeiten dagegen war er dunkel und beängstigend. Abgesehen davon war es Wahnsinn, jemanden so sehr zu lieben, weil man ihn in einem Wimpernschlag verlieren konnte.

Hatte Lisette überhaupt eine Ahnung, wie ihm zumute gewesen war, als er sie mit Kilian zusammen beobachtet hatte? Stumm hatte er zusehen müssen, wie Kilian sie berührte, und zu wissen, was dieser schmierige Boche in seinem Hotelzimmer mit ihr anstellte, war reine Folter gewesen. Warum hatte er sie überhaupt alleine nach Paris fahren lassen? Warum war er nicht bei ihr geblieben?

»Es ist meine Schuld«, sagte er. Seine Wange brannte, aber die Gefühle schmerzten stärker als ihre Ohrfeige. »Ich sollte besser gehen.«

»Nein, Luc. Warte!«, flüsterte sie. »Sag mir, warum du hier bist. Sprich mit mir.«

Sie hatte recht. Wenn er sie in Sicherheit bringen wollte, musste er ihr eine Erklärung geben. Sie mussten überlegen, wie sie am besten vorgehen sollte, jetzt, da die Alliierten kamen. Er merkte, dass ihre Schultern erleichtert herabsanken, als er sich umdrehte, an die Wand lehnte und sie endlich ansah.

»Hier.« Nervös stand sie auf und reichte ihm sein frisch gefülltes Glas. »*Santé*«, sagte sie leise. »Ich bin so froh, dass du in Sicherheit bist.«

»*Santé*. Ich lebe, aber ich bin nicht in Sicherheit. Und du auch nicht.«

Lisette lächelte ihn an. »Ich habe ja auch keinen Beutel mit magischen Lavendelsamen um den Hals.«

Traurig erwiderte er ihr Lächeln.

»Ich habe jeden einzelnen Tag an dich gedacht«, gestand sie. »Dir gilt mein erster Gedanke, wenn ich aufwache, und mein letzter, bevor ich einschlafe.« Ihre Augen glänzten, sie hielt die Tränen zurück.

Unwillkürlich zog er sie erneut in die Arme, und sie wehrte sich nicht. Zuerst war es bloß eine innige Umarmung. Sie hielten einander einfach nur fest. Dann zog er sie höher, und als sie sich an ihn schmiegte, hob er sie hoch, sie schlang die Beine um seine Taille, und sie verloren sich in einem leidenschaftlichen Kuss.

Oh, wie sehr er sie liebte. Schon als er sie das erste Mal gesehen hatte, hatte er gewusst, dass er in Schwierigkeiten steckte. Er war nicht darauf vorbereitet gewesen, jemanden kennen zu lernen – nicht mitten im Wüten des Krieges, da das Leben so zerbrechlich war. Seine Saba hatte ihm einmal gesagt, dass man die Liebe nicht kontrollieren oder beherrschen könne – sie komme ungefragt. »Liebe ist ein freier Geist, mein Junge«, hatte sie ihn gewarnt. »Mit scharfen Zähnen.«

Das mit den scharfen Zähnen hatte Luc damals nicht verstanden, jetzt wusste er, was seine Großmutter gemeint hatte. Seine Liebe zu Lisette war keineswegs sanft und freundlich, sie jagte ihn bei Tag und grollte bei Nacht.

Sein Kuss wurde tiefer, er zog sie noch näher an sich heran und verdrängte das Bild von Markus Kilian, der das Gleiche mit ihr gemacht hatte. Plötzlich löste sie sich von ihm. Ihre Augen waren voller Sehnsucht, aber ihre Stimme klang bedauernd.

»Es tut mir leid«, flüsterte sie.

»Was?« Er knabberte an ihren weichen, geschwollenen Lippen.

»Meine Mission.« Sie stöhnte leise, als er seine Aufmerksamkeit ihrem Hals zuwandte. »Kannst du sie ignorieren?«

Das Gespräch tat ihm weh. »Du bist jetzt hier, bei mir, in meinen Armen, nicht in seinen. Das allein ist wichtig.«

»Aber du weißt, dass ich zu ihm zurückgehen muss.«

»Ich will nicht mehr über ihn reden.«

»Es war nur …«

Luc biss sie zärtlich ins Ohrläppchen, und sie stöhnte, als sie seinen warmen Atem spürte. »Lisette«, murmelte er und drückte beim Sprechen seine warmen Lippen auf ihren Hals, »das hier ist echt. Ich werde daran denken, dass du bei Kilian nur eine Rolle spielst. Du musst eines wissen: Ich habe noch nie zuvor für eine Frau so viel empfunden.«

Sanft, beinahe ängstlich blickte sie ihn an.

»Ich liebe dich. Kein Krieg, kein Politiker, keine Entfernung und ganz bestimmt kein deutscher Oberst werden daran je etwas ändern. Ich liebe dich. Das habe ich noch nie zu einer Frau gesagt.« Er runzelte die Stirn. »Wahrscheinlich werde ich es auch nie wieder sagen.«

Lisette blickte ihn ernst an. »Ich habe dich begehrt vom ersten Augenblick an, als du bei Madame Marchand zur Tür hereinkamst und mich heruntergeputzt hast. Ich hasste dich, und trotzdem konnte ich nicht genug von dir bekommen. Und dann …«

»Dann was?«, flüsterte er und bedeckte ihr Gesicht und ihren Hals mit Küssen, bis sie sich seufzend in seinen Armen wand.

»Und dann Gordes. Ich wollte nur noch die Arme um dich legen … und dich lieben, dich nie mehr loslassen.«

Luc vergrub das Gesicht an ihrem Hals. »Lass mich jetzt nicht gehen«, drängte er. »Nie mehr.«

»Schließ die Fensterläden, und dann zieh mich aus, Luc«, wisperte sie.

»Ich dachte schon, du würdest mich nie darum bitten«, erwiderte er.

Luc hatte keine Eile. Quälend langsam entkleidete er sie und küsste jeden Fleck auf ihrem Rücken, als er die Knöpfe aufmachte. Das gedämpfte Licht und die Stille in der Wohnung trugen zu der süßen Spannung bei. Als er schließlich beim letzten Knopf angelangt war, öffnete er ihren Büstenhalter, der zu dem Kleid auf den Boden glitt. Flüchtig ging Lisette der Gedanke durch den Kopf, wie gekonnt er vorging, aber als Luc sich hinter sie kniete, um ihr aus dem Höschen zu helfen, dachte sie gar nichts mehr. Schließlich stand sie nackt vor ihm. In der vergangenen Nacht hatte ihre Nacktheit sie stolz gemacht, heute fühlte sie sich demütig … schwach angesichts seiner Zärtlichkeit und ihres Verlangens.

Er stand in seinen Kleidern da und betrachtete sie im dämmerigen Licht, das durch die Fensterläden drang. »Du bist wunderschön. Ich hasse ihn, weil er dich gehabt hat.«

»Bitte nicht«, flehte sie und streichelte ihm übers Gesicht. »Es geht nur um uns. Denk nicht an ihn.«

Jetzt war sie an der Reihe, ihn auszuziehen. Sie genoss jeden Moment, sehnte sich danach, endlich bei ihm zu liegen und ihn ganz zu spüren, damit sie sich später an ihn erinnern konnte.

Lisette griff nach dem Lavendelbeutel um seinen Hals. »Darf ich? Ich möchte nicht, dass auch nur ein Samen verloren geht«, sagte sie. Er beugte den Kopf, damit sie ihm den Beutel abnehmen und neben das Bett legen konnte. Was mochten wohl seine anderen Geliebten dabei gedacht haben? Mit Sicherheit hatte es andere gegeben.

»Glaubst du, wir werden die Samen jemals einpflanzen?«, fragte sie und fuhr mit dem Finger über seine Brust. Sein Körper war durchtrainierter als Kilians, stellte sie fest, verachtete sich aber sofort dafür, dass sie ihre Liebhaber miteinander verglich. Widerstreitende Gefühle tobten in ihr. Noch vor ein paar Stunden hatte sie in den Armen des deutschen Offiziers gelegen – und jetzt schmolz sie ohne einen Augenblick des Zögerns in Lucs Umarmung dahin.

»Ja, das glaube ich«, sagte er und zog sie an sich. Als sich ihre Körper endlich berührten, dachte Lisette nicht mehr an Kilian, und in den nächsten Stunden gab es nur die Liebe eines einzigen Mannes.

27

Am nächsten Morgen war Kilian noch bezauberter von Lisette, als er es am Abend zuvor gewesen war. Nachdem sie weg war, wollte er nicht wieder in sein leeres Zimmer zurückkehren. Stattdessen ging er im Dunkeln spazieren, um über sein Treffen mit Meister und Stülpnagels Aufforderung nachzudenken. Erregung stieg in ihm auf, zum einen, weil die Liebe bei ihm angeklopft hatte, und zum anderen, weil er die Möglichkeit hatte, an einem Attentat auf den Führer mitzuwirken.

Um halb sieben – Lisettes Duft hing noch im Raum – kehrte er ins Hotel Raphaël zurück und nahm ein Bad, bevor er die Nachricht von Stülpnagel noch einmal las. Natürlich war Kilian dem Militärkommandanten von Paris schon bei offiziellen Anlässen begegnet, aber es gab keinen anderen Grund, weshalb sich ihre Wege kreuzen müssten. Der getippte Brief war höflich formell und enthielt die Anweisung, dass er und sein Büro in den nächsten Monaten für kirchliche Ereignisse zur Verfügung stehen sollten. Stülpnagel schlug vor, sie sollten sich im Jardin du Luxembourg um neun Uhr treffen, um nach dem langen, harten Winter das schöne Wetter auszunutzen.

Es gab absolut keine Veranlassung für einen Termin, und Stülpnagels Vorschlag, sich zu so früher Stunde draußen zu treffen, musste etwas mit Meisters Besuch zu tun haben.

Kilian blickte auf die Uhr. Inzwischen war es kurz nach sieben, und der Himmel wurde bereits heller. Auf den Fluren herrschte Betrieb, er hörte das Klappern von Geschirr und Besteck. Ein neuer Tag in Paris hatte begonnen, aber für ihn war es der Aufbruch in eine neue Ära.

Da er es im Hotelzimmer nicht länger aushielt, lief er ziellos durch die Straßen, bis er um die vereinbarte Zeit am berühmten Medici-Brunnen im Jardin du Luxembourg stand. Carl-Heinrich von Stülpnagel traf fast gleichzeitig mit ihm ein.

»General, wie schön, Sie zu sehen.«

»Dito, Oberst Kilian. Es freut mich, dass Sie kommen konnten. Leider ist es noch so früh, dass kein Café geöffnet hat. Diese Franzosen, pah!«

Kilian lächelte. »Ich gehe auch gerne ein bisschen spazieren, General.«

»Ja, ich auch. Ich bin immer froh, wenn ich den stickigen Schreibstuben und dem intriganten Personal entkommen kann. Hoffen wir mal, dass nach diesem Frühling gesündere Zeiten anbrechen.«

»Das bezweifle ich. Um eine Veränderung in Deutschland zu bewirken, braucht es mehr als den Sommer.«

Stülpnagel warf Kilian einen scharfen Blick zu, räusperte sich und bedeutete ihm weiterzugehen. Er brauchte sich keine Sorgen zu machen. Niemand war in der Nähe.

»Gemeinsame Freunde haben mir berichtet, dass Sie schon einmal Befehle missachtet haben.«

»Ich muss leider gestehen, dass dem so ist. Meine Vorfahren waren alle aufrechte Soldaten, und ich fürchte, ich habe sie mit meinem Verhalten entehrt. Zwar habe ich dem Führer getrotzt, aber meine Beweggründe sind zum Wohle aller Deutschen.«

Stülpnagel seufzte. »Wir sind verdammt, Oberst Kilian, denn ich habe denselben Eid geleistet wie Sie.« Der General nickte zum Palais du Luxembourg hinüber, das mitten im Park stand. »Wir schmieden ein Komplott vor den Augen der Luftwaffe.«

Schweigend gingen sie weiter, bis Kilian nach ein paar Minuten sagte: »Ich muss zugeben, dass ich mich in Paris fehl am Platze fühle.«

»Wir müssen alle unseren Part spielen, Kilian. Im Moment warten unsere Mitstreiter auf die richtige Gelegenheit, die sich wahrscheinlich im Sommer in Rastenburg bieten wird.«

»Warum in Polen? Warum schlagen wir nicht in Berlin zu?«

»Hitler ist dieser Tage selten in Berlin. Wenn er sich nicht in der Wolfsschanze in Ostpreußen aufhält, dann ist er auf dem Berghof in Bayern. Aber Berlin ist der Preis. Wenn wir die Hauptstadt einnehmen, dann haben wir Europa. Dann kommen Leute wie wir hier in Paris ins Spiel. Seien Sie vorbereitet.«

»Wann, General?«

»Vielleicht im Juni, wahrscheinlich aber erst im Juli. Wir müssen schnell handeln, um Himmlers Schwadron zu überwältigen.«

»Den sollten Sie gleich mit umbringen, wenn Sie schon einmal dabei sind«, grollte Kilian.

»Wenn wir unser Ziel erreichen, wird auch er sterben müssen.«

»Wer wird dann die Regierung bilden?«

»Machen Sie sich keine Gedanken über administrative Fragen, Oberst, und das sage ich mit allem Respekt. Wir sind nur die Soldaten in dieser Schlacht. Seien Sie versichert, dass die richtigen Personen hinter dem Plan stehen.«

»Jawohl, General.«

»Abgesehen von meiner Person können Sie hier in Paris Oberstleutnant von Hofacker vertrauen – sonst niemandem. Kommen Sie, wir gehen zum Tor.« Schweigend machten sie ein paar Schritte, dann fuhr Stülpnagel leiser fort: »Wenn wir über Berlin erfahren haben, dass die ›Operation Walküre‹ angelaufen ist, werden Sie entweder von mir oder von Hofacker einen Anruf bekommen.«

»Walküre?«

»Hitlers Notfallmaßnahmen, um einen Aufstand zu unterdrücken und die Kommandokette zu erhalten. Wir wollen Walküre nutzen, um die Kontrolle über Berlin zu gewinnen, indem wir die SS absetzen und die Nazi-Größen hinter Schloss und Riegel bringen.« Seine Stimme war jetzt nur noch ein leises Murmeln. »Bis die Aktion zu Ende geführt ist, wird Hitlers Leiche längst kalt sein, und wir können unseren eigenen Kanzler bestimmen. Die neue Regierung wird als Erstes über einen Waffenstillstand verhandeln.« Am Tor blieb er stehen. »Ihre Rolle besteht darin, die Führung der Soldaten hier in Paris zu übernehmen und die Kommandokette in ganz Frankreich zu sichern. SS und Gestapo müssen ebenso kaltgestellt werden wie die *milice*. Ich verlasse mich in dieser Hinsicht auf Sie.«

Sie schüttelten sich die Hände. Es gab nichts weiter zu sagen. Mit einem Lächeln im Gesicht ging Kilian zurück in sein Büro.

Etwa um die Mittagszeit stellte man ihm einen Anruf des Kriminaldirektors von Schleigel von der Gestapo durch. Kilian hielt den Atem an. Es kam ihm vor wie ein Omen.

»Spreche ich mit Oberst Kilian?«

»Ja. Was kann ich für Sie tun, von Schleigel?«

»Vielleicht kann ich etwas für Sie tun.«

»Da ich mit der Kirche verhandele, brauche ich die Gestapo nicht.«

»Mein Anruf hat nichts mit Ihrer Arbeit zu tun.«

Kilian schwieg. Die Ader an seiner Schläfe pochte.

»Oberst? Ich bin auf dem Weg nach Auschwitz, einem der Arbeitslager in Polen, aber mir ist eine Information zu Ohren gekommen, die Sie vielleicht interessieren könnte.«

»Arbeitslager?« Kilian lachte freudlos. Wenn er nur daran dachte, wurde ihm übel. Er hatte im Jahr zuvor den wahren Zweck dieser Lager entdeckt, und das Wissen raubte ihm den Schlaf. Für ihn war es ein weiterer Grund, warum er Hitler tot sehen wollte. »In den Arbeitslagern gibt es für mich nichts von Interesse«, sagte er vorsichtig. »Sagten Sie nicht, Sie könnten etwas für mich tun?«

»Es hat etwas mit den Menschen zu tun, mit denen Sie sich umgeben.«

Kilian hörte die Verschlagenheit im Tonfall des Mannes. Er verachtete ihn. »Spucken Sie es schon aus, Mann. Ich habe keine Zeit, um lange um den heißen Brei herumzureden.«

Er sah förmlich vor sich, wie der Mann grinste. »Ihr Name ist Lisette Forestier.«

Markus Kilian öffnete den Mund, doch es kam kein Ton heraus.

»Ich nehme an, ich darf Ihr Schweigen dahingehend verstehen, dass Sie wissen, um wen es geht. Bei einem Gespräch mit Herrn Eichel habe ich erfahren, dass Sie mit ihr verkehren.«

»Ich kenne sie kaum.« Kilian hatte erst tief Luft holen müssen, ehe er antworten konnte.

»Exakt. Hierin liegt die Gefahr, Oberst«, erwiderte der General.

»Herr von Schleigel, sollten Sie mir etwas über Mademoiselle Forestier zu sagen haben, wäre ich Ihnen dankbar, wenn Sie endlich zur Sache kämen. Ich habe gleich einen Termin.«

»Es gibt nichts Spezifisches zu berichten, Oberst. Dies ist nur ein freundschaftlicher Anruf unter Gleichgesinnten. Ich bin Mademoiselle Forestier letzten November zufällig begegnet und hatte keinen Grund, sie festzuhalten … aber sie bewegt sich in merkwürdiger Gesellschaft dort unten im Süden.«

»Sie haben sie festgenommen?«

»Nein, nein«, erwiderte der Gestapo-Offizier träge. »Ich glaube, ›kurz aufgehalten‹ trifft es eher.«

»Mit wem war sie zusammen?«

»Mit einem Mann namens Lukas Ravensburg. Haben Sie je von ihm gehört?«

»Sollte ich?«

Der General zögerte. »Nein, nicht unbedingt. Aber wenn er Ihnen über den Weg läuft, sollten Sie ein Auge auf ihn haben.«

»Wer ist der Mann?«

»Ihr Verlobter«, sagte Herr von Schleigel. Überrascht sog Kilian die Luft ein. »Sie wussten doch, dass Mademoiselle Forestier verlobt ist, oder?«

Kilian schloss die Augen. »Warum sollte mich das interessieren?«, fragte er gleichmütig.

»Ich erwähne es nur beiläufig, Oberst …«

»Warum haben Sie Mademoiselle Forestier und ihren Verlobten denn aufgehalten?«

»Ravensburg entsprach der Beschreibung eines Mannes, den wir für einen gefährlichen Maquisard halten.«

»Sie beobachten sie also nicht?«

»Formell nicht, nein.«

»Und informell?« Kilian hielt die Luft an.

»Das fällt jetzt nicht mehr unter meine Zuständigkeit, Oberst«, erwiderte der General. »Ich verlasse Paris morgen und mache ein paar Tage Urlaub in der Schweiz, bevor ich nach Krakau reise.«

»Dann einen schönen Urlaub, Herr von Schleigel«, sagte Kilian, darum bemüht, sich nichts anmerken zu lassen.

»Sollte ich zufällig Frau Vogel begegnen, werde ich ihr gerne Grüße von Ihnen ausrichten.«

Kilian erstarrte. Er betastete seine Brusttasche und spürte das beruhigende Knistern des Briefes, den er noch nicht zur Post gebracht hatte.

»Ich wüsste nicht, warum Sie an einer alten Flamme von mir Interesse haben sollten.«

»Oh, wir sind an allen möglichen Beziehungen interessiert, Oberst.«

Die Gestapo wusste also, wer seine Freunde waren. Vermutlich wollte von Schleigel ihm jedoch nur klarmachen, dass er jederzeit unter Beobachtung gestellt werden könnte. Kilian beschloss, den Brief vorerst nicht abzuschicken.

»Ich habe Ilse seit fast sechs Jahren nicht mehr gesehen, aber Sie können ihr gerne Grüße von mir ausrichten«, erwiderte er höflich.

»Ja, das werde ich tun. Guten Tag, Oberst. Heil Hitler!«

Kilian weigerte sich, den Gruß auszusprechen. Er legte einfach auf.

Es war fast Mittag, stellte Luc fest, als er und Lisette erwachten. Schweigend lagen sie einen Moment da.

»Ich will dich nicht loslassen«, sagte Luc schließlich.

»Musst du denn schon gehen?«, flüsterte Lisette und streichelte ihm über die Schulter. »Es ist so schön, in deinen Armen aufzuwachen.«

Er lächelte. »Ich wünschte, ich könnte noch bleiben, aber das ist zu gefährlich. Außerdem muss ich arbeiten. Wenn ich das nächste Mal hierherkomme, musst du bereit zum Aufbruch sein.«

Lisette seufzte. Sie hatte schon damit gerechnet, dass er so etwas sagen würde. Warum sonst hätte er sich zu erkennen geben sollen?

»Wie bist du eigentlich Kilians Fahrer geworden?«

»Ich bin ein loyaler, kriegsuntauglicher Deutscher, der dem Reich hilft, wo er nur kann. Er kennt mich unter dem Namen Christian Löwe.«

»Ich will dich gar nicht fragen, wie es dir gelungen ist, so nahe an den Oberst heranzukommen, aber was willst du damit erreichen?«

»Hör zu, Lisette«, sagte er und blickte sie eindringlich an. »Bis jetzt ist es mir immer nur darum gegangen, auf dich aufzupassen, damit dir nichts passiert. Doch der Auftrag aus London ist für dich nicht mehr relevant. Kilian spielt keine Rolle mehr.«

Sie starrte ihn an. »Du bist ja nur …«

»Eifersüchtig?«

»Eigentlich wollte ich sagen, dass du böse auf mich bist.«

»Vermutlich habe ich es dir nicht richtig erklärt«, sagte er. »Du hast so isoliert gelebt, dass du nicht auf dem neuesten Stand bist. Wir haben neue Pläne bekommen. Alle Kräfte werden für die Invasion im Norden gebraucht.«

Sie zuckte mit den Schultern. »Darauf warten wir doch schon seit Jahren.«

»Jetzt ist es endlich so weit. Jeder Widerstandskämpfer im Land bereitet sich auf den D-Day vor. Es ist nicht mehr nötig, Kilian auszuspionieren.«

»Ich erhalte meine Befehle immer noch aus London.«

Sie sah ihm an, dass er sich zwingen musste, ruhig zu bleiben. »Fast eine Million Amerikaner bereiten sich darauf vor, den Kanal zu überqueren. Deine Botschaften aus Paris über einen einzelnen Mann sind inzwischen unnötig.«

Ärgerlich wandte sie sich ab. »Luc, und wenn du es noch so oft sagst, solange ich keine gegenteiligen Befehle bekomme, muss ich mit meiner Mission weitermachen.«

Er stand auf, um sich anzuziehen. »Alles ist anders. Nichts, was du nach London schickst, kann etwas an der Tatsache ändern, dass die Deutschen in den nächsten Wochen überrollt werden.« Er zog seine Hose hoch und knöpfte sie zu. »Die Alliierten brauchen jeden Einzelnen von uns.« Er setzte sich auf die Bettkante und packte sie an den Schultern. »Du könntest ins Kreuzfeuer geraten. Es werden Köpfe rollen. Niemand kann voraussagen, wie Kilian reagieren wird, wenn er deinen Verrat entdeckt. Und ich würde eher sterben, bevor ich zulasse, dass du in die Hände der Gestapo gerätst.« Er grinste schief. »Willst du mich auf deinem Gewissen haben?«

»Markus Kilian wird mich nicht an die Gestapo übergeben.«

Luc runzelte die Stirn. »Sei nicht naiv. Glaubst du, er würde dich über seine Pflicht dem Vaterland gegenüber stellen?« Er musterte sie. »Ja, das glaubst du wohl tatsächlich.«

Lisette riss sich los. »Ich weiß nicht, was ich glauben soll«, stöhnte sie. »Ich verstehe ja noch nicht einmal, warum du hier bist.«

»Ich bin hier, um dich aus Paris herauszuholen«, sagte er ernst.

»Wie hast du eigentlich von meiner Mission erfahren?«, fragte sie.

»Um zu erkennen, dass du auf eine bestimmte Person angesetzt warst, braucht man kein Genie zu sein. Es gab auch noch einige andere Hinweise, wie zum Beispiel, dass du kein Funkgerät mitgebracht hast. Ganz klar wurde es mir erst, als ich mit dem Chef deines Netzwerks gesprochen habe. Er vertraute mir und sagte, du hättest einmal Kilian erwähnt. Da wusste ich sofort, dass er dein Ziel sein muss. Es hat einige Wochen gedauert, bis sie mich als Fahrer in seinem Bereich eingestellt haben. Sie haben Mühe, Deutsche zu finden, die gut Französisch sprechen.« Er ignorierte Lisettes Blick. »Übrigens gibt es noch einen Grund, warum du von hier wegmusst: Wenn ich herausfinde, was dein Auftrag ist, dann können es deine Feinde auch.«

»Glaubst du wirklich, dass ich alleine auf ein Wort von dir aus meinem Auftrag aussteige?«

»Ja, das glaube ich. Außerdem bin ich nicht der Einzige. Churchill und de Gaulle sagen das Gleiche. Dein Leben ist in Gefahr.«

»Glaubst du, das weiß ich nicht?«

»Darum geht es nicht. Du musst mir vertrauen, wenn ich dir sage, dass sich die alliierten Streitkräfte derzeit auf den Pas de

Calais konzentrieren. Wir müssen die deutschen Kommunikationsleitungen verlangsamen, um Zeit für die letzten Vorbereitungen zu schinden. Wir werden jede Telefonleitung durchtrennen, jede Zugverbindung unterbrechen, jede Truppenbewegung behindern und jedes Waffenlager zerstören. Eisenbahn, Straße, Schiffe, Luftverkehr – unsere Leute im ganzen Land werden tun, was sie können, um die Verbindungen in den Norden zu kappen. Eine ganze Operation ist angelaufen, um dafür zu sorgen, dass sich die Deutschen per Funk verständigen müssen, damit deine Leute mithören können. Glaub mir, Lisette: Nichts von dem, was du als Geliebte von Oberst Kilian tust, kann zum Erfolg beitragen, da er nicht in die Kommandokette involviert ist.«

Er sah, dass ihre Augen zornig aufblitzten.

»Was, wenn er einer Gruppe von Verschwörern angehört, die ein Attentat auf Hitler planen?«

Damit hatte Luc nicht gerechnet. »Wie bitte?«

Sie fuhr sich mit der Hand durch die schwarzen Haare. »Irgendetwas läuft da zwischen Kilian und Stülpnagel.« Rasch berichtete sie Luc alles, was sie wusste.

Er hörte zu, war jedoch nicht überzeugt. »Bist du dir sicher, dass du ihn nicht nur einfach sympathisch erscheinen lassen willst?«

»Sehr sicher. Und ich glaube auch nicht, dass jeder Deutsche mit Hitler über einen Kamm geschoren werden kann. Ich habe auch deutsches Blut – bin ich deshalb gleich schuldig? Du hast deutsche Eltern, Luc – bist du deshalb mitschuldig an den grausigen Taten? Was ist mit diesem alten Mann in L'Isle-sur-la-Sorgue? Er sah nicht so aus, als ob er mit den Nazis sympathisieren würde.«

Luc sackte zusammen, als habe sie ihm in den Magen geboxt.

Lisette wusste, dass es grausam war, den Vorfall zu erwähnen, aber sie konnte jetzt nicht mehr zurück. »Ich gehöre nicht zum

Maquis. Du kannst mir nicht vorschreiben, was ich tun soll«, schloss sie.

Er ließ sich jedoch nicht abbringen. »Es ist an der Zeit zu verschwinden, damit niemandem etwas passiert. Wir können …«

»Luc, ich bin dir dankbar für deine Loyalität.«

»Für meine Loyalität?«, fragte er verletzt.

»Aber ich muss herausfinden, was zwischen Kilian und Stülpnagel vor sich geht. Deshalb werde ich nicht tun, was du von mir verlangst. Ich muss meinen Befehlen folgen – und meinem Herzen.«

Er schaute sie bekümmert an. »Und ich muss meine befolgen.«

Bestürzt erwiderte sie seinen Blick, aber als sie die Hand nach ihm ausstreckte, hatte er sich bereits zur Tür gewandt. Wütend rannte er die Treppe hinunter, ohne auf ihre Rufe zu achten.

Lisette fuhr mit der Métro zur Bank, und innerhalb von einer Stunde saß sie hinter ihrem Schreibtisch. Obwohl es fast schon zwei Uhr nachmittags war, war sie heilfroh, dass sie sich mit der Arbeit ablenken konnte, so dass weder Luc noch Markus ihre Gedanken gefangen hielt. Sie vermochte es sich nicht zu erklären, warum sie sich in der einen Minute von Luc so angezogen fühlte und sich in der nächsten Minute so heftig mit ihm zankte. Jetzt war er schon wieder weg, und sie fühlte sich völlig verlassen. Sie musste ständig daran denken, dass Luc sie mit Markus gesehen hatte. Wie schwer musste das für ihn gewesen sein! Wenn ihre Mission gelingen sollte, dann durfte sie nicht mit beiden zusammen sein.

Ihr Onkel hatte ihr eine Nachricht hinterlassen, in der er sie bat, sofort in sein Büro zu kommen. Sie eilte zu ihm.

Walter erhob sich, als sie das Zimmer betrat, und kam ihr entgegen. Sie dachte, er wolle sie küssen, doch er griff nach Hut und Mantel und schlang sich einen Schal um den Hals. »Man hatte mir gesagt, du fühltest dich nicht wohl.«

»Ja, aber im Laufe des Tages ging es mir wieder besser.«

Er zwang sich zu einem Lächeln. »Das ist gut. Ich bin froh, dass du jetzt hier bist. Lass uns einen Kaffee trinken gehen.«

Walter benahm sich seltsam steif und distanziert. Warum sollten sie auswärts Kaffee trinken, wenn doch seine Sekretärin ihm jederzeit den besten Kaffee zubereiten konnte?

»Stimmt etwas nicht?«

»Hol deinen Mantel, Lisette. Ich warte unten im Foyer auf dich.«

Er scheuchte sie aus dem Büro, und Lisette gehorchte notgedrungen.

Draußen zeigte er die Straße entlang. »Dort ist ein Café, das Trois Moineaux.« Auf Deutsch fuhr er fort. »Drei Spatzen. Wo nehmen sie nur immer diese Namen her?«

Es war definitiv Frühling geworden, aber die Mauern, die Lisette während des langen Pariser Winters sorgfältig um sich errichtet hatte, drohten sie zu ersticken. Sie setzten sich auf die Terrasse. Walter war schon über siebzig, und er hätte bestimmt lieber drinnen gesessen. Barsch befahl er dem Kellner auf Deutsch, ihnen zwei Kaffee zu bringen.

»Bist du böse auf mich, weil ich mich krankgemeldet habe?«, fragte Lisette vorsichtig.

Er warf ihr einen finsteren Blick zu. »Gestern hat mich ein Offizier von der Gestapo besucht.«

Bei Lisette begannen sämtliche Alarmglocken zu schrillen. »Oh. Warum?«

»Er wollte mit mir über dich reden«, sagte ihr Onkel.

»Über mich?« Überrascht blickte sie ihn an.

»Ja. Ein schrecklicher Kerl namens von Schleigel. Ah, ich sehe, du kennst den Namen. Möchtest du mir nicht sagen, wer der Mann ist, Lisette?«

»Was wollte er denn?«

»Du leugnest also nicht, ihn zu kennen. Ich glaube nicht, dass er Grund zum Lügen hatte, aber ich kann mich nur schwer damit abfinden, dass er deinen Name in einem Atemzug mit der Geheimpolizei genannt hat.«

Er hob den Finger an die Lippen, als der Kellner den Kaffee brachte.

»Was hat er denn gesagt, Walter?«, fragte sie. Leiser fuhr sie fort: »Verzeih mir, aber er ist ein widerlicher Mensch.«

»Was hast du in L'Isle-sur-la-Sorgue gemacht? Du hast mir gegenüber behauptet, du kämest aus Lyon.«

Ärgerlich und verletzt zugleich blickte sie ihn an. »Ich habe dir doch erzählt, dass ich aus der Provence gekommen bin.«

»Aus Marseille, hast du gesagt.«

Lisette seufzte. »Alle Züge in den Süden fahren über Lyon. Was wirfst du mir vor?«

»Gibt es denn etwas, das ich dir vorwerfen könnte?«

Lisette schwieg. Ihr Zichorienkaffee war stark und bitter und passte zu ihrer Stimmung. Finster starrte sie vor sich hin. Ein paar Minuten saßen sie schweigend da.

»Warum hast du mir nichts von Lukas Ravensburg erzählt?«

Ihr Magen zog sich zusammen. Es hatte keinen Zweck, so zu tun, als kenne sie den Namen nicht. »Walter, seit meiner Ankunft warst du so nett und großzügig zu mir, und ich werde dir für deine Unterstützung ewig dankbar sein. Aber du hast mich nie nach meinem Leben gefragt, und ich habe angenommen, das interessiert dich alles nicht.« Sie schüttelte den Kopf, als er etwas einwenden wollte. »Das war ja auch nicht weiter schlimm. Warum solltest du etwas über das Privatleben einer Angestellten wissen wollen? Mir ist bekannt, dass die Franzosen dich genauso bewundern und respektieren wie die Deutschen. Für dich ist das eine Gratwanderung – und du musst deine Position schützen.«

»Die Bank«, korrigierte er sie.

»Glaubst du, ich bringe sie in Gefahr?«

»Das musst du mir sagen.«

Die Wahrheit wäre zu schmerzlich für ihn. Wahrscheinlich hatte er mittlerweile sowieso schon einen Verdacht, warum sie nach Frankreich gekommen war. »Hör zu … Walter. Lukas Ravensburg ist mein Freund.«

»Dein Freund?«

Sie nickte verlegen. »Mehr als ein Freund.«

»Dein Liebhaber?«

»So würde ich ihn nicht nennen.«

»Ach, nein? Von Schleigel hat ihn als deinen Verlobten bezeichnet.«

»Das ist er nicht. Er ist als Deutscher in Frankreich aufgewachsen. Seine Eltern sind tot. Sein Vater hat im Großen Krieg gekämpft.« Erleichtert sah sie, dass Walter schon ruhiger wirkte. Er trank einen Schluck Kaffee. »Wir hatten gemeinsame Freunde in Frankreich, begannen eine Brieffreundschaft und haben uns getroffen, als ich in der Provence war. Er stammt aus dem Süden. Ich mag ihn sehr, aber du weißt ja, die Zeiten eignen sich nicht für eine feste Beziehung. Wir haben ein paar Tage miteinander verbracht … nur freundschaftlich, nichts Ernstes.«

»Liebst du ihn?«

Sie lächelte traurig. »Die Zeit hat nicht ausgereicht. Ich musste nach Paris.«

»Wie passt von Schleigel ins Bild?«

»Eine unglückselige Passkontrolle. Lukas hat mich zum Zug gebracht. Vorher waren wir in Gordes, um uns den Ort anzusehen. Der Tag war schlecht gewählt – während unseres Aufenthalts haben sie zwei Maquisards öffentlich hingerichtet.« Lisettes Augen füllten sich mit Tränen. »Es war schrecklich, Walter. Nur ein paar Meter von mir entfernt haben sie zwei Männer erschossen. Einem haben sie eine Kugel in den Kopf gejagt. Ich werde dieses Bild nie vergessen können.«

Walter legte seine Hand auf ihre. »Das tut mir leid, Lisette«, sagte er aufrichtig besorgt.

»Wir wollten unbedingt von dort weg. Lukas brachte mich zum Zug nach Lyon, da tauchte plötzlich von Schleigel auf, kontrollierte unsere Papiere und nahm uns fest.«

»Er meinte, er habe euch nur ›aufgehalten‹.«

»Wie auch immer er es bezeichnet, wir sind uns jedenfalls vorgekommen wie Gefangene. Er hat Lukas verhört. Ich war in einem anderen Raum, deshalb kann ich nicht mehr dazu sagen. Ich nehme an, von Schleigel hat Lukas mit einem Widerstandskämpfer verwechselt. Die Gestapo hatte nichts gegen ihn in der Hand – gar nichts. Es war einfach nur eine Verwechslung.«

»Wie ist von Schleigel an meinen Namen gekommen?«

Lisette blickte ihn zerknirscht an. »Es tut mir leid. Ich musste deinen Namen verwenden, damit er uns endlich gehen ließ.«

»Es hat wohl funktioniert.«

Sie nickte. »Wie Magie. Ich musste etwas tun.«

»Wo ist Ravensburg jetzt?«

»Ich weiß nicht«, sagte sie und blickte ihm in die Augen. »Wir haben uns in Gordes voneinander verabschiedet. Die Umstände waren ein bisschen schwierig, wie du dir vorstellen kannst. Wir waren beide schockiert. Auf jeden Fall weiß er, wo ich arbeite.«

»Bis jetzt hast du noch nichts von ihm gehört?«

»Nein. Was wollte von Schleigel?«

»Ich bin mir nicht ganz sicher. Vielleicht macht er sich Sorgen, dass du etwas zu mir gesagt haben könntest, was ihn bei seinen Vorgesetzten in Schwierigkeiten bringt. Vielleicht wollte er mich auch nur aushorchen. Anschuldigungen hat er jedenfalls nicht von sich gegeben.«

»Das wird er sich auch nicht trauen.«

»Wahrscheinlich wollte er mir einfach nur mitteilen, was du im Süden gemacht hast.«

Lisette seufzte. »Ich habe nichts getan.«

»Er ist schon ein gerissener Kerl, das sind alle Gestapo-Offiziere. Ich kenne niemanden, selbst unter den Deutschen nicht, der auch nur ein gutes Wort über diese Leute zu sagen hätte. Aber ich habe für dich gelogen, Lisette. Ich habe zu von Schleigel gesagt, du hättest in der Bank in Straßburg gearbeitet.«

Sie nickte dankbar. »Wir dürfen auf keinen Fall erwähnen, dass ich eine Zeit lang in England war.«

»Wenn das herauskäme, würde dir niemand trauen, ganz gleich, was ich sagen würde. Du verstehst doch, dass ich auf Nummer sicher gehen musste?«

»Ja, natürlich. Es tut mir leid, wenn ich dich enttäuscht habe. Ich würde nie etwas tun, das dir schaden könnte, Walter.«

Er wedelte abwehrend mit der Hand. »Ja, das weiß ich. Deshalb habe ich ihm auch erzählt, dass ich von Ravensburg kenne.«

Lisette schaute ihn an. »Ja?«

»Wie sollte ich den Mistkerl denn sonst loswerden?«

Sie senkte den Blick und spielte mit dem Henkel ihrer Tasse.

»Nachdem ich das erst einmal bestätigt hatte, kniff von Schleigel den Schwanz ein und ging. Trotz allem möchte ich schon gerne wissen, warum du der Gestapo gesagt hast, ihr wolltet heiraten.«

Sie holte tief Luft. »Aus dem gleichen Grund, aus dem du für mich gelogen hast. Ich habe es behauptet, weil ich außer mir vor Angst war. Ich dachte, er wollte Lukas umbringen und es würde ihn schützen, wenn ich – Walter Eichels Patentochter – glaubhaft versicherte, ich wollte ihn heiraten.«

»Das leuchtet mir ein. Stehst du diesem Lukas so nahe?«

»Ja und nein. Mit ihm zusammen war es wundervoll, aber wie gesagt, ein Krieg ist nicht die richtige Zeit, um zu weit vorauszudenken.«

»Und jetzt ist Markus Kilian in dein Leben getreten.«

Sie zögerte, merkte jedoch sofort, dass er es sah. »Ja.«

»Spielst du mit ihm?«

»Ich kenne ihn kaum.«

»Ich vermute nämlich, dass das gefährlich wäre. Ich möchte nicht, dass du in eine Situation gerätst, die du nicht mehr unter Kontrolle hast.«

»Was für eine Situation?«

»Dass du die Geliebte eines hochrangigen Offiziers der deutschen Wehrmacht bist.«

Sie starrte ihn an.

»Ich weiß, dass du die Nacht bei Markus Kilian im Hotel verbracht hast.« Verlegen wandte er den Blick ab.

Lisette wurde es übel. »Spionierst du mir nach?«

»Ich passe auf dich auf, mein Kind. Ich bin dein Patenonkel.«

»Ich habe keinen Grund, dich anzulügen, Walter.«

»Nein, aber vielleicht willst du mich vor etwas schützen.«

»Wovor denn?«

»Vor dem, was zwischen Lukas Ravensburg und diesem von Schleigel ist.«

»Du siehst Gespenster.«

»Ich hoffe es. Ich hoffe wirklich sehr, dass ich mich irre. Falls nicht, muss ich dich warnen. Auf die Gestapo habe ich so gut wie keinen Einfluss. Du bist vielleicht in der Lage, solches Pack wie von Schleigel mit meinem Namen zu beeindrucken, aber ich kann dir versichern, wenn sie in Berlin oder auch nur im Hauptquartier der Gestapo in Paris anfangen, sich für dich zu interessieren, dann kann ich dir nicht mehr helfen. Himmler ist skrupellos, mehr noch, er ist paranoid. Das ist eine schreckliche

Mischung für jemanden, der Chef des Geheimdienstes *und* der paramilitärischen Truppe ist.«

Sie nickte.

Du hast Glück, dass von Schleigel auf dem Weg nach Polen zu den Lagern ist. Ehrlich gesagt hoffe ich, dass er dort erfriert!« Walters Stimme klang angewidert. »Aber Leute wie er überleben alles. Auf jeden Fall habe ich ihm erklärt, dass ich Ravensburg kenne und schätze. Hoffentlich schadet mir die Lüge nicht.«

»Danke, Walter«, sagte Lisette leise.

»Bevor du dich bei mir bedankst, solltest du noch etwas wissen.«

Sie blickten sich an.

»Von Schleigel hat viele Fragen über dich gestellt, bevor er auf deine sogenannte Verlobung zu sprechen gekommen ist.«

Sie runzelte die Stirn. »Und?«

»Ich habe Oberst Kilian erwähnt.«

Ihr Mund wurde trocken. »Ist das relevant?«

»Von Schleigel hat äußerst interessiert gewirkt.«

»Warum hast du das getan?«

»Er fragte mich, ob du eine Beziehung hättest, und eine zweite Lüge wollte ich nicht riskieren.«

»Weiß Markus von deinem Gespräch mit von Schleigel?«

»Ich glaube nicht.«

»Hoffentlich hat der Idiot keinen Ärger angezettelt.«

»Hast du Markus von Ravensburg erzählt?«

»Nein. Markus ist …«

»Eine Affäre?«

Sie machte eine hilflose Geste. »Ich wollte eigentlich sagen, unwiderstehlich.«

»Abgesehen vom Führer und seinen Gefolgsleuten kenne ich niemanden, der ihn nicht bewundert.«

»Der perfekte Mann also?«

Walter schüttelte den Kopf. »Der perfekte Soldat. Aber er ist auch ein Mann, Lisette, mit allen Schwächen, und er ist deinen Reizen erlegen. Sei vorsichtig. Er ist sehr stolz. Wenn du weiter mit ihm zusammen sein möchtest, solltest du jede Verbindung zu Ravensburg abbrechen ... Oder du musst Markus von ihm erzählen und diese knospende Romanze – oder was immer es auch ist – beenden.«

Sie nickte. Wie sollte sie ihm auch klarmachen, dass sie beides nicht konnte?

»Damit ist alles gesagt. Sollen wir gehen?« Walter stand auf und kramte in seinen Hosentaschen nach Geld. »Wann siehst du Markus wieder?«, fragte er und legte die Münzen auf die Untertasse.

»Vielleicht morgen.«

»Denk über meine Worte nach. Findest du alleine zurück? Ich muss noch ein paar Besorgungen machen.«

Sie küsste ihn zum Abschied.

»Sei vorsichtig, Kind«, sagte er leise. »Ich will nicht, dass dir etwas zustößt.«

Lisette lächelte liebevoll und wandte sich zum Gehen. Sie war äußerst besorgt, wollte es ihm jedoch nicht zeigen. Sie war auch nicht bereit, London darüber zu informieren, dass ihre Tarnung gefährdet war, schließlich war sie so kurz vorm Ziel. Also beschloss sie, nichts zu erwähnen und davon auszugehen, dass von Schleigel lediglich im Trüben gefischt hatte. Wenn Buckmaster wollte, dass sie weitermachte, würde sie es um jeden Preis tun. Nur was, wenn Luc recht hatte und den Verantwortlichen außer dem versprochenen D-Day alles egal war? Auch dann musste sie warten, bis sie das vom SOE hörte.

London würde über ihren nächsten Schritt entscheiden.

28

Kilian war in Gedanken nicht bei seiner Arbeit, aber sie war ohnehin nicht besonders wichtig. Seine Stimmung schwankte zwischen Erregung und Verzweiflung. Er war stolz darauf, an der Verschwörung gegen Hitler beteiligt zu sein, aber der Anruf von der Gestapo war beunruhigend gewesen.

Sollte er von Schleigel Glauben schenken? Warum sollte der Mann ihn anlügen? Wo Rauch war, da war für gewöhnlich auch Feuer.

Am wichtigsten war jedoch: Warum sollte Lisette lügen? Wenn sie mit ihrem Verlobten so unglücklich war, dass sie sich Markus als Geliebten nahm, wieso sagte sie ihm das denn dann nicht? Sie musste etwas zu verbergen haben, sonst hätte sie ihm von Ravensburg erzählt.

Was mochte sie verschweigen? Eine Frau Mitte zwanzig. Deutscher Elternteil, französische Nationalität. Schön, jung, intelligent.

Kilian ging spazieren. Vielleicht bekam er ja an der Seine einen klaren Kopf. Trüb blickte er vom Pont Neuf auf die westliche Spitze der Isle de la Cité. Er liebte das Wissen, dass den ersten Stein zu dieser Brücke im Mittelalter Henri III. persönlich gelegt hatte, der Lieblingssohn der großen Katharina von Medici. Aber noch nicht einmal seine Lieblingsbrücke konnte die düstere Stimmung vertreiben, die von ihm Besitz ergriffen hatte.

Bis zu diesem Moment war er für alles offen gewesen – für

Ideen, für Frauen, für die Zukunft. Wieso hatte er nicht gemerkt, dass Lisette ihn hereinlegen wollte? Die Antwort traf ihn wie ein Schlag in die Magengrube …

War Lisette etwa eine Spionin?

Warum? Was gab es bei ihm auszuspionieren? Er war einfach nur ein Offizier, der in Ungnade gefallen war und im Exil lebte. Das machte aus ihm … den perfekten Kandidaten. Unglücklich, mürrisch und verletzlich. Glaubten die Alliierten etwa, ihn mit einer schönen, klugen Agentin zum Überlaufen bewegen zu können?

Er schluckte. Welche Informationen erwartete Lisette von ihm? Er hatte doch gar keine!

Ein Schwarm Spatzen flog auf, und er sah, dass sie sich alle wie auf Befehl gegen eine große schwarze Krähe wandten. Unwillkürlich zog er die Parallele zu sich. Er war die schwarze Krähe unter all den braunen Uniformen. Alle befolgten Befehle – nur wenige zogen Aufmerksamkeit auf sich.

Waren die Alliierten auf ihn aufmerksam geworden? Oder arbeitete Lisette womöglich für die Gestapo? War der Plan, Hitler zu ermorden, in Gefahr? Nein! Die Beteiligten waren extrem vorsichtig. Außerdem wusste er sowieso keine Details.

Kilian stöhnte. Er tappte völlig im Dunkeln. So schnell wie möglich musste er mit Stülpnagel sprechen. Er wollte auf keinen Fall derjenige sein, der diesen Plan vereitelte.

Fast im Laufschritt näherte er sich seinem Wagen. Der Fahrer sprang heraus, um ihm die Tür aufzuhalten. Es war niemand von der Wehrmacht – noch nicht einmal ein Soldat.

»Zurück ins Büro, Oberst?«

»Nein. Bringen Sie mich zu General Stülpnagel.«

»Sehr wohl. Ist alles in Ordnung, Oberst?«

»Warum fragen Sie?«

»Verzeihung, aber Sie sehen besorgt aus.« Er fuhr los.

»Mir geht es gut«, versicherte Kilian. »Wie heißen Sie?«

»Löwe, Oberst. Christian Löwe.«

»Sie haben gestern Nacht Mademoiselle Forestier nach Hause gebracht, nicht wahr?« Er beobachtete den Gesichtsausdruck des Mannes im Rückspiegel.

»Jawohl, Herr Oberst. Ich habe sie bis zu ihrer Wohnungstür gebracht.«

»Lebt sie alleine?«

»Das habe ich nicht gesehen, Herr Oberst. Ich war vorher noch nie dort.«

»Das weiß ich, Löwe. Nun seien Sie doch nicht so begriffsstutzig. Gibt es Anzeichen dafür, dass jemand mit ihr zusammenlebt?«

»Nein, Herr Oberst. Mir ist nichts aufgefallen.«

Sie schwiegen wieder. Dann sagte Kilian: »Waren Sie jemals verliebt?«

Der Mann blinzelte. »Ja, Herr Oberst.«

»Das macht einen Mann fertig, was?«

Löwe lächelte. »Im Krieg ist es gefährlich.«

»Ja, das denke ich auch. Lieben Sie sie immer noch?«

»Jawohl, Herr Oberst. Ich weiß allerdings nicht, ob sie mich auch liebt.«

»Gibt es da noch jemanden?«

»Jawohl. Er ist älter und mächtiger als ich.«

Kilian machte eine abfällige Geste. »Ist sie flatterhaft?«

»Nein, das glaube ich nicht, Herr Oberst. Verwirrt vielleicht. Im Krieg machen wir alle Dinge, die wir später womöglich bedauern.«

»Ja, in der Tat.« Kilian seufzte.

Eine Baustelle zwang sie zum Anhalten.

»Tut mir leid, Herr Oberst. Soll ich wenden und …?«

»Es ist ja nicht Ihre Schuld.« Kilian seufzte wieder und blickte aus dem Fenster. Draußen lief ein jüdisches Paar vorbei, den gelben Davidsstern auf die Mäntel genäht. Sie waren vielleicht Anfang vierzig, ordentlich gekleidet und hielten einen Jungen an der Hand, der zwischen ihnen ging. Unwillkürlich fragte sich Kilian, wie diese Familie bis jetzt der Deportation entkommen war. Was mochten sie für einen Schutz haben? Und wie lange würde er noch halten? Er wünschte, er könne die drei davor bewahren und dadurch seine eigene Seele retten.

»Erzählen Sie mir von der Frau, die Sie lieben«, sagte er zu Löwe.

Ihm entging, dass sein Fahrer die Lippen zusammenpresste. »Was möchten Sie wissen, Herr Oberst?«

»Wie lange kennen Sie sie schon?«

»Erst seit letztem Jahr.«

Kilian warf ihm einen Blick zu. »Das ist nicht sehr lange. Woher wissen Sie, dass Sie sie wirklich lieben?«

»Weil ich schon viele Frauen hatte und mich keine so berührt hat wie diese.«

»In welcher Hinsicht?«

»Wir streiten viel. Sie kann mich auf die Palme bringen!« Löwe schmunzelte.

Kilian lachte kurz. »Das ist ein gutes Zeichen. Ist sie hübsch?«

»Sie ist wunderschön, mit dunklen Haaren, aber klein und zierlich.«

Wieder lächelte Kilian. Die Beschreibung passte auf Lisette. »Vertrauen Sie ihr denn noch?«

»Ich weiß nicht, was ich darauf antworten soll. Immerhin hat sie sich in einen anderen verliebt. Ich fühle mich betrogen, allerdings muss ich auch zugeben, dass man Liebe nicht planen kann.«

»Hat sie Sie angelogen?«

»Nein.«

»Geben Sie die Frau nicht auf, Löwe. Sie wird den älteren Mann verlassen und wieder zu Verstand kommen.«

»Wir sind da, Herr Oberst.«

Überrascht stellte Kilian fest, dass sie bereits vor dem Hotel Meurice in der Rue de Rivoli standen, gegenüber von den Tuilerien. Er seufzte.

»Soll ich auf Sie warten, Herr Oberst?«

»Nein, zu Fuß ist es nicht weit von hier ins Büro. Sie können sicher anderweitig eingesetzt werden.«

»Sehr wohl.«

Kilian runzelte die Stirn. »Sagen Sie mal, Sie sind Deutscher?«

»Ja.«

»Warum kämpfen Sie nicht?«

»Ich bin zu Beginn des Krieges verwundet worden, Herr Oberst. Seitdem habe ich ein lahmes Bein und nütze der Wehrmacht nicht mehr allzu viel.« Er zuckte mit den Schultern. »Im Februar hat man mich Ihrer Abteilung zugeteilt, Herr Oberst.«

»Sie waren sehr diskret, ich schätze das.«

»Wir haben alle unsere Geheimnisse, Herr Oberst.«

Jeder andere Offizier hätte den Mann für eine solche Vertraulichkeit gerügt, Kilian lächelte nur. »Was ist Ihr Geheimnis, Löwe?«

»Als Fahrer oder Soldat bin ich bei Weitem nicht so gut wie als Liebhaber, Herr Oberst.«

Kilians Lächeln wurde breiter. »Danke, Löwe.« Er nickte dem Mann verschwörerisch zu, als er aus dem Wagen stieg. Wie sehr er doch die Kameradschaft ganz gewöhnlicher Männer vermisste – Männer, die nichts zu verbergen hatten.

Stülpnagel ließ ihn nicht warten. »Oberst Kilian«, sagte der General herzlich und kam durch die Empfangshalle auf ihn zu. Seine Absätze klackten auf dem Marmorboden des prächtigen Hotel Meurice. »Danke, dass Sie persönlich gekommen sind.

Ich habe schon gehört, dass ich meine Aktenmappe gestern bei Ihnen vergessen habe.«

Kilian blinzelte, fing sich aber rasch wieder. »Ja, ich war zufällig in der Nähe und dachte, ich schaue rasch einmal nach, ob Sie die auch erhalten haben. Ich habe gestern sofort einen Boten losgeschickt«, sagte er.

»Vielen Dank noch einmal. Ich wollte gerade ein wenig an die frische Luft. Möchten Sie mich begleiten? Auf einen Kaffee vielleicht?«

»Ja, gerne, warum nicht.«

Sie gingen in die Tuilerien und plauderten über dieses und jenes, während Stülpnagel ihn zum Café Renard dirigierte. Wesentlich mehr Menschen als sonst hielten sich im Park auf, aber im Café saßen nur Deutsche, wahrscheinlich Soldaten auf Urlaub. Die meisten nahmen Haltung an, als sie den General und den Oberst erblickten. Stülpnagel grüßte und ging mit Kilian zu einem Tisch hinten im Café, wo sie einigermaßen ungestört waren.

»Warum sind wir hier?«, fragte der General.

Kilian holte tief Luft. »Ich bin mir nicht ganz sicher, aber ich fühle mich verpflichtet, Ihnen zu sagen, dass ich möglicherweise in Gefahr bin.«

Stülpnagel seufzte leise. »Wie?«

Flüsternd berichtete Kilian seinem Gegenüber, was er wusste.

»Also sind Sie nicht beschuldigt worden?«, fragte Stülpnagel.

»Nein, nichtsdestotrotz betrachte ich es als Warnung.«

»Ja. Es ist ein zu großer Zufall, dass diese Frau gerade jetzt in Ihr Leben getreten ist.«

Kilian stimmte ihm zu. »Warum gerade ich? Ich habe keinerlei Zugang zu Informationen, die den Alliierten nützlich sein könnten. Jeder müsste wissen, dass ich hier auf dem Abstellgleis bin.«

Stülpnagel kaute auf der Unterlippe. »Ich muss zugeben, das ergibt keinen Sinn. Könnte es denn mehr als ein Zufall sein?«

»Ich hoffe es. Sie ist das Patenkind von Walter Eichel. Er hat mich ihr vorgestellt, und ich kann nur schwer glauben, dass dieser Mann in etwas Unrechtes verwickelt ist.«

»Und Sie sagen, Sie haben die Mademoiselle erst vor kurzem kennen gelernt?«

»Letzte Woche. Am Montag bin ich dann mit ihr essen gegangen. Allerdings geben mir zwei Dinge zu denken: Woher sollten die Alliierten oder die Gestapo von Ihrer Absicht wissen, mich an dem Komplott zu beteiligen, bevor ich es selbst erfahren habe? Jeder involvierte Spion hätte mich nach unserem Treffen gestern kontaktiert, nicht vorher. Ich sehe auch nicht, wie ein Geheimdienst zu dem Schluss kommen könnte, dass alle diese scheinbar unverbundenen Elemente ein Ganzes bilden könnten: dass ich Lisette kennen gelernt habe, das Komplott, dieser Lukas Ravensburg und seine Verbindung zur Gestapo.«

»Ja, das ist in der Tat unmöglich«, stimmte Stülpnagel ihm zu. »Wie Sie sagen, wollte von Schleigel nur Eichels Geschichte bestätigt haben – und einen Wehrmachtsoffizier ein bisschen nervös machen. Sie kennen doch die Gestapo, Oberst – diese Leute sind nur darauf aus, Zweifel zu säen.«

»Sie glauben also, dass er lügt?«

»Nein, Kilian. Er hat keinen Grund, über Mademoiselle Forestier etwas Falsches zu sagen, aber er versucht, unsichtbare Verbindungen herzustellen.«

Markus Kilian blickte ihn nachdenklich an. »Er kam mir vor wie so ein brutaler Schlägertyp. Ich vermute, insgeheim verabscheut er Männer wie mich, die ein … wie soll ich sagen, privilegierteres Leben geführt haben als er. Aber dass die Gestapo überhaupt in meine Richtung blickt, ist potentiell gefährlich. Ich will nicht, dass unser Plan herauskommt. Falls ich tatsächlich eine Gefahr darstelle, dann sollte ich von der Bildfläche verschwinden.«

Der General nickte. »Ja. Allerdings kann ich sonst niemanden in Paris ins Vertrauen ziehen. Ich brauche jemanden mit Ihrer Erfahrung vor Ort.«

»Was soll ich tun?«, fragte Kilian.

»Nichts«, erwiderte der General und trank seinen Kaffee aus. »Wie Sie bereits sagten, der Mann ist ja jetzt weg.«

»Was ist mit Lisette Forestier?«

»Liegt Ihnen etwas an dieser Frau?«

Kilian nickte. Er wollte nicht zugeben, wie sehr er sie mochte.

»Sie kommt aus einer guten Familie. Ich werde sie mal überprüfen. Halten Sie die Beziehung ruhig aufrecht, aber vielleicht sollten Sie die Mademoiselle beschatten lassen. Es steht genug auf dem Spiel. Sorgen Sie dafür, dass es jemand ist, dem Sie vertrauen. Auf keinen Fall jemand aus dem Ministerium. Ein Zivilist wäre die beste Option.«

»Das kann ich machen.«

»Vielleicht haben Sie ja auch ein oder zwei Wochen lang etwas außerhalb von Paris zu tun? Gönnen Sie sich eine Atempause. Achten Sie nur darauf, dass Sie regelmäßig Kontakt mit meinem Büro halten, denn es könnte sein, dass wir Sie schnell zurückholen müssen.«

Kilian blickte ihn nachdenklich an. »Ja, ich habe eine Reise aufgeschoben … Danke, General.«

»Ich glaube, alles ist in Ordnung, Oberst Kilian. Trotzdem bin ich Ihnen dankbar für Ihr schnelles Handeln. Lassen Sie es mich wissen, wenn Ihnen noch etwas merkwürdig vorkommt.«

Kilian stand auf. »Und Sie geben mir Bescheid, wenn Ihre Leute etwas Ungewöhnliches bei Lisette Forestier entdecken?«

»Natürlich.« Stülpnagel drehte sich um und blickte zum Park. »Ich glaube, ich werde nun noch ein wenig die Frühlingssonne genießen.«

Sie schüttelten sich die Hände.

»Vielleicht könnten Sie mich bald einmal dem Bischof von Paris vorstellen«, sagte Stülpnagel mit lauter, jovialer Stimme.

»Natürlich, General.«

»Exzellent. Auf Wiedersehen, Oberst Kilian. *Heil Hitler.*«

Kilian ging an den Leuten vorbei, die den schönen Frühlingstag genossen, um sich die Gliedmaßen und die kalten Herzen zu wärmen. Ihn erreichte die warme Sonne heute jedoch nicht.

Nach dem Treffen mit Walter war Lisette an ihren Schreibtisch zurückgekehrt. Sie machte sich Gedanken. Zwar hatte sie keine Angst, von Schleigel wiederzubegegnen, aber es machte ihr Sorgen, dass er zu Markus Kilian gegangen sein könnte. Wenn, dann war ihr Auftrag mit Sicherheit beendet, möglicherweise war ihr Leben jetzt schon gefährdet.

Den Rest des Tages überstand sie nur, indem sie sich auf ihre Arbeit konzentrierte. Als ihre Kolleginnen nach und nach aufbrachen, trödelte sie noch herum, fest entschlossen, nicht an Markus oder Luc und schon gar nicht an von Schleigel oder die Foltermethoden der Deutschen zu denken. Vielleicht würde die Gestapo sie gar nicht verhören, sondern von vorneherein für schuldig erklären und ihr eine Kugel durch den Kopf jagen. Genau das war wohl in L'Isle-sur-la-Sorgue passiert. Lisette war überzeugt, dass Luc irgendetwas mit dem Tod des alten Mannes zu tun hatte, aber sie hatte nicht den Mut aufgebracht, ihn danach zu fragen. Ob sie jemals wieder Gelegenheit haben würden, darüber zu sprechen?

Sie musste ihn unbedingt warnen. Aber wie? In düstere Gedanken versunken eilte sie nach Hause.

29

Kilian betrachtete seinen Fahrer zum ersten Mal genauer. Er hatte bisher gar nicht bemerkt, wie ähnlich sie sich in Größe und Aussehen waren. Sie hätten fast Brüder sein können.

»Stammt Ihre Familie aus Ostpreußen, Löwe?«

»Aus Bayern. Wo meine Eltern ursprünglich herkamen, weiß ich nicht.«

»Mit Ihrem Äußeren könnten Sie auf einem von Hitlers Plakaten abgebildet sein.«

»Das trifft auf Sie ebenso zu, Herr Oberst.«

»Dafür bin ich ein bisschen zu alt.« Er riskierte es. »Abgesehen davon bin ich nicht der vorbildliche Nationalsozialist, den unser Führer braucht.«

»Ich auch nicht, Herr Oberst«, erwiderte der Mann vorsichtig.

Kilian nickte brüsk. Das Gespräch driftete in gefährliches Fahrwasser ab. »Danke, dass Sie so kurzfristig gekommen sind, Löwe.«

»Zu Ihren Diensten, Herr Oberst. Was kann ich für Sie tun?«

»Ich habe eine ungewöhnliche Bitte«, begann Kilian. »Setzen Sie sich doch.« Sie nahmen abseits von seinem Schreibtisch in der Sitzecke in seinem Büro Platz, die den Eindruck vermittelte, dass man hier entspannt plaudern könnte. Kilian gefiel Löwes Stolz; der Mann war sein Untergebener, verbog sich in seiner Gegenwart jedoch nicht.

»Sie erinnern sich vielleicht, dass wir über Ihre Diskretion gesprochen haben … und dass ich sehr beeindruckt war.«

»Ja, Herr Oberst.«

»Ich möchte davon erneut Gebrauch machen.«

»Soll ich Mademoiselle Forestier abholen?«

Kilian lächelte leicht gequält. »Die Angelegenheit ist ein wenig komplizierter. Ja, Sie sollen sie abholen. Ich möchte, dass Sie von nun an alleine dafür verantwortlich sind, *mademoiselle* überall hinzufahren, wo sie hinmuss.«

»Das tue ich wirklich gerne für Sie, Herr Oberst, nur ...«

»Keine Sorge. Ich kläre das mit Ihrem Vorgesetzten.«

»In Ordnung. Aber es ist nicht besonders kompliziert, Mademoiselle Forestier in der Gegend herumzufahren.«

»Doch, unter gewissen Voraussetzungen schon.«

Löwe schwieg, dann runzelte er die Stirn. »Ich soll sie beobachten?«

Kilian nickte.

»Warum?«

»Das müssen Sie nicht unbedingt wissen.«

»Worauf soll ich denn achten?«

»Wo sie hingeht, wen sie trifft.«

»Das hat nicht gerade viel damit zu tun, dass ich sie fahre, Herr Oberst. Sie meinen doch sicher, dass ich Mademoiselle Forestier beschatten soll?«

»Ja. Sie sollen ihr folgen wie ihr eigener Schatten. Und es muss um jeden Preis geheim bleiben.«

»Weiß sonst noch jemand davon?«

»Nein«, log Kilian. »Sie tun das nur für mich.«

»Warum gerade ich?«

»Sie sind Zivilist, Sie sind in ihrem Alter und können sich daher unauffälliger in ihren Kreisen bewegen. Hauptsächlich jedoch, weil ich das Gefühl habe, mich auf Sie verlassen zu können, Löwe. Kann ich Ihnen vertrauen?«, fragte Kilian und blickte den Mann eindringlich an. Beeindruckt registrierte er, dass sein Gegenüber nicht mit der Wimper zuckte.

»Ja, das können Sie. Aber das Vertrauen muss natürlich gegenseitig sein. Kann ich denn darauf vertrauen, dass es einer guten Sache dient, wenn ich eine junge Frau beschatte?«

»Selbstverständlich. Ich muss gewisse Vorsichtsmaßnahmen ergreifen.«

»Wogegen, Herr Oberst?«

»Mein Rang erfordert das. Mademoiselle Forestier ist unerwartet in mein Leben getreten, und ich bin einfach nur vorsichtig.« Die Lüge bereitete ihm Unbehagen. »Das müsste jeder Offizier.«

»Ist irgendetwas passiert, Herr Oberst, das Ihnen Anlass zur Sorge gibt?«

»Nein. Mich hat nur ein neuer Befehl erreicht, dass sämtliche Beziehungen mit Zivilisten überwacht werden müssen«, log Kilian. Der durchdringende Blick von Löwe bereitete ihm Unbehagen.

»Das ist aber sehr mühsam für die Offiziere, Herr Oberst.«

»Wie das meiste dieser Verwaltung«, rutschte es Kilian heraus. Löwe blinzelte, und er lächelte schief. »Jetzt muss aber wirklich die Feuerwehr alarmiert werden.«

Löwe stand auf und erwiderte sein Lächeln. »Ihr Geheimnis ist bei mir sicher, Oberst Kilian … und Mademoiselle Forestier ebenfalls.«

Luc bekam es mit der Angst zu tun. Wie hatten sie nur so schnell Verdacht geschöpft wegen Lisette? Ob es ihr nun gefiel oder nicht, sie musste sich aus dem Netz befreien, das um sie gelegt worden war. Im Moment war sie noch sicher – Kilian hatte keine Ahnung, dass sein Fahrer ein Spion war. Luc dagegen wusste, dass sein Glück ihn jeden Moment verlassen konnte.

Er fuhr mit der Métro zum Montmartre. Nervös blickte er auf die Uhr, als er die Treppe zu Lisettes Wohnung emporrannte.

Mittlerweile müsste sie eigentlich von der Arbeit zurück sein, dennoch öffnete niemand, als er an die Tür klopfte. Er ging auf und ab, klopfte noch einmal. Immer noch keine Reaktion. Sie war nicht zu Hause.

»Luc?«

Er fuhr herum. Sylvie lehnte an der Wand hinter ihm. Trotz ihrer Schönheit war sie eine furchtlose Kämpferin, und mit ihr zusammen würde Luc jederzeit dem Feind entgegentreten. Ohne zu zögern begab sie sich in Gefahr, genau wie er, aber im Gegensatz zu ihm bekämpfte sie keine persönlichen Dämonen. Sie wollte einfach nur, dass Frankreich wieder den Franzosen gehörte.

Weil er sich in Paris einsam und traurig fühlte, hatte Luc sich auf eine Beziehung mit Sylvie eingelassen. Das tat ihm leid, doch er hatte sie über seine Gefühle nie im Unklaren gelassen. Für ihn war es eher eine Freundschaft gewesen. Als er sie jetzt ansah, erinnerte sie ihn auf einmal an Catherine – an jene Beziehung, die er für selbstverständlich gehalten hatte. Catherine hatte er auch nie angelogen, aber er wusste ja nun, wohin das führen konnte. Mit Aufrichtigkeit gewinnt man nicht immer nur Freunde, hatte seine Großmutter immer gesagt.

»Hallo, Sylvie«, sagte er und zwang sich zu einem liebenswürdigen Tonfall. »Hast du Nachtschicht?«

Sie nickte.

»Ich muss mit Lisette sprechen.«

»Das sehe ich.«

»Hör mal, Sylvie …«

»Nicht hier. Lass uns unten reden.«

Seufzend folgte er ihr in ihre Wohnung.

»Kann ich dir etwas anbieten?«, fragte sie ihn.

Er schüttelte den Kopf.

»Normalerweise würdest du es dir jetzt ein bisschen … bequem machen«, sagte sie.

»Sylvie, bitte …«

»Was? Ich bin wohl nicht mehr gut genug für dich, jetzt, da du dich ihr zu erkennen gegeben hast?« Ihre grünen Augen blitzten vor Eifersucht.

Er blickte sie bekümmert an. »Ich habe dir von Anfang an die Wahrheit über Lisette gesagt. Und ich wollte dich nicht verletzen.«

Verlegen warf sie ihre dunkelblonden Haare zurück. »Ich weiß. Trotzdem tut es weh. Du brauchst mich nicht daran zu erinnern, dass du mir keine Versprechungen gemacht hast. Das ist mir auch so klar.«

Er wusste nicht, was er darauf sagen sollte. Sylvie war ihm eine Stütze gewesen, vor allem in der ersten qualvollen Zeit, als er Lisette so nahe und doch so weit von ihr entfernt gewesen war. Sylvie hatte ihm durch die schwerste Zeit geholfen, ihm verboten, Kontakt zu Lisette aufzunehmen, ihn abgelenkt, wenn er sich am verletzlichsten fühlte, und ihn mit ihrer praktischen, vernünftigen Art getröstet. Die körperliche Anziehung, die sie beide empfanden, hatten sie nie als etwas Romantisches interpretiert.

Spontan zog er sie an sich, und sie wehrte sich nicht. Er umarmte sie, und obwohl seine Sinne ihm etwas anderes sagten, blieb er aufrichtig. »Was soll ich denn sagen, Sylvie?«

»Was ich gerne hören möchte, kannst du mir nicht sagen …«, murmelte sie.

»Es tut mir leid«, flüsterte er.

»Mir auch«, sagte sie und löste sich von ihm. Er sah ihr an, wie viel Mühe es sie kostete zu lächeln.

»Sylvie …«

Als es an der Tür klopfte, fuhren sie beide erschreckt auseinander.

»Wer ist das?«, fragte er lautlos.

Stirnrunzelnd schüttelte Sylvie den Kopf und bedeutete ihm, sich hinter der Tür zu verstecken. Er nickte und drückte sich an die Wand. Sylvie öffnete die Tür.

»Lisette! Hallo!«

Luc erstarrte.

»Äh … hallo, Sylvie«, hörte er sie sagen. »Hast du Luc heute schon gesehen?«

Sein Herz blieb fast stehen. Sie suchte nach ihm. Er hatte das Gefühl, sie müsse sein Herz schlagen hören, so laut hämmerte es in seiner Brust.

»Heute?«, erwiderte Sylvie. »Nein, noch nicht, aber ich erwarte ihn.«

»Verstehe.« Lisette klang verlegen. »Weißt du vielleicht, wie ich ihn erreichen kann?«

Luc sah, wie Sylvie langsam den Kopf schüttelte. »Er kommt und geht, wann er will. Du weißt ja, wie er ist. Wir sagen uns untereinander nicht mehr, als wir wissen müssen. Er kommt zu mir, wenn er in Paris ist, aber da ich nicht damit rechne, dass er heute Abend mein Bett wärmt, wird er wohl nicht in der Stadt sein.«

»Na dann«, sagte Lisette verlegen, »wenn du von ihm hörst, richtest du ihm dann bitte aus, dass ich ihm etwas sehr Wichtiges zu sagen habe?«

Luc wollte schon hinter der Tür hervortreten, auch wenn Lisette ihn dann bei einer Lüge ertappt hätte. Doch er zögerte, und dann war der Moment vorbei, denn Sylvie schloss die Tür. Er hörte Lisette die Treppe hinauflaufen.

»Guck nicht so verschreckt«, sagte Sylvie amüsiert. »Sie hat keinen Verdacht geschöpft.«

»Darüber mache ich mir keine Gedanken. Ich will wissen, was sie mir zu sagen hat.«

»Wahrscheinlich will sie dir lediglich sagen, dass sie dich liebt und dass sie nur zum Wohle des Landes mit dem Deutschen schläft.«

Verärgert ging er zur Tür.

Sylvie packte ihn am Arm. »Luc, warte! Tu nichts Überstürztes! Wir dürfen unsere Arbeit nicht mit unseren Privatangelegenheiten vermischen. Dadurch bringen wir nur uns selbst und das gesamte Netzwerk in Gefahr.«

»Ich vermische gar nichts, Sylvie. Ich bin ganz klar. Die Wahrheit ist, dass ich Lisette liebe. Daran hat sich nichts geändert. Du warst mir eine wundervolle Freundin. Du bist tapfer und schön, loyal und … du hast mir Kraft gegeben, als ich sie am meisten gebraucht habe. Aber ich liebe dich nicht, es tut mir leid.«

Ihre Augen funkelten vor Schmerz. »Mir tut es auch leid«, sagte sie mit harter Stimme. Das war wieder die Sylvie, der er vertraute. Suchend blickte sie sich nach einer Zigarette um. »Du solltest jetzt besser zu ihr gehen.«

»Sylvie, ich …«

»Mach dir keine Gedanken. Ich bin immer da, wenn du mich brauchst. Schließlich befinden wir uns noch im Krieg.«

Sie wandte ihm den Rücken zu, bis er die Tür hinter sich ins Schloss gezogen hatte. Erst dann ließ sie ihren Tränen freien Lauf.

Es wurde schon dunkel, als Luc an Lisettes Tür klopfte. Er fand, sie sah blass aus.

»Hat Sylvie dir gesagt, dass ich dich sprechen will?« Er nickte. »Danke, dass du gekommen bist. Ich … ich war mir nicht sicher.«

»Ist alles in Ordnung?«

»Ja. Möchtest du lieber von dem billigen Wein oder einen grässlichen Kaffee?«

Der Kaffee schmeckte ihm nicht besonders, trotzdem entschied er sich dafür. Schweigend sah er zu, wie sie ihn vorbereitete.

»Lisette … wegen Sylvie …«

»Ich möchte nicht darüber sprechen, Luc. Das ist deine Sache, so, wie Kilian meine ist.«

»Ich habe dir etwas zu sagen, was Kilian auch zu meiner Sache macht«, erwiderte er.

Mit ihrer Reaktion hatte er nicht gerechnet. Sie lächelte traurig und wirkte verlegen.

»Was ist los, Lisette?«

»Erzähl mir von deiner Familie«, sagte sie. Sie blickte aus dem Fenster. Die Neonschilder aus dem Bistro im Erdgeschoss warfen einen roten Schein auf ihr Gesicht, und sie sah auf einmal elend aus.

»Warum fragst du danach?«

»Ich möchte wissen, was mit deiner Familie passiert ist. Ich möchte wissen, was in L'Isle-sur-la-Sorgue passiert ist.« Sie drehte sich zu ihm um. »Wir könnten beide morgen tot sein.«

Besorgt runzelte er die Stirn. Erst jetzt bemerkte er den Umschlag auf dem Tisch, auf dem das Hakenkreuz prangte. Luc holte tief Luft. »Ist der Brief von Kilian?«

Sie blickte zum Tisch, dann wandte sie sich wieder zum Fenster. »Ist es nicht wunderbar, dass endlich Frühling geworden ist?« Sie lachte freudlos. »Man könnte fast meinen, es gäbe keinen Krieg.«

»Lisette!«, drängte er mit leiser Stimme.

»Ich sage dir, was in dem Umschlag ist, wenn du mir sagst, was ich wissen will … all die Dinge, die du mir in der Provence nicht erzählt hast.«

»Wir waren kaum lange genug zusammen, um …«

»Wir sind stundenlang durch die Gegend gelaufen. Wir hatten viel Zeit. Sag mir, was war mit von Schleigel in L'Isle-sur-la-Sorgue?«

»Das ist nicht relevant … es ist …«

»Erzähl es mir, Luc. Bitte.«

»Ich muss es in mir tragen, Lisette. Du verstehst das nicht. Wenn ich es dir erzähle, dann laufe ich Gefahr, die Wut zu verlieren«, sagte er und schlug sich vor die Brust. »Und das will ich nicht. Es geht nicht nur um von Schleigel, sondern … Ich kann die Wut nicht herauslassen. Sie gehört zu mir.«

»Damit du ihn umbringen kannst?«

Luc stieß ein hartes Lachen aus. »Ich kann mir den Luxus nicht leisten, Pläne zu schmieden. Wir leben alle in der Gegenwart. Weiter als heute sollten wir nicht denken.«

Sie seufzte. »Der Brief ist von Kilian, wie du vermutest hast. Er will mich morgen Nachmittag nach der Arbeit treffen.« Luc wartete. »Ich fürchte, es könnte eine Falle sein.«

»Wie kommst du darauf?«

»Ich habe heute etwas erfahren, das meine Tarnung möglicherweise gefährdet.«

»Sag es mir«, drängte er.

Sie lehnte sich gegen das Fensterbrett. »Von Schleigel war bei Walter Eichel«, sagte sie und blickte ihn an.

Luc holte tief Luft. Angst stieg in ihm auf. »Von Schleigel? Bist du dir sicher?« Er schaute sie an. »Weißt du mit Bestimmtheit, dass er es war?«

»Es gibt keinen Zweifel. Er hat meinem Patenonkel gesagt, ich sei von der Gestapo festgehalten worden wegen des Mannes, mit dem ich damals unterwegs war. Wegen meines Verlobten.«

Erschreckt starrte Luc sie an. »War das heute?«

»Gestern.«

»Und dein Patenonkel hat es dir erzählt?«

»Ja. Er wollte natürlich wissen, mit wem ich verlobt bin. Ich habe ihm gesagt, du seist nur ein Freund und ich hätte bei der Gestapo angeben müssen, dass wir verlobt seien, damit sie uns laufen ließen.«

»Jetzt verstehe ich, warum von Schleigel uns hat ziehen lassen«, sagte Luc.

»Er hat uns nie vergessen.«

»Er hat mich nie vergessen, Lisette. Mit dir hat das nichts zu tun. Dir hat er ja nichts vorgeworfen.«

»Nein, aber er hat zumindest bei Walter angerufen, um sicherzugehen, dass meine Angaben stimmten. Walter wollte allerdings wissen, warum er bei der Gestapo für dich bürgen musste.«

»Was?«, fragte Luc.

»Ich war verzweifelt und habe von Schleigel gegenüber behauptet, dass Walter dich kennt.«

Luc fuhr sich mit der Hand durch die Haare. »Das war sehr gewagt.«

»Ich musste das Risiko eingehen.«

»Was hat denn dein Patenonkel gesagt, als von Schleigel ihn nach mir gefragt hat?«

»Er hat natürlich für dich gebürgt.«

Luc starrte Lisette überrascht an. »Warum?«

»Weil ihm von Schleigel auch sofort unsympathisch war.«

»Was ist dann passiert?«

»Von Schleigel ist nach Polen gefahren, wo er eine neue Aufgabe in den Gefängnislagern übernimmt.«

Luc nickte grimmig. »Wenn ich diesen Krieg überlebe, Lisette, werde ich ihn finden. Dann werde ich entweder auf sein Grab spucken, oder ich werde ihn umbringen.«

»Er ist nicht wichtig, Luc.«

»Für dich vielleicht nicht. Aber ich habe noch eine Rechnung mit ihm offen.« Er sah, wie sie die Augen zusammenkniff, aber sie stellte keine Fragen.

»Leider hat Walter gegenüber von Schleigel auch meine Verbindung zu Kilian erwähnt.«

»Glaubst du, er war bei Kilian?«

»Das werde ich wahrscheinlich erst morgen erfahren. Dann könnte es allerdings schon zu spät sein.«

Langsam wurde Luc die wahre Natur seiner neuen Pflichten bei Kilian bewusst. »Ich habe dir auch etwas zu berichten, das vielleicht damit zu tun hat.« Daraufhin erzählte er ihr, dass er den Oberst zu Stülpnagel gefahren hatte, und erwähnte abschließend Kilians Auftrag.

»Er spioniert mir nach?«, fragte Lisette verblüfft.

»Während du ihn ausspionierst.« Luc grinste schief. »Lisette, wir haben Glück. Ich kann ihm alles Mögliche erzählen, bis wir beide einen Plan ausgearbeitet haben, wie du sicher hier herauskommst.«

»Es ist zu spät, Luc. Ich glaube, er weiß längst Bescheid. Warum sollte er mich sonst überwachen lassen?«

»Er hat mir gegenüber behauptet, es handele sich um eine neue Anordnung aus Berlin.«

»Und das glaubst du?«

»Wenn er dich für eine Spionin hielte, warum lässt er dich dann nicht verhaften? Warum hat dann die Gestapo nicht hier auf dich gewartet?«

Sie blinzelte verwirrt. Ihre Gedanken überschlugen sich. »Ich weiß nicht.«

»Ich glaube, Kilian ergreift lediglich Vorsichtsmaßnahmen, was klug von ihm ist.«

»Aber ...«

»Wenn es stimmt, was du über ihn sagst – dass er Teil einer Verschwörung ist, um das Nazi-Regime zu stürzen –, dann ist es doch nur logisch, dass er diesen Plan schützen will. Wenn du auch nur eine vage Bedrohung wärst, würde er bestimmt nicht zögern, dich den Behörden zu übergeben. Sein Geheimnis ist jedoch wichtiger als sein Ruf. Ich glaube, du solltest dich vorsichtig zurückziehen.«

»Nein.«

»Was?«

»Playboy hat heute unten auf mich gewartet, als ich nach Hause gekommen bin.«

»Der Funker?«

Sie nickte. »Wir sehen uns nie. Ich schicke ihm die Nachrichten über einen toten Briefkasten.«

»Was war dieses Mal anders?«

»Das hier«, sagte sie und hielt einen Zettel hoch. »Eine Antwort aus London auf meine verschlüsselte Botschaft. Sie war wohl so dringend, dass Playboy sie persönlich abliefern musste.«

»Was steht darin?« Er hielt den Atem an.

»Ich soll mit meiner Mission weitermachen und alles über die Verschwörung herausfinden, wann sie stattfinden soll und wer dahintersteht.«

»Die sind doch wahnsinnig. Kilian ist viel zu weit weg, um Zugang zu solchen Plänen zu haben.«

»Die Anweisung kommt offensichtlich von ganz oben, von Churchill persönlich. Playboy hat gesagt, mein Auftrag sei ausgelöst worden durch Informationen von deutschen Generälen, die in England im Gefängnis sitzen. Anscheinend gibt es in der Wehrmacht großen Widerstand gegen Hitler. Was sollte auch Stülpnagel mit Kilian zu tun haben? Das passt einfach nicht zusammen.«

»Lisette, du gerätst viel zu tief hinein.«

»Sofern von Schleigel nicht alles durcheinandergebracht hat, werde ich mit Kilian zusammenbleiben und versuchen, alles über das Komplott zu erfahren. Ich kann nicht anders.«

»Ich kann dich nicht alleine lassen, Lisette. Wir sind zusammengeschweißt, ob wir es wollen oder nicht. Ich habe den Auftrag von Kilian.«

»Dann tu, was du tun musst.«

Stumm blickte er sie an.

Sie holte tief Luft. »Er hat mich weder in sein Büro noch in sein Hotel eingeladen. Er schlägt vor, dass wir am Fluss einen Kaffee trinken. Das hört sich eigentlich nicht danach an, dass er sich bedroht fühlt. Vielleicht ist er ja daran interessiert, meine Version der Geschichte zu hören.«

Luc begann auf und ab zu gehen. Er versuchte gar nicht erst, weiter in sie zu dringen. Wenn sie in dieser Stimmung war, würde er sowieso nichts erreichen. Als sie im Luberon über das Gebirge gegangen waren, hatte er sie einmal gefragt, wie es während der Bombenangriffe in London gewesen sei, und sie hatte ihm ganz beiläufig geantwortet. Ihm kam es so vor, als hätte sie überhaupt keine Angst. »Wir alle sterben jeden Tag ein kleines bisschen«, hatte sie zu ihm gesagt.

Der Geheimdienst hatte sie gut ausgesucht: allein, einsam, führungslos. Perfekt. Dazu kamen ihr offensichtliches Talent zur Spionage und ihre Fähigkeit, sich anzupassen, ebenso wie ihre Intelligenz und ihr Charme. Lisette war für die Rolle wie geschaffen. Wenn sie wollte, konnte sie eiskalt sein. Aber es war die ernsthafte, romantische junge Frau, die Luc liebte, jene Frau, die Freude an den Lavendelfeldern gehabt hatte, die es genossen hatte, endlich wieder Französisch zu sprechen, die ihm auf diesem Marsch über die Berge gestanden hatte, ihre Lieblingsfigur in der Literatur sei ein zorniger Mann namens Heathcliff, der eine Frau bis zum Wahnsinn liebte.

Luc wurde klar, dass Lisettes Sorgen einzig und allein dem Gelingen der Mission galten und nicht ihrer eigenen Sicherheit. In L'Isle-sur-la-Sorgue war ihre Hauptangst gewesen, dass sie ihre Rolle für London nicht erfüllen könnte. Auch jetzt ging es nur um ihren Auftrag, deshalb war sie auch so fest entschlossen, sich morgen mit Kilian zu treffen. Wenn er sie jemals aus alldem herauslotsen wollte, musste er es zu ihren Bedingungen tun und sie in dem Glauben lassen, dass ihre Mission wichtig war.

»Wie willst du damit umgehen?«, fragte er.

Sie fuhr sich mit den Fingern über die Stirn. »Ich werde aufrichtig sein und ihm von L'Isle-sur-la-Sorgue erzählen. Wenn ich ihm die Information ganz unschuldig anbiete, kann er mich nicht weiter verdächtigen, oder?«

»Das ist auf jeden Fall eine Möglichkeit.«

Sie verzog das Gesicht zu einem schiefen Lächeln. »Ich habe keine andere Wahl. Ich weiß, dass dir das Gegenteil lieber wäre, aber ehrlich gesagt halte ich es für unklug, mich jetzt zurückzuziehen. Das würde mich nur umso verdächtiger machen. Kannst du das verstehen?«

Luc gefiel es gar nicht, dass sie so logisch argumentierte. Er senkte den Kopf. »Du hast recht.«

Sie riss die Augen auf. »Du stimmst mir zu?« Luc lächelte sie an, und sie fuhr in zärtlichem Tonfall fort: »Für eine Sekunde war der wütende Maquisard verschwunden, und ich habe den romantischen Lavendelbauern gesehen, der mein Herz gestohlen hat.«

All sein Widerstand löste sich auf. Er zog sie an sich. »Ich kann den Gedanken nicht ertragen, dich noch einmal zu verlieren«, flüsterte er.

Lange umarmten sie sich, bevor sie sich schließlich voneinander lösten. »Ich muss jetzt einen klaren Kopf bewahren. Ich bin Kilians Geliebte, und du bist sein Spion.«

Er nickte. Er würde den Schmerz ertragen, und er würde geduldig abwarten, bis Lisette diesen Teil ihres Lebens auf ihre Art erledigt hatte. Wenn sie dann beide noch am Leben waren, würden sie sich daranmachen, alles wieder zusammenzufügen. »Adieu«, flüsterte er. Mehr gab es nicht mehr zu sagen.

Sie nickte. »Adieu.«

Er küsste sie auf beide Wangen und streifte zärtlich ihre Lippen, bevor er ging.

Als Luc das Haus verließ, konnte er nicht wissen, dass der deutsche Tourist, der auf der gegenüberliegenden Straßenseite scheinbar ein Foto von seiner Frau machte, die Linse seines Fotoapparates in Wirklichkeit auf ihn richtete. Der Mann schoss ein weiteres Foto von ihm, als er die Straße überquerte und im Nieselregen eines Pariser Abends verschwand.

30

Am nächsten Tag wartete Kilian am Pont Neuf auf Lisette. Erst gestern hatte er hier gestanden und sich gefragt, ob sie eine Spionin war. Während er ihr jetzt entgegenblickte, wie sie mit strahlendem Lächeln auf ihn zukam, schämte er sich jedoch ein wenig, dass er diesen Gedanken je gehabt hatte.

Löwe hatte bestätigt, dass sie gestern Abend alleine nach Hause gegangen war und gegen acht Uhr das Licht ausgeschaltet hatte. Heute früh war sie zur Arbeit gegangen und hatte in der Mittagspause ein paar Einkäufe erledigt.

Kilian musste lächeln, als sie ihm fröhlich zuwinkte, während sie darauf wartete, die Straße überqueren zu können. Sie war so jung, so schön, so deutsch und gleichzeitig so französisch. Warum um alles in der Welt sollte sie gegen ihn arbeiten wollen? Er hatte heute früh ein wenig recherchiert, und ein paar gezielte Telefonanrufe hatten ihm genau das bestätigt, was Lisette ihm erzählt hatte: Sie hatte in Straßburg gelebt, ihre Eltern waren bei einem Autounfall ums Leben gekommen, als sie siebzehn war. Dann gab es da auch noch Walter, die endgültige Bestätigung. Wie konnte sie der Feind sein?

In den letzten Sekunden, bevor Lisette auf ihn zutrat, wünschte Kilian sich, er wäre weniger impulsiv gewesen und hätte Stülpnagel nicht kontaktiert. Hoffentlich hatte er damit nicht in ein Wespennest gestochen. Er hätte warten sollen. Egal, jetzt war es zu spät. Vielleicht machte es sein neuer Plan leichter für ihn.

»Hallo, Markus«, sagte Lisette atemlos, schlang ihm die Arme um den Hals und küsste ihn. »Du siehst ein bisschen traurig aus.«

»Tatsächlich? Tut mir leid. Ich habe mir gerade gewünscht, dir schon mit dreißig begegnet zu sein.«

»Dann wäre ich ja erst fünfzehn gewesen«, kicherte sie. Außerdem war ich damals rettungslos in Didier Badeau verliebt, einen sechzehnjährigen Schachspieler, bei dem ich immer weiche Knie bekam, wenn ihm die Haare in die Augen fielen.«

Kilian warf ihr einen amüsierten Blick zu. »Er hätte dich bestimmt nie glücklich gemacht.«

Sie lachte. »Da hast du recht. Danke für die Einladung.«

»Hast du geglaubt, wir würden uns nie wiedersehen?«, fragte er.

»Nein.« Sie lächelte kokett. »Ist das nicht ein wunderbarer Frühlingstag?«

»Ja. Ich dachte, wir könnten ein bisschen an der Seine spazieren gehen.«

»Perfekt«, sagte sie und hängte sich bei ihm ein.

Langsam schlenderten sie an den *bouquinistes* am Ufer vorbei – an den kleinen Ständen, an denen man gebrauchte Bücher erstehen konnte.

»Ich liebe es, in alten Büchern zu blättern«, sagte Lisette.

»Wirklich? Du bist viel zu jung, um deinen Kopf in staubige Bücher zu stecken.«

»Sei nicht so herablassend. Ich habe Freude an alten Dingen. Schließlich mag ich auch dich.«

Er lachte. »Wie ist es dir ergangen?«

»Du hast mir gefehlt. Ist das falsch, da wir uns kaum kennen?«

Er warf ihr einen zärtlichen Blick zu und schüttelte den Kopf. Nur zu gerne hätte er dieses Gefühl ausgekostet, seine Welt war viel zu lange grau gewesen.

Sie bogen von der Brücke auf das linke Ufer ab.

Lisette fragte: »Kennst du den Spruch, wonach das linke Ufer denkt und das rechte Geld ausgibt?«

»Wegen der Sorbonne vermutlich«, erwiderte er.

»Ja. Wahrscheinlich haben hier viele Gelehrte gelebt – Historiker, Philosophen, Schriftsteller und Lehrer. Ich mag diese Seite. Sie hat eine Seele.«

»Aber du lebst am rechten Ufer?«

»Es liegen oft Welten zwischen dem, was ich mir leisten kann, und dem, was ich mag.«

Lächelnd zeigte er auf einen der Buchstände, und sie gingen darauf zu. In der nächsten halben Stunde blätterten sie in Büchern, lasen und berührten sich ab und zu. Dass es zwischen ihnen knisterte, war nicht zu leugnen. *Ich bin zu alt für sie*, sagte er sich ständig. *Na und?*, flüsterte eine leise Stimme in seinem Hinterkopf. Er war nicht an eine andere Frau gebunden. In seinen Träumen war Lisette bereits seine Frau.

Deine Tage sind wahrscheinlich sowieso gezählt, mahnte ihn die leise Stimme. *Also genieße sie!*

In der Nähe des Les Deux Magots, wo sie sich zum ersten Mal begegnet waren, fanden sie schließlich ein kleines Café.

»Hast du dir ein Buch gekauft?«, fragte er, als er sah, dass sie eines in der Hand hielt.

»Ja, aber es ist für dich.« Sie reichte es ihm mit einem triumphierenden Lächeln. »Viel Vergnügen.«

»*Notre-Dame de Paris.*« Er blickte auf. »Ich mag das Werk von Victor Hugo sehr.«

»Ich auch. Und da wir im Schatten der Kathedrale spazieren gegangen sind, fand ich es passend.«

»Das ist lieb von dir. Danke, süße Lisette.« Er küsste sie. Unwillkürlich fragte er sich, ob sie nun auf ein Essen verzichten musste, weil sie Geld für ihn ausgegeben hatte.

»Du warst so großzügig zu mir.« Ihre Miene hellte sich auf. »Oh, ich muss dir erzählen, was mir gestern passiert ist.«

»Es ist etwas passiert?«

»Na ja, eigentlich ist es eher Walter passiert, aber es ging um mich.« Sie erzählte ihm, dass ein Gestapo-Offizier ihrem Patenonkel einen Besuch abgestattet hatte.

Ihre Aufrichtigkeit erstaunte ihn. Forschend blickte er sie an und suchte nach Zeichen von Falschheit, fand jedoch keine.

Sie erzählte lebhaft und lachte über den Wahnsinn der Gestapo. »Kannst du dir Walter vorstellen, als dieser grässliche Mann in sein Büro kam? Nein, das kannst du natürlich nicht. Ich versichere dir, Markus«, sie senkte die Stimme zu einem Flüstern, »dieser von Schleigel verkörpert alles, was an der Gestapo verabscheuenswürdig ist. Uh.« Sie schauderte.

»Dann hatte seine Geschichte also keine Grundlage?«

»Doch, er hat nicht gelogen«, gestand sie und grinste spitzbübisch. »Ich bin festgenommen worden ... glaube ich jedenfalls. Sicher kann ich mir nicht sein, weil von Schleigel kaum mit mir gesprochen hat. Er hat mich einfach in einen Raum eingesperrt und mich dort zwei Stunden lang schmoren lassen. Danach ließ er mich gehen. Aber erst, als ich beiläufig erwähnte, dass Walter Eichel mein Patenonkel sei. Es war eine lächerliche Zeitverschwendung.«

Ja, das war es wirklich, dachte Kilian. Sie war aufrichtig gewesen, nur hatte sie ihm auch alles erzählt? Am liebsten hätte er gar nicht gefragt. »Warum hat er dich erst eingesperrt und dann nicht mehr beachtet?«

Ihre Augen funkelten vor Erheiterung. »Ich war mit einem Freund unterwegs, mit Lukas Ravensburg, einem Deutschen, den ich seit meiner Schulzeit kenne. Die Gestapo hat eigentlich Lukas verhaftet, nicht mich. Ich bin sozusagen aus Versehen ins Kreuzfeuer geraten.«

Erleichterung verdrängte den Schmerz, den Kilian empfunden hatte. Jemand, der etwas zu verbergen hatte, konnte sich unmöglich so über diese Angelegenheit amüsieren.

»Du hattest bestimmt schreckliche Angst.«

Sie machte eine nachlässige Geste und trank einen Schluck Kaffee. »Es war alles ein einziges Missverständnis. Von Schleigel hat Lukas mit einem Widerstandskämpfer im Luberon verwechselt.« Die Geschichte schien sie auf einmal zu langweilen. »Auf jeden Fall haben sie ihn gehen lassen, sich bei mir entschuldigt und mich zum Zug nach Paris gebracht. Anscheinend hatte von Schleigel Angst, ich würde mich bei Walter über ihn beschweren.«

Kilian nickte.

»Du liebe Güte! So ein arroganter Heini! Er hat wohl wirklich geglaubt, ich würde auch nur noch einen Gedanken an ihn verschwenden und mit Walter über ihn reden. Ein grässlicher Mann. Ich war noch nicht ganz aus Lyon heraus, da hatte ich ihn auch schon vergessen.«

»Und dieser Lukas? Was ist mit deinem Freund passiert?«

»Der«, begann sie zögerlich, »hat sich in Lyon von mir verabschiedet und …« Sie zuckte mit den Schultern. »Soweit ich weiß, ist er nach Avignon zurückgegangen.«

»Hat er sich in dich verliebt?«

Sie kicherte. »Vielleicht.«

»Und du, Lisette?«

Sie lächelte gequält. »Nein, Markus, ich habe mich nicht in ihn verliebt. Im Vergleich zu dir ist er ein kleiner Junge. Aber … ich habe die Gestapo angelogen und ihnen gegenüber behauptet, wir wären verlobt. Du kannst dir vorstellen, wie überrascht Walter war, als der Gestapo-Mann ihm von meinem Verlobten berichtete.«

Kilian tat so, als wäre er überrascht. »Warum hast du das denn auch gesagt?«

»Es war der schnellste Weg, um Lukas und mich dort herauszubekommen. Ich schwöre dir, ich habe die Schreie der Gefolterten gehört, Markus. Es war …« Sie verzog das Gesicht. »Es war beängstigend. Dieser von Schleigel hat nach jedem Strohhalm gegriffen, weil er davon überzeugt war, dass mein Lukas und dieser Widerstandskämpfer eine entfernte Ähnlichkeit aufwiesen.« Ein Geräusch am Ufer lenkte sie ab, und sie blickte weg.

»Dein Lukas?«

»Was?«, fragte sie und wandte ihm wieder ihre Aufmerksamkeit zu.

»Du hast gerade ›*mein* Lukas‹ gesagt.«

Lisette schaute ihn liebevoll an. »Wir waren kein Liebespaar, Markus«, erwiderte sie, und ihm wurde klar, dass sie wusste, wie eifersüchtig er war.

Er hasste es, wie schwach sie ihn machte und wie unreif er sich benahm. Das musste ein Ende haben. Heute noch würde er Löwe abrufen. Und Stülpnagel würde er sagen, dass von Schleigels Bemerkungen ihn lediglich aus dem Gleichgewicht gebracht hätten.

Er stellte seine Tasse ab. »Lisette, ich muss wegfahren.«

»Oh«, sagte sie, und ein Ausdruck, den er nicht deuten konnte, huschte über ihr Gesicht. »Für lange?«

»Ein paar Wochen vielleicht.«

»Schade.« Ihre gute Laune erlosch. »Das kommt ziemlich plötzlich, oder?«

»Nein, eigentlich nicht. Ich habe es schon eine ganze Weile aufgeschoben, aber das geht jetzt nicht mehr.«

Tapfer versuchte sie ihre Enttäuschung zu verbergen. »Nach Berlin?«, fragte sie.

»Äh, nein. Ich bin in Frankreich unterwegs.«

»Machst du Urlaub?«

Er schnaubte. »Nein, meine Liebe. Ich arbeite. Ich habe versprochen, durch die wichtigsten Regionen zu reisen und mit dem Klerus zu sprechen. Es gehört zu meiner Aufgabe hier, die Verbindung zwischen Berlin und der regionalen Kirchenhierarchie aufrechtzuerhalten.«

»Also doch Urlaub.« Sie grinste.

»Ich muss zugeben, dass das keine Arbeit für einen kampferprobten Soldaten ist. Es wird wohl eher eine Tortur werden.«

»Es tut mir schrecklich leid, dass du das schöne Frankreich bereisen musst. Nimm deine Strafe tapfer an, Markus«, sagte sie. »Ich werde dich vermissen … mein kampferprobter Mann.«

Er starrte sie an. Am liebsten hätte er in diesem Moment bei ihr gelegen, ihre nackte Haut gespürt. »Ja?«, fragte er heiser.

»Es vergeht keine Stunde, in der ich nicht an dich denke. Das ist eine Katastrophe für die Arbeit und den Schlaf. Du hast mein Leben ruiniert«, scherzte sie, aber keiner von ihnen lachte. »Wenn ich schon eine Stunde kaum überstehe, wie wird das dann erst mit mehreren Wochen werden?« Lisette senkte den Blick und zupfte an ihrem Schal, den sie auf dem Schoß liegen hatte. »Es tut mir leid …«

»Komm mit mir!«, sagte er. Plötzlich zählte um sie herum nichts mehr.

Lisette riss die Augen auf. »Nach Frankreich? Wie denn?«

»Als meine Sekretärin. Ich brauche sowieso eine Dolmetscherin, jemand, der liebenswürdig und charmant ist. Du bist perfekt.«

»Aber … die Bank, ich …«

»Ich spreche mit Walter. Wenn ich will, kann ich dich sogar anfordern, doch das wird bestimmt nicht nötig sein. Er ist sicher einverstanden.«

»Meinst du das ernst?« Ihre Augen funkelten.

Er nickte. »Ich will, dass du mitkommst … ich brauche dich.«

Sie überraschte ihn, indem sie sich vorbeugte und ihm einen

langen, leidenschaftlichen Kuss gab. Schockiert stellte er fest, dass es ihm gar nicht peinlich war. Er verlängerte den Kuss sogar noch, indem er sie an sich zog. Sie bezauberte ihn.

»Lass uns in dein Hotel gehen, Markus«, flüsterte sie.

Er nickte, bezahlte die Rechnung, und Arm in Arm schlenderten sie schweigend zum Hotel Raphaël zurück. Für Markus hätte dieser Moment ewig andauern können. Nie hatte er sich glücklicher und verliebter gefühlt. Ja, er gestand es sich ein: Er liebte Lisette. Noch nie hatte er solche Leichtigkeit im Herzen empfunden … so viel unerträgliche, exquisite, alles verzehrende Qual von Verlangen und Zuneigung.

Wenn das Liebe war, konnte er nicht genug davon bekommen. Kein Wunder, dass die Menschen Gedichte und große Romane darüber schrieben. Er führte Lisette in sein Zimmer, und kaum hatte sich die Tür hinter ihnen geschlossen, zog er sich aus.

Später lagen sie eng beieinander unter der warmen Decke. Ihre Finger waren verschränkt, und sie küsste sanft seine Hand.

»Ich wünschte, wir könnten den Krieg einfach so überstehen.«

»Nackt, meinst du?«, neckte er sie.

»Nein, befriedigt und glücklich. Ich fühle mich sicher in deinen Armen, in deinem Zimmer. Es ist, als gäbe es gar nichts anderes.«

»Ich bin sicher, dass es nicht übel ist, mit mir durch Frankreich zu fahren. Außerdem können wir jede Nacht zusammen verbringen.«

»Ich bekomme richtige Schuldgefühle«, sagte sie. Er strich ihr die Haare aus der Stirn und blickte sie fragend an. »Ich meine, ich bin wirklich verwöhnt. Ich führe ein privilegiertes Leben, während andere sich abmühen.«

»Du bist ja auch einzigartig, Lisette. Seitdem ich weiß, was du mit deinem Mund alles anstellen kannst …«

Lisette keuchte und hielt ihm den Mund zu. »Das ist unser Geheimnis«, flüsterte sie.

»Na los, komm. Steh auf. Ich habe schrecklichen Hunger. Du saugst alle Energie aus mir.«

Sie lachte. Zögernd stand sie auf und begann sich anzuziehen. »Ach, übrigens«, sagte sie, »fahren wir mit dem Auto oder mit dem Zug?«

»Mit dem Auto.«

»Können wir einen anderen Fahrer nehmen als diesen Löwe?«

Überrascht blickte er sie an. »Stimmt etwas nicht mit ihm?«

Sie zuckte mit den Schultern. »Ich finde, er sieht mich manchmal so seltsam an.«

»In welcher Hinsicht?«

»Ach, ich weiß nicht. Manchmal habe ich den Eindruck, er beobachtet mich genauer, als mir lieb ist.«

Kilian blinzelte. »Das bildest du dir ein.«

Sie schüttelte den Kopf. »Vielleicht, aber mein Unbehagen bilde ich mir nicht ein.«

»Mach dir darüber keine Gedanken. Ich fordere Klaus an. Er ist uralt … bestimmt schon einundvierzig. Ist dir das recht?«, fragte er und blickte sie amüsiert an.

»Danke. Du wirst Löwe doch nicht hinauswerfen, oder? Ich möchte nicht, dass er wegen mir seine Arbeit verliert.«

»Nein. Er bekommt nur andere Aufgaben, während ich unterwegs bin. Das lässt sich leicht einrichten.«

Als Luc den Oberst später am Abend abholte, erfuhr er die Neuigkeiten.

»Ich freue mich, dass ich Mademoiselle Forestier nicht mehr zu beschatten brauche, Herr Oberst, nur dürfte ich fragen, warum Sie mich versetzen? Ich fahre gerne für Sie.«

»Ja, ich weiß, aber Mademoiselle Forestier mag Sie nicht. Es muss etwas damit zu tun haben, wie Sie sie anschauen. Vielleicht hat sie gespürt, dass sie überwacht wurde.«

Luc wusste, warum Lisette so handelte, doch es war gefährlich, wenn sie mit Kilian alleine unterwegs war. »Seltsam, wir haben kaum ein Wort miteinander gewechselt.«

»Wenn wir zurück sind, fordere ich Sie sofort wieder an, Löwe.«

Luc beschloss, sein Glück nicht aufs Spiel zu setzen. Außerdem hatte er versprochen, sich in Lisettes Pläne nicht mehr einzumischen. Er hatte seine Tarnung schon genug strapaziert. Er musste seine Familie finden und wieder Lavendel anpflanzen. Und er musste Lisette lieben … wenn sie es zuließ. Das hing jetzt von ihr ab. Er würde nicht länger versuchen, sie vor sich selbst zu retten.

»Jawohl, Herr Oberst. Wie lange werden Sie weg sein?«

»Etwa einen Monat.«

Lucs Miene verriet nichts, doch seine Angst um Lisette wuchs. »Gute Reise, Herr Oberst.«

»Danke. Ach, und Löwe?«

Luc drehte sich um.

»Haben Sie je gehört, dass Lisette einen gewissen Lukas Ravensburg erwähnt hat?«

Lucs Herzschlag beschleunigte sich. Er schüttelte den Kopf. »Nein, Herr Oberst. Müsste ich den Mann kennen?«

»Nein, unwahrscheinlich.«

»Woher kommt er?« Wie viel wusste Kilian?

»Nicht aus Paris. Anscheinend stammt er aus dem Süden.«

Luc zuckte mit den Schultern. Seine Angst wuchs. Hatte Lisette Kilian diese Information gegeben oder von Schleigel? »Der Name klingt deutsch.«

»Er ist wohl auch Deutscher. Deshalb erwähne ich ihn. Na ja, halten Sie Augen und Ohren für mich offen.«

Luc nickte. »Auf Wiedersehen, Herr Oberst.«

Er ging direkt zu Lisettes Wohnung, weil er hoffte, sie nach Lukas Ravensburg fragen zu können. Aber er kam zu spät. Er wurde ein paarmal angehalten, weil er nach der Sperrstunde unterwegs war, und als er ankam, war ihre Wohnung schon leer. Er klopfte an Sylvies Tür, doch auch sie war nicht da. Da Sylvies Briefkasten ihnen als Nachrichtenfach diente, schaute er dort nach und fand tatsächlich einen Brief darin vor.

Lisette hat mir eine Nachricht unter der Tür durchgeschoben, in der steht, sie sei für einen Monat weg. Sie hat sich entschuldigt, falls sie mir Unannehmlichkeiten bereitet hat, und mir alles Gute gewünscht. Vor ein paar Minuten ist sie von einem Wagen abgeholt worden. Ein älterer Mann saß am Steuer, also nehme ich an, dass du nicht mit von der Partie bist. Sie bat mich, dir zu sagen, du solltest auf dich aufpassen und die Samen nicht verlieren (was immer das heißen mag).
Ich werde auch bald umziehen, deshalb werden sich unsere Wege wohl nicht mehr kreuzen, aber ich hinterlasse meine neue Adresse bei Spiritualist. Es tut mir leid, dass ich mein Versprechen nicht gehalten habe, doch ich nehme an, du bist daran gewöhnt, dass sich Frauen in dich verlieben. Wie seltsam, dass sich ausgerechnet die Frau, die du liebst, in jemand anders verliebt hat. Das tut weh, nicht wahr?
Leb wohl
S.

Er zerknüllte das Blatt Papier in der Faust und stöhnte leise.

Teil IV

31

Bevor Lisette mit Kilian abreiste, war es ihr gelungen, eine letzte verschlüsselte Nachricht im Café für Playboy zu hinterlassen. Sie berichtete nach London, dass sie mit dem Oberst unterwegs sei und etwa einen Monat lang keinen Kontakt aufnehmen könne. Nur zögernd erwähnte sie, dass ein Teil ihrer Tarnung in Gefahr gewesen war, versicherte aber, dass sie im Großen und Ganzen noch intakt sei. Sobald sie dazu in der Lage sei, werde sie wieder berichten.

Mitte Mai hatten Lisette und Markus die Stadt verlassen. Inzwischen war schon wieder Juni, obwohl sie das Gefühl hatte, es wäre bloß ein kurzer Augenblick vergangen. Wo war nur die Zeit geblieben? Lisette bedauerte, dass sie sich nicht von Luc hatte verabschieden können, bevor sie ins Tal der Loire aufgebrochen waren, aber vielleicht war es besser so.

Zwischen ihr und Luc war alles so schnell gegangen, und dass sie weg gewesen war, hatte ihr die physische und emotionale Distanz gegeben, die sie brauchte, um sich auf ihren Auftrag zu konzentrieren. Noch nie hatte sie sich verwirrter gefühlt – zugleich war sie jedoch vollkommen klar. Es war fast, als wäre sie zwei Personen. Die eine Lisette liebte Luc, trotzdem scheute die zweite sich nicht, Kilian um einen anderen Fahrer zu bitten. Lisette zwang sich, nicht mehr an Luc zu denken, stattdessen spielte sie tagsüber die Dolmetscherin und nachts die Gefährtin.

In den Augen von London führte sie ihre Mission perfekt aus: Sie hatte sich erfolgreich in Kilians Leben geschlichen. In Wahrheit hatte sie kläglich versagt. Sie wusste immer noch nicht, ob es irgendwelche Verschwörungspläne gab, ganz zu schweigen davon, ob Kilian darin involviert war. Ihr Instinkt sagte ihr, dass er dazugehörte, aber Vermutungen reichten nicht aus. Diese Informationen konnte sie ihm nun mal nicht schnell entlocken. Zuerst einmal musste sie so weit wie möglich von der Gestapo weg sein, von allem, was sie mit Spionage in Verbindung brachte, und vor allem von Lukas Ravensburg.

Nicht zuletzt war da noch Markus selbst. Je besser Lisette ihn kennen lernte, desto mehr begriff sie, dass von ihm keineswegs Gefahr für ihr Wohlergehen ausging, sondern Gefahr für ihr Herz. Mit jedem Tag, der verging, mit jeder Nacht, die sie mit ihm genoss, wurde ihre Bindung an Kilian stärker.

Sie spürte, wie auch er sich mit jedem Tag ihres Zusammenseins mehr entspannte und ihr zu vertrauen begann. Um keinen Verdacht zu erregen, achtete sie darauf, nicht mit ihm über seine Arbeit zu reden.

Er liebte sie. Das wusste sie mittlerweile. Zwar hatte er es bisher nicht ausgesprochen, aber sie wusste es mit absoluter Sicherheit. Lisette unterschätzte seine scharfe Beobachtungsgabe nie, doch er liebte sie, und sie hörte es an seinem Lachen. Sein heller, hungriger Blick verfolgte sie, sein Mund gehörte ihr und war immerzu bereit, sie zu küssen.

In weniger als fünf Wochen hatte sie erreicht, was vielen Frauen in Jahren nicht gelang. Markus hatte ihr sogar schon von Ilse erzählt, seiner ehemaligen Verlobten. Jener Markus, dessen Herz Lisette gewonnen hatte, war ein leidenschaftlicher Mensch. Er führte seine Männer mit Leidenschaft, er besaß Leidenschaft für Deutschland, für die Künste – sogar für Schokolade. Vor allem liebte er sie leidenschaftlich.

Letzteres machte Lisette am meisten Angst, als sie in die Hauptstadt zurückkehrten. Drei Wochen lang waren sie vor der

Realität geflohen, jetzt waren sie wieder im besetzten Paris, mit Hakenkreuzfahnen und Gesetzen, Hitlergruß und all den anderen Zwängen.

Das Frühjahr im ländlichen Frankreich war magisch gewesen. Sie hatten viel zusammen gelacht. Markus war sogar mit Lisette einkaufen gegangen – er hatte darauf bestanden, ihr neue Sommerkleider zu kaufen, die ihre schlanke Figur zur Geltung brachten. Sie hatte ihm von ihrer Kindheit erzählt, von ihrem wundervollen Vater, ihrer schönen Mutter und dem tragischen Ende ihrer Eltern. In den Armen des Deutschen hatte sie zum ersten Mal geweint, seit sie vom Tod ihrer Eltern erfahren hatte, und er hatte ihr die Tränen weggeküsst. Erschreckt hatte Lisette festgestellt, dass sie ihr Herz nicht behütet hatte, denn ohne es zu merken, hatte sie sich immer mehr in Markus Kilian verliebt. Je näher sie Paris kamen, desto größer wurde ihre Panik, dass sie ihn wieder gehen lassen musste. Bestürzt erkannte sie, wie wichtig Kilian für sie geworden war – genau wie seine Liebe, die ebenso fest wie stark war.

Zum ersten Mal empfand sie Unbehagen, wenn sie an ihre Mission dachte. Bisher hatten die Anforderungen ihrer Rolle ihr Kraft und Mut gegeben. Sie hatte eine neue Lisette entdeckt – eine lustige, spitzbübische Frau, sinnlich und verspielt, und sie hatte gedacht, dass diese neue Person ihre wahren Gefühle schützen würde. Wie zuvor schon Luc hatte auch Kilian ihren Panzer durchdrungen, einfach nur durch seine Charakterstärke – seine unwiderstehliche Persönlichkeit und seine Liebe hatten den Weg direkt zu ihrem Herzen gefunden.

Dort wohnte jedoch bereits Luc: stumm, geduldig, traurig. Hier bewahrte sie ihn, hielt ihn lebendig, und als sie Pariser Boden betraten, hatte sie das Gefühl, überall den Duft von Lavendel riechen zu können.

»Riechst du das?«

»Was? Die Steckrüben?«, fragte Kilian, aber sie sah ihm an, dass er über seinen eigenen Witz nicht lachen konnte.

»Ich rieche Lavendel.«

»Deine Fantasie spielt dir einen Streich. Lavendel gibt es nur im Süden.«

Lisette roch den Duft trotzdem, und als sie den Eiffelturm erreichten, kamen sämtliche Erinnerungen an Luc wieder hoch, die sie so lange erfolgreich verdrängt hatte. Außerdem musste sie daran denken, dass sie trotz der langen Zeit mit Kilian nur wenig vorzuweisen hatte, außer einem schlechten Gewissen.

»Was ist los, Liebling?«, fragte Kilian. »Du siehst nachdenklich aus.«

»Ich wünschte, wir müssten nicht hierher zurück.«

»Aber Paris ist so schön … und der Sommer steht vor der Tür.«

Sie beschloss, es zu versuchen. »Ich hasse diesen Krieg. Warum kann nicht einfach jemand Hitler umbringen, damit es endlich zu einem Waffenstillstand kommt?«

Kilian warf einen Blick auf die Trennscheibe im Wagen, um sich zu vergewissern, dass der Fahrer nichts hören konnte. »Schscht! Du darfst nicht so reden!«

»Du bist doch meiner Meinung, oder nicht?«

»Ich glaube, viele Menschen wollen eine Lösung finden, um ein Ende herbeizuführen.«

»Sag die Wahrheit, Markus. Wenn genügend Leute so empfinden, warum handelt dann nicht endlich jemand? Dieser Unmensch behauptet, Deutschland zu lieben, schickt aber unsere jungen Männer sinnlos in den Tod.«

Kilian klappte den Sitz gegenüber von Lisette herunter und setzte sich darauf, um Klaus die Sicht nach hinten zu verwehren. »Was ist denn nur in dich gefahren, Lisette? Das ist gefährliches Gerede. Denk bitte daran, wo wir sind und mit wem du hier bist.«

»Du weißt selbst, dass es stimmt!«

»Natürlich!«, grollte er.

»Dann tu etwas! Du und deine Mitstreiter, die diesen Krieg beenden wollen. Hör auf, dich so hilflos zu gebärden. *Tu* etwas!«

Mit verzerrtem Gesicht stieß er hervor: »Ich bin längst dabei, verdammt noch mal!« Er packte ihre Handgelenke und drückte sie so fest, dass ihr der Atem stockte. »Hör jetzt auf!«

»Ich … Es tut mir leid, Markus.«

Er wandte sich wütend ab. »Ich habe viel zu viel gesagt«, knurrte er und blickte aus dem Fenster.

Sie klammerte sich an ihn, weil ihre Rolle erforderte, dass sie hilflos klang. »Bitte, bitte, trenn dich nicht von mir. Ich will, dass unser Leben immer so weitergeht.«

Forschend blickte er sie aus seinen hellblauen Augen an. »Warum sollte ich mich denn von dir trennen?«

»Weil wir wieder hier sind, in der Realität. Wenn es Herbst wird, werde ich erneut Kälte und Hunger kennen lernen. Männer sterben im Kugelhagel, Juden sterben in Konzentrationslagern, Säuglinge sterben an Unterernährung. All das ist die Schuld eines einzigen Mannes!« Eine Träne lief ihr über die Wange, und sie war echt. »Wir müssen ihn aufhalten!«

Seine Stimme klang spröde, als er, offensichtlich unbeeindruckt von ihrem Ausbruch, antwortete: »Du bist noch jung, Lisette, und hast vielleicht schon zu viel erlebt. Ich kann deine Gefühle ebenso wenig kontrollieren wie meine eigenen. Aber diese irregeleiteten Forderungen müssen aufhören. Auf der Stelle«, sagte er mit gepresster Stimme. »Unsere Soldaten im Osten vollziehen den Rückzug so überstürzt, dass sie die Verwundeten zurücklassen müssen. Und immer noch erkennt der Führer die Niederlage nicht an. Die Operation Zitadelle in Kursk war Wahnsinn. Hunderttausende sind in Gefangenschaft geraten, und die Sowjets zeigen keine Gnade – wie sollten sie auch, wenn man bedenkt, was wir ihnen angetan haben. Die Wehrmacht besitzt keinen Stolz mehr, denn unter Hitler sind wir nichts anderes als Barbaren.« Er klang so angespannt, als würde er jeden Moment zusammenbrechen. »Millionen von Männern haben ihr Blut vergossen, für nichts.« Er stöhnte. »Aber es sind meine Männer, verdammt noch mal. Du kannst mein Schuldgefühl nicht ermessen. Sie sterben, während ich Wein trinke und es mir mit dir auf Reisen gutgehen lasse.« Er blickte Lisette tief in die Augen. »Ich weiß, dass wir hier in einem seltsamen Kokon leben, aber ist dir denn nicht klar, dass die Briten und die Amerikaner jeden Augenblick auf französischem Boden landen werden?«

Lisette tat so, als hätte sie von alldem keine Ahnung.

»Jeden Tag können sie Calais einnehmen.« Markus schüttelte den Kopf. »Ich weiß, du willst mehr von mir, aber unsere Leben sind unwichtig im Hinblick auf die großen Ereignisse, die sich anbahnen. Du bist eine wunderbare Frau, Lisette – dein Humor, dein Mut, deine Einstellung zum Leben. Bitte lass mich jetzt nicht im Stich. Wir haben lange genug im Luxus geschwelgt.«

Scham stieg in Lisette auf, als ihr klar wurde, dass sie ihn enttäuschen musste, um das zu bekommen, was sie wollte. Für heute jedoch hatte sie ihn weit genug getrieben.

»Ich lasse dich nicht im Stich«, erwiderte sie reumütig. »Ich weiß nicht, was über mich gekommen ist. Bitte verzeih mir.«

Seine Stimme wurde wieder sanft. »Glaubst du, ich spüre es nicht auch? Glaubst du, ich sterbe nicht auch ein wenig, weil ich dich wieder deiner armseligen kleinen Wohnung und deinem ärmlichen Lebensstil überlassen muss? Auch ich will, dass dieser Krieg ein Ende hat. Ich möchte, dass du für immer mein bist, Lisette ... so wie in den letzten Wochen.« Frustriert fuhr er sich mit den Händen durch die Haare. »Verdammt, ich möchte, dass du meine Frau bist!«

Wie vom Donner gerührt starrten sie einander an. Die Worte hallten bedeutungsschwer nach.

»Es tut mir leid«, sagte er schließlich. »Das war ... fehlgeleitet.« Er räusperte sich, setzte sich wieder neben sie und ergriff ihre Hand. »Ich weiß, dass das alles verwirrend für dich ist, Lisette.« Er drückte einen Kuss auf ihre Handfläche. »Hör mir zu. Ich liebe dich.« Er blickte sie so eindringlich an, dass ihre Schuldgefühle sie zu überwältigen drohten. Seine Augen funkelten wie Aquamarine. »Aber dies ist nicht die richtige Zeit für Liebe. Wir können der Situation, in der wie uns befinden, nicht entkommen. Trotzdem sollst du wissen, dass ich dir einen richtigen Heiratsantrag machen werde, sofern ich diesen Krieg überlebe.« Er zögerte kurz und fuhr dann leise fort: »Es wird keinen glücklicheren Mann auf dieser Erde geben, wenn du Ja sagst.«

Lisettes Herz flog ihm entgegen. Sie wusste, sie musste jetzt etwas sagen. Doch sie konnte nur denken, wie ähnlich er Luc sah. Wusste Luc, dass er ihrem Oberst so ähnlich sah? Es war eine Strafe für sie. »Warum redest du vom Überleben, als ob du sterben könntest? Wenn die Alliierten tatsächlich in Paris einmarschieren, ergibst du dich eben einfach und ...«

»Zumindest werde ich dann vor Gericht gestellt.«

Sie runzelte die Stirn. »Nein, Markus. Ich ...«

»Hör zu, es ist irrelevant, jetzt von dem zu sprechen, was passieren könnte. Wir können nur in der Gegenwart leben.« Er küsste sie zärtlich. »Wir sind gleich an meinem Büro. Küss mich zum Abschied, schreib die Berichte, um die ich dich gebeten habe, und bring sie am Freitagnachmittag vorbei. Wir sollten uns eine Zeit lang nicht sehen.« Er berührte sie sanft am Arm. »In den nächsten Wochen kann ich nicht über meine Zeit verfügen. Möglicherweise muss ich sogar für eine Weile weg. Du musst verständnisvoll sein. Tu deine Arbeit, führe dein Leben und warte auf mich. Unter Umständen wird es einige Monate dauern, bis wir uns wiedersehen.« Sie blickte ihn erschreckt an. »Es können auch nur Tage sein. Ich weiß es einfach nicht. Du musst geduldig sein. Versprichst du mir das?«

Verwirrt nickte Lisette. Sie musste unbedingt wissen, was er da andeutete. »Ich weiß, dass du dich heute mit General Stülpnagel triffst, und …«

Kilian runzelte die Stirn. »Woher weißt du das?«

Lisette tat unschuldig. »Ich habe gehört, wie du es gestern am Telefon gesagt hast.«

»Du warst doch gar nicht im Raum.«

»Das weiß ich, Markus«, erwiderte sie indigniert. »Die laute Stimme des Mannes, der verkündet hat, der Militärkommandant von Paris sei am Apparat, war kaum zu überhören.«

»Warum interessiert dich das überhaupt?« Kilian blickte sie irritiert an.

Also traf er sich tatsächlich mit Stülpnagel. Lisette überlegte rasch. »Ich wollte dich bitten, ihm gegenüber meinen Namen zu erwähnen.«

»Was?«

»Ich will nicht länger in der Bank arbeiten. Unsere gemeinsame Zeit hat alles verändert. Es war sowieso keine Dauerstellung – nur für die erste Zeit, um mich über Wasser zu halten. Ich kann dich ja wohl kaum um eine Stelle in deinem Büro bitten, aber … ach, es ist egal. Wenn es dir lieber ist, nicht zu …«

Er entspannte sich sichtlich. »Ach so. Mir macht es nichts aus, dich zu erwähnen.«

»Wirklich? Danke. Vielleicht könnte ich ja als Dolmetscherin arbeiten – die Abteilung ist mir gleich.«

»Überlass das ruhig mir.« Markus küsste sie höflich auf beide Wangen, weil Klaus bereits die Wagentür öffnete. »Ich werde ständig an dich denken«, versicherte er ihr leise. »Ich melde mich.«

Sie nickte. »Ich warte auf dich.«

»Klaus bringt dich nach Hause. Danke für deine Hilfe. Du hast die Priester bezaubert, so wie du alle bezauberst.«

»Ich bin froh, dass ich dir helfen konnte.«

»Ohne dich hätte ich nichts zustande gebracht«, flüsterte er lächelnd. »Bestell Walter schöne Grüße von mir.«

»Du wirst mir fehlen, Markus«, sagte sie, als er die Wagentür schloss und auf das Dach klopfte.

Grüßend hob er die Hand, und sie drehte sich nach ihm um, als das Auto weiterfuhr.

Kilian verlor keine Zeit. Er hatte seine Reise abgebrochen, als vor zwei Tagen die Nachricht von Stülpnagel gekommen war.

Von unterwegs hatte er sich alle paar Tage telefonisch bei dem General gemeldet. Sie waren übereingekommen, lediglich über ihre Arbeit oder die Reise zu plaudern, sofern es keine Veränderung im Status quo gab. Wenn jedoch Stülpnagel ihr Gespräch mit der Frage nach dem Wetter eröffnete, dann war das ein Signal, dass Kilian sofort nach Paris zurückkommen sollte. Es bedeutete, dass der Plan, Hitler zu ermorden, in die entscheidende Phase eintrat. Gestern hatte Stülpnagel gefragt, ob Kilian das warme Sommerwetter im Süden genieße. Markus Kilian hatte das Herz bis zum Hals geschlagen.

Er war überrascht, dass Lisette ihn nicht fragte, warum er so plötzlich seine Pläne änderte, aber abgesehen von ihrer Tätigkeit als Dolmetscherin hatte sie nur wenig Interesse an seiner täglichen Arbeit gezeigt. Ihr Ausbruch im Wagen war jedoch merkwürdig gewesen, und er war wütend auf sich, weil er viel zu viel preisgegeben hatte. Die Informationen waren so gefährlich, dass er damit sich und andere vor ein Erschießungskommando bringen konnte.

Kilian stand vor dem Hotel Raphaël und schloss die Augen.

Er vertraute Lisette und war überzeugt, dass er sich auf ihr Schweigen verlassen konnte, aber jetzt hatte er keine Zeit, um darüber nachzudenken. Rasch zog er sich um und rief in Stülpnagels Büro an, um zu hinterlassen, dass er wieder in Paris war. Innerhalb weniger Minuten rief der General zurück.

»Willkommen, Kilian.«

»Danke, General. Wir haben uns eine Weile nicht gesehen.«

»Ja, das stimmt. Wie wäre es mit einem Treffen, damit wir über die Segenswünsche sprechen können?«

»Jawohl, Herr General. Wo und wann?«

»Können Sie jetzt gleich? Ich warte vor dem Louvre auf Sie.«

»Ausgezeichnet, Herr General. Ich mache mich sofort auf den Weg.«

Kilian war als Erster am verabredeten Treffpunkt und hatte Gelegenheit, das prachtvolle Palais du Louvre zu bewundern. Er stellte sich vor, wie viele historische Persönlichkeiten bereits hier flaniert waren. Ihm fiel ein, dass Napoleon das Museum einmal nach sich umbenannt hatte. Hitler würde gewiss das Gleiche tun, wenn er könnte. Stülpnagel ließ ihn nicht lange warten.

»Heil Hitler«, begrüßte er ihn halbherzig. »Sollen wir hineingehen?«

»Ja, warum nicht?«, erwiderte Kilian. »Ich bin seit letztem Jahr in Paris und war erst einmal hier.«

»Es gibt sowieso nicht viel zu sehen«, brummelte der General. »Nur ein paar Skulpturen. Die Kuratoren haben alles in die Schlösser in Zentralfrankreich transportiert. Ich habe gehört, die *Mona Lisa* hängt derzeit in irgendeinem Schlafzimmer. Können Sie sich das vorstellen?«

Kilian lächelte schief. Er konnte es sich sogar sehr gut vorstellen. Die Kuratoren hatten zahllose Kunstwerke aus dem berühmten Museum in Sicherheit gebracht. Wie mochte es wohl sein, wenn man sich im Bett umdrehte und das lächelnde Gesicht der berühmten Italienerin vor Augen hatte?

Ihre Stiefel hallten in den leeren Sälen wider, während sie zu der verlassenen Skulpturen-Galerie gingen.

Stülpnagel blieb stehen, um die Skulptur eines griechischen Gottes zu bewundern, dessen muskulöse Gestalt aus grauem Marmor gehauen worden war. Ohne den Blick von der Statue abzuwenden, sagte er: »Wir sind jetzt ganz dicht davor. Nur noch ein paar Wochen. Ich glaube, es findet in der Wolfsschanze statt.«

»Wie kommen sie nur auf den Gedanken, dass sie in der Wolfsschanze Erfolg haben könnten? Ich war dort. Sie wahrscheinlich auch schon. Der Ort ist viel zu gut befestigt, die Sicherheitsmaßnahmen sind ein Alptraum.«

»Haben Sie Vertrauen, Oberst.«

Kilian ging weiter. »Schon vier gescheiterte Versuche. Wir müssen alle wahnsinnig sein. Dieser Mann ist nicht totzukriegen«, sagte er und lachte freudlos. Er dachte an von Gersdorffs gescheiterten Versuch, Hitler in Berlin mit Sprengstoff zu töten, während er ihn durch eine Ausstellung führte.

Der General verzog keine Miene. »Wenigstens versuchen tapfere Männer es immer wieder«, entgegnete er.

»Wann, General?«

»Es könnte jederzeit passieren.«

»Es muss doch ein festes Datum geben.«

»Noch nicht. Der Juli ist unsere beste Option, und es muss die Wolfsschanze sein, weil Hitler kaum noch in der Öffentlichkeit erscheint und sich fast nicht mehr in Berlin aufhält.« Er seufzte. »Ich kann Ihnen wahrscheinlich erst ein paar Tage vorher Bescheid sagen. Höchstens drei, möglicherweise aber auch nur einen Tag vorher.«

Kilian blickte ihn erstaunt an. »Ein paar Tage?«

»Für Ihre Siege in den Schlachten haben Sie weniger Zeit gebraucht«, erwiderte Stülpnagel.

»Wie soll es vonstattengehen?«

»Das kann ich nicht sagen.« Er hob die Hand. »Nein, Kilian, das hat nichts mit Vertrauen zu tun, es ist einfach nur zum Schutz. Je weniger Sie wissen, desto weniger kann man Ihnen anhaben. Ich habe Ihnen ja bereits gesagt, wenn wir scheitern, brauchen wir Leute, die loyal zu unserer Sache stehen ... die nächste Ebene des Widerstands sozusagen. Sie sind wesentlich für diese Ebene. Die Gestapo ist uns dicht auf den Fersen. Wir werden es so lange weiter versuchen, bis wir Erfolg haben oder bis der letzte Mann tot ist. Ihr Name wird unbefleckt bleiben, wenn wir scheitern, denn Sie werden eine neue Gruppe zusammenstellen müssen. Unser Heer ist auf dem Rückzug von der Ostfront, wir stehen auf verlorenem Posten in Italien, und Sie wissen, dass Calais bevorsteht. Denjenigen von uns, die Frieden wollen, läuft die Zeit weg.«

Kilian schaute den General ernst an. Er vertraute diesem Mann, der seit vierzig Jahren beim Militär war. Dann nickte er.

»Was ich Ihnen da gerade gesagt habe, habe ich sonst in Paris keiner Menschenseele anvertraut.«

»Warum gerade mir?«

»Weil es Ihre Aufgabe ist, die Armee zu mobilisieren. Sie soll so einheitlich unter Ihrem Kommando stehen, dass alle Offiziere ausschließlich Ihren Befehlen gehorchen. Verstehen Sie?«, sagte er so leise, dass Kilian es kaum hören konnte.

»Jawohl, Herr General.«

Stülpnagel trat zur nächsten Skulptur. »Ich weiß, dass man Sie sehr bewundert. Die Männer werden Ihnen folgen. Sie werden zuerst Paris sichern und danach Frankreich auf einen Waffenstillstand mit den Alliierten vorbereiten.«

»Alles klar. Was ist mit Karl Boemelberg? Er wird nicht zulassen, dass die SS und die Gestapo untätig zusehen. Wir können nicht einfach ...«

»Der Chef der Gestapo fällt unter die Verantwortlichkeit von jemand anderem. Mit diesen Leuten brauchen Sie sich nicht zu befassen. Sobald wir wissen, dass das Ziel tot ist, werden sie alle verhaftet werden. Sämtliche Aktionen werden ineinandergreifen, aber jeder hat seine eigene Rolle. Sie kennen die Ihre. Lassen Sie sich durch nichts ablenken.«

»Das werde ich nicht, Herr General.«

»Halten Sie Ihren Kalender frei. Diesen Monat werden Sie keine Termine wahrnehmen.«

»Wenn nötig, stehe ich Tag und Nacht am Telefon parat.«

»Was ist mit diesem französischen Mädchen, mit dem Sie sich treffen?«

»Sie ist zur Hälfte Deutsche, Herr General.«

»Ich habe gehört, Sie haben sie letzten Monat mit auf eine Geschäftsreise genommen?«

»Sie war meine Dolmetscherin.«

Stülpnagel lachte. »Nennt man das jetzt so? Sind Sie sich bei ihr sicher, Kilian?«

»Sie hat mir keinen Grund gegeben, etwas anderes anzunehmen.«

Lächelnd strebte der General auf den Ausgang zu.

Kilian runzelte die Stirn. »Habe ich etwas falsch verstanden, Herr General?«

»Nein, ich werde Ihnen bald etwas schicken. Es hat weiter keine Konsequenzen, aber es hilft Ihnen vielleicht, Ihr Leben in einem klareren Licht zu sehen.«

»Ich habe keine Ahnung, was Sie meinen«, erwiderte Kilian.

Der General grinste. »Nein, das glaube ich auch nicht. Es ist allerdings nicht wichtig. Konzentrieren Sie sich auf die Sache, und halten Sie diese Frau aus Ihrem Leben fern. Sie haben sie sicherlich überprüft – genau wie wir. Warten Sie auf meinen Anruf«, sagte er über die Schulter. Mit diesen Worten marschierte er aus der Galerie und ließ Kilian allein und verwundert zurück.

In der Nacht darauf brachen die ersten Truppenkonvois der Alliierten zur Küste der Normandie auf, und am Morgen danach – am 6. Juni – wurde den Deutschen klar, dass sie getäuscht worden waren. Die Flugzeuge der Alliierten bombardierten nämlich die Küstenbatterien um Le Havre fast 320 Kilometer von der erwarteten Invasion in Calais entfernt. Gegen Nachmittag tauchten Kriegsschiffe auf und beschossen die deutschen Befestigungen. Am frühen Abend landeten als Erstes die amerikanischen Truppen auf den Stränden, eine Stunde später folgten die Briten und die Kanadier.

Lisette hörte mit einigen anderen in Montmartre eine Radioübertragung der BBC.

»Der D-Day ist da … Unter dem Kommando von General Eisenhower sind die alliierten Truppen heute Morgen an der Nordküste von Frankreich gelandet.«

Manche der Zuhörer jubelten, andere blickten sich besorgt an, aber die meisten reagierten unsicher, weil sie nicht wussten, was das für Frankreich bedeutete. Immerhin sah es so aus, als würde ihr Land jetzt das letzte Schlachtfeld für die Zerschlagung der Nazi-Herrschaft über Europa werden.

32

Markus hatte fast einen Monat lang keinen Kontakt zu Lisette. Sie versuchte immer noch, Wege zu finden, um sich mit ihm zu treffen und etwas über seine geheimen Aktivitäten herauszufinden. Sie hatte London darüber informiert, dass Kilian an einer Verschwörung gegen Hitler beteiligt war, und den gegenwärtigen Militärkommandanten in Paris als Mitverschwörer benannt.

Von Luc sah und hörte sie nichts. Lisette hatte eine Nachricht für Playboy hinterlassen, in der sie ihn fragte, ob er wisse, wo der Maquisard namens Faucille sei. Sie hatte keine Antwort erhalten, und der Mann im Café, der ihr mit seinen Geschirrtüchern in wechselnden Farben Nachrichten angekündigt hatte, war nicht mehr da. Das Leben änderte sich in rasender Geschwindigkeit. Sylvies Wohnung war leer. Lisette blieb nichts anderes übrig, als zu dem Haus zu gehen, in dem sie mit den Leuten von Spiritualist zum ersten Mal zusammengetroffen war, in der Hoffnung, etwas über Luc herauszufinden.

Sie lief zu Fuß vom Montmartre dorthin. Mittlerweile war es heiß und sonnig geworden, und der Spaziergang war ein Vergnügen, auch wenn die Atmosphäre in der Stadt angespannt war. Es war nicht Angst, aber ganz gewiss auch keine Freude, sondern eher gespannte Erwartung, während immer neue Meldungen über das Radio eintrafen.

Überall hatten die Leute gefeiert, als General de Gaulle nach der Landung eine provisorische französische Regierung in

Bayeux installiert hatte, und erst heute hatte Lisette im Radio seine Siegesrede aus dem Rathaus von Cherbourg gehört.

In manchen Stadtvierteln waren die Kontrollen besonders streng geworden, in anderen hingegen überaus lasch. Man konnte sich jedoch nie darauf einstellen, wo es einen erwischte – man hatte den Eindruck, alle gängigen Regeln würden ignoriert. Lisette vermutete, dass die Gestapo überall war, und sie achtete sorgfältig darauf, immer alle Ausweispapiere, Briefpapier von der Bank und sogar den mit Hakenkreuz versehenen Umschlag mit dem Brief von Kilian bei sich zu tragen. Jedes noch so kleine Detail konnte hilfreich sein.

Zweimal wurde Lisette auf dem Weg angehalten, und beide Male ließ man sie ohne weitere Fragen passieren. Als sie sich der Avenue de Wagram näherte, war sie besonders vorsichtig. Sie wusste, dass die Deutschen zahlreiche Gebäude in diesem Gebiet requiriert hatten, und es war verboten, zu dicht daran vorbeizugehen. Als zusätzliche Vorsichtsmaßnahme wechselte sie die Straßenseite, um sich von den weißen Palisaden und den Nazi-Insignien fernzuhalten.

Selbstbewusst schritt sie aus, bis sie in der Nähe des Arc de Triomphe in die Avenue de Wagram einbog. Sie musste zur Nummer 87, einem mehrstöckigen, prachtvollen Pariser Gebäude aus jenem hellgrauen Stein, der vor allem Ende des achtzehnten Jahrhunderts bevorzugt verbaut worden war. Sie klopfte an die Tür der Concierge. Eine Frau, die ihr bekannt vorkam, öffnete ihr die Tür.

»*Bonjour, mademoiselle*«, sagte die Frau höflich. »Was für ein schöner Morgen.«

»Ja, in der Tat.«

»Was kann ich für Sie tun?«

»Ich komme wegen Alexander«, erwiderte Lisette auf Französisch. Das war das Passwort.

Ohne zu zögern, antwortete die Frau mit dem dazugehörigen Satz.

Lisette lächelte. *»Merci, madame.«*

Die Concierge ließ sie ein, und als die Tür sich hinter ihnen geschlossen hatte, seufzten beide.

»Wir können nicht vorsichtig genug sein«, erklärte die Frau. »Derzeit passen sie noch schärfer auf als sonst.«

»Das spürt man auch auf der Straße. Verzeihen Sie, dass ich ohne Vorankündigung komme. Ich muss zu Armand.« Das war der Codename des Anführers des Netzwerks Spiritualist in Paris. »Ist er hier?«

Die Frau nickte. »Sie haben Glück. Er bleibt allerdings nicht lange. Sie können sich gewiss vorstellen, wie sich die Lage zuspitzt. Kommen Sie, ich sage ihm Bescheid, dass Sie da sind. Wie ist Ihr Name?«

»Angeline.«

»Folgen Sie mir. Kaffee?«

»Nur, wenn es keine Mühe macht.«

»Armand möchte bestimmt auch einen. Er ruht sich nie genug aus, deshalb bestehe ich immer darauf.« Sie führte die Besucherin in einen Hof.

Lisette setzte sich in die warme Sonne und wartete. Sie dachte an Kilian – wen mochte er wohl treffen? Was für Pläne machte er gerade? –, ertappte sich jedoch dabei, wie ihre Gedanken automatisch zu Luc wanderten.

Du musst dich entscheiden!, verlangte eine Stimme in ihrem Hinterkopf. Sie runzelte die Stirn. Ganz gleich, was ihre Mission erforderte, sie musste wissen, wen sie liebte.

Sie stellte sich vor, dass beide Männer vor ihr stünden, ähnlich vom Aussehen, Luc vielleicht ein bisschen breiter, Markus ein wenig feiner und ganz sicher gepflegter. Sie sah Markus vor sich, der sie spöttisch aus seinen hellen Augen musterte, wenig sagte, stolz und selbstbewusst wirkte. Luc hingegen war oft gehetzt, aber auch sein Kinn war fest und entschlossen, und mit seinen blauen Augen blickte er ihr tief in die Seele.

»Angeline?«, sprach ein Mann sie an, und sie zuckte zusammen. »Entschuldigung«, sagte der unrasierte Mann, der vor ihr stand. Er war etwa Mitte dreißig, wirkte allerdings älter, weil er sichtlich erschöpft war. Sein Lächeln war offen, und seine Stimme klang freundlich. »Ich wollte Sie nicht erschrecken.«

»Hallo, Armand, entschuldigen Sie, dass ich einfach hier so hereinschneie.« Sie stand auf und trat ihm entgegen.

»Sie sind immer willkommen. Wir haben uns lange nicht gesehen.«

»Ja. Letztes Mal standen in diesen Kübeln noch keine Tomaten … und auch keine Petersilie. Es riecht gut.«

»Sie sehen gut aus. Ich hoffe, es ist alles in Ordnung?«

»Ja. Ich muss nicht so viele Risiken auf mich nehmen wie manch anderer«, erwiderte Lisette.

»Was verschlägt Sie hierher?«

Die Frau kam mit zwei Tassen Zichorienkaffee und ging dann leise wieder.

Lisette blies in das dampfende Gebräu. »Ich bin auf der Suche nach Faucille.«

»Ah. Er ist nicht hier. Nicht in Paris, meine ich. Meines Wissens hat er die Stadt letzten Monat verlassen. Seitdem haben wir nichts mehr von ihm gehört.«

»Letzten Monat«, wiederholte sie enttäuscht. »Wie lange bleibt er weg?«

»Tut mir leid, das weiß ich nicht. Manon hat ihn Mitte Mai noch einmal kurz gesehen, und da hat er ihr gesagt, er wolle am nächsten Tag Paris verlassen.«

»Wohin? Bitte, ich muss es wissen.«

»Angeline, Sie wissen doch, wie es ist. Wir schützen einander, indem wir uns so wenig Informationen wie möglich geben.«

»Armand, Sie wissen sicher, dass er auf mich aufgepasst hat?«

Der Kontaktmann senkte den Blick und nickte. »Das habe ich gehört.«

»Er und ich, wir sind ...«

»Was?«

Lisette wusste nicht, wie sie es ausdrücken sollte. Was waren Luc und sie eigentlich füreinander? »Wir sind zusammen«, hauchte sie. Wie sonst sollte sie ihre Beziehung nach den letzten Wochen auch beschreiben?

Er blickte sie traurig an und antwortete: »Manon deutete an, dass er in den Süden gehen wollte.«

»Was?« Das hatte sie nicht erwartet.

Armand hob die Hand. »Ich weiß allerdings nicht, ob das stimmt. Ich kann es nicht mit Gewissheit sagen.«

Sie stellte ihren Kaffee unberührt ab. »Wieder in die Provence?« Sie konnte sich nicht vorstellen, dass Luc das riskieren würde, aber vielleicht hatte er es ja doch getan.

Ihr Gegenüber schüttelte den Kopf. »Nein, vermutlich nach Zentralfrankreich. Dort ist zurzeit gerade viel los. Ich will Sie nicht anlügen, Angeline, aber es finden heftige Kämpfe statt, und viele französische Widerstandskämpfer haben sich der Armee angeschlossen.«

Lisette hörte kaum, was er sagte. Sie dachte an Luc, der sich ins Kampfgetümmel stürzte.

Mitfühlend berührte Armand sie an der Schulter. »Sie werden sicher bald von ihm hören.«

Lisette seufzte leise. »Ja, ich hatte leider noch nicht einmal Gelegenheit, mich von ihm zu verabschieden.«

»Wenn ich Faucille begegnet bin, fand ich ihn immer sehr ruhig und furchtlos, aber er war nie unvorsichtig. Er trifft solide

Entscheidungen und würde niemals andere in Gefahr bringen. Das wissen Sie sicher selber. Faucille war entschlossen, Sie zu beschützen.«

Natürlich wusste Lisette das, doch es aus dem Munde einer anderen Person zu hören, schmerzte sie tief. Vor allem, wenn sie daran dachte, wie sie ihn beschuldigt hatte, er habe sie erst verlassen und ihr dann nachspioniert.

Wie selbstsüchtig sie geworden war!

»Es tut mir leid. Ich wollte Sie nicht beunruhigen«, sagte Armand. »Ich dachte, Sie wollten etwas über ihn erfahren.«

Lisette grub die Fingernägel in die Handflächen, damit ihr nicht die Tränen in die Augen traten. »Nein, nein, es ist alles in Ordnung. Vielen Dank, dass Sie es mir gesagt haben.«

»Angeline, Playboy hat mir von Ihren jüngsten Anweisungen aus London berichtet. Es ist meine Aufgabe, darüber Bescheid zu wissen. Anscheinend hat Ihr Auftrag immer noch höchste Priorität. Können wir sonst etwas tun, um Ihnen zu helfen?«

Sie schüttelte den Kopf. »Den Krieg beenden?«, schlug sie vor.

»Wir tun unser Bestes«, erwiderte er, und sie lächelten beide. »Sie müssen jeden Tag die Radiomeldungen verfolgen. Ich weiß zwar nicht, wie lange dieses Haus noch sicher ist, aber Ihr toter Briefkasten ist bisher nicht enttarnt. Der Besitzer des Cafés ist ebenfalls in den Süden aufgebrochen, um zu kämpfen, und hat seiner Kusine das Café übergeben. Sie können sich dort sicher fühlen, und wir wissen, dass wir dort Kontakt zu Ihnen aufnehmen können.«

»Armand, ich, äh … meine Mission wird eine Zeit lang keine große Rolle spielen. Auf unbestimmte Zeit.«

»Ich verstehe.« Er runzelte die Stirn.

»Kann ich Ihnen nicht irgendwie helfen? Lassen Sie mich meinen Teil beitragen.«

Er überlegte. »Na ja, wir sind dabei, die Kommunikationsleitungen zu unterbrechen. Wir haben mittlerweile fünfzig *réseaux* in jedem Departement von Frankreich. Paris ist nicht so wichtig. Die wirklich harte Arbeit spielt sich in der Auvergne oder der Gascogne ab. Wie gut können Sie mit Batteriesäure umgehen?«

»Wie bitte?«

Er lächelte. »Eine unserer besten Sabotage-Methoden, um Telefonleitungen zu zerstören.«

»Sagen Sie mir, was ich tun soll«, bat sie.

»Gehen Sie täglich ins Café. Sie werden eine Nachricht erhalten. Trotz allem müssen wir sehr vorsichtig mit Ihnen sein, Angeline.«

»Natürlich. Ich möchte unbedingt mithelfen, auch wenn Sie mich nur als Wachtposten einsetzen.«

»In Ordnung. Sie hören in Kürze von uns.«

»Ich habe mitbekommen, dass die Telefonleitungen ins Ausland zerstört worden sind«, sagte sie. »War das Sylvie?«

Grinsend stand er auf und streckte sich. »Sie hat ganz allein eine Leitung nördlich von Paris zerstört. Die Deutschen sind jetzt auf Funk angewiesen, was bedeutet, dass Bletchley Park alles mithören kann.«

»Geht es ihr gut?«

»Ich habe keinen Grund, etwas anderes anzunehmen.«

Lisette erhob sich und küsste ihn auf beide Wangen. »Danke, Armand – nicht nur für heute, sondern auch für … dafür, dass Sie mir den Rücken freigehalten haben. Ich wollte Ihren Leuten nicht so viel von ihrer kostbaren Zeit stehlen.«

»Dafür müssen Sie sich bei Faucille bedanken. Ich hoffe, er kommt heil zu Ihnen zurück.«

»Ja, das hoffe ich auch«, erwiderte sie. Die Sehnsucht, Luc wiederzusehen, überwältigte sie. »Das hoffe ich wirklich.«

33

Luc hatte Paris in den frühen Morgenstunden verlassen, nachdem er Sylvies Nachricht gelesen hatte. Es war am besten so, er musste die Erinnerungen an Lisette hinter sich lassen. Zwar war ihm klar, dass er nie wieder eine Chance haben würde, an Oberst Kilian heranzukommen, nachdem er seine Stelle als Fahrer von jetzt auf gleich aufgegeben hatte, aber es war sowieso nur eine Frage der Zeit, bis die Gestapo auf ihn aufmerksam wurde. Besser war es, Paris den Rücken zu kehren. Im Süden, wo die Aktivitäten zunahmen, konnte er mehr ausrichten.

Es galt, den Vormarsch der Deutschen um jeden Preis aufzuhalten. Da der Name Ravensburg bei der Gestapo bekannt war, entschied sich Luc dafür, Christian Löwe als Pseudonym beizubehalten, zumal seine Papiere ihn als offiziellen Fahrer des Militärs in Paris auswiesen. Unter dem Vorwand, er müsse einen hochrangigen Militär aus dem Süden abholen, gelang es ihm, mit dem Bus aus Paris zu entkommen. Sein Ziel war Mont Mouchet. Das war eine der Schlüsselregionen, in denen sie es den Deutschen schwer machten, und Luc kam es sehr gelegen, dass es in den Bergen lag.

Zu Fuß gelangte Luc nach Montluçon, wo es jedoch von Gestapoangehörigen wimmelte. Er kaufte sich ein Baguette und ein kleines Stück Käse und horchte den Besitzer des kleinen Lebensmittelladens aus. Das war riskant, aber Luc musste wissen, wo sich das örtliche Maquis befand, und anders konnte er es nicht erfahren. Zu seiner Erleichterung war der Mann Gaullist.

»Geh zum Viadukt in Garabit«, riet er ihm. »Wenn sie dich finden wollen, finden sie dich schon.«

Er folgte dem Rat und stellte überrascht fest, dass die Dorfbewohner eine Vierundzwanzig-Stunden-Wache postiert hatten, damit das Maquis von Mont Mouchet, dessen Sitz sich ganz in der Nähe befand, nicht die einzige Straße nach Paris in die Luft jagen konnte.

»Sie haben schon die Steinbrücken rund um die Eisenbahnlinien zerstört«, beklagte sich ein Einheimischer.

Luc wunderte sich über die Dummheit der Menschen. Wollten sie wirklich, dass die Deutschen so leicht nach Paris gelangten? Er wartete einige Stunden, dann tauchte ein Mann neben ihm auf und nickte ihm zu. Luc folgte ihm in den Wald, wo er sich die nächsten Wochen aufhielt. In der Region befanden sich mehr als zehntausend Maquisards, und obwohl sie von deutschen Truppen umgeben waren, hielt der Anführer seine Leute ruhig und entschlossen, bis genügend Waffen aus London eintrafen, damit sie sich zur Wehr setzen konnten.

Am 18. Juni zogen die Maquisards in die Schlacht gegen die mit schwerer Artillerie ausgestatteten Deutschen. Der Kampf begann am frühen Morgen und dauerte bis zum Einbruch der Nacht.

Luc hatte nur wenig Erfahrung im Umgang mit Gewehren. Seit seinen Sabotage-Einsätzen in Paris konnte er zwar gut mit Sprengstoff umgehen, aber an echten Kämpfen hatte er bisher kaum teilgenommen. Die Realität auf dem Schlachtfeld war ein Schock, allein der Lärm machte es ihm unmöglich, sich zu orientieren. Statt auf den Feind zu schießen, machte er sich als Bote zwischen den einzelnen Kampfgruppen nützlich. Er war flink, und vor allem bewegte er sich sicher in dem unwegsamen Gelände. Außerdem hatte Luc einen angeborenen Ortssinn. Binnen kurzem kannte er sich gut in der Region aus, und mit seiner Schnelligkeit und seinen scharfen Augen konnte er sowohl die

Kommunikation zwischen den einzelnen Gruppen von Maquisards übernehmen, als auch Verwundeten helfen.

An einem besonders schrecklichen Tag trug er einen Mann huckepack und hatte um einen anderen einen Arm gelegt, als er spürte, dass der Mann auf seinem Rücken von einer Kugel getroffen wurde. Mit letzter Kraft schleppte er die beiden zu einem Graben hinter einem Hügel. Er weinte fast, als er bei dem jungen Maquisard keinen Puls mehr fühlte. Der Tote konnte nicht älter als neunzehn sein.

»Nimm es nicht so schwer«, sagte der andere Mann, als er Lucs Verzweiflung bemerkte. Er zuckte mit den Schultern. »Wir würden alle lieber sterben, als für die Boches in einer stinkenden Fabrik in Deutschland zu arbeiten.«

Luc nickte dem Verwundeten zu. »Wo bist du getroffen?«

»Am Oberschenkel, kurz über dem Knie. Nicht allzu schlimm. Hier, nimm das«, sagte er und nahm sein Halstuch ab. »Bind es mir um das Bein, so fest du kannst.«

Luc tat, was der Mann von ihm verlangte. Der Verletzte zog scharf die Luft ein, als er einen Knoten machte.

»Alles in Ordnung?«

»Ja, ich werde am Leben bleiben, um noch ein paar Deutsche mehr zu erschießen, wenn du mir die Pistole des Jungen gibst.«

Eine Explosion erschütterte den Boden unter ihnen.

Luc reichte dem Maquisard die Pistole des Toten. »Mein Name ist Luc. Ich bin Lavendelbauer«, sagte er.

»Claude. Ich baue Trauben und Oliven an. Der beste Weinessig, das beste Öl im Süden.« Er grinste, und das getrocknete Blut auf seinem Gesicht zersprang in winzige Fältchen. Luc war sich nicht sicher, ob es Claudes Blut oder das von jemand anders war, aber es war auch egal. »Danke für die Pistole«, sagte Claude und fügte hinzu: »Falls du irgendwo zufällig einen Pernod findest, hätte ich den auch gerne.«

Luc lachte grimmig. Dann wandte er seine Aufmerksamkeit einem anderen Maquisard zu. Der Rauch hatte sich gelichtet, und er sah weitere blutige Körper am Hang liegen. Drei davon sahen aus, als wären sie tot, einer bewegte sich noch.

»Da braucht mich jemand, Claude.«

»Bist ein guter Mensch. Ich werde dich nicht vergessen. Na los, geh zu ihm.«

Luc rannte im Zickzack auf den Mann zu. Er konnte ihn jetzt schreien hören und sah, dass es dem Verletzten den Unterschenkel zerfetzt hatte. Luc spürte, dass das Maquis einen verlorenen Kampf ausfocht.

Als er bei dem Mann ankam, schrie dieser nicht mehr, sondern weinte still vor sich hin. Er hatte zu viel Blut verloren, und Luc wusste, dass er es nicht schaffen würde. Er konnte sich nur noch neben ihn legen und ihm die Hand halten. Der Mann begann zu reden. Er war aus Limoges, ein Arbeiter in der Keramikindustrie, hatte vier Kinder und eine Frau.

»Sag ihnen, es tut mir leid«, flüsterte er Luc ins Ohr. »Mein Name ist Olivier Roussel.«

Er war jünger, als Luc ursprünglich gedacht hatte, vermutlich kaum dreißig. Sein Atem kam in flachen, schnellen Stößen. Luc zog sein schmutziges Taschentuch aus der Tasche und wischte dem Mann das Blut vom Gesicht. Er sah aus wie Laurent, das gleiche verschmitzte Funkeln in den Augen, obwohl sie bereits trübe wurden.

»Danke«, raunte er.

Luc ignorierte das Pfeifen der Kugeln, die Explosionen um ihn herum, die Schreie sterbender Männer. Er fühlte sich verpflichtet, bei dem Mann zu bleiben, bis er starb.

Schließlich löste er die Finger von der Hand des toten Mannes. Eine tiefe Trauer ergriff von ihm Besitz. Diese Schlacht war hoffnungslos, der Feind setzte sogar Flugzeuge ein.

Die Franzosen konnten nicht gewinnen – das wusste er jetzt –, doch mit jeder Stunde, die sie die Boches hier festhielten, kamen die Alliierten näher an Paris heran. Deshalb mussten sie weiterkämpfen, aber Luc lag schutzlos hier, er musste in Deckung gehen und seinen Weg zurück zur Hauptgruppe finden, um weiter Nachrichten zu überbringen. An seine Müdigkeit durfte er jetzt nicht denken, das durfte keiner von ihnen.

Er richtete sich auf, ergriff ein Gewehr, das auf dem Boden lag, und rannte durch den dichten Rauch. Er sah so gut wie nichts, wusste nur, dass er den Hang hinauflaufen musste, weil dort oben die Hauptgruppe des Maquis positioniert war.

Es gelang ihm jedoch nicht.

Die Explosion fand so dicht neben ihm statt, dass er durch die Luft geschleudert wurde. In dieser Sekunde kam alles um ihn herum zum Stillstand, und er hörte sämtliche Geräusche nur noch gedämpft. Rauch ballte sich zusammen, Männer schrien, dennoch hörte er nichts. Er sah sogar, wie in Zeitlupe, das Blitzen des Gewehrfeuers, aber er konnte keinen klaren Gedanken fassen, und sein Körper war wie betäubt. Nur ein Gedanke drängte sich nach vorne: *Lisette.* Wie ein Mantra wiederholte er im Geiste ihren Namen.

Er durfte hier nicht sterben. Er musste zu ihr zurück.

Luc schlug auf die harte Erde auf und lag reglos da, als es schließlich dunkel wurde und die Anführer des Maquis ihre Männer zurückriefen.

Luc hörte einen Esel schreien und das Gackern von Hühnern, als er wieder zu sich kam. Ihm war heiß, und er hatte schrecklichen Durst. Helles Sonnenlicht drang durch die Bretterwände, die ihn umgaben. Unter seinem Kopf war etwas Weiches, doch der Boden, auf dem er lag, war hart. Wahrscheinlich liege ich in einem Schuppen, dachte er. Desorientiert blinzelte er.

Jemand ergriff seine Hand, und als er den Kopf wandte, sah er ein Kind, das ihn aus großen blauen Augen andächtig anschaute. Luc stellte fest, dass der Junge Sommersprossen im schmutzigen Gesicht hatte und dass ihm die oberen Schneidezähne fehlten.

»Sie leben ja, *monsieur*«, lispelte er erfreut.

Luc versuchte zu sprechen, doch seine Kehle war wie ausgedörrt. »Wasser«, krächzte er.

Der Junge eilte davon. Als er wiederkam, war eine alte Frau bei ihm. Ihre Haare waren grau und zu einem Knoten geschlungen, ihre Kleider alt, aber sauber. Sie erinnerte Luc sofort an seine ermordete Großmutter.

Die alte Frau wies den Jungen an, dem Verletzten den Kopf zu halten.

»Trinken Sie, *monsieur*.« Sie wies auf den Becher.

Luc trank das Wasser in großen Schlucken. Nichts hatte ihm jemals besser geschmeckt.

»Wo bin ich?«, fragte er. »Ich dachte schon, es sei aus mit mir.«

Die alte Frau schmunzelte. »Sie sind in der Nähe von Pontajou. Das hier ist ein einsamer, kleiner Hof, etwa fünf Kilometer von der Kampflinie entfernt.«

»Wie bin ich hierhergekommen?«

»Das Maquis hat Sie gebracht. Ein Mann namens Claude war bei Ihnen. Wenn ich ihn richtig verstanden habe, wollten die anderen Sie liegen lassen, aber er hat Sie in Sicherheit gebracht.«

»Claude«, flüsterte Luc. »Er war doch auch verletzt?«

»Ein glatter Durchschuss«, versicherte die Frau ihm. »Er wird zwar humpeln, aber das ist für ihn eher ein Ehrenabzeichen. Das Maquis hat die Soldaten den ganzen Tag und den Abend über aufgehalten. Es gab auch noch einen anderen Kampf. Den hat das Maquis auch verloren, aber sie haben getan, was nötig war, und die dreckigen Boches aufgehalten.« Sie wandte sich ab und spuckte aus.

»Wo sind sie jetzt?«

»Sie nehmen wohl Rache, drüben in Clavières, und kreisen Dörfer ein, hört man.« Die Frau klang erschöpft.

Luc schloss die Augen. »Das tut mir leid.«

»Sie sind hier sicher. Wir sind auf keiner Landkarte verzeichnet, und den Schuppen kann man vom Weg aus nicht sehen. Außerdem haben wir ein gutes Warnsystem. Wenn es nötig sein sollte, können Sie in den Wald rennen.«

»Haben sie auch andere dagelassen?«

»Mehr Personen als Sie habe ich nicht geschafft – und das auch nur mit Roberts Hilfe«, erwiderte sie und drückte die Hand des Jungen. »Wie geht es Ihnen eigentlich?«

Luc tat alles weh, daher konnte er nicht sofort antworten. Langsam bewegte er seine Gliedmaßen und schüttelte schließlich den Kopf. »Mein Kopf tut weh, und mir klingen die Ohren. Wenn ich ehrlich bin, *madame*, schmerzt jeder Zentimeter meines Körpers.«

»Das habe ich mir schon gedacht. Sie hatten gleich mehrere Schutzengel in diesem Kampf. Claude sagte, Sie seien mitten in eine Explosion geraten.«

»Ja, jetzt erinnere ich mich.« Instinktiv griff er nach dem Lavendelbeutel unter seinem Hemd. »Ist Claude in der Nähe?«

Sie schüttelte den Kopf. »Das konnte er nicht riskieren.«

»Wie lange bin ich denn schon hier?«

»Vier Tage.«

Luc blickte sie überrascht an. »Ich falle Ihnen nicht mehr lange zur Last, *madame*. Schließlich müssen Sie sich auch noch um Robert kümmern.« Er blickte auf den Jungen.

Sie lächelte. »Wie heißen Sie, mein Sohn?«

»Luc Bonet.«

»Luc, Sie müssen sich ausruhen. Robert bleibt in Ihrer Nähe. Er kann auf Sie aufpassen, das ist ihm sogar lieber als seine üblichen Pflichten.«

Er glaubte zu lächeln, aber seine Welt wurde wieder dunkel.

Es war schon Mitte Juli, bevor Luc den kleinen Bauernhof verließ. Seine Gastgeber hatten darauf bestanden, dass er ins Haupthaus zog, ein Steinhäuschen, das größer war, als es aussah, weil es am Hang stand.

Marie, die alte Frau, war vor sechs Monaten Witwe geworden. Auch einer ihrer Söhne, der ebenfalls beim Maquis gewesen war, war im Kampf gefallen, und ihr zweiter Sohn – Roberts Vater – war im Arbeitslager in Deutschland, während die Mutter des Jungen in Vichy arbeitete. Robert sah sie nur alle sechs Wochen, dafür besuchte ihre Schwester den Jungen und seine Großmutter einmal im Monat.

»Am besten, Sie verschwinden, bevor Juliette am Sonntag zu Besuch kommt«, warnte Marie ihn, als sie mit Luc und Robert eines Tages in der warmen Sonne vor dem Haus saß. Luc rasierte sich gerade mit Hilfe eines kleinen Spiegels und einer Waschschüssel. »Sie kann nichts für sich behalten.« Luc warf Robert, der mit dem Esel spielte, einen Blick zu. Marie bemerkte es. »Bei dem Jungen haben Sie nichts zu befürchten«, versicherte sie ihm. »Er ist viel zuverlässiger als seine Tante. Außerdem ist sie auf der Suche nach einem Ehemann, und Sie würden ihr bestimmt gefallen. Dann kämen Sie nie mehr zu Ihrer Lisette.«

Luc starrte Marie erstaunt an.

Robert lachte über seinen Gesichtsausdruck. »Sie reden in Ihren Träumen, Monsieur Luc.«

Da musste Luc grinsen. Der Junge hatte darauf bestanden, ihm das Gesicht einzuseifen, und jetzt sah er interessiert zu, wie Luc mit dem alten Rasiermesser seine Stoppeln abschabte.

»Er hat schon lange nicht mehr gesehen, wie sich ein Mann rasiert«, erklärte Marie. »Er braucht seinen Vater.«

Luc ergriff ihre Hand. Die Haut an ihrer Handfläche fühlte sich an wie Leder, auf dem Handrücken dagegen war sie dünn wie Pergament, und ihrer geschwollenen, arthritischen Knöchel wegen waren ihre Finger leicht verkrümmt. Er zog ihre Hand an sein feuchtes Gesicht.

»Er kommt sicher bald nach Hause, Marie. Ihre Familie wird wieder vereint sein, und dieser verfluchte Krieg wird endlich vorbei sein. Passen Sie nur noch eine Weile auf sich und Robert auf.«

Sie betrachtete sein Bild im Spiegel. »Lisette vermisst Sie mittlerweile sicher schon.«

Er blickte auf ihre Hand. »Ich weiß nicht.«

»Dann finden Sie es heraus.« Sie kicherte leise. »Frauen wollen verführt werden, Luc … auch im Krieg.«

Seufzend blickte er auf das Steinhaus mit den dunklen Dachziegeln und den symmetrischen Fenstern, der Farbe, die von den Fensterrahmen abblätterte, und dem kaputten Scharnier an der hölzernen Eingangstür. Marie hatte recht. Es war Zeit zu gehen. Er würde diese kleine Zuflucht vermissen, denn hier hatte er Zeit gehabt, gesund zu werden … nicht nur in körperlicher Hinsicht.

»Ich bedauere, gehen zu müssen.«

»Ich weiß. Eines Tages kommen Sie bestimmt zurück. Da bin ich mir sicher.«

Luc nickte. »Wird Robert es verstehen?«

»Sie und der Junge sind einander nahe gekommen. Aber Kinder vergessen schnell. Machen Sie sich keine Sorgen wegen ihm.«

Robert wandte sich von dem Esel, den er Bernard getauft hatte, ab und kam zu Luc gelaufen, der sich die letzten Seifenreste aus dem Gesicht wischte und sich das Hemd anzog, das Robert ihm stolz von seinem Vater gegeben hatte. Marie hatte Lucs Schuhe geputzt und seine Hose ausgeklopft, so dass er wieder saubere Kleidung hatte.

Dankbar blickte Luc Roberts Großmutter an. »Marie, ich werde Ihnen Ihre Freundlichkeit eines Tages vergelten.«

Die alte Frau brachte ihn zum Schweigen. »Wir tun alle unseren Teil. Robert hat sich gefragt, was Sie da für einen Beutel um den Hals tragen. Ich muss gestehen, dass ich es auch gerne wissen möchte, aber ich wollte nicht neugierig sein. Ist er von Lisette?«

Luc schüttelte den Kopf. »Meine Großmutter hat ihn mir gegeben. Sie glaubte daran, dass Lavendel magische Kräfte besitzt.« Robert riss die Augen auf. »Sie sagte, ich solle diesen Beutel mit Samen immer bei mir tragen, damit er mich beschützt.«

Die alte Frau lächelte. »Großmütter wissen so etwas.«

»*Oui, madame*. Da widerspreche ich nicht.« Luc knöpfte das Hemd zu. Seine Schulter schmerzte immer noch. Nachdem er wieder zu Bewusstsein gekommen war, hatte er eine Beule groß wie ein Hühnerei an seinem Kopf entdeckt, und sein Rücken war selbst nach all den Wochen noch grün und blau. Er wusste, was er für ein Glück gehabt hatte, dass er sich nichts gebrochen hatte, aber seine Schläfen hatten erst vor kurzem aufgehört zu pochen, und auch die Sonne vertrug er erst seit kurzem wieder, ohne sofort Kopfschmerzen zu bekommen.

Langsam schloss er den obersten Knopf des Hemdes. Robert war sicher nicht glücklich darüber, dass er ging, und auch Marie würde seine Gesellschaft sicher fehlen, selbst wenn sie noch so tapfer lächelte und kluge Worte fand.

»Ich wünschte, Sie könnten hierbleiben, Monsieur Luc«, sagte Robert traurig. Er warf seiner Großmutter einen entschuldigenden Blick zu.

Luc schluckte und hockte sich vor den kleinen Jungen. »Ich verspreche dir, dass ich eines Tages wiederkomme. Ich habe eine Idee – hast du eine Nähnadel?«

»Wofür?«, fragte Marie.

»Das werden Sie schon sehen.«

Die alte Frau blickte ihn fragend an. »Warten Sie, ich hole eine.« Blitzschnell war sie wieder da und reichte Luc eine Nadel.

»Pass auf«, sagte Luc. Er stach mit der Nadel in seinen Daumen und drückte die Kuppe zusammen, bis ein Tropfen Blut hervorquoll. »Glaubst du, du kannst das auch?«

Robert blinzelte. Zuerst war er unsicher, doch dann ergriff er die Nadel und nickte tapfer.

»Es heißt Bluteid, und niemand kann ihn brechen.«

Das machte dem Jungen Mut. Ohne zu zögern holte er tief Luft und stach sich die Nadel in den Daumen. Er keuchte leise.

»Du bist sehr tapfer, Robert«, versicherte Luc ihm. »So, nun drück den Daumen zusammen, wie du es bei mir gesehen hast.«

Robert gehorchte, und auch bei ihm erschien ein Tropfen Blut. Er blickte Luc an. »Und jetzt?«

»Als Nächstes drücken wir unsere Daumen so zusammen«, sagte Luc. Er zwinkerte Marie zu, als er seinen großen Daumen an Roberts kleinen drückte. »Das ist schon alles. Jetzt mischt sich unser Blut.«

Robert war fasziniert. »Warum?«

»Weil du und ich jetzt Blutsbrüder sind. Dieses Band kann niemand zerreißen.«

Der Junge zog seinen Daumen ein bisschen weg, um das Blut an der Kuppe zu betrachten. Er riss die Augen noch mehr auf. »Monsieur Luc, unser Blut ist eins.«

Luc nickte. »Ich, Lukas Ravensburg, auch bekannt als Luc Bonet, verspreche hiermit feierlich, an diesen Ort zurückzukehren, sobald ich kann.«

Marie berührte ihn sanft an der Schulter. »Luc, eine Frau kann man nie zu sehr lieben. Zögern Sie nicht länger. Gehen Sie zu ihr. Heiraten Sie sie. Und dann kommen Sie mit ihr zu Besuch.«

Luc umarmte alle beide und machte sich dann auf den Weg. Als er sich umdrehte, um ihnen ein letztes Mal zu winken, stellte er fest, dass er in den letzten Jahren nur Abschiede hinter sich gebracht hatte. Aber hierher würde er zurückkehren, gelobte er sich.

Der sechsjährige Junge brach in Tränen aus und rief ihm nach: »Vergiss mich nicht, Monsieur Luc! Vergiss dein Versprechen nicht!«

34

17. Juli 1944

Kilian überflog Lisettes Zeilen noch einmal. Es tat weh, den Brief zu lesen, weil es wehtat, ohne sie zu sein. Er hatte ihn jetzt schon mehrere Male gelesen, während er stirnrunzelnd versuchte zu ergründen, was sie ihm so Wichtiges zu sagen hatte, dass es keinen Aufschub duldete.

Mein geliebter Markus,
ich will nicht viele Worte verlieren. Ich liebe dich und vermisse dich sehr. Und ich muss dich unbedingt sehen. Nur ein einziges Mal, wenn es nicht anders geht. Aber es ist von großer Bedeutung, dass wir uns treffen. Ich habe dir etwas sehr Wichtiges zu sagen über unser Abschiedsgespräch … ich möchte dir etwas anbieten.
Bitte triff dich mit mir. Ort und Zeit kannst du bestimmen.
Deine Lisette

Er hatte Lisette zuletzt kurz vor der Landung der Alliierten in der Normandie gesehen, und das war Wochen her. In den Funkgesprächen hatte es so geklungen, als wäre der Hafen von Calais das Ziel, doch die Alliierten hatten ihnen einen Streich gespielt.

Die Oberste Heeresleitung für die Westfront war ersetzt worden – ein sicheres Zeichen für Panik. Cherbourg war gefallen, de Gaulle hatte eine provisorische Regierung errichtet, und General

Dollmann war nach der Niederlage von Cherbourg an einem Herzinfarkt gestorben, obwohl es durchaus auch Gerüchte gab, er habe Selbstmord begangen. Laut Berichten war Rommel in der Normandie ernsthaft verwundet worden. Kilian schüttelte den Kopf. Deutschlands Macht über Frankreich löste sich auf.

Die vielen schlechten Nachrichten ließen ihn umso mehr an seiner privaten Sache festhalten. Er wünschte, die Verschwörer hätten ihr Ziel früher erreicht – dann hätte Deutschland wesentlich mehr an Würde retten können. Wenn nicht bald etwas passierte, würden die Alliierten Hitler vernichten, und sie könnten keinen Waffenstillstand aushandeln. Er hatte sowieso das Gefühl, dass es dazu schon zu spät war. Die Attentate des deutschen Widerstandes waren so oft gescheitert, dass er kaum noch Hoffnungen hegte. Es war wie ein letztes Aufbäumen verzweifelter Männer, den Führer endlich zu stürzen, um wenigstens ihre Ehre zu retten. In der Zwischenzeit gab Hitler weiter wütende, sinnlose Befehle, die seine Generäle deprimierten und seine Armeen dem Untergang preisgaben.

Kilian wusste, dass es richtig gewesen war, Lisette auf Distanz zu halten. Die Gestapo würde sie nur zu gerne »befragen«. Er hatte gehört, dass eine ihrer Lieblingsmethoden darin bestand, Verdächtige in einer Badewanne beinahe zu ertränken.

Lisettes Brief klang liebevoll, aber es war kein Liebesbrief – das war offensichtlich. Sie hatte ihn vorsichtig formuliert. Was mochte sie ihm mitzuteilen haben? Ihr letztes Gespräch war eher angespannt verlaufen. Er schauderte, als er daran dachte, dass er Anspielungen über die Verschwörung gemacht hatte.

Wenn er doch nur mit Stülpnagel sprechen könnte, aber der Kommandant war nicht da und auch nicht erreichbar. Wieder verfluchte Kilian die Tatsache, dass er kaum Informationen bekommen hatte.

Als ob die Götter ihn gehört hätten, klingelte sein Telefon.

Er griff zum Hörer. »Kilian.«

»Oberst Kilian.« Das war die neueste Sekretärin, die sie ihm geschickt hatten. »Oberstleutnant von Hofacker möchte Sie sprechen. Darf ich ihn hereinschicken? Er sagte, es dauere nur ein paar Minuten.«

Sein Puls beschleunigte sich. »Ja, führen Sie ihn bitte herein.«

»Sehr wohl, Herr Oberst.«

Er starrte auf das Telefon. Das war es! Stülpnagel hatte gesagt, von Hofacker sei die einzige Person, der er vertrauen könne. Sicher brachte er Nachrichten, dass das Attentat unmittelbar bevorstand. Kilian legte den Brief von Lisette in seine Schreibtischschublade und holte tief Luft.

Es klopfte kurz an der Tür. »Oberstleutnant von Hofacker, Herr Oberst«, sagte seine Sekretärin.

Der Mann, der hinter ihr gestanden hatte, trat ein.

»Ah, von Hofacker. Ich hoffe, Sie bringen mir die Einzelheiten, die ich brauche?«

»Oberst Kilian«, erwiderte von Hofacker und grüßte. »Jawohl, Herr Oberst. Ich habe sie dabei.«

»Kommen Sie, kommen Sie. Darf ich Ihnen etwas anbieten?«

»Nein, danke, Herr Oberst«, erwiderte von Hofacker. Sie lächelten beide, als die Sekretärin das Zimmer verließ.

Als sich die Tür hinter ihr geschlossen hatte, atmete Kilian aus. »Was für Nachrichten?«, murmelte er.

Von Hofacker verzog das Gesicht. »Zwei misslungene Versuche in diesem Monat.«

Kilian verschlug es die Sprache. Er starrte den Mann an. Es war so still im Raum, dass er dachte, von Hofacker müsse sein Herz klopfen hören. »Warum hat man mir das nicht gesagt?«

»Manches geschieht so schnell und so heimlich, dass selbst wir nichts davon erfahren.« Von Hofacker hob die Hände, als Kilian aufsprang. »Ich weiß, Herr Oberst«, fuhr er flüsternd fort, »dies ist kein Idealzustand. Sie sind auf unsere Warnung angewiesen.« Er zuckte mit den Schultern. »Wir sind ebenso frustriert.«

»Sagen Sie mir, was passiert ist.«

»Der erste Versuch hat Anfang dieses Monats stattgefunden, doch der Mann, der das Attentat ausführen sollte, hielt den Zeitpunkt für ungeeignet. Wahrscheinlich können wir das nicht beurteilen, weil niemand von uns am Abzugshahn ist. Der Augenblick muss der richtige sein.« Hofacker räusperte sich. »Danach gab es noch einen weiteren Versuch.«

»Wann?« Kilians Stimme war lauter geworden, und als von Hofacker sich nervös umblickte, fuhr er leiser fort: »Sagen Sie es mir.«

»Der Plan sah vor, auch Himmler zu töten, da er möglicherweise das größere Problem darstellen könnte. Himmler nahm an der Sitzung, auf der es geschehen sollte, jedoch gar nicht teil, und so wurde alles wieder im letzten Moment abgeblasen.«

»Der Mann hat mehr Leben als eine Katze!«

»Da mögen Sie recht haben, Herr Oberst. Für heute war ein dritter Versuch geplant, aber dann wurde der Führer während der Sitzung plötzlich aus dem Raum gerufen, weshalb auch dieser Zeitpunkt wieder verstrich. Ich habe es selbst gerade erst erfahren.«

Kilian presste die Lippen zusammen. »Was jetzt?«, fragte er schließlich.

»Geduld. Wir werden es noch einmal versuchen«, erwiderte von Hofacker.

»Werden wir dieses Mal denn vorgewarnt?«

Der Mann zuckte mit den Schultern. »Der nächste Versuch soll in drei Tagen stattfinden. Der Ausführende ist zum Äußersten entschlossen. Er wird nicht scheitern.«

Kilian drehte sich zum Fenster. Er wusste nicht, ob er sich freuen oder fürchten sollte. Wahrscheinlich beides.

»Herr Oberst?«

»Ich kämpfe immer noch mit der Tatsache, dass ich Hochverrat begehe«, grollte Kilian leise.

Von Hofacker trat neben ihn. »Herr Oberst, Sie sind geschützt. Sie wissen, dass wir Sie aus gutem Grund auf Distanz gehalten haben. Sollte das Attentat gelingen, wird der General befehlen, alle Mitglieder der SS und der Gestapo in Paris sofort festzunehmen.«

»Brauchen Sie dabei meine Hilfe?«, fragte Kilian.

Sie flüsterten, obwohl sie nebeneinanderstanden.

»Nein, Herr Oberst. Sie treten erst danach in Erscheinung, und auch nur, wenn wir sicher sind, dass es nötig ist. Ich werde Sie kontaktieren.«

»Und wenn ich nichts von Ihnen höre?«

»Dann unternehmen Sie nichts. Wahren Sie Ihre Tarnung.«

Kilian schüttelte den Kopf. »Warum können wir denn nicht alles gleichzeitig machen? Himmlers Mob verhaften und das Heer mobilisieren?«

»Schutzschichten, Herr Oberst. Bitte haben Sie Vertrauen in unseren Plan.«

»In Ordnung, von Hofacker. Danke.«

Der Oberstleutnant nickte und öffnete seine Aktenmappe. »Der General hat mich gebeten, Ihnen das hier zu geben, Herr Oberst.«

»Was ist das?«

»Es dient lediglich zur Tarnung – Unterlagen zu Kirchenfragen, Sicherheit und so weiter.«

»Ah, gut.« Kilian nahm den Stapel Papiere entgegen und legte sie auf seinen Schreibtisch.

Von Hofacker blieb stehen. »Er schlägt vor, dass Sie zumindest ein Auge darauf werfen, Herr Oberst. Es ist eine, äh, interessante Lektüre.«

Verwirrt blickte Kilian ihn an, aber der Mann hatte sich bereits umgedreht.

»Danke, dass Sie ein so kurzfristiges Treffen möglich gemacht haben, Herr Oberst«, sagte er.

»Alles Gute, von Hofacker.«

»Danke, Herr Oberst. Ihnen auch.« An der Tür blieb er stehen. »Heil Hitler«, grüßte er und lächelte freudlos.

Kilian antwortete mit dem gleichen Gruß.

Als von Hofacker ging, wusste Kilian, dass er heute und in den nächsten drei Tagen wie gelähmt abwarten würde, ob das Attentat gelang und Deutschland endlich frei von Hitler war.

Er ging die Unterlagen durch, die von Hofacker mitgebracht hatte, und seufzte ärgerlich. Dann ergriff er sie und warf sie in eine Schreibtischschublade – er würde sie sich später anschauen. Zuerst wollte er die Sache mit Lisette erledigen.

Erneut fiel sein Blick auf ihren Brief. Wenn alles schieflief, würde er vielleicht verhaftet und hingerichtet werden. Konnte er in den Tod gehen, ohne sie wenigstens noch einmal in den Armen gehalten zu haben?

Er griff zum Hörer und wählte seine Sekretärin an.

»Ja, Herr Oberst?«

»Würden Sie mich bitte mit Mademoiselle Forestier verbinden?«

»Natürlich, Herr Oberst. Könnten Sie mir die Adresse durchgeben?«

Er nannte ihr den Namen der Bank. »Und reservieren Sie einen Tisch in diesem Restaurant unten am Fluss. Dem Lokal mit der Terrasse.«

»Oh ja, das kenne ich, Herr Oberst.«

Er war beeindruckt. Diese Sekretärin schien ganz ordentlich zu arbeiten. »Für ein Uhr heute Mittag.«

»Sehr wohl, Herr Oberst. Bleiben Sie am Telefon, ich verbinde Sie gleich.«

Die Leitung wurde still, und er wartete. Dann ertönte die

Stimme der Sekretärin wieder: »Oberst Kilian? Ich habe jetzt Mademoiselle Forestier in der Leitung.«

»Danke.« Die Sekretärin legte auf. »Lisette?«

»Oberst Kilian.«

Seine Kehle wurde eng beim Klang ihrer Stimme.

»Schön, von Ihnen zu hören«, sagte sie vorsichtig. Braves Mädchen. Sie nahm sich in Acht, falls die Sekretärin lauschte.

»Ja, ich freue mich auch. Ich habe mich gefragt, ob Sie wohl heute mit mir zu Mittag essen möchten.«

»Ja, sehr gerne.«

Er hörte die Erleichterung und die Freude in ihrer Stimme. Lächelnd nannte er ihr den Namen des Restaurants. »Wäre Ihnen ein Uhr recht?«

»Natürlich. Bis dann.«

»Es gibt viel zu erzählen.«

Wie gewöhnlich war Kilian zu früh da. Als er Lisette von Weitem kommen sah, blieb ihm fast das Herz stehen. Sie war viel zu hübsch. Ihre dunklen Haare waren länger geworden, und sie trug sie zu einem Pferdeschwanz zusammengebunden, was sie jünger wirken ließ. Er stellte sich vor, wie sie in rabenschwarzen Wellen auf ihre nackten Schultern fielen …

Der Maître d' führte sie an seinen Tisch. Kilian erhob sich, wobei er hilflos strahlte.

»Du siehst hinreißend aus.« Sie trug ein Kleid mit Blumenmuster, das er ihr auf der Reise gekauft hatte. Es betonte ihre schlanke Figur, und er konnte sich nur zu gut vorstellen, wie sie aussehen würde, wenn sie nackt vor ihm stehen würde. Er räusperte sich. »Es ist mein Lieblingskleid.«

Sie blickte ihn lächelnd an. Dann küsste sie ihn in ihrer ungezwungenen Art lächelnd auf die Lippen und flüsterte: »Ich freue mich so, dich zu sehen, Markus.«

Eine neue Welle des Verlangens überflutete ihn, und er blickte rasch zum Oberkellner auf, der an ihren Tisch getreten war. »Einen Moment noch, bitte«, sagte er zu ihm. Dann wandte er sich wieder an Lisette. »Wie ist es dir ergangen? Obwohl ich eigentlich gar nicht zu fragen brauche – die Einsamkeit scheint dir zu bekommen. Aber vielleicht warst du ja auch gar nicht einsam?« Innerlich verfluchte er sich – jetzt klang er schon wieder eifersüchtig.

Lisette betrachtete ihn mit einem nachdenklichen Lächeln. »Ich habe dich in jeder einzelnen Minute der sechsunddreißig Tage vermisst, in denen wir uns nicht gesehen haben.«

»Du hast die Tage gezählt«, bemerkte er leise.

»Ja, das tue ich immer«, erwiderte sie. »Das weißt du doch.«

Er senkte den Kopf. »Danke für deinen Brief.«

»Ich bin froh, dass er zu dem Treffen geführt hat.«

»Nein, das ist nicht der einzige Grund, warum ich dich sehen will.«

»Gut. Für jemanden, der behauptet, mich zu lieben, zeigst du es auf eine seltsame Art.«

»Sag so etwas nicht, Lisette«, erwiderte er verletzt.

»Beklagst du dich etwa?« Sie kniff die Augen zusammen. »Was glaubst du eigentlich, wie schwer mir diese Trennung gefallen ist, Markus?«

»Vermutlich genauso schwer wie mir«, antwortete er. »Aber du weißt auch, dass ich dich nicht ohne Grund darum gebeten habe.«

Wütend blitzte sie ihn aus ihren tiefblauen Augen an. »Dann sag mir einen guten Grund. Das habe ich verdient.«

Der Kellner kam und reichte ihnen die Speisekarten.

Kilian tat so, als wäre er interessiert an der Auswahl der Speisen. »Die *sole meunière* hier ist hervorragend.«

Lisette lächelte den Kellner vage an. »Ich nehme die Seezunge mit Dampfkartoffeln, danke.«

»Perfekt«, erklärte Kilian. »Ich nehme das Gleiche.«

»Wein, Herr Oberst?«

Kilian schüttelte den Kopf. »Wasser, oder, Lisette?«

Sie nickte, und der Kellner ging.

»Ich bin nicht hier, um mich mit dir zu streiten«, begann Kilian.

»Ich auch nicht. Nichts liegt mir ferner. Seit deinem Anruf bin ich mir vorgekommen wie ein aufgeregtes Schulmädchen.«

Er grinste. »Ah, da bist du ja. Ich wusste doch, dass du irgendwo hinter deinem Ärger versteckt bist.«

Sie bedachte ihn mit einem strengen Blick. Dann schüttelte sie den Kopf und sah sich im Lokal um.

»Was ist?« Er runzelte die Stirn.

»Was tun wir eigentlich hier?«, fragte sie. »Der Krieg kommt zu uns. Paris ist das Juwel für die Alliierten. Trotzdem sitzen wir hier und bestellen Seezunge, während die Einheimischen noch nie mehr Hunger gelitten haben als jetzt … auch wenn sie alle aufgeregt auf die Veränderung warten.«

Kilian richtete sich auf, seine Miene wurde ernst. »Was ist mit dir? Wie fühlst du dich?«

»Wie meinst du das?«

»Freust du dich über die Landung in der Normandie?«

»Wenn ich ehrlich bin, ja.«

Sie schwiegen, während der Kellner ihnen kaltes Wasser aus einem Silberkrug einschenkte.

»Wollen wir nicht alle Veränderung, Markus?«, fuhr sie fort, nachdem der Kellner wieder gegangen war.

»Ja.« Er seufzte. »Es wäre unaufrichtig, wenn ich dir nicht beipflichten würde.«

Sie ergriff ihr Glas. »Dann, auf die Veränderung … zum Besseren.«

Er stieß mit ihr an. »Darauf will ich gerne mit dir trinken.« Er lächelte. »Und jetzt keine zornigen Worte mehr. Du bist noch schöner als in meinen Träumen. Der Sommer steht dir. Hast du in der Bank viel zu tun?«

»Nein, eigentlich nicht. Es gibt so viel Ungewissheit im Moment, und ich habe das Gefühl, wir schieben alle nur die Unterlagen auf unseren Schreibtischen hin und her. Hast du je General Stülpnagel gegenüber meinen Namen erwähnt?«

Seine Augen wurden trübe. Sie würde keine Ruhe geben. »Eigentlich hat er dich erwähnt«, sagte er.

Sie blickte ihn verwirrt an. »Wieso das denn?«

»Er hat von unserer Reise erfahren.«

»War es dir peinlich?«

»Keineswegs. Es war ja meine Idee.«

»Hat er dir Vorwürfe gemacht?«

»Stülpnagel ist nicht mein Vorgesetzter.«

»Aber du respektierst ihn.«

»Ja, natürlich. Ich bewundere ihn. Er ist einer von der alten Garde.«

»Und du bist zwischen zwei Welten gefangen, nicht wahr?«

Das Essen wurde ihnen serviert.

»Vermutlich«, antwortete Kilian und entfaltete seine Serviette. »Iss alles auf. Es könnte sein, dass es für eine Woche reichen muss.«

»Dafür solltest du in den nächsten vierundzwanzig Stunden gar nichts essen.«

»Das tue ich auch nicht«, sagte er lächelnd.

»Du siehst dünn aus, Markus. Isst du überhaupt etwas?«

»Nicht viel. Es hat allerdings nichts mit meinem Alltag zu tun. Du hast mir gefehlt, Lisette, aber ich bin auch ein Rädchen im deutschen Verwaltungsgetriebe, und sosehr ich es verabscheue, ich habe Pflichten.«

Sie schnitt in ihren Fisch. »Ich glaube dir kein Wort. Mmm, das sieht köstlich aus.«

Überrascht ließ Kilian sein Besteck sinken. »Warum sagst du so etwas?«

Lisette schluckte, tupfte ihren Mund mit der Serviette ab und bedachte ihn mit einem durchdringenden Blick. »Jung, aber nicht blöd, erinnerst du dich? Du lügst mich an.« Sie wandte sich wieder ihrem Essen zu.

Kilian starrte sie an. Er sah ihr beim Essen zu und wusste nicht, was er sagen sollte.

»Iss auf. Es schmeckt wirklich köstlich«, sagte sie.

»Lisette.« Sie ignorierte ihn. »Lisette! Würdest du mir das bitte erklären?«

»Markus«, sagte sie leise. »Was immer du vorhast, ich weiß, dass du dir Sorgen machst. Interessiert es dich, was ich wirklich denke?«

Er nickte. Beinahe hatte er Angst vor dem, was jetzt kam.

»Ich glaube, du heckst etwas sehr Gefährliches mit hochgestellten Persönlichkeiten aus. Es ist so geheim, dass sogar ich eine Bedrohung darstelle. Da ich dich inzwischen kenne, kann ich mir nur eines vorstellen.« Sie zuckte mit den Schultern. »Ich vermute, du planst etwas, um das Nazi-Regime zu stürzen.« Sie redete ganz leise, trotzdem blickte Kilian sich besorgt um.

Der Kellner trat von der Seite an den Tisch und erschreckte ihn. »Ist das Essen zu Ihrer Zufriedenheit, Herr Oberst?«

Als Kilian zögerte, erwiderte Lisette: »Es ist köstlich. Danke.«

Nachdem der Kellner sich entfernt hatte, starrte Kilian sie an, während sie das letzte Stück Fisch aß. »Wer bist du, Lisette?«, fragte er leise. Ihr Scharfsinn erstaunte ihn.

Sie blickte auf. »Du kennst mich in- und auswendig. Das ist das Problem. Ich versuche dir zu helfen, aber du stößt mich von dir.«

Sie griff nach seiner Hand, doch er zog sie weg. Er legte sein Besteck ab. Ihm war der Appetit vergangen.

»Markus, hör mir zu. Sollte ich recht haben, und du bist tatsächlich in etwas verwickelt, das die Veränderung bringen soll, auf die wir angestoßen haben, dann lass mich dir helfen.«

Er kniff die Augen zusammen. Sie schien sein Schweigen als Aufforderung zu deuten weiterzusprechen.

»Ich kann mich viel freier bewegen als du. Wenn ich verhindern kann, dass du zu sehr ins Rampenlicht gerätst, dann will ich das tun. Ich kann den Boten für dich spielen.« Ihr Flüstern war nun so leise, dass man sie kaum noch hören konnte. »Ich kann sogar eine Verbindung zu den Alliierten herstellen, falls du es brauchst.«

Er lehnte sich zurück und wischte sich den Mund ab. »Wir gehen.«

Sie blickte ihn überrascht an.

»Nimm deine Tasche.«

»Aber dein Essen, dein …«

»Ich sagte, wir gehen.« Er stand auf, trat zum Maître d' und erklärte ihm, er müsse aus dringenden Gründen los. Er entschuldigte sich und bezahlte die Rechnung, wobei er ein großzügiges Trinkgeld gab. Seine Gedanken überschlugen sich, als er Lisette am Arm ergriff und sie zum Seine-Ufer dirigierte.

»Markus, du tust mir weh.«

»Ach ja? Geh schneller!«

Schweigend eilten sie ins Hotel Raphaël zurück, ohne ein Wort miteinander zu wechseln, bis sie in seinem Zimmer waren.

Beeindruckt stellte er fest, dass Lisette keine Angst zeigte. Er dagegen war wütend, peinlich berührt und nervös zugleich. Das war alles so viel größer als er. Sein eigenes Leben war ihm egal, aber es waren zu viele andere an dieser Verschwörung beteiligt – und er wollte verflucht sein, wenn seine Geliebte die Angelegenheit zum Scheitern brachte.

»Du siehst aus, als wolltest du mich umbringen«, sagte sie ruhig.

»Das war äußerst gefährliches Gerede, Lisette. Ich möchte gerne wissen, wie du zu solchen Schlüssen über mich gekommen bist.«

»Na gut. Deine plötzliche Geheimniskrämerei, als wir unterwegs waren, deine empfindliche Reaktion, sobald ich Stülpnagel erwähnte – obwohl du regelmäßig mit ihm gesprochen hast –, deine Distanzierung von mir, dein Gewichtsverlust und jetzt dieses Verhalten. Ich habe offensichtlich einen Nerv getroffen.«

Neugierig fragte er: »Meinst du nicht, dass so eine Anschuldigung in der Öffentlichkeit bei jedem Menschen ein solches Verhalten auslösen würde?«

»Ja, aber du reagierst nicht beleidigt, wie die meisten es täten, sondern bist verblüfft und definitiv wütend.«

»Du bist eine gute Beobachterin, Lisette. Sehr kühl.«

»Diese Eigenschaften sollten wir ausnutzen, findest du nicht? Ich kann mich viel freier bewegen als du und stehe nicht jeden Tag unter Beobachtung. Sag mir, wie ich dir helfen kann, Markus.«

»Warum?«

»Damit ich dafür sorgen kann, dass du sicher bist.«

»Sicher vor einer Hinrichtung?«

Sie blinzelte empört. »Ich kann dafür sorgen, dass die Gestapo nichts von deiner Beteiligung erfährt.«

»Das bezweifle ich. Die Gestapo beobachtet dich bereits, nach allem, was ich höre.« War er getäuscht worden? Es wurde Zeit, sie einmal aus der Fassung zu bringen.

Es wirkte. Der Schock stand ihr ins Gesicht geschrieben. Rasch brachte sie ihre Züge wieder unter Kontrolle, aber er hatte es gesehen. Er hatte sogar gesehen, wie sie kurz die Faust geballt hatte.

»Ach so, Herr von Schleigel bereitet mir also Probleme.«

»Ja, er hat mich besucht.«

»Warum hast du mir nichts davon gesagt?«

»Warum sollte ich? Ich hatte keinen Grund, dir zu misstrauen. Oder liege ich da falsch?«

Sie schüttelte den Kopf. »Alles, was ich jetzt sage, klingt belastend.«

»Nicht unbedingt. Die Wahrheit ist manchmal der beste Weg.«

»Ich habe nicht gelogen. Ich habe dir ja selbst alles über von Schleigel erzählt.«

»Ja, das stimmt. Nur hast du mir auch die Wahrheit über deine Zeit in der Provence gesagt?«

»Was könnte ich deiner Meinung nach denn zu verbergen haben?«, fragte sie und blickte ihn erschreckt an.

»Diesen Ravensburg vielleicht.«

»Von ihm habe ich dir auch erzählt«, erwiderte sie.

Er nickte und knöpfte seine Uniformjacke auf. »Ja, das stimmt«, sagte er müde. »Ehrlich gesagt, Lisette, das geht mich alles nichts an. Deshalb habe ich auch nicht weiter nachgefragt. Du dagegen verhältst dich nicht so. Du steckst die Nase in meine Angelegenheiten.«

»Ich versuche nur, dir zu helfen.«

»Du könntest dabei getötet werden!«, fuhr er sie an.

»Du auch. Und dann wäre ich auch lieber tot«, entgegnete sie.

Sie atmeten beide schwer. »Es ist zu spät«, sagte Kilian. »Du kannst nichts tun.«

»Markus, sag es mir einfach. Sag mir, was du vorhast.«

Er schüttelte den Kopf. »Ich möchte, dass du jetzt gehst.«

»Nein, Markus, bitte …« Sie streckte die Hand nach ihm aus. Unter ihrer Berührung schmolz er dahin, so lange hatte er sie nicht mehr gespürt. Er ließ sich von ihr küssen, erwiderte den Kuss. Dann führte sie ihn zum Bett und knöpfte sein Hemd auf, während sie ihn immer weiter küsste. Er musste all seine Willenskraft aufbieten, um sich aus ihrer Umarmung zu lösen.

»Ich kann nicht«, sagte er erschöpft.

»Warum nicht?«

»Ich will dich nicht in Gefahr bringen. Du musst jetzt wirklich gehen, Lisette.« Er begann, sein Hemd wieder zuzuknöpfen. Sie blickte ihn verwirrt an. »Wir werden uns lange Zeit nicht sehen, bis …«

»Bis es vorbei ist?«

Er nickte. »Wenn du eine Spionin bist, dann lass dir gesagt sein, dass ich den Alliierten direkt in die Hände spiele. Bist du jedoch keine Spionin, dann muss ich dich da heraushalten. Du musst mir vertrauen. Du betrittst einen Bereich, über den ich keine Kontrolle habe. Am besten du hältst dich von mir fern, ganz gleich, auf welcher Seite du stehst.«

»Macht es dir etwas aus?«

Kilian schüttelte den Kopf. »Nein. Es spielt keine Rolle mehr. Der Krieg ist so gut wie verloren, aber einige von uns wollen ihre Ehre retten. Ob uns das gelingt, wissen wir bald. Auf welche Seite du gehörst, ist irrelevant. Wenn du gelogen hast, will ich es nicht wissen. Denn wenn ich es erführe, würde ich mich hassen, weil ich so schwach war, deinen Reizen zu erliegen. Noch kann ich aus dieser Tür gehen und glauben, dass ich dich liebe, dass unsere Beziehung intakt ist. Wer auch immer du bist, Mademoiselle Forestier, bitte lass mir meine Erinnerungen.«

Er steckte sein Hemd wieder in die Hose, trat an die Tür und öffnete sie, bevor Lisette etwas sagen konnte. Er wappnete sich. Es half nichts, er musste sie gehen lassen. Lisette richtete sich auf und fuhr sich durch die Haare. Spionin, Freund oder Feind … er liebte sie mehr als Deutschland, deshalb musste er sie auch davor beschützen.

»Werde ich dich denn nie wiedersehen?«, fragte sie mit kleiner Stimme.

Da ergriff er ihre Hand, küsste sie und schlug leicht die Hacken zusammen, wie beim ersten Mal, als sie sich begegnet waren. »Wir sagen einfach, bis zum nächsten Mal. Lebewohl, Lisette.«

Er schloss die Tür, bevor sie etwas erwidern konnte.

Lisette fühlte sich völlig verloren, als sie das Hotel Raphaël verließ. Ziellos lief sie durch die Stadt und versuchte zu verstehen, was gerade passiert war. Sie hatte ihren letzten Trumpf bei Markus ausgespielt, getrieben von ihrer Mission und dem aufrichtigen Wunsch, ihm zu helfen. Aber sie war gescheitert. Die ganze Zeit über hatte sie – wie dumm von ihr – an die Mahlzeit gedacht, die Markus unberührt im Lokal zurückgelassen hatte: Wie viele Leute hätten für so ein Essen getötet? Würde er auch daran denken, dass er heute Abend noch etwas essen musste? Er war so dünn geworden. Alles Mögliche ging ihr durch den Kopf. Sie wollte nicht ans Seine-Ufer, nicht in ihre Wohnung, noch nicht einmal in die vertrauten Straßen von Montmartre zurückkehren. Ziellos lief sie umher, umklammerte ihre kleine Tasche und konnte immer nur daran denken, dass sie Markus gerade das letzte Mal gesehen hatte.

Ihr Magen krampfte sich vor Kummer zusammen, und ihr war übel. Darunter lag auch die Angst verborgen, in ihrer Mission versagt zu haben, als die Betrügerin entlarvt worden zu sein, die sie tatsächlich war. Hatte sie ihm das Herz gebrochen? Hatte er ihr das Herz gebrochen?

Es war vorbei.

Wenn sie ihm doch nur klarmachen könnte, dass sie ihm nie hatte wehtun wollen. Der Satz klang so abgedroschen, doch er spiegelte ihre wahren Gefühle wider. Sie hatte ihr Leben so geschickt aufgeteilt, dass sie zwei Lisettes in sich entdeckt hatte. Die eine war für Deutschland, aber auch für den Frieden und liebte einen deutschen Oberst. Sie hatte sogar davon geträumt, mit Kilian nach dem Krieg in Deutschland zu leben. Es war ein privilegiertes Leben, in dem Lisette malen, vielleicht einen großen Garten anlegen und gesellschaftliche Kontakte pflegen könnte und Mutter einer Schar flachshaariger Kinder mit perfekten Manieren wäre. Sie redete sich ein, sie brauche diese Tagträume, um ihre Tarnung zu stärken, dabei hatte Kilian sie in einer Weise gefangen genommen, die sie sich selbst nicht eingestehen wollte. Sie hatte Angst um ihn, sie wollte ihn wiedersehen ... sie liebte ihn.

Dann war da auch die andere Lisette, die ihr Herz an einen tiefgründigen, rätselhaften Lavendelbauern verloren hatte, den seine Verluste genauso beschädigt zurückgelassen hatten wie sie. Er vertraute ihr, und ihr gemeinsames Abenteuer im Süden hatte sie für immer zusammengeschweißt. Von einem Leben mit Luc träumte sie nicht. Sie konnte sich ja kaum überwinden, an ihn zu denken, weil sie solche Angst hatte, ihn bereits an den Krieg verloren zu haben. Wahrscheinlich kämpfte er im Süden, wo jeden Tag Hunderte von Männern starben. Sie hatte das Gefühl, ihn mit ihrer Entschlossenheit, ihre Mission durchzuführen, davongejagt zu haben. Es war nicht richtig, dass sie so empfand – schließlich traf Luc seine eigenen Entscheidungen –, trotzdem verspürte sie Schuldgefühle.

Sie liebte Luc. Sie hatte ihn vom ersten Augenblick an geliebt, gemerkt hatte sie es jedoch erst, als er sie geküsst hatte ... so zärtlich, so voller Kummer und Verlangen. Luc war aufregend und gefährlich, wo Kilian beherrscht und stoisch war. Beide waren mutig – und kämpften für dieselbe Seite!

Du musst dich entscheiden!, sagte die Stimme in ihrem Hinterkopf. *Das wird unweigerlich auf dich zukommen.*

Sie wusste, dass es stimmte.

Als Lisette aufblickte, stellte sie fest, dass sie vor dem Café in der Rue Pergolese stand. Anscheinend lief sie seit einer Stunde im Kreis, denn das Café lag nicht weit von Kilians Hotel entfernt.

Drinnen arbeitete eine Frau hinter der Theke, ein rotes Geschirrtuch über der Schulter. Es war die Kusine des Besitzers.

»Kaffee?«, fragte sie gelangweilt.

»Ja, danke«, sagte Lisette. »Ich gehe nur rasch zur Toilette.«

Die Frau nickte.

In der Toilette schrieb Lisette hastig eine Notiz auf Zigarettenpapier, in der sie erklärte, dass ihre Mission gefährdet sei – die Gestapo sei auf sie aufmerksam geworden, sie müsse sich sofort zurückziehen. Kurz darauf stand sie wieder an der Theke und wartete darauf, dass ihr Kaffee fertig war.

»Hätten Sie bitte eine Zeitung für mich, *madame*?«, fragte sie, als sie bezahlte.

»Ich schaue mal nach.« Die Frau ging hinten an die Theke. »Sie ist von gestern. Sonst habe ich nichts«, sagte sie und blickte sofort wieder weg.

»Ist schon in Ordnung, danke.« Lisette ging mit ihrem Kaffee zu einem Tisch. Es stand nur noch ein anderer Gast an der Theke, mit dem Rücken zu ihr und ein ganzes Stück entfernt. Rasch vergewisserte sie sich, dass er sie auch in einem der Spiegel nicht beobachten konnte, dann klebte sie die Notiz in die Zeitung und begann sie durchzublättern.

Überrascht stellte Lisette fest, dass die Zeitung eine Nachricht für sie enthielt. Sie war von Armand, und wie versprochen hatte er einen Auftrag für sie. Das Angebot belebte sie, und auf einmal konnte sie wieder klar denken. Sie konnte nicht länger in ihrer Wohnung bleiben. Eigentlich durfte sie noch nicht einmal mehr nach Hause gehen. Wenn die Gestapo sie wirklich überwachte, wäre es Wahnsinn, das Schicksal noch weiter herauszufordern. Kurz empfand sie Bedauern wegen Kilians Geburtstagskleid und dem kostbaren Parfüm, aber sie musste diese Dinge zurücklassen. Zum Glück hatte sie all ihre Papiere und ihr Geld bei sich. In ihrer Wohnung befanden sich nur noch ihr kleiner Koffer und ihre Kleider. Hoffentlich hatte der neue Mieter Freude an der Seife!

Was ihre Arbeit betraf, konnte sie nicht länger bei der Bank bleiben. Sie brachten Walter bereits in Verbindung mit ihr, und sie durfte ihn nicht noch tiefer hineinziehen. Nein, sie musste heute kündigen, aber sie konnte nicht dorthin zurückgehen, also musste sie es telefonisch oder brieflich machen. Sie blickte sich um. Beobachtete sie jemand? War ihr Café auch entdeckt worden? Nein, dann hätte die Frau ihr das bestimmt gesagt.

Seit ihrer Ankunft in Paris hatte Lisette in solcher Sicherheit gelebt, dass sie die Angst vor Entdeckung nie ganz verstanden hatte. So muss es sich für Playboy anfühlen, dachte sie. Sie hatte erfahren, dass er seine Nachrichten nach London oft aus dem Wald funkte, nachdem er kilometerweit mit dem Fahrrad gefahren war, weil er ständig fürchtete, entdeckt zu werden. So lebte auch Sylvie, die an einem Ort arbeitete, den sie zu sabotieren versuchte, und wenn ihr Auftrag erfüllt war, zog sie rasch um. Dann ging das Ganze vorn vorne wieder los. So lebten sie alle … Armand, Sylvie, Luc. Vor allem Luc, der gezwungen war, sich ständig nach allen Seiten abzusichern. Demütig erinnerte sich Lisette, dass er nebenbei auch noch sie beschützt hatte.

Sie hatte viel Hilfe gehabt, manchmal ohne dass sie es wusste. In der Zwischenzeit aß sie köstliches Essen, trank teuren Alkohol, trug feine Kleider, duftete nach Chanel No. 5 und tanzte sogar mit Markus auf Bällen, als ob sie keine anderen Sorgen hätte.

Auf einmal stieg Panik in ihr auf, ihr Herz klopfte, ihr Atem kam stoßweise. Trotzdem zwang sie sich, ruhig zu bleiben. Triff deine Entscheidungen überlegt. Sicherheit steht an erster Stelle. Ja, sie musste umziehen und darauf achten, dass ihr niemand folgte. Sie musste so vorgehen, wie sie es im Training gelernt hatte. Nie mehr auf dem direkten Weg irgendwo hingehen, große Umwege machen, immer in Schaufenstern überprüfen, ob jemand in ihre Richtung blickte …

Sie zweifelte nicht daran, dass sie eine Verschwörung entdeckt hatte, nur was es genau war und wann sie stattfinden sollte, vermochte sie nicht zu sagen. Alles in allem war sie nutzlos gewesen, während andere Agenten Leib und Leben riskierten. Sie dachte an Luc, der sein Leben für die gesichtslosen Strategen in London im Kampf aufs Spiel setzte.

Oh Luc, dachte sie. *Pass auf dich auf. Vergiss mich nicht.* In diesem Moment wusste sie, dass sie ihren Weg gewählt hatte. Sie zerknüllte Armands Nachricht und brachte die Zeitung zurück. Dann ging sie.

Lisette wusste jetzt, was sie zu tun hatte. Die Angst brachte gleichzeitig auch große Klarheit. Oberst Kilian hatte ihr selbstlos einen großen Gefallen getan, indem er ihr die Tür gewiesen hatte. Er bot ihr einen Weg aus ihrer Beziehung, ohne die kostbare Erinnerung daran zu beschädigen. Sie würde nie wirklich verstehen, was zwischen ihnen vorgegangen war, aber Luc hatte recht gehabt – Kilian war Deutschland wichtiger als sie, und zugleich beschützte er sie. Er war seiner Sache treu geblieben, daher musste sie jetzt auch ihrer treu bleiben. Ihre Mission mochte gescheitert sein, aber sie konnte immer noch eine aktive Rolle für die Résistance spielen. Heute Nacht begann der Vergeltungsschlag, sechzehn Kilometer von Paris entfernt. Mit einem kleinen Trupp von Widerstandskämpfern sollte sie eine Eisenbahnlinie in die Luft jagen.

Zuerst musste sie sich jedoch in das sichere Haus begeben.

35

20. Juli 1944

Kilian saß in seinem Büro, so bewegungslos wie die Skulpturen im Louvre. Heute früh hatte er sich im Park hinter Notre Dame mit von Hofacker getroffen.

»Wissen wir die genaue Uhrzeit?«

»Das kann ich Ihnen nicht mit Sicherheit sagen. Wir denken, gegen Mittag, vielleicht früher Nachmittag«, hatte der Mann leise geantwortet.

Kilian war an Selbstbeherrschung gewöhnt, aber er war auch daran gewöhnt, die Dinge unter Kontrolle zu haben und seine eigenen Entscheidungen zu treffen. Heute fühlte er sich wie eine Marionette, an deren Fäden viel zu viele Personen zogen.

»Gelten für mich immer noch die gleichen Anweisungen?« Er wusste, dass man Befehle leicht falsch interpretieren konnte, und wollte auch in dieser Hinsicht nichts unüberprüft lassen.

»Ja, Herr Oberst. Bleiben Sie in Ihrem Büro und verhalten Sie sich normal. Wenn alles so läuft, wie erwartet, melde ich mich bei Ihnen.«

Kilian seufzte und nickte. »Ich warte auf Ihren Anruf.«

»Danke, Herr Oberst. Der General hat mich gebeten, wegen der anderen Angelegenheit noch einmal nachzufragen.«

»Welche andere Angelegenheit?« Kilian blickte ihn verwirrt an.

Von Hofacker verzog unbehaglich das Gesicht. »Äh, ja. Die Aktenmappe, Herr Oberst.« Als Kilian fragend die Stirn runzelte, fügte er hinzu: »Die ich Ihnen in Ihrem Büro gegeben habe. Sie ist zwar derzeit nicht so schrecklich wichtig, aber es zahlt sich auf jeden Fall aus, vorsichtig zu sein.«

»Verzeihen Sie mir, von Hofacker. Ich erinnere mich an die Aktenmappe. Ein Stapel nutzloser Dokumente, nicht wahr?«

»Nein, keineswegs. Vielleicht möchten Sie sich ja die Unterlagen ein wenig genauer anschauen. Ich bitte um Entschuldigung, Herr Oberst, aber ich bin gehalten zu fragen, ob Sie noch immer mit Mademoiselle Forestier zusammen sind?«

»Nein«, erwiderte Kilian in eisigem Tonfall. Kurz überlegte er, ob er den Mann rügen solle, doch er hielt den Mund.

»Entschuldigung, Herr Oberst. Bitte … lesen Sie die Akte. Es ist sehr wichtig, dass Sie sich von dieser Frau fernhalten.«

»Warum?«

»Wir halten sie für eine Spionin. In der Akte ist alles erklärt. Die Gestapo ist informiert – das macht einen guten Eindruck. Sie ziehen ihre Kreise um die Verschwörer in Berlin, aber wir wollen sie nicht auch noch hier in Paris haben.«

Erstaunt über die Beschuldigung hatte Kilian sofort nach diesem Gespräch die Akte aus der Schublade geholt.

Jetzt saß er schweigend in seinem Büro. Die Unterlagen waren äußerst aufschlussreich gewesen – unter nichtssagendem Papierkram verborgen hatte er mehrere Fotografien entdeckt. Sie waren grobkörnig, durch ein Fenster aufgenommen, trotzdem konnte man deutlich erkennen, dass Lisette und sein Fahrer Löwe sich küssten.

Die geheime Überwachung war von Stülpnagel angeordnet worden, und Kilian fiel ein, dass der General zu ihm gesagt hatte, er werde sich Lisette einmal anschauen. Zuerst hatte er wie gebannt auf die Fotos gestarrt. Warum küsste sie Löwe? Sie kannte den Mann doch gar nicht. Die Zeilen dazu hatten ihn schließlich aufgeklärt. Löwe war ein Betrüger. Stülpnagel hatte zwar keine Ahnung, wie der Mann wirklich hieß, aber der echte Christian Löwe war schon vor Jahren gestorben. Lisettes Liebhaber hatte sich die Stelle mit gefälschten Papieren erschlichen.

Kilian schloss wütend die Augen. Dieser Löwe musste Lukas Ravensburg sein. Die beiden arbeiteten zusammen, hatten sich gemeinsam in sein Leben gedrängt und waren hinter seinem Rücken ein Liebespaar gewesen. Ihm war ganz elend. Er sagte seiner Sekretärin, er wolle nicht gestört werden und sie solle keine Anrufe durchstellen, es sei denn, General Stülpnagels Büro rufe an.

So saß er stundenlang stumm in seinem Büro und dachte über Lisette und Ravensburg nach. Löwe hatte Deutsch gesprochen, als wäre es seine Muttersprache, und auch sein Französisch war tadellos gewesen – als Spion passte er perfekt mit Lisette zusammen. Ob sie alle beide für die Alliierten arbeiteten? Offensichtlich. Nur warum war gerade er das Ziel gewesen, wo er doch hier gar nichts zu sagen hatte? Unablässig wälzte Kilian die Frage in seinem Kopf, dachte an seine Gespräche mit Lisette, ging alles durch, was er über sie wusste.

War Walter auch in die Sache verwickelt? Nein, das konnte er sich nicht vorstellen. Lisette hatte Walter bei ihren Treffen nie dabeihaben wollen. Vermutlich benutzte sie ihren Patenonkel als Tarnung und arbeitete bei der Bank, um ihren Lebensunterhalt zu verdienen. Und er war darauf hereingefallen. Er hatte sie wirklich geliebt, und er konnte sich nicht vorstellen, dass ihre Reaktionen nur vorgetäuscht waren. Nichtsdestotrotz zeigten die Fotos sie in enger Umarmung mit einem gutaussehenden jungen Mann, der Kilian an ihn selbst vor fünfzehn Jahren erinnerte.

Wie waren die beiden mit dem, was sie tun mussten, nur fertiggeworden? Wie hatte Löwe zusehen können, wenn er Lisette hinten im Wagen geküsst hatte? Wie hatte Lisette es ertragen können, ihn zu küssen und zu berühren? Hatte sie dabei an Ravensburg gedacht?

Kilian hatte genügend Erfahrung mit Frauen, um zu wissen, wann Lust vorgetäuscht war. Er wusste, dass Lisette etwas für ihn empfand. Anscheinend hatte sie gelernt, ein bizarres Doppelleben zu führen. Ihr entspanntes Verhalten auf ihrer Reise ergab auf einmal Sinn – dort hatte sie keinen Grund gehabt, ihm etwas vorzumachen. Auch vor zwei Tagen hatte echte Verzweiflung in ihrem Gesicht gestanden. Kilian glaubte ihr, dass sie wirklich versuchen wollte, ihn vor der Gestapo zu schützen.

Lisettes Angebot, Kilian zu helfen, war riskant – sie konnte die Alliierten zwar über die Verschwörung auf dem Laufenden halten, begab sich damit jedoch auch direkt in die Schusslinie der Gestapo. Tat sie es für ihn? Er wusste es nicht, aber im Moment hasste er sie leidenschaftlich dafür, dass sie ihn angelogen und vor allem dass sie mit ihm geschlafen hatte.

Wie tragisch das doch alles war. Der Krieg tobte, Verschwörungen wurden ausgeheckt, und er war in einen Kampf der Herzen verwickelt.

Warum auch immer Lisette und Ravensburg ihn ausgesucht hatten, sie waren auf etwas weitaus Größeres gestoßen als auf einen mürrischen Oberst der Wehrmacht. Es bereitete ihm Kopfschmerzen, dass die beiden nun von dem Komplott wussten – er war bereits ein Verräter an seinem eigenen Vaterland, aber Informationen an Deutschlands Feinde durchsickern zu lassen, war grauenhaft.

Kilian hatte die belastenden Fotos in seinem Papierkorb verbrannt, ebenso wie die Notizen dazu. Beinahe hätte er auch den Brief in die Flammen gelegt, aber dann behielt er ihn doch – es waren schon genug Schmerzen mit Lisette verbunden, und er konnte es nicht ertragen, auch ihre zärtlichen Worte brennen zu sehen. Vielleicht glaubte er ja tief im Innersten daran. Er steckte den Brief in seine Brusttasche, neben jenen, den er immer noch nicht an Ilse geschickt hatte. Er hatte ihn regelmäßig ergänzt, und jetzt würde es noch einen neuen Eintrag geben.

Stülpnagel sah Lisette zum Glück offensichtlich nicht als echte Bedrohung an. Es war ja auch viel zu spät, um sich Sorgen zu machen, denn die Mission war bereits angelaufen, und kein Spion der Alliierten würde es riskieren, einen Plan zur Ermordung Hitlers zu gefährden. Wenn London davon wusste, würden sie Stillschweigen bewahren und mit angehaltenem Atem auf die neuesten Nachrichten warten.

In voller Montur saß Kilian am Schreibtisch und wartete auf den Anruf aus General Stülpnagels Büro, um das Kommando über das deutsche Heer in Paris zu übernehmen.

Der Befehl kam nie.

Es wurde Nachmittag, und Kilian beobachtete, wie die Schatten immer länger wurden, bis schließlich sein gesamtes Büro in weiches Abendlicht getaucht war. Er geriet nicht in Versuchung, von Hofacker anzurufen. Niemand brauchte ihm zu sagen, dass Hitler heute nicht gestorben war, auch wenn vielleicht in der Wolfsschanze eine Bombe explodiert war. Was schiefgelaufen war, interessierte ihn nicht. Nichts spielte mehr eine Rolle.

36

Die nächsten Wochen verbrachte Markus Kilian wie im Nebel. Die Bombe war zwar wie geplant detoniert, aber wieder einmal war Hitler dem Tod wie durch ein Wunder entgangen. Kilian verhielt sich ruhig und verbarg seine aufgewühlten Emotionen hinter einer steinernen Fassade. Hinter verschlossenen Türen jedoch ergab er sich der Verzweiflung. General Stülpnagel hatte irrtümlich angenommen, dass Hitler bei der Explosion ums Leben gekommen sei, und hatte bereits alle in Paris stationierten SS- und Gestapo-Leute festnehmen lassen. Als jedoch bestätigt wurde, dass Hitler noch am Leben war, hatte er sie alle wieder freilassen müssen.

Als Kilian erfuhr, wer alles an der Verschwörung beteiligt gewesen war, waren die Architekten des Plans in Berlin bereits hingerichtet worden, erschossen von einem Exekutionskommando im Hof des Kriegsministeriums. Später kursierten Gerüchte, ältere Militärs hätten ihren Tod beschleunigt, um zu verhindern, dass Hitler entdeckte, welche hochrangigen Männer noch beteiligt gewesen waren. Stülpnagel war nach Berlin zurückbeordert worden und hatte auf dem Weg dorthin einen Selbstmordversuch unternommen. Kilian hatte keine Hoffnung mehr für den General – er war sicher, dass auch Stülpnagel hingerichtet werden würde. Der Rachefeldzug ging weiter, auch in Paris folgte eine Welle von Festnahmen.

In aller Ruhe brachte Kilian seine Angelegenheiten in Ordnung und wartete auf die Gestapo. Von seiner Sekretärin erfuhr er, dass von Hofacker ebenfalls mit dem Attentat in Verbindung gebracht und festgenommen worden war. Kilian war überzeugt, es könne sich nur noch um Stunden handeln, bevor die Gestapo auch an seine Tür klopfte.

Aber anscheinend hielten Stülpnagel und von Hofacker Wort und erwähnten Kilians Namen nicht. Mittlerweile war schon eine Woche vergangen, und in Paris wurde kaum noch jemand verhaftet, obwohl in Berlin nach wie vor ganze Familien in Sippenhaft genommen wurden. Hunderte von Menschen waren des Hochverrats angeklagt, und Kilian knirschte mit den Zähnen, wenn er an all die guten Männer und Frauen dachte, an all die Unschuldigen, die sterben mussten.

Er würde sein Versprechen gegenüber seinen Mitverschwörern halten: Er musste sich schützen und in die Zukunft blicken, auch wenn die Alliierten wahrscheinlich den Krieg beenden würden, bevor ein weiterer Versuch unternommen werden konnte. Paris würde von den Briten und den Amerikanern befreit werden, und von innen heraus würde es kein weiteres Attentat auf Hitler geben.

Nichtsdestotrotz handelte er, wie ihm befohlen worden war. Er gab seiner Sekretärin die Akte, die von Hofacker zur Tarnung zu ihrem ersten Treffen in seinem Büro mitgebracht hatte.

»Wir sollten das hier vielleicht aufbewahren, falls die Geheimpolizei es braucht«, sagte er. »Mehr gibt es nicht in Verbindung mit meinem einzigen Treffen mit Oberstleutnant von Hofacker.« Er musste sich von denjenigen distanzieren, die an dem Attentat beteiligt waren, wollte aber nicht lügen.

»Jawohl, Herr Oberst. Allerdings glaube ich nicht, dass die Gestapo einen Grund hat, uns zu besuchen«, erwiderte seine Sekretärin und lächelte ihn mitfühlend an. »Wir brauchen sie ganz gewiss nicht.« Sie nahm die Akte entgegen.

Er nickte und blickte sie fragend an. War auch sie eine Rebellin? »Das ist alles so schockierend«, sagte er versuchsweise.

»In der Tat, Herr Oberst. Ich weiß, dass Sie mich entlassen könnten, weil ich so rede, aber selbst als deutsche Patriotin möchte ich, dass alles endlich ein Ende nimmt.« Sie waren alleine im Vorzimmer seines Büros, trotzdem schaute sie sich verstohlen um.

Er lächelte. »Ich könnte Sie gar nicht hinauswerfen, Aline, denn nach zahllosen Sekretärinnen, die nur Angst vor mir hatten, sind Sie die erste, die etwas taugt.«

»Das liegt bestimmt an meinem Alter, Herr Oberst.«

»Sie können die Akte ja weiterleiten.«

»Nein, Herr Oberst, im Gegenteil. Die Gestapo verdächtigt jeden Einzelnen von uns. Ihre Aufrichtigkeit könnte uns alle belasten. Herr von Hofacker hat keinen Termin gemacht, also kann man auch nicht nachvollziehen, dass er hier war. Wir müssen ganz sicher keine Verbindung zu Ihrem Büro herstellen, ganz gleich, wie unschuldig sie sein mag.« Sie schob die Akte in eine Schublade ihres Schreibtisches und verschloss sie. »Ich werde die Unterlagen vernichten.«

Am 7. August wurde General Dietrich von Choltitz, den Kilian gut kannte und neben dem er bereits gekämpft hatte, als Nachfolger des armen Stülpnagel zum Militärgouverneur von Paris ernannt.

Am 11. August besuchte Kilian den frischgebackenen Kommandanten unter dem Vorwand, ihre Bekanntschaft auffrischen zu wollen. Er brauchte nicht lange, um festzustellen, dass der General zahlreiche Bedenken in Bezug auf seine neue Position hatte. Vor allem war er entschlossen, Hitlers jüngste Befehle, Paris niederzubrennen, zu verweigern.

»Der Krieg ist nicht mehr zu gewinnen«, gestand der neue Wehrmachtsbefehlshaber. »Dennoch ist der Führer nicht zu überzeugen. Er schreit selbst jenen Truppen, die sich längst ergeben haben, noch Befehle zu. Das hier ist sein jüngster Wahnsinn. Er verlangt eine Politik der verbrannten Erde, aber wenn wir diese Stadt zerstören, ist nichts gewonnen.«

Insgeheim beruhigten Kilian die Worte seines Gegenübers. Sie wussten beide, dass es zu Aufständen kommen würde, wenn Paris brannte, dann würden die Partisanen jeden Deutschen umbringen, den sie in die Finger bekamen.

Kilian hatte angenommen, sie würden kämpfend untergehen, aber anscheinend hatte von Choltitz vor, passiv zu bleiben. Trotz der beinahe hysterischen Befehle aus Berlin, Paris in ein rauchendes Trümmerfeld zu verwandeln, hoffte der General, dass seine Verzögerungstaktik den Alliierten genügend Zeit geben würde, um die Stadt einzunehmen.

»Ich weiß, ich kann Ihnen vertrauen, Oberst. Ich werde mit den Alliierten sprechen und einen Unterhändler schicken. Das muss allerdings rasch geschehen.«

Kilian nickte.

»Je eher sie Paris erreichen, desto schneller kann ich die Stadt übergeben. Wir werden nicht ohne Blutvergießen davonkommen, aber die Amerikaner und die Briten sind unsere größte Hoffnung. Die französischen Kommunisten dagegen möchten uns wahrscheinlich alle am Eiffelturm aufknüpfen.«

»Wenn es Ihr Plan ist, weiteres Blutvergießen zu verhindern und eine Art Waffenstillstand auszuhandeln, Herr General, müssen wir mit der französischen Résistance sprechen. Ich stimme Ihnen zu, Paris muss gerettet werden, und ich stelle mich gerne als Unterhändler zur Verfügung«, bot Kilian an. Ihm war es gleich, ob er überlebte oder starb, er wollte um jeden Preis ein Massaker verhindern.

Im sicheren Haus nahm das Netzwerk Lisette auf, womit ihr Leben als Kämpferin der Résistance begann. Tagsüber schlief sie, nachts fanden die Aktionen statt.

Ihre erste Aufgabe bestand darin, mit einer Gruppe Gleichgesinnter eine Eisenbahnlinie nördlich von Paris in die Luft zu jagen. Ein paar Tage später war sie unter den Saboteuren, die unterirdisch verlegte Kabel zwischen Frainville und Aulnay mit Batteriesäure zerstörten. In der Nacht darauf konnte sie mit einigen anderen erfolgreich die Eisenbahnlinie am südöstlichen Rand von Paris zerstören. Sie leisteten so gründliche Arbeit, dass die Züge wochenlang nur mit großer Verspätung verkehren konnten. Außerdem half sie mit, eine Brücke zu zerstören, die aus Paris herausführte.

Erschöpft und schon wieder in einer fremden Wohnung, erlaubte sie es sich eines Morgens, leise zu weinen. Sie weinte um Markus Kilian und den Schock, der ihm ins Gesicht geschrieben gestanden hatte, und sie weinte um Luc, von dem sie nichts gehört hatte. Täglich hatte Lisette nach ihm gefragt, aber sie hatte nur mitleidige Blicke und Kopfschütteln geerntet. Luc war weg. Überall fanden Kämpfe statt, und sie glaubte mittlerweile, dass er zurück in den Süden gegangen war, zu seinen alten Gefährten. Er konnte verwundet sein. Oder tot.

Damit hatte sie beide Männer verloren. Aber sie hatte ja immer alle Menschen verloren, die sie liebte.

Ausgerechnet Sylvie fand sie an jenem Morgen, als sie wimmernd unter ihrer dünnen Decke lag.

Sie berührte Lisette an der Schulter. »Weinen hilft nichts«, sagte sie.

Verlegen richtete Lisette sich auf. »Ich weiß. Aber da ich weder Seife noch Shampoo habe, gönne ich mir diesen kleinen Luxus.«

Sylvie grinste. »Ich habe gehört, du hast echt gute Arbeit geleistet.«

Lisette wischte sich die Tränen ab. »Danke.«

»Ich habe auch gehört, dass du nur vom Nötigsten lebst.«

»Meine Tarnung ist aufgeflogen.«

»Hat der Oberst dich davongejagt?«

Lisette schüttelte den Kopf. »Nein, ein alter Feind ist wieder aufgetaucht, und ich wollte lieber kein Risiko eingehen.«

»Das solltest du auch nicht. Du brauchst also einen Platz zum Wohnen.«

»Alle sind sehr nett zu mir. Ich finde immer ein Bett zum Schlafen.«

»Ich habe eine Wohnung. Du bist herzlich willkommen«, bot Sylvie ihr an.

Lisette blickte sie erstaunt an. »Wirklich?«

»Ich bin nur selten da. Es ist eine Wohnung drüben in Bastille, größer als in Montmartre, aber nicht so schön.«

Lisette war sprachlos über die Großzügigkeit der Kameradin.

Ihr Zögern amüsierte Sylvie. »Wir müssen zusammenhalten. Nur der Kampf ist wichtig.« Sie zuckte mit der Schulter. »Unsere kleinlichen Eifersüchteleien und Wünsche sind irrelevant.«

Sie hat recht, dachte Lisette beschämt. »Und es wäre dir ganz sicher nicht unangenehm?«

Erneut grinste Sylvie. »Nein, mir nicht. Ich bin Französin. Du dagegen hast anscheinend viel zu lange bei diesen stocksteifen Briten gelebt. Ehrlich gesagt, ich glaube, ich habe genug von Luc. Außerdem ist er gar nicht da. Er hat uns beide verletzt, aber ich weiß, wie meine Wunden heilen. Es wäre klug, wenn du das ebenfalls lernen würdest, auch im Hinblick auf deinen deutschen Oberst.«

Lisette stand der Mund offen. Sie fasste es nicht, dass Sylvie so freimütig mit ihr redete.

»Bevor du fragst: Ja, man sieht es dir an«, sagte Sylvie lächelnd. »Er ist der Feind, Lisette. Jedes Mal, wenn du an die Menschen denkst, die gestorben sind, an die Unschuldigen, die gefoltert wurden, an die Familien und Leben, die zerstört wurden, an die

Jahre des Hungers, der Erschöpfung und Verzweiflung – wenn du an all das denkst, dann denk auch an die Uniform von deinem Oberst.«

»Er war wirklich nicht …«

»Er ist deutscher Offizier. Damit ist er genauso schuldig wie alle anderen. Na, kommst du jetzt mit?«

Lisette nickte stumm und folgte Sylvie zu einer Wohnung in einer Seitenstraße von Bastille. Der Rand des elften Arrondissements war eine schäbige Wohngegend, das Studio selbst war zwar makellos sauber und aufgeräumt, doch in der Umgebung gab es zahlreiche schmierige Cafés und Bars sowie heruntergekommene Gebäude. Lisette war trotzdem überglücklich. Endlich hatte sie wieder ein Bett zum Schlafen, fließendes Wasser und ein paar Grundnahrungsmittel. Sylvie gab ihr sogar ein Kleid.

»Sylvie, ich …«

»Nicht«, warnte die Freundin sie. »Ich kann es nicht gut vertragen, wenn man sich bei mir bedankt. Sagen wir einfach, ich habe mein Versprechen eingelöst.«

Weit entfernt von Bastille schlüpfte Sylvie in die Nische in dem Café am Pigalle, das die ganze Nacht geöffnet hatte. Die Straßen waren menschenleer, Spannung lag in der Luft. Im Café hing der Zigarettenrauch wie Nebel über den Köpfen der Gäste. Es roch nach altem Fett und billigem Parfüm, aber niemand schien sich daran zu stören. Es herrschte ein Gefühl von Vorfreude. Die Stimmen waren gedämpft, dennoch spürte man die Erregung. Die Veränderung stand vor der Tür.

Sylvies Begleiter zündete die Zigarette an, die sie zwischen den Fingern hielt.

»Das ist das Ende, ich sage es dir«, erklärte er. »Der Generalstreik morgen wird die Gemüter zum Kochen bringen. Die

Résistance macht gegen die Deutschen mobil. Strategien oder Taktiken spielen jetzt keine Rolle mehr. Bevor die Alliierten kommen, wird auf der Straße gekämpft.«

Sie nickte. »Ich habe heute etwas sehr Interessantes gehört«, sagte sie und blies träge den Rauch aus.

»Was denn?«

»Du weißt doch, dass ich einige Leute aus dem *réseaux* kenne?«

Er nickte.

»Es gibt Gerüchte, der neue Militärkommandant in Paris wolle reden.«

»Reden?«

»Verhandeln.«

»Zu welchen Bedingungen?«

»Wir töten keine deutschen Soldaten. Sie brennen Paris nicht nieder.«

»Das glaube ich nicht«, erwiderte er und kippte seinen Anisschnaps herunter.

»Ich erzähle dir nur, was ich gehört habe.«

»Und wer soll reden?«, fragte er.

»Ah, genau das lässt es interessant werden.«

»Mach dich nicht über mich lustig, Sylvie.«

»Du hast es nicht besser verdient. Meine Gesellschaft hast du übrigens auch nicht verdient.«

Er legte seine Hand auf ihre. »Ich bin gerne mit dir zusammen.« Er zögerte. »Geht es ihr gut?«

»Ja, Luc, es geht ihr gut. Sie ist in der Wohnung in Bastille.«

»Du versuchst zwar erfolgreich, es zu verbergen, Sylvie, aber du hast ein großes Herz.«

Spielerisch schüttelte sie seine Hand ab. »Du brauchst mir keine süßen Worte ins Ohr zu flüstern.«

Er blickte ihr tief in die Augen. »Ich versuche nur, mich bei dir zu bedanken.«

»Warum gehst du sie nicht besuchen, wenn du dir solche Sorgen machst?«

Er blickte sich in dem überfüllten Café mit den fast leeren Flaschen an der Theke um. »Ich kann nicht. Noch nicht.« Er wandte sich wieder ihr zu, und Sylvie wusste, dass er liebte – nur nicht sie.

»Nach allem, was sie getan hat …«, begann sie.

»Wir haben in diesem Krieg alle Dinge getan, die wir lieber vergessen würden.«

»Ich nicht, es sei denn, dazu zählt, dass ich mich in dich verliebt habe.«

»Es tut mir leid«, sagte er.

Sie schüttelte den Kopf, ärgerlich über sich selbst, weil sie es zugegeben hatte.

»Du hast noch nicht zu Ende erzählt, über den Mittelsmann«, drängte er.

»Ich bin nicht sicher, ob du Lisette aus dem Weg gehen kannst.«

Luc runzelte die Stirn. »Ich kann dir nicht ganz folgen.«

»Der Vermittler ist Markus Kilian. Er hat nach euch beiden gefragt.«

Luc saß auf einer Parkbank und beobachtete eine Amsel, die im Gras nach Insekten suchte. Sein Gesicht war im Dunkeln. Es war noch nicht ganz fünf Uhr morgens, aber es war schon warm und hell.

»Nur über meine Leiche. Ich werde euch nicht helfen.«

Armand verzog gequält das Gesicht. »Hör zu«, sagte er mitfühlend. »Paris gerät aus den Fugen. Die Gendarmerie, die Métro, alle sind heute im Streik. Als Nächstes ist die Eisenbahn an der Reihe. Die Alliierten stehen vor der Tür, die kommunistischen Partisanen möchten die Stadt gerne einnehmen, bevor die Amerikaner und Briten es tun, und die Deutschen packen ihre Sachen. Zwanzigtausend Widerstandskämpfer schreien nach Vergeltung. Meine Aufgabe war es, die Aufständischen genau für diesen Moment zu bewaffnen, das wahre Problem besteht jedoch darin, ein Massaker in den Straßen zu verhindern. Der neue deutsche Kommandant, dieser von Choltitz, sieht das genauso, und er ist bereit, uns die Hand zu reichen. Ich hasse es zwar, sein Angebot anzunehmen, aber wir müssen versuchen, das unvermeidliche Blutbad zu verhindern, indem wir mit dem Feind zusammenarbeiten.«

»Es könnte eine Falle sein«, sagte Luc nervös.

Armand lachte. »Eine Falle? Bist du wahnsinnig? Was ist denn jetzt noch zu gewinnen? Meinst du, die gesamte deutsche Garnison macht dieses Manöver kurz vor ihrem eigenen Untergang, um eine junge Frau in die Hände zu bekommen?«

Verlegen verzog Luc das Gesicht. »Schon gut, trotzdem ändere ich meine Meinung nicht. Kilian versucht, Lisette zurückzubekommen. Aber ich werde ihm nicht die Chance geben, ihr wehzutun.«

»Hast du mit ihr gesprochen?«

Er schüttelte den Kopf. »Sie weiß gar nicht, dass ich zurück bin. Und dabei soll es vorläufig auch bleiben.«

»Wenn du wie ich mit ihr geredet hättest, wüsstest du, dass Kilian es ihr leicht gemacht hat. Er wollte ihr nur helfen. Um sie in Sicherheit zu bringen, hat er sie quasi aus seinem Leben geworfen. Was auch immer er vorhatte, es war gefährlich, und sie hätte dabei über die Klinge springen können.«

Finster starrte Luc auf die unermüdliche Amsel.

»Er hat ausdrücklich nach ihr verlangt«, drängte Armand.

»Er kann sie nicht haben, und er ist nicht in der Position, um Bedingungen zu stellen. Verstehst du denn nicht, Armand? Zum ersten Mal haben sie Angst. Die Deutschen wissen, dass es vorbei ist, dass ihr Leben an einem seidenen Faden hängt. Sie müssen verhandeln. Wir sind uns zwar einig, dass wir weder ein Blutbad noch ein Feuer in Paris haben wollen, doch solche Forderungen kann er nicht stellen. Er kann uns um Hilfe bitten, und wir können überlegen, ob wir sie ihm gewähren, aber Lisette gehört zu dem Handel nicht dazu.«

Armand seufzte. »Na gut, Faucille. Ich gebe es so weiter. Was ist mit dir?«

»Ich treffe mich mit ihm. Wo?«

»Ich mache alles aus. Bleib in der Avenue de Wagram, bis du wieder von mir hörst.«

»Nein, ich will nicht gesehen werden. Ich bleibe in Montmartre – ich bin in ihre alte Wohnung gezogen. Ich sage dir noch einmal: Lisette darf nichts davon erfahren. Ist das klar?«

Armand schüttelte mitleidig den Kopf. »Tausende von Aufständischen werden die Straßen von Paris bevölkern.« Er begann an seinen Fingern abzuzählen: »Kommunisten, Liberalisten, Anarchisten, Studenten, Akademiker, Katholiken und Protestanten. Der Hass auf die Faschisten hat sie geeint. Das SOE versucht, diesen Leuten Waffen zu geben und den Hass trotzdem irgendwie unter Kontrolle zu halten. Du kannst mir gerne glauben, mein Freund, ich habe Wichtigeres zu bedenken als dein seltsames Liebesdreieck.«

Am Abend des 18. August wartete Luc am Eingang des Jardin du Luxembourg. Die Nacht war schwarz wie Tinte und der Mond in Wolken gehüllt. Trotzdem hockte er sich zur Sicherheit hinter einen Busch, als das Auto näher kam. Es war eher Gewohnheit als echte Angst – er konnte sich eigentlich nicht vorstellen, dass ihm jetzt noch jemand eine Falle stellen wollte. Außerdem waren Fallen nicht Kilians Stil. Der Oberst wollte sicher von Angesicht zu Angesicht mit ihm sprechen. Das gehörte zweifellos zum Spiel dazu. Warum sonst hätte er Luc und Lisette als Kontaktpersonen nennen sollen?

Er konnte sehen, dass Kilian alleine hinten im Wagen saß. Wusste er von ihm und Lisette? Wie mochte der Deutsche es erfahren haben? Egal, das würde er sicher gleich hören.

Der Wagen wurde langsamer. Kilian und der Fahrer blickten aus dem Fenster. Es war Zeit. Wenn der Oberst gewollt hätte, hätte er Luc töten und trotzdem versuchen können, über das Netzwerk mit den Alliierten zu verhandeln. Luc holte tief Luft und trat hinter dem Busch hervor.

Klaus bremste, und Luc hechtete in den Wagen. Noch während er die schwere Tür zuzog, beschleunigte der Fahrer und nahm die Straße in Richtung Place Vendôme. Es war fast vier Uhr morgens, und in Paris war alles still.

Luc drehte sich um. »Oberst Kilian«, sagte er gleichmütig und in höflichem Tonfall.

Der Wehrmachtsoffizier bedachte ihn mit einem eisigen Blick. »Soll ich Sie mit Ravensburg anreden?«

Luc nickte. »Das ist mein Name.«

Kilian schloss die Glastrennwand zum Fahrer, dann wandte er sich wieder Luc zu. Spannung hing in der Luft. Der Deutsche war bewaffnet, und er war in Uniform. Er sah beeindruckend aus, und Luc konnte verstehen, warum die Frauen so hinter ihm her waren. Er dachte daran, wie Lisette in den Armen dieses Mannes gelegen hatte. Die Bilder hatte er noch immer im Kopf und rief sie jetzt ab: Kilians Hände auf Lisettes Körper, Kilians Lippen an ihrem Hals, Kilians Mund auf ihrem.

»Sie wissen, dass er ein glühender Nazi ist«, sagte Luc und wies auf Klaus. Erleichtert stellte er fest, dass seine Stimme nicht bebte.

»Ja. Deutschland ist voller verkommener Schweine«, antwortete Kilian. »Aber ich habe keine Angst vor ihm.«

»Warum? Denken Sie, die Verbindung, die Sie zur Résistance und den Alliierten herstellen, könnte Ihre Haut retten?«

»Nein, Ravensburg. Ich erwarte nicht, den Krieg zu überleben. Ehrlich gesagt glaube ich sogar, dass der Tod für mich die beste Lösung ist. Ich wollte diesen Krieg nicht, und ich habe Hochverrat gegen mein Vaterland begangen.«

»Wollen Sie sich durch den Tod der Vergeltung entziehen?«

»Nein, Frieden finden«, erwiderte Kilian ruhig. Er räusperte sich. »Ich hatte darum gebeten, dass Lisette ebenfalls an diesem Treffen teilnimmt. Ist sie … ist sie wohlauf?«

Luc presste die Lippen zusammen. Jetzt kamen sie also zum Thema. »Was Sie zu sagen haben, können Sie auch mir mitteilen.«

»Sie haben doch gar keine Ahnung, was ich sagen will«, erwiderte Kilian.

»Ich habe beschlossen, dass Lisette an dieser Sache nicht beteiligt sein soll. Außerdem habe ich sie seit langem nicht gesehen.«

Kilian blickte Luc aufmerksam an. »Wie das?«

»Ich war am Mont Mouchet und habe gekämpft.«

»Ich beneide Sie.« Kilians Stimme klang wehmütig.

»Ich bin *lavandier*, kein Soldat. Sollte ich überleben, werde ich wieder Lavendel anpflanzen.«

»Darum beneide ich Sie umso mehr. Sagen Sie mir, Ravensburg – und ich schwöre Ihnen, dass ich es nicht weitererzähle …«

»Der Schwur eines deutschen Offiziers, der dabei ist, Paris zu verlieren?«

Kilian lächelte kalt. »Der Schwur eines ehrenhaften Mannes.«

Luc nickte. »Fahren Sie fort.«

»Sind Sie auch jener Bonet, von dem von Schleigel gesprochen hat?«

Erneut spürte Luc die Trauer von damals. Er hatte lange nicht mehr an Wolf gedacht. »Ja, und ich habe mit von Schleigel eine private Rechnung zu begleichen. Der Tag der Vergeltung wird kommen.«

Kilian kniff die Augen zusammen. »Das hoffe ich auch.« Er klang aufrichtig. »Ist Bonet denn ein jüdischer Name?«

Luc wollte nicht darüber reden, am allerwenigsten mit einem deutschen Oberst. Doch Kilian hatte etwas. An einem anderen Ort, unter anderen Umständen, wären sie vielleicht sogar Freunde geworden. »Meine Eltern stammen aus Bayern. Mein Vater ist im Kampf für Deutschland gestorben, meine Mutter bei meiner Geburt. Geboren bin ich in Straßburg, aber eine jüdische Familie in Südfrankreich hat mich adoptiert und wie ihren eigenen Sohn großgezogen. Ich habe meine Familie genauso geliebt wie Sie die Ihre, aber ich musste mit ansehen, wie die *milice* sie verschleppte, nachdem sie meine Großmutter zu Tode geprügelt hatten.«

»Wissen Sie, wo Ihre Angehörigen sind? Vielleicht kann ich ja …«

»Ich brauche Ihr Mitleid nicht, Oberst. Sie haben mich gefragt, wer ich bin, und ich habe es Ihnen gesagt. Und was Lisette angeht, lasse ich Sie nicht an sie heran.«

»Sie haben ja recht. Vermutlich ist es reine Selbstsucht, dass ich sie noch einmal sehen wollte … um mich zu entschuldigen.«

»Wofür?«

»Das geht nur uns beide etwas an. Weiß sie, dass wir uns treffen?«

Luc schüttelte den Kopf.

»So ist es wahrscheinlich am besten.« Luc hörte die tiefe Traurigkeit in Kilians Worten. Der Oberst räusperte sich. »Lassen Sie uns zum Geschäftlichen kommen. General von Choltitz möchte in direkten Kontakt mit den Alliierten treten.«

Sylvie hatte recht gehabt.

»Sie müssen sich beeilen. Er kann die deutsche Garnison

nicht mehr lange in Schach halten. Allerdings müssen Sie wissen, dass er versucht, Paris so unbeschädigt wie möglich zu übergeben. Hitler jammert, dass jede einzelne Brücke gesprengt werden soll. Die Luftwaffe will die wichtigsten Monumente bombardieren, von Choltitz jedoch weigert sich, diese Befehle auszuführen. Er will die Stadt den Alliierten friedlich übergeben. Das Problem ist die Résistance. Wir spüren die Stimmung. Jederzeit kann ein Aufstand ausbrechen, und dann ist die deutsche Garnison gezwungen, sich zu verteidigen. Ihre Leute müssen einen Weg finden, die Wut noch eine Weile im Zaum zu halten.«

»Wir können Sie nicht beschützen«, grollte Luc. »Das wäre nicht …«

»Es geht uns nicht um Schutz«, fuhr Kilian ihn an. »Ich versuche lediglich, ein Blutbad zu verhindern. Wir sind besser bewaffnet, besser ausgerüstet, besser organisiert. Wenn es zum Straßenkampf kommt, werden wir zahlreiche Partisanen mit in den Tod nehmen. Hören Sie auf meinen Rat – versuchen Sie, Ihre Wut so lange zu zügeln, bis von Choltitz eine Art Waffenstillstand ausgehandelt hat. Er redet gerade mit dem schwedischen Botschafter in Paris. Ich dachte, dass Lisette und Sie uns schneller helfen könnten. Würden Sie es denn wenigstens versuchen?«

Luc nickte. »Das will ich tun. Die Kommunisten sind allerdings äußerst entschlossen. Sie wollen die Herrschaft von Paris übernehmen, bevor die Alliierten kommen.«

Kilian gab einen zornigen Laut von sich. »Die Geschichte mag geschrieben werden, wie sie will. Aber bitte denken Sie daran, dass die Soldaten sich bei einem Angriff wehren werden. Mehr kann von Choltitz nicht tun.«

»Ich verstehe. Wir werden alles versuchen. Wo kann ich Sie finden? Die Kommunikation wird immer schwieriger, da unsere Leute sämtliche Telefonleitungen kappen.«

Kilian nickte. »Ich bin im Hotel Raphaël, allerdings nicht mehr lange. Kann ich Sie irgendwo absetzen?«

»Nein, danke. Ich gehe lieber zu Fuß.«

»Viel Glück, Ravensburg«, sagte Kilian. »Und danke.«

»Ich kann nichts versprechen«, erwiderte Luc.

»Es reicht, dass Sie es versuchen.«

Kilian war wirklich überraschend. Beinahe wünschte sich Luc, der Mann wäre kein deutscher Offizier. »Ach, übrigens, Lisette hatte recht, oder? Sie waren an dem gescheiterten Attentat beteiligt, nicht wahr?«

»Ganz am Rande und dennoch der Sache verpflichtet, ja.«

Luc neigte grüßend den Kopf. »Dann stehen wir also beinahe auf derselben Seite?«

Reumütig lächelte Kilian. »Schade, dass wir Feinde sein müssen.«

Luc öffnete die Wagentür. »Eines werden wir immer gemeinsam haben.«

»In der Tat. Aber es kann nur einen Sieger geben … im Krieg wie in der Liebe. Ich hoffe, der Beste hat gewonnen.«

»Das kann nur sie entscheiden.« Damit stieg Luc aus und ging davon.

37

Die Anführer der Résistance vermochten die wachsende Wut der Widerstandskämpfer nicht im Zaum zu halten. Zudem riefen die Kommunisten alle Partisanen zum Aufstand auf.

Am Tag, nachdem sich Luc mit Kilian getroffen hatte, fand der erste der gefährlichen Straßenkämpfe statt. Lucs Gedanken gingen sofort zu Lisette, aber Sylvie hatte ihm versichert, in dieser dunklen, unvorhersehbaren Zeit in ihrer Nähe zu bleiben. An jenem Samstag ergab sich die Polizeipräfektur, eine Marionette der Nazi-Besatzer, der Résistance, und Oberst Rol, der Anführer der kommunistischen Widerstandskämpfer, befehligte die Partisanenkämpfe gegen die Deutschen.

Zuerst schien es, als gebe es zu viele Unterschiede, zu viele verschiedene Ausgangspunkte, um eine Einigung zu erzielen, aber irgendwie gelang es General von Choltitz, einen Waffenstillstand zu schmieden. Vermittelt durch den schwedischen Generalkonsul, vereinbarten die Beteiligten am Samstagabend eine zeitweilige, äußerst zerbrechliche Waffenruhe. Am Sonntag gab es jedoch immer mehr Straßenkämpfe, und am Abend eroberten die Widerstandskämpfer das Rathaus.

Kilian führte trotz der Waffenruhe Truppen gegen die Aufständischen. Aus Lautsprechern von deutschen Lastwagen dröhnte die Aufforderung, die Waffen niederzulegen, aber Kilian wusste, dass die Pariser Widerstandskämpfer, vor allem die Kommunisten, Blut gerochen hatten. Sie würden nicht aufhören. Nicht jetzt.

Am Montag ignorierten beide Seiten die Waffenruhe offen, und Mitte der Woche forderten die überlegene Kampftechnik und die bessere Bewaffnung der deutschen Soldaten ihren Preis unter den Widerstandskämpfern. Barrikaden wurden auf den Straßen errichtet, wie ganz zu Anfang. Das unnötige Blutvergießen auf beiden Seiten machte Kilian ganz krank, aber er durfte nicht erwarten, dass seine Männer Nachsicht zeigten, sie mussten sich verteidigen. Er wusste, dass die Alliierten nur wenige Stunden vor Paris standen und dass von Choltitz die Stadt kampflos übergeben würde.

Am Donnerstag hatten sich die Oberste Heeresleitung und die älteren Offiziere ins Hotel Crillon in der Rue de Rivoli sowie ins Hotel Majestic zurückgezogen, das in der Nähe des Raphaël lag, um die Übergabe abzuwarten. Kilian wollte sich nicht zu ihnen gesellen. Er war kein Mann, der sich ergab. Er war froh, dass von Choltitz Paris gerettet hatte und dass jetzt das Ende bevorstand. Er wollte einfach nicht mit den anderen in der Hotellobby den Feind erwarten wie ein geprügelter Hund.

Stattdessen beschloss er, sich zu betrinken. Bei seinem letzten Rausch war er noch jung und verantwortungslos gewesen, heute dagegen fühlte er sich so alt, dass er seinen Kummer ertränken musste. Am liebsten hätte er sich an diesem warmen Sommerabend irgendwo draußen aufgehalten, vielleicht in den Tuilerien, barfuß, damit er das Gras unter den Füßen spüren konnte. Er ging ins Ritz und nahm sich eine halb volle Flasche Calvados aus der Bar. Das Hotel war immer noch voller Nazis, die auf die offizielle Meldung warteten, dass Paris nicht mehr ihnen gehörte. Kilian achtete nicht weiter auf sie.

Als er ging, hörte er das Gerücht, dass de Gaulles Truppen als Erste die Stadt betreten hatten. Es sah so aus, als ob Paris von den Franzosen befreit würde. Kilian lächelte schief, als er daran dachte, mit welcher Mühe sie das den Alliierten wohl abgerungen hatten.

Vorsichtig trat er auf die Straße. Die Kämpfe hatten in den letzten zwölf Stunden beträchtlich zugenommen. Trotzdem fürchtete er nicht um sein Leben, er wollte nur in Ruhe seinen Calvados trinken und an einen sternenfunkelnden Frühlingsabend zurückdenken, an dem eine junge Frau ihn daran erinnert hatte, wie schön das Leben war.

Es überraschte ihn nicht, als er Ravensburg an einem Baum lehnen sah. Er hatte immer das Gefühl gehabt, dass sich ihre Wege noch einmal kreuzen würden.

»Feiern Sie denn gar nicht, Lukas?«

»Dazu ist noch genügend Zeit, Herr Oberst. Was machen Sie hier?«

»Ich wollte etwas trinken.« Er schwenkte die Flasche. »Wollen Sie mir Gesellschaft leisten?«

»Kilian, Sie sollten besser zu Ihren Gefährten ins Crillon gehen, bevor es zu spät ist.«

»Es ist bereits zu spät. Und ich will auch nicht dorthin. Aber reden Sie ruhig weiter … ich bin bereit für Ihre völlig berechtigte Schadenfreude.«

»Deshalb bin ich nicht hier. Ich suche Lisette.«

Sylvie und Lisette waren seit Tagen nicht auf die Straße gegangen. Es war viel zu gefährlich, zu Fuß unterwegs zu sein. Während Paris an jenem Tag voller Freude erwachte, hatte Lisettes Morgen mit einem düsteren Gefühl begonnen. Sie konnte nicht sagen, woran es lag, weil sie eigentlich auf der Straße singen und tanzen sollte wie alle anderen. Doch die dunkle Vorahnung ließ nicht nach, und am Nachmittag des 24. August hatte sie sich in tiefe Angst gewandelt. Sie hatte nie das Gefühl gehabt, über einen sechsten Sinn zu verfügen, aber jetzt überwältigte sie ihr Instinkt.

Sylvie saß auf der Fensterbank und starrte hinaus, eine Zigarette in der Hand. In den letzten zehn Tagen hatte sie Kette geraucht. Lisette wusste nicht, woher Sylvie das Geld hatte, um sich Zigaretten zu kaufen, und sie fragte sie auch nicht.

»Sylvie …«

»Hmm? Kannst du es fühlen?«

»Was?«

»Paris reckt sich und wacht auf. Die Stadt ist wieder französisch«, sagte Sylvie stolz. »Morgen marschieren die Amerikaner und die Briten ein, aber das hier haben wir geschafft. Die Franzosen haben ihre Hauptstadt wieder in Besitz genommen.«

Lisette schwieg. Sylvie sollte diesen Moment genießen dürfen.

»Kannst du sie hören?« Sylvie summte ein paar Takte der Marseillaise.

Ab und zu ertönten Schüsse, explodierten Granaten. Jedes Mal zuckte Lisette zusammen, weil sie sich vorstellte, dass schon wieder jemand für die Sache gestorben war.

»Sylvie, bitte, sei ehrlich mit mir. Gerade heute müssen wir aufrichtig sein.«

»Wovon redest du, Lisette?«

»Ich will die Wahrheit wissen.«

»Worüber?« Sylvie hob die Hand, als wolle sie einen Eid leisten.

»Ich meine es ernst.«

»Das sehe ich.«

»Hast du von Luc gehört?«

»Luc? Warum fragst du mich nach ihm?«

»Das spielt keine Rolle. Hast du von ihm gehört oder ihn gesehen?«

»Wann?«, fragte Sylvie und schnippte die Asche in einen Aschenbecher.

Sie verfehlte ihn. Das passierte ihr sonst nie.

Lisettes Augen weiteten sich. »Du hast ihn gesehen«, sagte sie entsetzt.

»Ich habe nichts gesagt.«

»Das brauchst du gar nicht. Wo ist er? In Paris?«

Sylvie leckte sich über die Lippen. »Das darf ich dir nicht sagen.«

»Wo ist er?«

»Er ist in Paris. Und jetzt gib endlich Ruhe.«

»Verdammt!«, schrie Lisette. »Wo?«

»Das darf ich dir nicht verraten.« Als Lisette wütend auf sie zutrat, zuckte Sylvie mit den Schultern. »Ich kann es dir nicht verraten, weil ich es nicht weiß. Ich habe keine Ahnung, wo er sich herumtreibt.«

»Wie lange ist er schon hier?«

»Keine Ahnung.« Sie zog an ihrer Zigarette und drückte sie dann aus. »Ich habe ihn das letzte Mal vor neun oder zehn Tagen getroffen.«

Lisette blickte sie erstaunt an. »Wo?«

»Am Pigalle. Er will dich nicht sehen.«

Es war wie eine Ohrfeige. »Was macht er?«

»Das willst du lieber nicht wissen.«

»Soll ich hinausgehen und ihn suchen?«

Sylvies Augen blitzten wütend auf. »Sei nicht albern.«

»Weil du Luc versprochen hast, auf mich aufzupassen?«

»So in der Art.«

»Oh verflucht! Ich brauche keinen Aufpasser.« Lisette begann, ein paar Sachen zusammenzupacken.

»Wo willst du hin?«

»Ich mache mich selbst auf die Suche nach Luc.«

»Da draußen bringen sich die Leute gegenseitig um.« Sylvie zeigte aufs Fenster.

»Das ist mir egal. Ich bleibe nicht hier und schaue dir zu, wie du selbstgefällig vor dich hin grinst. Du warst gut zu mir, Sylvie, danke und viel Glück.«

»Er hat sich mit Kilian getroffen«, knurrte Sylvie. »Bist du jetzt glücklich?«

Wenn Sylvie behauptet hätte, Luc sei auf den Mond geflogen, hätte es weniger fantastisch geklungen.

»*Wie bitte?*«, fragte Lisette entgeistert.

Sylvies Wut kühlte sich so rasch ab, wie sie aufgeflammt war. »Hör mal, ich weiß nicht, ob er jetzt auch bei dem Deutschen ist. Ich weiß nur, dass sie Kontakt hatten.« Sie erzählte Lisette alles, was sie wusste.

»Markus hat nach mir gefragt?«

Sylvie nickte. »Ja. Ich finde, du hast ein Recht dazu, es zu erfahren.« Kopfschüttelnd zündete sie sich eine weitere Zigarette an. »Aber Luc hat sich alleine mit Kilian getroffen.«

Lisette stöhnte. »Du glaubst, sie sind auch jetzt zusammen?«

»Ich weiß es nicht, Lisette, ehrlich. Ich glaube auch nicht, dass die beiden im Moment irgendetwas bewirken können. Morgen früh ist die Stadt wahrscheinlich befreit. Etwas anderes zählt nicht.«

Vielleicht galt das für Sylvie. Lisette nickte, dann drehte sie sich um und verließ ohne ein weiteres Wort die Wohnung.

»Lisette! *Lisette!*«, rief Sylvie ihr nach. »*Merde!*«, fluchte sie dann und rannte ihr hinterher.

Sylvie fand Luc, wo sie es erwartet hatte, in Lisettes ehemaliger Wohnung in Montmartre. Sie hatte Stunden gebraucht, um zu Fuß dorthin zu gelangen, weil sie den Straßenkämpfen ausweichen musste. Die Menschen waren sich nicht sicher, ob es schon vorbei war, aber auf den Straßen herrschte ein Gefühl des Triumphes. Zunehmend wütend marschierte Sylvie durch die Stadt – Lisette raubte ihr den Sieg.

Luc saß auf der Treppe vor seinem Haus. Er war nicht allein. Überall auf der Straße waren Menschen, die darauf warteten, dass die Besatzung endlich vorbei war.

Luc sah sie schon von Weitem. »Sylvie?«

»Lisette ist weg«, sagte Sylvie erschöpft und gereizt.

»Wie meinst du das?«

Sie warf ihm einen wütenden Blick zu. »Ich habe so lange auf dein liebeskrankes Mädchen aufgepasst, wie ich konnte. Aber sie ist kein Kind mehr, Luc. Wie jeder von uns wird sie böse, wenn man sie bevormunden will.«

»Wovon redest du?«

»Sie hat von mir verlangt, ihr zu sagen, wo du bist. Sie weiß Bescheid, auch über Kilian.«

Seine Verwirrung verwandelte sich in Zorn. »Wo ist sie jetzt?«

»Weggelaufen. Wahrscheinlich versucht sie, dich zu finden, aber sie denkt, du bist gerade bei Kilian. Also wird sie wohl nach ihm Ausschau halten.«

Er vergeudete kein weiteres Wort. Bevor Sylvie weiterreden konnte, sprang er auf und rannte los.

Luc bahnte sich einen Weg durch die Kämpfenden und Feiernden. Manche tanzten bereits auf der Straße, die Musik dröhnte, der Wein floss in Strömen. Mädchen zeigten viel Haut in Sommerkleidern, Männer schwenkten ihre Hemden über dem Kopf und sangen die Marseillaise. Fremde küssten sich, Kinder rannten herum, alte Leute holten Stühle aus den Häusern und setzten sich auf die Bürgersteige, um dem Treiben zuzuschauen. Überall wurden Hakenkreuzfahnen und Nazi-Plakate heruntergerissen.

Paris war an diesem Abend im Rausch.

Wohin würde sie wohl gehen?, fragte sich Luc. Er war bereits zum Hotel Raphaël gelaufen, hatte dort jedoch keine Spur von

Lisette entdeckt. Mit Hilfe seines deutschen Fahrerausweises hatte er immerhin erfahren können, dass Oberst Kilian nicht in seinem Zimmer war. Danach war er in Kilians Büro gelaufen. Wieder hatte er sich mit seinem Ausweis Zutritt zum Gebäude verschafft, aber es war niemand da.

Luc zermarterte sich den Kopf. Wohin würde sie wohl gehen? Vielleicht zu der Brücke in der Nähe der Kathedrale, wo sie sich mit Kilian getroffen hatte? Nein, viel zu öffentlich. Wohin sonst? Wo mochte sie Kilian sonst noch vermuten?

Im Ritz? Gut möglich. Das Ritz bedeutete auch ihr etwas.

Außer Atem war er auf der Place Vendôme angekommen. Lisette war nirgends zu sehen. Wie sollte er hineingelangen, wo es in dem Gebäude von Nazis nur so wimmelte? Er schlich näher heran, wobei er jeden Moment damit rechnete, von der Kugel eines Heckenschützen getroffen zu werden.

Kurz darauf schickte das Schicksal ihm Oberst Kilian, der mit einer Flasche in der Hand durch die Hoteltüren trat. Kilian bemerkte ihn sofort.

»Feiern Sie denn gar nicht, Lukas?«, fragte er.

Lisette kam nicht hinter dem Oberst aus dem Hotel. Lucs Herz machte einen Satz. Er hatte keine Ahnung, wo in dieser großen Stadt sie sein mochte.

Zuerst war Lisette wie eine Irre gerannt. Dann entschied sie sich, wo sie hingehen wollte, und verlangsamte ihren Schritt. Niemand würde sie erschießen, davor hatte sie keine Angst. Sie sah aus wie eine ganz gewöhnliche Französin, ihr Problem war vielmehr die allgemeine Anarchie auf der Straße. Wütende, erregte Männer waren zu vielem fähig, und eine Frau ohne Begleitung war leichte Beute.

Ihre Füße fanden die Richtung wie von allein, und so war sie fast überrascht, als sie sich auf einmal dem Hotel Raphaël näherte. Sie hatte Angst vor dem, was sie dort finden würde, zugleich fürchtete sie, nicht das zu finden, was sie erhoffte. Niemand hielt sie auf, als sie das vertraute Hotel betrat und dem Portier zuwinkte.

Die Lobby war verlassen, aber sie sah, dass in der Bar Deutsche saßen, die still tranken, rauchten und nicht viel redeten. Im Restaurant war es das Gleiche. Die Menschen fühlten sich zu mehreren sicherer, zugleich stand ihnen aber nicht der Sinn nach Gesellschaft. Hastig rannte sie die Treppe zu Kilians Zimmer hinauf.

Sie trug das Kleid mit dem Blumenmuster, das Kilian so gern mochte. Was für eine Ironie, dass sie hier in Kilians Hotel war und Kilians Kleid trug, aber nach Luc suchte. Sie wischte sich die feuchten Hände an dem dünnen Baumwollstoff ab, holte tief Luft und klopfte an die Tür. Niemand antwortete. Erneut klopfte sie. Schweigen. Sie umfasste den Türknauf und drehte ihn. Mit leisem Klicken ging die Tür auf. Zu ihrer Verzweiflung war der Raum leer.

Lisette wusste nicht, wo sie sonst hingehen sollte. Die beiden konnten überall sein. Sie konnten zusammen sein oder in unterschiedlichen Stadtteilen. Kilians Ausgehuniform hing im Schrank, und unwillkürlich dachte sie an ihren Geburtstag zurück, als er fast einen Knopf an der Jacke abgerissen hatte, weil er es so eilig hatte, sich auszuziehen, um ihre nackte Haut zu spüren.

Sie drückte die Jacke an ihr Gesicht. Der Stoff roch nach Markus. Lisette setzte sich aufs Bett, hielt die Jacke im Schoß und starrte vor sich hin. Sie hatte zu viel Angst um Luc und Markus, um zu weinen.

Ihre Vernunft sagte ihr, dass es keinen Sinn hatte, von einem vertrauten Ort zum anderen zu rennen. Deshalb saß sie ganz still da und wartete darauf, dass es Nacht wurde. Irgendwann würde sie das ferne Geschützfeuer und die kalte Stille im Hotel nicht mehr hören, und die Dunkelheit würde das Licht im Zimmer auslöschen, damit sie seine Sachen nicht mehr betrachten musste.

Am Morgen würde das Leben anders aussehen. Sie wusste es. Am nächsten Morgen würde Paris frei sein.

38

Kilian blickte Luc aus zusammengekniffenen Augen an. »Was soll das heißen, Sie suchen Lisette?«

»Sie ist verschwunden«, sagte Luc. »Ich glaube, sie versucht uns zu finden.«

»Uns?«

»Sie ist der Meinung, wir seien zusammen. Ich habe nach Ihnen gesucht, falls sie …«

»Sie dachten, Lisette käme vielleicht hierher?«

Luc zuckte mit den Schultern. »Ich habe es bereits in Ihrem Hotel und in Ihrem Büro versucht.«

»Nun ja«, sagte Kilian. »Lisette ist nicht dumm. Ihr wird nichts passieren, da bin ich mir sicher. Sie ist viel zu vernünftig, um durch die Straßen von Paris zu laufen.«

Luc stimmte ihm zu. Lisette war tatsächlich vorsichtig. Obwohl sie weggerannt war, konnte auch er nicht glauben, dass sie planlos durch die Straßen rannte.

Kilian warf ihm einen Blick zu und trat an ihm vorbei.

»Wohin gehen Sie, Oberst?«

»Ich habe Ihnen doch gesagt, ich will etwas trinken. Sie können gerne mitkommen, aber versuchen Sie nicht, mich aufzuhalten.«

»Es ist gefährlich heute Abend, Oberst … Deutscher zu sein.«

»Daran kann ich nichts ändern. Und Sie auch nicht, mein Freund. Sie sind genauso Deutscher wie ich. Kommen Sie, wir feiern das Ende des Reichs und das Ende dieses wahnsinnigen Österreichers, der uns das alles eingebrockt hat.«

»Sie waren ein Teil davon«, sagte Luc anklagend.

»Ja, das stimmt. Kommen Sie mit mir, dann können wir ein bisschen reden.«

Kilians Stimmung war unvorhersehbar. Obwohl Luc eifersüchtig auf den Mann war, wollte er ihn dennoch nicht sterben sehen. Er trat neben ihn.

»Sie haben recht«, fuhr Kilian fort. »Ich war ein Teil davon. Es hat mir nie gefallen, aber ich bin ein Mann der Pflicht. Ich bin Soldat.« Er stieß ein ersticktes Lachen aus. »Wie jämmerlich das auf einmal klingt.«

»Erwarten Sie bloß kein Mitleid von mir«, erwiderte Luc.

»Nein, das will ich gar nicht. Ich glaube nicht, dass einer von uns es verdient hat. Manche von uns haben allerdings versucht, etwas zu ändern.«

»Sie sind gescheitert.«

Die beiden waren in den Tuilerien angekommen. Es dämmerte bereits, aber es roch immer noch nach Rauch. Zwar brannte Paris nicht, wie Hitler gehofft hatte, doch überall in der Stadt waren Freudenfeuer entzündet worden, um die Hakenkreuzfahnen und deutschen Uniformen zu vernichten. Der Mond war aufgegangen und tauchte den Park in ein geisterhaftes Licht. Es war ein milder Abend. Dem Sommer war es egal, ob Frieden oder Krieg herrschte.

»Oberst Kilian, es ist nicht klug, sich hier aufzuhalten.«

»Warum? Ist das ein heiliger Ort?«, fragte der Oberst.

»Nur für Sie.«

»Machen Sie sich keine Sorgen um mich. Ich bin bewaffnet.«

Das beeindruckte Luc nicht im Geringsten. Eine Pistole gegen einen wütenden Mob war keine Verteidigung. Er sah zu, wie Kilian seine Stiefel auszog. »Was tun Sie da, Oberst?«

»Ich habe vor, in diesem angenehmen Mondschein das warme Sommergras unter meinen Füßen zu spüren und mich an die glücklichen Tage in Ostpreußen zu erinnern, als das Leben noch einfach war.«

»Sie können nicht mal eben ausblenden, wofür Ihr Land verantwortlich ist.«

»Oh, aber ich kann es versuchen, Ravensburg. Ich muss es versuchen.« Er trank einen Schluck Calvados und hielt Luc die Flasche hin. Luc schüttelte den Kopf. »Ach, kommen Sie. Ein einziger Schluck zwischen Besiegtem und Sieger.«

»Ich habe nichts von beidem getan.«

»Sie haben sie gewonnen, Ravensburg. Ich war nie ein ernsthafter Konkurrent für Sie.«

Luc hatte gar nicht gemerkt, dass sie über Lisette sprachen. Er betrachtete den Oberst, der normalerweise so geschniegelt und elegant war. Jetzt lief er mit zerzausten Haaren barfuß über den Rasen und trank seinen zweiten Schluck Calvados.

»Sie mag Calvados sehr, wissen Sie.« Kilian schwenkte die Flasche. »Achten Sie darauf, dass Sie ihr immer einen bestellen.«

»Nein, das erinnert sie am Ende nur an Sie.«

Erneut bot Kilian ihm die Flasche an. »Nun kommen Sie schon, Ravensburg. Lassen Sie uns auf Paris trinken, darauf, dass wir die Stadt vor Hitlers Flammen gerettet haben.«

Zögernd nahm Luc die Flasche. »Na gut, darauf trinke ich.«

Erfreut schaute Kilian zu, als Luc einen Schluck nahm. Der Calvados brannte in der Kehle. Er hatte mit seinem Vater in Paris Calvados getrunken, und ungebeten stiegen Erinnerungen in ihm auf, die er jetzt nicht gebrauchen konnte. Kilian setzte die Flasche ebenfalls noch einmal an.

»Wollen Sie sich betrinken?«, fragte Luc.

»Gründlich.«

»Soll die Welt Oberst Kilian morgen so erleben – betrunken, mit trüben Augen und torkelnd?«

Kilian lächelte rätselhaft. »Noch einen Schluck?«

Luc schüttelte den Kopf, und Kilian schrie etwas in die Nacht, bevor er wieder trank. Wahrscheinlich hatte er schon den ganzen Tag über Alkohol getrunken. Er schwankte.

»Haben Sie noch nicht genug?«, fragte Luc.

»Nein. Ich kann immer noch denken.«

Seufzend blickte Luc sich um. Schüsse waren zu hören, aber sie schienen weit entfernt zu sein. Über die Place de la Concorde drangen von den Champs-Élysées die Geräusche der Feiernden herüber. Bald schon würden die Leute aus den sicheren Wohngegenden in die von Deutschen frequentierten Viertel strömen.

Er sah förmlich vor sich, wie die französischen, britischen und amerikanischen Truppen triumphierend einmarschierten, von den Frauen geküsst, von den Männern bejubelt. Selbst in all diesem Glück dachte Luc auch an die Zehntausende, Hunderttausende von Männern, Frauen und Kindern, die umgekommen waren – einschließlich seiner eigenen Familie. Frankreich sollte um die loyalen Bürger weinen, die es verloren hatte – im Kampf und in Lagern, von Drancy in Paris bis hin zu den Konzentrationslagern in Polen. Er schüttelte den Kopf, um die Gedanken loszuwerden. Für solche Überlegungen war noch Zeit genug.

Als er aufblickte, tanzte Kilian. Langsam bewegte er sich mit geschlossenen Augen auf dem Rasen.

»Kommen Sie, Oberst«, sagte Luc.

»Ich werde nie wieder tanzen«, lallte Kilian. »Nie wieder werde ich eine Frau in den Armen halten.« Er drehte sich, und in diesem Moment nahm Luc eine Bewegung aus den Augenwinkeln wahr.

Er packte Kilian, als eine kleine Gruppe Jugendlicher in den Park gerannt kam.

»Was haben wir denn da?«, fragte einer von ihnen. Der Junge war kaum älter als fünfzehn, mit einem Milchgesicht und welligen dunklen Haaren. Er schwenkte einen Revolver.

Luc musterte die acht Jungen. Derjenige mit dem Revolver war der Älteste, die meisten wirkten jünger und sehr unsicher. Nervös blickten sie zu ihrem Anführer.

»In Ordnung, Jungs. Macht keinen Ärger, eh?« Luc hob die Hände, um zu zeigen, dass er unbewaffnet war.

»Das ist ein Nazi!«, schrie einer von ihnen.

»Nein, nein, da irrst du dich«, sagte Luc. »Sehe ich aus wie ein Nazi? Ich bin Maquis!« Er hatte am Morgen sorgfältig darauf geachtet, sein Maquisard-Abzeichen anzustecken, das wie ein doppeltes Kreuz geformt war. »Seht her«, sagte er und zog seinen Kragen zurück, um es ihnen zu zeigen. »Ich bin Franzose, wie ihr.«

»Wir reden von ihm da!«, brüllte der Junge mit dem Revolver.

»Der da? Sei nicht albern. Er hat den Besitzer der Uniform heute früh getötet. Er feiert, das seht ihr doch. Wir haben die Flasche aus einem der Hotels gestohlen. Wollt ihr auch einen Schluck?«

Der Anführer zögerte, noch nicht ganz überzeugt, aber man sah ihm an, dass der Alkohol ihn reizte.

»Gib ihnen die Flasche«, drängte Luc Kilian.

Der Oberst schien erst jetzt aus seinem Rausch zu erwachen und zu realisieren, was vor sich ging. Zu Lucs Entsetzen zog er seine Pistole, entsicherte sie und richtete sie auf die Jungen. »Niemand bekommt meinen Calvados«, sagte er auf Deutsch.

Die Gruppe reagierte alarmiert. Luc sah, dass die Hand des Anführers zitterte.

»Weißt du überhaupt, wie man mit so einem Ding schießt?«, fragte Kilian auf Französisch.

»Er ist ein Boche!«, schrie der Anführer.

»Ja, das bin ich, mein Junge«, knurrte Kilian. »Aber er da nicht. Er ist genau das, was er sagt. Ein treuer Franzose. Ein tapferer Maquisard, der mich gefangen und hierhergebracht hat, um mich zu töten.«

»Stimmt das?«, fragte der Jugendliche Luc.

Luc sah, dass die anderen Jungen zurückwichen. Kilians Pistole war direkt auf das Herz des Anführers gerichtet. Und wenn er noch so betrunken war, er würde sein Ziel auf keinen Fall verfehlen.

»Wie heißt du?«, fragte Luc den sichtlich erschütterten Anführer.

»Das ist Didier«, antwortete einer der anderen Jungen für ihn.

»Leg den Revolver weg, Didier«, forderte Luc ihn freundlich auf. »Ich erkläre dir alles.«

»Hast du gelogen?«, wollte Didier wissen. »Bist du tatsächlich Maquis, und er ist Deutscher?«

»Didier«, sagte Kilian, der auf einmal völlig nüchtern wirkte, »ich beweise es dir.« Er wandte sich zu Luc und feuerte ohne ein weiteres Wort seine Pistole ab.

Luc sank zu Boden, so schockiert, dass es ihm die Sprache verschlug. Er blickte zu Didier, der wie erstarrt dastand.

»Na, Didier?«, fuhr Kilian fort. »Bist du bereit, für ihn einzutreten, oder bist du ein Feigling wie alle anderen Franzosen, denen wir das Land weggenommen haben?«

Luc glaubte seinen Ohren nicht zu trauen. »Kilian, lassen Sie das!«, sagte er, zuckte aber sofort zusammen, weil ein scharfer Schmerz durch seinen Oberkörper jagte. Er wusste nicht genau, wo ihn die Kugel getroffen hatte, aber es war ihm auch egal.

Kilian hörte ihm gar nicht zu. »Nichts als ein Haufen jammernder Feiglinge. Und jetzt lasst ihr euch von den Briten und den Amerikanern retten. Ihr könnt ja noch nicht einmal eine Pistole abfeuern, wenn ihr …«

Der zitternde Didier drückte den Abzug, und Luc schrie verzweifelt auf, als Kilian neben ihm zusammenbrach. Sofort rannten die Jugendlichen davon, wahrscheinlich genauso entsetzt wie er.

Hektisch blickte Luc sich nach Hilfe um, doch es war niemand zu sehen. Der Mond war hinter einer Wolke verschwunden, und selbst wenn ein Passant auf dem Weg gewesen wäre, hätte er die beiden Gestalten auf dem Rasen wahrscheinlich nicht gesehen.

Luc stellte fest, dass er an der Schulter getroffen war. Die Wunde blutete und schmerzte, aber seine Sorge galt Kilian. Würde Lisette ihm die Schuld geben? Er schleppte sich zu der Stelle, wo der Oberst bewegungslos lag.

»Kilian. *Kilian!*«

»Ah, das tut verdammt weh!«, stöhnte der Oberst.

»Warum haben Sie das getan?«, fragte Luc.

Kilian lachte schwach. »Ich wollte auf Sie schießen, seit ich die Fotos von Ihnen gesehen habe, auf denen Sie Lisette küssen.«

Luc verzog das Gesicht. »Na, das haben Sie ja gut hinbekommen.«

»Ich bin ein guter Schütze. Ihnen ist nicht wirklich etwas passiert. Der Schuss hat nur seinem Zweck gedient.«

Luc musterte den Oberst. Im bleichen Mondlicht wirkte das Blut beinahe schwarz. Es war zu viel Blut. Kilian lag im Sterben.

Wütend und verzweifelt fuhr sich Luc mit der Hand durch die Haare. Er musste Hilfe suchen. »Sie haben sich absichtlich erschießen lassen. Wir hätten …«

»Halten Sie den Mund, Ravensburg, und hören Sie mir zu«, befahl Kilian. Das Atmen schien ihm Mühe zu bereiten. »Lassen Sie mich sagen, was ich sagen muss. Ich habe nicht mehr viel Zeit.«

Luc schwieg.

»So ist alles einfacher für mich. Ich muss nicht in Gefangenschaft, ich werde nicht vor Gericht gestellt …« Er seufzte. »Eine Kugel ist viel sauberer, und ich muss sagen, Didier ist kein schlechter Schütze.« Er hustete. »Ich denke, es hat gereicht.«

»Hören Sie, Kilian … Markus …«

»Ich sagte, Sie sollen den Mund halten. Sie werden Lisette für uns beide lieben müssen, denn der Himmel weiß, dass ich nicht glücklich sterbe, weil Sie diese Frau bekommen. Aber ich weiß, dass sie bei demjenigen ist, den sie liebt. Lisette hat sich für Sie entschieden.« Er zuckte zusammen und stöhnte. »Sie müssen …« Er tastete seine Tasche ab, sank jedoch erschöpft zurück.

»Was denn?«, fragte Luc und hielt sein Ohr dicht an den Mund des Sterbenden.

Er griff in die Tasche, auf die Kilian zeigte, und zog einen Briefumschlag heraus. Dann barg er Kilians Kopf an seiner unverletzten Schulter. So lagen sie da, Seite an Seite, wie Kampfgefährten – oder eher wie Brüder, denn sie sahen einander wirklich ähnlich.

»Die Adresse steht schon darauf«, sagte Kilian. »Schicken Sie ihn für mich ab, wenn alles vorbei ist.« Er packte Luc am Hemd. »Versprechen Sie es mir«, drängte er mit schmerzerstickter Stimme.

»Ich verspreche es.«

»Und jetzt geben Sie mir einen letzten Schluck Calvados. Lassen Sie mich sterben mit dem Geschmack von etwas, das ich mag, auf den Lippen.«

Luc träufelte ein paar Tropfen Calvados in Kilians Mund.

»Danke«, flüsterte der Oberst und fuhr sich mit der Zunge über die Lippen. »*Adieu*, Lisette«, hauchte er. »Auf Französisch hört sich Lebewohl viel hübscher an, finden Sie nicht auch?«

Die Augen fielen ihm zu, und die Frage erstarb ihm auf den Lippen. Luc lag noch eine Weile bei ihm im blassen Mondschein im Park, von Trauer überwältigt.

39

25. August 1944

Lisette wachte vom Jubel auf. Zuerst wusste sie nicht, wo sie war, aber dann stellte sie fest, dass sie sich immer noch im Hotel Raphaël befand. Sie war auf Kilians Bett eingenickt und hatte tief und fest geschlafen.

Es gab keine Anzeichen dafür, dass jemand in der Nacht ins Zimmer gekommen war. Kilians Jacke lag immer noch wie eine Decke über ihr. Sie stand auf und wusch sich in seinem Badezimmer. Als sie fertig war, sah sie ganz präsentabel aus, selbst das Kleid war nicht so zerknittert, wie sie befürchtet hatte. Sie blickte in den Spiegel und kniff sich in die Wangen. Selbst sie konnte sehen, wie dünn sie geworden war. Das gute Essen und das gute Leben in den Ferienwochen mit Markus hatten nicht lange vorgehalten, und seit sie wieder in Paris war, hatte sie dramatisch an Gewicht verloren. Dunkle Schatten lagen unter ihren Augen, und ihre Wangenknochen standen spitz hervor. Markus wäre entsetzt, wenn er sie so sehen könnte, doch eigentlich sah sie nicht anders aus als die meisten anderen hungernden Einwohner von Paris.

Lisette holte tief Luft. Es war Zeit zu gehen. Sie glaubte nicht, dass sie Kilian jemals wiedersehen würde, aber das hatte sie schon vor langer Zeit akzeptiert. Jetzt musste sie Luc finden. Sie musste Orte aufsuchen, die er kannte. Montmartre vielleicht? Nach Bastille und zu Sylvie wollte sie erst einmal nicht.

Ja, sie würde nach Montmartre gehen. Sacré Coeur war der

Ort, wo sie sich in Paris am meisten zu Hause fühlte. Sie konnte ja eine Nachricht an der Tür ihrer ehemaligen Wohnung hinterlassen. Luc würde sie schon finden, wenn er überhaupt nach ihr suchte, und dann würde er ebenfalls zur Kirche kommen.

Das war doch zumindest ein tröstlicher Plan. Es ging nicht mehr ums SOE oder eine Mission. Es ging noch nicht einmal mehr um den Krieg. Es ging einfach nur um ihr Herz. Das Leben war kompliziert geworden, und sie musste es wieder in den Griff bekommen. Die Stimme in ihrem Kopf hatte recht. Sie hatte sich entschieden. Als sie in Kilians Hotelzimmer unter seiner Jacke gelegen hatte, eingehüllt von seinem Duft und der Erinnerung an ihn, wusste Lisette, dass sie ihn ziehen lassen musste. Sie liebte Markus tatsächlich. Sie hatte nicht damit gerechnet, und ganz bestimmt hatte sie es nicht gewollt, aber in einem anderen Leben wären sie mehr als ein Liebespaar gewesen. Markus liebte sie auch, das war sicher.

Lisette schluchzte leise. Sie hasste sich, und sie hasste London, weil es sie in diese Person verwandelt hatte. Markus war ein guter Mann. Wenn er Brite gewesen wäre, wäre er als Held der Alliierten bejubelt worden.

Zum ersten Mal seit jenem Tag vor zwölf Monaten, an dem Captain Jepson sie angeworben hatte, schämte Lisette sich. Bisher war es immer nur darum gegangen, den Feind zu bekämpfen, ihn von innen heraus zu zerstören. Aber Markus war nicht der Feind. Sie spürte Tränen auf ihren Wangen und wischte sie rasch weg. Keine Tränen!

Wenn sie Markus doch nur sagen könnte, dass nicht alles, was sie miteinander gehabt hatten, eine Lüge gewesen war. Ob sie es überhaupt richtig erklären könnte? Ja. Nur zu gerne würde sie Markus von ihrer Liebe zu Luc erzählen – Luc, der ihr Herz gestohlen hatte, bevor Kilian und sie sich zum ersten Mal begegnet waren. Jetzt war es zu spät. Zu spät für Entschuldigungen.

Sie hängte die Uniformjacke zurück in den Schrank und betrachtete sie noch einen Moment lang. Sie würde ihn nie wiedersehen – das wusste sie nun. Lisette drückte den Ärmel an die Wange und küsste ihn.

»Lebewohl, Markus«, flüsterte sie, dann schloss sie die Schranktür und verließ den Raum.

Bewaffnete Deutsche liefen durchs Foyer. Wahrscheinlich wollten sie sich ergeben, fürchteten jedoch den wütenden Mob vor der Tür. Wie viele von den Franzosen dort draußen mochten erst im letzten Moment in die Résistance eingetreten sein, nachdem sie erfahren hatten, dass die Alliierten nahe waren? Und wie viele von ihnen waren ehemalige Kollaborateure, die sich nun in den Reihen der Widerstandskämpfer versteckten?

Rasch ging sie nach draußen und blieb erschreckt stehen, als einer der Männer vor dem Hoteleingang schrie: »Sie!«

Lisette blickte auf.

»Sie ist eine von denen!«, sagte der Mann.

»Eine von ihren Huren!«, rief ein anderer.

Die wütenden Männer traten auf sie zu, und einer packte sie am Arm. Er war schon alt, aber stark. Sie roch Alkohol in seinem Atem, doch er schien nicht betrunken zu sein.

»Hure!«, fuhr er sie auf Deutsch an.

Entsetzt erwiderte Lisette: »Ich bin Französin.«

»Noch schlimmer! Schlampe!«, schrien sie von allen Seiten.

»Schande über dich, Hure!«

Ihre Erklärungen halfen nichts. Die Männer schleppten sie durch eine Gasse, während ein johlender, schreiender Mob ihnen folgte und sie mit Schimpfworten bedachte. Es waren nicht nur Männer, auch Frauen und Kinder waren darunter.

»Wohin bringt ihr mich?«, fragte sie.

Niemand antwortete ihr. Sie war einfach nicht stark genug, um zu entkommen. Selbst wenn sie sich von dem Alten losgerissen hätte, wären gleich zehn oder zwanzig andere Männer da gewesen, die sie gepackt hätten. Wenn sie sich wehrte, würden sie sie nur schlagen. Es war wohl klüger, sich ruhig zu verhalten.

Grob zerrte man sie weiter, auf eine andere, wesentlich größere Menschenmenge zu. Dort herrschte ausgelassene Stimmung, die Leute klatschten und jubelten, und sie wurde durch die Menge gestoßen, bis zu einer kleinen Gruppe von Frauen, die mit gesenkten Köpfen dastanden. Als Lisette sie sah, stieg Angst in ihr auf.

Hier konnte niemand sie beschützen. Diese Fremden würden ihre Wut an ihr auslassen, und es würde ihnen Spaß machen. Auch die anderen Gefangenen wussten, dass sie diesem Wüten nicht entkommen konnten, so wie eine angepflockte Ziege weiß, dass sie dem Schlachter nicht entkommen kann.

Luc war einige Stunden bei Kilian geblieben. Die tiefe Verzweiflung, die er darüber verspürte, dass der Oberst sein Leben so entschlossen weggeworfen hatte, überraschte ihn. Eigentlich müsste es ihm gleichgültig sein, aber er empfand nichts als Trauer. Es erinnerte ihn daran, wie er das kalte Gesicht seiner Großmutter geküsst hatte, wie er Wolfs geschundenen Körper betrachtet hatte, und nun musste er wieder einen Verlust hinnehmen. Er wollte nicht, dass es sich genauso anfühlte, aber es war so.

Sanft löste Luc Kilians steife Finger von der Walther P 38. Er überprüfte die Kammer. Sie war leer. Auch das erschreckte ihn. Kilian hatte also das Hotel mit nur einer Kugel in der Pistole verlassen. Luc war sich sicher, dass sie eigentlich für Kilian selbst bestimmt gewesen war, stattdessen hatte er auf Luc geschossen, um ihm das Leben zu retten. Damit war er darauf angewiesen gewesen, dass der französische Junge auf den Auslöser drückte.

Luc legte Kilians Arme gerade neben den Körper und zog ihm Socken und Stiefel wieder an. Er strich ihm sogar die Haare aus dem Gesicht. Was mit der Leiche passieren würde, wenn französische Freiheitskämpfer darauf stießen, mochte er sich lieber nicht vorstellen, aber das ging ihn auch nichts mehr an.

Luc blickte auf den blutverschmierten Umschlag in seinem Schoß. Er war an jemanden namens Ilse Vogel adressiert. Er steckte das Schreiben in die Tasche. Sobald die Verhältnisse sich wieder beruhigt hatten, würde er es aufgeben. Das war das Mindeste, was er tun konnte.

Er steckte Kilians Pistole in seine Hose, unter sein Hemd. Dann überprüfte er die Taschen des Toten: ein bisschen Geld, eine einzelne Zigarette und ein Feuerzeug mit eingravierten Initialen. Feuerzeug und Geld steckte er ein. Ihm gefiel der Gedanke nicht, dass jemand Kilians Leiche plünderte, auch wenn er keinen Wert auf die Habseligkeiten des Mannes legte.

»Du warst ein großartiger Feind«, sagte er leise in Kilians stilles Gesicht. Sein Herz war schwer. Er spürte, dass die Welt einen guten Mann verloren hatte. Seufzend drückte er ihm die Hand und stand auf.

Er hatte in den letzten Stunden überhaupt nicht mehr an seine Schusswunde gedacht, aber jetzt meldete sie sich wieder. Sie blutete nicht mehr, schmerzte jedoch sehr. Mühevoll zog er das Hemd aus und schaute sich die Verletzung an, so gut es ging. Vermutlich war die Kugel glatt durch die Schulter hindurchgegangen, ohne den Knochen verletzt zu haben. Er berührte den Beutel, den er um den Hals trug, und ein leichter Lavendelduft stieg ihm in die Nase. Seine Samen hatten so lange überlebt, und seine Großmutter hatte recht gehabt, sie beschützten ihn noch immer … sogar vor Kugeln. Er würde die Wunde säubern und verbinden lassen müssen, vielleicht musste sie sogar mit ein paar Stichen genäht werden. Für den Moment riss er von seinem Hemd einen Streifen als behelfsmäßigen Verband ab.

»Auf Wiedersehen, Oberst«, sagte er leise auf Deutsch.

Ohne zurückzublicken, lief er aus den Tuilerien und machte sich wieder auf die Suche nach Lisette.

Als er sich dem Hotel Raphaël näherte, sah er, dass sich eine Menschenmenge vor dem Gebäude versammelt hatte.

»Entschuldigen Sie.« Der Mann sah nervös aus.

»Ja?«

Der Mann blickte auf Lucs Hemd, das feucht von Blut war. »Ich … äh … ich arbeite … arbeitete in diesem Hotel«, flüsterte er.

Luc runzelte die Stirn. »Was wollen Sie?«

»Vor ein paar Stunden haben Sie mich doch nach der jungen Dame gefragt.«

Ohne seine Uniform hatte Luc den Mann gar nicht erkannt. Es war der Portier.

»Sie ist gekommen, nachdem Sie weg waren.«

Luc riss die Augen auf. »Ja?«

Verstohlen blickte der Mann sich um, und Luc zog ihn hinter das Gebäude. »Was können Sie mir berichten?« Er grub in seinen Taschen nach Geld.

»Nein, nein«, protestierte der Mann. »Sie sollten besser ins Krankenhaus gehen, *monsieur.*«

»Was ist mit Mademoiselle Forestier?«

»Sie hat nach Oberst Kilian gesucht und muss in seinem Zimmer übernachtet haben, denn ich habe sie erst heute früh wiedergesehen, aber … aber …«

»Was?«

»Sie haben sie mitgenommen.«

Luc starrte den Mann fragend an.

Er zeigte auf eine Straße. »Es ist noch nicht lange her. Darauf warten hier alle. Sie wollen sehen, wie die Deutschen herausgeschleppt werden – oder ihre Huren und die Kollaborateure.«

Luc verzog finster das Gesicht. Jetzt verstand er.

»Sie sind in diese Richtung gegangen«, sagte der Mann. »Sie wollen allen Frauen, die mit den Boches zusammen waren, eine Lektion erteilen.«

Luc rannte los. Er brauchte bloß dem Johlen der Menge zu folgen.

Lisette weinte nicht. Das hätte ihr keine Sympathie eingebracht, aber in dieser Menge zeigte sowieso niemand Mitgefühl. Sie hatte das Mädchen neben ihr erkannt, eine Kellnerin aus dem Café, das die Nazis frequentiert hatten.

»Ich war freundlich, ja«, wimmerte sie, »aber ich bin verheiratet, *mademoiselle.* Ich habe ein kleines Kind. Ich brauchte das Trinkgeld.« Sie brach in Tränen aus. Die Frau hinter ihr war weniger emotional.

»Das sind alles Schurken«, sagte sie. »Siehst du den Kerl mit dem Rasiermesser?«

Lisette nickte.

»Er ist ein Kollaborateur. Ich kenne Remy Jocard. Jahrelang hat er sich den Nazis angedient und Leute an die Gestapo ausgeliefert – meistens Unschuldige. Er ist ein Schwein. Sieh ihn dir jetzt an, wie er so tut, als wäre er angewidert von uns. Ich habe nur in dem Hotel saubergemacht und versucht, meine Familie durchzubringen.« Sie spuckte aus.

Lisette knirschte mit den Zähnen. Manche Männer forderten lautstark, die Frauen auszuziehen und sie mit Hakenkreuzen auf der Brust durch die Straßen zu treiben. Aber es gab auch andere, die für Ruhe sorgten.

Jetzt führte jemand Lisette vor die Menge. Die junge Mutter hatten sie gerade gedemütigt und weggeführt. Lisette hatte die Verachtung der Menge wenigstens verdient. Sie hatte mit einem deutschen Oberst fraternisiert, seine Geschenke angenommen, war seine Geliebte gewesen. Wenn sie ihnen doch nur erklären könnte, dass sie Spionin war. Grob stieß ein Mann sie auf eine Bühne. Sie wehrte sich nicht. Das hatte ohnehin keinen Zweck. Außerdem fühlte sie sich zu schwach, um zurückzuschlagen. Sie wusste nicht, wann sie das letzte Mal etwas gegessen hatte. Ihr war schwindlig, und sie konnte nicht unterscheiden, ob die Menge schwankte oder sie. Aber sie wollte nicht ohnmächtig werden. Nicht jetzt. Noch nicht.

Sie verlor keine Zeit. »Dieser Mann hier heißt Remy Jocard. Er ist ein Kollaborateur! Ich weiß das, weil ich gesehen habe, wie er mit den Nazis fraternisiert hat!«, schrie sie laut, froh darüber, dass sie für all die anderen Frauen lügen konnte.

Der Mann packte sie und schlug ihr ins Gesicht. »Halt dein dreckiges Maul, du Nazi-Hure!«

Der Schlag tat weh, trotzdem stieß sie hervor: »Boche-Freund!«

Die Menge murmelte.

»Ich werde es dir zeigen, du Luder!«, drohte er.

»Du behandelst sie ordentlich, Jocard, sonst sitzt du gleich ebenfalls vor der Menge«, sagte eine Stimme. Es war ein älterer Mann, und Lisette erkannte in ihm den Maître d' aus dem großartigen Restaurant im Ritz. Sie nickte ihm zu, als ihr einfiel, wie sehr er sich über ihr Lob gefreut hatte.

Sie zwangen Lisette auf eine kleine Bank. Es war eine Erleichterung, dass sie sich hinsetzen konnte. Sie drückte ihre Tasche fest an ihren Bauch, während sie das Geklapper der Schere hörte, die in ihre schulterlangen Haare schnitt. Die Männer warfen einige dunkle Strähnen in ihren Schoß, und die Menge johlte. Verloren blickte sie auf ihre Haare, die Kilian und Luc gestreichelt hatten.

Dann spürte Lisette, wie das Rasiermesser über ihren Schädel kratzte. Ihre restlichen Haare fielen büschelweise um sie herum zu Boden. Jocard ging grob mit ihr um und fügte ihr zahlreiche Schnitte zu.

Sie konnte der Verletzung und den Schmerzen nur entkommen, indem sie sich in sich zurückzog. Sie sah sich selbst auf der Bank sitzen, die Augen niedergeschlagen, die Lippen fest zusammengepresst. Ein Mann hob ihr Kinn, so dass die Menge ihr Gesicht sehen konnte, während Jocard sie noch immer rasierte. Sie sah alles wie von ferne.

»Hör auf, die Frau zu schneiden, Jocard!«, warnte ihr Unterstützer.

Jocard murmelte leise etwas, aber das Rasiermesser schnitt ihr nun nicht mehr in die Haut. Die Menge lachte und jubelte über die *femme tondeur*.

Lisette atmete langsam und tief ein und aus und versetzte sich im Geist auf ein Lavendelfeld. Die Bienen summten um sie herum, die violetten Blütendolden reichten ihr bis ans Gesicht. Sie konnte sogar ihren süßen Duft riechen.

Und sie konnte Luc riechen.

Luc rannte mitten in die Menge hinein. Trotz seiner schmerzenden Schulter drängelte er sich bis ganz nach vorne durch. Die Wunde blutete wieder. Er kam gerade noch rechtzeitig, als Lisette den kahlgeschorenen Kopf hob und ihn aus großen, leeren Augen anblickte, die im Licht fast violett schimmerten. Sie war so dünn, sie hätte auch ein Junge sein können. Ihr Kleid schlotterte um den schmächtigen Körper.

Am schlimmsten jedoch waren die blutigen Rinnsale, die ihr in den Nacken liefen.

»Lisette …«, flüsterte er mit erstickter Stimme, dann brach sich seine Wut Bahn. »Lasst sie los, ihr Verbrecher!«, brüllte er.

Er zog Kilians Pistole heraus, und einige Frauen begannen zu schreien. Alle wichen zurück, als er die Waffe hob. Luc empfand es beinahe als Glück, dass die Pistole nicht geladen war, womöglich hätte er sonst wild um sich geschossen.

»Nimm deine dreckigen Hände von ihr«, warnte er Jocard und richtete die Pistole auf ihn.

»Du kannst sie ja haben«, versetzte der Mann, der anscheinend keine Angst vor ihm hatte. Er zerrte Lisette hoch und schubste sie auf ihn zu.

»Diese Frau gehört ebenso zum Maquis wie ich!«, schrie Luc so laut, dass ihn jeder hören konnte. »Sie hat im letzten Jahr mitgeholfen, diese Nation zu befreien. Was haben Sie getan?« Wütend baute er sich vor einer Frau auf und wedelte mit der Pistole vor ihrem Gesicht herum. Sie fiel fast in Ohnmacht. »Oder Sie?« Er wandte sich zu einem Mann, der ebenfalls erschreckt zurückwich. »Was haben Sie getan, um unser Land zu retten?«

»*Monsieur*«, sagte ein anderer Mann vorsichtig. »Nehmen Sie Ihre Frau mit. Sie sehen aus, als hätten Sie viel Blut verloren. Wir brauchen nicht noch mehr Blut hier.«

»Heuchler!« Luc schob den *tondeur* beiseite und nahm Lisette in die Arme. Sein Blut lief über ihr Kleid.

Er legte ihre Hände um seinen Hals, drückte ihren warmen, blutenden Kopf an seine Brust.

Sie weinte. »Ich habe den Lavendel gerochen, Luc. Ich wusste, dass du zu mir kommen würdest.«

Ohne auf die Tränen zu achten, die ihm selbst übers Gesicht strömten, drängte sich Luc durch die Menge, die verstummt war. Er trug Lisette wie ein kostbares Vögelchen. Bisher hatte er niemanden retten können, den er liebte. Sie konnte er nun in Sicherheit bringen.

Luc ging mit seiner verletzten Schulter so weit, wie er konnte. Er legte Lisette auf das schmale Bett in der Wohnung in Montmartre, kroch neben sie und hielt sie stumm in den Armen, bis der Abend kam und die Dunkelheit ihnen beiden friedliches Vergessen schenkte.

40

Mit einem Ruck erwachte Lisette und blickte sich verwirrt um, bis sie merkte, dass sie sich in der vertrauten Umgebung ihrer alten Wohnung befand. Neben ihr auf dem schmalen Bett lag Luc.

Dann sah sie das Blut.

»Luc!«, rief sie. »*Luc!*«

Entsetzt stellte sie fest, dass er eine Schusswunde hatte. Unter ihren hektischen Berührungen ging die Wunde erneut auf, und helles Blut floss ihr über die Hände. Wie war das geschehen? Wann? Warum? Kilian kam ihr in den Sinn, doch sie verwarf den Gedanken sofort wieder. Luc brauchte sofort Hilfe.

Sie legte ihm die Hand auf die Stirn. Sein ganzer Körper brannte vor Fieber, und ihr Kleid war feucht von seinem Schweiß. Es war ein warmer Morgen, trotzdem zitterte Luc. Hoffentlich starb er nicht. Vielleicht hatte sich die Wunde ja entzündet.

Sie musste Hilfe holen – und sie wusste instinktiv, an wen sie sich wenden musste. Schmutzig, blutig und verwirrt, wie sie war, rannte sie aus der Wohnung, die Treppe hinunter. Es war ein seltsames Gefühl, den Wind an ihrem kahlen Schädel zu spüren.

Lisette weinte fast vor Erleichterung, als sie den freundlichen Arzt antraf, den sie noch von früher kannte. Er verlor keine Zeit und eilte mit ihr in die Wohnung, ohne ein Wort über ihren kahlen Schädel zu verlieren.

Zu zweit beugten sie sich über Luc, dessen fiebriges Murmeln nachgelassen hatte. Der Arzt untersuchte ihn sorgfältig.

»Ein glatter Durchschuss. Ich habe die Wunde mit Lavendelöl gereinigt und genäht. Sie muss regelmäßig frisch verbunden werden. Könnten Sie das übernehmen?«, fragte der Arzt.

»Nur zu gerne.«

»Ich lasse Ihnen ein paar frische Verbände da. Er soll den Arm in der Schlinge tragen. Die Wunde wird noch ein paar Wochen schmerzen, und vielleicht wird der Arm steif bleiben.«

»Was ist mit den Fäden?«

»Die müssen in zwei Wochen gezogen werden. Das können Sie ruhig selbst tun, aber nehmen Sie reichlich Öl und sterilisieren Sie das Messer oder die Schere zuvor in kochendem Wasser. Waschen Sie sich gründlich die Finger und reiben Sie sie mit Lavendelöl ein. Eine Infektion hätte verheerende Folgen.«

Sie nickte. »Danke. Wie viel schulde ich …«

Er wedelte ärgerlich mit der Hand. »Sie schulden mir gar nichts, *mademoiselle.*« Er blickte auf ihren Kopf. »Ich glaube, Sie haben Ihre Schuld an Frankreich bereits gezahlt.«

Lisette senkte den Blick. »Ich habe es verdient.«

»Sie sind doch keine Kollaborateurin, Kind, oder?«

»Nein, Doktor. Ich bin eine britische Spionin.« Er öffnete den Mund, und sie sah Verstehen über sein Gesicht huschen. »Bitte sagen Sie es niemandem«, flehte sie.

Er lächelte. »Dann waren Sie also Teil der Befreiung. Es tut mir leid«, sagte er und blickte erneut auf ihren Kopf.

Sie kratzte sich den Schädel. »Die Haare wachsen schon wieder.«

»Nehmen Sie das Lavendelöl für die Schnittwunden. Es bewirkt wahre Wunder. Ich komme morgen noch einmal vorbei und sehe nach unserem Patienten. Rufen Sie mich, wenn das Fieber steigt, aber ich nehme eher an, dass es sinken wird.«

Genauso war es.

Als Luc erwachte, saß Lisette an seinem Bett.

»Hältst tatsächlich du meine Hand?«, fragte er krächzend.

Sie lächelte und griff nach dem Becher mit Wasser, den sie bereitgestellt hatte. »Im Himmel hätte ich sicher Haare. Du bist leider nur in Montmartre.«

Durstig trank er. Dann sank er in die Kissen zurück, griff nach ihrer Hand und küsste sie sanft. »Nirgendwo wäre ich jetzt lieber.«

Lisette legte den Kopf auf seine Brust und weinte stumm, während er über ihren kahlen Schädel streichelte.

Ganz langsam wurde Luc wieder kräftiger. Er zuckte zwar immer noch zusammen, sobald er sich bewegte, doch er beklagte sich nie, und aus ihren vorsichtigen Liebkosungen wurden immer längere, festere Umarmungen, bis Luc eines Abends die Schlinge ablegte.

»Ich habe genug davon«, sagte er und schleuderte sie quer durchs Zimmer.

»Luc, du musst …«

»Sie ist mir im Weg!«, murrte er.

»Wobei?«

»Hierbei«, erwiderte er und zog Lisette auf seinen Schoß. »Ich möchte dich mit beiden Armen umarmen.«

Grinsend lehnte sie sich an ihn. »Was noch?«

»Dich mit beiden Händen spüren«, sagte er, umfasste ihre Brust und küsste sie durch die dünne Bluse.

Lisette keuchte leise. Sie zog seinen Kopf weg, damit sie ihn leidenschaftlich küssen konnte.

»Geh mit mir ins Bett, Schwester Lisette!«, verlangte er, als sie sich schwer atmend voneinander lösten. »Du darfst auch alles mit mir tun, was du willst.«

»Alles?«, wiederholte sie.

Sie begann zu lachen, als er sie hochhob und auf das schmale Bett legte. Er rollte sich auf sie und wollte sie auf den Schädel küssen, doch sie drehte den Kopf weg.

»Ich mag kahle Frauen«, erklärte er. »Das war schon immer so.«

Sie lachte unter Tränen. »Nicht, Luc. Es ist schwer genug, so auszusehen.«

»Wie auszusehen? Wie eine schöne Frau? Die meisten Frauen würden sich ein Bein ausreißen, um so auszusehen wie du, Lisette. Selbst kahlrasiert bist du wunderschön. Also lass mich bitte jeden Zentimeter von dir genießen.« Er drückte sich fest an sie, und sie spürte sein Verlangen.

Ihr Lachen drang durch die Fenster bis auf die Straße, wo es im Jubel der Feiernden unterging.

Aus dem Lachen wurden Laute der Lust, während sie sich gegenseitig erkundeten und miteinander vereinten. Lisette grub ihre Finger in Lucs Rücken, als sie zu einem immer schnelleren Rhythmus fanden.

In den nächsten zwölf Tagen lebten, lachten und liebten sie sich in der winzigen Wohnung … und verliebten sich aufs Neue ineinander, tiefer, als sie es jemals für möglich gehalten hätten. Am dreizehnten Tag wachte Luc morgens auf und schaute Lisette an, wie er sie lange nicht angesehen hatte.

»Was ist?«, fragte sie. Ihr lief ein Schauer über den Rücken.

»Ich muss in die Avenue de Wagram. Wir müssen herausfinden, was los ist.«

»Nicht, Luc. Lass uns einfach vergessen …«

»Hör mir zu«, sagte er und strich über die samtigen Stoppeln auf ihrem Kopf. »Ich habe gestern Sylvie gesehen.«

Lisette wollte schon wütend auffahren.

»Sie ist nur kurz vorbeigekommen, um mir eine Nachricht zu überbringen«, versicherte er ihr. »Sie hat mir gesagt, das SOE habe ein Büro eingerichtet. Dort warten sie darauf, dass sich ihre Agenten zurückmelden.«

»Ich war nie glücklicher als in den letzten Tagen«, sagte Lisette. Sie berührte seine Wange und dann sein Herz, an dem immer noch der kleine Beutel mit den Lavendelsamen lag. »Die da haben dich für mich beschützt. Lass uns einfach hier in Sicherheit bleiben.«

Luc wollte davon nichts wissen. »Der Krieg ist noch nicht vorbei, meine schöne Lisette. Ich möchte dich aus Paris herausbringen. Ich muss wissen, dass du in Sicherheit bist … sonst war alles umsonst.«

»Dann bring mich in die Provence. Wir ziehen in dein altes Haus in Saignon, wo du …«

Er schüttelte den Kopf. »Das kann ich nicht.« Er blickte sie eindringlich an. »Bitte versteh, ich kann es nicht. Noch nicht.«

»Lass mich nicht alleine gehen.«

»Du musst fort aus Europa. Und sie müssen dich aus dem Geheimdienst entlassen. Du hast deinen Teil geleistet. Ich möchte, dass du weit weg von aller Gefahr bist.«

»Nein, Luc. Ohne dich gehe ich nirgendwohin. Ich gehe nur, wenn du versprichst, mit mir nach England zurückzukehren.«

Sie verlangte viel von ihm, aber er konnte sich mittlerweile sowieso keinen Tag mehr ohne sie vorstellen. Solange es nur weit genug von seinen schmerzlichen Erinnerungen entfernt war, spielte es keine Rolle, wo es war.

Er nickte, und Lisette lächelte strahlend. Sie besiegelten ihren Handel, indem sie sich zärtlich liebten. Er würde nie mehr eine andere Frau begehren.

Als sie sich am nächsten Tag darauf vorbereiteten, die Wohnung zu verlassen, stellte Lisette die Frage, vor der Luc sich schon die ganze Zeit gefürchtet hatte.

»Ich möchte wissen, was mit Markus Kilian ist. Du hast im Fieber die ganze Zeit von ihm geredet. Sag mir die Wahrheit.«

Ihm war klar gewesen, dass er es ihr irgendwann erzählen musste. Wenn er ehrlich war, wunderte es ihn beinahe, wie lange sie gebraucht hatte, um das Thema anzuschneiden. Aber er vermutete, dass sie Kilian ganz bewusst aus ihren Gedanken verdrängt hatte, damit sie miteinander allein sein konnten, ohne dass er zwischen ihnen stand. Natürlich war er trotzdem die ganze Zeit über da gewesen. Luc wusste, dass es richtig war, ihr davon zu erzählen, und er hoffte von ganzem Herzen, dass dieses Gespräch für sie beide klärend sein würde.

»In Ordnung«, sagte er und schluckte.

Lisette blickte ihn ängstlich an. Sie setzte sich auf die Bettkante, und er ließ sich neben sie sinken. Vorsichtig ergriff er ihre Hand und legte beide Hände darum, als könne er sie so vor dem beschützen, was er zu sagen hatte.

»Kilian ist in der Nacht zum fünfundzwanzigsten August gestorben.«

Sie entriss ihm ihre Hand und schlug sie vor den Mund. »Bist du sicher?«, keuchte sie. In ihren Augen standen plötzlich Tränen.

Er nickte. »Ich war bei ihm, als er den letzten Atemzug getan hat, und bin die ganze Nacht über geblieben, weil …« Er zuckte mit den Schultern. »Er hatte es verdient.«

Sie weinte still.

Mit leiser Stimme berichtete Luc ihr, was vorgefallen war. Er verschwieg ihr nichts.

»Dann ist er also friedlich gestorben?«, fragte sie, als er fertig war.

»Ja. Lächelnd und mit einem Schluck Calvados auf den Lippen, der ihn an dich erinnert hat.«

»Danke, dass du bis zu seinem Ende bei ihm warst.«

»Es war schwer, ihn nicht zu mögen.«

Sie trocknete ihre Tränen und schniefte. »Markus wäre vermutlich ein furchtbarer Kriegsgefangener gewesen.«

»Er hatte nicht die Absicht, sich fangen zu lassen. Die Kugel war für ihn gedacht, nicht für mich.«

Lisette schob sein Hemd zurück und küsste die Narbe. »Dann wird er für immer bei uns sein. Aber ich liebe nur dich, Luc. Du brauchst nie zu zweifeln, du warst immer der Einzige für mich.«

41

Lisette blickte Luc an. »In Ordnung?«

Sie saßen in einem Vorzimmer des Hotel Cecil auf den Champs-Élysées, wo das SOE sein vorläufiges Hauptquartier aufgeschlagen hatte.

Er nickte. Der Anblick ihres kahlen Schädels schockierte die Menschen immer noch. Nicht wenige drehten sich nach ihr um und starrten sie an, und es irritierte ihn, wie viel unnötige Aufmerksamkeit sie erregten. Die meisten hielten Lisette für eine Kollaborateurin der Nazis, aber zum Glück machte es ihr nichts mehr aus. Manche Leute spuckten sogar aus, wenn sie vorbeiging, doch sie hielt den Kopf stets hoch.

»Sie können mich nicht mehr verletzen«, hatte sie versichert.

Jetzt beobachtete Lisette ihn vom Platz gegenüber. »Bereit?«, flüsterte sie.

Eine Frau trat auf sie zu und stellte sich lächelnd als Vera Atkins vor. »Oh, meine Liebe.« Sie umarmte Lisette und hielt sie lange fest. »Wie tapfer Sie sind!«

Lisette berührte den weichen Flaum auf ihrem Kopf. »Bald wird davon nichts mehr zu sehen sein.«

An die inneren Wunden wollte Luc lieber nicht denken. Sie waren zwar nicht zu sehen, blieben jedoch für immer. Hoffentlich entkam Lisette unbeschadet.

Mit einem freundlichen Blick wandte sich Vera an Luc. »Sie müssen der junge Mann sein, den wir nur unter dem Namen Faucille gekannt haben.« Ihr Französisch war makellos.

»Lukas Ravensburg«, sagte er. »Luc«, fügte er hinzu.

»Wir fühlen uns Ihnen alle sehr verpflichtet für die Unterstützung, die Sie unseren Agenten gegeben haben … wir wussten, dass wir Ihnen immer vertrauen konnten.«

»Vielen Dank, *madame*«, erwiderte er.

»Nun denn«, fuhr sie lächelnd fort. »Hinter dieser Tür kann es jemand kaum erwarten, Ihnen ebenfalls zu danken.«

Lisette lächelte. »Colonel Buckmaster?«

»Genau der. Er freut sich sehr, Sie beide zu sehen. Wir haben alle Ihre Unterlagen fertiggestellt. Sie können Ende der Woche nach England reisen, ist das in Ordnung? Die formelle Verabschiedung wird übrigens hier stattfinden.«

Als die drei sich der Suite von Buckmaster näherten, trat einer der englischen Agenten des Spiritualist-Netzwerks auf Luc zu, erleichtert und erfreut, ihn zu sehen. Während die beiden Männer sich begrüßten, wandte Vera sich an Lisette.

»Sie haben alle so viel durchgemacht«, sagte sie. »Es ist wundervoll, wie freudig ihre Gesichter aufleuchten, wenn sie einen alten Freund sehen, der es ebenfalls geschafft hat.«

Lisette wurde klar, wie schwer es Menschen wie Vera gefallen sein musste, nicht zu wissen, ob sie ihre Agenten nicht vielleicht in den sicheren Tod schickten.

Vera legte den Kopf schräg. »Was war Luc eigentlich, bevor er sich dem Maquis angeschlossen hat?«

»Oh, er war Lavendelbauer. Wenn es nach mir geht, wird er das auch wieder«, erwiderte Lisette.

An Bord eines großen Fischkutters fuhren sie von Calais aus nach Sussex. Unter den Passagieren waren neben heimkehrenden Soldaten und Zivilisten auch ein paar Agenten, von denen sie jedoch niemanden kannten. Es war ein klarer Tag. Trübe blickte Luc auf die französische Küste, die sie hinter sich ließen.

»Ist alles in Ordnung?«, fragte Lisette und lehnte sich an ihn.

»Ich hätte nie gedacht, dass ich Frankreich einmal verlassen würde. Ich liebe dieses Land.«

»Ich auch. Aber ich hoffe, du wirst England ebenfalls lieben. Es ist ja nicht weit weg, und wir können jederzeit nach Frankreich zurückkehren.«

Zwei Stunden später kam Land in Sicht.

»Das ist Beachy Head«, sagte Lisette und zeigte auf die Klippen. Sie band ihren Schal ein wenig fester. Der Wind hatte zugenommen. Die Tage wurden kühler. Bald würde es Herbst sein.

»England«, hauchte er, beinahe ungläubig.

Sie drückte seinen Arm. »Wir suchen uns ein ruhiges Fleckchen zum Leben und fangen noch mal ganz von vorne an, Luc.«

Er nickte traurig. »Ich vermisse die Provence jetzt schon.«

»Ich verspreche dir, dass wir zurückkehren werden.«

»Eines Tages, aber jetzt noch nicht. Eines Tages nehme ich dich mit nach Saignon, und wir gehen durch meine Lavendelfelder, wo meine Samen herkommen.«

»Wir werden auch hier Lavendel anpflanzen ... zur Erinnerung an deine Großmutter. Ich liebe dich, Luc. Ich liebe dich so sehr, dass ich überall mit dir hingehen würde. Solange wir zusammen sind, bin ich glücklich. Nur irgendwo müssen wir anfangen, und warum sollen wir es nicht in Sussex versuchen? Ein Neuanfang für uns beide.« Sie blickte ihn an, und er sah die Liebe in ihren dunkelblauen Augen, die Hoffnung darauf, mit ihm eine Familie zu gründen.

»Ja, ein Neuanfang«, sagte er.

Er zog sie an sich und küsste sie auf den Scheitel. Unwillkürlich fragte er sich, ob diese zerklüftete Landschaft, so weit entfernt von der Provence, es jemals mit der sanften Schönheit seines wilden französischen Lavendels aufnehmen konnte.

Egal, er würde es versuchen, für sie beide. Er würde wieder Lavendelbauer werden und so die Erinnerung wachhalten an all jene, die er liebte.

Danksagung

Die Idee zu dieser Geschichte kam mir, als ich über die Bridestowe Lavendel-Farm im nördlichen Tasmanien las. Es ist eins von Australiens Geheimnissen und eine wahre Erfolgsgeschichte. Besuchen Sie sie irgendwann einmal – sie liegt nicht weit von Launceston entfernt – und staunen Sie über das, was die aktuellen »Kuratoren« Robert und Jennifer Ravens mit ihren Feldern leisten, die um die Jahrhundertwende des letzten Jahrhunderts von der Familie Denny angepflanzt wurden. Seien Sie gewarnt: Wie in Europa ist der Lavendel nur ein paar kurze Wochen im Sommer (Ende Dezember/Anfang Januar) am schönsten. Die Ravens' waren vom ersten Telefongespräch an begeistert von diesem Roman – mein aufrichtiger Dank gilt daher ihnen für ihre historischen und zeitgenössischen Informationen sowie ihre großartige Unterstützung. Ich wünsche euch alles Gute, Robert und Jennifer, für eure weltweit führende Lavendelölproduktion in Bridestowe.

Über den Zweiten Weltkrieg musste ich erst lange recherchieren, bevor ich ihn als Hintergrund für meine Geschichte verwenden konnte. Ich weiß nicht mehr, wie viele Artikel ich gelesen, wie viele Dokumentationen ich gesehen habe und wie hoch der Stapel der Bücher war, die ich alle studiert habe, um mir die Zeit vorstellen zu können. Allerdings wollte ich mich in erster Linie auf die Dreiecksbeziehung meiner Hauptfiguren konzentrieren und darstellen, was im Mikrokosmos ihrer Leben passiert, statt das große Bild dieser Zeit im Krieg mit all seinen politischen Facetten auszuleuchten.

So klein dieser Fokus auch ist, es waren doch viele Personen daran beteiligt, denen ich dafür danken möchte, angefangen bei den Verantwortlichen bei Penguin, die mir die Gelegenheit gegeben haben, diesen Roman zu schreiben. Als ich feststellte, dass die Geschichte für einen Band viel zu groß ist, erlaubte mir das Lektorat großzügig, einen zweiten Band hinzuzufügen. Es wird also ein zweites Buch geben, das im Entwurf bereits steht. Wenn Sie diesen Roman lesen, ist es bestimmt schon im Lektorat. Deshalb vielen Dank an Bob Sessions und Gabrielle Coyne für ihre Großzügigkeit und an meine Lektorin Ali Watts für ihr Verständnis, ihre Freundschaft und ihre sanfte Führung. Danke auch an Arwen Summers, die mir beim Feinschliff geholfen hat. Danke an euch alle und natürlich an alle Penguin-Mitarbeiter im Vertrieb, im Marketing und der Lizenzabteilung – ihr seid alle sehr hilfsbereit.

Mein Dank geht außerdem an die freundliche, großzügige Familie Blanc in Saignon für ihre Gastfreundschaft während unseres Aufenthalts in der Provence. Danke auch an die Dorfbewohner Christine Bourdin, Liliane Jenselme und Alain Blanc, die mit uns ihre Erinnerungen über Saignon im Krieg geteilt haben. Danke an den Historiker Jean Girou und Catherine Richards vom Verkehrsbüro, beide in Cavaillon. Mein besonderer Dank gilt Severine Henin und Laurent Crotet für ihre wundervolle Großzügigkeit und Gastfreundschaft – vor allem aber für deine Freundschaft, Sev.

David Harrison, ein britischer Historiker, war eine wertvolle Wissensquelle über das Special Operations Executive des Kriegsministeriums. Er hat die Ära vor meinen Augen erstehen lassen und mir Figuren wie Francis Cammaerts, Vera Atkins, Maurice Buckmaster und all die anderen nahegebracht. Ich hatte das Gefühl, sie zu kennen – danke, David. Du warst mein Fels in der Brandung.

Danke auch an die anderen Teilnehmer meines Französischkurses, die mich bei Laune gehalten haben, an Isabelle Pernot in Lille für so viele hilfreiche Übersetzungen und an Jack Caddy, der erlaubt hat, dass ich ihn in meiner Geschichte erwähne. Jederzeit sicheren Flug, Jack!

Nicht zuletzt geht mein Dank mit all meiner Liebe an Ian McIntosh für seine Hilfe bei den zahllosen Recherchen, Bestellungen von Büchern, Nachforschungen und Markierungen. Er ließ mich nach Paris, nach London und sonst wohin fahren, um Material für dieses Buch zu sammeln. Er ist mit mir in die Provence gefahren, damit ich den Lavendel in dem dreiwöchigen Zeitfenster in voller Blüte sehen konnte. Er hat mich während der Recherchen an sämtliche Holocaust-Gedenkstätten in London und Paris begleitet. Er hat mir die Taschen getragen, hat für mich mitgelesen und es immer verstanden, wenn ich mal wieder in den 1940er Jahren versunken war. Ein besonderes Dankeschön geht an meine geliebte Kaffeemaschine, die mir durch die langen Tage des Schreibens geholfen hat.